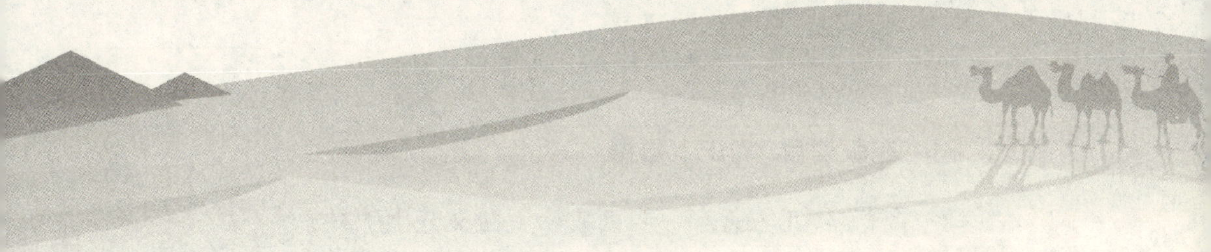

第一商帮

兀方 著

陕西新华出版传媒集团
太白文艺出版社

图书在版编目（CIP）数据

第一商帮 / 兀方著. — 西安：太白文艺出版社，2017.4
ISBN 978-7-5513-0821-2

Ⅰ. ①第… Ⅱ. ①兀… Ⅲ. ①长篇小说—中国—当代 Ⅳ. ①I247.5

中国版本图书馆CIP数据核字（2017）第010659号

第一商帮
DI-YI SHANGBANG

作　　者　兀　方
责任编辑　申亚妮　侯　琳
封面设计　可　峰
出版发行　陕西新华出版传媒集团
　　　　　太白文艺出版社（西安北大街147号 710003）
　　　　　太白文艺出版社发行：029-87277748
经　　销　新华书店
印　　刷　西安市建明工贸有限责任公司
开　　本　787mm×1092mm　1/16
字　　数　340千字
印　　张　25.5
版　　次　2017年4月第1版 第1次印刷
书　　号　ISBN 978-7-5513-0821-2
定　　价　51.00元

第一商帮

目　　录

第一篇 凤凰涅槃

第一章　嫁入豪门

1

新娘柳碧云走下花轿，她的那双穿着红缨子粉底绣鞋的天足，便成为人们戏谑的话题，更是十分扎眼的怪物。

鞭炮噼啪，唢呐齐奏。高府青石台阶的大门外，硝烟尚未散尽，躲在石狮子后面的一群孩子，冲过来围住花轿，嘻嘻哈哈拍手唱起了儿歌：

大脚婆，大脚婆，
大脚一伸到黄河。
黄河浪，两丈高，
大脚一伸往过飙。
往过飙，打个闪，
哎呀我的大脚片……

大门里的小广场上，迎面是一座高大的仪门。须弥石座，四根红漆圆柱，门楣上方悬着一块“第一商帮”的乾隆御匾。夔纹饰边，蓝底金字，笔法苍劲秀润，很是气派。仪门后面，则是三座复檐式镂空砖雕门楼，这就是高府一门三堂每个大院的前门了。哥东弟西，看那门额，依次是知更堂 、知儿堂和知非堂。欢乐的人群分列在一条红毡的左右，从仪门直到长门知更堂的门廊下方。

头上顶着的绮丝罗帕大红盖头，遮掩了柳碧云的两行清泪。她不知自己怎样被挟持着踏上红毡，跳过火盆，跪地拜堂，最终送入洞房的。她只记得身穿宝蓝羽缎棉袍，肩披大红如意巾，头戴红箍子青壳小帽的新郎，在洞房门外鼻子一哼，甩掉红绸“连理结”，头也不回地走掉了。她被冷冷清清安置在楠木雕花纱橱暖炕的炕沿上，默默顶着盖头，一直端坐着，久久不见新郎前来揭取。这突如其来的变故，引起送女新亲们的愤怒和不满，许多人要打上堂去，差点儿酿成事端。多亏媒婆和执事随机应变，招呼宾客放下嫁妆先去吃酒。最终，两位专司撒床的娘家嫂嫂留了下来，随两个使女陪伴在新房。

柳碧云刚满十七岁，是陕西三原县著名大户的千金。祖上曾钦点翰林，做过国子监博士，不过到父亲这一辈衰落了。父亲柳雪斋先生是一位诗人兼书画家，中举之后，厌弃了科考，只在家为戏班子撰写剧本，世传十大本，颇有些名气。陕西商会总长、渭南县千乘镇高府主人高敬轩因仰慕其名，邀他到府上授徒教书，曾是新科举人高凤阙的蒙师。柳碧云嫁于高凤阙，是父辈指腹为婚缔结的姻缘。

提起高父和柳父的相识，还有一段广为流传的佳话。那年，家道中落的寒庐先生以卖字画为生，日子过得十分窘迫。一次，他到三原县城的高家布庄扯布，想做一件长衫。一摸口袋，带的钱少了几串，遂到附近的裁缝铺去借。当他再次回到布庄取扯好的布料时，伙计阴差阳错，将柜台上另一位顾客买的较次的布料给了他。来到裁缝铺，识货的裁缝没少损他，催他去换。羞得面红耳赤的年轻画家自惭形秽，但求息事宁人，哪里肯去退换，就这样自认吃亏做了一件长衫。谁知没过多久，布庄的少东家高敬轩到街上闲转，随意踏入这家裁缝铺聊天，得知错买错卖的实情，立即按原布料做了一件长衫，并将长衫所值的银钱作为赔偿，按照裁缝提供的地址，登门给寒庐先生送去。寒庐先生感念这位少东家的厚道，后来，听说高家正在修建被战乱夷为平地的府邸，遂写好高家三堂的门额，备上花红礼酒，亲自给高府送去。

两人遂义结金兰，成为莫逆之交。

两个挚友为下一代指腹为婚，意在世代交好，谁知柳碧云命运不济，三岁丧母，后来身为府学学正的父亲，因文字狱被追缉，将七岁的女儿寄养在邻居韩寡妇家便不知所终。韩家是戏班子世家，韩家哥哥韩铁锤小小年纪便以“棒槌红”誉满关中。柳碧云从小习拳练剑，随哥哥钻到台子上看戏，天真烂漫，无拘无束，野小子一般。多少次韩妈妈上午替她缠脚，下午到河滩她又偷偷放开，反反复复，竟落下今日的缺憾……

新郎仍未露面，盖头不能擅揭，柳碧云只是低声啜泣。两位娘家来撒床的嫂嫂，手脚麻利地将陪嫁的被褥床单铺展开来，劝说柳碧云不要着急，一边端起装有核桃红枣花生的笸篮，一把把向暖炕的四角撒去。每撒一把，两个人你一句我一句，对口唱出关中古老的《撒床谣》：

这个洞房多亮光，
这个洞房多宽敞！
新人入得洞房来，
满屋生辉喜洋洋！

楠木格窗锦罗帐，
王母瑶台比不上！
八仙有个蓝采和，
撒床撒得花儿香！

一撒夫妻天仙配，
二撒福寿乐安康！
核桃红枣龙凤胎，
花生仁仁儿成双……

这当儿，丫鬟小红端来的夫妻合婚面和交杯酒，还一直在托盘里放着，冷冰冰如同无人搭理的弃儿。两位嫂嫂撒床完毕，看妹妹一进门就遭此冷遇，既抱屈又无奈，只好陪她一同抹泪。

柳碧云哭了一回，眼泪鼻涕沾湿了洁白的绣花丝帕。那上面的鸳鸯牡丹图案是她一针一线精心绣制的。多少个日日夜夜，多少个灯前月下，她独处深闺，怀着一颗少女对美满婚姻的憧憬，将每一条丝线的颜色，每一个绣点的针脚都用自己的慧性选择搭配到最好。那上面的一对鸳鸯，含情脉脉，相互顾盼；那上面的两朵牡丹，上下掩映，枝叶相连。这方手帕，原准备作为赠品，在新郎揭开盖头后，当两人第一次直面相对时，手把手交给新郎，作为对他们夫妻恩爱、白头偕老的祝福。可现在，这表明心迹的圣洁之物，只有作为承接黄连苦水的泪巾了。世界上最可怕的灾变为什么要降临到自己头上？难道自己，一个尚不更事的少女遭受的苦难还少么？她哭着哭着，不禁怨恨起那遥远记忆中缥缈如轻烟的双亲了。可怜的受苦受难被病魔夺去了年轻生命的母亲啊！你白白将天生丽质赐给了女儿，如若你多活几年，给女儿缠出一双三寸金莲，女儿不就完美无缺了……父亲呀父亲，你在哪里？你是死是活为什么音信全无？你虽有满腹学问，却是个百无一用的人。你总是喜欢吟咏：“碧云天，黄花地，西风紧，北雁南飞。晓来谁染霜林醉？总是离人泪……”这就是女儿名字的出处了。好一个凄惨悲苦的宿命啊！你不该为女儿指腹为婚。我和韩家哥哥青梅竹马两小无猜，那才是情投意合的一对呀……他高凤阙为什么不入洞房，不就嫌我脚片子大么？这好办。戏剧里有关羽刮骨疗毒，有要离断腕、王佐断臂，高凤阙既然要个小脚女人，这有何难？嫁妆盒里有的是锋利的剪刀，只要一剪子下去，剪断几根无用的脚指头，不就心满意足了……

2

堵在门口看热闹的孩童，见新房里毫无动静，一个个知趣地离开了。院子里骤然安静下来。

坐在炕沿上默默垂泪的柳碧云，静静地期待着，守候着，思前想后，终于下定决心：何不自残双脚，还他一个三寸金莲！这是迫不得已的决定，这是献身高府的唯一选择！既然嫁到高府，就是他家的人了，何必痛惜几根脚指头？如暗夜里长途跋涉的行人看到遥远天边的一点儿灯火，如风雨中亡命狂奔的落魄者发现了一处矮檐。她还有其他的选择吗？没有了。她还有其他的生路可寻吗？没有了。做出这样的抉择，她是赌着一口气，豁出去了！于是，她呼啦一下扯掉蒙在脸上的盖头，气咻咻站了起来。这突然的举动，吓得两位嫂嫂发愣，怔怔地看着她，手忙脚乱，不知她要干啥。

大嫂说："哎呀，盖头怎能自己揭？这犯大忌，人家会说你行为不端！"

二嫂说："盖上，快盖上！小心人家笑话，说咱没教养。"

柳碧云痴痴笑着，把嫂嫂罩上去的盖头重又扯下，索性用盖头将脸上的鼻涕眼泪一把抹去，随手丢弃在炕脚。接着，卸下头上沉甸甸的金丝凤翅攒珠冠，亦往炕头一掷，跳下黄杨木垫脚矮凳："我饿了！从夜黑到现在，水米没打牙呢！"

丫鬟小红端起托盘道："大少奶奶，饭凉了，你等等，我去端碗热的来。"

柳碧云说："不用！我吃惯了冷饭，看惯了冷脸，热的还怕烧心呢！"说着，伸手端起酒杯，一仰脖子就是一杯。连灌下两杯，胃里热乎了，又将那只盛着合婚面的大碗端起来，用筷子搅了搅面，也不让人，坐在炕沿，呼噜噜只管往嘴里扒拉。她吃得响声很大，叫花子抢舍饭也不过如此。两位嫂嫂看她吃相不雅，只管用眼睛睃她。好在碗里面条不多，大半是鸡汤臊子，柳碧云也着实饿了，三下五除二便吸溜个精光。最后，连残汤剩水也一齐灌下肚去，一边对两位嫂嫂说："你们委屈了，去吃酒席吧。我没事，一个人可以的！"

两位嫂嫂素知她性子野，哪顾得去吃酒席，只怕闹出乱子，屁股没敢挪窝。

柳碧云翻箱倒柜，很快找到针线笸篮，抄起那把崭新的龙凤亮银剪，掂了掂，挺顺手。这是她在三原古会上特意挑选的。哥哥"棒槌红"在戏班，穷得穿不上裤子，所有戏衣，都是韩妈妈带着她和白牡丹姐姐全部包揽。她心灵手巧，顶半个裁缝。一把剪刀在她手上，无论裁、剪、镂、挑，还是压、剔、钩、连，均燕子凌波一般飞转自如，做出的活路，巧夺天工。柳碧云腋下夹着剪刀，又翻了翻，翻出一截白布，那是准备为日后有了小宝宝做尿布用的。她抻了抻，裁下一庹长，嚓嚓几下，撕扯成布条。两位嫂嫂颇感诧异，这妹子的蛮劲是出了名的。十二岁那年随哥哥练功，看哥哥和白牡丹都能从桌子上翻空跟头下来，她不服气，背后自个儿偷练。她给桌子上架了条板凳，空跟头没翻好，摔得爬不起来。还是后半夜被韩妈妈发现背回家的。她们生怕她野惯了，在新婚之夜又要蛮干，问她干啥，柳碧云并不作答，忽然说："哎呀，我怎么想尿！"原来她怕一旦伤痛憋不住尿了裤子。

这一下，两位嫂嫂嗔怪了，顾不得体面，一齐责备她。大嫂说："你憋不住也得憋，不能出去尿！"二嫂说："你呀，没揭盖头出去乱跑，像什么话？"

柳碧云从来脾气倔，瞪着眼说："不行，我憋不住了！咱陪嫁的尿盆呢？"

胖丫鬟翠珠虽然愚笨，笨人却有笨心眼，指着箱笼说："在炕头的箱笼底下。"

柳碧云让掩上门，舒坦地撒了尿，又放回原处。尽管屋内一股尿臊味，但大白天出去倒尿盆，那才叫大煞风景呢！

柳碧云挽起袖管，走过去揭开细嘴长脖子锡酒壶的盖子，颠倒过来，嘴对壶口，闭住气，满满吸下一大口，然后鼓起两腮，将白酒对准剪刀两面，噗噗匀着喷了。接着，踢脱了绣鞋，抹掉布袜，精赤着脚丫，一屁股坐在黄杨木矮凳上，架起右腿，对准脚指头，就要动手。

两位嫂嫂见状，一下子慌了手脚，丫鬟亦吓得尖叫。大嫂毕竟年长一些，有些见识，扑过去抱住胳膊死死不放。柳碧云疯了一样哭喊着："别管我！我要还他个小脚女人！"她毕竟年轻力壮，虽经阻拦，剪刀还是抡了出去，抽回来一下子扎在小腿上，顿时鲜血直流。

这一刻，大嫂真是急眼了，对还在发愣的二嫂和丫鬟高喊："你们是木头，还不快把剪刀夺下！"二嫂如梦初醒，上去抢夺时，裤腿被�开一条尺把长的大口子。

柳碧云被摁倒在地，屋内嚷成一团。剪刀最终被抢夺下来，鲜血染红了地面。

这时，新郎高凤阙挑开软帘，愣愣地出现在门口。

3

高凤阙是被父亲用棍子打回洞房的。

高父和夫人杨氏满面春风，在大厅前忙不迭地迎接来宾。只因长子新婚三天后即将赴京会考，光绪二十一年（1895）开科大比，为促成双喜临门的喜庆局面，他将捐资兴建的渭河大桥合龙日期也安排在今天。从清晨开始，高府门前便车水马龙，人流如潮。高家自凤阙曾祖起，世袭四品卿衔，是千乘镇的大户，上下百十来口，全在这儿帮忙应酬。大管家孟泰老先生亲自在前庭当值，亮着大嗓门不断向后堂报告来人的身份名号。那些来自全国的高家一百三十八家商号掌柜自不必说，仅陕西商会所属的富商大贾的礼单就收了三大摞，陕西巡抚李文鼎李大人的礼单，臬司、藩司的礼单，以及关中各道府州县重要衙门的名帖也陆续接到了。

残冬将尽，春寒料峭，水沟里残留的冰碴儿依稀可见，但穿着四品道员朝服的高敬轩和夫人一个时辰下来，内衣全湿透了。他们让人替换一下，正要到后堂歇息，不意与蜂拥而至的送女新亲撞了个当面。看他们一个个面愠色怒，言激语愤，媒人急忙将新郎拒不入洞房的事禀报上来。此事早在意料之中，于是，杨夫人来不及更衣，急忙去西面花厅开导儿子。

花厅是当年柳雪斋先生在高府授徒教书的私塾。那会儿，高凤阙不过四五岁，小小年纪聪颖过人，往往能过目成诵，深得柳先生喜爱。一日，高父请先生为花厅画一幅中堂，画成，是一张松鹤图。只见树干嶙峋，盘曲如龙，枝叶疏落，枝上一只丹顶鹤振翅欲飞，曲项向天而歌。构图简洁，笔法洗练，将仙鹤即将飞升的神态刻画得惟妙惟肖。题款曰：“高鸣常向月，振翅舞清风。”高父见了，赞不绝口，他知道这是对自己品格的写照。如此精妙的画作，即便丹青圣手，也不可多得。那天，画作装裱已成，趁挂上厅堂之机，高父聊备薄酒，与柳先生一边观赏，一边小酌。小凤阙在堂下玩耍，进门看了题款，摇头说：“不好，不好！”高父责备他冲撞师尊，凤阙答曰：“月宫清冷，不可久居。若我来题，当是‘高鸣向日边，夸父犹可鉴’。”当即，寒庐先生走下堂来，向小小的孩子鞠了一躬，口称：“一句之师，可贺，可贺！”然后抱在膝头，爱抚地撩拨着他的童髫螺蛳辫，对主人说：“这个孩子在下观察已久，今后必成国之大器。拙荆身怀六甲，如不嫌弃，若生一女，愿许配令郎，结为百年之好。”接着，两个人来到神堂，郑重许下心愿。后来柳雪斋失踪了，高父曾多次登门寻访，均杳如黄鹤。这次为儿子择定婚期，高敬轩带夫人住进自家在三原的老店，经多方察探，确信云儿没有落魄成为戏子，顾虑顿然冰释。高家夫妇是诚信之人，为践行诺言，不忘至交，故将云儿未缠足的事隐瞒下来。

杨夫人出身名门，是高敬轩的正妻，婚后多年没有妊娠，盼望已久才生了凤阙，后又一连生了两胎，均没有成活。高家人丁稀少，支脉不旺，在杨夫人的反复规劝下，高敬轩又纳了二房。谁知二房太太福浅命薄，年纪轻轻生下一个不足月的儿子便死于难产。次子取名凤雏，一直由杨夫人带着，视同亲生一般。凤雏身体羸弱，又是庶出，患有自闭症，今天高府上下忙得不亦乐乎，他却躲在书房独自吹箫。

杨夫人到花厅去找儿子，隔着雕花窗棂，听到凤阙的堂姐、二门知儿堂大姑娘高凤仪恰在屋内。凤仪的父亲高敬业原本是长兄生意上的帮手，不过二十年前在疏勒河遭遇沙尘暴，背负大宗茶叶的千峰骆驼在沙漠走失，高敬业从此也没了下落。高凤仪从小失去父亲，又生在前长在前，高家三堂守着这宝贝姑娘，视若掌上明珠，她哭闹不愿缠脚也就随她去了。高凤仪个头不低，脚伸出来像只小船，比一般男人的脚还大。她唯恐在小脚世界遭受歧视，自作主张进了上海教会学堂。如今放寒假，正准备待大弟完婚后一同出发，到郑州再分手。两人性格同样执拗，常常唇枪舌剑，为小事争得面红耳赤。

杨夫人在台阶下整了整衣冠，她听出姐弟俩已谈了好大一会儿，不过，凤阙并没有被说服。堂姐性格外向，开朗豪爽，已离开座椅，来回踱着步子。

“大弟，柳先生说你必成国之大器。”高凤仪嗓门大，震得窗纸簌簌作响，“你这次赴京会考，是第一次离开家乡这土旮旯儿，对吧？是呀，你早该开开眼了！洋人不说，那满街走动的旗人女子，不管福晋格格、小姐丫鬟，还是诰命夫人，哪个不是大脚？没一个缠脚的。怎么，不缠脚就不活了？”

高凤阙似乎不为所动，回敬道：“哎呀，大姐，我和你不一样！不管你今后嫁给洋人还是旗人，我还没忘记，我是在‘第一商帮’这块招牌底下长大的。”

“你的脑子简直不开化，书呆子，八股文把你读死了！”高凤仪气哼哼地说。她穿一袭猩红金丝绒多皱西洋长裙，下摆直扫到高跟鞋面，戴一顶插着羽毛的紫红卷檐软帽，浑身像一团燃烧的火焰。

高凤阙自恃才高，嘴巴上丝毫不肯让人，挖苦道：“哈哈，你才学了几句洋文，好像放屁都变味了……”

“你混蛋！”高凤仪涨红了脸，雍容华贵的风度已不复存在，“你听着，慈禧老佛爷和英国维多利亚女王的脚你见过没有？告诉你，都是大脚。我要是小脚女人，还进不了英国人办的洋学堂哩！”

高凤仪说完，怒冲冲跨出门来。杨夫人想去拽，无奈身单力薄，又是小脚，一股旋风裹挟着高凤仪宽大的裙裾，险些将她带倒。

杨夫人赔着不是，眼看高凤仪的身影消失在跨院的石榴树后面，回头责备儿子道：“你不该伤了你大姐的心。她劝你是为你好，为了咱高家。”

“娶个大脚婆就是为了高家？”儿子气不顺，梗着脖子诘问，“那当初你怎么不放脚？”

“你，你简直不像话！这是读书人说的话吗？”杨夫人没想到儿子会顶撞自己，被噎得浑身发抖，她伸手摸索着在八仙桌旁坐下，好久说不出一句话来。

母子俩一直沉默着，最终，杨夫人幽幽地叹了口气说：“凤阙，你是深明事理的人。这次进京，如若考取功名做了官，家里就留不住你了。咱偌大的家业，你扳指头数数，高家一门三堂，有谁能撑起这个门户？眼看你父亲就是六旬的人了，你二弟凤雏能独当一面吗？再看二门知儿堂，你二叔至今下落不明，二婶虽没有改嫁，二门早就后继无人了。三门知非堂一直和咱离心离德，你三叔高敬寅在成都私置田宅，一直闹分家；他的儿子高凤池人倒是精明，但整日花天酒地不务正业，和马家大少爷走得挺近，这个家业要是交给他，还不三天两后晌就踢踏了？儿呀，恨只恨咱高家人丁不旺啊……”

“噢——”高凤阙似乎明白了母亲的用意，冷笑道，“你们是想让这个当过戏子的大脚婆，为高家多生多育多子多福呀……”

“胡说！”母亲拍着桌子呵斥道，“我们高家是名门望族，怎能娶回一个戏子？难道我和你父亲的眼睛都瞎了么？眼见为实，耳听为虚，别听外人瞎说。”顿了顿又说，“多子多福有什么不好，你该知道文王百子的故事吧？云儿知书达礼，手脚麻利，人又聪明漂亮。常言道‘一个好媳妇，三辈好人样’。要是给咱添个三男两女，咱还比不过他九龙马家了……”

“哈哈！”高凤阙打趣道，“这么说，我不用进京了，书也别读了，只要能让这头母猪下崽就行。哈哈……”

“岂有此理！你可知道，不孝有三，无后为大！”杨夫人愤怒了。她满含泪水盯着儿子的眼睛，蓦然感到儿子变得陌生了，几乎不认识了。这就是自己生下的那个丑陋的肉团子一样的儿子吗？这就是自己亲手抚养大的新科举人吗？她既气愤又心疼，既恼恨又无奈，一时只觉得浑身冰凉双手颤抖，牙齿已咬得咯咯响了。

正在无计可施，只听哐啷一声震响，一根枣木顶门杠从屏风后面掼到当庭，接着，弃了官帽的高敬轩横眉怒目站在面前。高敬轩冷冷地对儿子说：“今天你去也得去，不去也得去。否则，这根杠子不会饶你！”

儿子从小娇惯坏了，哪里肯受这种弹压，鼻子一哼，跳下太师椅就要离开。高父只觉得肝胆俱裂，七窍生烟，抓起顶门杠横扫过去。由于用力过猛，一下子打碎了桌上的宋代汝窑青瓷凤尾尊，然后击在儿子的后腰上。当下高凤阙便栽倒了。

杨夫人心疼儿子，睨视着金刚怒目的丈夫，坐在椅子上没敢动弹。过去，高父从没动过儿子一根指头，对今天的失手也颇为惊异。原来，他正为渭河大桥的事犯急。这座高家捐巨资兴建的九孔平梁拱桥，从凤阙祖父那一辈就议定了。当时作为“第一商帮”的正副会长，高、马两家签下文书，高家建桥，马家修路。后来遇到陕甘回民大起义，家院让烧了，银库被抢了，接着，朝廷派多隆阿将军前来镇压。多将军千里迢迢自湖北荆州赶来，五六万大军没有军饷，从渭南一带的废墟中掘出十几个银窖，得了千万两银子。高、马两家同遭劫难，再也无力修桥铺路了。如今家业重振，高敬轩终于能够一圆父辈之梦了。谁知刚才一位小商号的东家向他透风说，马家将大桥南北两头的土地质押给上海怡和洋行了，今天可能要制造难堪。眼看双喜临门的盛举要两头落空，这是有生以来最为丢人的糗事，高敬轩焉能不急，满腔的怒火也只有在儿子身上发泄了。

高敬轩一手拄着枣木棍，对跌倒在地的儿子厉声说：“我看柳先生是看错人了！他说你日后必成大器，可你连父母都敢顶撞，‘君君臣臣父父子子’的千年古训都不要了，何谈为君分忧、为国担当啊！”说到这里，高父不由得动了真情。作为商人，从二十多年的艰难经营中，捐出三十万两白银建造渭河大桥，这是多么伟大的义举啊！作为高家长门，虽掌握着财务大权，可要说服各门同意，要费多少口舌啊！费尽周折才争得的可以彪炳史册的义举，难道就这样塌火了？思前想后，高敬轩泪水夺眶而出，对着堂上的《松鹤图》扑通一声跪倒，哽咽道：“柳先生，愚弟实在对不起你呀！当年咱俩情同手足，无话不谈，使愚弟受益匪浅。今天，你的女儿若不能作为儿媳，我愿将她留在膝下认作义女，因为，我高家后继无人啊……”

高敬轩老泪纵横，痛哭失声，杨夫人也眼圈通红，急忙离开座椅，搀丈夫回到椅子上坐下，对儿子喝道：“逆子，还不过来认错，要将父母活活气死么？”

高凤阙怏怏地起身走到父亲座椅前，重新跪下，磕了三个头，起身出门去了。

第二章　神秘来客

1

当高府上下为双喜临门的盛典忙得不可开交的时候，千乘镇西街“九龙马家”正在盛情接待一位远道而来的神秘客人。客人是昨天黄昏经潼关县城来到这里的。没有鸣锣开道的仪仗，没有张灯结彩的布设，不过，从随行四五辆轿车上跳下的十几名便衣护卫看，来客绝非常人。千乘镇是大镇，自古以来就是关中道上东西南北交通的要冲，因此，人们对偶尔出现的车队并不在意。

千乘镇位于渭南县城正东，北临渭水，南望秦岭，如同一颗璀璨的明珠，镶嵌在渭河平原广袤的田野里。这里因灌溉和交通的便利，成为八百里秦川东部最为富庶的地区。这个镇因水旱码头而兴商，为秦、晋、豫、楚、川货物的重要集散地。明代中叶，为巩固北部边防，政府实行“食盐开中”政策，鼓励商人将粮食布匹等军需物资从内地输往边关，换取军队手中的“盐引”，然后凭“盐引”到广陵（今扬州）贩运食盐。关中是重要的粮棉产区，有着自秦汉及盛唐以来形成的四通八达的商运通道。在政策的鼓励下，陕西商人闻风而动，抓住历史机遇，率先行动起来。动辄以数千峰骆驼北上大漠，输粮边关，又以千乘银车东出潼关置办军需或购盐运盐，“千乘镇”之名即由此而来。他们扬秦人之锐气，继汉唐之遗风，形成了中国历史上最早的大型商贸集团，因此，秦商有天下“第一商帮”的盛誉。千乘镇，借助沟通东西、连接南北的地理优势，渐渐成为陕西境内货物、银钱、信息的交流中心。经过数百年的发展，到康熙乾隆年间，镇子上货栈林立，作坊遍地，钱庄票号一家挨着一家，中小商家不算，仅富商大贾就汇聚了二十多家，每天汇向全国各地的银钱在千万两以上。随着国运的盛极而衰，经历了同治年间的陕甘战乱，镇子上两丈多高的寨墙以及东西南北四座城楼在战乱中被拆弃了，大多数商家的店铺和宅院遭到焚毁，银窖也被盗掘一空。其中高家的府邸在大火中整整燃烧了七天七夜，紧邻的陕西会馆也难逃厄运。最终，唯有会馆门额上那块当年乾隆皇帝御笔题写的“第一商帮”匾额被抢救下来。这是陕西商界的一面旗帜，由于会馆尚未重建，如今暂先悬挂在代作会馆的高家仪门之上，依稀可见昔日的风采。

近年来，随着损毁的房舍被一一修复，更有马家的九个儿子大兴土木，各自扩建了一座浩大的花园式宅院，从此千乘镇的面貌焕然一新了。马家一门九府，院墙屋甍相连，楼宇鳞次栉比，整整占据了三条街道，号称“九龙马家”。客人是由马家四爷、两江按察使马季周接引而来的。此人穿一件缃色提花贡缎棉袍，外套鼠灰苏绣马褂，中等身材，约莫四十来岁，过早地秃了顶。他深陷的双眼恰似一道幽邃的沟壑，将一张面孔分成上下对比强烈的两等份：上半部是雪山，那是一颗硕大雪亮的脑袋；下半部是丛林，那是两大撇浓重而粗黑的英国式八字胡。尽管他常常故作姿态摆出一副温文尔雅的笑容，不过这种黑白分明的脸谱，犹如戏台上的二花脸，怎么也无法让人亲近起来。就是这样一个相貌平平的人，谁能知道，不管在江湖还是在朝廷，只要有他的身影出现，都如定海神针一般，纷乱的乾坤即被扭转。他就是大名鼎鼎的英国汇丰银行兼怡和洋行中国买办许正义。大清朝的巨额军费借款，抵押出去的两淮盐税、厘税以及多个口岸的通商关税尽在他的掌握之中。后来，由左宗棠、李鸿章两位军机大臣保举，朝廷特授予他二品花翎顶戴。随着清政府一次次割地赔款，一笔笔大举洋债，他越来越多地操纵了中国的经济命脉。许大买办是英国人在华经济总代理，一切事务均听取他的意见。他曾与一位英国大班经理不和，结果英国总部撤换了大班而留住了他。因此，他根本不把朝廷赏赐的官职放在眼里，那件二品大员的锦鸡补服从未上过身，即便面见圣上也从来不穿。财政拮据的朝廷和那些对金钱趋之若鹜的达官显宦巴结这位“财神爷”还来不及呢，哪敢对其穿衣戴帽品头论足？许大买办最近正春风得意踌躇满志，在中国江南取得了两项令世人震惊的战绩：一是一举击碎了中国江浙商人的生丝、茶叶“价格联盟”，将江南这两宗最大的贸易重新夺回到洋行手中；二是用金融手段彻底打垮了徽商巨头胡雪岩，迫使名震一时的阜康钱庄因破产而寿终正寝，从此，江南可以后顾无忧了。这次到西北来，正是要乘胜进击，伺机开拓这块肥沃的处女地，绝不能让虎视眈眈的俄罗斯占领先机。说来也巧，前些日子，两江按察使马季周向他调查胡雪岩的军费举债回扣案，他巴不得将胡氏投入大牢，两人一拍即合，谈得分外投机。当了解到马四爷乃陕西巨商门下，他正可以借水行船了。

为迎接远道而来的贵客，马家将这份殊荣通知了所有弟兄。

“九龙马家”共有九个弟兄，如今太夫人八十四岁高龄，身体依然健康。这位太夫人原本是一个粗手粗脚的丫鬟，被马老爷子收房后，只因能生育而扶为正室。她一共生下九个儿子，前四个按“伯仲叔季”排名，后来越生越多，干脆按排行，小五、小六、小七依次往下叫，官名则取了排行的谐音。长子生下来胎里便带着尖尖一点儿糯米乳牙，算命先生说此主大富大贵，于是起名“马伯牙”。叫起来有些拗口，人们皆呼之为“马大牙”。太夫人从小受苦，教育孩子再穷都要念书。马伯牙因子承父业经营生意读书不多，其他孩子读书后均做了官。最高已官居京中二品，近及人君，可谓炙手可热。马伯牙借着弟弟们的权势，没花多少钱就捐了个四品道员，故当地民谚曰：“马家官势大，高家银钱多。”昨晚，这位在泾阳查看发往蒙俄茶砖的长门“道员第”马伯牙接到信使捎书，放下手头的活路，第一个赶回家中。他的儿子、长房长孙马生金虽游手好闲，却没有走远，自然也接踵而至。随后，八门“把总第”的主人、西安北门绿营七品把总马霸朝接到快马禀报，也连夜驱马赶了回来。他知道四哥陪同的客人身价不菲，随身带了二百名亲兵，在大门内外撤下岗哨。今天上午，闻讯致安的电报便接二连三飞来：首先收到在京任刑部侍郎的二门“少宰第”的主人马仲奎拍来的电报，嘱托家人好生接待，如需帮忙，他可在朝廷上使力。三门“章京第”马叔礼在军机处行走，来电说许大官人他早就相识，让大哥代行问候。五门“知州第”马舞阳任新疆和田直隶州知州，与七门——“州判第”和田州判马旗开联名发来电报请安。六门“盐运使第”马六合任四川盐运使，电请许大买办择日到西南视察。最后一封电报是九门“参赞第”马救时从日本东京发来的，他任大清国驻日本使馆政务参赞，言说汇丰银行在日本经营惨淡，问许大买办可有需要他效力的地方……

许正义在客厅望着满桌各色名点佐菜，稍稍挑拣了两样，正欲下箸，被马伯牙朗读电报的陕西口音聒噪得欲罢不能。这虽然显示了马家的势力所言非虚，但毕竟这种虚套他见得多了，曾经沧海难为水，对一个土财主玩弄的招式，只能付之一笑。

马伯牙只怕许大买办小觑了自己，端起茶杯一边喝茶一边吹嘘马家的实力如何强大，而今又有大清权臣荣禄荣相国做他的后盾，将搜刮的皇银存在这里来做股本，并有慈禧老佛爷的体己，他如今真正是“大清皇商”了。

马伯牙得意忘形，长方形的马脸上渗出一层明灿灿的油汗。他的两颗门齿乳牙因占尽先机，发育得异常宽大，如同啮齿类的田鼠。为了遮丑，常用上唇包住。这会儿已无所顾忌，不时露出白花花的大牙将脸上的风光全部占去。

许大买办从袖筒掏出洁白的丝帕擦掉马伯牙喷溅到脸上的唾沫星子，不以为然道：“这可能有失公允吧？这个皇银股本多少利息？一定是高利贷。我们汇丰银行同股同利，一视同仁，为储户保密，这正是我们包打天下、攻无不克的法宝。”

马伯牙不由得一惊，满脸尴尬，支支吾吾不知如何作答。这时，四川盐运使、六门马六合的第二封加急电报又送到了，这回还有总督、巡抚等地方最高长官的署名。他们联名请许大买办离陕后即赴川省考察，有大旱望云霓之意。

提到川省，许大买办忽然想起一件流传很广的陈年往事，问："当年第一商帮的高、马两家，为争夺成都陕西商会会长一职是否闹得不可开交？"

许大买办直勾勾地望着马家人的脸，那眼神高深莫测，很难判断他的真实意图。不过，这句话还是触到了马家人的痛处，遮遮掩掩说了高家的许多不是。

原来，高、马两家的先祖一起到四川自贡投资盐井，没几年便成为当地屈指可数的盐商大户。他们利用雄厚的盐业资本，又控制了川茶的贸易，再将巨额利润投资于钱庄和典当业，掌握了当时四川金融业的半壁江山。到了清代乾嘉年间，陕西商人在四川的商业领域更是如日中天。随着自贡、雅安、江油、绵阳等州县陕西商会的建立，一个全省性质的陕西商会也在紧锣密鼓的筹备之中。陕西商会会长一职，最终因高敬轩的祖父高贤之深孚众望而高票当选，马伯牙的祖父马沛光却落败了。马沛光不甘失败，在建造成都陕西商会会馆一事上使小绊子，暗中鼓动当地富绅将一块发臭的烂泥塘指给高贤之建馆，并且指明不得动用当地的一砖一瓦，甚至一抔土。新任会长明知是自家人从中作梗，为反击这种背叛行为，与各分会一合计，号令凡往来入川做生意者，每人从渭南西塬上捎一袋陕西的黄土。古人云："蜀道之难难于上青天。"马沛光本来是要看笑话的，未曾料到这些重义轻利的陕西人知道内情后，个个义愤填膺，人人奋勇当先，肩背马驮一袋袋沉重的黄土，跋山涉水，翻越千里蜀道，垫起水塘，盖起了一座富丽堂皇的陕西会馆。后来，马沛光在四川站不住脚，生意一落千丈，悄悄撤资回家，从此一病不起，不久就呜呼哀哉了。

对这段商界旧闻，许大买办早就耳熟能详了，今天偶尔提及，不过是考考马家人是否诚实。看他们一个个巧舌如簧，文过饰非，对其家风也就心知肚明了。

2

午饭过后，马伯牙叫来马家私养戏班的四个小旦，带着弦索乐器，在大厅给许大买办唱堂会解闷。外乡人初来乍到，难免有羁旅之苦，这是人之常情。当其中三个小旦拿着二胡、月琴、板鼓坐定后，一个小旦站在客人对面正要开口唱戏，忽然从后堂传来一个老妇人念念有词的吟诵。许大买办是南方人，有些听不懂老妪方言很重的口语，含混逮住几句：

铺稻草，盖稻草，
稻草窝里生虼蚤。
虼蚤腿长脑袋小，
专往人的身上咬。
第一口咬死高家的爷，
第二口咬死高大炮……

许大买办扭头看时，只见两个丫鬟搀扶着一位头发雪白的老夫人走上花厅的台阶，正向厅堂走来。老人家身体瘦弱，皮包骨头，精神却矍铄。她的一只眼睛瞎了，另一只却出奇的明亮。许大买办心想，想必这就是马家太夫人了。正要离座打躬，被马家的众兄弟拦住，说："不要客气！这是我家老母，最爱看戏，一听见弦索响，屁股就挨不住板凳了！"许大买办一拱手，向太夫人问声好，不由得打趣道："老妈妈，您刚才念的是什么呀？"

太夫人在椅子上坐下来，狠狠地说："毒咒！"

许大买办问："毒咒，这是咒谁呀？"

马季周解释说："当年父亲下世，只因与高家的世仇未报，临入殓突然诈尸从棺材里坐起，死死盯着一群哭倒在地的白袍孝子。所有人都吓呆了，多亏母亲扑上去，说‘你放心走吧！我的一只眼被你打瞎了，这只眼留着，专看高家怎样败亡的！’老爷子听罢，咕咚仰面倒下，声音很响，如一串闷雷。事后有人说，那是老爷子因宿仇未报，从森罗殿偷跑回来，听了老太太的誓言，回去一高兴撞倒了阎罗桌……”

大厅里的人们，一个个笑得前仰后合，唯有太夫人木雕一样端坐着。楠木雕花的窗格子高处，漏进一缕灿亮的阳光，洒在太夫人枯瘦的黄脸上。她的半个脸忽然由黄转红，那只独眼也随之放出幽幽的光，大厅的笑声立即哑然了。

许大买办和悦地对太夫人说：“老妈妈，你的心事我知道。你放心，我今天就要给你的仇人一点儿颜色看看。你在这大堂上一边听戏，一边静候佳音吧！”

太夫人问怎么整治那个高敬轩，说他今天可要喜事成双了。大儿子马伯牙说：“我和许大买办已经说妥，要入股怡和洋行，和洋人绑在一块儿做生意。第一是将原打算修路的地皮质押给洋行，这样，他高大炮的渭河大桥要合龙，就只有从天上往过飞了。洋人，他惹得起吗？”

太夫人听说今天就能阻断高家大桥合龙，高兴地跳下椅子，口称“天神下凡”，接着就要给许大买办磕头。许正义拦住她道：“你先不要谢我，还有一件大事有劳各位大驾哩！”

在座的马家弟兄不由得一怔，以为这位大买办会开出天价一样的条件，只见许大买办眨眨眼平静地说：“我有劳诸位的，是想拿下一件东西。”

“什么东西？”

“高家门楼上的那块大匾。”

“你是说乾隆御匾？”

“对，乾隆爷题写的御匾。”

“是‘第一商帮’那块御匾吧？”

“对，‘第一商帮’那块御匾。”

“要它何用？难道……”

马家的人不知许大买办葫芦里卖的什么药，一个个成了张嘴泥胎。许大买办用右手食指捋了一下八字胡，嘿嘿笑道：“我要把它送到英国伦敦大英博物馆去，作为征服中国内地的历史见证！”

“好啊，许大买办！”八爷马霸朝闪身出来说，“你要是有这份心思，这事就包在小弟身上了，让他高大炮知道我的手段！”

厅堂内响起一片叫好之声，许大买办一下子被捧到了天上，正云里雾里呢，门外传来老家人的连声迭报——

“陕甘总督魏光焘魏大人驾到！”

“陕西巡抚李文鼎李大人驾到！”

未及听清，接着又是什么西安知府、同州知府、渭南知县的名号。

听到有高官驾到，马伯牙立即命戏子们下去，慌得四个小旦老鼠一样夹着乐器溜掉了。

马家太夫人哪见过这么多大官，也不知他们怎么听到风声的，赶紧往后堂退去，一边还对许大买办说：“你不走吧？咱今晚看灯影戏，上天入地的，那才叫个好！”

太夫人下堂时，生怕走慢了，疾风一般甩开两个丫鬟。谁知她娇小的三寸金莲没有走稳，着急处，连连蹦出三个响屁，给大厅留下一股韭菜的恶臭气息。

3

高敬轩赶到大桥工地时已迟了一步。

刚刚燃放过火铳鞭炮的大桥桥头，空气中硝烟弥漫，场地上纸屑飞舞，工匠们正要将凿好的拴着大红绸带的十八块合龙石放上滚杠，运往桥面，却被马家的人蛮横地堵在原地不能动弹。双方怒目而视，气氛异常紧张，一场恶性械斗在所难免。马家的人除了穿着黑衣黑裤的家丁外，大多是头戴红缨子暖帽的绿营兵。马家一下子拥上二百多人，人人手执腰刀长矛，个个耀武扬威。他们人多势众，自然占了上风。这突如其来的变故令高敬轩措手不及。工地上高家的人不过三四十人，大多是雇用的工匠。穿着武将犀牛补服的马霸朝站在桥头一块掀倒的石兽上，威风凛凛地挥动着皮鞭，指挥兵丁把那些打了扒钉灌了铁水的拱洞石往河里掀，一边喊叫着："使劲，给我撬，一块也别留！"

高敬轩知道马霸朝不是什么好鸟，不过一个专横跋扈、暴戾恣睢的军棍。当年读书时怕用功，小小年纪，总想着怎样设计捉弄丫鬟，老师教训他，他反夺了戒尺，打得老师满头疙瘩。书没有读成，后来捐了个武举，算是有了出身。他身材壮实，皮肤黝黑，如一头犍牛，酒后常常鞭打士卒，又施以小恩小惠，部下都恨他怕他。如今他如此骄横，必有什么原因。高敬轩连忙赔上笑脸："哎呀呀，这不是八弟嘛！怎么回事？"

"怎么回事？"马霸朝回过头冷笑道，"我还以为高家的人都是缩头乌龟呢！"他一扬手，摘下暖帽，擦着帽箍里的汗水。马家的人见状停止了行动。

"八弟！"高敬轩讨好道，"这架桥铺路，是老一代人在知府面前签过字画过押的事情，明确了是我修桥你铺路。怎么，你们不干了？这可是利国利民的大好事呀！"

"大好事？"马霸朝嘿嘿冷笑着，"告诉你吧，我们马家不想花这个冤枉钱，土地质押给怡和洋行了。如今这土地归了洋人，你要从这儿走，得问问洋人同意不同意。"

"哈哈！"高敬轩打着哈哈道，"我以为怎么回事！洋人也是人，就不走咱中国的桥了？洋人还没打到内地就乱了阵脚，那，洋人要是来了，还不作揖磕头束手就擒？"

"大胆！"马霸朝吼叫着，"你太狂妄了！你要为你今天的话后悔的，懂吗？不要刚刚有了几个臭钱就想和洋人斗，如今朝廷都让着洋人三分，你知不知道你脖子上长了几个脑袋?”

马霸朝语言粗鲁，态度蛮横，高敬轩还要据理力争，只见马霸朝将鞭子一挥，他的亲兵便挺着枪四处抓人。眼睁睁见满身粉尘的工匠师傅被鞭子抽打得在场子里乱钻，敢于反抗的则被一个个捆绑起来，高敬轩急于从兵丁手中救人，哭倒在地道：“苍天哪，你睁眼看看吧！我捐钱要做件好事，怎么这么难啊……”

4

晚上，马府的花厅东头，早早挂出一块白底黑边的纱幕帐子。幕帐不大，它的正前方整整齐齐摆着两排太师椅，相邻的两把椅子中间，均置一张条形细腿酸枝木茶几。茶几上面除摆着檀木托座的细瓷盖碗茶杯外，还有金装银饰的烟枪，盘子里则放着陕西特产的瓜子花生柿饼红枣和油炸酥饺麻页之类。马家盛情招待许大买办，一定要他见识见识久负盛名的陕西皮影——俗称“牛皮娃娃子”。

陕西皮影由来已久，源远流长，已有两千多年历史。相传汉武帝所钟爱的妃子李夫人去世了，他十分思念她，让巫师齐少翁为她招魂，若招魂不来，便有杀头之罪。齐少翁苦思冥想，走访宫中，了解到李夫人总爱和皇帝捉迷藏。受此启发，齐少翁用一张驴皮剪成李夫人的形象，再用烛光照在纱幕上。汉武帝看到李夫人复活，在歌乐管弦之中，于纱幕内翩翩起舞，幻然若仙，遂重重赏赐了这名巫师。这段传说曾见于《汉书》，到了唐代，皮影戏进一步发展起来。据传，唐明皇游月宫，就是用皮影制造的仙境。渭南、华州（华县）一带的皮影，大约产生于唐代，堪称中国皮影的源头。渭南、华州处于长安、洛阳两京之间，皮影艺人们为了走动方便，便在这里落地生根，一直传承至今。这里的皮影制作精良，题材广泛，人物形象丰富，造型夸张，色彩绚丽，配以当地流行的“碗碗腔”，深受大众喜爱。

这一晚，为许大买办表演的剧目是鬼怪戏《老鼠招亲》。内容讲一只母老鼠死了丈夫，她要为自己招赘一个称心如意的郎君。谁知前来应聘的老鼠很多，有的漂亮，有的硕壮；有的会偷油，有的会跳梁。挑来挑去，越挑越眼花，结果全都被她爱上了。这一下家里乱了营，一会儿她和这个偷情，一会儿她和那个上床，老鼠们争风吃醋，不亦乐乎。后来，她发觉一只最大的老鼠似乎是自己失踪多年的夫君，经跟踪，发现他还养着许多年轻漂亮的小妾。一怒之下，她咬开楼板，滚下一块主人的玉枕，要将他们全部砸死。一不小心，自己和玉枕一起坠入无底深渊。受此惊吓，她忽然梦醒，原来是一枕黄粱。

这个戏实在令人好笑，不过，却有极强的挑逗性。特别是那些淫词秽语，能将人心头的欲火煽起。先朝嘉庆爷当政时，曾三次下旨禁演灯影戏，原因正在于此。

大厅里漆黑一团，只是纱幕上有些亮光。为了讨好许大买办，马府的家眷中，除了不轻易露面的马伯牙的正妻裘夫人外，他的几房姨太太和其他几家有头脸的女眷都被叫来坐在后排陪客。坐在许买办身后的是他的五姨太。这位五姨太年纪最轻，不过二十来岁，是马伯牙前些年办盐时从扬州瘦马院买回的一个风骚女子。头一两年马家大老爷还有些气力，能将五姨太征服。如今六十多岁了，有这么多女人伺候，时不时还去烟花柳巷逍遥一回，早已身衰力疲了，即便服用宫廷密传的参茸鹿血丸也无济于事。这女子花开正艳，蕊露正浓，岂能耐得住寂寞，渐渐和马家的长子马生金勾搭上了。这是马府尽人皆知的秘密，只不过家丑不可外扬罢了。

马生金也有自己的苦楚。当年，经西安将军荣禄做媒，他娶了个旗人副将的千金做妻。这女子嫁于汉人本就不满，比慈禧老佛爷还会折腾。她出身武将家庭，拳脚甚是厉害，加之膀大腰圆，稍有不满，常作河东狮吼，骑在马生金身上，打得他苦苦求饶。妻子知道他与五姨太有染，闹了几回，暂还没有抓住把柄。

马生金因给高凤阙送新婚贺礼回来晚了，站在花厅的后面悄悄看戏。整个大厅内，除了帐幕后面艺人的说唱和满座的笑声外，便是五姨太和许买办的窃窃私语。他们均是南方口音，燕语莺声，别人听不懂。马生金和五姨太交往多了，自然心里明白，甚为气恼。正要离开，只见头顶上鬼影幢幢，座席里人声喧哗，这两人便愈加大胆。一会儿，五姨太为许买办剥个花生，一会儿为他嗑个瓜子，两张脸面相抵，只差没有亲上嘴了。马生金再也看不下去，遂退回家中睡觉。

推开自家房门，妻子早已鼾声如雷，散发着臊气的尿盆儿乎将他绊倒。他将就着在炕沿儿和衣睡下，推了推妻子，那肥猪一样的大块头翻了个身，睡眼蒙眬地抱怨着什么。他问妻子怎不去看灯影戏，妻子醒了，侧着头怒道："你们家老一辈的不要脸，让我们小一辈的去学呀?"马生金听了，不敢再问，妻子鼾声随之又起。

后半夜，马生金偷偷起来，妻子迷迷糊糊地问他干什么，他推说尿盆满了，出去倒尿。马大少端着脚盆经过偏院五姨太窗前时，附在窗纸上听了听，果真有窸窸窣窣的响动，不像一个人独自在家。一会儿，便有低低的说话声。仔细一听，不是自家老爷子那混沌朴拙的秦音，而是叽叽咕咕的吴侬软语，仿佛他们云雨已毕，正卿卿我我缠绵哩。

马生金不由得怒从中来，用砖头猛地砸开木格子长条花窗，将一盆尿液泼了进去，哪管浇他个乌龟王八落汤鸡呢……

第三章　新婚生变

1

高凤阙本打算到洞房门外打个照面，然后悄然离开，借赴京赶考之名，一走了之。可是，当他挑开门帘，看到室内乱作一团，得知这个被称作新娘的年轻女子，为迎合自己的好恶，欲剪掉多余的脚指头时，他的心不禁一震，由惊异而惊叹了。

抬脚进屋，正好和斜倚在黄杨木矮凳上的新娘的目光碰撞在一起。这是他们第一次四目相对。新娘的美貌着实令他吃惊不小。这是怎样一副摄人心魄的娇容啊！两道黑而修长的纤眉，新月一样弯曲，柳芽一样轻巧；那下方长长的睫毛，泪花蓬蓬掩映下的一对黑白分明的眸子，忽灵灵向上一瞥，那种委屈，那种哀怨，将他的心都抓飞了。她轻轻抽泣着，面上梨花带雨，腮边玉盘承露，那娇美的面庞映得纱橱下一片粉亮，连螺钿柜桌上燃着的一对描金红烛大蜡都黯然无光了。高凤阙令丫鬟将新娘扶上暖炕包扎，柳碧云不肯就范，高凤阙说声“我来”，走上前挽起袖管，将新娘抱上了炕沿。好在伤口不大，没伤着筋骨，敷上家备的止血白药，很快就包扎好了。接着，他又拉开一床锦缎丝绵薄被为新娘盖在身上。当他下意识瞥一眼新娘白净秀溜的天足时，眼睛一下子拉直了。

啊！这就是自己深恶痛绝的那双丑陋的大脚吗？不，它是多么玲珑，多么乖巧啊！玉笋没有它灵活可爱，莲藕缺少它的造化之功，葱根更是失却了美人的血肉精魂。世上还有比少女的天足更能招人怜爱的物事吗？没有。他忽然记起童年时代看母亲洗脚时的情景。那双憋屈在菱角一样娇小鞋壳里的脚足，褪掉绣鞋，褪掉脚套和袜子，是一条缠裹得很紧的裹脚布。白裹脚布有两寸宽，三四尺长，一层层松开后，便是母亲那畸形得令人心悸的脚丫子：大脚指头粗梗梗的，其余四根脚指头被残忍地折断后弯压在脚掌下方，萎缩如僵死干瘪的蚕蛹；起主要支撑力的脚后跟早已变形，石杵般又粗又壮，单独看去，很难相信这是一个纤弱女人的脚。母亲的前脚掌上布满老茧，被挤压的脚指头缝因汗渍而发白溃烂，不得不常常背着人撒一些扑粉。发现儿子默默地看她洗脚，母亲年轻的嘴角上勉强挂出一丝歉意，说："女人都这样，不缠脚没人要。"后来，母亲洗脚时总关着门，任他怎么也叫不开。由此，女人必须缠脚的意识在他的脑际生成坚硬厚实的老茧。

看到新郎在炕边发痴发呆，两位嫂嫂一努嘴，和丫鬟急忙带上门出去了。柳碧云用火辣辣的目光望着丈夫，见他俊眉朗目，皮肤白皙，身材挺拔，举止文雅，不由得满心喜欢，掀开被子就要下来。高凤阙摁住她，轻声说："你腿上有伤，静躺着吧。我让丫鬟端饭过来，再换一个大一点儿的火盆。"

几句温存体贴的话说得柳碧云眼泪汪汪的，这就是自己的男人了，这就是自己生死相依终生相伴的夫君了！难道阴霾业已散尽，飞鸟投入山林，溪流回归大海了吗？是的，是这样的。柳碧云庆幸自己历经孤独和苦难终于有了归依，她是多么想多看新郎两眼啊！可是，讨厌的眼泪却止不住奔涌出来，模糊了她的视线。新郎在炕边坐了片刻，说要去大厅为客人敬酒。柳碧云欲起身相送，她的手在半空被新郎握住，顿时，一股爱的暖流滚过全身，许久，两人才轻轻松开。

2

宴席吃到一半，大桥合龙受阻的消息在大厅传开，高家人个个闻之色变，重要角色多已匆忙离席。前来送女的新亲见此状况，纷纷撤出大厅去向柳碧云辞行。柳碧云重披盛装，高兴地站在门口用笑脸迎人。辞行的人大多寒暄几句也就离开，很快，便只有两个丫鬟相伴了。这时，柳碧云发现，螺钿柜桌上的蜡台和香炉旁，生生多了一方礼品盒。蹊跷的是，好几双眼睛盯着，竟不知是何人所送，何时进门。那礼品盒明晃晃锡箔包装，方正正四棱见线，外面用红丝带扎着。这方礼品盒应属贵重之物，内地很难觅到。取来礼单一看，落款是“道员第监生马生金敬贺”。柳碧云早就听说千乘镇高、马两家世代不睦，原来镇子上的砖围墙同治年间在战乱中捣毁，由于两家不和，到现在也没人挑头将它修起来。刚才，两位嫂嫂把听来的消息附在耳边告诉了她，说是马家阻断了大桥合龙。这贼一样偷偷摸摸送来的礼品岂能收留？她即令小红将礼品退还回去。小红捧着礼品盒正要离开，新郎高凤阙面色阴郁地回来了。

“这是什么？”高凤阙问。

“马家送来的礼品。”柳碧云说。

“哪个马家？”

“还能有哪个马家？”柳碧云扶丈夫坐下，“道员第马生金呗！”

“是他？”高凤阙想了想说，“算了吧，冤家宜解不宜结！大桥工地被马家八爷闹得塌火了，马家大少爷曾和我同窗，面子总要留一些吧！”

柳碧云反对道：“马家欺人太甚，这个马生金我看也不会好到哪儿去，该不是黄鼠狼给鸡拜年吧……”正要支使小红重新退还礼品盒，只见马夫李万全和一帮高家商号的伙计拥进门，吵嚷着闹房来了。

3

闹房直到鸡叫二遍方散。丫鬟们收拾好房间，给火盆加了木炭，给脸盆添了热水，又用托盘端来两碗热气腾腾的汤圆，悄悄放在桌上，随后带上门退了出去。

新郎拧了条热毛巾递给正在卸妆的新娘，看着西洋水银玻璃镜子里她那含情脉脉的眼神，笑笑地闩上了门闩。一个属于他们的二人世界终于到来，两人均如释重负。高凤阙站在新娘身后，不觉诗兴大发，随口吟咏道：

镜里红颜理红装，
翠金云鬓青丝长。
娇容玉脂凝霜雪，
谁人拥有美娇娘！

柳碧云听了，呵呵笑道："谁人拥有？当然是夫君你了！没听说'云里帝城双凤阙，心中孤女只一家'！"

高凤阙一声爆笑："哈哈！你胆子不小，竟将大诗人王摩诘的诗套用得天衣无缝！"

柳碧云道："你是秀才，出口成章，为妻不能辱没了你！"

两人说笑着，高凤阙问妻子："你饿不饿？"柳碧云说："闹房闹了大半夜，我着实饿了。"高凤阙随即端起一只碗，仔细将汤圆舀了一勺送到新娘唇边。柳碧云朱唇微启，皓齿半开，没将汤圆吃下，那眼睛骨碌碌似要吞掉丈夫。高凤阙端碗的手在颤抖，心底潮水汹涌。四个汤圆喂完，当端来第二碗时，柳碧云笑道："你吃吧，不能太饱的。"高凤阙满脸诡笑问太饱了就怎么，柳碧云笑而不答，只见脸上红云飞升，眼中秋波荡漾，那种娇柔，那种妩媚，新郎恨不能立即将她生吞活剥了。他只觉身心大渴，一股欲火从足间腾然上升，穿过小腹，穿过胸腔，直贯脑顶。他撂下汤碗，不待妻子将金簪拔完，抱起来便扔到了炕上。

高凤阙半趴在炕沿上，搂住妻子疯狂亲吻着，嘴唇、鼻尖、眼睛、眉梢，以及她褪了绣花红鞋的白生生的光脚。柳碧云咯咯笑着，双臂勾住丈夫的脖颈，给以热烈的回报。一阵狂风暴雨般的热吻后，两人都不能自已。柳碧云垂下纱帐，脱掉外衣，顺势用被子盖住身体。高凤阙站在矮脚凳上，三下两下脱了个精光，又将自己粗黑的辫子盘在头顶，猫儿一样轻巧地跳上炕，掀开被子，骑在柳碧云光溜溜丰满的大腿上。

“你的裹肚怎没解下?”高凤阙迫不及待地问。

“你给我解嘛!”柳碧云如一枝鲜艳欲滴的花朵，在结束少女生涯前，最后一次撒着娇。

“你想不想?”高凤阙问。

“想……什么?”柳碧云抿嘴一笑，眉梢眼角传出万种风情。

高凤阙的欲火从头顶蹿了出来，他感到自己是一块能穿透一切的钢铁，猛地匍匐下身子，急切伸手到新娘腰身下撕扯那肚带。此时此刻，初为人妇的柳碧云蓦然想起一件要紧的事，那是临上轿韩妈妈一再交代过的，关乎她的声誉。忙说：“别急。让我把白练拿出来铺在身下。”高凤阙说：“何必！没那个‘望子’我还不信你是处女了?”柳碧云说：“不，你们是大家族，上百口人，要想服众，没有初夜的女儿红不行。”说着，溜出被窝光着腚到橱柜前翻寻。她记得韩妈妈交代过的，白练专门放在一只红漆木盒里。红漆盒子有两个，彩绘着喜神“和合二仙”，但橱柜里只找到一个，没有白练，是一团黄色压花贡缎包裹的玉器。

“什么呀?”新郎掀开被角问。

“玉如意。”

“冷冰冰要这干甚?”

"它可不简单哩!"柳碧云钻进被窝，两手握住玉如意，贴在胸口上。她要把这宝物暖得温热了再交给丈夫。

"不就是玉如意嘛，有啥稀罕?"

"是慈禧老佛爷亲赐的呢!"

"哦，慈禧老佛爷赐的?"高凤阙一骨碌爬起来，抓过玉如意在被窝仔细端详着。

这柄玉如意果真是宫廷御品，虽然蜡烛和火盆的光亮离得较远，但它通体晶莹的碧绿和温润滑爽的手感已说明非等闲之物。看它形体，取九五尊位，拳头大的灵芝头比民间通常的那种大出了一倍。看它曲柄，宽窄合度，内弯外弓；该弯的弯了，该翘的翘了，如同西施浣纱一样曼妙优雅。看它的雕工，全用浮雕刀法，却圆通无痕；云纹凸扑，繁缛华丽；尾部一个坠绸小眼，恰恰装饰为菊瓣，构思精巧，非同凡尘。翻过来曲柄背后有两行铁笔篆字，共有六字，均如黄豆般大小，看不清晰。但精于金石书画的新郎用食指轻轻一摸，脱口便道:"这六个字是'咸丰七年(1857)御制'，应该是慈禧老佛爷当年被咸丰帝晋封为懿贵妃时的信物。"

柳碧云见丈夫如此喜欢这件宝贝，说得头头是道，夸赞道:"你真行，是鉴玉的行家!"

高凤阙将玉如意还给她说:"当年孔圣人以君子比德于玉，天下文士没有不爱玉的，所谓'君子无故，玉不去身'……好了，快给我说说，慈禧老佛爷怎么把她的珍爱之物赏赐给你的?"

柳碧云伸手小心地将玉如意掖在枕头底下:"我给你讲，不过，你不要嫌弃我。"

"说什么嫌弃，我现在就和你欢喜一回，让你知道什么是'春宵一刻值千金'!"

高凤阙重又燃起炽热的欲火，此刻，他最渴望的是进入，进入到花蕊的中心去饱尝蜜糖的滋味。他迫不及待地一骨碌将新娘裹挟到身下，急火火挺刺新娘肚皮下方那个神秘的所在。一下，两下，似乎找到了却并无知觉。对男女性爱懵懂无知的少男少女，新婚之夜的初次交欢往往是失败的。这时，高凤阙已感觉无法自控了。他让新娘赶快捏住往里放，但经不住异性灵巧手指的触摸，只觉自己的坚持轰然坍塌，男子汉的威猛阳刚仿佛在决堤般的狂泄中达到了极限。

好大一会儿，高凤阙才爬起来。失败让他懊悔不已，搂住新娘的肩膀，他抱怨说："女人的那个东西长得真怪，要是长在肚脐眼上多好！"

一句笑话惹得两个人几乎蹬脱了被子，柳碧云问："你的那个东西怎成了软面条？"高凤阙说："你倒来劲了，我得歇歇。"柳碧云睡下说："你歇着，我给你讲玉如意。"

这玉如意来头不小，柳碧云思考了一下说："这要从荣禄荣相国讲起，他做了三四年西安将军……"

提起荣禄，高凤阙一阵冷笑："'西安将军一跺脚，钟楼鼓楼打哆嗦！'他把京城什么王爷公主太监多年收藏的贿银拿来，在西安交给马家放账生息，号称'皇银股本'。天高皇帝远，谁敢和他碰呀！"

"不过他为人倒挺和气的。"柳碧云说，"去年十月初十日，是太后老佛爷六十大寿，荣将军早在三四月就在西安骡马市梨园会馆摆开擂台，选拔进京拜寿献艺的戏班子。我哥韩铁锤，也就是'棒槌红'，以一出《四郎探母》压倒群雄，一举夺魁。"

"噢，原来如此。"高凤阙说，"你哥的戏我看过，那可是'棒槌红，文武功，红遍三原红蒲城'！"

"一时争强好胜夺了彩头，可接下来又作难了。"柳碧云理了理发鬓，将头埋在丈夫的臂弯里，"戏班子跟叫花子一样，戏衣全是东拼西凑的，破破烂烂，进京献艺没好行头不行。实在没辙，我一咬牙，将父亲留下的二十亩祭田变卖了，置了行头上京。"

高凤阙转过脸凝视着她："不会仅仅因为这个，太后老佛爷就赏赐你吧？"

"那当然！"柳碧云自豪地说，"还有更重要的，我救场成功。"

"救场？"高凤阙警觉道，"你……演过戏？"

柳碧云心里咯噔了一下，她知道名门望族的家规，绝不允许将戏子娶进门。她慌忙解释说："你别急嘛，救场就是救场！在京城，皇亲国戚做票友上台配戏早已不足为奇了，我不过是紧要关头临时救场。"

"好、好，你说吧！"高凤阙推开妻子，收回被枕着的胳膊，忽然变得异常冷峻，俨然换了一个人。

柳碧云想，新婚夫妻洞房花烛夜倾心相谈，无论如何，都应竭诚相待，一吐肺腑之言，那种隐瞒或欺骗都是虚伪和卑劣的。因此，她如实相告说："戏班子扮铁镜公主的白牡丹穿上新买的鞋子，急着上场，一脚踩空，从扶梯跌了下来。这一跤跌得太重了，崴了脚，站都站不起来，声音也岔了气。眼看开场锣鼓敲了一遍又一遍，请来吹火的杂耍艺人卢虫儿早已表演完毕。荣相国跑到后台，催促道：'老佛爷和光绪帝在下面已经坐不住了，再不上场，就有欺君杀头之罪。'这样，我才慌忙穿戴起来……"

迷离的灯影中，高凤阙起身东拉西扯在寻找什么。柳碧云问怎么了，丈夫没应声，自己披衣下了炕。

高凤阙一下子给火盆捂上许多木炭，然后端了太师椅在火盆前默默坐着烤火。柳碧云不能再睡，披了衣服下炕陪他。

幽幽的蓝色火焰很快从木炭棒的间隙蹿出来，黑色的木炭渐渐变红，又从橘红变为橙黄。高凤阙心事重重，似有难言之隐，柳碧云不便再问，一对新婚夫妇就这样悄无声息地面对面坐着。木炭燃烧的嗞嗞声和偶尔发出的爆裂声充斥着空间，遥远的村巷中传来第三遍鸡啼。柳碧云不知新郎为什么突然变得冷若冰霜，无话找话说："天快亮了，你后背凉，我给你找件棉袄披上。"

"不用！"新郎生硬地制止了她，叹口气道，"我们高家，历来光明磊落，高风亮节，这一回，要为流言所困了……"

柳碧云怔怔地看着丈夫，她不知丈夫到底想说什么。一个十七岁纯真少女，嫁入高府，本不是为了荣华富贵，更不是为了光宗耀祖，只不过图个夫妻恩爱白头偕老罢了。她不懂流言有什么可怕，哑然失笑道："什么流言，说出来听听。”

“你愿意听吗?”

“真的假不了，假的真不了。你说吧!”

“好。有人说你是个戏子!”新郎抬起头，瞥了她一眼。

“戏子?”柳碧云轻蔑地笑了，愤然道，“一派胡言!”

“不,”高凤阙反驳说,“你从小寄养在韩家，那可是地道的戏班子世家。”

柳碧云义愤道:“这有什么了不起?韩妈妈对我的养育之恩，比天高比海深，我虽然不是戏子，但我认为即便是戏子，也没有什么不光彩!”

“这么说，你承认了?”高凤阙的目光剑锋一样冰冷，“你今天看到了，千乘镇马家处处和我们作对，恨不能将高家一巴掌拍死。他们会抓住把柄，往我家门上泼屎泼尿!”

柳碧云不以为然道:“让他们来吧，听见蝼蛄叫，庄稼人还不种庄稼了……”

高凤阙摆手没让她说下去。他是个孤傲自负的人，此刻，一个重大的决定已成竹在胸，他不动声色道:“你快把白练找出来!”

柳碧云不明就里:“你要……”

“我决定天一亮，就赴京会试去。”

柳碧云吃了一惊，继而恍然大悟道:“也好!春闱在二月初九，眼看不到一个月了……对了，我想起来了，白练一定在炕头的箱子里。韩妈妈怕我一时找不到，专门叮嘱放在顺手处。”

柳碧云兴致勃勃地掀开炕头的箱盖，无奈上面压着五六床被子，仅掀开半尺宽的缝隙。她伸进一只胳膊，那熟悉的木盒已摸在手中。箱口太窄，木盒无法取出，只能将白练刺啦扯出来。刚扯到一半，一松手，咔嗒一声，大箱盖砸下来合了个死扣。外面鸡啼声声，更梆阵阵，已过五更，她估摸丈夫留在身旁的时间不多了，连忙喊道:“凤阙，快把剪刀给我，在柜桌抽屉里。”

高凤阙将剪刀扔在炕上，柳碧云抓在手中轻轻一划，三四尺白练被齐刷刷裁了下来。柳碧云腋下夹着白练，将剪刀放还桌上，在正襟危坐的丈夫面前撒着欢，将白练舞弄了一回，一边铺炕展被，一边轻轻哼着《四郎探母》中铁镜公主欢快的唱词：

燕子闹春绕画梁，
飞来飞去叫嚷嚷。
驸马常常伴左右，
怎不叫人喜心上……

就在柳碧云满心欢喜地唱个不停时，心绪烦躁的新郎用剪刀剪开了马生金送来的那只礼品盒的缎带，原来是一只西洋八音盒。轻轻一碰，盒子砰地打开，将高凤阙吓了一跳。接着，一串叮叮当当的音乐响起，乐声中，一男一女两个橡皮小人舞动起来，一个酷似高凤阙，一个恰似柳碧云，他们搂抱接吻，做出种种亲昵举动。末了，摇摇晃晃站在当中，怪异地哈哈大笑，用变了调的声音说："高家高家娶娘子，娶了一个女戏子……"宣告完毕，这对男女滚在一起，做出狗一样的交媾动作……

高凤阙气急败坏，暴怒不已，一把打掉桌上的杯盘，又向那狂叫着的孽障一拳砸去。没砸着小人，倒被尖利的齿轮划得满手鲜血。柳碧云呼喊着跑过去，要给他包扎，被高凤阙一扬胳膊，重重掀倒在地。八音盒的玩偶仍在疯狂怪叫，柳碧云急了，一个健步上前，砰地将盒子扣上，那魔鬼的叫声便戛然而止了。

4

深夜新婚洞房内的响动惊醒了睡在隔壁厢房的丫鬟，小红和翠珠跑过来一边叩响板门，一边问大少爷大少奶奶怎么了。高凤阙甩了甩手上的鲜血，命令道：“将我的笔墨拿来！”

柳碧云不解其意，问：“相公，你要笔墨做甚？”

“写休书！”高凤阙气咻咻地喊道。

两个使女猛地推开板门，满脸惊恐，形同一对吓呆了的木鸡。

“没听见是吧？笔墨伺候！”

高凤阙咆哮着。丫鬟们从未见过温文尔雅的少爷发这么大脾气，浑身直打哆嗦，赶快转身出门。翠珠身体笨拙，门槛下踩掉了小红的一只鞋子，两个人险些同时摔倒。

柳碧云在炕沿上抽泣着：“相公……你熟读圣贤之书……应该知道‘执子之手，与子偕老’……”

高凤阙连头也没回一下：“我现在要快刀斩乱麻，趁你没有破瓜，回去另嫁人吧！”

满脸泪痕的柳碧云乌云散乱，样子十分怕人，那支金钗掉落后已不知去向。她扶住炕橱框，哽咽道：“自踏进这个门……我生是高家的人，死是高家的鬼。你要是休了我，呜呜……我只有死路一条……”

“你还把我赖住了？”高凤阙在水盆里洗掉手上的血迹，恶狠狠地说。

一阵杂沓的脚步声从院子传来：“怎么了，怎么了？”一帮伙计吵嚷着拥进屋子。

高凤阙虎着脸说：“我的事不用你们多嘴，都给我出去。我写罢休书，就动身上京！”接着，他从丫鬟小红端着的托盘中抽出一支大号狼毫，蘸了墨就要动笔。

站在一旁的马夫李万全慌了，扑通跪倒说：“大少爷，休妻是大事，岂可视同儿戏？大老爷连夜出发，上省城巡抚衙门告状去了，应该等老爷回来才好。”

“好你个李万全，简直满嘴喷粪！”高凤阙已失去往日的斯文，一把将一只燃着半截红烛的高脚铜灯台掼在脚地，斥责道，“你们这群奴才，竟敢教训我？给我出去备马，写完休书我就起程上京！”说着，将被褥掀翻一旁，就着炕席，在白练上写起来。

当他落笔写下“休书”二字，柳碧云起身道：“相公，只此二字足矣。贱妾已领受了!”随之，郑重收起白练，包住那柄玉如意，走下矮凳，向高凤阙打了个千儿，然后转身扬手，呼啦一下将白练和玉如意丢进炽热的火炭中。当众人伸手去抢时，只见烈焰熊熊，灰蝶纷飞，玉如意已碎为数段了。

众人尚在惊异，柳碧云缓缓走向门口，对两个使女叮嘱道：“小红、翠珠妹妹，我这里有礼了！请转告我家公婆，恕儿媳不辞之罪。此生不能孝敬膝下，来生来世我就是做牛做马也要报答……”

黎明前，呼啸的寒风多了几分阴冷，瓦沟里的沙尘被吹落下来，无情地打在柳碧云失却光彩的脸上。烈风撕扯着她散乱的长发，她凄然地笑了笑，头也不回地消失在大红灯笼映照着的门厅尽头。

第四章　遁入空门

—

1

柳碧云哭泣着冲出高府的大门，一个踉跄，跌倒在渭河上刮来的刀子一样尖利的寒风中。单薄的衣裤几乎被风剥去，手臂和膝盖划破了，麻辣辣地生疼。几只夜游的野狗狂叫着猛扑过来，她仓皇起身，夺命逃奔。鞋子跑掉了一只，小腿留下狗牙的齿痕。她跛着腿一直向北颠跑。在意识的深处，那儿有一条河，一条从故乡流经这里的母亲河。她从小就熟悉那条河，那条河流淌着她童年和少年的记忆，应该是她生命的归宿。

熹微初露，晨雾迷离。柳碧云有几次恍惚看到韩家哥哥牵着马在前方的路口等她。待走近一看，又大失所望，不是一段古怪的树桩就是散乱的麦秸垛子。她气馁地枯坐在麦场冰冷的石碌碡上，痛惜地回想起出嫁前一晚，铁锤哥因无力说服母亲而离家出走的情形。大约鸡叫三遍了，韩妈妈仍跪在供桌前默默祷告着。她在告慰云儿的父母，让他们放心，她如愿将女儿嫁与高府了，十年来积压在她心头的千斤重担终于可以卸掉了。柳碧云知道，韩妈妈守候堂屋没有去睡，那是怕儿子突然回家，在最后关头铤而走险，做出什么败坏家风的举动。哥哥曾多次劝告母亲，不能将妹妹嫁与高府。门不当户不对，妹妹只能受人欺侮。当然，家里养着白牡丹，要娶妹妹为妻的话他怎么也说不出口。这既有兄妹间惯常的羞涩，也有谨遵慈命的孝诚。哥哥被两难的选择折磨得要死掉了，好长时间没有外出演戏，人憔悴得如同害了一场大病。哥哥脸色灰暗，人瘦得脱了相，乌黑浓密的头发大把大把地脱落，明亮的眸子失去了光彩。哥哥不想见任何人，也不愿面对妹妹，一个人躲在屋后的小树林中练剑，那些无辜的小白杨几乎被他全部削光。这天后半夜，他似乎忍无可忍了，陡然破门而入，跪在母亲面前，哀求母亲让他带上妹妹，远走高飞吧。母亲责他荒唐，说这样何以对得起云儿的父母？这当口，柳碧云不能再沉默了，她冲出闺房，亦跪在韩妈妈面前，请求让她今晚便与哥哥成亲，说即便今后受苦受难吃糠咽菜也心甘情愿。直面一双异姓兄妹的恳请，韩妈妈冷静得令人吃惊，她默默摇了摇头，郑重道："我们韩家虽是寒门，却知道忠义二字的分量。我不能辜负雪斋先生的重托，也不能辜负高家父母的期望。天明他们就来娶亲，云儿，让妈妈最后一回给你梳梳头吧！"白牡丹姐姐躲在屋内哭泣，她比柳碧云大一岁，是韩家班收留的逃亡童养媳。铁锤哥借口她迟早要被婆家接回，因此并不看重她。铁锤还要力争，韩妈妈厉声道："铁锤，你该知道你父亲所传之家法，对不肖之子，是要鞭打出门的！"说着，就去摘堂上挂着的皮鞭，幸亏白牡丹姐姐冲出来死死将她抱住，皮鞭才被夺下。铁锤哥早已痛不欲生，怨愤道："好吧！我是不肖之子，我自己离家好了！"说着，向母亲磕了三个响头，拔脚就往外走。白牡丹姐姐上去阻拦，被他一胳膊甩在地上。临出门，又苦楚地回头向柳碧云望了一眼。那生离死别凄绝的目光，如地狱般阴冷怕人，如礫裂般悲惨痛彻，柳碧云今生今世都忘不了那临别的一瞥。兄妹俩就这样分手了。

柳碧云不禁怨恨起自己的幼稚和愚笨了。对于哥哥的恋情，怎么竟颟顸无知如一块榆木疙瘩呢？细说起来，这份情意，应该从哥哥那次在戏台上几乎误将人打死时就有了。哥哥比自己大六岁，由于家境贫寒，缺吃少穿，十二三岁时，她还一直穿戴着哥哥穿小了退下来的衣帽。棉袍过膝，帽箍拢发，像个男孩。无论跟哥哥走到哪里，除了戏班子内部，很少有人知晓她是妹妹。那天，哥哥在戏台上演出，她坐在侧幕的长凳上抱着哥哥换下来的衣物，不知不觉睡着了。哥哥扮演天下无敌的盖世英雄李元霸，虽在台上将一对八棱紫金锤舞得车轮一样飞转，眼睛却始终没离开她，生怕有人欺负她。一会儿，一个刚刚被戏班子聘来，名叫卢虫儿的杂耍艺人，初次登场，看班主“弟弟”怀里抱着的衣服掉到了地上，连忙拾起来往她怀里塞。这个“弟弟”显然又冻又饿疲惫不堪，衣服刚塞到怀里又滑落下来。杂耍艺人抓住“他”的双手，让把衣服抱拢，不意一只八棱大锤砸到了背上，当下就口吐鲜血一头栽到了台下……

柳碧云终于来到了渭河岸边，脚下的沙地结了一层松脆的冰甲，走上去嘎吱乱响。冬末，正是枯水季节，渭河温柔地蜿蜒在一望无际的白沙滩上，曲折如练，平滑如镜。朝霞映红了平静的水面，渭河似乎仍在沉沉的睡梦中没有醒来。美不美故乡水，看到亲爱的母亲河，柳碧云的泪水一下子蓄满了眼眶。一个弃妇，还有何面目逃回娘家或者去寻找哥哥呢？那样只能给家门带来耻辱。再说，从小收养的白牡丹姐姐怎么办呢？她如今十八岁了，早应该嫁给哥哥……抱定赴死念头的柳碧云索性踢掉另一只鞋子，赤脚一步步向水里走去。踩开并不坚实的沙面，松软的沙土里，她的双脚不断被长虫草和马鞭草的枯根绊住。啊，多么熟悉的河滩呀！多么可爱的沙地啊！她忽然记起童年时代，哥哥带她到河边摸螃蟹的情景。哥哥的一双手十分灵巧，能爬上高大的柳树，用柴刀割下柳条编成装螃蟹的篓子，还能完整剥下一段小拇指一样的柳条树皮削成口哨，衔在嘴里学鸟叫。哥哥能模仿好几种鸟儿的叫声哩，有黄鹂、斑鸠、虎头虫、角角……他还会模拟一种黄嘴红腿满身翠羽的水鸟的啭鸣：“快快回家，快快回家！你听到了吗？你听到了吗？”哥哥学得惟妙惟肖，她便追夺那只柳哨，脸憋得通红却吹不出声，裤裆里猛丁蹦出个响屁，两人笑得仰面八叉乐翻在沙地上……

冰冷透骨的河水渐渐浸上了她的被擦伤的膝盖，漫过了她少女坚挺饱满的乳房，淹没了她玉润的肩膀。那一刻，十七年的酸甜苦辣骤然间全部化为一缕清风离她而去了，她感到一种从未有过的轻松。她乌黑的长发漂浮在明澈的水面上，如一团盛开在水面的黑色荷花。荷花若隐若现，上下沉浮。当她隐约听到一声鸟鸣时，灵魂已然出窍了……

2

那不是鸟儿的鸣叫，是慧寂师太道出的一声佛号。

慧寂师太是西安府城西北郊感业寺的住持，五天前带着妙能、妙可两个徒儿到耀县药王山做过一场讲经法会，今天赶早渡河南下，以便日落前回到寺院。慧寂师太五十多岁了，个头不高，身材瘦削，面容清癯。她身着青灰色褐襟长衫，头戴平顶毗尼帽，手持拂尘，脚蹬白袜麻鞋，一身超然世外的佛家气息。她十六岁出家，已受具足戒，在感业寺做当家人已有二十多个年头了。经过长期修持参习，慧寂师太已是一位佛学精深的得道大德，她以弘扬玄奘和窥基法师在西安大慈恩寺创立的“法相宗”为己任，讲经说法，四方徒众从者如流。迎着渭河水面上跃出的一轮耀如佛光的红日，她缓步走出船舱，伫立船头，手中数着垂挂胸前的一百零八颗菩提子念珠，默诵悲咒，为世人证入百八三昧，断除百八烦恼。当数到第五十四颗时，心头不觉一震，指尖触摸到一股热流。暗想，妙能、妙可皆没达此贵位，莫非今日可得一高徒？口中急忙念道：

摩尼珠，人不识，
如来藏里亲收得。
六般神用空不空，
一颗圆光色非色……

刚刚念到这里，只听妙能、妙可扒住船帮大喊：“师父，快看，快看！那边水里漂着一个人……”

摇橹摆渡的船家也看到了问师太，看样子是个投水自尽的女子，要不要救上来？慧寂师太道：“阿弥陀佛！救人一命，胜造七级浮屠。快快过去将她救起！”

柳碧云被慧寂师太带入感业寺一个多月了，仍不愿削发受戒，惹得尼庵内人人侧目。这个尼庵是唐代的旧寺，坐落在汉代长安斗城的西南角，历经一千多年的风雨剥蚀，规模缩小了一半。亏得慧寂师太多方化缘筹资，才将大雄宝殿和庵堂修葺一新，另建有十余间尼舍。大雄宝殿内除供奉西方三尊外，还供奉着武皇娘娘的神位。当年娘娘十四岁入宫，立为太宗皇帝的才人，后来太宗驾崩，娘娘在此落发为尼。及至唐高宗即位，复召入宫，拜为昭仪，又立为皇后，协理朝政，是为“二圣”。高宗驾崩后，自立为大周皇帝，积三世圣主之伟业，扬则天女皇之神威，使我泱泱中华成为世界仰慕之邦，“万国拜含元”的黄钟大吕至今犹在长空回响。感业寺山门外，有一条汉代的运粮漕渠，从沣河导入，直通渭水。这里水波荡漾，桃树成林，水中广植莲藕。每逢春夏二季，桃花或荷花绽放的季节，便会出现花开十里红烂漫的美景，从西安府城赶来赏花的人络绎不绝。这里的池塘、坡岸、田畦，处处遗留着武皇娘娘勤苦自勉的圣迹，立有后人题咏的碑石，更是一方思古怀幽的去处。为传承禅茶精神，尼庵沿水滨修建了几座茶寮，供游人喝茶歇息。上午做完功课，几个沙弥尼便去挑水、煎茶，然后将热茶送往茶寮。每当有重要客人来访或遇到佛日，还由妙能或妙可做一番禅茶道的演示。据说这禅茶道为武皇娘娘亲手所创，在尼庵一代代传承下来，现在由慧寂师太传给了妙能、妙可，两个小沙弥尼演示起来，常常引得观者如潮。

正是桃红柳绿的踏青季节，慕名而至的游客日渐增多，感业寺排定两班尼姑轮流做“茶头”负责煎茶送水。柳碧云不愿落发为尼，自然不能抛头露面随意出入，师太只令她在后堂干些劈柴烧水的粗活。每逢单日，妙能、妙可当值，即便不做茶道，香客也会陡然激增。他们不为品茗，而是要和妙能、妙可两位小师父调笑一番。两位小尼正值二八年纪，自以为有几分姿色，经不住“能儿”“可儿”的呼唤，心中好生受活，如同吃了蜜糖，举止便轻飘起来。一些浮浪子弟，早与两个素面光头的尤物相熟了，一会儿大呼小叫，一会儿谑语浪声，更有甚者，堵住两个姑子不放，也有去脸上屁股上拧一把的。两个小尼本是师太从花街柳巷引渡而来的雏妓，颇解人间风情，把扶间秋波暗送，娇嗔中媚态百出，撩拨得那些人心猿意马魂不守舍。

这天下午，柳碧云只顾烧水，不大工夫已将干柴用尽。那个行动迟缓法号妙善的老尼送来的柴火，皆是从河滩捡拾的枯藤树根，破它不开，烧它不着，急得柳碧云提着板斧团团转。她一会儿吹火，一会儿弄柴，搞得脸上汗水涔涔，沾满黑乎乎的柴灰。她乌黑的发髻散脱下来，劈柴时总遮挡眼睛，只好一股脑梳拢上去。她的这头乌发，其实得来并不容易。在寄养到韩妈妈膝下前，由于家境贫困，父亲又不会料理生活，她患了营养不良症。六七岁的姑娘，头发还长不上来，枯黄稀疏，像弱不禁风的毛毛草，常常惹得同龄的孩子笑话。寄养到韩家后，韩妈妈不知从哪里打听到一个偏方，用生姜大蒜鲜辣子，捣成糊状，给她剃个倍儿亮的光头，每天往头皮上涂抹。那刺鼻的气味和难以忍受的疼痛至今令她心悸。往往这个时候，铁锤哥就会嘲笑她，蹲在她的对面，一边笑一边唱：

呜哩哇，呜哩哇，
娶个媳妇没头发。
金银首饰没法戴，
大红花儿没法插……

柳碧云本来就眼泪汪汪，这一唱不打紧，她的哭声更大了。韩妈妈说，那简直是杀猪宰羊。不过，疼是疼了，这法子果真有效，十二三岁便长上来一头黑油油的乌发。柳碧云十分钟爱自己来之不易的头发，每次梳理都十分仔细，从不梳断它。如有断发，她都要收拢在一起，用纸包好，塞在一个树洞里，然后默祷一番。她相信树是有灵性的，因此，断掉的头发也会像树枝一样重新发芽。她梳理了一会儿，由于簪子不够，只要举起斧头劈柴，又很快散脱下来。她索性将发梢噙在嘴里，那模样既古怪又滑稽，活脱脱灶君下界，虎生生钟馗显灵。

妙能、妙可得了众人的热捧，愈加扬扬自得，脸颊上飞红如花，眼睛里溢彩飞波，连走路都暗踏着秧歌步了。她们兴冲冲来水房添水，只见满室青烟，炉台上三只水壶，不见一壶水开，不免心中大为光火。四下瞅了瞅，见胖尼妙善脱了上衣，仅穿一件坎肩，精赤着肥肉滚滚的胳膊，脚踩一块树根，左右拧不下来，一松手反被打着腮帮。妙善龇牙咧嘴满脸苦相，妙能、妙可正好寻她开心。妙能假惺惺道："哎哟！妙善师姐，这是怎么了……今天香客那么多，都等着吃茶，你偷懒耍奸，偏捡了些湿柴应付。你小心，佛祖要惩罚你！"妙可挖苦道："唉！连拾柴都干不好，还修什么道、成什么佛呀？我看随便找个男人还俗算了，说不定还能生个一男半女。"妙善手脚粗笨，相貌不佳。也是她命运不济，新婚当晚，那个娶她冲喜的病恹恹的男人没等折腾够便累死在她宽厚的肚皮上了，在婆家，她被视为不祥之物受尽了虐待，后来逃出家门当了尼姑。她捂着脸木讷道："……别提嫁人……我，长得丑，没人要，下辈子一定托生个俊丫头……"听到这话，妙能、妙可笑得眼泪直流，她们一边掏出手帕擦掉眼泪，一边道："别以为长得俊俏就有人要了，你知道吧，那个新来的母夜叉，照样是弃妇……"

妙善胆小怕事，生怕招惹了谁，看见柳碧云抱着一捧干柴向水房走来，急忙制止两位小师妹："别，别……她来了。"

妙能、妙可由师太宠着，其狂傲在感业寺是出了名的，没人敢招惹她们。妙能嘴快，惯于拨弄是非；妙可手狠，往往抢打头阵。她们既怨恨柳碧云出众的容貌，对其头上高耸的乌发更是妒火中烧，妙能嚷道："怕什么呀？留发不留寺，留寺不留发，这是佛门的规矩。"妙可附和道："是呀！别晃着一堆狗毛撩人眼，当拂尘还嫌臊呢！"

柳碧云放下干柴，本不打算和她们理论，强压怒火问："你们说谁？"

妙能说溜了嘴，直杵杵道："怎么，不能说？谁违反寺规，还要杖责出门呢！"

柳碧云听罢火冒三丈，故意将头发绾成一个大螺蛳髻高耸在脑后："杖责出门？我看，是你们两个妖尼！”

“谁是妖尼？你竟敢出口伤人！”

说着，妙可丢掉紫铜水壶向柳碧云扑去，伸手拽住她刚刚盘拢的发髻。妙能趁机冲上去，将柳碧云的头发一把把往下揪。柳碧云没想到两个豆芽菜一样细嫩的小尼子下手如此凶狠，头发被一缕缕撕扯下来，疼得眼泪汪汪只顾抱头鼠窜。老实本分的妙善哪见过这种恶斗，口中不断念着佛号，欲上前解劝时，被妙可推倒在灶台下方。

柳碧云被追赶到一堆树根中间，忽然脚下一绊，扑倒在地，妙可随之骑上身压住她。妙能一看机会来了，绕过去从柳碧云头上大把大把撕扯下一缕缕带血的青丝。柳碧云翻滚着、哭喊着，这个惜发如命的女人没想到自己一头美丽的秀发会遭此毒手。她不知自己招惹了谁，一个纯属女人世界的尼姑为何对长发如此忌恨？是同类相残，是醋海忌天，抑或是慧寂师太的唆使纵容……

柳碧云愤怒了，翻过身用双手拼命抵挡来自头顶的袭击。从小跟哥哥习拳练剑，虽说花拳绣腿不过学了些空架势，毕竟也算功夫。她将骑在身上的妙可扭住不放，一个飞脚，恰好踢在俯身撕她头发的妙能的脸上。这一脚踢得太重，妙能的一颗门牙当下和着血污吐了出来。妙能吃了大亏，岂肯善罢甘休，操起一块劈柴要下狠手。这时，柳碧云已逮住妙可的双腕，抬膝猛地向上一磕，狠狠击在妙可的背上。柳碧云借力发力，兔子蹬鹰一般，顺手将妙可掀出老远，恰好落在抡着劈柴的妙能的脚下。柳碧云一个鲤鱼打挺翻身起来，夺下妙能手里的劈柴，两只手各摁住一个嫩生生的光脑袋，只轻轻一碰，妙能妙可的头立即成了沙瓤西瓜。

两个小尼向来受宠，在男人面前撒娇卖乖，哪尝过这种苦果，便拎起空壶，要向师太告状。嘴里嚷道：“母夜叉你听着，不知好歹的东西，不好好烧水，耽搁了今天的香火钱，看你吃罪得起！”

柳碧云是个牛脾气，高声道：“不烧开水算个屁事，我还要挖掉炉台，断了你们两个妖尼的妄想呢！”说着，一板斧下去，将炉台劈掉半个。三只铜壶滚落下来，沸水泼洒在炽热的火炭上，扑哧哧水汽四溢，白茫茫的蒸汽顿时充斥了整个屋子。

妙善师父虽然愚笨，紧要关头并不犯傻，请来了庵主慧寂师太。

恶人先告状，妙能、妙可异口同声哭诉道：“她骂我俩是妖尼，故意不把水烧开……还打掉能儿一颗门牙！”

慧寂师太问：“是这样吗？”

柳碧云跪地道：“是她俩先动手，拔掉云儿许多头发……”

慧寂师太沉着脸说：“这么说，是你的头发惹的祸。阿弥陀佛！看到了吧，一日不剃，一日六根不得清净。云儿，你要留在本庵，还是早点儿剃度了吧！”

提到剃发，柳碧云便有一种莫名的恐惧，恳请道：“师父！请允许云儿带发修行吧……”

“不行，本庵没这个先例！”慧寂师太断然拒绝了，继而责问道：“你为何出口伤人，还要捣毁我的炉台？”

“师父！”柳碧云义愤道，“云儿以为，这个茶寮应该早早废除才好。尼庵本清净之地，那么多纨绔子弟，眉来眼去，打情骂俏，这样迟早会妄生祸端。”

不等师太开口，妙能首先抢上前，满嘴漏气地责问：“没了茶寮，香资从哪里来？”

妙可从旁煽火说：“对呀！修缮佛堂的香资，你拿得出来吗？”

“我……”柳碧云哑然了。

“阿弥陀佛！”慧寂师太做出决断：“你既然不愿出家，本庵也就不强人所难了，你现在就请回吧！”

柳碧云哭诉道：“师父，你知道我没有家呀！再给我三天时间好不好……”

3

柳碧云在西安府城内整整转了三天，走遍了大街小巷，问遍了哥哥带她去过的所有店铺，均没有打听到哥哥的下落。看看天色将晚，她只好再次来到位于骡马市的梨园会馆的大庙中，在老郎庙梨园祖师唐玄宗的神像前焚香化表，默默为哥哥祈祷，向哥哥告别。去年也是这个时候，西安将军荣禄在院中搭彩棚摆下擂台，选拔赴京为慈禧老佛爷庆祝六十大寿的献演戏班，哥哥一举夺魁。那天，应该是他们最幸福的一天。哥哥披红挂彩站在台上，戏台下一片“棒槌红、棒槌红”的欢呼声。哥哥似乎陡然间高大了许多。他的脸红扑扑的，眼睛里闪着动人的光辉，浑身英气勃勃。那一晚，也许是太激动的缘故吧，在大庙的神像后面，哥哥临睡前来看她，抱住她在额头亲了一口。哥哥的嘴湿润润的，满含着真情，至今额头上的那块皮肉还痒痒的，仿佛湿润犹在，温存依旧。这是哥哥头一次和她如此亲昵，害得她一宿翻来覆去没有合眼。哥哥是什么意思呢？她既感到恐惧和惶惑，又暗暗高兴。心想：“哥哥一定是想讨媳妇了，白牡丹姐姐倒是追着他，韩妈妈也一直是这个心思，但白牡丹性格有些孤僻还有些自卑，那是她的身世造成的；难道哥哥是说，他喜欢我这样的女孩儿？”

老郎庙的大殿里静悄悄的，没有人来打搅她。到这儿来烧香的，都是穷戏子，看门的老头儿将头伸进大殿看了她几次，怕她偷吃桌上的供果。戏子是下九流的人物，在社会上被人瞧不起，故而这里平素异常冷清，除非有什么演出，或者有外地戏班子流落到此，否则，没人愿意踏进这儿。

柳碧云在拜垫上坐了下来，摘下帽子，梳理着头发。这时，她才感到确实饿了。三天来，为了尽快找到哥哥，一天只简单地啃一个从尼庵带来的冷馒头。她摸摸口袋，一个麻钱也没有了，刚才将仅有的三个麻钱买了香蜡纸表，已化作青烟，带着祝愿飞向天际了。

柳碧云尽量不去看供桌上那令人眼馋的供品，将背倚在供桌的桌腿上想着心事。她想，哥哥肯定远走高飞了，没带戏班，也没带白牡丹姐姐。不过，他要是知道自己如今的遭遇，肯定会千方百计寻找自己的。眼下，偌大的府城，自己怎样才能找到他或者留下个一言半语呢……

恍惚中，柳碧云似乎看到大庙门外，有一队黑衣红顶子的皂隶在追赶捉拿一个人。那人穿着官员的补服朝靴，却披头散发，惊慌失措。皂隶们追着，喊着，那人突然逃进大庙里来。柳碧云一看，啊！这不是自己的夫君高凤阙吗？他为何满脸是血，为何被人追赶到这？她连忙招手让他过来，躲到神案底下去。谁知高凤阙刚一进门，皂隶们也蜂拥而入了，将他摁倒在地，就要捉拿。柳碧云哭喊着，请求他们放开夫君。可是她两腿发软，怎么也站不起来。高凤阙虽然被强压在地，仍向她摆手，不让她过去。就在她挣扎着站起来的时候，轰然一声巨响，高凤阙手里的炸弹爆炸了，刹那间，一切都化作了尘埃……

柳碧云惊醒了，原来是一场噩梦。

她感到奇怪，为什么哥哥没有入梦，而梦见了一直怨愤着的高凤阙？这个梦令她胆战心惊，不寒而栗。她揉了揉眼睛，赶快站了起来。

柳碧云又一次来到神像背墙后自己睡过的神案旁，久久地抚摸着，不忍离去。有什么办法呢？只怪自己时乖命蹇。松柏苍郁的后院不知是谁种了一畦油菜，寂寞的油菜花开得黄灿灿的。柳碧云将一朵油菜花掐下来献上神案，流着眼泪鞠躬告辞："永别了，亲爱的哥哥；永别了，那些难忘的无忧无虑的岁月……"

第五章　削发为尼

1

落日将满天的云彩烧得通红，运粮河里，波光粼粼，碎金浮动。柳碧云踏着遍地的落花，重又回到尼庵。

当晚，她小心翼翼走进慧寂师太的禅房，恭敬地问什么时候为她剃度。师太似乎正在收拾东西，笑道：“你回来就好，剃度要选择‘劫时’，须等待几日。”接着说，“明日要带妙能、妙可两个弟子去一趟蓝田县水陆庵，参加一场水陆大法会。来回大约需要五天，待回来后再定时日。”柳碧云欲反身离开，忽然又问：“师父出门后茶寮要不要恢复？”师太说：“茶炉已重新砌好了，庵内的事务都交付给了老尼妙善。开春以来大家忙了好一阵子，现在暮春天气，游人大为减少，茶寮暂时关闭几日无妨。”

师太走后，一连两日，茶寮那边均安然无事，只不过有些前来品茗的游客，没能喝上感业寺的香茶，怅怅然抱怨着走了。

第三天上午，有两名香客到后院来找妙善，说：“我们是陕西茶叶商会的人，如今上百号商会首脑正在西安议事，上午议事即将结束，听说这里的禅茶道颇有名气，想见识见识。”又说，“好在我们都是茶界同行，人不亲行亲，午饭后可否安排？”

听到这话，老实巴交的妙善吭哧了半天，吐不出半个字来。拒绝吧，不知商会首脑是何等样的大官，得罪得起不？不拒绝吧，师太有所交代，再说，两个专司茶道的茶头没在，只怕无人会做。一时作难得大脸盘子滚下许多汗珠，结巴着说："阿……弥陀佛！本，本庵当家人不在，施主能否稍等几天，等师父回来再来不迟！"

两位先生哈哈大笑，一位说："我们的议事上午就要结束，湖南安化那边早就派人去了，正等着商定今年春茶的收购价钱呢！要我们再等几天，恐怕连茶毛都没了！"另一位说："到这里来的都是有头有脸的大商家，只要茶道做得好，布施不会少的！"

妙善虽然愚笨，却还不缺心眼。她暗自思忖，大商家肯定有大布施，这倒是难得的好机缘。正拿不定主意，恰巧柳碧云从旁经过。妙善一直和柳碧云相近，知道她极其聪明，遂拉住她讨个主意。柳碧云随口答道："师父到处化缘求布施，这个机会不能错过，我来帮你安排吧！"

上午，斋堂早早做了午斋，用过饭后，急忙将人手分配开来，抹桌的抹桌，挑水的挑水，生火的生火，很快准备停当。妙善虽然手在忙碌，心里却一直犯嘀咕：这个柳碧云倒是热心，但她毕竟没有落发剃度，算不得本庵弟子，来做禅茶道是否合适？别闹出什么麻烦来不好交代。遂对柳碧云说："师妹，我看今天茶道就算了吧！"柳碧云说："不行！答应了人家怎能反悔？茶道我学过，不怕！"妙善仍然面有难色："你的表演我想不会有差，只是……这头发……"柳碧云哈哈笑道："这有何难？借我一身僧衣僧帽，人问起来，我带发修行还不行吗？"

不大工夫，锦衣华服的商绅们说说笑笑来到了运粮河畔，桃花、杏花、紫荆、玉兰之类虽已凋谢，但是，海棠、杜鹃、美人蕉、锦葵的花事正繁。按照事先约定，商绅们先聚拢在茶寮观看茶道，然后再分坐品茶。

这间茶寮取六合形制，四窗两门，十分敞亮。正北面的两窗之间，供奉着一尊十一面观音圣像，墙上挂着西藏喇嘛进献的唐卡壁毯，下方香案蜡烛供果，一应俱全。左右两根红漆明柱的下方，摆着一张紫檀长方形桌案，这就是禅茶道演示的桌面了。

当商界头面人物在众人的簇拥下进入茶寮，落座在檀木大桌对面的八张太师椅上后，佛龛两旁十二名年轻尼姑组成的佛乐乐队奏起了佛教清乐《涅槃曲》。美妙悠扬的乐曲声中，穿着簇新尼姑装的柳碧云轻快地走进茶寮，走向檀木大案的后面，端庄地向来客们合掌施礼。

须臾，音乐停歇下来，柳碧云落落大方地对众人讲道："阿弥陀佛，各位施主！今天，大家能够前来赏光，这是本庵莫大的荣幸。只因本庵庵主带着两个师姐外出了，为了不违忤大家的盛意，这场禅茶道由贫尼来奉献。贫尼才疏学浅，正在带发修行，只恐有所疏漏或怠慢，不知大家认不认可贫尼来做?"

柳碧云衣衫合度，举止端庄，态度谦和，众商绅不觉耳目一新。看她形态，如弱柳迎风，亭亭玉立；听她言语，如清风入耳，沁人心脾。在座的人无不为之惊叹，莫非这女子是观音化身?

茶寮里的人们窃窃私语着，太师椅上的几个大佬也在交头接耳。主宾席的座椅上，几个年龄稍长或头发花白的缙绅们，睥视着一个三十岁左右的中年男子。此人身材不高，矮矮胖胖，由于过早发福，挺着一个西瓜一样的大肚皮，将一身玄缎苏绣银花长袍撑得似要裂开。他眼睛虽小，却贼亮亮晶光四射；他眉毛虽秃，左右眉梢上各生出几根旋涡长毛。最令人称奇的是他的鹰钩鼻子。这鼻子气度不凡，长且大，挺且隆，尖且钩，几乎触及他的上唇，让人不无担心，吃饭时是否需要一只手拿筷子，一只手将鼻子掀起来。他中午多喝了些酒，脸色涨红得猪肝一样，说话语无伦次，满口酒气逼人。此人名叫马生金，是陕西茶叶商会总长马伯牙的大公子。马伯牙当年引入"皇银股本"做靠山，自以为得计，后来一算账，觉得利息太高，实在吃亏，但是又无法退掉，就是一具死尸也得背着。他才不甘心吃这个哑巴亏呢！沾不上利，就沾名吧！于是，打出"奉旨运茶"的旗号。这一下，走到哪里，无不左右逢源，旗开得胜，茶叶生意如涨潮的浪头，压倒了所有对手。每次发往恰克图的"附茶"，总在两千峰骆驼左右。故而，这茶叶贸易上的头把交椅非他莫属。今天，精明的马伯牙要在安化湖茶收购上先行一步，议事刚一结束，已分身外出筹款了。约大家到尼庵品茶论道，不过是笼络其他商家的手段，顺便探听一下他们对新茶收购定价有无异议。因而，派大公子出来应酬周旋，要比他亲自出面更方便些。

马生金用他的小眼睛一直在打量面前这位带发修行的漂亮尼姑，觉得很是面熟。或许是因为醉酒，脑子不太好使呗；或许是对方将头发盘曲在帽子内，难以辨认呗，他一时竟想不起来。他见过柳碧云。那一晚，趁着人多混乱将西洋八音盒放在她新婚洞房的桌上，从那时起，他就永远将她俏丽的面孔和动人的眉眼刻在脑子里了。

此刻，站在紫檀大案后面的柳碧云，心里像十五只吊桶打水，七上八下的。她用期待的目光望着大家，望着前排的大佬们。忽然茶寮里掌声雷动，人们表示，欢迎她这个未入流的尼姑来做禅茶道表演。

柳碧云感激地向大家频频施礼，定了定神说："本庵的禅茶道是武皇娘娘亲自所创，经一代代先师传承下来，才有今天的仪式。大家知道，武皇娘娘在这里出家前，一直待在深宫，因此，本庵的茶道又带了许多宫廷的形式和内涵。它最主要的是体恤茶德，明心见性，参悟四谛，达到修身养性的目的。正所谓'禅茶一味'也。前后一共有八种招式，每种招式皆有禅悟。好了，现在从第一式'温壶烫杯'开始。"随着柳碧云的一个暗示，两旁的佛乐徐徐奏响，乐曲中，柳碧云用手在空中潇洒地画出一个圆弧，双手指着桌面上的杯盏，吟唱出《杯盏偈》四句真言：

此杯此盏各不同，
高低深浅一水冲。
莫道高头红运照，
温热常在最底层。

看到柳碧云起舞已毕，在门外等得焦急的妙善，匆忙提着一铜壶滚沸的开水走了进来。她生得粗手大脚，身子笨拙，刚才又被开水溅出来烫了脚，在众人面前愈想极力走好，愈是难以平衡，急得几乎摔倒。柳碧云接过铜壶，刚要温壶烫杯，这时，只见前排座椅上的马大少站了起来，发话道："且慢！"

茶寮里顿时鸦雀无声。接着，马大少踉跄跨出一步，舌头有些僵硬，道："你，你这个尼姑本身是……是假的……当我不认识你……"

柳碧云一愣，问道："施主！请问，您是——"

马大少阴险地笑了笑："我是……谁无关紧要，你说……说，你是……不是个戏子？"

柳碧云有些疑惑，他，难道就是那一晚破坏自己新婚家庭的罪魁祸首吗？对了，这么说应该是他。当时趁着人多，偷偷摸摸将西洋八音盒放在桌上，然后，贪婪地看了看新娘，赶紧缩着头溜走了。柳碧云意识深层那朦胧的记忆被蓦然唤起，愤怒得恨不能立即扑过去将他撕成碎片，但是，不能！进入佛门要以慈悲为怀，这是悲天悯人的大慈悲，即便是你的仇敌，也要爱他敬他，度他脱离苦海。于是，她又沉静下来，说："这里是佛门圣地，与尘世俗缘无关。施主，请您按照禅宗茶道的精神，平心静气，坐回椅子上吧！"

"平……心静气？！"醉酒的马生金怪模怪样冷笑着，"不……可能！你在这里忽……悠我们，把我们当傻瓜蛋涮了，还要让我平心静……气？你……先倒杯茶给本大老爷，怎……样？"

看到茶商会长的大公子如此无理取闹，两位办事和几位年长的商绅急忙上前解劝，也有往日与马伯牙不睦的商家，故意要看马家公子怎样丢脸，有的哈哈大笑，有的在瞎起哄。

柳碧云沉静地看了看周围说："施主，这样怕不好吧！茶道讲究'献茶供佛'，佛没开口，您大人怎能先喝呀？"

"算了，算了！"胆小怕事的妙善说着，一边在桌上抓了只茶碗过来，赶紧为马生金将茶沏上。正要奉送，柳碧云制止了她，义正词严道："师姐，请你放下。本庵的茶道，向来讲求一个'礼'字。无礼之人，不得喝茶！"

说着，柳碧云将倒在茶杯里的茶水摇了摇，泼洒在地面上。

"好啊！你……竟……敢如此无礼！"马生金将瓜皮小帽抓下来往桌上一

摔，气急败坏道，“你……当了尼姑就……升天了？你……不过一个戏子……”说着，就要动手打柳碧云，吓得那些奏乐的尼姑，一个个抱着乐器仓皇逃了出去。

茶叶商会的办事和头面人物一看急了，知道马大少是借酒发疯，其目的不外乎想震慑大家，赶紧将他拉住。这一下，马大少更得意了，没逮住柳碧云，那些漂亮的茶具倒成了他发泄的对象。他一把下去，将大案上的茶壶茶碗茶筒茶池公道杯等物全部撸到方砖地上，一下子打得粉碎……

2

明媚的阳光从婆娑的柳树梢头洒向新搭的戒坛，感业寺大雄宝殿前的广场上挤满了僧尼信众。戒坛用木板搭成圆形，象征经轮常转，佛法无边。四周插着旗帜经幢，代表了佛法的威仪。这是慧寂师太为新收弟子柳碧云举行的剃度受戒仪式。不知为什么，从见面之初，慧寂师太便对这个弟子满怀期望，认定她今后必将弘扬佛法，广布佛恩，大兴善事，普度众生，最终将继承自己的衣钵。为警示她从此六根清净，斩除邪念，根据《金刚经》“般若性空”之说，特取法号“妙空”。戒坛正中摆着一张云头香案，除了灯台香炉外，另置《涅槃经》一部，楠木戒尺一把，十二环锡杖一根，木鱼及榔槌一副，剃度后赐予的僧衣一套。此刻，蜡台上炬焰高炽，香炉里香烟袅袅。案几后方，慧寂师太身披袈裟，在莲花宝座上闭目打坐，默诵着《增一阿含经》。香案前方，柳碧云跪倒在一个拜垫上，向“依止师”慧寂师太做最后的忏悔和皈依佛门的发愿。她头发披散，垂于膝前，如同一个等待领受死刑的女囚。只待慧寂师太诵经完毕，“劫时”一到，即将为她剃去满头黑油油的乌发，然后跟着师太，逐字逐句，接受“十戒”，从此手敲木鱼，成为一个吃斋念佛守灯趺坐的尼姑，终生以青灯黄卷为伴。这是多么残酷的现实啊！那次茶道仪式上，受到马生金的侮辱责难，她又有些动摇了。难道，出家当一名尼姑，是自己唯一的归宿吗？她长跪不起，浑身战栗，万念俱灰。师太两侧，侍立着妙能、妙可。她们一人端着水盆，一人捧着剃刀，只待慧寂师太的一声令下。

高耸的戒坛上，默念过四弘誓愿的柳碧云，耳畔忽然响起一串清脆的鸟鸣，那该是黄嘴翠鸟清脆的啼啭吧。“快快回家，快快回家！你听到了吗？你听到了吗？”柳碧云心头一颤，又一次想起了韩家哥哥。出嫁的前一晚，万念俱灰的哥哥不愿看她天明即被花轿抬去，悲愤地逃门在外，至今不知他是死是活漂泊何方。他若是知道妹妹即将受戒，一定会发疯般跑来接她回家的。但是，这将绝无可能了！那个孤傲自负的富家子弟高凤阙呢？不会想到被休弃的妻子将有如此悲惨的归宿吧？要是知道妻子出家当了尼姑，将作何感想？一定会暗自窃笑吧！蓦然间，她似乎听到高凤阙唇红齿白的嘴巴里那哧哧的笑声……对一个年轻女子来说，迈出落发为尼这一步是多么艰难啊！

阳春三月的天气并不热，高台上微风拂面，空气中花香四溢。飘浮的白云间，偶尔传来落伍孤雁一两声孤戚悲切的鸣叫。跪在戒坛上的柳碧云既没有感到轻风的惬意，也没有闻到鲜花的香气。她的心揪成一团，低垂的发梢下一片水洼，不知是泪水还是汗水。她只觉得两眼发花，头脑中一片空白。一只黑色的小蚂蚁在木板上惊慌失措地奔逃着，它仿佛嗅出这不是它朝拜的圣地，忽然陷进水洼，左冲右突，费了好大劲才没被淹死。啊！这美丽的秀发将从此永别了吗？一个女人的骄傲将从此失去了吗？她忽然想到秦腔戏《庵堂认母》中师太王志贞身在禅房，一颗幽闭的心却飞往尘世的情景，那是多么悲惨凄苦的境遇啊……

3

等待剃度的柳碧云在戒坛猛地起身，那一刻，她听到身后的广场上响起一片惊呼的嘘声，不用回头，那一定是人们的非议了。但是，她仍头也不回地向师太走去，如同一条困守沙滩的鱼儿在游向大海，如同一只铩羽的鸟儿在投奔森林。此时，她看到了师太眼中的不安和警告，看到了妙能、妙可脸上的阴霾和怒潮。但是，她仍然坚定地向师太走去，在这最后一刻她反悔了。她不愿削发，不愿做尼姑，她只需在尼庵避难一时。当她正要脱口说出自己的希望时，从远处的山门下传来一声悲切的呼唤。这掠过广场上空的声音并不高，且被喧腾的吵嚷遮掩得有些缥缈，但她还是从乱麻一样的纷嚷中分辨出来了。多熟悉的声音，又多陌生的声音哪！如黑暗的天际闪烁出一颗明星，如苍茫的大海上露出一叶帆影，她的一颗急剧跳动的心已堵在嗓子眼了。难道是她，那个被自己唤作婆婆的女人吗？柳碧云不敢相信，但那急切的唤声却重重地叩响了她渴望的心扉。

“云儿，你不能啊！我终于找到你了……”

广场上闪过一片惊异的目光，只见一个穿戴讲究、仪容高贵的老夫人，和一位身着长袍马褂、显然缺了一只臂膀的年长男子，在两名丫鬟的搀扶下疾步向戒坛走来。老夫人以帕掩面，哭喊着柳碧云的乳名。

“云儿，你跟妈回家吧……”

“啊！这不正是我的公公和婆婆嘛……公公怎么少了一只胳膊？两位老人家怎寻到这里来了……”柳碧云的心被一团疑云包裹着，虽然婚礼前后仅见过一两面，她还是一眼就认出了公婆，急忙将来人的身份禀告给师太。

慧寂师太道：“既是你家公婆，你就下坛看看去吧！难得他们一片苦心。佛有佛缘，亲有亲缘，这也是你的善果。阿弥陀佛！”

柳碧云谢过师太，走向公婆，隔着四五步远，便猛扑过去。柳碧云正要下跪，婆媳两人的手臂已挽在一起，接着便抱头痛哭。好大一会儿，柳碧云抬起泪眼，哽咽着问婆婆：“爸的胳膊怎么了？”

高敬轩长叹一声道：“是马家那个七品把总马霸朝害的。”

那是给儿子和碧云举办婚礼的当晚，高敬轩想起白天大桥工地遇到的阻遏就万分愤慨。他想，马家背信弃义，凭什么把修路的土地质押给怡和洋行？

修桥铺路是几代人的愿望，是签过字画过押的事情，凭我陕西商会总长、四品道员的身份，不信到省府衙门讨不回公道。高敬轩性情耿介狷急，夜里一旦决定的事，往往等不到天明。他出发时天已擦黑，仅带着三辆轿车和五名武师。他知晓，自咸丰年间以来，关中道上一直不太安宁，但沿途的大小山寨都得到过高家的打点，按说不会有什么闪失。谁知少华山土匪矮脚虎早就依附马霸朝了，受马霸朝指使，半道上将高家主人劫去，关押一两个月，仅赎金就诈去三十万两银子，后来又要撕票。这天，矮脚虎为老母祝贺六十大寿，请来有名的“棒槌红”戏班子演戏。韩铁锤上山时，恰巧从马踏泉边经过，突然听到有人叫他。回头一看，山洞里关着个人，原来是那人在唤。他感到奇怪，这是谁呀，怎么会知道自己的名字？走近后，发现这人有些面熟。但关得久了，头发披肩，胡须满脸，一时竟认不出来。门口站岗的土匪让他走开，正好他身上带着碎银，给了两角，方准许他说句话就走。被关押的人说他是高敬轩，韩铁锤这才恍然认出，正要追问原因，被高敬轩用手势制止了。只请求他，如果身上还有碎银，代他给大王的高堂老母送份薄礼就行。韩铁锤久在江湖行走，当然知道怎样行事。私下将这事告诉匪婆婆后，半夜，两人设计将他放了。孰料，高敬轩逃到山腰，忽然矮脚虎得到消息，从后面追来，一刀下去，砍掉了高敬轩的左臂。

柳碧云痛惜公公竟遭此毒手，道：“既然我哥哥放了你，他满身武艺，应该保护你下山才对！”

“能捡来一条老命，我知足了！”高敬轩喟然道，“还不知矮脚虎将你哥哥怎样惩处呢！”

柳碧云望着突然苍老了许多的老人，他空悠悠吊着一只袖管，微风吹来，秋千一样不住晃荡。短短两个来月，昔日公公面颊上红润的光彩不见了，如今满面憔悴，头发花白，几粒茶渍似的老年斑悄然爬上额头。柳碧云童年记忆中那个影子一样的父亲是缥缈的，自从嫁入高家后，她已将眼前这位慈祥和善的老人看作自己的父亲了。听公公如此一说，不觉鼻子一酸，哭出声来。

老公公安慰道：“云儿，跟我回家吧，咱高家缺人手啊！马家为何要置我于死地，我事后才清楚，就是想把‘第一商帮’那块金字招牌夺了去!”

柳碧云不觉一愣。这块享誉关中的乾隆御匾她早就听说过，那是韩妈妈对她从小就讲过的故事。大约是乾隆二十年（1755）前后吧，朝廷派出两路大军几十万人马，跨越千里戈壁去平息准格尔部联合他部制造的叛乱。绵延不绝的戈壁沙漠和雪山是一道死亡的封锁线。常言道“兵马未动，粮草先行”。当时，从江南和华北调运粮草路途太远，而产粮的陕西又连遭旱灾。正当乾隆爷一筹莫展之际，接到了四品道员、高敬轩曾祖父高少堂的奏章，愿倾陕西商帮全部之力，为平叛大军运送粮草和军需，并随奏章具上生死状一份。乾隆爷在龙床上看罢奏章，不觉泪流满面，感叹道：“没想到我大清竟有如此忠烈义士！倘若臣民人人如此，何愁家国不兴、疆土不保?”经过五六年的鏖战，乾隆二十四年（1759）终于一举平定了自康熙以来为患几十年的准格尔部。是年冬十月，乾隆爷在皇宫太和殿论功行赏，大宴群臣。看到军功单上报告陕西商帮为供应军需粮草，死在戈壁沙漠和雪山的商民竟达一千六百多人。这是活生生的生命啊！他们与战死疆场的将士同样令人起敬。为了哀悼这些为国捐躯的英魂，乾隆爷亲自提议，为他们唱一曲《车过乌鞘岭》的战歌：

车过高高乌鞘岭，
寒流滚滚天地冻。
老鹰折翅飞不过，
战马萧萧不欲行。
自有中华好儿男，
热血能将冰雪融……

悲壮的歌声回荡在宏伟的大殿里，久久没有散去，仿佛烈士们的魂灵又回到了将士们的身边。乾隆爷满含热泪，肃然转身，为英灵们洒酒祭奠。接着，下旨户部免去陕西柞水、西安、渭南、潼关、凤翔等六十五厅、府、州、县本年额赋。当高少堂来到御座前谢恩时，皇帝步下金阶，拉着他的手呵呵笑道："你们是大清国的第一商帮，今后有了大事，还离不开你们啊！"听到金口玉言如此夸赞，高少堂立即伏地谢恩。乾隆爷龙颜大悦，走向书案，提笔在手，一挥而就，写下恢宏厚重气势磅礴的"第一商帮"四个大字……

广场上的人们被柳碧云与公婆之间的亲情感动着，竟忘记了这场法事的要旨。逼迫这样孝顺的儿媳出家去做尼姑，似乎不合情理。佛无定法，随缘而化，信众们纷纷劝慰即将受戒的柳碧云，不可辜负公婆一片苦心。

良久，杨夫人擦掉泪水，声音颤抖着问："云儿，你怎么到这里来了？让我找得好苦哇！"

柳碧云哽咽说："妈妈，我对不起你，请恕孩儿不辞之罪……我实在是……"

婆婆没让柳碧云说下去，拉着手道："我知道你的苦处，现在就随我回家去吧！"

柳碧云怎好立即回转，众目睽睽下的改弦更张，毕竟有些难堪。犹豫中，她的身旁响起一片热情的劝勉，在"回家吧、回家吧"的欢呼声中，她带公婆走上戒坛去见师太。听到杨夫人的诉说，慧寂师太道："贫尼为你们的重逢道喜了！我佛以慈悲为怀，岂有拆散人家婆媳的道理？阿弥陀佛！为了你们的团聚，我已命钟楼敲响金钟以示祝贺了！"

铛铛的金钟敲响起来，雄浑嘹亮的钟声回荡在古老寺院的上空，和着一阵鸽哨，飘向遥远的天际。

杨夫人和丈夫感激师太对儿媳的救命之恩，临别前，将高府在秦岭紫云山的两万亩山林捐赠给庵堂作为香资，以助其扩建寺院，重塑佛陀金身。

广场上，僧徒信众得知陕西渭南大商家捐出如此巨资，立即高唱佛号，整衣入座，为这个和睦的家庭诵读《苏悉地经》，祈愿他们家业兴旺，诸事如意。师太令柳碧云下去收拾一下，即可随公婆回家。这时，柳碧云蓦然想到自己的弃妇之身，既然公婆来寻，必然带有复婚书，便问文书何在。杨夫人听说，嘴巴张了两张，却说不出话来，结巴道："儿呀！你离开后，高家遭受大难……哪里有工夫上京去寻那逆子，复婚书，不……不曾带来……”柳碧云一听便号啕起来：“没有相公的文书，我还是弃妇之身，如此回去，名不正言不顺啊……”

扑倒在戒坛上痛哭流涕的柳碧云猛然跃身而起，从妙可手中夺下剃刀，将自己乱糟糟的头发抓在手中，刈麦一样割下一把把乌黑的青丝……

第六章　高中状元

1

八月里，从京城传来一个轰动陕西各界的消息：经过会试、殿试，渭南举子高凤阙以春闱一甲第一名夺得正科状元。

高凤阙在殿上当即所作的三篇策论：《废八股开新科教育救国说》《强国必先强军说》《变法势在必行说》，深得考官、皇上和皇太后的赏识，其手抄本不胫而走，被全国各地的莘莘学子争相传阅，奉为应试文章的宝典。他的殿试原稿，由于字迹工整，端庄灵秀，飘逸洒脱，深得王羲之、王献之书法之精妙，被同样钟爱“二王”书法的慈禧老佛爷拿去，放在案头反复观赏。二人书道同源，一时竟爱不释手。近来，慈禧老佛爷为国事家事日夜操劳，焦虑不安，难得有这段好心情。她反复翻看这三篇文章，前两篇和康有为、梁启超的持论相似，重要的是第三篇。这个高凤阙不主张急风暴雨式的激进变法，建议循序渐进，稳步推行，而且测算出变法要取得成效，至少在三十年以上，激进的变法只能把事情搞得更糟，不但会引起社会动荡和混乱，反过来又帮了列强的忙。这个论断犹如一缕清风，给日趋狂热的变法急躁病浇了一瓢凉水，更让缺少政见易于盲动的光绪帝冷静了许多。可不是吗？去年中日甲午战衅，太后主和，光绪主战，结果大出所料。宣战后，我国无论在陆地或海上均一败涂地，溃不成军，我皇皇北洋水师几乎全军覆没。现在只好靠老佛爷出面收拾残局，派出李鸿章在下关与日本签订《马关条约》，又一次丧权辱国，又一次割地赔款。这到底是谁之错、谁之过？那些举子们搞什么“公车上书”，将矛头对准太后老佛爷，慈禧焉能不气？她十分重视这次殿试，当看到高凤阙的第三篇文章，见他立论与众不同，献策切中时弊，决意拔为状元。现在已发布皇榜，公告天下。按照惯例，还要召见一次。近日，慈禧老佛爷心情愉悦，正想借召见之机，试试他的才情人品，如果中意，拉到身边，扶为肘腋，好给自己那些老气横秋的“后党”中增添一张新面孔。

慈禧老佛爷决定的事，不用征得光绪同意，只要通知一声就行了。她下懿旨将新科状元高凤阙宣召入宫，在养心殿御阶下赐座。光绪来迟了，惶然在太后左侧早已备好的龙椅上坐下，木偶般静待太后询问听答。

这高凤阙不但文章好、书法好，人样更是卓荦出众。他身材颀长，器宇轩昂，生一副典型的关中汉子的国字脸，清秀俊美的刀眉，晶光闪闪的大眼睛，棱角分明的高鼻梁，不涂自丹的薄嘴唇，脸颊白里透红，辫子乌黑发亮，一身簇新的青绸蓝边贡生公服袍，头戴镂花金顶水晶状元冠，愈显得相貌堂堂，英气勃发。叩头山呼万岁后，落落大方地坐在绣墩上等待发问。慈禧老佛爷在殿前许久没见到如此年轻英俊的臣子了，亲信中多是些老态龙钟的旧臣，声音混浊，行动蹒跚。看到面前这个新科状元，老太后不觉眼前一亮，心中先自有了五六分的怜爱。

太后拿起读过多遍的他的三篇文稿，用眼睛瞄了瞄，问了祖宗籍贯年龄何时中举等履历后，劈头问他是否参与了“公车上书”，是否参与康、梁会党。

听到此话，光绪帝先自惊出一身冷汗。这“公车上书”矛头所指，不是别人，正是擅权自专的慈禧老佛爷。西太后素来多疑，以为“公车上书”是皇帝暗中指使康、梁在制造“逼宫”舆论，为此，近日来，帝、后之间已形同水火。这些宫廷斗争局外人当然不知，故而为这个新科状元捏了一把汗。倘若错答一字，不仅状元头衔不保，连性命都恐怕也要贴赔上了。

高凤阙没敢抬头，当然看不到皇帝给他连连丢过来的眼色，毫无隐瞒地说：“‘公车上书’，学生自然参与了。”

“什么？”皇太后将墨卷向案头一掷，满脸怒容道，“你，你竟也参与了？！”

“是的，学生参与了‘公车上书’。”高凤阙郑重其事地说，“此乃一千三百多名会考举子共同签名呈报的奏章，是反对割地求和，拒签《马关条约》的正义呼声。当此中华民族生死存亡的危难之秋，每个中国人岂能袖手旁观，坐以待毙……”

太后没有理会状元郎眼眶里因激动而流出的晶莹的泪花，冷笑道：“好一片慷慨激昂的陈词啊！古人云，言为心声，书为心画。此番上书，暗藏玄机，你难道没觉察到吗？”

高凤阙虽初入朝堂，已抱定恪尽职守、忠君直谏的决心，面对老太后咄咄逼人的威势，他反而愈加坚定了，道：“‘防民之口，甚于防川’。甲午战败，我大清又是一番丧权辱国割地赔款，民间有几句议论也不足为怪。”

慈禧深知她在民间口碑不佳，但还是禁不住要问。打探一切有关自己的传闻和非议，是这个女人在残酷的宫廷斗争中养成的怪癖，于是不动声色地问道：“你说说，什么议论？”

一旁呆坐的光绪皇帝生怕这个愣头青出言不逊，招来杀身之祸，接连打了几个喷嚏，以提醒状元郎不可妄议朝政。高凤阙报国心切，早将生死置之度外，毫无顾忌地道了出来：“第一，如果当年修建颐和园不挪用海军军费，我北洋水师就不会如此不堪一击。第二，而今朝中掌权的都是一班老臣，他们昏聩无能，只知中饱私囊，‘主和’不过是投降的同义语；其实，甲午战争失败的命运是早就注定了的。第三……”

“够了！”慈禧太后终于震怒了，站起身来喝道，“左右，来呀！将这个不知进退的白丁给我剥掉衣冠，拉出去交刑部查办！”

早就守候在帐幕后边的一群太监和大殿外的锦衣卫们听到召唤，一哄而上，将高凤阙按倒在地，就要扒掉公服。可怜一个人人仰慕的新科状元，刹那间便成了冒犯太后的阶下囚。

光绪帝看到这里，再不能装聋作哑了，慌忙跪倒在地，高声请求道：“圣母皇太后息怒！儿臣以为，高凤阙乃新科状元，名字已昭示中外，如果将他查拿，在此多事之秋，只怕激成事变。”

“嗯?!”慈禧转过脸，眉宇间凝着一股怒气，“你要袒护他?”

软弱的光绪赶紧辩白道：“儿臣不敢！儿臣以为，他不过一介白面书生，还是赶出殿堂，让他回家自省去吧!”

“就这么便宜了他?”慈禧顿了顿说，“别急，还有一事我没查问呢!”转而问道：“高凤阙，你与康、梁会党有无瓜葛?”

高凤阙从卫士的拘押下抬起头来：“禀告太后老佛爷，若说瓜葛，学生与康、梁两位先生倒是有一些。”

“什么?”慈禧用纤长的带着亮银指甲套的手指指着新科状元说，“我这双眼睛是揉不进沙子的，没看错吧，你果有瓜葛!”接着，她叹了口气，慢条斯理地将指甲套一一向指根紧了紧，眼皮抬也没抬道：“说说吧，什么瓜葛?”

高凤阙甩开束缚，整了整衣服说：“就如何变法一事，学生与康、梁政见不同，我曾找过他们，双方唇枪舌剑，人山人海中，多次公开辩论……”

“噢，原来如此!”慈禧木瓜似的长脸上露出一缕喜色，挥了挥手，让侍卫们下去。看着他们躬身退下后，方说：“这个我知道，你的策论里已说得明明白白。起来吧，恕你无罪！你初入朝堂，不懂规矩，本宫念你年轻，也就不做计较了。”

高凤阙连忙叩头谢恩。第一次召见就这样结束了，状元郎差点儿将性命搭了进去。

2

高凤阙高中状元的喜讯报到家中，每天登门贺喜的大小官员、商绅学士、亲朋好友络绎不绝，几乎踏破门槛。

高父一边喜滋滋接待宾客，一边暗自思忖，家中有如此大喜，都是祖祖辈辈积德行善所得的阴功，应该再做善事才对。思来想去，虽然渭河大桥暂无希望，但另有一件大事，必须立即去做。

今年以来，陕西关中以及渭北地区，又一次遭受大旱。从春至秋，没下过一场透雨，夏粮已然绝收，秋季眼看又将收成无望。在这种情况下，马伯牙及其岳父裘十公，翁婿两人狼狈为奸，沆瀣一气，操控陕西粮行商会，一再抬高市价，并要挟所有商家，一律不许降价。如若擅自降价，轻则开除会籍，重则砸掉招牌，捣毁商店。他们财大气粗，吃了木炭黑了心，中小商家即便有心降价，也不敢与他们作对。如此一来，目前市面上连粮食都很难有售了。面对这种欺行霸市、垄断粮价的行径，高敬轩曾以陕西商会总长的名义与之力争过，但是，毫无结果。这主要是高家没有涉足这个行业，加之渭河大桥停建以来，自己又被土匪绑票，耗费了很多库银，再也无力与马家抗衡了。看到一户户嗷嗷待哺的家庭，看到紧闭的粮行门前一个个满脸菜色急于购粮的饥民，高敬轩心急如焚，很想从外地调粮进来，然后平价出售，以缓解关中父老的燃眉之急。

这天，登门贺喜的是陕西巡抚李文鼎。他不但带着藩台、臬台、学台几位下属，还捎来陕甘总督魏光焘的贺礼和名帖。酒席宴上，抚台大人刚刚吃了两杯酒，便起身离座，附在高敬轩的耳边说：“能否到后堂一叙，有要事相商。”

高敬轩心里打着鼓，抚台大人如此心急火燎，到底有何事相商？如果没有猜错的话，肯定是为粮食的断档着急。李抚台和高敬轩惺惺相惜，两人性情相仿，都是急公好义的热心肠，对时下官员的腐败深恶痛绝。坐定后，李抚台将茶杯端在手中，来不及喝茶，便一语道出了他的目的。原来，他想让高敬轩出面，联络几个中小粮商，冲破价格垄断，先行向市场投放一批粮食，以平息愈来愈难以遏止的民怨。李抚台是个有心人，给这批粮食起了个动听的名字——状元粮。

听到这里，高敬轩还有什么好说的呢？唯一的担心是，一旦马家和裘家派出打手，四处捣毁中小商家的粮行，就让他这个商总难以交代了。

李大人欲救民于水火，早就想好了招数，呵呵笑道：“你放心大胆去干吧！本官今天之所以带来藩司、臬司，为的是统一行动，联合执法。三天后，你们尽管在各道府州县放粮，胆敢有捣乱者，一律严惩不贷！”

吃了这颗定心丸，高敬轩仍感到惴惴不安。谁都知道，当前的吏治，如同一条漏船，早已到处进水四下走风了。官场的腐败和无能，仿佛烂掉的桃子，自己是一摊稀泥，何言保护他人？即便派出几个红缨子公差，到你门上，吆五喝六，不是要吃，就是要喝，给的少了不行，给的多了拿不出，还不如少招惹的好。想到这里，连忙叫来大管家孟泰老先生，事不宜迟，不如两人分头行动。孟老先生拿上高敬轩的名帖，去联络中小粮商，自己则直接去找粮行商会会长裘十公。不入虎穴，焉得虎子？高敬轩这已是第三次登裘门求救了，不管他怎样如狼似虎，此次前去，高敬轩抱定了赴死的决心。

裘十公七十多岁了，个子瘦高，精神矍铄。他的皮肤黑如漆炭，须发皓如霜雪，这种强烈的对比本就令人生畏；加之他的眼睛白多黑少，每当盯视他人时，常常使对方不寒而栗。他出身行伍，曾在湘军当差。太平天国北伐时期，他随军被派到陕西围堵北出秦岭的一支，因在少陵原引镇大战中负伤而留了下来，后充任边塞将军。他性格骄横，肆行不法，既克扣军粮，又白吃空饷。事情败露而被解职，遂以贩粮为谋生手段。自女儿嫁与马伯牙后，又凭借马家的势力，很快将粮食生意做遍了陕西、甘肃、宁夏各地以及大江南北，成为陕西粮食行业的一霸。他最得意的手段就是垄断粮价，囤积居奇。凡有不从者，三天内可叫他倾家荡产。在陕西，没有哪个人敢在太岁头上动土，因此，得了个“黑太岁”的诨号。

裘十公在客厅笑面佛一样接待了高敬轩。作为长辈，他坐在正面的八仙桌旁，而让高敬轩在下首的客座上就座。丫鬟献上茶来，裘十公一边端着茶碗用碗盖拨着碗里的浮沫，一边说：“恭喜，恭喜呀！贵公子高中状元，此乃高门之幸，更是我秦地之幸啊！老夫本应登门道贺，只因近来正加紧调运粮食，少得空闲。为解关中父老缺粮之苦，老夫可谓是日夜操劳、鞠躬尽瘁了。哈哈……”

裘十公自我夸赞了一番，在言不由衷的笑声中，偷眼观察着高敬轩。他的苍髯又浓又长，马尾巴一样直垂到胸前，他一边捋着胡须，一边等待高敬轩开口。

高敬轩自谦了两句，然后直奔主题：“裘老前辈如此日夜调粮，本是我关中父老的福分。不知这批粮食，何时可投入市场？”

裘十公略加沉吟，道：“当然是粮价合适的时候。”

高敬轩问道：“当下粮价已经高企，民众叫苦不迭，不知裘老前辈还要将粮价抬到多高？”

裘十公感到了高敬轩话里有骨，漆黑的脸上能滴下墨来。呷了一口茶道：“这个……请恕老夫直言；你若以商总的名义问我，老夫的回答是‘不知道’！你若以个人的名义问我，老夫的回答是‘免开尊口’！”接着，将茶碗向桌上一蹾，喝令家人送客！

裘府的师爷从后堂上来，示意高敬轩不要说了，赶快离开。高敬轩发狠道：“裘老前辈，你的心也太黑了！眼下关中春秋连旱，百姓家里，十有九户早已断炊，你难道不可怜可怜黎民百姓吗？你一再抬高粮价，于心何忍？你禁闭市场不让出售，居心何其毒也！你置大清的律例于何地？我要到臬司告你个操纵买卖罪，你等着瞧吧！”

高敬轩愈说愈气愤，几乎是跳着被推到门口的。听到高敬轩嘴里喊着要去臬司告状，裘十公的脸搁不住了，大喝一声：“来呀！将这个不知天高地厚的东西，给我砍去他的右臂！”

家丁们听到召唤，立即拥进来四五个人，有的拉胳膊，有的举大刀，就要将高敬轩的右臂砍下来。师爷见状，立即走上去附在主人耳边说了句什么，然后，在裘十公一阵摔盘子砸碗的暴怒声中，师爷带着家丁，押着高敬轩走下堂去，然后将其软禁在一个小小的四合院中。

裘十公将高敬轩私自关押起来，唯恐他出去坏了自己的生意。谁知关押到第三天，也就是中小粮商统一行动的前一天傍晚，陡然从西边天际飘来一团黑云，接着狂风大作，一霎时天昏地暗。没过多久，只听得电闪雷鸣，天空降下瓢泼大雨。

一直关注着天气变化的高敬轩，忽然听到风声雨声，高兴地跑出拘室。他深知，有了这场大雨，旱象将会缓解，中小粮商的放粮行为将会更加坚决，而裘十公所代表的不法商家的希望将会彻底落空。于是，他举起手迎接着自天而降的甘霖，激动得跪在风雨交加的泥地里高喊道："老天啊，你终于睁开眼睛了！救万民于水火了！哈哈……"

3

慈禧第二次召见高凤阙是在七天之后。这天，太后老佛爷的心情似乎特别好，谈话也多了些。太后除畅言自己如何寄希望于变法，还让这位新科状元更多地介绍了陕西的政情民情。有了第一次觐见的经验，高凤阙唯唯作答，生怕再说错一个字。即便这样，还是惊得满身是汗，将个公服都湿透了。正在应答，一个小太监进来禀报道，殿门外有直隶总督、兵部尚书、协办大学士荣禄荣中堂大人请旨。慈禧以为又有什么战端或不测，即刻宣他进来。

荣禄是慈禧的近臣，身为一品大员，兼有将相之职，权倾朝野，无人可比。早在咸丰帝驾崩，慈禧作为一名贵妃，牵着六岁的同治小皇帝，孤儿寡母，孑立无援，其地位岌岌可危时，为了从八位顾命大臣的铁掌中夺取权力，慈禧发动了"辛酉政变"，而荣禄，这位少年时代的恋人，正是为她保驾护航的功臣。荣禄身材奇伟，长相俊朗，他出身勋将门下，以祖荫而入士，虽读书不多，但办事干练，城府极深。他信奉中庸之道，处事圆滑变通，虽心狠手辣，却从不外露，因此，宫内宫外，人缘极好。正是因了这种人缘，传出与后宫的某妃有染。深爱过他的慈禧当然不能容忍，以"纳贿罪"去职十余年，可见醋意之深。后来，出为西安将军。三年后恰逢慈禧六十万寿期，允许祝寿入朝，从此，重新援为心腹。慈禧太后事事离不开荣禄，她太信任这位青梅竹马的伙伴了，因为他的见识总要比她高出一筹。立四岁的光绪继承大统，她倚仗于他；后来，发动戊戌政变绞杀变法人士，她依赖于他；给大阿哥溥儁定名分，她听从了他；甚至大清朝最后一位皇储，册立的竟是荣禄的外孙，可见其对荣禄信任之深。当然，也有意见不合的时候。不过，如若她和他的意见相左，而且一意孤行，必然酿成大祸。比如纵容义和团攻打外国使馆，最终招致“庚子事变”，两宫西狩，狼狈逃亡西安；其实这些都是荣中堂预料之中的事。——以上，许多都是后话。如今，出将入相、大权在握的中堂大人，没有忘记当年褫职在家、权力尽失的滋味和教训，变得更加善于揣摩太后的心思，即便最隐秘的情结，他也能曲意逢迎，毫厘不差。太后的私房钱本来要存入英国人开办的汇丰银行，以为安全可靠。他说万万不可：一是利息太薄；二是两国时而交恶，万一对方以此讹诈，岂不国人大哗？最终，决意由他转手存入远在西北的西安银号，高利生息。他之所以能够招招胜算，伺窥天机，皆因重金贿赂太监大总管李莲英之故。前两日，大总管告诉他，老佛爷近日对这个新科状元十分器重，可投其所好。他一听便说，办法有了。大总管说，你的脑子比陀螺都快。他笑答，你的内线堪当头功。

中堂大人是抱着一摞新刊印的书籍步入大殿的，金阶上下皆为之惊诧。荣禄山呼之后，奏报道：“启禀皇上、皇太后，为了回击康、梁会党的无耻谰言，臣下想出了一个万全之策。”

太后笑问：“什么万全之策？亏你想得出来！”

荣禄谦恭地说：“新科开考之前，面对康、梁潮水般的谬论，我们几乎束手无策。现在好了，新科状元高凤阙的三篇策论高屋建瓴，政论雄辩，堪比洋枪洋炮。臣下将其辑录整理，加上按语，刊印成册。名曰：《理论操典》，首先在北洋新编陆军中研习，人手一册，从思想上武装士卒，以保卫我大清江山万世永存。这是臣下斗胆措办的，不知圣意如何，请皇上、皇太后训示。”

“啊呀呀！好你个荣中堂，真是登峰眺目，视之高远呀！看来军国大事交付于你，真乃朝廷之幸、万民之幸呀！来来来，快让本宫看看。”太后眉开眼笑，高兴得嘴都合不拢了。

大总管李莲英飞快走下金阶，从荣禄手中接过两本《操典》，眉梢眼角颇有得意之色，反身走向宝座，将两本册子分别捧到太后和皇帝手上。

皇帝随意翻了翻便茫然四顾了，老太后却细心审视着。一时大殿内鸦雀无声，寂寥空旷中，听得一只斑鸠在窗外凄苦地鸣叫，声声哀切，调调悠远，仿佛从亘古蛮荒的时代一直叫到了今天。慈禧老佛爷读起书稿奏章，常常能过目不忘，一点儿小小的纰漏，也难逃她的法眼。空气凝固得令人窒息。随着太后老佛爷纤长手指的滑动，每翻开一页，纸张簌簌的响声都如同打雷，将阶下臣子吓得心惊肉跳。

慈禧老佛爷总算合上了书页，大家都舒了口气，但她老人家仍未将书放下，在专注地翻看背面有关新科状元的一段生平文字。大家仍在紧张地等待着，一个个瞪大了眼睛，仿佛那本书会随时掉下来砸着老佛爷的脚。也许是太后贵人多忘事吧，老佛爷又一次问到新科状元的生辰，不过，声音有些凄然：“高凤阙，你的生日果真是三月二十三日吗？”

“启奏太后，”高凤阙跪禀道，“学生的生日正是三月二十三日。”

“三月好啊！”慈禧长叹道，“三月正当春季，万物复苏，万象更新。二十三日，可就更巧了！”

高凤阙不知老佛爷想说什么，抬起头，惊愕地看着这位忽然变得郁郁寡欢的老人。

提起三月二十三日这个特殊的日子，太后有些黯然神伤。原来，她想起自己亲生的那个因贪恋女色而早夭的同治皇帝，正是同一生日。当时，咸丰帝尚无子嗣，慈禧不过是一个地位不高的嫔妃，正是儿子的出生改变了她的命运，晋升为懿妃。她不能不感谢儿子。但是，这个给她带来福音的儿子，在皇帝的龙位上早夭了，怎能不令她肝肠寸断，痛彻骨髓！慈禧跌坐在龙椅上，反复喃喃着：“三月二十三，三月二十三……”

高凤阙不明就里，以为犯了什么忌讳。只见老太后眼眶湿红，接着泪水夺眶而出，止不住哭泣起来，嘴里不住数落着："我的儿呀……三月二十三日，娘生你好苦啊！你小小年纪就狠心地离娘而去……呜呜，我苦命的儿啊……"

在场的人终于明白过来，一下子被太后真挚热切的母爱感动了，也跟着抽鼻子抹眼泪。同样的生日，同样的青春年华，触动了老太后长久以来思念儿子的愁思。一个好端端的小伙子说殁就殁了，这是任何一位母亲都难以接受的。

太后因失子之痛哭得十分伤心。随她一起流涕的人不禁既惊恐又惶惑，大总管李莲英情急智生，走上前示意太后，要不要高凤阙上来。慈禧抬起泪眼，哽咽着点头算是首肯。李莲英立即招小伙子上去，正要叩头请罪，老太后拉住他道："本宫看见你，就想起了当年的同治皇帝。他六岁继位，长到十九岁就殁了，让我好不伤痛！本宫虽贵为太后，却老来无子，也是人生的一大不幸啊……"说着，抓住他的双手，扑闪着泪花，不住抽着鼻子。

太后像对待自己的亲子一样，慈爱地为他理了理衣襟，用手指梳理他浓黑的头发，接着，询问了他的家境、婚姻、嗜好等等，当听说他尚未婚娶，立即笑道："这真巧了，你就做本宫的干儿子吧！给你一个月假期，回去探望父母，然后回京，本宫从那些格格中选一个嫁给你，好不好？"

高凤阙尚在迟疑，众人道："还不谢恩？"高凤阙诚惶诚恐叩头道："谢圣母皇太后隆恩，孩儿高凤阙愿以死报效。"

"别说什么死呀活呀的，这多难听！"慈禧拉他起来道，"本宫很想提拔你，但是不能违背祖制。这样吧，你可先到翰林院任庶吉士，这不过是个七品小官，但很快就会熟悉大内的文案和规矩。历代状元都是这么处的，就看你的作为了。"说罢，太后用眼睛瞥一眼光绪，意思是问他是否合适。光绪唯唯诺诺点了头，高凤阙便再次跪地谢恩了。

太后抚弄案头高凤阙的墨卷，那娟秀的字迹蓦然牵动她挥毫泼墨的豪兴，喝声"拿笔来"，早有大总管李莲英带着小太监捧着文房四宝过来。摩挲徽宣，就着龙案，老佛爷提起斗笔，饱蘸墨汁，挥腕运笔，一阵龙蛇飞舞，写下遒劲滋润的“状元及第”四个大字。然后，在正中天额，钤盖上鲜红的“慈禧皇太后御笔之宝”方形篆章。

按照大清礼法，第二日，在太和殿举办了隆重的“收子典礼”，赐给新科状元许多珠宝绫罗书籍之类。高凤阙接受后，高高兴兴休假回家去了。

第七章　迎匾法事

1

陕西巡抚衙门坐落在西安府北院门大街的北端，一座大院，坐北朝南，庑殿幽深，房舍疏落。通常，门前冷冷清清，人们看到的是红漆泡钉的大门和大门外两尊一人多高的花岗岩紫英石狮子，要不就是板着面孔庄严肃穆的值岗哨兵。官府的威仪和神秘尽在其中。可是，近三天来，这里车水马龙，人声鼎沸，比迎神赛会还热闹。不但站岗的兵丁已撤至大堂之后，就连大街东西两侧的藩台布政使司衙门和臬台按察使司衙门，也看不见荷枪的士卒了。原来，由抚台李文鼎李大人出面主持，由藩台、臬台、学台、道台、府台协力操办，邀集民间各仓廒主事、民族长老，以及各商会、帮会、行会、学会、寺院、道观的头面人物参加的“奉旨迎匾祈福大法会”正在巡抚衙门内举行。

当朝圣母皇太后慈禧老佛爷御笔亲题的巨匾“状元及第”和光绪皇帝的圣旨被供奉在大堂前面的龙案中央，香台上燃着巨烛和高香，两边靠墙的礼桌被各地送来的红绸绫罗香蜡纸表堆得满满当当。大堂的四壁墙上，挂满官民赠送的旌表贺幛，有直书“圣母手泽”“感恩泣血”的，也有写着“学界至荣”“三秦霁光”的，红红绿绿参差掩映，如春日花圃里涌动的花潮。盛大的迎匾法会连续举办了三天。头一天首先由随行的太监夏公公宣读了光绪皇帝的圣旨，并将圣旨授予陕甘总督魏光焘；接着，抚台李文鼎咏读了“迎匾颂词”。李大人是浙江余姚人，两榜进士，很有文才，只可惜一口嗲声嗲气的娘娘腔大煞风景，“资”“刺”“知”“日”本就口齿不清，加之附以抑扬顿挫、平仄律令，如喉咙含着一个元宵，咽不下吐不出，听得人直想发笑。无奈他认真非常，一本正经，憋得满脸通红，像一只昂奋的斗鸡，人们的嬉笑只好梗在喉头咽下肚去了。下来，新科状元高凤阙讲述了慈禧老佛爷恩赐的经过，然后是各界代表的致贺。午后，和尚道士在大堂内分坐两侧，同时诵经。一时钟鸣磬响，檀板声声，互相比赛似的诵经声由小及大，很快便高唱入云了，惊得庑殿椽檩下的蝙蝠大白天窜出来四处乱飞。第二日，御匾专供官员和学界人士轮流瞻仰，诵经则分别在庑殿外两侧新搭的水陆法会僧坛道坛上举行。这天，登坛诵经的皆是和尚或道士，往来人员不多，陆续有远道的贺礼送来。压轴好戏则在第三日，这天因专门向民众开放而格外热闹。东边斋坛是女道士诵经，西边斋坛是女沙弥诵经，庑殿前的广场上坐满了配乐合唱的女道士和尼姑，只听坤音袅袅，莺歌阵阵，仿佛来到女儿国一般。

这天，来的最多的是女眷。那些道府州县的官员们，听说慈禧要在宫中选一位格格嫁给高凤阙，都想一睹新科状元的风采。有未出阁女儿的官员心中暗自合计，既然慈禧那里尚未钦定，如今借得近水楼台，何不捷足先登？只是有奉旨太监紧紧跟随，不能违忤懿旨，莫如想个法儿，暗度陈仓，做成好事。正在寻思，忽然听说抚台李文鼎大人在高凤阙那里为女儿索得一幅鸳鸯戏水扇面，于是茅塞顿开，纷纷效法。携妻带女，拿了宫扇、折扇、册页或者素绢，向新科状元讨教，请他题诗作画，或者互赠诗文。那目的当然不言自明，只要男女双方有意，成就好事也就不在话下了。

李抚台是一位古道热肠的人，虽然嗓子不争气，如牝鸡报晓，为人却颇有君子之风。他育有一子一女，儿子在大清驻日本国使馆做电报员，他的爱女远在西子湖畔，如今老大不小，尚未许配。可怜天下父母心，为女儿求一幅陕西才子的扇面也无可厚非。只是这小小的心机一旦被人捅破，他的面子就搁不住了，唯恐落个奉旨不遵的罪名，于是，门户洞开，来者不拒，女腔女调说：“‘东风好作阳和使，逢草逢花报发生。’本官今天就做一回‘阳和使’吧!”

李抚台穿着二品锦鸡文官补服，被围堵在下级官员和家眷之中。这个扯他的衣袖，那个拉他的袍带，求告的好话塞得耳蜗像长了茅草。他的热情自不待言，只恨自己不是千眼千手观音。他个头不高，身长腿短，一会儿便跑得细嫩的脸上满是汗水，朝靴不知被谁踩掉了鞋底，趿拉着靴子，索性命左右将大堂两边的签押房全部打开，让官员和家眷排队进入，由高凤阙挨着房门依次会见。高凤阙生怕得罪这位好心肠的父母官，又是父亲的至交，只有言听计从，便如更夫查房一般，走了一间又一间。家眷愈聚愈多，焦急等待的人们将队列一直延续到斋坛旁边。

新搭建的两座斋坛均有一人多高，蓝布幔裙，边插经幢，上覆华盖，虽然不大，倒也十分气派。今天，在西边斋坛诵经的是一位年龄不大、长相俊俏的尼姑。她皮肤黝黑，声音低沉，一副心事重重的样子。大堂前的热闹红火似乎并没有勾起她的兴趣，反而使她有点儿气恼。她坐在台中的蒲团上，虽然手敲木鱼，口不离经，眼睛却不住向签押房那边睨视。由于心不在焉，常常将经句念错，以致台下打钟敲磬的妙能、妙可不时掩口而笑，悄悄戏谑道：“妙空，别走神！你的夫君会来的……”

台上诵经的是在感业寺出家的尼姑柳碧云。

慧寂师太最近走出山门的次数明显少了许多，生活的清苦，事务的繁忙，常常感到力不从心。当巡抚李大人派师爷联络迎匾诵经法事时，师太一口便回绝了。这件事被前来奉茶的妙能听了去，即刻告诉了妙空。柳碧云虽然出家做了尼姑，这段时间，沉静下来后，她最思念的还是和自己做了一夜夫妻的丈夫高凤阙。人生最难忘的是第一次。那是自己第一次初为人妻，那是自己第一次抚摸一个男人。那种感觉潜藏心底，深入骨髓，永远鲜活如初。如今，听说这个高凤阙高中状元，又被慈禧收为螟蛉义子，她不知怎的，很想见他一面，哪怕看一眼也好。女人往往就是这样，对自己钟爱的男人，即便打过她骂过她，即便他鸡鸣狗盗丑陋不堪，感情上总是难以割舍，甚至至死也难以忘怀。女人的痴情正是忠贞不贰的原因了。她现在终于理解了高凤阙，他是心怀天下的男人，他是大有作为的才子，当然不愿别人说他娶了戏子。那是一场误会，纯属误会。现在自己遁入空门，和他的身份地位有天壤之别。不过，她还是想见他，十分地想见他，那种撕心裂肺的思念之痛是无法愈合的。他还是那个有点儿孩子气的可爱的小白脸吗？他还是那个不会做爱的小傻瓜吗？不管他身边如何美女如云，不管他是否已招为东床驸马，但深深爱他的，为他衷心祈福的，这个世界上，除了原配，还会有谁呢……

柳碧云说服了慧寂师太，最终撵上了那个使者，成就了这场法事。

为了不使状元郎认出自己，柳碧云从运粮河莲藕下挖出黑乎乎的污泥涂抹在自己的脸上身上；为了使声音变粗，她一连三天没喝一滴水；为了提醒自己不要陷入旧情而想入非非，她甚至带了一把剪刀，只要意志稍有动摇，就自残自戕……

2

高凤阙在李大人的热情引荐下，匆忙进出了几个房门，他感觉自己是一条被绳索牵着戏耍的狗，要蹲便蹲，要卧便卧，摇尾乞怜，任意受人摆布。至于拜谒了什么官员，遇见了什么秀女，一个也没记下，不过随意写了几首歪诗受了一番奉承罢了。他感到奇怪，如今中国的官风民气怎么如此庸俗不堪？一个人稍稍出了点儿名，大家便追捧他、抬举他、恭维他，如此一来，他还怎么生活、怎么做学问、怎么长进？这不是要捧杀嘛！他不想借状元之名去做什么驸马，也不想结识什么名媛淑女，对于女人，他还没有从第一次失败婚姻的阴影下走出。

高凤阙浑浑噩噩踏入下一个门槛，李大人已被一帮人卷走了，听说后面迟到的盐法道台要向前插队，引起群愤，他出面调解去了。

房间里有一男一女，面目尚未看清，那男子一拱手道：“恭喜状元，贺喜状元！寒庐先生果真眼力不错，同窗老弟高中状元，可喜可贺呀！”

说话人阴阳怪气，高凤阙仔细一看，正是“九龙马家”长门长孙马生金。那个年轻女子好面生，脸上胭脂铅粉涂抹得五马六道，一看便知是从附近包租的下等妓女。

当年，高父请柳雪斋到府上开课授徒，为了弥合高、马两家的世代怨隙，也将马生金引入就读。谁知这马大少天生愚笨，愣头愣脑，外号“胖头鱼”，学问不见长进，在男女私情上却童蒙早开。马生金比高凤阙大四岁，当小小的凤阙将一部《三字经》背得滚瓜烂熟时，他却连前三句也背不下来。先生一句句教给他，再背时，他满嘴胡说道：“人之初，性本善。狗念经，猫捣蒜。公鸡来了光踏蛋……”逗得学生哄堂大笑。老师教孩子习写大字，一不留神，他出溜到桌子底下，给小鸡鸡画了许多墨道道。老师斥他胡来，他反说：“你都有毛不许我有毛！”柳先生一看朽木不可雕也，遂辞退了他。

高凤阙许久没见到马大少了，他知道，这个马家大公子是坟地里的夜猫子，不是好鸟。那个新婚之夜偷放的西洋八音盒的小人儿，仿佛又在眼前晃荡，右手上留下的伤疤，似乎还在隐隐作痛。和这种人“风马牛不相及也”，没什么好谈的。他一拱手，说声“抱歉”，就要离开。马大少一把搂住他的肩膀，将他摁倒在太师椅上。

“走什么走，你还没有谢我呢！”马大少说。

“谢你？”高凤阙烦躁道，“谢什么？”

“别水仙不开花——装蒜！”马大少婴儿肥的脸颊溢着一层得意之色，“要不是我帮你赶走那个女戏子，你今天能大红大紫当驸马吗？”

“赶走女戏子？”高凤阙心中不免咯噔了一下。胖头鱼这番话什么意思？莫非他看过朝廷印发的《邸报》，那上面分明写着自己尚未婚配。如若这家伙举报自己曾结过婚，那就犯了欺君之罪。今天，这个胖头鱼游到这里来绝不是取乐子的，想必是找什么碴儿，一定要格外当心。

“哎，哎，怎么哑巴了？”马生金问着，一边拧了一下那个妓女浓艳的脸蛋，将手指在鼻孔下不住嗅着。

“你找我什么事，直说吧！”高凤阙冷冷道。

“什么事？”马大少鼻子一哼，慢条斯理地说，“告诉你一个秘密，一个关于你前妻的秘密。”

高凤阙听说他知道柳碧云的下落，着急道：“她在哪里，快告诉我！”

“别急嘛！”马大少解开衣领上的扣子，“你是当今状元，钦点翰林，学识渊博；我有个条件，说出个字谜你猜猜，猜着了，就告诉你；猜不着，你画一幅扇面，怎样？”

谜面还没说出，那个妓女打开一把素洁折扇，掩嘴哧哧笑了。高凤阙知道拐枣树上结不出好果子，还是希望这种游戏快点儿结束：“一言为定，说吧！”

“好，你听着！”马大少说：

远看黑木林，
近看红漆门。
钻不进去个鸟儿，
能钻出来个人。

高凤阙一听便来了气：“去去，什么乌七八糟的！就这点儿水，还让人猜？我走了！”

“你没说出谜底，你输了！”

“没趣！”

高凤阙果真要走，马大少一把拦住，从怀里掏出一份石印《邸报》摔在桌上，道：“你犯了欺君之罪，知道吗？”

“如今我乃孤身一人！”

“不，你有前妻。”马大少说，“你欺骗了当今朝廷。你的前妻柳碧云如今是一名尼姑，一名下贱的尼姑，你高高在上当然不会注意到了。她正在大堂前的斋坛上念经，想不到吧？我只要将这件事告诉奉旨太监，你那颗吃饭的家伙就得搬家！哈哈！”

高凤阙转身要走。马大少这种人是掉在油锅里的钢针，又奸（尖）又猾（滑），和他没什么好说的，便甩手道：“你禀报去吧！”

“别，别！谈谈条件。”

“什么条件？”

马大少说：“你拿出一万两银票，我就走人。”

“无耻！”高凤阙挥起拳头，愤怒地打在马生金的胖脸上，他的鼻血立即就喷涌如泉了。高凤阙指着门外吼叫道：“你去禀报吧，夏公公就在大堂上，我等着你来提我的人头！”

3

斋坛下的人群越聚越多，最惹人注目的一道风景，是三五成群头戴镰刀形头饰、脚蹬花盆形高底鞋的大脚女人。她们珠光宝气，插花戴朵，从服饰一望便知这是来自西安将军府的满族贵妇。这些福晋、命妇、小姐们在丫鬟老妈的搀扶下，满口的谈笑风生，满脸的旁若无人，众人赶紧为她们让出一条道来。旗人本就身材不低，花盆底鞋又将她们拔高了半尺，一个个鹤立鸡群，好不威风气派。

坐在斋坛诵经的妙空小师父，被秋季的艳阳烘烤了大半天，早已头昏眼花口干舌燥了。正想下坛歇歇，忽然看到广场上拥来这么多贵妇，不由得心慌意乱。难道果真是什么格格来招驸马，哎呀，这可就将我的丈夫永远夺去了。她连忙站起来喊道：“你们来干什么？都快回去！高凤阙是我男人，我是他媳妇……”

妙空将这话喊了一遍又一遍，斋坛下的贵妇们不觉掩口而笑，以为这个黑不溜秋的小沙弥看到这么多女孩儿来和状元相亲，一时尘心萌动，醋意大发，不是痴了，就是癫了。

这时，马生金拨开人群，引着夏公公来到坛下。马大少一边揩着鼻嘴上的血污，一边指着妙空说："就是她，她叫柳碧云。你听，她不打自招了！"

夏公公向前挤了挤，尖着嗓子问："你嚷什么？再说一遍！"

妙空走向前台，向下郑重其事喊道："高凤阙是我男人，我是他媳妇……"

夏公公素来耳聋，还要再问，忽然有绿衣邮差送来翰林院转发慈禧老佛爷的谕电。赶忙拆开来看，言说格格已在宫中选定，着高凤阙立即回京完婚云云。

夏太监转过身，向身后眼巴巴等待宣旨的官员们宣告了慈禧老佛爷的懿旨，登时前呼后拥回了大堂。这一下命妇们傻眼了。如果说妙空的狂言仅仅令人啼笑皆非，那么，慈禧的谕电则使她们彻底失望了。她们是皇胄贵戚，高人一等，岂能触这个霉头。于是，砖头瓦块抛上斋坛，场上顿时大乱。妙空本来就没好气，也将木鱼、檀板、玉磬、蒲团一一掷出还击。这一下捅了马蜂窝，命妇们指挥丫鬟老妈一拥而上，将妙空拉下斋坛，七手八脚，一顿暴打，连妙能、妙可等人也没幸免，打得她们四下逃窜。接着，将妙空拖到后院马厩，给她嘴里塞上马粪，又灌了两瓢马尿，方才解恨而去。大殿外站岗的士卒，看见身穿朝服的命妇，躲避还来不及，哪敢上前阻拦，只好随她们闹腾便了。

马生金像一只跟屁虫，紧随夏公公身后寸步不离，等待有什么报偿。跟至马厩，仍迟迟不见发话，心中不免忐忑。既然老佛爷已将格格钦定，他的举报还有什么用处？急得圆脑袋上汗流涔涔。正想溜之乎也，被夏公公一把揪住辫子。夏太监久居庙堂，对敲诈勒索一套诈术玩起来得心应手，且不说高凤阙那边自有办法诈他，送到面前的这个胖头鱼岂能放过？看来这小子家境不菲，肯定是纨绔子弟。急唤来两名随从，一顿杀威棒，打得马大少哭爹喊娘。末了，判了个诬陷罪，同意罚银三千两赎身放还。夏公公不虚此行，暗自高兴，令公人跟着那个烟花女子，到马家银号前去提款。不见兔子不撒鹰，不见银子不放人。

4

深夜，躺在马厩冰冷溺湿地面上的妙空小师父被人从昏迷中摇醒，睁眼一看，竟是冤家对头高凤阙。一气之下，将满腔愤怨，化作一顿棉花软拳，雨点般擂到这个负心男人的胸脯上，喷泉一样流出了辛酸而痛快淋漓的泪水。接着，不管他愿不愿意，也不管他的朝服多么整洁漂亮，面颊多么鲜亮白嫩，一股脑儿用沾满屎尿的双臂抱住他不放，又用满口马粪的嘴疯狂亲吻着他，以这种近似粗暴的方式一吐思念之情。她自己也感到奇怪，今天，不，应该是这个深夜，她才发现自己是多么深切地爱着这个男人啊！人生往往就是这样，只有经历过风雨，才能珍惜阳光；只有经历了严冬，才能知道温暖。她怎么也忘不了那个新婚之夜被负气逐出家门的情景。要是现在，她才不那么傻呢！小夫妻一经拌嘴就离家出走，那有多么荒唐可笑，她一定会去找公婆评理。她永远都不能相信，一个热吻过自己大脚的男人会不爱自己。也许是回报他的那次热吻吧，也许是回报那次不成功却令人永远铭记的性爱吧，柳碧云发疯般狂吻着他，一会儿，把个白面书生啃成了黑皮臭肉的二花脸。

面对蛮横粗野的狂吻，面对这个不顾死活的女人，高凤阙既焦急又愧疚。他自知对不起她，错怪了她，断送了她作为高府长门长媳的地位和前途，迫使她落魄成为一名孤苦伶仃的尼姑。但是现在一切都晚了，无法挽回了。刚才，他交齐了夏公公催要的赎款银票，否则就要被揭发。老佛爷威严的懿旨是他头顶的苍天，是无法逾越的高山，这个前妻是无论如何也不能相认了。他用双手捧着她脏兮兮的脸颊，眼里滚着泪花，慢慢站了起来。他引她到一口水瓮边，舀出一马瓢清水，徐徐淋下，看她将手脸洗干净了，将口漱了，拉来一条长凳坐下说话。

巡抚衙门的马队近来被总督府征调到汉中剿匪去了，马厩内仅有五六匹应急支差的驽马，马棚下空荡荡的。唯一的马夫在那头的斗室内扯着鼾声，夜风吹落下几片桐叶，沙沙沙仿佛有人在院子走动。

“碧云，你一定饿了吧？”高凤阙望着她说，“八月十五快要到了，我带了一块月饼一块馍，你是吃月饼还是吃馍呀？”

“月饼，我才不吃呢！”柳碧云说，“月饼一定是哪个闺房淑女送你的，我要是吃了，不是辜负了人家的一片苦心？”

高凤阙没有理会她的讥诮，从怀中掏出一方洁白丝帕，打开后，将其中包着的馒头递给柳碧云，还有一块油纸包着的月饼则放在凳子上。柳碧云眼尖，一眼便看出这是自己绣制的鸳鸯牡丹图丝帕。那个新婚的晚上，遗落在洞房内，没想到丈夫一直带在身边。这方丝帕，应该是他们那个新婚之夜唯一的见证了。不等高凤阙收好丝帕，她一把夺在手中，看着看着，捂在脸上呜呜哭了。

“凤阙，你是不是还记着我，没有忘记我？”柳碧云问。

“是的，自从上京会考以来，我发现，我时时都忘不了你。”高凤阙说，“奇怪，你怎么在我心中生根了？”

柳碧云呜咽道：“你带我回家吧，尼姑庵我再也不想去了！”

高凤阙为难地说：“不行，碧云，你应该理解我。既然咱俩已经分手，我要是再收留你，就有欺君杀头之罪。你是想叫我死还是叫我活呀？”

“看你说得怕怕的！”柳碧云说，“你父母将紫云山两万亩山林捐给了尼庵。师太考虑再三，说礼物太重，小庵收受不起。地契在我手上，咱两个到那儿隐居不是更好？青山绿水，采菊东篱，那才叫自在！”

高凤阙气咻咻道：“我不是陶渊明。他出世我不出世。我还要做官哩，还要济世救民哩，否则就辜负了你父亲的期望！”说着拔脚要走。

柳碧云忽地抱住他，哭泣说：“你真狠心！我不让你走！”

高凤阙一把推开她：“哎，你怎也不明事理了？”

跌倒在地的柳碧云，爬起来顺势抱住高凤阙的一条腿，死活不放。柳碧云嘤嘤啜泣，哭得很伤心，高凤阙一时难以脱身，只是摇头叹息。

忽然，柳碧云身后传来一个威严的声音：“云儿，别求他，让我宰了这个无情无义的家伙！”

柳碧云一个猛醒，听出这是娘家哥哥韩铁锤。正待起身，一把腰刀的刀尖已指向高凤阙的咽喉了。

柳碧云顿时慌了手脚，她不知一向云游四方的哥哥是从哪里来的。哥哥的武艺是出了名的，只要他真的出手，对方不死即伤，高凤阙就是变成一只穿山甲也难逃活命。想到这里，柳碧云松开抱腿的双手，瞅准哥哥稍微后退一步之机，一个凌空飞脚，踢向哥哥的手腕，又纵身跃起，一把推开高凤阙，喊道：“你还不快跑！”

高凤阙刚跑出两步，又被韩铁锤抓住，只一个云手勾头，便跌坐在地了。韩铁锤为妹妹被休一事早就气愤不过，一脚踩在新科状元的背上，说声：“让你长点儿记性！”随即揪住一边耳朵，就要割将下来。

柳碧云一看急了，连忙跪下求情说：“哥哥，你不要伤害他！你若动他一根毫毛，我就没你这个哥哥！”

柳碧云说得斩钉截铁，义无反顾。韩铁锤无奈，只好收回腰刀，痛苦地摇摇头，一跺脚，气哼哼走掉了。

柳碧云替丈夫拍打掉身上的泥土，将丝帕交给他说：“你走吧，你是男人，去干一番轰轰烈烈的事业去吧！我在尼庵等你一辈子！”

第八章　浴火重生

1

空洞单调的木鱼声，日夜陪伴着沙弥尼妙空师父，不知不觉中度过了两个寒暑。

六月间，运粮河上的荷花开得令人心醉，感业寺的茶寮里，人声鼎沸，天天爆满，赏荷品茶的游人几乎将小小的草庵哄抬起来。禅茶道有了妙空的加盟，更是声名远播，誉满三秦。这天下午，忽然来了一队头戴红缨子凉帽的官兵，游人惊恐万状，躲避不逮。他们撒下岗哨，将感业寺封堵起来。到了傍晚，一个身材瘦小、尖嘴猴腮的武弁来见师太，传令说，这座尼庵从今日起要驻军了，请腾出三间清静的庵堂，以便他们的把总在这里处理军务。感业寺的尼姑们知道大难要临头了，今后的日子胆汁拌黄连，苦上加苦了。过去几番驻军，不管白天黑夜，尼姑们从老到少，没有逃过被奸淫蹂躏的厄运。不过侥幸的是，这次只住一位把总，听说是西安绿营的将爷，不至于太过分吧。

一连三天这位把总没有现身，尼庵的众姑子暗自猜测，佛法无边，或许这位把总升道成仙收回成命了，或许这位军爷另有任用调防他处了。第四天深夜，寺院里一阵马嘶镫响，正在打坐的师太被喊去问话。挑起帘笼，只见一个身材矮胖如五斗瓮的中年汉子，身着长袍马褂，头上扣一顶玄缎小帽，大脑袋，大肚皮，浑身肥肉几乎从衣服里流出来。他一抱拳满脸堆笑说：“打搅，打搅！我，马霸朝，西安北门的把总，想借贵方一块宝地承办军务，有劳师太多多关照。”

师太道：“本庵一贫如洗，不知军爷有何公干？”

马霸朝露出满嘴大板牙淫邪地笑了：“你这里金屋藏娇，可否将她们唤来，让本官见识见识……”

师太道：“这里不是花街柳巷，深更半夜，有些不便吧？”

把总立即收敛笑容，气呼呼将帽子抓下来拍在桌上：“你敢违抗军令，该当何罪！”

说话时，一阵粗暴的呵斥声和女人的尖叫声由外面传来，不一会儿，妙能、妙可和妙善七八个尼姑几乎半裸着身体被士卒赶进屋子。显然，她们是从被窝里被拽出来的。

马霸朝哈哈大笑着，托住一个个尼姑的下巴颏打量一番，忽然拧起眉毛问师太：“都到齐了……那个叫什么‘空’的在不在里边？”

“什么‘空’？”慧寂师太一惊，知道他是冲着妙空来的。其实，就在大前天尼庵被占的当晚，师太担心她相貌出众遭受凌辱，着她女扮男装到附近一位居士田寡妇家躲避，遂道：“对不起，大人！你说的是徒儿妙空吧？她受戒已满两年，按尼庵规矩，到终南山学习戒律去了。”

“胡说！”马霸朝一招手，将侍卫官唤来，问，“你是认识那个臭戏子的，给我在庵堂里找，找不到要你的狗命！”

侍卫官躬身唱喏，领命而去。

侍卫官名叫卢虫儿，本是一名江湖卖艺的流浪艺人。他的拿手好戏是吹烟吹火。一口水烟吞下，能从七窍生出；如若单用嘴吹，细丝出之如缕，袅袅婷婷，婷婷袅袅，变幻莫测，或海市蜃楼，或蓬莱仙岛，或山林塔院，或万马千军。他的吹火，更是一绝。口内衔着自制的硫黄药粉，手持一根暗红的线香，盘一个蛇腰，飞一个旋子，翻身跃起的当儿，突然口对线香一吹，眼前訇然一团火光，翻滚如九龙腾江，绽放如团花簇簇，煞是好看。他曾与

“棒槌红”韩铁锤搭班子同台献演，往往在正戏开锣前杂耍一阵，常常博得满堂喝彩。这年月，艺人比狗身上的虱子还多，加之戏班子时聚时散，漂泊不定，常常饥一顿饱一顿，于是渐渐与匪贼为伍了。后来，他索性投靠了少华山土匪矮脚虎，做了他的耳目。马霸朝看他为人机灵手脚麻利，要过来收在身边做了贴身侍卫。身旁有了卢虫儿，不但烦闷时可以拿他开心，而且，这卢虫儿个头比自己还矮了一大截，有这位“武大郎”在身边作陪，自己就是筷子里面的旗杆，矮子里面的将军。

不大工夫，卢虫儿回来禀报，找遍了所有庵堂茶寮，均没见妙空的影子。马霸朝听罢，当下照准卢虫儿的脑袋就是一皮鞭，骂他是漏漏尿壶不堪用，走气的喇叭吹不响。

马霸朝嗷嗷叫着，命令从今晚起，妙能、妙可几个年轻尼子，每晚一个陪他睡，其他老尼则交由参将们同宿，什么时候妙空来归，就带她离开。

“阿弥陀佛!”师太痛斥道，“你们是吃皇粮浴皇恩的官兵，本应保国安民，翼护乡梓，为何反倒肆虐一方？可知佛法无边，善有善报，恶有恶报，赶快打消这个罪孽的念头吧!”

“哈哈!”马霸朝黑漆漆的脸上泛出油汗的亮光，“明着告诉你吧，不交出妙空，我就踏平尼庵，铲除茶寮，叫你们无处安身！知道吗？这个妙空小尼姑，是我仇家的儿媳，我要将她变成一个婊子，一个不折不扣的婊子，千人骑万人趴，懂吗？”

“阿弥陀佛!”慧寂师太高诵佛号，随口念出一首《消冤偈》：

冤冤相报何时了，
立地成佛放屠刀。
此生皆遇前世缘，
干戈玉帛渡为桥。

马霸朝没有听清，只逮住一句，反问道：“什么，什么？放下屠刀？不，不不！本人乃一介武夫，离开刀枪剑戟就没法活命。我看这些姑子们怪可爱的，正好尝尝我金枪不倒的威风。哈哈……”马霸朝狂笑着，早已淫心荡漾，欲火烧身，遂将师太推开，当即留下妙能，遣妙可等人回庵房随时听令。把妙善几个年老色衰的尼姑分配给部下，或一人一个，或两三人一个，拉拉扯扯地去了。

马霸朝是猎色老手，又正值盛年，似乎有用不完的力气。他双臂一伸，架起妙能，如托举一片轻飘的羽毛。他将妙能扔到床上，一把撕扯下她的内裤。妙能双手护住私处，两条白皙的大腿紧紧夹持着，将身子扭动得翻江鱼儿一样。马霸朝虽然鲁莽，却忌讳霸王不成强上弓。他要享用美色，只有让对方服服帖帖颠鸾倒凤才够味。他一边甩掉袍褂，一边呵呵笑道：“没想到你个小尼子简直美若天仙！在这尼庵终老一生有什么意思，不如随我成就好事，也是一段金玉良缘。然后收为姨太太，有你享不尽的荣华富贵，怎样?”

妙能虽然聪明机巧，却活灵灵一个天生情痴，三句好话，便信以为真，自己解下裹肚，任马霸朝在身上肆意妄为。一会儿自持不住，蛇一样扭动身躯，嘴里“亲呀、夫呀”呻吟着，激情潮水般汹涌。

马霸朝尽情欢愉了一通，也不知过了多少时辰，只听远处村庄的雄鸡已叫过两遍。歇息中，两人依然如胶似漆，自然无话不谈。马霸朝说，他估计柳碧云不会走远，可能就藏在附近。妙能说只要马霸朝答应娶她，她就告诉马霸朝妙空的藏身之处。马霸朝空洞地发了一个宏誓，妙能便被完全俘虏了。

后半夜，马霸朝依然精力充沛，毫无倦意。他说明人笑笑生所著《金瓶梅》，其中西门庆有三妻四妾，每夜性交，皆保不泄，是用了一种吊玉环，套在阴茎上，以遮蔽敏感的冠状沟。问能人儿愿否一试。妙能身心皆已依附，只怕得罪佳婿，红着脸说只要马总爷愿意，怎么都行。谁知这马总爷较之西门庆，床上功夫可谓有过之而无不及。套上吊玉环，不足一袋烟工夫，妙能的两腿间已鲜血淋漓了。妙能哭喊快快罢手，马霸朝哪里肯依。血腥刺激着他的神经，如一名复仇心切的将军闯入敌阵那样激动亢奋，如猛虎撕咬一只半死的羔羊那样恣意猖狂，他肌肉颤抖，汗水四溢，呀呀怪叫着加快了速度和频率。在闪电般的追击下，不一会儿妙能便四肢瘫软昏死过去……

2

卢虫儿带着几名兵丁按照昨晚妙能的密告，到后庄的田寡妇家搜捕柳碧云。他在松软的田塍上高一脚低一脚走着，不禁想起当年和“棒槌红”兄妹俩的交往。

卢虫儿因长相丑陋，从小被父母抛弃，多亏一名耍猴师傅收养了他。他身材矮小，面黄肌瘦，与猴子一同出场时，简直分不清他到底是人是猴。由于颠沛流离，师傅得了重病，临去世前，传授给他吹烟吹火的密招，叮嘱他今后投靠一个戏班，不必再耍猴了。那只猴子跟随师傅多年，能听懂师傅的言语，看看师傅向它摆手，一纵身跳入山林，跑得无影无踪。卢虫儿卖掉戏箱，草草埋葬了师傅。守丧期间，身无长物的卢虫儿只好白天出去揽活，晚上来陪师傅。奇怪的是，每晚回来，师傅坟头前的空地上，似乎有人打扫过。他一直纳闷，荒山野岭，到底是谁来看师傅？守丧七七四十九天的早上，他卷起芦席，准备离开师傅自谋生路了。忽然发现师傅的坟头前蹲着一只猴子，定睛一看，正是那只老猴，不过它已经僵死多时了。

卢虫儿忘不了刚刚投靠“棒槌红”戏班，便挨了韩铁锤屈打的事。这一八棱紫金锤打得太重了，至今仍经常咯血。不过他挺佩服韩铁锤的英勇侠义。那年慈禧老佛爷六十岁寿期，韩铁锤不避仇隙，邀他同赴京城，专门在开场前为圣上和慈禧老佛爷表演吹火绝技，他的名声从此传遍天下。

田寡妇家是一田庄大户，广有田亩，丈夫生前曾是陕西木业商会的领袖，卢虫儿一打听便找到了。他命令兵丁在门口守候，只身一人进去抓捕。大堂上，见到落发为尼的柳碧云，不由得泪水涟涟，打躬道：“好妹妹，你快逃了吧！马霸朝派我抓你来了。”接着，告诉了要凌辱她的种种手段。柳碧云并没有惊慌，反而关切地说：“卢大哥，我要是逃走了你怎么回禀？不如锁上我交差去吧！”卢虫儿见她执意不走，一刀砍在自己的左臂上，摁住血流不止的手臂说：“你赶快从后门逃走吧，我这就叫人去了！”

关心着尼庵内每天发生的变化，打探着寺院里传出的每一个消息，东躲西藏的沙弥尼妙空，在卢虫儿纵她逃跑的第三天，毅然回到了感业寺。

她探听到，淫棍魔头马霸朝用吊玉环之法，不但将妙能、妙可几个年轻尼姑糟蹋得奄奄一息，就连师太也不放过。可怜年近六旬的老人，哪受得如此酷刑，听说当即大出血，近日淋血不止，生命已危在旦夕了。

潜逃尼姑妙空的身影突然出现在一片死寂的庵房廊头，多日来已停止早课晚课唯有一心疗伤的尼姑们，从往日打坐的长连床上挣扎着支撑起半个身子，用惊异的目光望着窗外，望着这位自投罗网的不速之客。脚步从容的妙空从庵房的侧门进来，走向姐妹们的床边。她双手合十，口诵佛号，含泪向她们一一打躬问候。姐妹们憔悴的面容，失神的眼睛，使她心如刀绞。倘若不是领受十戒，这个年轻的沙弥尼将会难以自已地放声恸哭。

妙空擦了把眼泪走进师太的禅房，短短几天没见，本就清瘦的师太几乎脱了原形。她安静地躺在板床上，脸色蜡黄，颧骨暴突，乌青的眼圈如两孔黑黢黢的窑洞。房间内飘荡着一股淡淡的花香，原来素爱洁净的师太让人在床头花瓶里插着一枝白丁香。一缕阳光从后墙的高窗外透过树荫漏泄进来，斑斑点点洒在絮状的花穗上。虽然暗香浮动，还是难掩屋内那股带着一丝甜味和腥味的血污气息。一只嗡嗡嘤嘤的苍蝇似乎嗅到了血的腥臊，隔着竹帘碰死碰活不肯离去。作为女人，妙空一眼就看见了床板下用柴灰覆盖着的一摊摊血水，她哇的一声大哭，跪倒在师太的床边。

“是妙空吗，你怎么回来了？”师太安详地伸出一只手拉住她说，“马总爷正在四处抓你，你不该回来！”

“不，师父！”妙空哭泣道，“都是我不好，连累了你也害了大家！”

“不要这么说。”师太失血的脸上漾出一丝笑意，“凡夫俗子，必有七情六欲。马总爷沉沦于淫欲的孽障中不能自拔，我就是抛却性命，也要度他脱离苦海。”

义愤填膺的妙空悲切地喊了声“师父”，便被师太制止了。师太知道她会反对自己的做法，缓缓解释说：“你是佛门弟子，须知我佛慈悲为怀的教义，应心无所缘，愿济度一切众生。当年佛祖以身饲虎，忍人所不能忍，行人所不能行，这是最难的身布施……”

“师父！”妙空打断道，“马霸朝是恶鬼，是魔王，是披着人皮的豺狼，不能纵容他！”

“阿弥陀佛！”师太不满地道了一声佛号，“我还要放浪他十次、百次，就是要让他知羞而退。你的到来，坏了我的道行。看你满腔仇恨，语带杀机，这样很难修成正果！”

妙空咬牙切齿道：“我就是被打入十八层地狱，也不能饶恕他！”

妙空正要反身离去，师太厉声叫住她：“把你身上的利刃放下！”

妙空刚至门口，乍然一个冷不丁，哐啷一声，腰间那把锋利的短刀跌落在青砖地上。

3

按照小尼子妙空的要求，七品大老爷马霸朝沐浴斋戒了三日，蝇头小楷抄写的《华严经》也几近尾声。为了占有这个清高冷艳的绝代佳人，他素手静心，只好勉为其难了。

第三天入夜，心急火燎的马霸朝看看佛经尚未抄完，正想裁剪两段，起身时一不小心，打翻了端砚，弄得手上卷上墨迹斑斑。真所谓“欲速则不达”。他既要洗手，又要挖补重抄，急得热锅上的蚂蚁一般，命侍卫官卢虫儿先去庵房将佳人请来。与美人共宿，是垂涎已久的风流韵事，不必兴师动众，无须铐枷戴锁，仅派一人去请即可。

踏着满地软绵绵的石榴花瓣，卢虫儿来到幽静的庵堂后院，轻轻一声咳嗽，已站在妙空的禅房门外了。板门未关，一声问候，获准入内。推开后，只见小师妹独自一人静静地侧卧在木榻上。清油佛灯闪烁着幽幽的光晕，房间内色彩朦胧，气氛温柔。妙空师妹半披着一件薄如蝉翼的绉纱床单，她微闭双目，似睡非睡，全身无处不呈现优美曼妙的曲线。这份雅致，这份温馨，使她更加婉淑动人。常言道“男拜观音女拜佛”。依然独身的卢虫儿是观音菩萨的忠实信徒，历经全国诸多寺庙，凡供奉观音的圣殿，无不倾囊进香。他相信只要虔诚如此，一定会撞上喜缘的。此刻，面对迷离的图景，他的视觉里出现了一尊侧卧的活观音。他深知，大慈大悲的观世音为了救苦救难，能随机变化出三十二般法身。那么，面前侧卧的仙子，莫非是鳏夫们日夜盼望亲近的水月观音吗？

卢虫儿惊慌地跪倒在地，纳头便拜，口称：“观音救命，观音救命！”

卧榻上的“观音”果然“现身”了，一个柔情似水的声音说：“卢大哥，我知道你一生清苦，至今三十多岁尚未成家。我虽然结过婚，却还是女儿之身。今晚，马总爷就要占有我了，在此之前，我想把女儿之身奉献给你。”

“不，不不！”慌乱的卢虫儿不知为何哭了起来，“妹妹，我的好妹妹！我生得太丑，世界上没人怜悯我。有你这句话，我就是当即去死也满足了！呜呜……”

“卢大哥！”妙空半裸着坐起来，“你别自卑，你也是人。我哥哥打了你一铜锤，我至今于心不安。”

“打得好，打得应该，我该死！”卢虫儿在地上磕头如捣蒜一般。

妙空赤脚下了床榻，走过去拉他起来：“你来吧，也许我活不到明天。我希望临死前有一个熟人陪陪我。”

说出这句话，青春妙龄的小尼姑不觉已泪水盈盈了……

4

马霸朝甜言蜜语故伎重演，不过，他说出的每句话，连自己也觉得味同嚼蜡。“话说三遍淡如水”，确实不假。小尼姑妙空没有听他唠叨，不动声色地坐在灯下审视把总爷新抄的佛经，难堪的是，她总能指出其中的漏误。大约三更将尽，马总爷再也斯文不下去了，动手要剥面前这位美妇的衣裳。妙空突然站起来道：“马总爷，我既然委身于你，难道还要大人您劳驾吗？”说着，噌噌将外衣外裤脱了个干净。马霸朝心有愧色：怎小看了这个尼姑，原来她竟如此善解人意，落落大方。不觉身心大悦，乐呵呵道：“好，好！这样痛快！”心急如焚的马霸朝两脚踢脱了两只靴子，又顺势解开裤带，当他转身脱掉外衣时，一把尖利的剪刀向他的后腰猛刺过来。马霸朝吃了一惊，多亏宽袍大袖扫了一下妙空的眼睛，剪刀刹那走偏了。当妙空抽回剪刀再次重刺时，武夫出身的马霸朝飞起一脚，正中妙空的手腕，剪刀登时跌落在地。没了利器的小尼姑，怎是绿营把总的对手，只两三招便小鸡一样被生擒活拿了。马霸朝扭住纤弱女子的咽喉，恶狠狠地盯着她，只需稍一用力，小尼姑的脖颈将断为两截。这时，也许是马总爷怜香惜玉动了恻隐之心吧，也许是感悟佛法从此发了善愿吧，他只是用力将美人推了一把，什么话也没说，一甩手跨出房门，集合起所有士卒，鱼贯走出寺院。于是，一标人马消失在漆黑的夜幕之中。

一直为妙空师妹提心吊胆的姐妹们欣喜地冲进屋子，谁也不敢相信事情竟是这样收场，豺狼撤离了吗？安稳的日子可以重新开始了吗？大家热情相拥，不由得泪水掩面，喜极而泣。

黎明前，从感业寺方向传来一阵急促的狗叫声，尼庵上空出现了一片熊熊的火光。熟睡的人们大呼小叫赶来灭火，只是迟来一步，可怜一座千年古刹，顷刻间化为一堆灰烬……

第九章　祸从天降

1

光绪二十四年（1898）八月，当连绵的淫雨和飘零的落叶随着阵阵秋风一起袭来时，中国历史上最悲壮的伟大变法运动——戊戌变法，经历了一百零三天的风云叱咤，最终泡沫般归于平寂了。这时节，从京城方面不断传来变法维新人士纷纷落难逃亡的消息。

朝廷通缉的要犯高凤阙下落不明，他的命运着实令家人担忧。

自从渭南县衙将通缉令送达高府后，杨夫人在接二连三各种凶讯的打击下，精神已近于崩溃。几天来不吃不喝，躺在床榻上只是悲泣。她噩梦连连，只要一合上眼就梦见儿子，冷不丁惊得大汗淋漓。一会儿说她看见阙儿脊背绑块大石头被投进了北海，一会儿又说阙儿在菜市口被正法了，那颗人头滚到她的面前，眼里流着泪，嘴里还说："妈，我为了报国死得屈呀……"杨夫人哭得两眼红肿，仍一个劲数落着："阙儿你怎还不回来呀？儿是娘身一块肉，儿走千里娘担忧啊……"高母如此痛彻地操念儿子，惹得前来解劝的人也一个个禁不住泪眼婆娑。

高凤阙不但没有消息，就连他的仆人李万全也不知去向。高父急得坐立不安，电令北京自己旗下的各个商行钱庄，派人出去四处打探少东家的下落，一旦有什么音信，立即来电告知。另一方面，令大管家孟泰老先生带上重金重礼，到西安府去交好总督和巡抚衙门的旧相识，一旦上面有什么风吹草动，也好提前通个信儿。

慈禧太后亲题的御匾虽然高悬在高府的大门上方，但是，新科状元高凤阙没有接受这个老太婆的笼络，最终走上变法维新的道路。

三年前，高凤阙返京途中，所到之处，看到的是一群群面黄肌瘦、衣衫褴褛的饥民。这是自《马关条约》签订后，中国城乡出现的一种新景象。为了偿还外国的巨额赔款，朝廷将百姓承担的本已沉重的赋税又平均增加了一倍，民众不堪重负，暴力抗捐抗税事件时有发生。在山东、河南、河北一带，由于水旱蝗并作，大批农民为了度过灾荒，不得不卖掉土地，四处乞讨，最终沦为难民。他们拖儿带女，背井离乡，啼饥号寒，财政亏空的朝廷又无力赈济，整个社会处在大动荡之中。面对外国列强日甚一日瓜分中国的行径，许多地方以“反清灭洋”为旗帜的“义和拳”如地火般燃烧，群起响应的人成千累万，一场大规模的反抗运动山雨欲来，一触即发，清王朝的政权风雨飘摇，岌岌可危。看到这种情况，忧国忧民的高凤阙夜不能寐，未离驿站，已写好三篇奏章：《恳请减轻赋税救民水火折》《惩办卖国贼李鸿章以平民怨折》《尽快变法以富国强兵折》。到京后，慈禧召他入殿提亲，问及此番回京，有何感想。高凤阙不惮冒犯太后，将沿途所见所闻一股脑儿道了出来，随之呈上三本奏章。

慈禧从太监大总管李莲英手中接过奏章，只用眼睛将题目稍稍扫视一遍便扔在一旁，沉下脸问道：“高凤阙，你怎也是愚夫之见？减轻赋税说起来容易，但我大清朝巨额赔款和大笔财政支出从何而来？这等大事，你想过没有？再说，这‘卖国贼’的罪名不是想给谁戴就给谁戴的。与日本议和是朝廷的主张，李鸿章不过是奉旨签约的大臣。弹劾李鸿章就是责问朝廷，就是蔑视本宫我。你的胆子不小啊！”

说到这里，太后威严地将右手向龙案一拍，震得亮银指甲套摔下来在地上弹得老高。坐在一侧的光绪帝以及两侧侍立的太监，一个个闻之色变。高凤阙连忙叩头请罪：“请太后息怒，臣罪该万死！小臣以为，减轻赋税是放水养鱼之策，如今竭泽而渔，只怕泽愈竭而鱼愈尽矣。‘义和拳’犹如当年‘长毛’，已有祸端肇始之象，不能不未雨绸缪，想个应对之策。”

想起当年席卷大半个中国的太平天国（即所谓“长毛”）农民起义，几乎将清王朝颠覆，慈禧至今仍心有余悸。她稍稍平静了一下，对光绪说：“长毛整整为患十四年，为平定长毛耗费了我大清几乎全部国力。前车之辙，不可不鉴。对‘义和拳’你不要掉以轻心，应立即下旨征剿。”接着，慈禧从奏章中挑出一份，对高凤阙说：“你的那份策论没有忘吧？你说，变法取得成果至少需要三十年，怎么现在又变了，催促尽快变法？哼！大臣要是个个像你这般，今天说如此，明天说如彼，出尔反尔，自相矛盾，还不乱了朝纲……”

高凤阙跪在御座前，一时有口莫辩，汗水涔涔，窘得满脸通红。他想不到太后会如此断章取义，叩头涕泪道：“太后老佛爷明鉴！小臣说过变法需三十年方能看到成果的话，这是研究了俄国亚历山大二世的改革和日本明治维新得出的结论，但这绝不是不要变法或延缓变法的托词。这次回京，沿途所见，倍感我大清社稷已危如累卵。俄国抢占大连湾，德国抢占胶州湾，美国要求门户开放，利益均沾，我大清已国将不国，还迟疑什么？如不尽快变法图强，不要说三十年，只怕来日无多矣！”

“大胆！真是妖言惑众！”慈禧恼羞成怒，将三本奏章一把摔在了地上，“你看看你写的这些东西，还像不像个新科状元？你辜负了本宫的一片苦心……”

慈禧坐在龙床上，脸黑得能刮下一层霜，连气带怒，眼圈都湿红了。光绪帝一看，万分惊恐，急忙跪倒金阶，叩头请罪，保证要严管臣下。这时，早就守候在屏风后面等待相亲的几名格格慌了神，急忙走了出来，跪倒在地，向太后请安。太后正要发话，门口的太监进来通报说：“北洋大臣荣禄荣相国从天津回京，有要事觐见。”

穿着一品朝服的荣禄跪地山呼后，禁不住伸头左右看看。这位惯于向太后表忠献媚的相爷看到眼前这副尴尬局面，一望而知其中的原委。他捋袖提袍走上金阶，附在太后耳边低声说：“臣早就闻听要将格格嫁于汉人，只怕耳听为虚，而今恰好撞见，本不该多嘴，不过，此举恐非祖宗之制，请太后三思。”

慈禧略加思忖，叹口气，平静地摆了摆手：“你们都下去吧！”

于是，高凤阙招驸马这件事便从此没了下文。

高凤阙退朝回到住处，仆人李万全说有两位先生在客厅等候多时了。进门一看，竟是康有为和梁启超。两位先生告诉说，他们主办的报纸接到高大人的三篇来稿，读过后颇受启发。其中对时政的评述可谓一针见血，切中要害，故而特意登门请教。

原来，高凤阙在写好三本奏折时，又将其内容略加修改，寄给在全国影响最大的《时务报》北京办事处。他知道这份报纸是康、梁所办，其观点与之并非完全相同，不过，在“尽快变法，富国强兵”这一点上是一致的，尤其是这次一路回京，有来自社会底层的最新调查，文章自然带有鲜活的内容和雄辩的说服力。

高凤阙留下康、梁两位先生，一直交谈到天将破晓。他们深入探讨中国的前途和命运，寻求维新变法的方法和路径，虽不乏分歧，却颇多认同，遂相互引以为知己。他们是春闱会试期间认识的，康、梁发动的“公车上书”曾得到高凤阙的大力支持。后来，考中进士的康有为做了工部主事，他的学生梁启超受他的委托则一心办报，都没有直接面见皇帝的资格。高凤阙进入翰林院，不但要记录皇帝的饮食起居，还要为皇帝草拟各种诰封文告，面君的机会多一些。这样，高凤阙作为桥梁，首先引荐康、梁见到了光绪皇帝的老师、户部尚书、军机大臣、总理大臣兼翰林院掌院学士翁同龢，在翁先生的推荐下，终于见到了光绪帝。

后来，当戊戌变法的大幕即将拉开的时候，翁同龢老先生忽然被慈禧褫夺了一切职务，令其开缺回籍。光绪帝一下子失去了最有力的支持者和引路人，在慈禧的高压下，他胆战心惊，对变法的前途失去了信心。值此关键当口，高凤阙连上奏章，请求皇上诏定国是，推行变法，并保举康有为、梁启超等变法人才。于是，中国近代史上一场可歌可泣的变法运动，在他们的推动下，轰轰烈烈地展开了。

2

夏历八月十三日，是高府主人高敬轩的六十寿诞。由于一直得不到长子的确切消息，一种大难临头的恐慌情绪笼罩在每个人的心头，因此，只好将原本打算隆重庆贺的盛意弱化了，缩减为简单的家庭聚餐。

小型家宴在知更堂正厅摆了四桌，在座的全是高府三堂的本家老少及各院管事，外人一个也没有邀请。

正午开席，心事重重的高敬轩用唯一的右手端起酒杯致辞，刚刚讲了两句，便泣不成声了。在场的人无不为之动容，一会儿，大厅里尽是哽咽之声。杨夫人本就身体虚弱，几天来水米未进，一声痛哭便昏厥过去，急得大家慌了手脚，掐人中的掐人中，揉胸脯的揉胸脯，好半天不见苏醒。倒是丫鬟小红急中生智，连忙请来凤阙的奶妈邢婆婆。邢婆婆从头上拔下一根银簪，在胸前的大襟上蹭了蹭，然后刺向杨夫人的人中，直扎得冒出了黑血，方见杨夫人长嘘一声，清醒过来。

眼看杨夫人气脉渐渐恢复，大家才重新落座。这时，有仆人跑进庭院高声禀报，说北京的加急电报到了。大家眼巴巴看仆人跑进大厅，将电稿交到高父手上，无不惊恐惶悚，是忧是喜尚难预料。高敬轩拆开来看，原来是戊戌变法人士被砍头正法的快报。吓得他两手簌簌颤抖，站起来用眼睛一遍遍搜寻，反反复复没找到儿子的名字，心中这才稍稍安稳。再逐一观瞧，原来是康广仁、杨深秀、谭嗣同、林旭、杨锐、刘光第共六位志士。这就是中国历史上著名的“戊戌六君子”了。

高敬轩读过六君子的名字，坐下来有气无力瘫作一堆，将头靠在椅背上，痛苦地念叨着：“我儿没有死，这就好，这就好！可他，怎不给家里捎个信呀……”

人们你一句我一句均向好处猜测凤阙的下落，只见胖丫鬟翠珠站在主人身后愣头愣脑地说："老爷，你看你茶碗里的茶叶端立着，保准大少爷明天就能回来！"人们不约而同地将目光投向那只茶碗，纷纷附和道："对呀，对呀！'茶叶立得端，亲人到跟前'！"正在说笑，庭院里传来一阵喊嚷声。不知又是什么事情，着实让堂上的人吃了一惊。扭头看去，原来是跟随高凤阙一同入京的仆人李万全回来了。李万全衣衫破烂，膝肘裸露，拄着一根枣木棍，一双骨碌骨碌的大眼睛明显塌了下去，脸色绿得像白菜帮子。两名搀扶他的仆人连声向这边道喜："好消息，好消息！李万全带回了好消息！"

李万全抢上一步扑倒在地，他声音嘶哑，满口燎泡，哭禀道："老爷呀老爷，奴才回来迟了，让您和太太操心了！托祖宗的福，我们大少爷安全了，逃跑了，逃到日本去了……"

高敬轩伸出仅有的一只胳膊，托住李万全的双手，眼睫上泪花蓬蓬，喉头里声音哽咽："亏得你回来了。这就好，这就好！快说说，阙儿怎么跑到日本去了？"

李万全接过丫鬟小红递给他的一大碗黄桂稠酒，仰起脖子，咕嘟嘟一饮而尽。接着，一边用黑巴掌抹着嘴，一边讲述了戊戌变法失败后，大少爷逃跑的经过。

原来，戊戌变法开始后，高凤阙被擢四品卿衔参与新政，被任命为翰林院侍读学士。那是一连串激动人心的日子。他几乎每隔两三天就有一封奏章呈上，有时甚至一日两奏。变法主将康有为被"后党"和守旧势力视为眼中钉肉中刺，严密地压制着。他们无所不用其极，不许为他提职，不许皇帝召见；为羞辱他，仍给他保持原有的小小六品主事头衔。他们还无中生有，造谣污蔑，或群起弹劾。在这种情况下，为了推进变法，许多重要奏章都是以高凤阙的名义呈送或转奏的。戊戌变法是一次从上到下的对封建专制制度的彻底变革，主要是以皇帝颁发诏书谕旨的形式实现的。高凤阙除上呈奏章外，还直接为光绪帝起草了许多谕旨。这场伟大的变法运动，在极短的时期内，犹如疾风暴雨一般，冲决着腐朽没落的封建专制的营垒。眼看着一项项新法颁布，眼看着一条条旧规废止，眼看着全国上下到处一片热议，眼看着那些历史垃圾般的王公贵族们惶惶不可终日，高凤阙每天都收获着激动和喜悦。一个美好的以议会制为基础的君主立宪体制的蓝图正在他的面前一步步呈现出来。然而，这群年轻狂热的书生们怎么也不会想到，手握兵权的慈禧太后，每天都在密切地注视着他们。其实，慈禧太后从戊戌变法开始，就对他们严加防范着。除一脚将翁同龢踢出朝堂外，还收回了二品以上大臣的任命权，并将自己的亲信荣禄晋升为文渊阁大学士，执掌了一切军政大权。这样，这个唯独对慈禧效忠的冷血杀手，不但主管了兵部事务，还直接节制北洋新操练的各部新军，从而将兵权牢牢地控制在"后党"手中。正当维新派人士高歌猛进的时候，由于触动了守旧派的切身利益，一把沉重的砍刀向他们的头顶直砍过来。八月初六日，慈禧悍然发动政变，重新训政，并囚禁了光绪皇帝，下懿旨捉拿变法人士，将所有新政废除得一干二净。轰轰烈烈的戊戌变法运动从此成为一段惨痛的历史记忆。

多亏光绪皇帝早就感到了来自慈禧的威胁，连发密诏和明谕，催促变法核心人士火速逃离。这样，高凤阙同康、梁一样得以逃脱，免遭残酷的杀戮。

李万全告诉主人，事变前夕，他见少东家一夜没有回去，以为又到南海馆会见康有为去了。天亮后，赶往南海馆去寻。只见南海馆已被查封，情知大事不好。门前站岗的是董福祥的甘肃兵，归直隶总督荣禄调遣。他在京城混了三年，甘肃兵负责京城西南区域的卫戍，时常撞见。有几个小将官早已面熟，都是西北人，口拙心热，容易搭讪。问怎么回事，小将官悄悄告诉他："康党完蛋了，老太婆要上台了！"李万全当时吓得两腿发软，拔脚便往回跑。大少爷在京城购买了一座幽静的小四合院，刚到胡同口，即被兵丁拦住。那个小将官也是认识的。虽是甘肃兵，却是陕西人，骂道："你他妈的回来找死呀？你家主人没抓到，你要代他上西天吗？你看看你那颗狗头值不值？"李万全听说，哪敢还嘴，赶紧躲了起来。

一连几天，李万全都在四处奔波，打探主人的下落。最终，碰到了梁启超的家人梁鹏。梁鹏告诉他，接到光绪皇帝的第二封密谕，康有为流着泪安排大家分头逃跑。康有为逃进了英国使馆，已去了上海；梁启超逃进了日本使馆，已去了天津，然后被日本船只接走了。高凤阙逃进了意国使馆。他人高马大，相貌堂堂，引人注目。到处都有画影图形，捉拿他们。意国公使给他戴上一副假胡须，扣上圆筒帽，披上黑斗篷，用铁轮马车连夜送到了天津。一路上被盘查过几次，均说是出外打猎的，最终送上了日船“红丸号”。梁鹏说：“我是奉梁先生的命令，亲自在码头接送高先生的。几天来没见到你。这个消息不能告诉任何人，以防节外生枝。”

梁鹏的广东话说得像外文一样，实在令人费解，多亏他丰富的脸上表情和肢体动作弥补了语言的不足，李万全才明白了个大概。他在得到主人的确切音讯后，看到住所已被查封，便在高家银号支了几两碎银，一路匆忙赶回家来。

3

李万全张开嘴唇干裂的大嘴巴，有板有眼地讲述着大少爷的传奇经历，不时将带着稠酒味儿的唾沫星子飞溅到周围人的脸上。不过，人们并不怪罪他，反觉得这种稠酒味儿的唾沫星子与大少爷的故事一样新鲜。在一班穿绸挂缎衣衫锦绣的男女人群中，他的样子显然太过寒碜，如白雪中掉进一块黑炭，如玉帛中包着一块牛粪。但是，老主人高敬轩说过，李万全是红门福将，是瓦岗寨的程咬金，水泊梁山的黑旋风，能逢凶化吉，遇难呈祥；因此，他的粗俗是一种可爱，他的质朴是一种大美。大厅里不时爆出阵阵笑声，所有人都专注地听他侃大山，连灶房的一帮厨娘也跑来倚着门框不走，顾不得洗手解围裙，憋着尿不肯上茅房，只是乐呵呵听着笑着。李万全给高府带来了福音和欢乐，不一会儿，高母的气也顺了，脸上也有了血色。古道热肠的高敬轩感激万分，当着众人，要给李万全磕头，又要拉他坐上座，都被这位能说会道的马夫谢绝了。人逢喜事精神爽，高父情绪高涨，神采飞扬，几天来阴郁沉闷的苦况一扫而光了。吩咐厨房多添几个菜，将所有下人原来的份儿饭改作席面，外加一坛西凤老酒。

正当高府老少聚在大厅推杯换盏的时候，忽然有门房仆人惊慌失措跑来禀报说："老爷，不好了！许多兵丁将前门后门封堵了，轿子里下来几个红缨子官员，跟班的提着糨糊桶，拿着火封签，看样子是抄家来了！"

这话不啻晴天霹雳，当即将所有人吓得魂飞魄散，面如土色。半晌，高父方问大管家孟泰道："抚台、臬台那边不是送过礼了嘛，怎不见有人通个信儿？"孟泰恨恨道："这帮吃人肉喝人血的家伙，遇见大事，可能只怕躲还躲不及呢，谁肯冒险前来送信？"话音未了，已有陕西臬台冯中权和渭南县台景道蕴带着兵丁和部下大踏步闯进庭院。对于两位命官，高敬轩本是相识的，旧日交情不错，见他们绷着脸一言不发，径直走上堂来，慌忙率所有家人跪在堂口迎接。

臬司的刑名师爷杜秉正是高家用重金贿赂过的，只见他跟随在臬台大人旁边，一跨进堂口，便急忙搬了把太师椅放在冯大人身后。冯中权没有立即就座，待书办、县台分两边站定后，又看着带了大队兵丁的马霸朝随后赶到，这才从袖筒内抽出一封文书，威严地按拘审程序问道："下跪者可是道员高敬轩吗？"

高敬轩回："不敢，是小民高敬轩。"

冯中权又问："你是不是高凤阙的父亲？"

高敬轩回："是的，高凤阙是小民的长子。"

冯中权问："你知不知道你的儿子高凤阙犯了什么罪？"

高敬轩答："小民不知。"

冯中权将盖有关防红漆印鉴的文书向前一亮："这是刑部大堂发来的紧急公文。你儿子高凤阙因结党营私，扰乱朝纲，着革职拿办，逮捕族属，查抄家产——你画押吧！"

杜师爷立即将文书接过来交给高敬轩，这时，跪在他身后的杨夫人忽然昏厥在地，不省人事，丫鬟们惊呼着前去跪扶。高敬轩回头看了看，戴罪之人，岂能由得了自己，用一只手接住文书，未及细看，已是涕泪交流了。堂上高家的人齐声悲恸，呐喊起来："青天大老爷，冤枉呀！"

得意扬扬的马霸朝在旁讪笑道："冤枉？这是钦案，有本事找太后老佛爷说理去！"说着，一挥手对卢虫儿命令道："将高家三府的门全给我封了，高家所有人丁，不管男女老少，统统带到这里来！"

"且慢！"杜师爷站出来阻止道，一转身，凑在臬台冯中权耳边低声说："大人，据在下所知，高家一门三府，除长门知更堂外，其他二门、三门早已空落无人了，都是女眷在家。这抄家的事——"

"只查抄知更堂高凤阙的家！"冯中权命令道，"其他两堂，一概不动！"

马霸朝迫不及待地问："如今高凤阙成了钦案要犯，这门额上太后老佛爷的题匾，还有乾隆爷的御匾，都该拿下来了！"

冯中权怒道："胡说！没有太后老佛爷的懿旨，谁敢乱动?!"

马霸朝傻眼了，向台阶下即将出发的卢虫儿招了招手，让他撤回来。马霸朝憎恨杜师爷碍事，不能痛下杀手。他咬了咬牙，眼珠一转，又使出第二招，假惺惺地说："臬台大人，据小人所知，这高敬轩旗下有一百多号生意，也应该立即查抄！"

杜师爷没给这个矮小丑陋的把总留情面，当即嗔怪说："无理！他的生意遍布全国，你纵有三头六臂也查抄不完。况且，这刑部大堂的公文说得清清楚楚，查抄的是'家产'，不是'资产'。你照文执行去吧，这里有臬台大人坐镇，无须多言！"

马霸朝被抢白得无话可说，只好灰溜溜地带人到后院挨着房间逐一封门去了。大堂上，冯中权令杜师爷和几个书办暂留几日，一边将高府所有人丁就地关押起来，等待处理，并将封存的家产一一登记造册。又对景道蕴说，此事还请渭南知县劳动大驾，作陪监督。布置完毕，即命衙役锁了高敬轩和高凤雏父子二人，走下堂就要离开。这时，一片送行的呜咽啼哭声中，忽闻得后堂刀枪碰撞，剑戟铿锵，以为有人要来劫囚，赶紧喝令站住。一会儿，两个臬司的书办扭着卢虫儿一同走上大堂，告状说这个小校将一尊玉观音私藏在树洞，请臬台大人严加惩治，明正风纪，以儆效尤。

刚才，卢虫儿带着兵丁到后院封门时，首先想到做了尼姑的柳碧云。他知道，柳碧云是在新婚之夜被新郎净身出户的，她的心爱之物一件也没有带走。现在这些家产都要充公交官了，应该给她藏下一件什么东西才好。他让丫鬟小红带路，很快找到新房。一进门，便瞅见这尊玉观音。由于时间紧迫，来不及多想，抓起来夹在腋下反身就走。门外的大槐树已经空洞，正在藏匿，恰恰被杜师爷的书办看到了，双方打斗一番，终被人赃俱获。杜师爷想赶走专横跋扈的马霸朝，以便在查抄家产中多占些便宜，故而要给他一点儿警告，正好有了把柄。

卢虫儿羞愧地站在堂口，手里拿着玉观音，听任无数双眼睛的乜斜和杜师爷的指责。打狗欺主，马霸朝自知受到了羞辱。他提着皮鞭，只一鞭下去，便将玉观音打落在地，摔成碎块。第二鞭下去，卢虫儿的红缨子暖帽被劈成两半，脸面上一道血痕。他还要抡皮鞭惩罚这个令他颜面扫地的家伙，被身后的人拦住了。马霸朝怒不可遏，抬起脚踢在卢虫儿的裤裆上，骂声："滚！永远也别回来！"这个可怜的小校，从此被撵出了绿营。

一顶八抬蓝呢大轿在前面吱吱扭扭晃悠着，高敬轩和次子高凤雏，像狗一样被绳子拴连在一起，紧紧跟在大轿后面，在严厉的断喝声中，跌跌撞撞地走向遥远的天边。

第十章　投井下石

1

高敬轩和次子凤雏被押进省府大牢，几番刑讯下来，短短一个多月便疯癫的疯癫，痴呆的痴呆了。臬司如此狠毒，只因接到刑部大堂的公文，命令他们限期审出高家在全国的银号商号总数及其分布，并查清各号名下所有的库银货物房产山林田亩等财产。上次臬司上报的抄家清单中，恰恰没有这些内容，甚至连各地商号缴纳利银的账目也残缺不全。这种敷衍塞责，惹得那个刑部侍郎马仲奎勃然大怒，来电质问他们是否想讨个包庇连坐的罪名方才心甘？臬司不敢怠慢，这才动了大刑。

高府知更堂一门被抄，除夫人、管家、武师、奶妈之外，买来的家奴尽被拍卖，唯独马夫李万全只身逃跑了。

这天，病病歪歪的杨夫人，在娘家一位小侄女的陪同下，挎着半篮煮熟的鸡蛋，背着个蓝布包袱，携裹了几件旧衣，挨到省府大牢，行了几两银子的门包，获准可以探监。

高家父子被关押在同一间牢房内。杨夫人向牢房看去，隔着木栅，只见稻草地上坐着两个衣衫褴褛，身上血迹斑斑，满脸胡须，蓬头垢面的人。听到脚步声，他们用呆滞的目光向外张望着。若不是禁子喊着他们的名字，杨夫人简直不敢相信，这就是自己日夜思念的亲人。看见他们被折磨成这副样子，杨夫人不禁失声痛哭。那个生得尖嘴猴腮满脸赤红的狱卒勃然大怒，呵斥她不许啼哭。杨夫人胆战心惊，连忙收住悲声。看见亲人前来探监，高敬轩毫无血色的脸上似乎有了一丝惊喜，在儿子的搀扶下走向木栅栏。儿子伸出脏兮兮的巴掌，接住两个鸡蛋，顾不得剥皮，在木栅上磕了磕，饿鬼一样就往嘴里塞。杨夫人责怪凤雏连鸡蛋都不会吃了，一边剥好一个递给丈夫。父子俩大口大口吞食着，直噎得连连打嗝。杨家小侄女不过十二三岁，哪见过这种吃法，简直像野人一样，一双惊讶的眼睛，瞪得比篮里的鸡蛋还大。站在远处的狱卒看见这爷儿俩又痴又傻的吃相，哂笑着离开了。

这当儿，只见高敬轩警觉地看看左右，失神的眼睛突然熠熠放光。他将嘴里的鸡蛋吐在手上，上前靠近夫人，压低声音说："你来得正好，有件大事要交付与你。"杨夫人说："你说吧，我听着！"遂令侄女退后两步注意望风。高敬轩说："我估计朝廷的查抄不会就此罢手，马家若要投井下石，只需马二爷一声令下。那样的话，咱高家的生意就一个也保不住了。常言道'害人之心不可有，防人之心不可无'。自得知阙儿参与戊戌变法失败那天，我就感到大事不好，不得不做了些准备。"

高敬轩说着，向次子凤雏招了招手，让他注意隔壁牢房，以防隔墙有耳。谁知被拷问吓傻了的凤雏并不理会，依然坐在稻草地上，一手一个鸡蛋，只顾在那里玩耍。高父叹息一声，跛着一条腿走过去从墙缝向隔壁看了看，见那厢的人酣睡着，走过来对夫人耳语道："孩儿他妈！咱高家能不能保住现有的财产，以便今后东山再起，就全在你了！咱家在全国一百三十八家生意总号名录，抄写在一块丝绢上。这块丝绢我用油纸包着，藏在乾隆御匾的后面。另外，我让马夫李万全帮忙，将三千两白银装在五个大缸里，埋在后花园假山旁的石榴树下。这是咱今后的救命钱。那天抄家，走得匆忙，当着众人不好交代。现在，你将它牢牢记在心里。不到万不得已，不要告诉任何人。我老了，又受了重刑，恐怕不能活着回去了。我装疯卖傻，任凭他们怎样拷问，我只是三个字——不知道……"

高父说到这儿，眼眶里闪动着晶莹的泪花，用仅有的一只右手，捏了捏夫人的手腕。千言万语，都在这郑重的握别中了。

杨夫人不由得抽泣起来：“要是二门三门闹分家怎么办?”

高敬轩说：“闹叫他们闹去，但绝不能答应。这个家一旦分裂，就再也无法整合了……”

话没说完，杨家侄女咳嗽了一声，只见那个脸像猴屁股的狱卒惊慌地跑了过来，一边喊道：“快快快！上面查监来了，别他妈让我羊肉没吃上，惹得一身膻!”

杨夫人赶快提上空篮子，拉上侄女，拧着一双小脚，随狱卒就往外跑。身后，传来高敬轩低沉悲戚的喊冤声……

2

高家突然的败落令马家兴奋不已。自那天被抄家后，马老太婆常常坐在长房大门外的青石圆鼓门墩上，一边纳着鞋底子，一边随口哼两句秦腔《百岁挂帅》的唱词，仿佛她就是那个威风八面的佘太君。她唱得有板有眼，字正腔圆，一高兴，还会端出架子，故意将纳着的鞋底子扇在丫鬟金瓶或银瓶的屁股蛋子上。高府长门虽被抄了，但并没有斩草除根。只有找个什么碴儿，让高家彻底倾家荡产才好。这时节，二门“少宰第”刑部侍郎马仲奎正好休假回家省亲，大哥马伯牙、八弟马霸朝，以及马生金等一帮子侄趁机聚在一起，将他众星拱月一般拥着，共同商议诛灭高家的良策。

马仲奎位居京官二品，在刑部大堂掌握着生杀大权，不仅是陕西名震一方的权贵，即便在朝堂也属显赫。马家的弟兄大多生得黑皮粗肉，低矮肥胖，唯独马仲奎身材匀称，面皮白净，一撮稀疏的山羊胡须，大有文人雅士之风。马仲奎手中握有权柄，说起话来自然掷地有声。他端着檀木荷托的茶碗，呷了一口丫鬟刚刚沏上的南山珍品午子仙毫，在舌尖上轻轻咂着。这种茶出自秦山巴水间的紫阳，味道苦中微甘，历来被列为贡品，《茶经》和《本草纲目》均有记述，它的最大功效在于清肝润肺，明目养颜。马仲奎在做贡生时就特别喜好本土的这个出产，后来到了京城，全国各地的茶喝得杂了，间或赴一次宫廷的茶宴，那是皇家的大宴，将家乡的佳茗反倒生疏了。他一边品茶，一边不紧不慢道："这个……陕西臬司确实可恶！一个小小的高府，竟没搜出他在全国的商号名录，确实可恶……"

性子急躁的马霸朝，不等二哥说完，夸功似的表白说："上次在高府抄家，要不是那个杜师爷出来阻挡，我早将高家财产抄他娘个精光……这个杜师爷肯定受贿不少。二哥，你说，要不把他抓来审问审问？"

马伯牙说："给臬司行贿，都是高府大管家孟泰出的面。现在树倒猢狲散，干脆，将这个管家抓来拷问！"

大少爷马生金进言说："这个容易。孟白毛有两个儿子，都是下三烂，既不会营生，也不孝顺。过去有高府做靠山，抽大烟的钱有处来；现在不行了，老家伙供不上银子，家里闹翻了天，小子打骂老子，孟白毛整日唉声叹气，不敢回家……"

马仲奎毕竟足智多谋，手段厉害，他小眼睛左右一闪，威严的目光里仿佛有无数个黑煞神。他看了看兄弟子侄："你们知道吧，我们刑部办案，没有不手到擒来的。只须一点：下刀子要寻软肋。这个大管家可以拉拢过来，撬开他的嘴。一是让他交代高家这几年有没有违规经营，比如吃私盐、贩私茶、偷税漏税什么的；二是让他供出高家全部的银号商号。经商方面大哥是行家，要多多劳驾了。"马伯牙从旁应了一声，马仲奎继续说："其实，要彻底搞垮高家，我早就布置下去了。一听说那个状元郎逃到了日本，我就给九弟拍了电报，让他随时注意高凤阙的举动，看看有无过激的言论或者反清的行动。结果是高凤阙杳无音信了。我让九弟假借'凤阙'的名义，写了几篇玷污当朝的文章发表在报纸上，然后向朝廷举报。到时候，论他个'反叛朝廷'之罪，不信不能将高家满门抄斩！"

马仲奎的一连串招数，令众兄弟子侄拍案叫绝。他们虽然惯于作威作福，但比起这位二品大员，不过是“小巫见大巫”罢了。正在做进一步细致分工时，家人忽然送来刚刚收到的一封电报。电报是九爷马救时从大清驻日本国大使馆发来的，言说刑部已给高凤阙定罪，电令大使馆将高凤阙秘密捉拿归案。

马仲奎看罢电报，猛地一拍桌子，将所有人吓了一跳，只见他大声说：“好哇！这回他高家彻底完蛋了！”接着，将电报稿交给大家传看，他思索了一下，对马生金说：“大侄子，你去辛苦一番，将高府的大管家给我诓来，我自有用他的地方……”

两天后，白发苍苍的老孟泰硬着头皮踏进了马府长门“道员第”的大门，他是为延缓儿子的几笔到期债务而来的。

马生金在县城开了几家烟馆，借助家族的势力，他自然当上了烟馆行业的把头。他到孟店镇走了一遭，在两家烟馆找到孟家儿子的大把借据，拣了几张，告诉他们，捎话给孟家，就说借据抵押给马家了，如果两天内还不上账，人家就要抓人。老孟泰爱子心切，厚着老脸上门求情来了。

“啊呀，贵客，贵客！”马伯牙在花厅门外接住老孟泰，请他到屋内用茶。

老孟泰跨进门槛没敢落座，站着问：“请问，贵公子……”

马伯牙一把将他摁在座椅上：“他呀，来无踪去无影，问他做甚？”

老孟泰半个屁股沾着座椅，作难道：“家门不幸，我的两个犬子……”

马伯牙笑了笑，故作惊讶道：“是不是又借钱抽大烟了？啊呀，这事难办！我儿子手里缺钱，听说他正想开当铺呢！常言道‘当铺赎当，银钱万两’。那可是金山银山都不够哇！你还是想想办法吧！到期不还，利息翻番，划得来吗？我也是为你着想。”

老孟泰从椅子上出溜下来，几乎要跪地求饶了：“马大老爷，小老儿求你了！过去我在高府当差，也是各为其主，得罪的地方，大人不计小人过，宰相肚里能撑船，请多多包涵！”说着，竟痛哭流涕，哽咽不止。

“好吧，好吧！我回来告诉犬子一声。本乡本土的……”马伯牙这么说着，他脸上的阴云却纹丝未开，似乎并不愿意。话音未落，忽然从屏风后面传来一个声音，斯斯文文道："大哥呀，你怎么这么心硬？既然本乡本土的，还不减了免了？"

说着，马家二爷轻风一样飘然而至了。

老孟泰在高家伺候过两代主人，对于对手家的主要成员自然格外留意。老孟泰抬眼看了看，这个马仲奎六十岁左右，还是那么清瘦，不过，脸色愈发惨白了，两颊上长着几圈褐斑，好像太阳下晒着的小儿尿布。由于久居高位，言谈举止带着几分矜持，透射着咄咄逼人的威仪。

马伯牙作为主人，连忙介绍说："这是我家二弟——少宰马仲奎。"

老孟泰连忙作揖打躬："失敬，失敬！听说二爷在刑部大堂……"

"莫要提及，莫要提及！在家乡父老面前惭愧得很！"马仲奎自谦了一番，接着问，"都欠些什么账，有烦孟大人亲自上门？"

老孟泰正要诉苦，大少爷马生金急急火火回来了。请安过后，马仲奎立即斥问他为何要高利放债，而且是在大烟馆向无偿还能力的人高利放债，这有悖于大清律条。马生金被问得张口结舌，老孟泰反倒觉得不好意思了，连忙为马生金开脱。马仲奎命令道："快快将借据拿来我看！"马生金双手捧上一沓皱皱巴巴各种纸张的借条，犹如牛肉卷子。马仲奎看了，重重地将桌子一拍，喝道："重利盘剥，法律不容！"接着，将借据两三把撕得粉碎。

马生金哭丧着脸辩白道："二叔，我正筹钱开当铺呀！那可不是一笔小数目……"

马伯牙将儿子一推："去去去，另寻钱去！"

马生金委屈地走向后堂，一边喊："二叔，我两手空空，到哪儿借钱呀……"

老孟泰被马家二爷这种大义灭亲的行为感动得老泪纵横，雪白的胡须上挂着鼻涕，激动地抓住马仲奎的手说："二爷，小的如今是丧家之犬，你只要用得着，小的愿殊死以报！"说着，再次谢过马家大爷二爷，反身就要离去。当老孟泰怀着感激涕零的心情一只脚刚跨出门槛，马仲奎道："孟老先生，请留步！"

老孟泰打了个冷战，以为自己听错了，回头看了看，果然是马二爷在向他招手，遂怔怔地走了回来。

马仲奎道："孟老先生，我有一事相烦。"

老孟泰郑重地表白说："不知二爷有何见教，奴才就是肝脑涂地……"

"我其实还是为了你！"马仲奎望着孟泰懵懂的目光，"那个状元郎在日本不安生，又犯事了，犯了大事，辱骂朝廷。这回是满门抄斩、诛灭九族之罪，连你恐怕也跑不了！所以我给你提前通个信。"

老孟泰被吓得立即跪倒在地，不住磕头求饶。马仲奎说："你要想脱离干系，其实很简单。朝廷要籍没高家的所有财产，你在高家干了四十多年，可以为朝廷提供一份高家在全国的银号商号总名册，你就可以将功赎罪了！"

老孟泰以头触地，磕着响头道："请饶恕奴才！奴才只知道高家在全国共有一百三十八家字号，只是奴才愚笨，记不得那么多，也就记个二三十家。请二爷恕罪！奴才该死，奴才该死！"

"你真是老而无用了！"马伯牙嗤之以鼻道，"我看你是不想交代。高家要灭族了，你还抱住不放！"

马仲奎继续问道："你可记得，他家有无这样的账册？"

"原来有这个账册，后来让高敬轩烧了！"老孟泰一五一十禀报道，"不过，烧毁之前让奴才另抄了一份在一块丝绢上。这是为了逃避抄家，这是对抗朝廷，是罪不容赦，是……"

老孟泰搜索枯肠，想着各种可以加在主人身上的罪名。马仲奎干笑着，不等说完，急忙问道："这块丝绢现在何处？"

老孟泰灰心丧气地垂下脑袋，摇了摇头："抄完后高敬轩就收了起来，一直瞒着我。奴才确实不知它的去处。"

马仲奎装出不予追究的样子，显得十分大度："你起来吧！高敬轩疯癫了，拷问不出，杨夫人一定知道它的下落。唉！算了吧……"

老孟泰斩钉截铁道："奴才去找杨夫人，一定将它奉献在大人面前！"

3

杨夫人回到娘家，身心皆疲惫不堪，可怜一双小脚，肿胀得穿不上鞋子。心想自己本千金之躯，今天何以遭受这等地狱般的罪孽？思来想去，只怨自己生养下一个逆子，但这又能怪罪儿子的什么呢？三天来，她既不想吃也不想喝，一直在炕上躺着。蓦然想起探监时，丈夫所说马家还会投井下石的话，不禁坐卧不宁。按大清律例，若株连族属，是包括自己娘家也在内的。因此，慌忙爬起来，唤来两个弟弟，提醒他们快快转移些财产，做些应对不测的准备。眼看弟弟、弟媳们慌作一团，不知如何是好，自己也手忙脚乱，心急火燎，结果又一次病倒了。这样一病，就是半个多月。

秋风阵阵，黄叶飘零，天气愈来愈凉了。杨夫人想起丈夫和凤雏还没有过冬的棉衣，遂让小侄女到镇上扯了些布料，弟媳那里还有些棉花，便盘腿坐在炕上，挣扎着做起棉衣来了。这天下午，突然大管家孟泰老先生找上门来，告诉她，二门三门闹着要分家，看来，非得回去一趟不可。

杨夫人是在二门知儿堂花厅与弟媳们相见的。二门胡氏夫人、三门金氏夫人早就等候在那里了。大姑娘高凤仪是专门回来接母亲去上海的，还带来一个金发碧眼的英国小伙子，看来是她的未婚夫了。三门的儿子高凤池还没到，金夫人说儿子去县城订轿车了，不日将起程前往成都。

两位弟媳迫不及待说明了心意，杨夫人听罢，不觉滚下泪来："二姐、三姐，咱高家轰轰烈烈一百多年，正是一门三堂齐心协力共同苦熬的结果。老一辈曾留下遗训，'一根筷子容易折，成捆的筷子折不断！'叫咱们在生意上永远不要分家。今天，我长门出了事，累及到大家，但咱的生意还在。这个节骨眼上，正是千难万险同舟共济的时候，你们都说要分家，真让人心寒啊！"

二姐胡夫人哭诉道："不到山穷水尽，谁愿意分家啊！我家二爷，为咱高家出生入死，到现在，活不见人死不见尸，我二十多年守活寡都过来了，怎会熬不过这一关？不能这么说。现在大少爷闯了祸，得罪了朝廷，一拍屁股去了日本。他倒是轻松了，可朝廷要是揪住不放，二次三次地抄家，咱的生意还不赔光？趁现在朝廷还没追讨，分开来各人过各人的不是更好？"

三姐金夫人道："说的对，今天就分了吧！这朝廷追讨是迟早的事。你想想，大老爷这几年生意有了点儿起色，在多少事情上得罪了人，特别是马家。我家三爷眼亮，说马家那是多大的官，咱得罪得起吗？这回，人家只要找咱一个碴儿，咱就得诛灭九族，倾家荡产。所以，我是吃了秤砣，铁了心了。分家越早越好，再不能拖了！"

"啊呀呀，弟妹们！"杨夫人缓口气道，"我看，咱们都是妇道人家，分家这等大事，起码要当着大爷、三爷的面，要请县衙的人来做公证。这么大的事，可不能草草了事啊！"

"不行，不行，急事急办嘛！"金夫人站起来离开座椅，怒冲冲反对道。金夫人个头本就不高，每天茶余饭后，唯一的爱好就是邀集丫鬟老妈子一起打麻将，坐得久了，愈见发胖，身材肉碌碡一般不说，就连眼睛也被脸上的肥肉挤成了一条缝。她眼睛虽小，却目光尖利，常常爱发火，爱甩牌，这会儿对杨夫人发凶道："我自从嫁到高家，就像炒菜的勺子，尝尽了酸甜苦辣。现在，还想让我们二门三门给你们长门垫背挨宰吗？我们不是傻子！修建渭河大桥白扔了多少银子？大爷绑架赎金花了多少银子？还有，听说你将咱高家的钱借给娘家两个兄弟，在外面放账生息，我们早就忍受够了！"

杨夫人从来没受过任何人的指责，修桥是大家同意了的，赎金花的是自家的钱，放账生息更是绝无此事。她简直不敢相信，平素和和气气的三弟媳，闹起分家竟如此刁蛮。面对三姐的恶意指责，杨夫人觉得自己是大嫂，应该大度一些，不必和她一般见识。

这时候，二姐听不下去了，和事佬般说："这样吧，那些是是非非都过去了，不说了，赶快说分家的事情吧。人说'千里搭长棚，没有不散的筵席'。

还是糊里糊涂分了吧！我看，先把大管家叫来，看看咱的商号有多少，财产有多少，再说如何分！”

“对！”三姐说，“我听大管家说，抄家前，咱高家的账簿就被大老爷毁了，总号名录，抄在一块丝绢上。这总号名录，咱一定要看！”

“总号名录在我这里！”杨夫人坦然道，“这样吧，二门三门谁愿意出来主管，我就把总号名录交给谁……”

“‘主管’？你是说，不分了？哼！我们三门才不愿受累呢！”三姐说着，假惺惺怂恿二姐道，“二嫂，你有文化，你接了吧！”

“我？”二嫂枯瘦的脸颊显出为难之色，“我们家没儿子，老鼠给猫看家呀，我才不呢！凤仪要是出嫁了，我这把老骨头还不知扔到哪儿去呢！”

天色渐渐黑了下来，丫鬟刚刚将蜡烛点着，转身就被风吹灭了。丫鬟重新点灯，一连划断了几根火柴，蜡烛这才懒懒地放出昏黄的亮光。幢幢的灯影中，大家言来语去，分与不分愈加没了主意。忽然，一阵脚步声腾腾腾直跑进来。原来是到县城预订轿车的二公子高凤池上气不接下气地闯了进来，仓皇道：“快快快，不得了了！大哥在日本辱骂太后，朝廷派马家二爷做了奉旨钦差，带了兵马，从省城连夜赶来，要诛灭满门了，还不快跑！”

花厅的人一下子慌了手脚。大姑娘高凤仪和那个英国小伙子也跟脚跑了进来。他们本是来游玩的，对屋内的争吵漠不关心，一副事不关己高高挂起的样子。这会儿，焦急地拉了母亲就往外走。高凤池去搀扶母亲，谁知母亲竟软成了一堆，肉泥般瘫坐在地上，半天无法起来。

杨夫人镇静道：“不要慌，你们带着家人，从后门逃了吧！这里由我支应着。记住，马二爷得不到总号名录，就无法全部抄没家产。你们回到成都上海，先将这两处的字号更改了吧！”

4

一串串跃动的火把，一声声虎狼的啸叫，高府三堂所在的巷子很快被包围得水泄不通。在兵丁的驱赶下，杨夫人不知怎的，竟和老孟泰一起跑到了三门“知非堂”后花园的水榭之上。

水榭内一片漆黑，唯有身后和远处的岸边，闪烁着已见合拢的火把。通红的火把在初冬尚未结冰的水面上映出一片恐怖的灾光，士卒短促的传令声、行走时刀枪的碰撞声、战马喷出的响鼻声以及啾啾的嘶鸣声，交织成一张死亡的大网，以铁壁合围之势，向杨夫人撒了过来。三门高凤池是个游手好闲的公子哥，整天爱花爱草，尤其爱水，说他的名字贵在一个“池”字，这一点和唐代诸多大诗人大文学家是相通的。杜甫、韩愈、白居易、杜牧等人的家中或门前均开凿有池塘，这些池塘皆有名号，其赞美的诗句流传至今。故而仿效古代名士也开凿了这个水池，名字自然是“知非池”了。池塘本有半人多深，秋季渭河涨水，又引了许多清流入注，一直浪溢四岸。水榭在池塘中央，上面是一个小亭，有栈桥与岸边相通。有时，自家长门的两个儿子也应邀来这里吹箫赏荷，吟诗作画，倒是一副友兄悌弟的融合景象。

火把模糊的光线给杨夫人庄严的面庞镀了一层赤金，她缓缓地扫视着周围，思索着怎样完成丈夫交付的重托。这时，尾随在身后的大管家孟泰开口了：“夫人，我看今天是在劫难逃啊！”

杨夫人不动声色地问：“你害怕了？”

“我……我死而无憾！”老孟泰信誓旦旦地说，“只是，咱高家那一百三十八号生意，将从此毁于一旦了。”

杨夫人沉默着，她在侧耳倾听远处的喊声，担心弟媳他们是否已逃了出去。

“这回他们可是要掘地三尺，揭椽溜瓦啊！不把高府生意的总号名录找出来誓不罢休！”老孟泰神色慌张，雪白的须发在火把的亮光下瑟瑟颤抖。

“你怎么知道？”

“我听士卒说的。”老孟泰恳切地说，“刚才，我，我被抓住了。听到他们这样说，赶紧挣脱了捆绑，前来告诉夫人你呀！”

杨夫人被老孟泰的忠诚打动了，想到他辛辛苦苦跟随了两代主人，眼睛里便蓄满泪水，悲戚道：“事已至此，都是我的罪过。我对不起高家的列祖列宗！”

老孟泰说：“夫人不必自责，只要保护好总号名录，谅他马二爷就是有三只眼，也无法将高家的财产查抄净尽。”

“名单在我手里。”杨夫人郑重道，“我现在把它托付与你。你的忠诚我知道，你必须将它保护好，然后，交到……”

老孟泰听到这里，扑通一声跪下说：“好，我向夫人起誓：我如果背叛高家，背叛夫人，我……不得好死……”

杨夫人催他起来：“算了吧，起什么誓呀？我告诉你……”

于是，杨夫人将总号名录和三千两银子的埋藏地点详细告诉了他。老孟泰听罢，急三火四地就要离开。杨夫人对着他的背影说：“你快逃走吧！一定要记住，一定要将它们交到高家人的手里……”

老孟泰反身跑下水榭，他的身影随之消失在一片黑漆漆低矮的树丛后面，接着，火把的包围圈很快缩小了。这时，一个穿着二品锦鸡补服的官员，用他的厚底朝靴嘎吱吱踏上了曲尺栈桥。

来人正是马仲奎。

“啊呀呀，嫂夫人！别来无恙？”马仲奎远远打着招呼。

两个打着火把的士卒飞快奔过来，将亭子内的蜡烛点上。杨夫人看了看来人，回敬道：“请问，你就是钦差大臣马仲奎马大人了？”

“岂敢，岂敢！”马仲奎谦虚着，迈着八字步走进亭子。打量了一下杨夫人，煞有介事地问道：“你可知道，你的儿子犯了满门抄斩的死罪？”

“我不相信！肯定是有人栽赃陷害！”杨夫人道，“我的儿子我知道，他从小忠君爱国，说他污蔑朝廷，此事绝无可能！”

“简直是妇人之见。”马仲奎鄙夷道。他不想就此纠缠，冷笑着说：“这一回，你将亲眼看到，你们高家一百三十八号生意，将被查抄干净！作为长房长媳，你难道不感到可悲吗？”

听到这话，杨夫人不由得怒火中烧：“生意从来有涨有落，这本不足为奇。可是，倚仗自己的豪权，硬将对方打倒，实现生意上无法实现的目的，这才是真正的可悲！”

“你死到临头还敢嘴硬？”马仲奎动怒了，吩咐左右道，“来呀，叫这位夫人看看她自己的杰作吧！否则，她死不瞑目！”

随身的师爷立即向下传话：“有请孟泰老先生进见！”

一道道的传令声中，白发苍苍的孟泰双手捧着一个油纸包裹，躬身快步跑了进来，禀报道：“恭喜大人，贺喜大人！总号名录找到了！”

杨夫人看到跟随高府几十年的大管家，陡然间变成这副嘴脸，一时大惊失色，不知说什么好。她只觉一阵眩晕，赶紧抱住了身旁的柱子，将柱子上的楹联撞得几乎掉落下来。

马仲奎问孟泰：“打开过了？”

孟泰回：“大人尚未过目，奴才不敢擅揭。”

马仲奎掩饰着内心的兴奋，问：“是这个包吗？”

孟泰回：“奴才摸了摸，软软的，滑滑的。总号名录是奴才亲自抄写的，不会有错。”

在马仲奎的监督下，老孟泰一层层打开了油纸包。奇怪的是，没有闻到丝绢和墨香的气息，一种难闻的湿牛粪的气息却越来越浓。最终，一团黑黢黢黏糊糊的东西出现在纸包内。马仲奎心想：这难道就是朝思暮想费尽心机求之不得的总号名录吗？难道是受潮发了霉？他禁不住伸开双手去抓了一把，放在鼻子下嗅了嗅。哎呀，上当了，果真是一摊稀牛粪！

杨夫人从昏眩中渐渐苏醒，看到眼前这滑稽的一幕，自己也惊得目瞪口呆。心想：这或许是祖先的神灵在暗中保佑吧！或许是高家的基业不该就此断绝吧！总之，只要他们没得到总号名录，自己就是死了也不会为此而抱恨九泉了。

马仲奎甩着手上的牛粪，脸色气得铁青，正要质问杨夫人名录的藏处，只见杨夫人已挺起腰身，哈哈笑道：

本是知非地，
在此方知非。
要知昨日非，
今日莫非为。

杨夫人高声吟诵着，双手推开士卒的阻拦。马仲奎来抓时，她已冲向水榭的护栏，一纵身，跃入下方黑沉沉的水池。

第二篇

起死回生

第十一章　密林深处

1

白牡丹说："铁锤，算了吧，你找也是白找！"

韩铁锤痛苦地蹲在地上，抱住头哭了："不，我一定要找到妹妹，她的命好苦哇……"

白牡丹叹口气说："唉，整整找了三天，还是一无所获！"

"不！"韩铁锤抬起头，眼眶里泪水盈盈，发誓说，"只要她还活在这个世上，我就一定要找到她！"

韩铁锤的"棒槌红"戏班子，赴秦岭黑水峪劳军演出前，他带着自己新婚的妻子白牡丹，到感业寺向妹妹柳碧云辞行，但是，看到的只是蒿草中的一堆堆瓦砾。他不能相信，一座千年著名古刹，说消失就消失了；他更不能相信，走遍方圆几十里，竟无人知道失火的原因和尼姑们的下落。只是在后庄田寡妇那里，听说慧寂师太在大火中烧死了，年轻貌美的妙能、妙可被烧得面目全非。她们不愿见人，在庄上休养了两个月，不等痊愈，就和伤势较轻的妙空师妹，于一个深夜，离开田家，消失得无影无踪。

"你走吧！"韩铁锤站起来对妻子说，"我要留下。"

白牡丹惊诧了，圆睁一双杏眼："你疯了，不进山演戏了？"

韩铁锤说："你先去召集戏班子吧！我心慌意乱怎么登台？你去吧，我就是掘地三尺，也要找到一点儿线索，否则，我死不瞑目！”韩铁锤绝望地四下看看，一屁股坐在冰冷的地面上，再也不想起来。

白牡丹死死盯着这个五大三粗在戏台上架子功无人可比的男人，突然似乎明白了什么。

白牡丹两岁时被抽鸦片的父亲卖给人家做童养媳，她不堪忍受打骂，十二三岁逃出家门。为了活命，跟在韩铁锤戏班子打杂干些零活，有时上台顶个童角儿。白牡丹天生是唱戏的料，所有戏词入耳不忘，唱念做打一学就会，小小年纪能拿下花旦重头戏，便被收留下来。韩家班时聚时散，在讨饭一样的日子里，她始终没有离开过班主。她心仪着韩铁锤，追逐他多年，韩妈妈也一直拿她作儿媳看。但韩铁锤的心里一直装着妹妹柳碧云，让她苦等了多年。如今，妹妹出嫁了，当了尼姑了，他彻底绝望了，这才与白牡丹完婚。说真的，尽管白牡丹已经是韩家班的台柱子了，而且一直对他浓情蜜意，但他始终热不起来。白牡丹看他仍在想着那个不知去向的幽灵一般的云妹妹，不由得醋意大发：“噢，我总算明白了，你们异姓兄妹，原来私情未了啊！怪不得你对我总是冷冰冰的。”

“你再胡说我揍你！”韩铁锤怒冲冲站起来指着妻子。

“你敢！”在丈夫面前撒娇惯了的白牡丹身子一扭，将粉白细嫩的鹅蛋脸向前一伸，测试丈夫的勇气。

韩铁锤是个火药桶，没找到妹妹，本来就气不顺，一经招惹，立即爆炸。他将巴掌举起来停在半空：“你敢再说一句！”

白牡丹不识相，将身子向前一纵：“你爱你妹子不爱我，现在迟了，你就是找到她，她也只能当小妾……行啊，这样倒两全其美！”

这分明是卖乖招打，咎由自取。韩铁锤将收回的巴掌抡过去，不管白牡丹怎样既娇且骄，一个抹脖子便将她打倒了。白牡丹是多少戏班子争相挖掘的著名花旦兼刀马旦，下腰踢腿、舞袖耍剑，很有些武功根底。栽倒时，顺势双手撑地，一个漂亮的趔子便挺立地面，然后，含着泪，拚死上来厮打。

韩铁锤害怕了。鸡不跟狗斗，男不跟女斗，这是规矩。他转身跑出一截子，爬上汉长安城遗址的墩台，与下方的白牡丹对峙着。白牡丹不愿离开新婚丈夫，更不愿他得到一丁点儿妹妹的消息。最终，倔强的白牡丹硬是被丈夫用甩过来的土坷垃撵走了。

韩铁锤感到有些后悔，想喊住她，又觉得会让她小瞧了。他站在高处，默默看她走出塌毁的山门，拢着水獭披肩的身影一步步消失在河对岸的林子后面。

隆冬腊月，寒梅怒放。感业寺旧址上的树木被大火烧光了，唯有当年沙弥尼们在城垣下栽植的蜡梅，顶着猎猎朔风，绽出寂寞的笑容。红的、黄的、粉绿的，娇美鲜艳，暗香浮动，仿佛那些可爱的小沙弥尼刚刚用指尖轻抚过。

韩铁锤茫然四顾，不知到底该去哪里。他神情怅惘，欲走下墩台，忽然听到一阵低沉的鼾声，仿佛从地下发出的一般。奇怪，在这荒郊野外，鼾声是从哪里来的，怎么三天来竟不知这儿住的有人？循声低头看去，原来墩台下方向阳处有一个狗洞，因为对着河边，不曾注意罢了。

韩铁锤跳下墩台，在梅林中沿逼仄的运粮河岸向洞口走去。老远就看见那里睡着一个人，醉醺醺的，不省人事。摇了摇一看，哎呀，竟是杂耍艺人卢虫儿！韩铁锤要搭新班子演戏，正好需要他，遂蹲下来用手揪他的耳朵，骂道："卢虫儿，是你狗日的呀！这一向死到哪里去了，让兄弟我好想你！"

卢虫儿嘴里流着白沫，穿一套兵丁的破烂号衣，头顶旁放着一只豁了口的黑瓷老碗，脸色焦黑，双手脏乎乎像鸡爪子。大冬天仅趿着一只穿了帮的单鞋，另一只脚裹着破毡片子，一看便知已沦为乞丐了。卢虫儿不知喝了多少酒，烂醉如泥，迷迷糊糊梦呓着，翻个身，又蜷缩着身子睡去了。韩铁锤只觉得两眼发热，不禁想起四年前一同到北京给慈禧老佛爷祝贺六十大寿的情景。那时，卢虫儿新穿上柳碧云从苏州采买回来的罗缎戏衣，虽然鼻梁上一块粉团做小丑打扮，但人的精气神却光彩照人。偶尔扮一个鬼脸，眉毛鼻子挤在一起，能将人笑翻。卢虫儿是戏班子里的乐子，人人都亲近他。正戏开场前，卢虫儿表演吹火绝技，只见小小的戏台上满是烟火，真个将皇帝皇太后吓坏了。后来一看没事，反倒令人眼花缭乱。光绪帝曾为他三次鼓掌，开玩笑说，洋人的洋枪洋炮也比不上这吹火厉害。

韩铁锤看他一时醉酒不醒，妻子又怏怏而去，遂将身上的仔羔皮长袍脱下来给他盖上，给老碗里留下一张字条两角碎银，让他三天后到骡马市梨园会馆会面，然后开拔黑水峪，给在那里采伐木材的军士们演戏。

三天后，卢虫儿没有如约而至。韩铁锤当然不知，自己这个老搭档是被把总马霸朝撵出绿营的，他没有颜面回去见人。不过，韩铁锤并不在乎这个，令他心烦的是，白牡丹一直心疼那件仔羔皮长袍，整整嘟囔了好几天。

2

黑水峪位于西安府西南方的秦岭山中，系周至县境内最大的山谷。全长二三百里，其间森林密布、野兽出没。秦岭是中国地理的南北分界线，山上除集中了各地常见的针、阔叶树种外，更有许多名贵树种。明清以来，借助黑水、渭河、黄河的水运之便，采伐的木材，不但供应给沿岸的咸阳、西安、渭南、潼关等陕西境内的城镇为建筑和薪炭之需，还一直销售到河南中部的许多地方直至武汉。黑水峪的出名，更在于明朝末年陕西总督孙传庭，在这里设计活捉了最大一支农民起义军领袖高迎祥，从此便有了“黑水木材镇四方”的传说。

光绪二十四年（1898）冬，因戊戌政变而重新训政的慈禧太后，忽然给陕西巡抚李文鼎发来一道密旨，着加紧修葺西安城垣和城内的总督府以及巡抚衙门，其费用从陕西三年的税银中逐年摊销。明眼人一看便知，在外国列强的步步进逼下和朝野上下要求迁都的巨大呼声中，慈禧已首选西安了。李巡抚不敢怠慢，召集藩司、臬司等衙门，组建了工程征调局，并从下属府县抽调来四名干练职官，分别掌管材料、工程、运输和核算事务。渭南知县景道蕴即在其中，主要负责材料采集。

自嘉庆年间以来，历经白莲教起义、捻军西进和陕甘回民大起义等战乱，西安城垣已多处毁坏，城墙塌陷，护城河淤塞，敌楼被焚，城楼损毁，工程量十分浩大。据初步预算，不包括两府衙门在内，仅修葺城垣工程一项，木材的数量就需要两丈长、口径一尺的原木五十万根以上。为了尽快筹足这批木材，除征召当地民工，总督府下令西安府及附近州县，所有绿营兵全部开拔上山，仅留少数八旗兵守城。一时间，黑水峪内到处都是伐木之声，惊扰得各种野兽四处乱窜，时不时有野猪、羚牛、狍子之类闯入人堆之中，正好围捕杀了下锅炖肉。

处在一大群军士之中，女性往往是被袭击的对象。“棒槌红”戏班有三名女子，来到后的当天晚上，演出完毕刚刚睡下，便有人来骚扰。敲板墙、砸窗户、唱淫曲、学狼叫，手法五花八门，精怪不一而足，吓得她们抱在一起哇哇乱叫。绿营士兵分属各个不同镇标，很难说找谁告状去。第二天，早起的韩铁锤正在心烦，听当地山民说，二十里外的山梁后面有个“石洞庵”，也称“水月庵”，虽然地面狭窄，却小有名气。门口有一天然溶洞，洞内流水潺潺，立有水月观音造像，石壁上镌刻有千服济世药方，常常有男女信士，或祈求姻缘，或求子祈福，极灵验的。庵里原有的瞎子老尼圆寂了，不知什么时候新来三名小尼姑，面部总笼着黑面罩，极少和人说话，故俗称“闭嘴庵”。离此虽有一段山路，如将女孩儿安置到那里倒很清静。不过，那个新庵主脾气古怪，不许任何人踏入庵门一步，平素人们施斋供佛，也只在石洞外，很少入得庵内。戏班是外来人，碰碰运气，或许可以准入。

趁着上午消闲，伙伴们还在睡觉，韩铁锤决定亲自去闯闯龙门。按照指点，翻过两座山梁，果然前面山崖下有一处喇叭形的石洞，远远就看到洞口上方袅袅升腾的青烟。走下山坡，只见洞口外有一匣长方形铸铁焚表炉，内中纸灰重叠，串烟如缕，像是有人刚烧过纸表。石洞中，有几个老婆婆跪在神像前默祷，脸没有看到，尖尖溜溜的黑鞋小脚倒是十分整齐。石洞右侧，一棵蟠龙巨松，翳蔽着一座尼庵小院，院内仅有四五间尼舍，黄墙青瓦，十分幽静。小院没有大门，仅有一个角门，门上悬一方白木横匾，不知何人所书，是“石洞庵”三个大字；两侧联语云：“有心方来参佛地，无语可度苦海天。”看来这里的尼姑颇有些来历，叫它“闭嘴庵”果然不错。

韩铁锤在洞口徘徊了一阵，清幽幽再没什么人来，倒是庵堂里的诵经之声隐隐听得。韩铁锤来到角门，推了推，没有推开，两扇板门从里面反锁着。他叩了叩门环，好久没人应声。他疑心尼姑们专心念经没有听到，遂又重重叩响。一会儿，院子里有脚步声传来，从门缝望去，果然有一尼姑悄然站在板门后面，凝神谛听外面的动静。韩铁锤用手指尽量将门缝掰得大一些，这才看清，那尼姑个头适中，身材娇俏，似乎年龄不大。尽管她戴着面罩，看不见她的容颜，但韩铁锤还是觉得眼熟。直觉告诉他，这个尼姑无论身姿形态，还是举手投足，和自己妹妹柳碧云太相似了。如果说这是鬼使神差，那么未免太过意外；如果说这是某种巧合，那么未免异想天开。韩铁锤顾不得多想，只管将嘴巴对准门缝，用他早已练就的丹田之气，用他戏台上如雷贯耳的花脸大净的吼声大喊道：“妹妹！我是你哥哥铁锤呀！我找你来了……你怎么到这儿来了……”韩铁锤不待喊完，已满脸是泪了。

从门缝看去，那个尼姑反身快速离开了，什么话也没说，甚至脚步也没犹豫一下。难道是自己鲁莽草率认错了人，难道果真是妹妹而不愿相见？韩铁锤是直肠子，肚里搁不住半句话，宁愿砸破门也要问个明白。他那如铜锤的铁拳将门擂得山摇地动，这时，被人从身后叫住了。

唤他的是一个和蔼的居士老婆婆。她头发斑白，脸上皱纹密布，既像一团乱麻，又像无数条道路。那每一条皱纹，似乎都蕴藏着韩铁锤问题的答案。她双手合十道：“阿弥陀佛！施主，你要找谁？”

韩铁锤说：“我找妹妹，她叫柳碧云，法号妙空。我看见是她，为何不肯见我？”

老居士微笑道：“施主，你错了。无论何人一旦遁入空门，就抛却了一切尘缘，只知普度众生，不怀任何私念。你还是请回吧！阿弥陀佛！”

韩铁锤岂肯离去，直撅撅问：“你给我说，她是不是柳碧云？是不是妙空？”

老居士默默道："她已经再世为人了，既不是柳碧云，也不是妙空，她是闭嘴大士、洞贤菩萨。今生今世不会开口，不会和任何人说一句话。阿弥陀佛！"

韩铁锤吼道："你胡说，我不信！我要找我妹妹！"

韩铁锤又重重砸门，却始终未见院子里有任何动静。他直砸得双手震裂，最后跪在地上，声嘶力竭，用头去撞。可是，直到日落西山，门也没有撞开。他心里愈加蹊跷，心想："这个尼姑就是一尊泥菩萨也该被我感化了呀，难道她是铁石心肠？"韩铁锤觉得自己钻进一口石棺材，四周漆黑，什么也看不见，他一定要打破它。看看天色已晚，只好暂先下山回去。

韩铁锤弃演了，一连三天，天天如此，而且一天比一天来得早，回得晚。第四天早上，他不等天明就赶到了石洞庵门外，试图在早晨祭佛时见到那个神秘的不愿开口的尼姑。然而，令他失望的是，庵门依然闭锁，似乎对他无动于衷。他疯狂地敲门、呼喊、撞门，心想今天不开门就撞死在这门前算了。就在他一下又一下将额头撞出疙瘩，流血不止的时候，白牡丹带着卢虫儿寻到这里来了。见到已近乎疯癫的韩铁锤，不管三七二十一，两个人冲上去奋力将他拖开。谁知韩铁锤竟是海底的蛟龙、山中的猛虎，费尽力气也难以降服，结果大家一同跌倒在地面上。

白牡丹抱住他问："铁锤，你疯了，不演戏了？全班人都在等着你，你胡闹什么！"

韩铁锤推开她哭喊道："你别管我！我对不起妹妹，都是我害了她！要是当初我娶了她，要是她没削发我就接她回去，她还会流落到这里吗？"

白牡丹一听来了气："你简直是痴心妄想，头脑发烧！好吧，你既然爱着你妹妹，就在这里出家当和尚吧！"

韩铁锤哪受过这种嘲弄，跳起来就要动手；白牡丹可不是省油的灯，迎上去撕住他评高论低，你来我往，便纠缠在一起。一旁的卢虫儿一看急了，冲上去连忙解劝，于是，三个人扭作了一团。这场打斗惊动了观音洞内外所有的善男信女，他们围拢过来，有的拉架，有的规劝，把个观音洞外搅得沸反盈天。

这时，石洞庵唯一的角门吱呀一声打开了，那个头戴面罩的庵主出现在门洞里。门外的人全都愣住了。那庵主身穿一身海青色尼姑装，脚下白袜麻鞋，头上的帽箍面罩并没有遮掩她的端庄和娇柔，愈显得亭亭玉立，气度不凡。她的出现犹如一股温暖的春风，将人们心头的冰块顿然化释；她的出现犹如一道无声的命令，纷乱嘈杂的现场立即恢复了平静。她威严地默默站立了一会儿，什么话也没说，向这边看了看，反身疾步离开了。

3

巧依山坡之势，旁取梅林之景，山林中的这个戏台别有一番天然野趣。这天，陕西巡抚李文鼎带着一帮大小官员到采伐场视察时，对这个戏台大加赞赏。其实，他的到来不在视察，而是向新接任的代理巡抚端方炫耀自己的功劳。李巡抚负责的城墙工程刚刚开局，便接到慈禧的另一道懿旨，召他到京城组建农工商部。李文鼎本是戊戌变法的积极鼓吹者，不过中途看到光绪皇帝下的一道道变法谕旨，简直像空中楼阁一样缥缈虚无，便急流勇退了。他知道，慈禧这次召他进京赴任，不过是用维新派装装门面。

一下子来了这么多官员看戏，演出自然风光多了。当碗碗腔《金琬钗》演到唐代诗人崔护《桃园借水》一场时，台上的桃花和舞台左右的梅花相映生辉，简直令人分不清是在戏内还是戏外。这是“棒槌红”戏班子演出的最受欢迎的一出戏。除白天的日场外，晚上其他戏演出完毕，应观众热情邀请，白牡丹还要再次登台，用缠绵悱恻的碗碗腔调将那著名的爱情诗句演唱一遍：

去年今日此门中，
人面桃花相映红。
人面不知何处去，

桃花依旧笑春风。

白牡丹唱得咿咿呀呀，呀呀咿咿，一唱三叹，一叹三唱，将个情窦初开、勇敢求爱、千里寻夫的少女表演得淋漓尽致。碗碗腔本就委婉动听，勾魂摄魄，加之白牡丹俊俏的扮相，细致入微的表演，扎实独到的功架，常常博得满堂彩。往往一个眼神、一个媚态、一句台词，台下都报以热烈的掌声和叫好声，啧啧的称赞声更是经久不息。戏曲的特点在于余音绕梁，三日不绝。这几天，不管走到山林的哪个角落，只要有人，就能听到操着粗喉咙大嗓门的男人在学唱白牡丹的唱段。

这天晚上，全本秦腔《五典坡》演出结束，已到了后半夜。三个女孩儿要到石洞庵借宿，待卸装完毕，一个个已散了架一般。一直守在侧旁看她们卸装的把总马霸朝笑嘻嘻地说："啊呀呀，美人呀！二十里山路黑咕隆咚怎么走哇？狼虫虎豹的，干脆，我派士卒用战马送你们去吧！"

女孩儿本就胆小，最近晚上回去，虽有男伴们保护，遇到野兽时，常常吓得魂飞魄散。今晚有战马可骑，有士卒护送，当然乐意。

十几匹战马排成一行，沿冰雪覆盖的山道缓缓前行。火把照耀，銮铃叮当，不大工夫，已走出七八里地。渐渐地，打着火把的马霸朝为了照顾落伍的白牡丹，也渐渐地掉队了。转过山弯，待看不见前面的火把时，马霸朝趁着两马并行的当儿，一把将白牡丹抱在自己的马背上。马霸朝绿营出身，从小练就了双臂的千钧之力，挟一个弱女子过来，不过老鹰抓小鸡一般。这白牡丹虽然泼悍，却不过一个戏子，在有权有势的把总面前，只挣扎了两下便服服帖帖了。马霸朝将一张满是虬髯的嘴巴伸将过去，在她的桃花嫩面上胡啃一通，口里说："小亲亲，真个想死我了！"白牡丹怎敢反抗，只好半推半就。马霸朝这一得手，立即撕开她的衣襟去捏那饱满丰润的乳房。接着，就扯她的裤带要到林边行事。白牡丹搂着他的脖颈说："把总爷，你真是火急性子。戏词有言，'英雄配美女，吕布戏貂蝉'。小妾佩服你是当今好汉，早就喜欢上你了。这里不是办事的地方，况且，时间久了令人生疑。这样吧，你有战马，还愁个什么？今晚五更时分，我在观音洞中等你。有铺有盖，不比这冰天雪地强百倍，成就一番好事岂不美哉？”

美人的温存体贴，乐得马霸朝魂不守舍，欲火更炽。好不容易挨到五更时分，果然依计而来。

那天，韩铁锤终于敲开了石洞庵锁闭的大门，果真见到了分别已久的妹妹。料想不到的是，原来妹妹身上有多处烧伤，妙能、妙可两位师姐，更是被大火烧得面目全非。隔着面罩，隐约看到她们已失去了鼻子和耳朵，手上胳膊上的疤瘌十分凄惨。她们在田寡妇庄上疗伤那段日子，妙能、妙可总在偷偷摸摸自寻短见。柳碧云最后一次救活她们时，哭求道：“你俩一定要活下去！不愿见人也罢，就让我照顾你们一辈子吧！”后来，在田寡妇的安排下，她们来到了石洞庵，在这个与世隔绝的地方，过起幽闭而平静的生活。

听说是马霸朝因强占妹妹不成而纵火行凶，好打抱不平的韩铁锤立即要去和这个人面兽心的家伙拼命。妻子白牡丹阻止了他，说：“他手下那么多兵丁，去了也是白白送死；这事包在我身上，他早就想诱骗我了，看我怎样治他。”

黎明前，山里的雾气很重，流水一样四处漫溢，人的衣裤很快被打湿并冻得硬邦邦的，稍有动作，便嚓嚓作响。马霸朝急于做成好事，在回营地的半路上就返回了。他推说早起要到观音洞烧第一炷香，让两个士卒前后打火把跟着。在石洞前的山弯，他将两个小卒安顿在远处的林子里，然后，借着月光，踏着坚硬的积雪，焦急地向石洞走来。

一进洞口，马霸朝就迫不及待悄声叫道：“美人，我的小亲亲，你在哪里，我来了！”

山洞里黑咕隆咚的，没听到回答，只有他自己的声音在四壁嗡嗡回荡。

马霸朝有些心虚，又喊了一遍，这才听到白牡丹咯咯的笑声，接着，是娇滴滴的问话：“我的马总爷，你怎么才来呀，真个急死人了！”

借助仅有的一线烛光，马霸朝看清白牡丹在一处石床上躺着。她盖着薄薄的被子，似乎等待已久。

马霸朝立时来了色胆，下身那东西腾地竖立起来。不过，这家伙久经战阵，为预防不测，并没有立即脱去裤子，只将上衣甩在一边。马霸朝一步步向前靠近，当他猛地扑向石床的当儿，白牡丹忽地鱼儿一样跃了下去，隔着石床，和他玩藏猫猫。白牡丹只穿着轻薄衣裤，那天仙一样的身材，那花儿一样的姿容，简直将他看呆了。

“脱呀，怎么不脱呀?”白牡丹解开衣襟，挑逗道，“裤子，裤子……对了，脱光了，躺在床上……”

就在马霸朝剥光了衣服爬上石床时，不知从哪里落下一张大网，将他紧紧罩在其中。接着，他看到，韩铁锤和卢虫儿从观音像两边飞身出来，嘿嘿冷笑着，三下五除二将他死死捆在绳网里。

一会儿，观音洞里所有的蜡烛全都点亮了。韩铁锤和白牡丹威风凛凛坐在石床上，马霸朝一丝不挂被绳网捆扎着，蜷曲在地面上。审判就这样开始了。

马霸朝口称自己是朝廷命官，谁敢将他怎样？这家伙果真是茅坑的石头，又臭又硬。不等韩铁锤动手，自己在石棱上先碰得昏死过去。审判眼看无法进行，韩铁锤和卢虫儿一合计，干脆，扔进山涧算了。

韩铁锤和卢虫儿抬死猪一样将这个庞然大物拖到了山涧边，马霸朝清醒过来，似乎明白了自己的去处，拼命呼喊救命。这声音惊动了石洞庵里的主人。当韩铁锤抬起一只脚，要将这个罪魁祸首踢下陡峭的悬崖时，三个戴着面罩的尼姑赶来了。

“住手！给他穿上衣服。”柳碧云说。

“妹妹，他可是残害你的凶手啊!”韩铁锤不解道。

“我说，给他穿上衣服，将他放了!”柳碧云重复道。

捆缚在绳网里的马霸朝惊愕了：“你们是，是谁……”

柳碧云没有回答，清风一样，带着妙能、妙可旋即离开了。

第十二章　虚张声势

1

奉旨钦差马仲奎对高家商号的全面查抄，进展并不顺利。由于没得到全国总号名录，仅将知道的陕西境内的几家商号银号抄没了，待电请刑部大堂行文下发各省协力查抄时，精明的高家商号掌柜，早就闻风而动了，不是转移资产留下一个空壳，就是顶出店面铺面或更换了字号。结果，中途而返的马仲奎，只在地方上为自己搜刮了些民脂民膏。这一趟外派，总算没有白跑。

马仲奎正要回京复命，忽然接到刑部一纸公函。其内容令他胆战心惊，唯恐东窗事发。此函竟然是酌商将高凤阙的通缉令解除掉，并将已查封的高家宅院资产，准其缴纳三百万两赎金，然后尽行解禁。

这封公函没有说明原因，横空出世，没头没脑，根本不是什么“酌商”的口气，简直是老子指挥小子。这种来头，谁敢动问，肯定有人在太后面前告了御状。马仲奎做贼心虚，只怕驻日大使馆那边出了破绽，到头来祸及自己，连忙拍电报过去，是一首藏头诗：

兄弟手足情义真，
电文读罢泪纷纷。
底袋掏帕轻擦拭，

稿纸沾湿惨如云。

火炙心经千般痛，

速遣笔墨再现身。

烧得檀叶满屋香，

掉头回看不胜春。

这首诗表面上看，是说他得到弟弟的电报后，十分激动，流出的眼泪，竟然将电报稿纸都打湿了，急忙重抄了一遍。但是，如将诗句的头一个字连在一起，则是一道紧急命令："兄电底稿，火速烧掉。"

谁知这位贤弟马救时翻来覆去看了一整儿，也没看出名堂，他不知到底是哪封电报招惹得哥哥如此伤情。心想就这诗，还用得着加密吗？哥哥似乎有些神经质了。后来，因忙于公务和女人，这件事也就淡忘了。

马仲奎久久不见回音，连发两封电报催问事情办得如何，回电均驴唇不对马嘴。马仲奎又好气又好笑，这个小弟实在狗屁不通，他能有目前这个前程，也可能就到顶了。

马仲奎没有猜错，确实有人告了御状。后来才知道，告御状的是从陕西巡抚位子上升任新组建的农工商部一品尚书李文鼎。

李文鼎风尘仆仆赶到北京，他不知自己交了什么红运，更不知这个官是谁送的。也许戊戌变法失败后，一大批官员逃的逃了，杀的杀了，关的关了，宫中再无练达得力且一尘不染的干臣了。老佛爷是世界上少有的极聪明的政治家，痛定思痛，也许意识到，只有顺应潮流，才能立于不败之地。故而，要对自己这种维新人士网开一面，且破格提拔也未可知。这不能不说是老佛爷的惊人之举。

李文鼎在陕西供职多年，不但熟悉陕西的山山水水，更喜爱陕西的风土人情。一个江南才子，对秦腔情有独钟，不但研究精深，而且能操着一口女儿腔，唱青衣小旦，不用像男旦那样捏着嗓子，取其自然，倒也自成一家。

他对陕西境内财力雄厚的两个商家——渭南县高、马两家的宿怨了解颇深，对高敬轩捐弃前嫌、重归于好的襟怀和努力倍加赞赏；对他重义轻利、勇于担当的精神更是终生难忘。那是光绪二十年（1894）冬，李文鼎初次主政陕西。初来乍到，各方面人事很不熟悉。春节前，看到物价高企，货币紧缺，穷苦人家眼看难以熬过这个年关，街头到处都是衣衫褴褛的乞丐。爱民如子的李文鼎焦急万分，心想只有让银号当铺将借款利息降下来，穷人当得了衣物借得起钱，这个年就好过了。恰巧，有天他的大轿从高家银号门前经过，听师爷说，那个在店铺门里黑漆宽面长凳上坐着说话的俊朗绅士，就是银号大东家高敬轩。李文鼎让立即停轿，进店去和他商议。高敬轩笑着说："抚台老爷，您大人没开口我早就想到了。钱业商会已经给各分号各钱庄各当铺统一布置过了，从腊月二十三祭灶那天起，一律将月息从二厘降到一厘五。为了利于穷人过年，对短期借款，更是优惠到一厘三。请大人祭灶那天各处走走，凡不执行新利率的钱庄当铺，总会将捉一罚百。"接着，高敬轩说了一连串自己名下的钱庄当铺，不但要率先垂范，利率还可根据行情再降一些，然后躬身问道："这样做，不知大老爷您的意下如何？"李文鼎还有什么好说的呢？从此，两个人相识相敬，成为至交。几个月前，就在高敬轩得知儿子考中状元后，那次打破粮价垄断，低价平放"状元粮"的事件，李文鼎更是感触良多。说实话，他是在粮行总会裘十公那里碰了钉子，才去找并不经营粮食的高敬轩的。高敬轩的有力帮助给他在陕的吏治又一次赢得了口碑。当然，对于高家，李文鼎也存了一点儿私心，那就是，如果朝廷早日解除对高凤阙的通缉，将其引入门下，招为东床快婿，岂不更好？高凤阙画的那幅鸳鸯戏水扇面，捎回杭州，自己那痴情的黄花女儿已认作这就是定情之物了……

到京后，李文鼎很快被慈禧召见了。养心殿御阶上龙床左边光绪皇帝的龙椅空着，这让李文鼎颇感惶恐。他知道，太后此举，意在拉拢自己，不过，要在这个老太婆面前拍马溜须并不容易，何况自己本不是那号角色。

他们的谈话很快就导入高凤阙这个话题。

慈禧叹息说："唉！本宫老了，年轻的官员总以为我保守，墨守成规，死抱着老祖宗的成法不放。越是本宫给予过大恩的人越是攻击我，真叫人心寒哪！”

垂手而立的李文鼎听到这话，不禁打了个寒战，他不知老佛爷是真有所指，还是在敲山震虎，嗫嚅着问：“请圣母皇太后明示！微臣虽说不上年轻，但相信年轻的官员中，没有这种胆大妄为之徒。”

“你还说没有？”慈禧用鼻子哼了一下，“那个新科状元高凤阙知道吧？本宫都将他收为义子了，现在怎么样，在日本发表文章，公开攻击我！”

“圣母皇太后明鉴！”李文鼎啪啪两下捋掉马蹄袖头，跪倒说，“这是绝对没有的事。高凤阙来自陕西，微臣了解他，他不会如此胆大妄为！”

“你还敢庇护他！”慈禧一拍桌子，“看看这个吧！”说着，将一沓报纸摔在了地上。

李文鼎连忙将报纸拿在手中查看，全是些在日本出版的中文报纸，每张上面都有署名“凤阙”的文章，大概五六篇。凡有辱骂太后的文字，已用红笔圈点出来，粗细相间，纵横交错，仿佛元宵节里弄中被横幅和灯笼搞得横七竖八的天空。李文鼎一看，顿时傻眼了，额头上的汗珠止不住滚下来嗒嗒滴在了报纸上，他连忙用袖头拭去。

慈禧冷笑了一声：“怎么样，没话可说了吧？包庇钦犯，该当何罪！”

李文鼎双手颤抖着捧起报纸，大略浏览了两篇，多亏这位两榜进士独具慧眼，很快发现了其中的纰漏，他语气坚定地说：“太后，我读过高凤阙的文章，逻辑严密，文字精练，辞藻优雅，水平在微臣之上。这几篇文章，文理不通，词句粗糙。微臣斗胆敢说，这根本不是他的手笔。”

慈禧一听，几乎发怒了：“你还敢强词夺理，难道要本宫治你的罪不可？”

站在慈禧身旁的大太监李莲英一挥手，几个小太监一拥而上，就要捉拿李文鼎。

李文鼎一看慌了，连忙申辩：“圣母皇太后明鉴！微臣这里也有两封高凤阙从德国发回的书信，是陕西臬司截获后交到我手里的。高凤阙逃到日本后，没有停留，立即奔赴德国学习化工去了。书信上说，他日后不再过问政治，只求学好本领，以实业报效国家。这样的人，怎么会有心思污蔑太后您呢？”

这时，李莲英看了看太后的眼色，示意台下的小太监，一个小太监急忙将信件拿上去交给了太后。

慈禧细心翻看着两封信件，脸上的乌云渐渐散去。也许是经过两封家书的比照，报纸上那拙劣的文字相形见绌不忍卒读了吧，也许是信件上高凤阙那拳拳报国之心和耿耿赤子情怀感动了她吧，也许是她又想起自己那随风而逝的儿子和老来无后的命运吧，这个看似乖张暴戾却不乏慈母之心的女人微微闭上了双眼，眼角上挂着一颗混浊的泪珠。她长长叹了口气，缓缓问道：“李文鼎，你敢不敢为高凤阙担保？”

李文鼎对高家父子知根知底，早就有意救其脱离苦厄了。他咳了咳嗓子，那副娘娘腔陡然清亮如磬，直言不讳道：“微臣愿以本人和全家性命为高凤阙担保；至于陷害他的人，我最终会搞清楚的。”

许久，将头倚在镶金嵌玉的高帮椅背上打瞌睡的老佛爷动了动嘴：“你下去吧……”

没过几天，李文鼎很快得到任命，穿上一品朝服到农工商部上任去了；高家的事情也有了着落。

2

卢虫儿第二次进山，专为告知柳碧云一个石破天惊的消息……

高凤阙一案，如今有了最新结果。状元郎仍在逃亡，可能藏匿到德国去了；高家婆婆在第二次抄家中不甘受辱，跳水身亡了。现在，刑部大堂虽判罚三百万两白银即可解禁，但高家无人主事，罚金不知从何而出，可怜公公和小叔子仍在大牢拘押，两人疯癫病馁，眼看就要没命了……

柳碧云听罢，一声哀叹，连同坐着的绣墩一起歪倒在地，便人事不省了。

慌得妙能、妙可顾不得面貌丑陋，一把摘去碍事的面罩，手忙脚乱地和白牡丹共同施救。韩铁锤和卢虫儿两个大男人不知如何是好，进亦不能，退亦不能，焦躁得在屋内直打转转。

入冬以来，秦岭山中连续落下两场罕见的大雪，木材采伐运输进度大大加快了。由于不再演出，韩铁锤已令戏班子解散回家。天寒地冻，无处可去，自己和妻子留下来陪伴妹妹。

韩铁锤从小爱找别人碴子，三天不吵架就憋得心慌。看柳碧云依然双目紧闭，牙关紧锁，便揪住卢虫儿道："卢虫儿，你是当哥的，屁！丧门星，催命鬼！去他娘的，你咋不想想，高家人死绝了和我妹妹有屁关系？你刚回去了两日，又急忙上山，我还以为是带了硫黄火硝，好吹烟吹火呀！谁让你拿这些废话来给她听？是皮松了？来，再吃我一铜锤！"

卢虫儿吓得跪地求饶："好爷哩！我只说了一句闲话，谁知女菩萨就没气了。权当我没说好不好？我是歪嘴和尚念歪经，癞蛤蟆嘴大乱哼哼。"说着，自己掴起了嘴巴。

韩铁锤也是瓮里烧木炭，有火没处发，将卢虫儿摁倒在地，正要举拳打他，柳碧云啊的一声苏醒过来。

白牡丹和妙能、妙可惊喜万分，急忙给她喂水、整衣、抚胸。正是隆冬天气，屋内的木炭火盆因大家忙于救人早已熄灭，然而，三个女人的额头还是渗出一层细密的汗珠。

柳碧云浅浅呷了一口清茶，眼泪汪汪哭着问："卢施主，你快告诉贫尼，我那苦命的婆婆，她老人家果真跳水自尽了吗？她和公公都是我的大恩人啊……我在感业寺出家，他们不知如何打听到的，一百多里路赶去，捐出两万亩山林，那是要赎我回家啊！阿弥陀佛！我对不起他们二老啊……"

妙能、妙可劝她不要操心俗家的事了，感业寺遭焚到现在身体还没完全恢复，生不得一丁点儿闲气。这时，韩铁锤丢开卢虫儿，劝说道："妹妹，我说一句不中听的话，高家遭这个难也是报应！当初，那个高凤阙有什么牛气的，新婚之夜竟将你休弃，害得你吃了多少苦头！"

“哥哥！”柳碧云端正了身子说，“你太不了解我了！从今往后，不许你说高家的不是。”

“好，好！”韩铁锤涨红了脸说，“你还对姓高的恋恋不舍，高家没把你害死？你现在和高家屁不相干，怎么，还要护他？”

“韩施主！”柳碧云怫然作色道，“这里没你的事了，你和嫂嫂一块儿下山去吧！”

“走就走！牛吃草，鸭吃谷，各人自有各人福。你也太绝情了！”韩铁锤气哼哼地说。

“不是我绝情，是你太无情！”柳碧云红着眼圈道，“我当初被花轿抬进高家的大门，我今生今世就是高家的人了。我虽然被赶出门，受苦受难，死里逃生，但是，我心里明白，将我迫害到这步田地的不是我的丈夫，而是高家的仇敌——马家，是马家的老老少少！他们要侮辱高家，要看着高家败亡。你说，我怎能不为我那可怜的公公着急呀……”

柳碧云说不下去了，卢虫儿亦失声痛哭，禀告道：“庵主！头一次抄家那天，我在绿营军中，也去了高家。我特意找到你的新房，想抢一件你的心爱之物出来，给你留个纪念。结果，刚将一尊玉观音藏进树洞，就被发现了。马霸朝嫌我在众人面前丢了他的脸，出手凶狠，用皮鞭破了我的相，还狠心将我撵出了绿营。”

接着，卢虫儿擦了擦眼泪说：“凤阙出事后，马家投井下石，马二爷挂着奉旨钦差的头衔，亲自到高家二次抄家。他没抄到高家的全国商号名录，便坐镇省城，对大老爷和三公子连连用了重刑。现在，刑部大堂下了公文，核准了赎金数目，但仅有两个月期限。马家大爷马大牙已经用重金贿赂了臬司，眼看半个多月过去了，高家仍毫无动静。如果到期交不上银子，马大牙就要将高家三堂贱买到手，连同花园，拆掉改作圈场，圈养千峰骆驼，以此羞辱高家。你说，这口气能咽得下去吗？”

柳碧云悲愤地说：“这怎么能行？这不是骑在高家头上拉屎拉尿吗？”

卢虫儿说：“你赶快想个办法吧！”

柳碧云摇头说："我一文不名，就是想救公公，也拿不出那么多赎金呀！我那可怜的公公，只能眼看他……继续受苦了。"

韩铁锤气愤地说："房子的事好办！今晚我就回去，在他家后院放一把火，看他还养不养骆驼？"

"拆掉宅院养骆驼，"白牡丹苦笑着说，"亏他想得出来！不就是烧包他马家有银子嘛！"

说到"银子"，柳碧云蓦然想起一个流传已久的旧闻："你们听韩妈妈说过吧？那一年太平军北上，有一支打出秦岭大峪口，刚到引镇，西安城内银号的银子，没出三天，全被挤兑一空了。"

韩铁锤和卢虫儿拍手道："这倒是个办法，只是，到哪儿搬救兵呢？"

柳碧云想了想："咱们这是被逼无奈，船头上跑马，走投无路了！"接着，她对卢虫儿说，"卢大哥，劳你大驾，出面跑一趟。"

卢虫儿郑重道："你说吧，庵主！就是赴汤蹈火，我卢某也在所不辞！"

"是这样，"柳碧云说，"请你去一趟少华山，找矮脚虎的母亲。她当年流落成都时，受过高家老爷的大恩。矮脚虎是个孝子，他会听母亲的话。现在，唯有请矮脚虎出面，带人偷偷潜入西安城里，或文或武，虚张声势一番……"

不等柳碧云说完，韩铁锤抢先一步说："啊呀，我去上少华山搬救兵！大前年，是矮脚虎的母亲和我亲手放了高家老爷子，我们是熟人了，这回，她更应该鼎力相帮。"

卢虫儿不愿丢掉这个机会，争执道："你不怕他找你后账？"

韩铁锤大笑道："我早就和他了断了！"

卢虫儿问："怎么了断的？"

韩铁锤欲言又止，叹息道："唉，过去多年，不提了吧！"

韩铁锤看了看妻子，使眼色不让她说，快嘴的白牡丹哪憋得住，脱口道："矮脚虎扔下一把匕首，要铁锤自己了断。当着大家的面，铁锤二话没说，一刀捅进自己的肚子，多亏抢救及时……"

3

腊月里，董福祥的甘肃兵受荣禄之命，继续增调京城以加强防务，路过西安时，驻在南郊一带。这批甘肃兵，大多是收编的戈壁流寇，本就积习难改，纪律涣散，加之奉皇命开拔，一个个趾高气扬，目空一切。这是一个奇寒的冬季，西安的木柴木炭早已售罄，他们又是过往之客，临时难以征集。蹊跷的是，就在他们离开的那个黎明，西安南郊多处不约而同发生了火灾。

首先起火的是少陵原下的杜甫祠堂。进驻这里的是骑兵标营。他们一来到，便将廊房的椽檩门窗，套上绳索用战马拽下来，一律用作烤火。夜来在大殿聚餐豪饮，分食羊肉时你争我夺，踢倒的火炭燎及柴堆，终于酿成火灾。大火熊熊燃起，不但大殿被焚，还点燃了少陵原畔的林木。一时浓烟滚滚，火光冲天，直到他们逃离后，大火仍在燃烧。

第二个着火点是南稍门敌楼。这里本由西安绿营看守，其大部调往黑水峪后，仅留三四个老弱门丁轮流值岗，干些开门关门的事务。甘肃兵进驻后，由于人多，不到一天工夫，便将敌楼内储存的木炭全部烧光。夜间发现门丁私藏的木炭，双方由争执到斗殴，直打得门丁头破血流。开拔时故意点燃敌楼，要让门丁不得好死。

第三个着火点是唐代著名寺院，俗称“小雁塔”的荐福寺。原因大致与敌楼相似，一下子烧着二十多间僧房，多亏僧人扑救及时，没殃及整个寺院。

这支队伍是在腊月初八黎明前撤离的。清晨起来，当西安城郊的人们开门后，望着漫天的浓烟，发现街头到处都有哥老会张贴的进军檄文。言说多年来啸聚山林，驰骋河汉，壮大发展，如今浩浩荡荡已有十万之众。兹因当朝政治黑暗，官吏腐败无能，招致各国列强频频凌辱，陷我广大民众于水深火热之中，已到无以复加之程度。为完成反清复明大业，近日在南山峪口集结完毕，不日将攻占西安。着三秦父老勠力同心，携手相帮，莫要助纣为虐云云。

着火事件和哥老会的告示，两者本没有什么关联，但是，时间节点上的巧合，其效果如发酵的面团，在无限扩大和膨胀。于是，西安城内谣言四起，传说纷纭，有一致的，也有互相矛盾或相互否定的，人们真假难辨。一时间，城里乡外风声鹤唳，草木皆兵，人们惶惶不可终日，似乎一场大的变故和灾难像冰雹一样，马上就要落下来砸在每个人的头上。

风传最多的消息是：反清复明大军打进了南稍门，不信你去看，三个敌楼现在还冒烟哩……

还有人说城内两千多八旗兵，到少陵原阻击复明大军，结果，这些双枪（洋枪、烟枪）将被打得落花流水，只好以火代兵……

更有人说小雁塔早就是哥老会的据点了。僧房里堆满兵器，大刀长矛，洋枪洋炮，应有尽有。被官兵查出来放火烧了，整整二十多间僧房哩……

各种传言满天飞，说得活灵活现、有鼻子有眼，不由你不信。此外，还盛传各种神仙精怪都在纷纷现身，令人毛骨悚然……

在焦虑和惶恐中苦挨时日的西安百姓，将耐心最大限度地保持了两天，接着，一场前所未有的、狂飙式的银钱套现风暴席卷了整个西安和附近州县——

凡是银号、票号、钱庄、当铺、金店、银店、珠宝店，甚至银匠的银器，凡是存有金货银货抑或错金挂银的东西，仅仅在一天之内，便被疯狂的西安民众兑换或抢购一空了；而庄票、官票、股票、汇票、大清宝钞之类，却像废纸一样满天飞。这种对纸质货币不信任的恐慌情绪，具有极强的感染力。第二天下午时分，套现之风愈刮愈烈，小型钱庄已关门大吉，大型票号钱庄的门前则出现了夹着铺盖卷准备彻夜排队的长龙。这样，仅仅三天，连拥有“皇银股本”的马伯牙银号“盛泰隆”三家总号五家子号全都倒闭了……

那天，韩铁锤按照吩咐，偷偷潜入少华山。在潜龙寺大殿见到了矮脚虎的母亲。早在矮脚虎为母亲祝贺六十大寿时，韩铁锤已磕头认了“干娘”，加之共同解救过高敬轩，因此，无话不谈。

矮脚虎的母亲，原是千乘镇九龙马家的一个丫鬟。本姓李，因长相漂亮且有着一副银铃般的嗓子，故东家为她取名为“银铃姑娘”。长到十六七岁，她偷偷爱上了高府的艾春生，两个人私奔到了成都。这春生不会做生意，身子又懒，很快将带来的银钱花光了。李银铃肚子里怀着孩子，没法生活，挺着个大肚子仍给人洗衣缝补。一天，她在街头揽活时被高敬轩看见，寻到家中。因春生曾是高府的伙计，东家怜悯他，不愿看他们如此落魄，当即将自己经营的自贡乡一口盐井赠给他，可日进斗金。谁知这春生太不争气，有钱后，吃喝嫖赌抽大烟，无所不能，很快把家底踢腾光了，春生也得了花柳病不治而亡。后来，李银铃在他乡无法度日，带着三岁的矮脚虎沿街乞讨，终于回到了家乡。

由于有这段经历，李银铃永远将高敬轩当救命恩人看待，每日都在为他诵经祈祷。现在恩人有难，让她出手相帮，她当然义不容辞，慨然赴之。

矮脚虎这支土匪武装，最先被马霸朝清剿过，很快又放回山寨，令其年年进贡，岁岁纳捐，成为外快的来源。后来，这支土匪武装又被陕西哥老会相中了，暗中给了许多银钱和洋枪，收编在旗下，并派出二头目，彻底控制了这支武装。矮脚虎投靠了哥老会，自然以反清复明为己任了。因此，一经母亲劝说，便爽快答应下来。矮脚虎连夜带着几十个弟兄，怀里揣着二头目书写的檄文，第二天赶到西安，连夜张贴后，又在八旗兵的营地放了几枪，不等天亮已越城而去了。

这场突如其来的席卷西安的金融挤兑风潮，其迅猛程度是柳碧云事先没有料到的；接着，更令她惊喜不已的是，一个巨大的机会出现在她的面前：西安城墙修葺工程急需的木材，出现了很大的缺口……

4

按照惯例，每年腊月中旬，陕西木业商会会长田小欢都要东出潼关，亲赴河南开封这个中原地区最大的木材市场去视察一番。不仅要慰问在那里辛劳了一年的陕西木商，还要酬谢来自中原、华北、江淮和江南的二级分销商。这天，他带着十几名伙计刚刚出门，便被西安城墙工程征调局负责材料调集的渭南县知县景道蕴拦在了家门口。

“啊呀呀，来得早不如来得巧！”景知县从轿子里钻出来，一抱拳道，“田会长，请留步。城墙工程还有一件大事，需要劳您大驾！”

“县台大人，小弟出发本已迟了，能否回来再说？”田小欢没有下马，急欲赶上前面的伙计。

景知县拽住田小欢的马缰：“不行不行，十万火急，一天也耽搁不得！”

原来，为加强城防，在黑水峪采伐木材的绿营士卒全部撤了回来。这样，首批采伐的木材还遗留在山上尚未运回。春节临近，人们急着回家过年，召集民工搬运木材的告示贴出去十来天了，竟招不足二十人。可是，正月十五一过，整个城墙工程就要全面开工。那时，千军万马一齐开来，而脚手架还无影无踪，他这个七品芝麻官不但职务不保，脑袋可能也得搬搬家了，因此不能不焦急。

田小欢跳下马来，问：“大人的意思想怎么办？”

景知县办事从来干练，简短说：“第一，将你的民工全部召集来，春节不过了，先给我运木材。第二，黑水峪的木材根本不够，你再看好几片山林，本官价格可以给你提高！”

田小欢没给他面子：“大老爷，您上轿请回吧，我还急着赶路呢！”

景知县急了眼：“怎么，你不配合？难道要本县一条绳索拴了你不成？”

田小欢软下来说：“不让民工过年，我这里没这个规矩。再说，现在银票不如一张擦屁股纸，你就是提价，我也屙不出木材！”

景知县看他不再强硬，遂好话好说。不大工夫，两人议定：第一，木业商会的民工在家过完大年，初六即来运木；第二，另选一片山林进行采伐，木材质量不能低于黑水峪。每根木材比现价高出三钱银子，先期支付五百万两启动资金，银票当日汇出。

景知县走后，田小欢摸着圆脑袋又有些后悔：我的娘，让民工初六上工，这倒不难，动动嘴皮子也就是了。只是目前，除了黑水峪有原始森林，其他峪口，全是次生林，质量难得上乘。除非紫云山，可是，听说高家已将这片山林赠予他人了。新主人是谁，大海捞针去吧……

下午，田小欢正在家中喝着闷酒，一只从上海买回来的法国卷毛狮子狗，被它的三个小崽子从里屋追出来，躺在他面前的砖地上给它们喂奶吃。他看着那被拉扯得很长的灰白的乳头，母狗时不时回过头来想赶开它们，却犹豫地看看小崽子，眼睛里充满了怜惜。显然，它在默默忍受着疼痛。田小欢不禁感慨起这生灵所具有的伟大母爱了。忽然，一只大红公鸡率领着几只母鸡跳进门槛。看见异类，大红公鸡在母鸡面前要显示自己男子汉的英武了，喔喔叫着，伸长脖子，颈毛像辐条一样奓起来，扇动翅膀向狮子狗发起攻击。那外来的物种可能太温驯了吧，汪汪向主人求助着，且叫且退。田小欢害怕公鸡啄伤了小狗的眼睛，脱下一只棉鞋，狠狠向公鸡掷去。公鸡没被打着，喔喔叫着飞出门去。这当儿，门外一声哂笑："哟，怎么了，鸡飞狗跳的？"

说话的是他的姐姐田寡妇，还领着一个彪形大汉。这汉子好面熟，好像是戏台上的"棒槌红"。通报了姓名，果真是他。

田寡妇的丈夫在世时，本是陕西境内最大的木商，去世时将生意全部赠给了内弟，田小欢自然对姐姐十分敬重。一问，是要卖掉紫云山的林木，看到盖着大红官印的山林证书，小欢高兴得眉开眼笑。送上门的财宝，岂有拒绝之理，立即答应下来。

这样，韩铁锤很快将三百万两的银票交到了官府手上，而田小欢，坐地不动，发了一笔横财。

第十三章　寻亲途中

1

大病初愈的高敬轩，拄着一根讨饭棍子，跟在次子凤雏的后面，跌跌撞撞整整走了三天，方才赶到感业寺重建的工地上。可是，爷儿俩还是来迟了一步，没见到在这里做完水陆法会，刚刚离去的儿媳柳碧云。

高家父子是被韩铁锤和白牡丹从狱中接回家的。父子二人身上的伤口均已溃烂，不断发着高烧，多亏抢救及时，才保住了性命。不过，韩铁锤和白牡丹本是吃顿顿饭的，没什么积蓄，为高家父子看病，又借了些外债。他们在高家悉心照料了一个多月，看看父子二人病体好转，韩铁锤夫妇赶紧外出谋生去了。

一天，高家过去在西安的银号大掌柜到家来看望高敬轩，送来许多吃的穿的用的。言谈中，说马二爷抄家时太狠毒，除了将银号洗劫一空外，还将所有店员学徒全部关押起来严刑拷问，让他们供出高家的商号银号名录。大家感激东家平日的仁慈宽厚，没有一个肯说的，结果，有两个小伙计竟被活活打死了。说到这里，那个大掌柜忍不住失声痛哭。他说他的腰被打坏了，为看病变卖了所有家产，已经身无长物了。虽是这样，临出门硬塞给老主人一把碎银。高敬轩眼泪汪汪送他出门，叹息自己家道中落，身边除了疯疯癫癫的凤雏，再没有能撑起门面的人了。大掌柜问他怎不将你家大儿媳请回来，她这两天正在感业寺做法事哩！

得到儿媳的最新消息，高敬轩不敢耽搁，第二天便上路了。无奈碎银不多，没钱搭车，仅够买些香蜡纸表，两个人只好一边讨饭，一边日夜兼程。

感业寺的这场法会是居士田寡妇备办的。她自从十六岁嫁到后庄，便和感业寺结下了不解之缘。二十岁守寡到如今，二十多年过去了，凡遇到佛日或每月的初一、十五，都要到庙里烧香祈愿，更是尼庵各项法事慷慨的捐助者。两年前，尼庵在那场大火中被焚为灰烬，田寡妇无日不想着尽快重建这座古刹。她四处筹集香资，自己又出售了百亩水田，终于凑够了建造大殿的资金，趁着春季天长，择了吉日开工。柳碧云以及妙能、妙可姐妹们，是专门被她接回来为大殿奠基诵经做道场的。

高敬轩和儿子赶到的这天，正是大雄宝殿的“立木”之日。这无论在哪里，都是建设工程中极为隆重的大事。寺院虽身处方外，仍然和民间一样热闹红火。为了表示庆祝，与感业寺有来往的各大寺院道观和民间团体都送来了贺礼，曾在这里驻锡挂单的僧徒以及信众，也都自觉前来帮忙，充做各种杂役：或下厨烧饭，或招待来客，或跟着匠人拉下手做小工。总之，自己觉得能干什么就干什么，会干什么就操持什么，无人催促，全凭自愿。仿佛来到“各尽所能，和乐共处”的极乐世界一般。到了晚上，还有著名的戏班子献演唱戏。

可能当大殿落成时，比丘尼师父还要再次回来诵经吧，法坛依然保持着前几日做法事时的模样。春日暖融融的阳光洒满了法坛，四周高竖的各种旗帜经幢在微风中飘摇。那呼啦啦的响声，似乎是她们妙口吟诵的经句；那摆动的旗帜，似乎是她们清新可爱的面庞。工匠们正在紧张地立柱架梁，斧锛的砍削声，悬吊屋架时拉动绳索的号子声，善男信女们端茶送水的接应声，连成了一片。这火红的场面，看得高敬轩两眼发热。他咬咬牙，擦掉因灰心丧气而流下的眼泪，丢掉手中的讨饭棍子，让儿子将他披散的头发用一根麻绳拢在脑后，抖擞精神，走下料场，走向八人合抬主梁的队列中间，大喝一声：“我来!”从别人手中抢过抬杠的一头扛在肩上，随着亢奋的号子，一步步向大殿挪去。

抬木料是重体力活，特别是八人合抬大殿主梁，更是一点儿也不能含糊。大殿为硬山式建筑，其阔五间。这根主梁是中庭的顶梁，有两人合抱那么粗，两丈多长，两头拴着喜庆结大红绸带；大梁正中，贴着一溜红纸，红纸下方，覆盖着永远留在大梁上的捐献者的名号。为了表示吉祥如意，八个大汉必须将大梁一口气不歇抬到殿前的台阶上，中间不许有任何闪失。然后，围绕大梁，将举行一个小小的交接仪式。届时，早就等待在那里的工匠领班，当着众人的面，将揭去大梁上的红纸贴封，亮出并高唱捐赠者的名号。在掌声和欢呼声中，由这位捐赠者或主事人给领班敬酒并披红挂彩，互相表示祝贺，然后送上红包和礼品。最后，在鞭炮和锣鼓声中，主家和工匠齐心合力将第一根主梁端端正正吊装上屋架顶端。有言道“上梁不正下梁斜”，这第一根主梁的技术要求相当高，有世代流传的口诀默祷之：

燕尾槽，铆合窍，
鲁班祖师当头照。
有神灵，不怕高，
咕咚一声不差半分毫。

高敬轩扛着抬杠向前走了十几步，只感到头晕目眩，汗如雨下，浑身像从河里捞出来一样，再也无法挪动半步了。他看到自己扶着抬杠的手臂在微微颤抖。几天来，他几乎没有多少粮食下肚，乞讨得来的馍馍都给了儿子，自己只喝了施舍来的几碗面汤。他咬紧牙关坚持着又向前紧走了几步，突然，双腿发软，眼前一黑，想喊声什么，不等开口，扑通一声就栽倒了。由于他的陡然倒地，大梁千斤重的压力倾斜过来，他前边的那个壮汉因支撑不住，呀的一声也跌倒了。大梁瞬间跌落地面，差点儿砸着他们两人的腿脚。这突如其来的变故引得场地上一片惊呼。

“怎么了，怎么了，要狗熊了？”工匠领班跑过来粗暴地呵斥道，“不想干回去给老婆抱娃去！”说着，在倒地壮汉的屁股上连踢了两脚。

高敬轩在地上挣扎着极力想爬起来，但尝试了几次都失败了。还是那个倒地壮汉将他扶了起来。

八人合抬的大梁中途落地，这不仅让领班颜面尽失，更是犯了忌讳，被视为大不吉利。工匠领班没好气地抄起一根棍子，抓住那个让位于高敬轩的汉子，让他跪下来，口里骂道：“李三踅，你他娘的偷懒耍奸，怎把抬杠让给一个叫花子？来，先吃我二十棍！”骂着，棍子已落在李三踅的背上。

李三踅跪地哀求着：“大伯呀！不是我要让他，是他硬抢着抬的！”

工匠领班虽为伯父，仍不饶他，瞪着一双怒目道：“你耍奸就是耍奸，还敢嘴硬！”说着，棍棒又抡了下去，直打得侄儿又哭又喊。

高敬轩看不下去了，跪着扑过去护住李三踅：“领班大人，他说的是实话，确实是小老儿将抬杠抢在肩上的。要打要罚，你就对着我来吧！”

工匠领班余怒未消，嗔怪道：“你这个叫花子，真是狗逮老鼠多管闲事！你先看你，东倒西歪的，走路都走不稳，竟敢抢着来抬大梁？我不找你麻烦就是了。我打我家侄儿，与你何干？这是主人家未到，要是主人家来了，你敢替我向人家担保吗？”

高敬轩磕头说：“领班大人、各位师傅弟兄！感业寺重建，这是功德无量的善举。小老儿本应解囊相助，只因流落到此，穷困潦倒，我和儿子没有一文钱能捐献出来，只好来做一份义工。有耽误大家的地方，请多多包涵！”

工匠领班愤愤道：“你这个叫花子吃了灯草，说得轻巧！你没看，大梁喂地，大不吉利！唉，让我这脸往哪儿搁呀，我恨不能寻个地缝钻进去！我原谅了你，谁原谅我呀？除非你是这根木头的主家，不和我计较。”

这句话引来一阵笑声。善男信女中，有个妇女忽然认出了高敬轩，尖声叫道：“哎呀，你真是有眼不识泰山！这不是大财东高敬轩吗？你寻大梁的主家，这不，就是他！”

工匠领班瞪着眼啐道：“呸呸呸！一个叫花子能是高敬轩？你问问他，看是不是高敬轩？我敢拿人头和你打赌！”

那妇女果真要打赌，走过来两眼直瞪瞪地瞅着高敬轩问："我看你像是高家老爷子，你说，你是不是高敬轩？"

在这种场合，众目睽睽之下，高敬轩反倒不好意思了，脸一红道："不提，不提……"

工匠头儿得胜似的说："怎么样，输了吧！他怎能是高敬轩？你看看他那儿子，有没有当今状元家的气象？"

这时，田寡妇带人抬来了几笼屉刚刚出锅的热蒸馍，高凤雏见了，过去一手抓了两个，不怕烫着，狼吞虎咽就往嘴里塞。众人看了，不觉哄然大笑。

工匠头儿这一下更得到了佐证，鄙夷道："他是高敬轩？哄鬼鬼都不信！当我不认识？给你们说吧，二十多年前，我就认识他了。我将长子李万全卖给他当小马倌，嘿！高敬轩穿的是啥？是绫罗绸缎；戴的是啥？是水晶石茶色眼镜；双手一背，那个派头呀……"

工匠头儿虽这样说着，还是不住用眼睛睃他。跪在地上的高敬轩听说他的长子是李万全，不禁一愣，仰起头仔细打量眼前这位工匠领班。他五十多岁了，身材清瘦，面如古铜，那高鼻朗目，那能说会道的大嘴巴，俨然是另一个李万全。自从李万全五岁买到家后，他一直喜欢这个孩子，因此，将契约上他父亲的名字一直记得十分清楚，随之脱口而出道："李大有，是你呀！你看我是谁？我今天可算见到你了……"

李大有简直惊呆了，张大的嘴巴半天也合不拢，结巴道："你，你是……"

高敬轩眼里闪着惊喜的泪花，高声道："我是高敬轩呀！"

李大有连忙跪倒在地，叩头道："大东家，请恕下人不敬之罪！只怪下人眼拙，我只知道高家败落了，没想到……"说到这里，七尺高的男儿，竟呜呜哭了起来。

高敬轩宽厚地笑了："好了，好了！大水冲了龙王庙，一家人不认识一家人了！哈哈……"

这当儿，田寡妇带人用红漆托盘托着花红礼品走来了，看到这种景象，老远笑道："啊呀，巧了，巧了！我还说高家老爷来不了呢！这下可好，不用我代劳了!”

高敬轩向田寡妇施过礼，不解道:“请问大善人，您说代我什么劳?”

不等田寡妇开口，李大有用他粗糙的大手一把拉掉大梁上贴封的红纸，只见木料光洁的材身上用墨笔工整写着“渭南县四品道员高敬轩捐”十一个楷书大字。李大有激动地说:“您看看，这大梁，还有这里所有的木料，都是您老人家捐献的。您可真是感业寺的大恩人大施主啊!”

听到这话，高敬轩却丈二和尚摸不着头脑。田寡妇解释说:“妙空师妹听说要重建寺院，将紫云山最好的木料捐献出来了。这次来做法事，叮嘱说所有她捐献的木料，一律记在高家主人您的名下。她说不管高家是福是祸，她永远都是高家的人。您有这样的好儿媳，真是洪福齐天、功德无量啊……”

2

高敬轩这次到感业寺总算没有白跑，虽然没见到儿媳柳碧云，却和田寡妇以及晚上来演戏的韩铁锤和白牡丹共同议定了一件大事。商定五月端午这天，在高府知更堂门前的空地上，搭建一处法坛，请妙空下山来做法事，随后，由高敬轩收为义女。这样，做了尼姑的柳碧云就可以还俗了，离家四年的儿媳就可以名正言顺地重回高家了。

人逢喜事精神爽，高敬轩和儿子回家时，坐在韩铁锤为他雇的轿车里，一路上，浏览着窗外明媚的春光，听着节奏欢快的马蹄声，嘴里哼着流水板秦腔，他感到有生以来从没这么惬意过。临行前，待人热情厚道的田寡妇一定要送给他些银两，以便回去安家所用，结果被他谢绝了。一个大男人，怎能接受一个孤苦伶仃的寡妇的接济呢?何况，自己的后花园里，那棵石榴树下，还埋藏着三千两雪花纹银呢!三千两哪，可不是小数目，起出来最少可以用一阵子。善于精打细算的高家主人，脑海里立即出现了一簿花账账册，那第一项，首先是迎接儿媳做法事认干女儿的开支，接下来是派人出去到各省联络并收回高家商号银号的开支，当然，干女儿的脂粉钱是当即要交付于她的……

马车单调的颠簸很容易使人疲劳，高家主人将头靠在车篷的木框上几乎睡着了。不过，即便在梦中，他还是有几分得意，他为有这样的好儿媳而深感自豪。

回家的当天夜里，顾不得鞍马劳顿，高敬轩便催促儿子赶快动手。他提着一盏马灯，让半痴半癫的凤雏扛着镢头，在后花园一人多深的荒草中，寻找当年埋藏银子的地点。同治年间那场战乱后，高家在重建这座宅院时，于大厅底下，建有三个银窖。大多数商家也都如此，这是公开的秘密。经过二十多年的经营，当手中稍有节余时，为预防万一，以备有个天灾人祸，高敬轩带着李万全，亲自将价值三千两的白银埋藏在这里。这事干得很机密，除了他们二人，当时连杨夫人都瞒着。

这是一个没有月亮的夜晚。灯笼的光线十分昏暗，他们来到假山旁边，隔着丛丛蒿草，对面几乎看不到人。年老的高敬轩被复兴大业的豪气鼓舞着，回家后剃了头梳了辫子，虽骨瘦如柴，人毕竟精神多了。这次子凤雏本就性格内向，又在拷问中吓破了胆，如今屎尿不知，愈加疯癫，披头散发，如同鬼魅。初夏之夜，各种夜游的小虫子不时叮咬到他们的身上脸上，苦不堪言的凤雏只想撇了家伙回家。

高父敞开单布衫的纽扣，对儿子说："这里，你挖挖看！银子是我亲手埋的，整整装满五个瓷瓮，用桐木生漆封了口，不会错。在狱中这半年来，我只给你大妈说过，也没少给你提醒，只怕我倒下后再也回不来了……对，就在这棵石榴树下！"

凤雏从没干过体力活，眼下提着镢头，东挖挖，西刨刨，总也挖不深，满脸疲惫道："爸！你听听，这底下全是实的，没一点儿空洞声！"

舐犊情深的高父从来没责备过凤雏，看他懒散的样子，痛心道："你呀，从小娇生惯养，什么也干不了。现在落难到这个地步，还当你是少爷哩，一点儿不知长进！我只有一只胳膊，唉！真是恨铁不成钢啊……”

正在怨天尤人，这呆子凤雏忽然魔法附身一般，来了一股子邪劲。他扬起镬头一阵猛刨，一口气不知抡了多少下，只听哐啷一声，虎口震得生疼，仿佛碰到了什么硬物。两人惊喜异常，蹲下去刨开虚土，捡到一块瓷瓮片，两人异口同声道：“找到了，找到了！”高父将打碎的瓷瓮片拿在手中反复端详，有些莫名其妙：“哎？不对，应该先挖到盖子！”说着，两个人你看看我，我看看你，这才有些惊慌，感到大事不妙。

这一惊非同小可，本就痴呆的凤雏更是一副呆相，只把两眼直愣愣瞪得老圆。高敬轩好半天才缓过神来，发狠道：“挖！不见个水落石出，绝不罢手！”

父子俩一直挖到下半夜，刨出的不过是更多的回填杂物，至于完整的瓷瓮，一个也没寻着。三千两白银就这样不翼而飞，化为乌有了。

夜深了，露水将新翻的泥土打得湿漉漉的，高敬轩倒在湿土地上，望着黑沉沉的天空，暗自哭泣着。一个宏伟的复兴计划就这样破灭了，如同脚下这些瓷片，支离破碎，七零八落。他心如刀绞，再也没一点儿气力说话或喝令儿子了。凤雏虽然疯癫，倒还懂事。他将燃尽蜡油而熄灭的蜡杆从灯笼里退出来，重新用火镰打火点着，举在父亲面前，用汗湿的袖头为已然满脸沟壑的父亲细细拭去眼角的泪痕。

不知过了多久，听得墙根下的草丛中有一阵窸窸窣窣的响声。那声音响了很久，只不过先前没有注意罢了。有点儿像刮风，又像有什么人在走动。然后，响声一直从后窗延入空荡荡的大厅，接着，听到有人在低沉地哭泣。他们不知是谁在哭泣，更不知缘何哭泣，吓得毛发倒竖，浑身打战。一摸身上脸上，竟渗出一层黏糊糊的冷汗。

高敬轩想不出是谁将银子盗走的。他从韩铁锤那儿知道，乾隆御匾被奉旨钦差马仲奎摘下来收在了马府，不过他并没有得到高家商行总号名录。那么，这银子和总号名录怎么会消失得无影无踪，它们究竟到哪里去了？难道夫人杨氏将它告诉过什么人……

高敬轩一动不动地躺在新翻开的土地上，衣裤湿透了竟浑然不觉。迷糊中，忽然看到夫人杨氏哭哭啼啼向他走来。夫人全身水淋淋的，仿佛才从水池中爬出来一般。她神色慌张地哭诉说，她对不起夫君，没有保护好交代的两件事情。高敬轩正要打问它们的下落，夫人说马二爷带兵丁追过来了，急慌慌跑开去，一边跑一边回头吟诵道：

坏的坏来好的好，
好坏最终各分晓。
一旦天碧彩云出，
柳树枝头艳阳高！

高敬轩在后面紧追着，一把没有抓住，夫人从水榭上跳了下去……

高敬轩惊醒了，怨恨自己怎不跑快一点儿将夫人拉住问个明白。半天，他颇感疑惑地揉揉眼睛，起身让儿子收拾家具回屋。这时，忽然听到后面的墙头下有人唤凤雏，声音软绵细微，如同从地下发出的一般。两个人连大气都不敢出一口，心想，奇怪，今晚真是遇到鬼了！

那声音仍在轻轻呼叫，这回听真切了，是一个女子的声音。难道死去的杨夫人复活了？正在疑惑，墙那边已有人向他们喊话：“凤雏！我是赛花，别怕，就我一个人！”

高家父子终于明白了，来人是马家的长女马赛花。高凤雏一直和马赛花暗中相恋着，如不是两个世代仇家的阻隔，早该合婚一处了。在狱中这半年多，马赛花曾偷偷看过他们一回，因此，高父并不反对凤雏和她接近。

这花园里面高外面低，马赛花踮着脚，仍然够不着墙头。她仰着脸说：“你们是挖什么宝贝吧？早叫人挖走了！”

凤雏问：“你怎么知道？”

马赛花说：“深更半夜的，有个响动，土地爷爷睡不下，让它声传十里！”

凤雏问：“你知道是谁挖走了？”

黑暗中看不清马赛花的脸，只听她默默说：“不知道……”

凤雏正在叹息，忽然哐啷一声，似乎有什么东西从墙头扔了过来。马赛花说：“我给你包了三两银子，先拿去吃饭吧！”

3

自从哥哥韩铁锤将高家老爷子要认柳碧云做义女的消息带上山后，柳碧云的心绪纷乱了。她再也不能平心静气地诵经了，敲木鱼的槟榔小槌常常不是快就是慢，节奏很难像从前那样闲适统一。她急切盼望五月端午的到来，以便下山还俗；不过，心里又颇为矛盾和惶恐。妙能、妙可两个师姐怎么办？自己答应过她们永不分离的；高家现在一败涂地，自己一个弱女子，又久离尘世，能撑得起这个体无完肤的家吗……

近几日，妙能、妙可显然又和她打别扭了。凌晨做早课赖床不起，念经坐蒲团另择他处，斋堂用斋动辄冷语相讥，洒扫观音洞长久不见出来，不知在里边搞些什么名堂。所有这些，柳碧云都宽厚地原谅了，心想：你们发哪门子急呀？有我落脚的，就有你们落脚的；我只要到了高家，在后花园专为你们修一座庵堂，将你们供养起来还不行吗？当然，这只能是后话，等见了我家公公说明一切就是了。

这天中午，柳碧云在斋堂下厨亲手做好斋饭，久久不见两个师姐回来用斋，她好生奇怪，莫非观音洞里有狼，将她们吃了不成？遂到洞中去看。这两天，山里向阳的山坡麦子已经泛黄，农夫农妇们正忙于磨镰备杈轧场套碌碡，来观音洞烧香的人不是很多。在洞口，柳碧云碰见两个信婆子，一问，方知两个师姐到顶洞去了。观音洞是一处溶洞，其中有许多窄巷小道，洞洞相连，路路相通。顶洞是观音洞上方的一条斜洞，因为有天窗透风透亮，倒是个十分隐秘的去处。柳碧云刚刚来到顶洞下方的台阶口，只听妙能问：“师姐，下来这一针该扎哪儿了？”妙可说：“扎她的心，谁让她变心！咱两个被大火毁了容，她倒如花似玉一般。现在烦咱俩了，要抛弃了，说话不算数了！只有扎她的心，她就死定了！想把咱俩扔下，没那么容易！”妙能又问：“那高家老爷子呢？”妙可说：“他断了一只胳膊，扎他的另一只胳膊，让他也不得好死！”

柳碧云听到这里，十分震惊。两个师姐早就皈依佛门了，没想到修行多年，仍不具备善愿善心，搞这一套没来由的“巫蛊”把戏。难道正如祖师窥基法师所说的那样，“人无佛性，永不成佛”。柳碧云本想就这样悄悄地离开，转念一想，应该给师姐把话说开，免得她们疑神疑鬼，心中老是怨恨。她轻轻干咳了一声，朗声笑问：“两位师姐，午时已到，怎还不下去用斋？”

妙能、妙可慌忙转过身，顿时惊呆了，然后语无伦次道：“你、你，你先用吧！我、我们不饿！”

她们反背双手，似乎将什么不可示人的东西藏在身后。被大火烧得残缺不全的面孔如同面具，看不出什么表情，唯有四只黑溜溜的眼睛在狡诈地闪动着，极力掩饰着内心的惊慌。这时，一缕正午的阳光从洞口上方的天窗透进来，将两个摘掉面罩的尼姑照射得如同可怕的两脚怪兽。

柳碧云不愿看到她们在干什么，非礼勿视，污浊的东西有什么好看的。顿了顿说：“师姐，快下去用斋吧！斋饭过后，我想和你们谈谈。阿弥陀佛，善哉善哉！”

妙可知道事情败露，心想不如先发制人的好，便气势汹汹道：“别急，还是把话说清！”

柳碧云遂将自己的打算说了一遍，妙可讥笑说：“你这是画饼充饥，哄小孩子吧？”妙能附和道：“对呀，对呀！我们就那么容易欺哄，你家老爷子要是不同意，不是鸡飞蛋打了？把我们扔在这荒山野岭，我们找谁去呀？哭都没眼泪！”情绪激动的妙可突然变得难以自已，连哭带喊道：“你真狠心呀，怎么说走就走！看你一拍屁股多轻松，有家有业的，多风光！可我们呢？我们还不是为了你，才烧成这样，人不人，鬼不鬼的！这一生怎活命呀？呜呜……”妙可的失态，将妙能吓了一跳，不过，她从来都是妙可的应声虫。看到妙可痛哭不已，也旋即哭天抹泪地跟着号啕。

柳碧云流着泪，挺为难的，两个师姐确实是自己带累的，自己应该为她们的一生负责。沉默了一会儿说：“好吧！我答应你们，同生同死，咱们一块儿下山吧！”

中午用斋时，三个人都默默地想着心事，谁也没吭过一声。吃完斋饭，柳碧云正要收拾碗筷，突然大门口一阵哭声，接着，一个披头散发衣衫褴褛的青年男子闯了进来，跪在庭院当中哭喊道：“大嫂啊，快去救救咱爸吧！他和我来找你，病倒在山路上了！”

在这与世隔绝的深山尼庵，突然听到“大嫂”的称呼，既刺耳又陌生。三个尼姑互相看看，一霎时都愣住了。

柳碧云走出斋堂，围着这个小伙子将他左看右看，打量了半天，方才想起来，这不是自家的小叔子高凤雏吗？他怎么寻到这里来了？连忙说：“你快起来，到底怎么回事？”

已经恢复平静的妙可，端来一碗水给凤雏。他接在手里，咕咚咚一口气便喝光了，然后，用袖头擦擦嘴巴对柳碧云说：“大嫂！咱爸为了迎接你回家，晚上带我到后花园，去挖他先前埋的三千两银子。结果银子早被人盗走了。爸说没钱搭彩台迎你，就只好步行来接你了。我俩走了四天四夜，爸的旧伤口溃烂化脓了，一路发着高烧，在下面山崖下，他实在走不动了，让我来唤你……”

高凤雏虽然疯癫，但毕竟读过诗书有些文化，事情交代得倒也明白。

柳碧云问：“那地方叫什么名字？”

高凤雏摇了摇头。

柳碧云又问：“那附近有人没？”

高凤雏又摇了摇头。

柳碧云焦急道：“哎呀！这山里狼多，为啥不找个人家让他歇着？”

高凤雏哭道：“他一坐下就起不来了，我如何背得动他？爸用手指着山上，说，‘去！别管我，一定将你嫂子接回家。’说完，就倒下了。”

柳碧云带着凤雏和妙能、妙可，拿了水和食物，飞也似的向山下奔去。凤雏离开时，只怕迷路找不到原地，将随身携带的一个蓝花布包袱挂在父亲头顶的松树枝上。那里面是他们用马赛花给的三两赠银，为柳碧云添置的俗家衣裙。看见蓝花布包袱，高凤雏不禁惊呆了，那下方的大石头上没见到父亲，旁边仅有一摊血迹。他们顿时慌了手脚，哭泣着，呼喊着，赶紧四下搜寻。在一片凌乱的草丛中，找到了父亲的那顶硬壳玄缎小帽和一只穿了帮的鞋子；在不远的沙地上，找到了一根带血的腿骨。他们一直搜索到太阳落山，又叫来几个山民打着火把，寻遍了附近二三十里的沟壑，结果，除了看到一些血迹和捡到一些衣服碎片外，其他一无所获。

东边的山嘴咬着一块黑色的太阳，夜来栖息在山林里的老鸹，像乌云一样惊飞起来，开始了一天到山外觅食的征程。帮助柳碧云寻找公公的人们，经过整整一夜的奔波，怀着失望、恐惧和痛苦的心情，重又回到了大松树下。柳碧云和小叔子抽泣着，将父亲遗留的鞋子、帽子和腿骨收敛在一个木匣子里，郑重地祭奠在大石头上，点上香烛，燃化纸钱冥表，长久地跪在地上做着祷告。焚过的纸钱像黑色的蝴蝶，飘飘摇摇，婷婷袅袅，在潺湲溪涧的上空，随着清新的山风，一直飘落到很远的地方。

第十四章　首建奇功

1

天刚蒙蒙亮，知更堂的大门吱呀一声打开了。一身民妇装束的柳碧云挎着一个蓝花布包袱，带小叔子高凤雏闪身走了出来。他们急急忙忙向镇子的马车店奔去，以便搭乘第一趟去西安的马车。高凤雏痴呆呆老走不快，孩子一样揉着睡意蒙眬的眼睛，柳碧云不得不回过头等他，于是，清晨寂静的街道上清晰传来叔嫂二人的对话：

“大嫂，咱走这么早干啥呀？”

“到西安去呀！”

“到西安去干啥呀？”

“到西安去找咱的银号大掌柜呀！”

“找银号大掌柜干啥呀？”

“找银号大掌柜重开银号呀！”

“重开银号干啥呀？”

柳碧云的眼圈湿红了：“争面子！为咱死去的爸和咱死去的妈……”

柳碧云是七天前扶着公公的灵柩回到高府的。将公公在祖茔下葬后，又在坟头旁守丧三天三夜。三天来，她无日不感念着公婆的恩情。从儿时模糊的记忆中那一次次对自己的接济，到嫁过门来的不离不弃；从自己剃度前他们寻到感业寺的苦苦劝说，到这次公公在石洞庵山下的不幸遇难，他们真如自己的亲生父母一般。如果说知恩图报是人类品德的本能体现，那么自己怎样才能报答公婆的知遇之恩呢？眼睛哭得肿得胡桃一样的她，最终立下一桩誓愿：今生今世，必须将公公生前的所有生意全部夺回来，不达目的，誓不罢休！刚刚还俗的柳碧云压根儿不知道生意该怎么做。少小时她学过唱戏，出家这四年她学会了念经，做生意肯定不会像唱戏和念经那样轻松。她曾听人说，商场如战场，那是一场无法预知结果的生死搏斗。生也罢，死也罢，为了公婆的荣誉，为了那个流落海外的丈夫，她决定豁出去了，一定要把高家的门面撑起来。公公埋藏的银两不见了，高家在全国生意总号的名录不见了，“第一商帮”的御匾被人抢去了，两眼一墨黑的柳碧云简直是老虎吃天无法下爪。思来想去，她突然想到凤雏说过，有个西安银号大掌柜曾来家看望过公公，不如找他讨个主意。主意打定之后，柳碧云央求娘家兄嫂留下来帮她看家，安排卢虫儿做她的管家，妙能、妙可一边在后院念经，一边做些杂务。

柳碧云和凤雏在西安的街头整整寻找了两天，也没打听到银号大掌柜的住处。一是因为凤雏想不起自家银号的名称，更不知这位大掌柜的姓氏；二是自从去年腊月发起那场金融风暴后，半年过去了，直到今天金融业仍在大萧条中。垮的垮了，卖的卖了，当的当了，许多铺面都关着门，要找一个知情的人实在是难上加难。

晚上，叔嫂二人拖着疲惫的身体回到客栈，凤雏饭也不吃，一头倒下便再也不肯动弹了，任凭嫂嫂将一碗热乎乎的臊子面端在他的床头，只是嚷着要回家。柳碧云伤心透了，这样软面团一样的人儿，今后怎样做自己的帮手？难怪公公在寻找自己的路上会累倒，这个凤雏真是灯草秆靠不住啊！

柳碧云暗暗抹了一回泪，事已至此，有什么办法，都是自己命运不济啊！柳碧云咬咬牙，硬将小叔子从床上拉起来，捉着筷子，一口口递着给他把面条喂下去。

凤雏吃完面，又喝了些汤汤水水，人一下子有精神了，嘻嘻哈哈姐呀、嫂呀叫个不停。看到小叔子披头散发衣冠不整的样子，柳碧云蓦然悟出为什么人们对他俩唯恐避之不及而不愿多说一句话的原因了。原来，人们以为她领着一个随时会发作的疯子啊！柳碧云趁着去灶房还碗的机会，打来一铜盆热水，借来一把剃头刀，要亲自给凤雏剃头。

凤雏本就身体羸弱，疯癫以来，病病歪歪很少剃头了，做嫂嫂的只有好言相劝，什么马赛花等着你呀，新郎官哪有不剃头的呀，直说得傻子凤雏咧着嘴痴痴地笑，随即将蓝花布包袱抖开，自己围在脖子上，催促嫂嫂快点儿动手。

看到蓝花布包袱，柳碧云不禁黯然神伤，扑簌簌掉下泪来。这就是当年自己刚到感业寺不愿削发剃度时婆婆和公公去看她所拿的那个包袱皮了，这就是公公用马家姑娘的赠银为迎接她下山购置衣服所包的那个包袱皮了。睹物思人，柳碧云不由得心如刀绞。

等待在板凳上的凤雏久久不见嫂子动手，扭过头发现她撩起衣襟正在拭泪，惊愕地站起来问："嫂子，你怎么哭了？"

柳碧云强打精神："不，我没哭，是一个蠓虫飞进眼睛里了。"

凤雏迟疑道："来，掰开眼皮，我给你吹吹吧！"

柳碧云说："不用，眼泪将它冲出来了。"柳碧云说着，摁凤雏坐下，用热水洗了凤雏的头，在额顶焐上热毛巾，随之打开剃刀，扯着自己的衣襟，将刀刃在上面蹭了蹭，拿下毛巾，给凤雏开始剃头。柳碧云手指轻盈，刀法娴熟，一会儿便把前半个头剃光了，反复刮干净后，又为他静静地剃掉毛毛糙糙的胡须。经过这番收拾打扮，凤雏的面貌焕然一新了。锃亮的头皮，干净的下巴光溜溜的，面皮比原先白净多了。傻乎乎的凤雏用手在头上下巴上反复摸着，不好意思地笑着，眼睛里涌出感激的泪花。凤雏虽然痴癫，却掂得来亲疏好坏，不等柳碧云收拾好桌凳，陡然跪在她的膝下，死死抱住她的双腿说："嫂子，让我叫你一声妈吧！"说着，呜呜哭了起来。

柳碧云问："你这是做啥？"

高凤雏哭道："我从小死了亲娘，是大妈将我一手带大的。她将我看作亲儿子一般，如今她跳水死了，我再没有亲妈了……”

柳碧云知道凤雏的疯癫之所以难以治愈，那是因为亲人的相继离去带给他过多的悲哀，他受伤的心灵多么需要用母爱抚平呀！遂忍住泪水，笑着说：“这样吧，你读过诗书，知道包公包文正的故事吧？他从小死了娘亲，是他的嫂嫂把他抚养成人的。他管嫂嫂叫‘嫂娘’。我比你大一岁，不能叫‘娘’，你就只叫声‘嫂娘’吧……”

后半夜，惯于打坐的柳碧云正在床铺上盘坐诵经，突然凤雏踢开房门闯了进来，不等柳碧云开口，惊喜地说：“嫂娘！我想起来了，咱家的总银号叫德兴昌，那个大掌柜姓张……”

有了字号，有了姓氏，张大掌柜的家很快就找到了。而且有人说，那掌柜名叫张和顺，本是山西票号大德兴在陕西的二掌柜，后来被高家老爷挖过去开了德兴昌。现在高家犯了事，牌子摘了，人被奉旨钦差打断了腰，正在家躺着哩！

张家的子女很不友好，听说是高家的人来找老爷子，一气之下竟将奉送的德懋恭水晶饼和老童家腊羊肉扔了出来，口里嗔道：“你们把我爸害死了，还用得着来看他？他本来在大德兴好好的，谁知跟了你们高家，被奉旨钦差打成这样。如今还没死，你们就赶着送葬来了！”一边说着，满屋子已哭天号地，悲恸起来。

柳碧云带着凤雏，跪在房檐外台阶下，顾不得湿漉漉的地面上满是绿苔和倾倒的药渣，一边磕头一边哭道：“张大伯呀，您老人家受冤枉了！我们看你来了，你老人家怎么样啊……”

张和顺虽然气息奄奄，却没有死，待清醒过来听到院子里有生人在哭，将头在枕头上转过来，咳喘道：“东家的人……来……来了吧，不见东家……我……我咽不下……这口气呀……”

子女们这才招呼来人进去。柳碧云和凤雏是跪着一步步爬向炕沿的，口中哭道：“大伯呀！我爸让我看你来了，他老人家放心不下呀……”

当然，他们不敢说父亲已经遇难亡故了。重孝期间，踏进别人的家门被视为犯忌的大不吉利的行为。

张大掌柜艰难地举起枯黄的干柴一样的手臂，颤颤巍巍伸出三根指头，断断续续道："回去告诉大东家……赶快筹钱……收……收购银号。不出三个月，准翻番……大东家从来都是……从来是……韩信……点兵……"

张大掌柜不等说完就断气了，布满皱纹的嘴角上挂着一丝安详的微笑。在他告别人世的最后一刻，还用三个手指重重地捏着凤雏的手，那是以他精明的生意人的头脑和慧眼，忠心耿耿地给东家暗示这场大生意的最佳契机。

2

有一种人做生意，嘴上说得天花乱坠，就是不愿给货，就像街头贪婪的肉贩子卖肉，只说不割。

只说不割的肉贩子如果为的是钱，这倒容易，议定更高的价钱就是了；如果他另有所图，这就很麻烦。

柳碧云遇到的是第二种情况。

在田寡妇的引荐下，急欲借款的柳碧云见到了陕西木业商会会长田小欢。田小欢四十岁上下，个头不高，圆头圆脸圆鼻头，见人笑嘻嘻像个弥勒佛。他笑着时，弯成月亮的两只眼睛里，黑溜溜的眼珠子总在不时打量对方，待笑容僵在脸上，就可能有一千个算计你的主意出来。或拉你上钩，或推你下水，或让你脱了裤子喊光荣。他有一句流传很广的名言："哄死人不抵命。"

首次登门拜访，田小欢正蹲在客厅的脚地给他的法国狮子狗喂食。原先的三只小崽子，有一只被大红公鸡啄伤后昨天刚刚死去。狗妈妈失去儿子，哀哀叫着不肯进食，田小欢眼角挂着泪，样子比狗妈妈还悲伤。后院仿佛有谁在杀鸡，那垂死挣扎的叫声很刺耳。那是田小欢在惩罚那只惹祸的公鸡，将它双腿捆绑起来倒悬在葡萄架下，让它尝尝死亡的滋味。看到姐姐带着一个年轻漂亮的女子进门，他立即站起来，用手背揩掉眼角的泪痕，伸手去接柳碧云拿着的礼物。田小欢虽然有几房妻妾，但仍然喜欢搞女人。他的眼睛是称量女人的秤，一眼能看出过往女人的身世和品行。机灵的主人没忘记在承接客人手中的礼物时，趁机试探她池水的深浅，故意用手指碰了一下她的玉腕。那种皮肤的偶然接触异常敏感，会心照不宣地在两个人的心中留下深刻而鲜活的印象。如果愿意上钩的话，接下来的让座和端茶倒水，不过是表面文章，两个人的情感在眉来眼去中已暗度陈仓了。

田小欢是田寡妇的小弟弟，平素在姐姐面前随意惯了。他料定来人是为借钱，而且数额不小，故意海阔天空地神侃着，吹嘘自己走南闯北的广见博识，把话题扯得很远。什么南方人的马桶，比锅盆碗筷都洗得干净；什么扬州瘦马院养的女子，晚上睡觉一律将双腿捆着，生怕因为痒痒而抠破那个神秘的地方；什么延安府的宝塔山，其实是为一个妓女耸立的……他说得眉飞色舞，嘴角上唾沫如花。在生人面前，特别是在一个从未谋面的年轻女子面前说出这些骚话，可谓出言不逊。田寡妇虽然一再暗示他别说下去，但怎禁得他口若悬河。他此说的目的，在于观察来人的反应。也许是那只垂死公鸡的鸣叫令他心烦吧，观察的结果是捉摸不透。这个名叫柳碧云的女子，既美艳高贵，又和蔼可亲。她不像有些浅薄女人那样一经点染，就投怀送抱；也不像有些贵妇人那样，盛气凌人，不可一世。柳碧云热情地迎接着你的目光，但很有分寸；她时而礼貌地微笑一下，又不失时机地敛声静气。这种不亢不卑的态度，简直是折磨田小欢了，让他心猿意马，垂涎三尺。

借款的事一口便答应下来，田小欢说，明天具体谈细节，在钟楼开元寺的茶坊。

那只讨厌的公鸡没死，自始至终在抗争般鸣叫，给整个接待演奏着一种令人窒息的噪声。临出门，田小欢叮嘱姐姐，明天就不必陪同了。

开元寺坐落在西安城内钟楼的东南侧，因始建于唐代开元元年（713）而得名。清康熙年间曾对其进行过修葺和扩建，但是，随着国运日衰，如今仅剩下一座大殿和七八间僧房，僧人也多是四方的云游僧。倾塌的殿宇久未修复，其旧址上，却雨后春笋般搭建起一排排高高低低的棚户。这些简陋的临时建筑与周围民房连成一片，成为外来人口聚集的小商品市场。商兴则妓兴。这里主要被来自扬州、苏州、浙江和上海的妓女占领着。除了遍地的妓院挂着招牌和当家女子的粉牌外，在茶坊、相声摊子、说书摊子、小戏园子、大烟馆子、赌博场子、耍把戏摊子、相面摊子、拆字摊子、代写书信诉状摊子的周围，都有浓妆艳抹操着吴侬软语的妓女在拉客。选择在这个妓女出没的地方与柳碧云谈生意，本身就很暧昧。田小欢的意图不言自明，那就是，让这位漂亮女人开开眼，伺机将她拉下水。

第一次和第二次的谈判均没有触及正题。田小欢兴致勃勃只是大谈女人，而且语言更加露骨，甚至还动手动脚。柳碧云强忍眼泪，间或淡淡拒绝一下，搞得田小欢很不高兴，借钱的事当然无从谈起。

回到客栈，柳碧云很是犹豫，没吃饭就躺下了。小叔子问她钱借到了没，她却向他发了一通脾气，吓得小叔子流着眼泪跑回了房间。

这一夜，柳碧云翻来覆去想得很多。她想：商海是男人驰骋的世界，不比过去在家做针线活，女人要在这里立足太难了。借款需求人，进货需求人，运输需求人，卖货需求人，总之，抬脚举步处处要求人。过去对付马霸朝，一把剪刀就将他逼退了；但是现在不行，不能那么简单。作为一个女人，如果在商海曲意逢迎对自己有非分想法的男人，招之即来，有求必应，肯定是失败的；不但做不好生意，还会落得个一钱不值的下场，被人斥为“烂货”。但是，板着面孔铁板一块不苟言笑，人家会敬而远之，结果会自我封闭，四面碰壁。商海是一个特殊的领域，女人要想在这里如鱼得水，需要有大智慧、大气魄。什么是大智慧、大气魄，那就是压倒一切和你谈判的男人，绝不在他们面前服输、服软。话说得粗一点儿，那就是：我是你的“大姆神”，我是你妈妈、你姑奶奶；你是我儿子，是我十月怀胎从下边生出来的。我和儿子还计较什么？让给你一个大奶头吃去吧，权当我把你娇惯坏了。这样一想，柳碧云心宽了，气顺了，脑海里顿时涌出千条万条对付田小欢的办法……

天色未明，柳碧云便起床了，她特意将自己打扮了一番。脱掉近几天来的村姑装，穿上公公为她购买的绫罗裙装，戴上了云髻高耸的假发，还涂了胭脂口红。客栈没有西洋水银玻璃镜子，只好借助昏暗的油灯，看一看对面粉墙上她的身影。虽然面庞无法看清，但只看那装扮，那身材，一定会将田小欢镇倒的。

柳碧云带着小叔子按时赴约来到茶坊，站在门口东张西望的田小欢起先没认出来，待看清是柳碧云，虽然见她身后跟着一个男人，还是大喜过望。田小欢正要招呼进去看座，柳碧云语带讥讽道：“不用了，田大哥！喝了你两天茶，都没味了！今天我请客。快到中午了，西秦饭庄的包间我都订好了！”

田小欢的面子搁不住了，连忙说：“好，好，好！今天我掏钱！”其实，他早就想带她去吃饭了，只是时机未到。如能借机将这位绝代佳人用酒灌倒，从而一遂心愿，那才叫风流呢！两天来这女人水泼不进，针插不入，如同对着一截木头，本想今天再见一面就拉倒，现在听到此话，他乐得每个毛孔都龇牙咧嘴地笑开了。

西秦饭庄的二楼包间很优雅，田小欢是这里的常客，熟练地点了一桌陕西名菜，接着又要了一坛红头泥封窖藏老西凤。田小欢素来以海量著称，心里暗笑道：好啊！今天撞在我手里，算你倒了八辈子霉，看我怎样灌得你脱了裤子叫干爹！

柳碧云和小叔子刚刚坐定，田小欢一边用他的犬齿咬断酒坛子上包着的红绸丝线，一边斜着眼满脸阴谋地诡笑着：“小美人，想通了？”

柳碧云站起来用手帕在他的肩膀拍了一下：“哎，应该想通的是你。两天了，我的正事还没谈一句呢！”

田小欢吐掉含在嘴边的丝线，一边给三个大杯斟酒，一边老到地说：“好办，好办，不就是借几个钱嘛，无酒不成席，酒中有生意嘛！”

柳碧云从来没喝过酒，看到拳头大的青花瓷杯，先自惊得汗毛倒竖。定了定神，心里想道：“我的儿！今天和老娘拼这个，你太小看老娘了！老娘才不那么傻，要让你木匠做枷自己戴，铁匠打箍自己钻。你就是自斟自饮老娘还嫌慢呢!”于是端起酒杯站起来说:“田大哥,你这是欺负妹妹。你明知我不会喝酒,还用这么大的海杯。我今天舍命陪君子了!来,这第一杯是我敬你的,你要代我干了才能说明你的诚意!”

在女流面前,一个大男人怎能装狗熊?田小欢犹豫了一下,一仰脖子,自己灌了下去。正要坐下,柳碧云端起田小欢面前的杯子说:“来!你刚才是喝了我的酒,你的酒还没动呢!你说怎么办?”

田小欢仗着自己有酒量,二话没说,又一仰脖子喝了个干净。

两杯酒下肚,田小欢有点儿忘乎所以,对两位客人热络地说:“大妹子、小兄弟,咱们都是自己人,不要见外!下来,我要和妹妹喝个交杯酒,怎么样?”

柳碧云哂笑说:“什么交杯酒?咱俩又不是夫妻洞房花烛夜,算是交朋友吧!”

田小欢一心想着和她亲近,交什么都行。将斟满的酒杯递到柳碧云手中,柳碧云却坐下了,望着田小欢惊愕的眼神道:“既然要交朋友,男人要大度一些,怎能和女人平起平坐?你最少先喝三杯,才能说明是真朋友还是假朋友。”

田小欢能和这个如花似玉的女人坐在一起,已神魂颠倒了,心想只要交朋友,不管真假,能看到你的玉面,听到你的莺喉,我就是死在石榴裙下也心甘。为了表示敬意,田小欢站起来,一杯接一杯连喝下三大杯。未曾动筷,田小欢已喝下五大杯白酒,少说也有四两左右,这一下,柳碧云完全控制了他。

接下来田小欢的舌头不利索了,结结巴巴,颠三倒四。柳碧云看田小欢已有了醉态,随即提出借款的事。田小欢问柳碧云需要多少,柳碧云说:“三十万两银子,利息按最高算,四厘,只用半年。”田小欢扯住柳碧云的衣袖说:“三十万两……不够你用的,五十万两吧!实……话告诉你,这不是我的钱,是……你自己的钱。紫云山的山林,我……赚老鼻子了,利息也就不要你的了……”

3

常言道“七十二行，金钱为王”。柳碧云手里有了银子，做起生意来得心应手多了。

收购歇业倒闭银号的事进展顺利，短短一个来月，不但将高家被籍没变卖的四家银号收了回来，还收购了外地商人开设的三家杂牌子银号，外带几家当铺。这些成绩的取得，主要得力于张和顺大儿子张尚国的鼎力支持。

张尚国四十多岁了，子承父业，从小进入票号做学徒，在父亲的熏陶下，耳濡目染，很快成了银钱票号业的行家里手。张和顺为人忠厚正直，被高敬轩聘作大掌柜后，为了让东家放心，没让儿子在自己手下从业，安排在另一家著名山西票号日升昌的西安分号做工。张和顺出身于大德兴，日升昌老板虽然对他的被挖感到高兴，但前车之辙不可不鉴，即便张尚国的业务如何精通，却一直没有得到重用。现在，张尚国看到高家的新主人如此器重自己，便使出浑身解数，以报答柳碧云的知遇之恩。

收购了这么多银号和当铺，他们的胆子和胃口也真够大的，正所谓初生牛犊不怕虎。现在，开业准备工作千头万绪，柳碧云让张尚国抓紧时间物色各方面人才，自己则需要尽快筹集一大笔款项作为衬底，行话叫作储备金，那可完全是真金白银哪！近来，为了方便联络，她和小叔子没有再住客栈，直接住进了公公生前在西安经常下榻的北院门总号后院。

这座银号曾是高家最早的一家店铺，后来改为银号，在高家手中先后经营了一百多年。在商界，只要提到高家，没有不知道这座百年老店的。如今看门的老曹，已经是父子两代看门人了。后院不算很大，一棵两人合抱的老槐树虽饱经沧桑，树心已成空洞，但枝叶仍纷披如盖。住进来以后，柳碧云的第一件事是敬奉公公婆婆的灵位，燃香化表，为公婆每日念两遍《安魂经》。那天下午，她竟然鬼使神差，偷偷溜进巡抚衙门大院，在当年自己为迎匾法会诵经的地方和后院马厩自己躺过的地方，默默伫立了好长时间。一进入这座大门，她就想起了丈夫，想起了在斋坛上自己那荒唐古怪的呐喊，想起了马厩内那短暂的如电光石火般消失了的甜蜜而苦涩的拥抱。她含泪做着祷告，希望丈夫在国外平安，希望他尽快回到自己的身边来。她的突然造访，如同给黑咕隆咚的马厩带来一缕灿烂的阳光，那个当年鼾声如雷的马夫睡不着了，在她身后将她惊异地打量了老半天。

柳碧云含泪离开了马厩，她的胸中，云一团雾一团的。如今，进入商界，再也不会像当年依偎在韩妈妈身边做针线活那样悠闲和无忧无虑了，再也不会像在感业寺和石洞庵那样平静而安稳了。处在新的、毫不熟悉的银号业残酷竞争的环境中，柳碧云感到一种从来未有的孤独和怅惘，那种酸楚、那种空寂、那种恐惧和胆怯，令她常常扪心自问：我是谁？我要不要坚持？我到底能坚持多久……

这天下午，她正为田小欢出尔反尔不愿再度借钱而烦恼着，张尚国带着一个头戴瓜皮小帽，长着瘦马条长脸的高个儿男子来找她。张尚国矮矮胖胖的，和那人站在一起，如同长竹竿赶着一只鸭婆子。张尚国向柳碧云介绍说，这个男子是大德兴在西安票号的大掌柜，复姓慕容，如今大德兴坚守不下去了，要撤离西安，慕容先生不想离开，原因很简单，他撇了原来的老婆，在西安重新成家了。新媳妇是长安杜曲大户郭家的千金。慕容先生建议将大德兴西安总号收购了，这样就可执陕西金融业之牛耳。张尚国还提醒柳碧云想为老爷子报仇这正好是个机会。大德兴旗下，操控着马伯牙的两家银号，只要收购了大德兴就控股马家了，柳碧云就是马家的大东家、太上皇。张尚国说，慕容先生是大金融家，熟悉各种业务，只要咱们出钱收购，他可以将原班人马和整个业务全部带过来。

初次见面，慕容先生话语不多，那张鸡屁股般的满是赘肉的圆嘴唇，只是哼哼哈哈唯唯诺诺应和着，柳碧云不相信这木偶般的人物有多大智慧。女东家刚刚踏入银号业，对什么庄票呀、宝钞呀、汇兑呀、汇水呀、贴现呀、储备金呀、控股呀一概不懂。她只知道买东西需要银钱，在尼姑庵则更简单，甚至连银钱也很少使用，往往接受的是实物施舍，只有管家才拿银钱出去购置什物。柳碧云思考了一下，问需要多少银子。张尚国说，连同他们的债务，大约一百万两。柳碧云一听，脑子嗡地木了，现在五十万两花出去了，五十万两的储备金还不知向哪个奶娘去借呢，这一下要再搞一百万两，得了！我干脆回家上吊吧！张尚国似乎看出了主人的心事，笑着说："东家，不用愁，只要你同意收购，将现有到手的银号顺手转出去就差不多了。现在行情看涨，马大牙那边也在千方百计张罗呢！人家是子号收购母号，优先！因为我和慕容大掌柜是同乡，他不愿意伺候马大牙……"

张尚国的这番话，直听得柳碧云云三雾四找不着北。刚刚到手的银号，还没经营就出手，那当初收购它做什么？就是母鸡下蛋，也要暖一暖的。特别是这百年老店，那可是公公的心肝宝贝呀！好不容易收购回来了，再踢出去，怎样告慰公公的在天之灵？收购大德兴别说一百万两，就是一百两，现在还不知从哪里抠呢！再看这个慕容先生，死气沉沉，一棍子打不出个屁来，干脆称他"暮气"先生吧！什么金融家，谁敢相信？就这，还抛弃了糟糠之妻另讨新欢呢！对这种喜新厌旧的男人，柳碧云有一种女性本能的反感。想到这里，柳碧云缓了口气："算了吧，咱们的事情还忙不过来呢……"

张尚国焦急道："大东家，这可是千载难逢的机遇呀！机不可失，时不再来！"

柳碧云淡淡地说："好了，我知道了！慕容先生请回吧。"

一连三天，柳碧云都没见到张尚国。她想，这个张尚国也太好高骛远好大喜功了，做生意怎能蜻蜓点水猴子掰苞谷，那样迟早要吃大亏。柳碧云坐立不安，一直等到晚上，仍不见张尚国来见她。她心里一阵阵发毛，难道张尚国撂挑子不干了？

柳碧云在后院的大槐树下来回踱着步子，耳朵竖得尖尖的，注意聆听大门口的响动。入夜以来，大槐树上落了许多夜栖的鸟儿，吵吵闹闹争巢的叫声一直响个不住。突然，一只刚刚会飞的小喜鹊被挤得跌落下来，掉在她的脚下。小喜鹊似乎跌伤了腿，几次扑棱着翅膀就是无法站立起来，喳喳哀鸣着，样子很凄惨。柳碧云怜悯地从地面捧起这可怜的小生灵，给它受伤的腿上涂了点儿香油，然后放进树洞里去。柳碧云为此伤感了一阵，正要诵一段《大悲咒》，张尚国提着一个皮包风风火火跑来了。一见面，张尚国便捶胸顿足失悔道："大东家，坏了，坏了！咱们还是迟了一步！"

柳碧云问张尚国什么迟了一步？张尚国从皮包里掏出一沓刚刚设计好的庄票说："这是慕容先生给马家设计的庄票，就要到印刷厂付印了，我说别急，让我们大东家看看。"

柳碧云说："不就是庄票嘛！"

张尚国说："对，是庄票，但不是一般的庄票——大额，这里边可大有文章了！"

柳碧云将大额庄票接在手中，一边端详一边问："这里边有什么文章？"

张尚国说："这样说吧！越是大的信誉好的银号票号，它的庄票就越值钱，买的人就越多，所以，敢发行这样五百两的大额庄票。像大德兴这样著名的银票号，一次发行上千万两是不愁卖的……"

听到这里，柳碧云恍然大悟道："你是说，收购大德兴那一百万两银子，靠发行庄票就净赚回来了？"

"对呀，对呀！"张尚国说。

柳碧云问："你怎不给我早点儿提醒？"

张尚国说："这是人家大票号的商业秘密，我将慕容先生缠了三天，方才知道的！"

柳碧云一听急了："现在还抢得回来？"

张尚国将头一拍："我的娘！抢？恐怕来不及了！"

柳碧云铁了心说："抢！不惜一切代价，必须把它抢回来！"

后来，张尚国果然将大德兴西安分号收购了过来，不过却多花了三千两银子的冤枉钱。从此，柳碧云立下一条规矩：你们放手去干，我只管人员和效益，不管业务。

第十五章　沪上遇阻

1

柳碧云和哥哥韩铁锤闹崩了，不是在家里，而是在路上，在去上海的途中。

兄妹俩闹别扭的原因很简单，甚至有点儿可笑，只为一句话。两个犟牛碰在一起，言语不合，谁也不让谁。柳碧云说："到了上海，直接去找二婶胡夫人。胡夫人很可怜，二十多年前二叔在疏勒河走失了，她老人家一直等他，在家守活寡。好不容易将大姑娘抚养成人，高府有难，她孤苦伶仃，只有投靠女儿高凤仪了。"柳碧云回忆说她嫁到高府时，虽与二婶只见过一面，但觉得挺和气的；现在二人同病相怜，二婶一定会好生接待。

韩铁锤不以为然地冷笑说："你是叫花子梦见金銮殿，净想好事哩！不曾思量，只见过一面，这几年，你离开了高家，她还认得你吗？再说，要是她将高家在上海的财产吞了去，内有大姑娘做主，外有英国女婿保护，你上门分家当，恐怕会有一只英格兰牧羊犬咬断你的腿！你没看过多少闹分家的戏，为争家产，兄弟反目、父子成仇？你忘了《烙碗计》怎唱的：前院好比森罗殿，伯母好比阎罗君。哥哥就是那催命的鬼，要害弟弟命归阴……"

柳碧云最讨厌哥哥在她面前总是拿大，把她依然看成吊着鼻涕的黄毛丫头。挖苦两句也就罢了，还哼哼唧唧地唱；唱着也就罢了，还拿他那满是老茧的指头敲着车窗，摇头晃脑没个正形。两人的高声惊得车把式刹住马车，撩开门帘问是不是要下来方便。柳碧云真有些后悔，像哥哥这样的粗人，留下来看家护院更好，出门在外咋咋呼呼连规矩都不懂。就这德行，嫂子白牡丹还极力反对他俩搭班子一起出门呢，生怕兄妹俩旧情复发，搅和到一块儿分不开了。

按照柳碧云的意图，慕容先生和张尚国联手，收购了大德兴票号西安分号，将原来收购的银号和当铺，为照顾东家的感情，仅留下北院门百年老店一家，其他全部转手出去。张和顺的眼力真够厉害，三个月之内，行情看涨，价格翻番，不挪底窝就大赚了一笔。接着，柳碧云收紧拳头，将人力、物力、财力集中起来，由慕容先生任大掌柜，张尚国任二掌柜，红红火火干起了银号票号业务。这样一来，高家的德兴昌不仅起死回生，还坐上了陕西金融业的第一把交椅。

柳碧云是办完大德兴票号西安分号收购事宜后出发的。为清理财产，摸清家底，她兵分两路：一路由卢虫儿和凤雏到成都去找三叔高敬寅，了解那里的情况；一路则是上海这边。在失去了高家商号名录的情况下，只有先将自己人掌握的这两处财产搞清。摸着石头过河，走一步看一步吧。

兄妹二人在路上整整走了半个月，终于赶到上海。由于两人始终没有谈拢，韩铁锤先去住店了，柳碧云则直接去找胡夫人。

2

因口岸开放繁荣起来的新兴县城上海不是很大，询问胡夫人虽无人知道，但是，高凤仪却名气很大；因为她是将要嫁给外国小伙子的中国姑娘，而且，她未来的公公是大名鼎鼎的英国驻上海总领事威廉·莱温先生。

可能哥哥韩铁锤是乌鸦嘴吧，许多事情不幸让他言中了。二婶果真住进了女儿女婿在苏州河南岸英国租界地新购的洋房，单是进入租界，柳碧云就费了好大口舌。那个用一大堆红布将头缠得斗大的印度巡捕对她十分傲慢，用鼻腔哼出粗暴简单的音节，示意让她离开，几次用手去摸屁股后面挂着的大棒。柳碧云感到奇怪，又不是正月十五耍狮子龙灯，这个又黑又高满脸胡楂儿的男人将头缠得那么大干什么？不过，他包头的原因，肯定不是因为中风。柳碧云缓了缓，想起打听高凤仪时，有人告诉她，女婿名叫威廉·卡里，于是她重重地说出这个名字。奇迹在一瞬间发生了。这次印度巡捕居然听清了，而且态度立即大变，满脸堆笑，露出洁白的牙齿，热情中带着几分巴结，用生硬的汉语连说了几个“新郎，新郎”，还用手势向她表示了向前怎么直走怎么拐弯。好在离得不是太远，很快就找到了。这是一处带花园的小小二层西洋风格的白色建筑，大理石的门柱上挂着一块铜牌，不过上面的英文字母柳碧云并不认识。尚未摁响门铃，一只半人高满身卷毛的大白狗汪汪叫着扑到铁栅栏跟前，将柳碧云吓了一跳。这可能就是什么英格兰牧羊犬了，是只母犬。一会儿，一个操着上海口音的黄脸老女人走出洋房，在铁栅栏门里将柳碧云打量了半天，问她找谁？柳碧云说出要找的人并递上自己“高柳碧云”的名帖，老女人让她等一等，很不情愿地转身进去了。那只牧羊犬似乎不欢迎她的造访，虽然不再汪汪，鼻腔里却呜呜地发着威。一会儿，老女人出来了，将名帖从栅栏里递出来说：“主人不认识你！”柳碧云抓住铁栏杆正要分辩，老女人看也不看一眼就离开了。几乎同时，那只牧羊犬又大吠了。

柳碧云并不气馁，女人嘛，要让别人认识你尊重你并不容易。因为，在男尊女卑的社会里女人只能是男人的附庸，没有男人出面，你瞎跑什么呀！

走出租界大门时，那个傲慢的印度巡捕表现出异乎寻常的热情。他夸功似的说了一大堆话，汉语水平虽然蹩脚，柳碧云还是听明白了。原来领事先生的儿子明天要举行婚礼了，婚礼在天主教堂举行，婚宴的举办地是红玫瑰酒店。柳碧云颇感纳闷，这西洋风俗就是与中国不同，两个人可以公开同居好多年，而什么时候办婚礼则是另一码事。

这一晚，柳碧云没去找哥哥，而是就近寻家旅馆住了。要是给他说在二婶那里吃了闭门羹，还不被笑死。

住宿的这家旅馆，老板娘很随和，柳碧云打听到了许多与中国完全不同的英国婚俗。也算是“入乡问俗”吧！过去，她曾听说过洋人的婚礼在教堂由神父主持，而对英国人婚宴费用完全由娘家承担倒是头一次听说。不过，英国人的诚实和坦白颇值得称道。新人需要什么礼物，居然可以开出一个长长的清单，供亲朋们自由选送，然后标出送礼者的姓名；这样既体面，又避免了因重复购买造成的浪费。

第二天上午，为了尽快看到这份所需礼品清单，柳碧云早早来到红玫瑰酒店。这是一家英国人在外滩开设的西餐酒店，员工大都是华人，沟通起来并无障碍。一走进玻璃旋转大门，穿着黑色燕尾服的年轻门迎礼貌地接待了她，引导她看了大红洒金喜字招牌上用英汉两种文字书写的内容。柳碧云看了看，认得“高凤仪小姐和威廉·卡里先生结婚喜宴”两行汉字，具体时间定在下午五点半。接下来，门迎还指给她看了另一块宣示牌上张贴着的所需礼品清单，上面已满满当当写满了人名。有送餐桌椅的，有送床上用品的，有送化妆品的，还有送蜜月旅行券的，真是五花八门，几乎包括了生活所需的各个方面。不过，还有一件苏州造婴儿摇篮车没有着落。柳碧云问门迎这种摇篮车啥地方有卖的，门迎说：“这种车的轮子是从南洋进口的铁毂橡胶轮，比老式木轮好多了，既轻便又减震，很受欢迎，上海县城暂时断货了；不过，附近的昆山，最远到苏州肯定会买得到。”柳碧云说：“那好，就签上我的名字吧！昆山能买到，我下午赶回来。昆山买不到，我到苏州去买，明天送到他们府上。另外，我怕万一今天回不来，能不能将晚上宴会的账先结了？”门迎高兴地应允了，带她到柜台付了款，接着，在礼单的婴儿摇篮车和婚宴埋单的后面，用粗重的墨笔写上了“高柳碧云”的名字。

柳碧云乘着马车一路飞奔，赶回外滩，正是华灯初上的时候。婚礼晚宴已经结束，大厅里飘出一阵阵悠扬的铜管乐演奏的西洋舞曲。

推着婴儿摇篮车一走进门厅，早就等候在那里的胡夫人迎了上来。两人多年不见，相互凝视着对方，一时都惊诧得说不出话来。柳碧云感觉胡夫人与在家时大不相同了，变得几乎不认识了，人不但愈显年轻，皮肤也细白了，暗淡的眼圈似乎没什么变化，不过，这并没有影响她的美丽，反给她成熟的气质中添了几分沧桑。胡夫人穿一身素净的墨绿色平绒短袖低领旗袍，披一条洁白的湖丝镂花绉纱披肩，双手戴着几枚宝石戒指，左手腕上套着和田玉镯，脖子上挂着两串金项链，一条项链下端，坠着一个纯金耶稣像十字架。五十岁出头的二婶比四年前丰满多了，满身珠光宝气，俨然一个贵妇人的形象。见到大侄媳妇，她的眼睛里闪动着晶莹的泪花，一把搂住柳碧云，“云儿，云儿”叫个不停。胡夫人说：“婚礼舞会可能要到后半夜结束，我是留下来专门等你的。外面有四轮马车，你费心跑了这么多路，咱们不如先回家吧。”

柳碧云随胡夫人再次来到租界的西式洋房下，那只英格兰牧羊犬仍冲她汪汪地叫，不过那声音温柔多了，站在原地不断摇着尾巴。胡夫人蹲下身，在它的额头上轻吻了一下，它不再叫了。胡夫人转过身吩咐那个黄脸婆去锅炉房烧水，说忙了一整天累死了，她和客人都要洗澡。说着，带柳碧云进入客厅，上了二楼自己的卧室。

这一夜，柳碧云从胡夫人口中知道了高家被两次抄家的更多详情。公公被投入监狱后为保住高家财产怎样装疯卖傻，婆婆在第二次抄家时怎样临危不惧从容掩护弟妹们撤离，以及马夫李万全如何将高凤阙逃亡国外的消息带回家等等，这些几乎是她闻所未闻的。柳碧云一边听着，一边默默流着眼泪，二婶的眼睛也哭得通红。末了，二婶又旧话重提，诅咒二叔真是个死人，二十多年了，是死是活连封信也不写，只会拉着板胡唱《别窑》；要是死了倒好，要是活着，说不定哪天披头散发像鬼一样跑回来还不把人吓死。二婶说高家第二次被抄时，她和三婶一起逃了出来，按照杨夫人的意思，到了上海赶快将高家的银号顶了出去，总算没被官府查没，为高家保住了一点儿根基。接着又啰啰唆唆诉了许多苦，什么冒着杀头之罪呀，什么提心吊胆只怕被告发呀，多亏有洋亲家在外面撑着才逃过了一劫呀。又说，现在要将这些银票交回高家银库，总不能不分青红皂白吧！就是水泊梁山，也讲个论功行赏！

说着，也不避嫌，当面打开屋角墙壁内隐藏的保险柜，取出一个铁皮盒子，翻开盖子亮出里面厚厚的一沓银票，说："你数数吧，一共一百二十万两银票，我花了四十万两，还剩八十万两，就是这个数了！"

柳碧云问："账单呢？总不会没有账单吧？"

胡夫人有些惊讶，眨了眨眼，稍显愠怒地说："担了这么大风险能保存下来就算不错，要什么账单？你公公不是也没账单吗？不是将好多账簿烧了吗？要不还用得着你没头苍蝇一样在外面瞎跑？"

柳碧云说："这恐怕不行吧！此一时彼一时，上海这边怎能和家中抄家相比？你想想，成都那边要是没有账单，你乐意吗？"说着，将铁盒子一推："这个糊涂账我不能接！"

二婶生气地将铁盒子收进保险柜，砰地关上门子："爱接不接！过两天，你大姐急着买股票，迟了，说不定一个子儿也没有了！"

真是说曹操，曹操到。柳碧云和二婶都沉默着，只听楼下一阵狗咬。从说话声知道，新郎正在付车费，新娘已经开了院门。高凤仪一踏进院子，就"妈咪，妈咪"地连声喊着，飞也似的跑上楼梯，哗地推开房门，孩子一样扑进了母亲的怀抱。

高凤仪仍然穿着洁白的婚纱，只不过头纱已经拿掉。热舞过后的高凤仪精神仍处在极度亢奋之中，她两颊绯红如花，眼中秋波荡漾，圆溜溜的肩膀和两个半裸的乳峰暴露在外面，出水芙蓉一般洁净漂亮。她大张着两只戴着网眼长筒手套的手臂，像一只白色的蝴蝶，再次亲热地喊着"妈咪"，搂抱住胡夫人，行了接吻礼；转过身，叫着"密斯柳"，和柳碧云亦行了接吻礼。她激情四溢，朗声说："大弟媳今天来得太巧了，一切都让你赶上了，你真给咱高家争了脸了。"她说话时，不但声调高，语速快，而且每说一句话都极其夸张地做出各种表情和动作。这让柳碧云很不适应，忽然想到西洋八音盒里的那两个嘎嘎叫着的洋娃娃就是这副样子。

高凤仪对母亲说她本来明天就要出去度蜜月了，卡里却急着给南洋发一批货，轮船晚上刚刚靠近码头。另外，卡里的两个朋友就要从西北探险回来，估计一两天也就到了，所以将去夏威夷的船票签了延期。正好，股票掮客公会的先生跳舞时给她说，马来西亚橡胶园的股票后天挂牌，要赶快筹钱，大笔吃进。说着，催问母亲保险柜里还有多少钱，这回她要全部借走。

胡夫人看了看柳碧云，对女儿说：“你还要借？不行了。这不，你家大弟媳来收账了！剩下的这些钱全得交给她，要借，你向她借吧！”

高凤仪是个见面熟，抓住柳碧云的双手说：“弟妹，这样吧！你将钱带回去也是做生意，那多难呀！不如让我做股票，坐地不动，潮起潮落，就赚老鼻子钱了！”

柳碧云说：“不行，咱高家刚刚遭受过大难，现在百废待兴，到处需要钱。你先前从二婶这里借了多少钱应该记个账，剩下的钱我要收回……”

不等柳碧云说完，高凤仪怒目圆睁，喝问道：“怎么，先前的还要上账？你想困死我？”说罢，气哼哼一甩门出去了。

3

和妹妹分手后，韩铁锤忽然发现自己身上没带多少钱，仅有三个小铜板。如果住了店，就没钱吃饭；如果吃了饭，就交不起店钱。他后悔一个大男人不该陪一个女人出来，特别是不该在一个没见过世面的女流之辈手下听差。店已经住下了，怎么办？——撤！哪里滚一夜不比饿肚子强？于是高喉咙大嗓门嚷道：“老板！你这鬼地方不住了！你家怎是蚊子窝呀，难道要将老爷我抬去吃了？”

店老板上了些年纪，听不懂他的西北方言，只觉得口气很冲，知道不是省油的灯。韩铁锤生得五大三粗，在店老板面前一竖，黑铁塔一般。老板只好自认倒霉，洗脸水茶水也就白送了。临出门，赔笑道：“阿拉照顾不周，侬有空再来喔！”

韩铁锤拎着挎包，撵贼一样逃出旅店，生怕店老板发现他截取了小半截蜡烛。走上大街，却有点儿茫然，不知该往哪儿去。当年带戏班子走南闯北，自己好不英武，什么样的世面没见过，什么样的风浪没经过？只要有钱，花街柳巷也少不了去逍遥一回。上海这地方虽是头一次来，凭经验，只要在街上溜达溜达，寻个吃饭睡觉的地方并不难。

天黑得像锅底，韩铁锤孤魂野鬼般在街上游荡着。走过一段黑灯瞎火的街道，突然发现前面拐弯处有一点儿灯火，灯下的炉灶上冒着热气，仿佛是卖什么小吃。吃食尚未看清，他的肚子已咕咕叫了，这才想起下午饭还欠着账。他三步并作两步走了过去，原来卖的是大肉包子。一问价钱，不贵，一枚价值十文的铜板可买五个。掀开笼盖，不是满把抓的那种。这上海人也真够抠的，包子小得像核桃，一口一个还不够吃呢。韩铁锤掏出一枚铜板，不待转身，五个包子已经下肚，是咸是淡都没尝出来。小小的五个包子，不但没能吃饱，反将饿狼饿虎招惹得在腹中相互撕咬。只好将心一横，索性把剩下的两枚铜板全花出去。经过一番讨价还价，小贩同意赔本奉送一个，不过是穿了帮漏了底儿有皮没馅的，加起来满共十一个包子。他赶紧用袍子前襟兜着，走向不远处的江边，以便坐在堤坝上慢慢享用。

走到江边，韩铁锤这才发现，到此处来是多么愚蠢。四下看看，江岸的水泥堤坝上，到处是三五成群的乞丐。他们有老有少，拖儿带女，横七竖八，像疮疤一样附着在大堤上。他们睁着一双双饥饿的眼睛贪婪地注视着他。历来胆壮如虎的韩铁锤心头掠过一丝惊恐，一种被饿狼分食的惊恐。果然，他们那狗一样灵敏的鼻子，早就嗅出了他袍子里兜的是什么。

“大善人，你是送包子来的吧？快给我，我要饿死了！”一个趴在大堤上的瘦骨嶙峋的白发老者向他艰难地伸出了手臂。

接着，一迭声同样的喊嚷向他袭来，一大群孩子如同得到号令，猴子一样跳下大堤，他们大多光着肮脏的脚丫，有的甚至连裤子也没穿，一拥而上，将他围在中间，吵闹着要包子吃。

韩铁锤为难了。在这样一群乞丐面前，他应该是最富有的人了。对他来说，摆脱这群小叫花子的纠缠太容易了，只需一个扫堂腿就可以将他们全部打翻，然后从容走开。但是，他不能这样。向一群弱者施暴，算什么英雄好汉？倒霉就倒霉吧！总之自己已吃过五个包子，剩下这些，权当积德行善吧！当年带戏班子走江湖，混不下去时不也讨过饭嘛！想到这里，韩铁锤将手伸进兜着的袍子里，大哥哥一样说："别急，别急，一个一个来！先给那个老爷爷。"

韩铁锤的公平分配计划很快失败了，多亏他提前抓着一个包子，尚未松手，无数双小手扯开了他的袍子，包子滚落下来，接着，小乞丐们展开了一场生死搏斗……

夜色厚重如铁。黄浦江上夜行的船只亮着点点灯火，扑面的海风送来丝丝凉意，空气中弥漫着黏糊糊的海腥味。韩铁锤怅然离开时，意外得到了一个消息。那个吃了包子的老爷爷告诉他，他们是淮河两岸的农民，只因秋季发了洪水，才流落到这里。由于拥来的难民太多，码头上的青帮头子允许他们上船干活，不过得交"花水"，得十抽三。

短短几天，韩铁锤便在十六铺码头混得烂熟了。这里有一座西洋钢拱梁的五连房大仓库，贮满了从甘肃兰州运来的上等烤烟，定期装船发往南洋。听说前一段时间因原主人遇难生意中断了，现在改由英国人经营。南洋货轮业已靠岸，又开始装船了。韩铁锤虽粗鲁莽撞，却不失粗中有细，打听到新的英国主人是一个三十岁左右的小伙子，名叫威廉·卡里，是什么上海总领事的儿子。根据捕风捉影得来的消息，韩铁锤还想进一步证实，比如，这五间大仓库原来的主人是不是叫高敬轩，这威廉·卡里的妻子是不是叫高凤仪，英国小伙是不是偷梁换柱乘人之危将库房和生意过户到自己名下等等。不巧的是，与他一起扛大包的均是两淮难民，问不出个子丑寅卯来。管库的老头子脾气比他还倔，又不敢贸然动问，生怕砸了饭碗。好在韩铁锤干活肯出死力，又和两淮难民无涉，把头不怕他偷东西出去，除了白天扛大包外，又交给他一个晚上值更的美差。

韩铁锤多次与威廉·卡里照过面。小伙子挺帅气，鼻子自不必说，高挑的个子，粉红的脸色，深眼窝里一双晶亮的蓝眼睛，不管见了谁都粲然一笑。

韩铁锤急于要搞清的是，那金黄的头发是天生的还是染上去的，话到嘴边又咽了下去。

这天夜里，管库的老头子背着家人到妓院嫖宿去了，将钥匙交给韩铁锤拿着，让他好生看护。韩铁锤新官上任自不敢马虎，提着马灯不住地在码头巡视，生怕有难民溜进来偷烟叶。走到大门口，忽然看见卡里和两个背背包的英国中年男子迎面走来，他们的身后，一个中国马夫赶着一匹高头白蹄黑骡子，那骡子好像驮着什么重物，压得喘着粗气。那两个英国男子风尘仆仆，看样子刚刚从远方旅行归来。卡里让韩铁锤开了库房大门，然后帮忙卸下重物，付了马夫脚力钱，让他将门带上出去。韩铁锤送马夫出了库区大门，心中好生奇怪：什么东西呀，这么神秘兮兮的？他回转身隔着门缝，想听听里面在干什么。只听得一阵叮叮当当的响声，是用榔头钉木箱。大约一顿饭工夫吧，他们出来了，让韩铁锤重新把门锁好。

望着他们鬼鬼祟祟离去的样子，韩铁锤纳闷：什么东西需要这么晚来装箱？这库房里的烟叶，从来只打包不装箱，莫非他们联手偷运什么东西？韩铁锤是个惹事精，常常没事找事，从来不安分守己，好像不惹点儿事情出来他睡不着觉。巨大的好奇心驱使着他，心急火燎如坐针毡。后半夜，趁着倔老头还没回来，他神不知鬼不觉打开了库房，找到了伪装得并不高明的两箱包裹。撕开外面的布包，撬开木箱，借助小马灯的亮光，这一刻，哇！他的两眼发直了。

韩铁锤没读过多少书，但唱戏生涯和遍走江湖的经历使他知道，箱子里这些东西全是中国内地的无价之宝。镏金佛像一定是哪个庙宇的供品；连鬓胡子的石像他依稀记得在家乡的乾陵见过；青铜四脚鼎仿佛是宝鸡县炎帝庙的镇山之宝；一幅幅古代的仕女和山水画轴，还有那一本本线装的书籍，一定是什么善本的珍藏……

韩铁锤将这些宝贝一件件抚摸着、翻看着，一种被针刺、被车裂的痛感震撼了他的全身。他心想：“好哇！火烧圆明园时盗走了万件国宝，如今还想偷盗啊？中国的东西就这么容易到手？好吧，我不要你也别拿走，把它们沉入黄浦江得了。”

怒火中烧的韩铁锤已无须躲躲藏藏了，他将箱子重新钉上，将包皮扔在一边，扛起一个箱子大步向岸边走去。仓库大门离岸边不过一丈来远，走过去肩膀只轻轻一抖，咕咚一声便扔了下去。东方的天边现出了一线亮色，韩铁锤像每次唱戏上场前那样振奋，脚步不由得加快了。当他再次扛箱时，两个存货的英国人跑来了，他们是赶早来看着装船的。在仓库门口，看到伪装好的包皮被剥下来扔在一边，两只箱子仅剩下一只，这个看门的中国汉子正要搬动它，立即上前拦住。

“你要干什么?”其中一个红鼻子的英国人用汉语问。

韩铁锤将箱子扛上了肩头，反问道：“你说干什么?”

另一个英国人年龄不大，头发却全白了，张开双手拦住他，用汉语强辩说：“这些都是我们用银子买来的。”

韩铁锤问：“你们的白金汉宫也能买吗?”

红鼻子英国人拔出手枪逼问道：“放下！你把那一只箱子呢?”

韩铁锤说：“扔到黄浦江了!”

白发英国人发狠道：“什么?扔到黄浦江了！那是无价之宝，懂吗?”

韩铁锤用鼻子哼了哼，扛着箱子就要离开，红鼻子命令他站住。执拗的韩铁锤岂能听命于一个外国人，他大踏步向码头走去。这时，他背后的枪响了。

因为有木箱挡着，手枪子弹没射中韩铁锤的脑袋，弹回来却划伤了他的手臂。韩铁锤真的火了，他放下木箱，甩了甩手臂上的鲜血，挺着胸脯，径直对着枪口走去。

红鼻子没见过中国人有如此不怕死的，举枪的手直打哆嗦。当他再次扣动扳机时，韩铁锤一脚上去，将他的枪踢飞了。韩铁锤浑身武功，眼疾手快，趁对方弯腰拾枪，箭步上前，对准那人的后心，只一个推掌，便将他掀翻到江中。这时，白发的英国人看伙伴吃了亏，连忙拔出匕首来刺。韩铁锤在格斗上更是无人可比，闪身过后，抓住来人的手腕，不知怎的已将他扛上了肩。白发英国人在他的肩头哀号着，韩铁锤笑道：“你叫什么呀?给你的同伙做伴去吧！”一伸手，将白发英国人也扔进了江中。韩铁锤站在岸边，看两个英国人在水中扑腾，哈哈笑道：“哎！别急着上来。你们不是想要那些宝贝吗？好吧，下龙宫自己捞吧！”说着，将那只木箱也抛进了水中。

韩铁锤被一种从未有过的巨大的英雄豪情激荡着，热血在血管里沸腾，他才不怕为此是杀头还是坐牢哩！眼瞅着外国人盗窃祖先留下的国宝而无动于衷，那才是鳖孙狗熊哩……韩铁锤想，管库的倔老头该回来了，应该快要给他交差了。于是，从容地收拾了一下自己的东西，就要离开。这时，他看到倔老头带着一帮巡捕赶来了，原来这龟儿子早就回来并去报警了。码头被清晨的薄雾笼罩着，朦胧中巡捕头上的白色头盔十分刺眼。他们边跑边喊，呜呜吹响警哨，手里挥着大棒，抢到近前，不管三七二十一，一顿暴打，将韩铁锤打倒在地，然后给他戴上锃亮的手铐。

4

柳碧云没能说服二婶交出账单，二婶哭哭啼啼很让她为难。本来，在人家的屋檐下，抬抬手送个顺水人情不就皆大欢喜了吗？但是，今后遇到这类情况都高抬贵手网开一面，那高家的锅里还有鱼吗？柳碧云心想，死盯着账单不放会越搞越僵，不如迂回一下，看看高家在上海还有没有其他生意被隐藏着。

借口去找哥哥，柳碧云一大早便离开了租界。谁知到哥哥下榻的旅店一问，简直能气破肚皮。老板告诉她韩铁锤偷了半截蜡烛，当晚就溜走了。柳碧云只觉得颜面扫地，说：“你别说‘偷’好不好？我还你一箱蜡烛！”这个老板也真够牛的，说：“你就是还十箱也洗不掉‘偷’的罪名。没听人讲，‘一次偷人，终生为贼’！”

碰了这个钉子，不软不硬，柳碧云噎得难受，下来的调查什么的，全没兴致了。初出远门的女东家灰沓沓地在街上行走，忽听一阵锣响，原来是六个上海县的衙役在前面鸣锣开道，打着“肃静”“回避”的行牌，后面跟着十几个荷枪实弹的洋人，押着一个中国罪犯，要到江边执行死刑。柳碧云觉得新奇，这开放的口岸就是与他处不同，杀一个死刑犯，居然中西合璧。显然，这是以洋人为主审判的，上海县不过虚应差事而已。柳碧云觉得无聊，本想走开，碰巧队伍后面几辆敞篷马车上坐着的洋人中，新郎卡里她是认识的。卡里在人群中也认出了她，向她招了招手。卡里的微笑有几分自鸣得意，白花花的牙齿在阳光下闪闪发光，这让柳碧云有点儿不快。在租界或码头，洋人要杀个把中国人，还不跟捻死个蚂蚁一样容易？只要搞来什么人证物证，胡乱审判一通，随便捏个罪名也就照准了，速度之快令人咋舌。

柳碧云扭回头怜悯地望了望那个死刑犯，前面被一个洋巡捕用绳子狗一样牵着，后面被枪托一再锤打。他被反剪双手，背上插着的死刑牌写着“抢劫杀人犯”字样。他的辫子显然在拷问时就被截断了，披头散发看不清面目。他赤着双脚，衣衫破烂不堪，身上血迹斑斑，胸前的胸毛结成了血痂。他那高大的身躯有点儿眼熟，柳碧云蓦然觉得，他仿佛是哥哥韩铁锤。难道是他，又惹事了？

柳碧云拨开人群，追赶上死刑犯，喊了声“哥哥!”那人一回头，两人的目光碰撞在一起，果然是哥哥。柳碧云追上去问：“你怎么了?”韩铁锤将头一仰，难看地咧开嘴角笑道：“洋人偷了咱的国宝，我把洋人和国宝都撂到黄浦江了！哈哈……”柳碧云问：“洋人呢？淹死了没有?”韩铁锤说：“可惜狗日的命长，要是淹死了就除了祸害了!”韩铁锤说话时，背上已挨了几枪托，他倔强地拉开台步身架，用他那饱满的略带沙哑的大净花脸嗓子，唱起了秦腔《打銮驾》包拯的一段唱腔：

头戴上黑仆头乌云透亮，
身穿着过肩蟒曜日增光。
有王朝和马汉众家虎将，
一个个怀忠义除暴安良……

高举着“回避”行牌的衙役看有人前来挡驾，立即用木牌将柳碧云打倒。柳碧云趁机跪下来拦住去路，喊道：“冤枉！”

队伍停了下来，后面跟着的马车从两侧包抄上去，滚滚的铁轮将路上的碎石碾得喳喳作响。车上那个穿着半黑半红长袍的英国驻上海总领事兼法官喝令巡捕将闹事的人赶走。

柳碧云身上头上重重地挨了几棍棒，她被架起来时，大声喊道：“我哥哥没有杀死洋人，怎么是杀人犯？外国人偷了中国国宝，到底谁抢劫了谁？这个审判不公平，我是他的家属，要求放人！”

柳碧云的呐喊，招来大批围观的人群，他们大多是中国人。看到一个中国的弱女子如此勇敢，她的诉说再明白不过。围观的人一个个义愤填膺，举起拳头愤怒地冲上去高喊着，要求立即放人。

总领事命令巡捕将人群驱散，不许中国人干涉他们的司法判处。这是《中英烟台条约》中扩大了的领事裁判权赋予他的权力。巡捕见人就打，大棒雨点儿般上下翻飞，围观的人群愈加激愤，双方扭打在一起。这时，一大群叫花子从江边赶来，他们是这宗冤案的直接见证者，岂能容许洋人法官草菅人命！他们拥上前抓住马车的车轮车帮，喊着“一二三”就要掀翻领事的马车。危急关头，卡里出面了。他让大家退回去不要动手，说这件事可以商量，然后和他的领事爸爸嘀咕了几句，跳下车对柳碧云说：“密斯柳，韩铁锤的案件，本来只要有人作保也就可以轻判。你愿意为他作保吗？”柳碧云看看左右，连连点了点头，身旁的两淮难民也纷纷举起手来：“我们都是他的保人，必须立即放人……”

第二次开庭审理前，作为被告的诉讼代理人，高凤仪见到了原告方的两个英国人。

由于韩铁锤在押，高凤仪是在柳碧云和母亲的陪同下走进大厅的。领事和书记官尚未露面，高凤仪被新婚丈夫卡里介绍给两位原告。对他的这种双重身份，两位原告颇感诧异，红鼻子说：“你的屁股要是坐偏了，你的丈夫就要丢脸！”白发英国人不以为然地说：“放心吧！我相信高小姐是真理的天使。”高凤仪操着流利的英语和他们谈笑风生，问他们疏通烟叶的渠道后探险又去过哪些地方，路上经历了哪些险情，拉家常一样熟络，不时爆出爽朗的笑声。高凤仪从来说话旁若无人，那恣意的笑声吸引了大厅里所有人的目光。柳碧云心中不免敲起小鼓，这个大尾巴姐能解救铁锤哥吗？接着，高凤仪低声和原告研究起了案情，忽然间，这位漂亮的中国姑娘惊呼道：“哎呀！坏了，坏了！你们惹大麻烦了！”两个英国人满脸惊慌，问怎的惹麻烦了。高凤仪说：“过去是秘密审判，领事先生听你们的，你们说什么是什么。现在不行，要公开审理，纸里包不住火。你们说被扔下江的是私人用品，其实那是中国文物，那是禁止买卖的，还不惹了麻烦了？再说，是你们首先向被告开的枪，这官司难说谁输谁赢……”两个英国人让她尽快想个办法，卡里也催她最好说和。高凤仪说：“这样吧，有卡里和我两边作保，你们请求撤案，让那边赔偿些损失算了……”

原告撤了案，法庭自然不必审理了，韩铁锤从侧门被押进来，领事宣布当庭释放。两个英国人虽说可以得到赔偿，仍感到有些失落，一边向外走，一边拿高凤仪开涮。红鼻子英国人说：“高小姐，你很有律师的天赋，如果愿意的话，我可以资助你到剑桥学法律。”

白发英国人煞有介事地道：“我回到伦敦立即替你报名。不过，遗憾的是，至今还不知道高小姐的大名！”

高凤仪快人快语，立即答应说：“好哇！我也发现我是个天才的律师，还可以做大法官。要问我的名字嘛，我坐不更名，行不改姓，一生下来就叫‘高凤仪’。”

高凤仪还要说什么，只见两个英国人在台阶上站住了，他们互相看看，放下背包。红鼻子英国人郑重地问：“高小姐，请问您是哪里人？”

高凤仪说：“我是陕西渭南县人。”

白发英国人接着问：“你认识不认识一个名叫‘高敬业’的男子？他也是陕西渭南县人，最爱一种高音的乐器。”说着，悠然比画起拉弦的动作。

“高敬业”和“陕西渭南县”这几个字用的是汉语的音译，即便不懂英语的胡夫人和柳碧云也听得明白，至于那种乐器，两个人异口同声道：“板胡!”

高凤仪一下子惊呆了，她看了看身旁的母亲，满含热泪问：“你们在什么地方见到了他？他可是我失踪二十多年的父亲啊……”

听到丈夫还在世间，胡夫人一下子瘫软了，多亏柳碧云在旁，连忙将她扶住。胡夫人脸色煞白，浑身颤抖，脑子里像钻了风，嗡嗡直响。她日夜思念的亲人终于有消息了，她不知是应该高兴还是悲痛。值得庆幸的是他还活着，还在这个世界上，自己苦苦守候二十多年终于没有白等；伤心的是二十多年过去了，自己和他都不再年轻……

原来，两个英国人由于盲目闯入戈壁滩，来不及准备吃食和饮用水。他们饿着肚子走了三天三夜也没能走出去。饿了，只好啃食一把带刺的嫩骆驼草；渴了，扒开卵石吸一口湿气。相依为命的两个人为了生存，甚至因争夺在石头下发现的蝎子而打斗起来。他们疲惫极了，只要一倒下就再也无力爬起来，死神随时在召唤他们。奇怪的是，他们的眼前常常出现幻觉，看到林立的高楼，茂密的森林，淙淙流淌的河水。就在一种奇怪而高亢的器乐声吸引他们向着一个沙漠绿洲走去的时候，筋疲力尽的两个英国人终于栽倒了……

他们倒下的地方，前面不远处确实有一小块绿洲，地名叫一道泉。这里搭着三间简陋的土坯平顶房，周围种着几畦蔬菜，仅住着一老一少两个人。老人便是高敬业，自从二十多年前在疏勒河将高家的千峰骆驼和驮着的盐茶丢失后，他无颜回去交差，流落到这个仅有一眼泉水的地方。高敬业是个有志气的汉子，遥望故乡，他誓言今生今世若不发财绝不还家。他在一道泉边插下十几棵胡杨树，如今都合抱那么粗了，荒凉的泉眼四周也渐渐变成了绿洲。每当夕阳西下的时候，他总是带上自制的板胡，来到泉边，坐在大石头上，一边拉响弦索，一边唱起苍凉的秦腔。《五典坡·别窑》是他最喜欢的唱段。大凡过往的商队或旅客，无论在这里是吃是住，他都贵客一样接待，从不收费。他说千里有缘来相会，往后不一定再见得上呢！那个十五六岁的男孩是一个赶毛驴做小生意的新疆维吾尔族兄弟留下的遗孤。维吾尔族汉子路上得了重病不治而亡，他死后毛驴也很快死掉了。他和毛驴都埋在后面的荒丘上，平素，就是这老少爷儿俩做伴了……

两个英国人是被少年买买提发现的。那天黄昏，他在泉水边碰到了一只兔子，一口气追了十二三里。兔子没逮着却被两个倒地的人绊倒了。他没见过外国人，当时吓傻了。回来见到高伯伯时，竟说不出他到底看见了什么，是人是鬼，抑或是倒地的骆驼。

高敬业撇下板胡，随买买提一块儿跑过去，将两个外国人救回自己屋内。要是再晚一步，他们有可能成为戈壁野狼的口中餐了……

胡夫人被自己丈夫这种矢志不渝的精神感动着，不但交出了银号清产变卖的账单，还将十六铺仓库转手女婿名下的事也交代出来。做完这些，她终于因可以卸下包袱而倍感轻松了。至于高府新管家柳碧云怎样处理这些财产，至于女儿女婿怎样抱怨她的愚忠，她已无所顾忌了。她只是催促年轻的大侄媳妇尽快了结上海的事务，然后一同返回渭南，即便一道泉有万里之遥，她也一定要找到丈夫。

第十六章　放贷风波

1

佐佐木的处事方式真够古怪的，这让初入商道的柳碧云很有些莫名其妙。热脸贴上冷屁股，她百思不得其解：你的化工厂从天津来上海借款，正好我银号开张，图个吉利吧，低息放贷给你你却不要，宁愿多掏血本去贷高息。这号人不是脑子差根筋就是活见鬼！有生以来她还是头一次遇到这种和金钱有过节的人。

满腹疑云的女东家找来银号掌柜张尚国，让他拿着自己的名帖，到虹口日本租界邀请这个化工厂的老板。生意不成仁义在，留得人情好见面嘛！自己在酒店设宴请他，见识见识这位老板，看看他到底是何方神圣。

自从二婶交出高家在上海的资产处理清单，对生意一窍不通的柳碧云忽然灵机一动，有了新的想法。最近几天，在哥哥的陪同下，她寻访了原高家银号的掌柜、档手、跑街等人员，查看了十六铺码头的仓储货运情况。这样一来，她的眼界大开，不得不佩服公公的远见卓识了。上海这个地方，只要你有资金，有人员，有关系，生意不愁没得做。这里是口岸开放后中外通商的最大商埠，有多条陆路、水路、海路渠道连通国内外，获取相关商业信息比西北内地至少早两个月。洋务运动以来，扎根上海的官办制造企业不说，仅民营的大型工厂就有十多家，如轮船招商局、机器织布局、公和永丝厂等，从生产到流通，全是吞吐资金的大户。上海的外国银行林立，柳碧云一个个做了走访，如英国的汇丰银行、法国的东方汇理银行、美国的花旗银行、德国的德华银行、俄国的华俄道胜银行、日本的正金银行等。至于中国各地商家来这里开设的银号和当铺，更是多如牛毛，而且，他们的生意都一个个红红火火。柳碧云感到奇怪，这么多金融企业挤在一起，难道不碰破头吗？后来知道，互相拆台被挤走或破产的银号也是有的，除非你得罪了那些有背景的什么人或机构，他们可是黑道白道一起上，那你就只有死路一条了。不过，生意场上讲究和气生财，只要你圆活变通八面玲珑，还是有得混的。这里做的是全国的大生意大买卖，只要你有本事从外国银行把钱贷出来，将这笔钱再贷给内地商家，光这个利差，就能让你生存下去。

柳碧云从二婶手里接过八十万两银票，另外四十万两，其中十万两算是二婶的花销用度，还有三十万两记在大姐高凤仪名下用于炒股。十六铺码头原有存货折合价值二十万两，现在以低息贷款形式贷给卡里，由他独立经营，按年度付息。柳碧云理清这些账务后，一个强烈的感觉是：原先抽资撤回的想法是愚蠢和没有出息的，应该继续占领上海这块金融高地。这样经营，也算是给公公一个最好的交代。

高家原先的银号顶出去后，人员随之被其他银号聘用了，再挖他们回来已不大可能。柳碧云只好将西安的张尚国调来，另带了两名跑街兼做档手，在上海招了几名学徒，就这样先干起来再说吧。

为了纪念公公，柳碧云将新开设的银号取名敬轩钱庄。开业后发行庄票获银一百二十万两，其他银号帮衬四十万两，吸纳存款六十万两，加上原有的八十万两资本金，现在手里一下子握有三百万两银子。对银钱业来说，这既是好事，又令人睡不安枕。因为这些银子，除了自家的外，其余都是要付利息的，有的还要付高息。银钱生意简单说来就是两个字：“收”和“放”。现在将钱大笔揽了进来，如果不能及时放出去，迟则影响效益；放偏了收不回来，出了娄子，造成死账坏账呆账，银号就要亏损或者破产。所以，能不能及时有效放贷，是尻门子蹿火的急症。现在银号新开张，人员初来乍到，人生地不熟，更不敢轻易将钱往水里扔。为此，柳碧云和张尚国都犯了难。

这天，柳碧云到银号后堂向张尚国提议说："要解脱目前的困境，最好发一封电报给慕容先生，看看西安有没有大客户救一把上海。"一向言听计从的张尚国乍听东家有这个念头，脸色涨得通红，立即否定说："那还不让慕容先生笑掉大牙？"柳碧云坚持要发，说："找慕容先生商量一下有什么大不了的？狗皮袜子没反正，一家人不笑话一家人嘛！"二人正在抬杠，一个跑街满头大汗回来报告说："东家，这回大买主来了！"柳碧云倒杯茶给他，问怎么回事。跑街说："我碰到了自己多年不见的表哥，姓王，早年留学日本，现在是天津东洋化工株式会社的会计师。说来真是有缘，这家化工厂的一半股份原本掌握在日本陕西商会手中，现在，另一半股份陕西商会也决意购买，和股东们谈妥了条件。陕西商会已委托化学家佐佐木先生做了工厂的总经理，一两天就要来上海筹款。他们需要一大笔款子，少说也得一二百万两。都是咱陕西乡党，肥水不流外人田，这还不是大买主来了？"

柳碧云喜出望外，几天来的愁云一扫而空了。亲眼看着这位西安来的跑街小伙将茶水咕嘟嘟喝下，又给他倒了一杯，让他坐在自己的太师椅上。女东家心里的石头终于落了地，感激地望着这位年轻的伙计，眼眶里忽然溢满了泪水。她想起了半疯半癫的小叔子高凤雏，他和卢虫儿去了成都。也真难为他了，还不知事情办得怎样了。经商打天下是多么不易，他要是像眼前这个跑街小伙一样精明那该多好啊！跑街小伙被她的眼泪吓了一跳，放下茶杯就要磕头，柳碧云扑哧一声笑了："这样吧，只要这家工厂经营状态好，信誉好，就瞅准他们放贷吧！"接着，她叫张尚国亲自和那位姓王的会计师见见面，将各方面的情况摸清，尽量多了解一些，以便做好接待佐佐木先生的准备。

张尚国急欲为东家首建头功，自然不敢马虎。见到会计师后，将这个厂的生产项目、产品销路、近三年的财务账目以及日本陕西商会对佐佐木先生的任命书均做了详细审查。最终双方约定，暂先从敬轩钱庄贷款一百万两银子，按照目前市面最低利率——年息一分五计算，每半年付息一次，若能按时践约，今后还可视需要追加贷款。至于抵押，当然是该厂的不动产了，担保人是日本陕西商会。

张尚国将谈判情况当天晚上就报告了东家，柳碧云听了十分高兴，让他抓紧时间将银票清点好，并私下送给会计师一百两银票作为酬谢，只待佐佐木一到，就正式签订契约。

正当敬轩钱庄紧锣密鼓喜气洋洋为第一笔生意和迎接佐佐木的到来忙前忙后的时候，那位王会计陡然跑来垂头丧气地说："大经理先生已经到了，听完我的汇报狠发了一通牢骚，质问我为何违反使命。原先交给的职责是只了解情况不做具体约定，为何擅自做主，与人家连契约都草签了？"并说，"上海滩所有的外国银行和中国银号都可借款，唯独敬轩钱庄的钱不能借。"柳碧云诧异："为何我们钱庄的钱不能借，难道我们的钱是偷来的，不是钱？放在柜子里会飞了，拿在手里咬手？"会计师满脸难色，嘴里像吃了黄连，几乎要哭出来，摇头说，"这个我不大清楚，佐佐木先生脾气古怪，一般不见生人。"说着，将已经接受的一百两银票向桌子上一撂，急急忙忙走掉了。

柳碧云倍感纳闷，这个佐佐木先生为何怕见生人，难道他是东海里的鱼精水怪？愈是这样，她愈要见他。

张尚国领命去了虹口，不过没见到大经理先生，听说去买船票了，已和汇丰银行的中方买办许正义先生约好，同去天津考察工厂详细状况。会计师与张尚国来来往往都是熟人了，他直言不讳道："你们别瞎跑了，佐佐木先生已经和汇丰银行签了约。"张尚国问多少利息，会计师先不肯说，逼问紧了，竖起两根指头。张尚国不由得伸了伸舌头，心里想道："好家伙，比我们高出五厘，一百万两一年就要多付五千两银子，你们这位大经理真是疯子！"

2

如果说这位大经理是疯子，不知是真疯还是假疯。正因如此，柳碧云一定要见到他。商场如战场，一旦进入，都会疯狂。

当天夜里，柳碧云收拾打扮停当，谁也没惊动，只身一人出了门。她估摸佐佐木的轮船尚未离港，心里想道："你个傻帽只要没走我就能堵住你。我也长着两只脚，而且是大脚。人家笑我'大脚一伸到黄河'，今天先到黄浦江吧。"柳碧云随身装好一张五千两的银票，按敬轩钱庄的利率折算，高出的五厘利息，这大约应该是大经理当年从汇丰银行得到的回扣了。嘿嘿，这个账是秃子头上的虱子，明摆着的。别说你是大男人，单凭吃回扣这一点，我个女流之辈还小瞧你哩！

虹口的日本人居住区比英国租界的建筑差远了。房屋高低错落，大多是拥挤不堪的砖木小楼，与上海常见的里弄差不多。这里没有专用的大门，其间杂居着许多当地人。按照事先从张尚国那里打听到的地址，柳碧云很快找到了佐佐木租住的公寓。这是一座狭窄的二层临街角楼，上下窗户均亮着灯光，看来他们没走，该不是在收拾行囊吧。柳碧云敲了敲楼梯间的板门，旋即，姓王的会计师将门打开了。一看是敬轩钱庄的女东家，顿然满脸惊诧，那模样不亚于碰见了什么夜游的女妖。他正要关门拒绝，柳碧云已将他退还的那张一百两的银票塞到他的袖头里。柳碧云温柔地笑了笑说："王哥，打搅了！劳驾通报一声，就说贱妾要见你家主人。"

王会计为难道："我不是给张掌柜说了嘛，贷款的事已经和汇丰银行签过了，你们跑也是白跑。大东家，您还是请回吧！"说着，将银票又还了回来。

柳碧云跨进门将银票放在桌上："劳驾王哥您辛苦一趟吧！他如果不见我，我这就回去。"

王会计被迫无奈，只好将银票收进抽屉，拿着柳碧云的名帖，一边叹息一边上楼去了。不大工夫，楼梯响处，王会计摇着头快快走下楼来："我说他不会见你，怎么样？你还是早点儿回去吧！"

不等王会计走下楼梯，柳碧云将五千两的银票递上，说："这是五千两的银票，请你交给他。"

王会计愀然作色道："你这是干什么？我们的大经理清正刚直，不是那种贪图钱财的小人，你这样会激怒他的。”

柳碧云说：“你尽管给他。请将不如激将，我就是要激他一激！”

王会计说：“我了解他，你这样只能把事情搞得更糟！”

柳碧云说：“糟也罢，不糟也罢，我要让他知道我们的诚意。”

王会计不快地上楼去了，不过，这一次没停留，立即又下来了。他的手里托着一个雕漆盘子，里面是那张五千两银票的碎片。

佐佐木先生真的动怒了，木质楼板上传来他滚石一样重重的脚步声，木棱横梁吱吱作响，下面垂吊的电灯泡摇晃起来，板缝里藏着的陈年尘灰簌簌掉下来落了他们一头。

王会计脸色骤然绿了，从抽屉取出那张一百两的银票，胡乱塞给柳碧云，什么话也没说，伸出右手摆了摆，做了个逐客关门的姿势。柳碧云无话可说，刚一走出大门，后面的门板砰地关上了。

柳碧云蓦然想到，自己怎么这么傻，贷款的事暂先不说，他们既是从日本来的，而且受命于陕西商会，自己丈夫高凤阙的情况总该知道一些吧，为何不打听打听？她立即回转身，轻轻敲响门板，低声说：“王大哥，我想打听个人，请你开开门！”

门板没有打开，王会计站在门里有些不耐烦：“你想打听谁？快点儿说，我要睡觉了，明天一早就该坐船回天津了！”

柳碧云扶着夜来凝了一层冰冷露水的门板，将脸凑上去说：“我问高凤阙，他是大清朝乙未科正科状元，戊戌变法后在日本避难。他也是咱陕西人，你们总该见过面吧？”

板门里沉默着，过了许久，问道：“你问他干什么？你是他什么人？”

柳碧云强忍眼泪，声音有点儿凄然：“我是他的妻子，我和他分别四年了……”

这时，板门打开了。昏暗的灯光下，王会计愣愣地看着她。柳碧云的眼里似乎有泪，被盯得有些不好意思，掏出手帕，轻轻沾着眼角。

王会计只怕听错了，重又问道：“你说你是高凤阙的妻子？”

柳碧云重重点了点头，不争气的眼泪又流了出来，挂在脸颊上，她像个不更事的孩子，急忙擦了一把。

王会计长嘘了一口气，神情忧郁地说：“你要打听高凤阙，还是去问佐佐木先生吧！唉！我就是丢了这个饭碗，也放你一回……你上去吧！”

柳碧云轻手轻脚走上楼梯，忧心忡忡站到了二楼房间的门口。佐佐木先生似乎察觉她上了楼，起身离开桌案，转身向着窗外，仿佛在欣赏黄浦江的夜景。

柳碧云没敢擅自进屋。对一个女性来说，未经允许就踏进陌生男子的卧室，既不礼貌也不自尊。

佐佐木穿一身白色的绣花丝绸和服，留着西方文明头。他个子高挑，身材颀长，不知为什么直到晚上还没摘下墨镜。由于背对着屋门，柳碧云看不清他的面目。从背影看，有几分熟悉又有几分陌生，那身形，那架势，简直和自己丈夫一个模子刻出来的一样。

柳碧云一边注视着他的背影，一边张开鼻翼尽量捕捉着屋内的气味。窗户大开着，拂面而来的江风带着很重的咸味，但柳碧云还是嗅到了一丝特殊的气息。那是一种亲人身上特有的亲切而温暖的气息。虽然和丈夫在新婚之夜仅仅待了不到一个晚上，但这些年她总在梦中见到他，那梦醒时被枕榻上一大片湿漉漉的泪痕洗涤得无影无踪的再想入梦哀哀寻觅的气息，现在在这里忽然闻到。如昏昏的沉睡中听到了一声心灵的呼唤，如死灭的灰烬里又闪出了一颗明亮的火星，她不禁怀疑自己的眼睛和感官了。是年轻的生命渴望一个活生生的男人？是自己的心房将弃守那难熬的孤寂？柳碧云如同一团被融化的冰块，摇摇晃晃，站立不稳了，她一点点在崩溃，在坍塌。

佐佐木一直望着窗外，半天，冷冷地问：“你怎么上来了？”

柳碧云魂不守舍，俨然一尊泥胎。

佐佐木沉默了一会儿，仍背对着门口，又问：“你来干什么？一切都晚了……”

柳碧云这回听清了。如果说刚才沉浸其中的气味有些虚无缥缈的话，那么现在听到他的金子般响亮浑厚的嗓音却是一清二楚无法骗人的。还有比熟悉而向往的声音更能引起心灵的震颤吗？还有比梦寐中千百次谛听过的声音更能使人感到亲切吗？柳碧云一下子辨认出来，这个佐佐木不是别人，正是自己日夜思念梦牵魂绕的丈夫高凤阙。柳碧云心中海潮般涌起连天的波涛，那种感情的巨浪将她震撼得颤抖不已。丈夫就在面前，不管他为何躲避自己，不管他为何不愿回到自己身边，自己仍一直深爱着他。这些年来，苦苦支撑自己生命的动力难道不是为了再次重逢？难道不是为了再次投入他那宽厚温暖的怀抱？还迟疑什么，胆怯什么？被凄风苦雨折磨得几近麻木的柳碧云已不顾一切了，她大步扑了过去，紧紧抱住这个男人，将头埋在他的胸脯上痛哭起来。

“我的凤阙，你怎么了？为什么要躲着我？快告诉我，为什么呀……”

高凤阙搂住妻子的脖颈，用手抚摸着她黑丝一般光滑柔韧的头发，任泪水夺眶而出，扑簌簌跌落在她的脸颊上。半晌方说：“我配不上你了，我被炸弹炸瞎了右眼……”

柳碧云倏地从丈夫怀里挣脱出来，举起双手，孩子一样郑重摘掉他的墨镜，顿时，她惊呆了。

这是怎样一副被严重毁容的相貌啊！右眼不但失去了眼珠，连眉骨都凹陷了；脸颊、鼻子、耳朵多处都有缝合，那新生的豆瓣似的白肉十分扎眼。这难道是我朝思暮想的夫君吗？这难道是我钟爱的那个仪表堂堂的状元郎吗？柳碧云不能相信她的丈夫会是这副模样，苦苦期盼的苦尽甘来的重逢怎么竟如此捉弄人！命运太不公平了，命运简直就是魔鬼！柳碧云不能接受这个现实，她摇晃着他的双臂，大声哭喊着：“为什么呀?！为什么呀……”

高凤阙重新戴好墨镜，面色冷峻如铁：“现在分手还来得及。我不想连累你，也不想连累家庭。我给家庭带来的伤害还不够吗？我之所以化名‘佐佐木（目）’，就是要牢记我只有一只左眼，我要用这只眼睛独立地看世界，看中国，看他们怎样发生化学变化。过去那个高凤阙已经死亡，现在，我和炸弹相依为命……”

柳碧云大惑不解："你和炸弹相依为命……我的状元郎，你果然疯了……"

高凤阙咧开嘴苦笑了一下，脸上的皮肉扯向一边，笑得很难看："这是我的工作。"

"工作？什么工作不能干，偏要……"柳碧云用拳头擂着丈夫的胸脯，忽然停顿下来，似乎悟出了什么，"啊，你……"

"对，我在研制炸弹。"高凤阙索性将自己的身份直白地说了出来，"我在日本加入了孙文先生领导的兴中会，要推翻腐败无能的清政府。现在天津的这个化工厂，就是秘密制造炸弹的。制造炸弹非常危险，随时可能毁于一旦，而且，只要它存在一天，清政府都不会放过它，随时有查封的可能，所以我不能再连累家庭，连累你。懂吗？"

柳碧云被丈夫的话吓得捯不过气来，战战兢兢地问："大清朝好端端的，怎么要推翻它？"

高凤阙满腔义愤道："什么，好端端的？我们要亡国灭种了！你没看到，贪官污吏遍地横行，政治腐败千疮百孔，外国列强几乎要把中国瓜分掉……得了，这些大道理你不懂，就从你自身说吧！——我首先向你道歉！过去我也不懂。比如，你爱唱戏好不好？好啊！在国外叫'艺术家'。可马家大少爷骂你是什么？是'戏子'，是'下九流'，低人三等。这公平吗？再说，你一双大脚，能走能跑，这多好？在国外，可以是顶呱呱的运动健将、运动明星，可咱结婚那时，被人嘲笑是'大脚婆'。你为啥要自己动刀子剪掉脚指头……"

说到柳碧云自身，她一下子明白了许多，新婚之夜的休弃，感业寺的遭辱，四年来夫妻的离散，进而想到父亲被文字狱的追杀，公公婆婆的死难，马家的仗势欺人，这些苦难的根源原来全在这里，遂问："那推翻了清政府就好过了？"

高凤阙说："对！我们要建立一个民主、自由、平等、人人富裕的中国。具体到女性来说，首先废除妇女缠足，实现婚姻自由，妇女可以读书，可以出来做事……"

柳碧云重新扑进丈夫的怀抱，将信将疑道：“你说的这些是真的吗？不管怎么说，你们的钱来之不易，就从咱们钱庄贷款吧，我给你最低息。”

“不，不不！”高凤阙说，“还是汇丰银行吧！那样隐蔽一些，不易暴露。”

“不，咱们重逢容易吗？我已经回到高家，要把过去的生意全恢复起来。银号是咱家的正当生意，你就是从汇丰借了，我仍然要给你把款子送去，谁让你是我的丈夫呢？”

柳碧云一边说，一边看着丈夫，此刻，爱意盛满了两人的双眸。不知不觉，她解开了丈夫的衣扣，将滚烫的脸颊紧贴着丈夫赤裸的胸脯，倾听他强有力的心音。高凤阙被她的热情融化了，一时竟心旌荡漾，浑身燥热，当他猛然想到自己的使命时，又赶紧推开她：“我很丑，我的性命难保，随时会坐牢、杀头。我欢迎你回到高家，我可以立即为你写一份复婚书，但是，我不能占有你的身体。”

柳碧云哂笑道：“复婚书还有必要吗？为争到一份复婚书，我曾辜负了公公和婆婆。我才不那么傻呢！我要的是人，是你这个活生生的人。人不比一纸空文更重要吗？”说着，重又依偎在丈夫的怀里。

一会儿，两个青春如火久未谋面的夫妻都被欲火烧得难以自持了。高凤阙摘掉墨镜，甩掉和服，又帮妻子飞快扒掉衣衫。秋末的天气已经转凉了，这对心急如焚的夫妻却赤裸着全身。看到妻子光洁如玉的胴体，一种强烈的欲望使高凤阙感到饥渴难耐。他呼吸短促，太阳穴上的青筋直跳，身下那个东西噌地竖了起来。他知道今晚面对的是娇美的鲜花，是可人的仙子，是美味的醇酒。他力士般伸展双臂，将妻子托举起来平展展放在床上。柳碧云已不再害羞，用手轻轻握住他直挺挺的下体，笑问：“能行吗？别跟上次一样，弄到外边去了！”高凤阙说：“上次太可惜了，要不孩子都三四岁了。”说着，翻身上去，刚刚俯下身子，楼下传来山摇地动般的擂门声。

张尚国半夜不见东家回来，叫上韩铁锤，一齐打上门来了……

3

清晨，黄浦江上的薄雾尚未消散，清冷的客货码头上晃动着零零星星起早赶航船的人影，卖茶鸡蛋和煮海螺的小贩或高或低哀苦的叫卖声，不时被悬挂着各种外国旗帜的铁甲火轮船骄横的汽笛声所淹没。

一会儿，只听马蹄嗒嗒，铁轮滚滚，三辆标有汇丰银行标志的铁轮敞篷龙镖车风驰电掣般驶来，码头上的旅客闻之莫不惊慌失措，急忙为它闪开一条通道。马车停稳后，大买办许正义在四个保镖的护卫下，缓缓走下马车。许正义穿一件缃黄色提花贡缎夹袍，外套鼠灰苏绣马褂，头上扣着玄缎小帽，鼻梁上架着茶色水晶无框眼镜，手里拄着黑漆漆的文明手杖，脚上蹬一双时兴的黑色皮鞋。他高傲地昂首四下看了看，脸上似笑非笑，一副不可一世的样子。

看到许大买办来了，早就守候在轮船舷梯下化名佐佐木的高凤阙带着王会计迎上前去，用日本礼节向他问好。

“喔，你们到了!”许正义点头淡淡地问。

高凤阙用日语问声好，然后赔笑道：“对不起呀许先生！今天不能成行了。日本东京总部发来电报，命令我立即返回。真是太抱歉了！我们愿赔偿阁下的一切损失!”

许正义没理会他，将手杖交给一个保镖，张开双臂，另有保镖急忙上前用长毛鬃刷为他小心翼翼拂去肩头、后背和裤脚的尘灰。末了，许正义摸了摸他粗重的八字胡，接过手杖，漫不经心道：“知道了，你们走吧!”

高凤阙深知此事不会如此简单，这是一种极度蔑视的神态，急忙跨前一步，伏在他的耳边，用婉商的口气道：“请问先生，这个损失我们如何赔偿……”

许正义将手杖挂在臂弯，摘下他的茶色眼镜，用一块白丝手绢擦拭着，故作惊讶道："损失？现在还谈不上。你是一去不复返了，还是想取消这次契约？"

高凤阙为难道："我想……"

许正义戴好眼镜，旁若无人地大笑道："哈哈！你当我是瞎子聋子？告诉你吧，这个上海滩，无论走到哪里，无论哪个旮旯拐角，都是我许正义的地盘。昨天晚上敬轩钱庄那个婊子和你睡了一觉，当我不知道？本想上去共同玩玩这个贱货，又怕打扰了你们的鸳鸯美梦。"接着，许正义压低声音，假惺惺关切道："喔，上海这个地方晚上挺凉，没着凉吧？哈哈……现在，你想把世界上最大的大不列颠大英帝国的汇丰银行给甩了？没那么容易！赔偿损失用不着在这里谈。你应该知道，这回那个臭婊子死定了！"

"我不许你伤害她！"高凤阙愤怒道，"我和她没任何关系！"

"没关系？贼不打自招了吧！哈哈……"许大买办狂笑着，满脸淫荡地说，"那个臭婊子长得不错，什么味道，能不能说出来，大家都去尝尝，啊？哈哈……"

"你卑鄙，无耻！"

高凤阙愤怒了，扑过去揪住许正义就要动手，反被他的两个保镖顺势扭住，另外两个保镖上来，一顿凶猛的拳脚，高凤阙立即遭殃了。他头发散乱，鼻口流血，墨镜也被打落在水门汀地上跌得粉碎。有几个巡警闻声跑了过来，显然是认识许大买办的，恭敬地问怎么回事。许正义指着高凤阙说："这是一个冒牌的东洋货，你们把他好好教训教训！"

说着，许正义在保镖的簇拥下跳上马车，掉转车头，扬长而去了。

4

没过几天，敬轩钱庄遇到的麻烦便接踵而至了，而且大有黑云压城之势。

首先是青帮洪帮的骚扰，接着，松江知府和上海县衙的衙役书办也先后来过两回，肥吃海喝后又搜刮了些银钱走了。接着，是第二笔贷款被无缘无故取消。这笔业务是与上海公和永丝厂签订的，正要按约给他们放款，这天厂方突然派来一个小小的采购员，上门告知，这笔款项他们用不着了。问其原因，小采购支吾了半天，也说不出个所以然。一会儿说今年秋季蚕茧歉收，厂长不让下乡收购了；一会儿又说他们老板出国了，厂里没人做主。说得自相矛盾，驴唇不对马嘴。后来得知，是许正义使尽手段，硬是将这笔生意“撬”走了。

本来，由上海富商黄佐卿开办的公和永丝厂，一开始就是外国洋行的眼中钉。他们千方百计对它排挤打压，必欲置之死地而后快，十多年来一直摩擦不断，势同水火。丝厂的开办，彻底打破了洋行对生丝行业的垄断，洋行再也不能随意压低收购价格，玩弄坑害蚕农的把戏，继而囤积居奇，控制市场，兴风作浪了。工厂与蚕农建立起稳定牢固的购销关系，他们价格适中，让利于蚕农，并积极鼓励和扶持蚕农扩大种养面积。他们的丝织品质量上乘，花色品种颇具民族特色，可与国外产品相媲美。由于价格略低于欧洲市场，因此极具竞争力。但这个厂流动资金不足，每逢蚕茧上市季节，为了争夺和囤积货源，常常到处伸手借款。上海的华商银号倒是不少，一般说来规模都比较小，资金比较分散，往往跑断腿也筹不到几个钱。由于十几年来与汇丰银行和怡和洋行结下仇隙，他们之间，可谓鸡犬之声相闻，老死不相往来。现在，汇丰银行的大买办许正义突然伸出橄榄枝，黄老先生感激还来不及呢！

第二笔贷款泡汤后，年轻的女东家坐不住了。她想，上海滩是你姓许的地盘，你可以呼风唤雨，我们陕西和西北，远在千里之外，你大概鞭长莫及吧？干脆，给慕容先生发封电报，让他在西安找一个大客户，商定好贷款数额和利率，然后由上海放贷，这样该万无一失了吧？

慕容先生真是一把金融能手，两三天便与兰州制呢局西安办事处的官员商定妥帖。他们急欲扩大生产，正好要到上海德国洋行购买机器，需要一大笔款子。这真是打着灯笼也找不到的好事。

制呢局的首席采办官姓毛，三十来岁，年轻又精干，少年得志，已位居四品；带着三个技术人员，说话办事，待人接物，很有一股虎虎生气。兰州制呢局是陕甘总督左宗棠于光绪四年（1878）在西北地区建立的首个使用大机器生产的近代工业企业。整套设备和技术全部从德国引进，工程技术管理人员全都聘用德国专家，而将头号工业技术强国英国拒之门外。左大帅鄙夷英国人，认为他们太过狡猾，不值得信任。这其中有一个原因，当年湘军和太平军作战时，清政府花了一百多万两银子，委托一位英国驻华高官从英国购买几条火轮船，并请他们帮助中国训练一支水上舰队，以便攻打太平天国的都城天京。谁知英国人并无诚意，一味按自己的意图行事。他们买了几条淘汰下来的旧火轮船，雇用了一些英国水兵，任命了一个英国军官做舰队长。这样，英国人拿了中国政府的钱，却建立起一支英国舰队要开往中国。湘军统帅曾国藩一听就火了，怒斥道："放狗屁！把我们当小孩子耍?！英国军队开进中国像什么话?"后来，朝廷和他们反复交涉，都无济于事。最终，曾大帅急眼了，发狠道："豁出去银子不要了，也不能让英国军队进来！"当时，左宗棠为曾大帅出谋划策，这件事一直记忆犹新。英国人的狡猾他是领教过的，因此，无论兴办福州船政局还是兰州制呢局，从不让英国人插手。左大帅"不与英人交往"的遗训一直是这两家企业的金科玉律，毛采办自然牢记于心了。

毛采办带领人员到达上海后，立即拜会了敬轩钱庄，柳碧云亲自在红玫瑰酒店为他们接风，他们说要和德国泰来洋行具体商洽供货清单，然后再来提款。谁知此一去便泥牛入海杳无音信了。原来，许正义的伙伴马伯牙，早在西安就盯上了这支采购团，将消息通报给主子。他们一到上海就被许大买办用金钱美女俘虏了。

许大买办的这几招，只是给敬轩钱庄女东家一点儿小小的警告而已，不过毛毛细雨，挠痒痒罢了，未伤及其筋骨。此时，如果柳碧云知趣的话，提上礼品上门认个错，赔个不是，或者干脆向他出卖肉体认作干爹，不但可以轻松过关，说不定还会得到许多怜悯和关爱。那样岂不两全其美? 但是，柳碧云生来就是执拗脾气，多的是山野气息，不但不识相，而且放出狠话：“他整不死我，我就咬他一口，让他别太自在了！”

这话很快传到许正义耳中，许大买办从未见过在他面前不服软的人，何况是个女人，他咬牙切齿道：“好一个柳碧云，那你就死去吧！”于是，对敬轩钱庄使出金融业最致命的撒手锏——挤兑风暴。

这天一大早，敬轩钱庄刚开门，就有一大帮人拿着各个钱庄开出的银票找上门来，要求兑换银子。他们气势汹汹，吵吵嚷嚷，几乎要将小小的门面挤垮。

柳碧云在后堂坐着抽水烟，这是她新近学会的本事，在喷云吐雾的闲适中，仿佛吐出了心中的不快。看到大掌柜张尚国来来回回不断打开银库取银称银向前店送银子，问：“今天怎么了，只出不进？”张尚国额头上满是汗珠，哭丧着脸说：“东家，不得了，挤兑终于开始了！要不了半天，咱就得关门歇业！”

柳碧云问：“咱还有多少现银？”

张尚国说：“咱的现银再多也顶不住！来兑换银子的，用的全是其他银号的银票。”

柳碧云说：“岂有此理，不兑行吗？”

张尚国说：“不兑不行！银号业实行‘通存通兑’，咱加入了上海钱业公会，就得遵守规矩。”

柳碧云将水烟袋往桌子上一蹾，怒道：“有人要掐死我，我还伸脖子给他？我才不那么傻呢！你知道这背后主谋是谁？”

张尚国说：“那还用问，准是许大买办。别人，谁也没这个能力！”

“我猜着也是他！”柳碧云顿了顿，发狠说，“来而不往非礼也！早上你太忙，我还没告诉你呢。昨晚我听大姐高凤仪和那个洋姐夫卡里说，许正义的商船，在南海遇到台风沉没了两艘，损失了上百万两；他儿子的宝鑫钱庄，钱全拿去炒股了，被套了四十万两。怪不得今天一大早上我的门来挤兑，这是让咱给他填窟窿垫背哩！”

张尚国如梦初醒道："哎呀！怪不得这么凶，这是'恶意兑现'！本该拒付的，但许正义势力大，咱得罪不起呀！"

柳碧云站起来说："你别出去，将银子放下，我去应付！"

张尚国只怕事情闹大了不好收拾，奉劝说："东家，还是我去吧！你千万不敢将刚才说的事捅出去，否则，许正义会记恨你一辈子的！"

"不怕！"柳碧云说着，已走出柜房。

踏入前店，只见柜台前乱哄哄挤满了人。大家见女东家来了，纷纷嚷道："快给我们兑银子！张掌柜呢，没银子装狗熊了？再不出来我们可要砸店面了！"

柳碧云沉着脸没有搭话，随便看了看几个人手里的银票，果然都是许正义和他儿子所开钱庄的，随即便扔在了地上，斥责说："这是擦屁股纸，也想兑换银子？"随即威严地吩咐道："铁锤哥！你给我看好了，谁敢胡来就给我轰出去！"

柳碧云三两句话就将店里起哄的人镇住了，接着，她穿过人巷，走向人潮汹涌的店门外。

走出店门，柳碧云做梦也想不到，她的店前会有这么多人。他们你推我搡，互不相让，仿佛暴雨前一大群急于逃命慌乱无序的蚂蚁。他们手里大多拿着外庄银票，也有拿着本庄银票的。远处，七八个有过一面之交的青帮洪帮人物没直接上前，只是在周边逡巡着，欲走不走的样子。看到这种架势，柳碧云反而觉得好玩，仿佛演戏一般。戏台上如果看到台下黑压压一片就犯怵，那怎么压住台子，怎么唱念做打，还不把戏演砸了？

柳碧云向外走的时候，哥哥韩铁锤也跟了上来，悄声问："要不要把屋里的人赶走。"柳碧云说："别急，他们会自己出来的。"说着，一步跨到门前的石礅上，高声向台阶下喊道，"各位先生，贱妾这里向众位施礼了！本店经营正常，库银充足，用不着担心。现在乱哄哄这个样子，谁也不好兑换银两，所以我宣布：凡本店开出的银票，请下午前来兑换；其他钱庄开出的银票，本店概不兑换！"

屋内屋外一下子炸锅了，围着柳碧云，纷纷质问什么原因。

柳碧云道："原因很简单，许正义先生的商船，在南海遇到台风，有两艘沉没到了菲律宾海面，损失了上百万两；他儿子的宝鑫钱庄，大家知道，那钱是用来炒股票的，被套了四十万两。像这样的经济灾难，我们不能为他们填窟窿！——道理就这么简单！"

话音未了，人群中七嘴八舌问："这是谁说的，你敢不敢担保?"

柳碧云接着说："你们对许正义说，这是敬轩钱庄女东家高柳碧云说的！如果这里有一句假话，等着大伙儿来砸我的招牌！"

柳碧云嗓子嘶哑了，声音不算很高，但人群中还是引起了巨大的反响。这时，那些平素受过许正义欺压的人首先动摇了，惶惑地看看左右，开始心疼自己存在许氏银号里的股份、庄票或者银票了。毕竟，手里拿着他们开出的银票，只有回到那里兑换才是天经地义的，于是悄悄离开了。那些茫茫然被人流席卷而来的持有敬轩钱庄银票的人，早就察觉今天风头不对，兑换银子不是时候。谁不盼望敬轩钱庄兴旺发达，利息高涨，今天何必来凑热闹呢?于是，不声不响跳出圈外，或干脆回家了。只有那些许氏门下的死硬分子还在闹腾着，不过，他们几乎清一色是许氏钱庄的投资者，听到这个骇人听闻的消息，无异于听到了丧钟，一个个面面相觑，巴不得长了翅膀立即飞回去，夺回自己来之不易的股金。

看到留下的人如同霜打的茄子，低头耷脑，人心涣散，柳碧云开玩笑道："怎么，还不快回去，要用八抬大轿送你们?哎呀！只怕回去迟了，十两银票一两也拿不到了！"

柳碧云一句提醒，许氏钱庄派来的人再也待不住了，一个个兔子一样撒腿就跑，唯恐回去迟了银子就抢不到手了。

张尚国和伙计们一直胆战心惊地护卫着柜台，生怕有人来砸，奇怪的是，女东家的一番话竟然产生了奇效，屋内的人出去了，屋外的人离开了，如同变戏法一般。他们真不敢相信，一只小小的蚂蚁，怎能斗过一头大象，因此，不无担心地劝说东家赶快想个万全之策吧！

可事情的发展最终出乎所有人的预料。许正义发起的这场针对敬轩钱庄的金融挤兑风暴反而吞没了自己。由于他手下的银号自以为有汇丰银行做靠山，发行的庄票常常超过资本金十倍甚至几十倍。这其中产生了巨大的泡沫风险，因此，只需一个蚁穴，整个大堤就可能彻底垮塌。事情正是这样，一个上午许氏老少共五家钱庄全部倒闭。许正义虽然从汇丰银行借来巨额资金，但不过杯水车薪而已。正因为这笔无法归还的贷款，他被服务了几十年的汇丰银行解雇了。据说他的儿子被愤怒的债主打死了，尸体没有下落。

第十七章　蓉城来信

1

柳碧云身在上海，心里一直惦记着小叔子高凤雏和卢虫儿。小叔子又疯又痴，卢虫儿矮小貌丑，将他们两人派往成都，实在是无奈之举。回头看看高家门中，还有谁能独当一面呢？怪不得公公在世的时候，一心一意要将自己从感业寺请回家。想起公公，柳碧云黯然神伤，不由得掉下泪来。眼下，上海这边的事情已大体结束，二婶一再催促她早日动身回陕。下一步该如何安排，还要看成都那边进展如何，于是，将小叔子从成都寄来的三封信函一并拿在手中，默默翻看着。这还是她一到上海住进租界二婶家以后，按照事先约定，将地址用电报拍给成都陕西会馆，从而互相通信联络的。

第一封信写于光绪二十五年（1899）九月二十三日，内容是这样的：

尊敬的大嫂钧鉴：

分别以来，不觉已近两月，思念殊甚。不知近日可好？请代问二婶、大姐及全家安好！

小弟和卢大哥自出发后，走了几乎一月，翻越了巴山蜀水，终于到达成都。“蜀道之难难于上青天”，这是当年凤阙大哥背诵李白诗篇时，小弟偷听来的诗句，这次身临其境，才真正体会到路途的艰险。以小弟愚见，三叔高敬寅凭借自己的实力，一直与家族闹独立，早就离心离德另起炉灶了。若直接上门索取账单，必不被接受，故不能贸然行事，应先做一番了解再说。此所谓“知己知彼百战不殆”也。

遵照您的嘱咐，我们住进了陕西会馆，三叔的宅院亦在近旁，正可以常去打探。小弟至愚，没有其他本事，也不懂营生，思来想去，只好扮作一个拆字算命先生。卢大哥本来会吹烟吹火，但要把戏只有这两下子不行，亏得他见多识广，心眼活泛，想起前些年流浪时，曾跟一位磨刀师傅混过几天，胡乱听了些行话，说出来一套一套的，不管会不会可以糊弄人，只要别把刀刃子磨成刀背就行，三分干七分吹呗！这样，我们各操一业，在三叔门前设下埋伏，以便观察行踪。你可能担心三叔家人会认出我来，其实无妨。我和父亲在监狱蹲了半年多，早已瘦得脱了形，加之入川一路颠簸，栉风沐雨，脸色早已黑黢，不再是那个白白净净的富家少爷了。别说三叔不认识，就是三婶和二哥凤池见了，也不一定认得出来。

三叔果然厉害，可谓经商的行家里手，父亲将西南放心地交给他掌管，近几年又有了长足发展。据初步了解，现在三叔手里有银号三家，当铺五家，盐井（含盐场）八眼，盐号七十二家。这些盐号遍布自贡、成都、重庆、雅安等府县直到贵州赤水河两岸。捐了四品道员的三叔，还是置地的能手。他特别看好成都东北郊的金堂县，在那里已购置了万亩良田和山林。其中有一处叫“小竹山”的山冈，面积不算很大，三面环水，一面靠山，树木葱茏，景色优美，据说风水极好。三叔早在两年前就在那里动工修建庄园了，以做养老之所。以上财产，初步估算已在七八百万两银子。

说来也巧，我在这里碰见马赛花了。你可能不知，马赛花就是那个和我相好的马家大姑娘。本来我们早该成亲了，她们家官高势重，不许她嫁给仇家，她就一直扛着，任谁说媒说破嘴也不见。她比我大两岁，如今老大不小了。

马赛花是听说我来了成都，死活闹着跟父亲和哥哥也一起来了。她六叔马六合任四川道盐运使，手上的权力很大。马赛花见到我，开口便问：“你三叔怎么搞的，名下有那么多土地，就舍不得小竹山?”我问：“怎么了?”她说：“成都洋人教堂要到金堂县传教，看上了小竹山那块山坡，前几年和他协商买地盖教堂，他没同意。后来通过官府疏通，也被他回绝了。可洋人心里一直惦记着，现在看他在那里大兴土木盖庄园，这不是自找麻烦吗?”我问：“听到什么风声没有?”她说：“目前还没有。”不过，她在六叔那里见到了高鼻子蓝眼睛的洋人……

马赛花还告诉我，她这次来成都，还有一个重要原因，就是来看望她二叔和二婶。她二叔马仲奎本来在京城任刑部侍郎，官居二品，由于大清国驻日本大使馆一等秘书李某人的举报，所谓“高凤阙日本报纸诋毁朝廷案”最终水落石出。原来，马仲奎为了诬陷我大哥，授意他的九弟、驻日大使馆政务参赞马救时假借“凤阙”的名字发表了这些文章，举报人将他们往来的电报底稿附在奏折后面，提供了最有力的证据。这一下，慈禧老佛爷震怒了，本来要将他治成死罪，后经荣禄、王文韶、袁世凯等重臣说情，才将他外放偏僻的地方去做知县，永远不许回朝。马仲奎没脸回陕西做官，觉得六弟马六合这几年在四川羽翼渐丰，势力不小，便上下使银子来了四川，被放了金堂县知县。至于马救时，免职后又去了日本，往来于中日之间做生意。

我一连几天没有开张，听了这些话心里更烦。说真的，当个算命先生混口饭吃真不容易。马赛花给我和卢大哥送来荷叶饼夹笼笼肉，吃完，我让她别走，写个字拆拆看。她取笑我是白字先生教书，把“一”字当“扁担”哩，反让我自己拆个字算算这次到成都流年运程如何。我随手写了个“林”字。她问怎么解？我手舞足蹈故弄玄虚说："'木'中之'人'本是我，卢哥亦为'木'中'人'；四川遍地皆活水，双'木'在此必成'林'。这是'水生木'之象，我和卢大哥会大获成功的。"她哂笑着问："'林'怕的是什么？"我说："那还用问，当然是火。我们两个遇水则生，遇火则亡。'林'下加一个'火'，不是'焚'吗？那一切就都完了。"马家大姑娘发狠说："就拆这个'焚'字。"我惊讶道："你疯了，什么字不能拆，这个字不吉利呀！"她说："要是家产和一切都烧光了，我们就可以在一起了；文君夜奔来了成都，后来无以度日，开了个小酒店，文君当垆，相如杂作，那才叫形影不离和和美美哩！"我被她的话感动得发痴，觉得自己就是那个司马相如了……

卢大哥的生意倒是有人光顾，不过，磨过刀剪的人不是不给钱，就是很快又找上门来，骂他是瞎子锔锅，越锔越缺；癞蛤蟆唱戏，只会吹大气！这一下卢大哥卖开嘴皮子了，说他们是破锣不经敲，破刀不经磨，破裤子不经穿，破女人爱啰唆。这话一出口，差点儿没挨打。

我想给三叔捎话，让他在小竹山的事情上小心点儿，别再执拗了，可一直见不着他。听说他到自贡行盐去了。这天，从三叔门里走出一位五十多岁中等身材的汉子，他皮肤黑赤，双目炯炯，脚步稳健，一看就是个精明强干的人。他背着一个帆布褡裢，里面鼓鼓囊囊的。看到卢大哥的磨刀板凳，问："你都会磨什么刀？"卢大哥见问，吹牛道："我什么刀都会磨，长刀短刀钩镰刀，钩刀弯刀镂丝刀。"那人将他的褡裢打开，一下子取出二十多种刀具，除了长刀短刀钩镰刀，钩刀弯刀镂丝刀，还有三角刀、圆弧刀、双月刀、开槽刀、起线刀，真可谓五花八门，应有尽有。卢大哥一看傻眼了，他哪会磨这些刀呀？这么多刀具看得他眼花缭乱，有些从来没见过。不过，卢大哥久在江湖行走，知道的事挺多，一下子猜出来这是一位木工雕花大师，遂说："我师傅在的时候，认识一位雕花匠，名叫

‘吴一刀’，有一百二十多种刀具，那都是特制的，能在一尺见方的门贴板上雕刻出《郭子仪大拜寿》的百十号人物，那近前的驸马爷和公主刚斗过气，眼珠子还能动哩！”雕花匠问：“你师傅是谁？”卢大哥说出了他认识的那位磨刀师傅。雕花匠说：“我就是吴一刀，眼下正在高老爷的小竹山做活。这些刀具只是一小半，我急着用，你磨好三天后给我送来。高老爷给我的价格是一两木屑换一两黄金，我不会亏待你的！”说完，扔下褡裢，大踏步走了。

卢大哥哪会磨刀啊？他是茶壶打了把儿，只剩下嘴了！揽下这个活，把他愁死了，又不敢胡磨乱动。回到住处，他没有磨刀，也不吃不喝，而是蒙头大睡，一睡就是三天三夜。他的招灾惹祸，完全在嘴，谁让他胡吹冒撂呢？

那两天，没卢大哥陪伴，我身只影孤，心里好害怕。马家姑娘也没来看我，我就痴痴地整天想她的好处。这天下午，我早早收了摊子，背着包袱从三叔门前经过，听到里面嚷成一片，仿佛是女人们吵架。站在大门口一看，和三婶吵架的是四姨太，两人谁也不让谁，招惹得二姨太、三姨太也跟着看热闹。我听了半天，方才知道，原来三婶出嫁时，陪嫁中有一个苏州大漆平螺钿首饰盒，那是她的心爱之物，后来随三叔带到了成都。这几年她在渭南老家，三叔在成都一连娶了三房姨太太，他最喜欢四姨太，什么事儿都宠着她，就把首饰盒交她保管。三婶来成都后，讨了好几回，四姨太不但不给，还说了许多不入耳的话。三婶本来就气不顺，今天看几个姨太太在花厅打麻将，丫鬟们都去陪伴着，四姨太房门没关，内间没人，就擅自去拿了。谁知这事让丫鬟瞧见，当即禀报了四姨太。四姨太将牌一摔，追上她夺那首饰盒，说里边有什么金银珠宝，两人为此大吵起来。四姨太骂道：“怪不得前两天我的两张银票没了，原来咱们家出了内贼了！”三婶质问：“谁是贼？你才是贼呢，不是贼怎么偷了我家老爷？”这一下犯了众怒，二姨太、三姨太随着四姨太一起嚷道："你别拿大，我们都是老爷明媒正娶过来的！"三婶势单力薄，斗不过人家，气得直哭。四姨太抢过首饰盒，用力摔碎在地上，说里边少了红玛瑙、绿翡翠、金项链、金戒指什么的。但是地面上除了首饰盒碎片外，什么也没有。这显然是四姨太故意设计陷害三婶，让她当众出丑，好一泄私愤。四姨太身材窈窕，姿容妖娆，嘴巴比刀子还快，三婶嘴笨，怎是她的对手，只是坐在地上啼哭。四姨太占了上风，鼻子一哼，冷笑着离开了。

看到这里，我有点儿气不过，将包袱往门外的石狮子腿窝一塞，冲开看热闹的人群，跑进去搀扶三婶。三婶问："你是谁，怎看着面熟熟的？"

我说："我是凤雏，你不认识我了？我来了半个多月了！"

三婶问："高家被你大哥毁了，你还没羞没耻来这里干什么？"

我当时不知怎么就犯浑，舌头僵硬得拐不过弯，照直说："我是奉了嫂嫂之命，来查三叔账务的！"

三婶嗔怒道："是那个感业寺的尼姑吧？她怎么回来当家了？你回去告诉她，成都早就和你们渭南脱离干系了，想在这里捞一把，没门！"

说着，喝令家人用棍子将我撵了出来……

2

小叔子高凤雏的第二封来信写于前封信的后两日，这封信详细讲述了三叔高敬寅不愿屈服洋教堂，始终不放弃小竹山的土地，最终被盐运使拘押的过程。柳碧云也不去看那抬头，只拣要紧的来看：

……想不到卢大哥如此嗜睡，好不容易才将他唤醒。我说："我不去三叔门口摆摊了，三婶会派人打死我；你接了吴一刀的刀具不会磨，干脆，趁我闲着，咱跑跑腿，访一个磨刀高手，磨好给他送去怎样?"卢大哥光着屁股在床上跳起来说："哎呀！还是你们读书人脑子好使，我怎没想到?"我说："你快去撒尿吧，再睡三天三夜自然就想到了!"

"功夫不负有心人"，这话不假。我俩经过一番打听，果然，说四川巡抚衙门前有一位白发老者，是磨刀高手，不过他不经常出摊，很难碰到。问他住处，云根鹤影，竟无人知晓。没办法，只好蹲点傻等呗!

成都督院街的热闹天下闻名，这里不但坐落着总督衙门和巡抚衙门，其他如布政、提学、提法三司衙门，盐法、巡警、劝业三道衙门均在这里公干。于是，那些卖水果的、卖小吃的，卖针头线脑的，卖小五金的，以及说书打卦耍猴修脚剃头挖耳朵的各类行当也聚集到这里来营生，大都见缝插针，抬蹄割掌，将衙门前挤了个水泄不通。这天下午，苦苦蹲守两天后，我们终于见到那位白发磨刀师傅。他一看刀具，便说这是吴一刀的，问我们是他什么人。卢大哥爱吹牛，这毛病怕是一辈子也改不了了。说他是吴一刀的关门弟子，十八般武艺都学会了，就是不会磨刀。磨刀师傅呵呵笑道："哎呀！真是人不可貌相，海水不可斗量，你这个土行孙能有他一半本事就是人上人了!"接着，磨刀师傅收下刀具，说"你们明天来取吧，我不收你们的钱，吴一刀是天下第一豪杰，最讲义气，为他磨刀是我的福气。"

第二天中午我们准时从磨刀师傅手里取了刀具，正要转身离去，远处忽然传来当当的锣声。听到锣响，人们吓得四散奔逃，慌忙闪向街道两侧，又不知是哪个衙门的官老爷回衙了，故将近处的大门暂先让开。那些手脚不利索的，不是撞倒了挑子就是踢翻了箩筐，又来不及去拾，只见各种什物滚落了一地。这时，有传闻说，是盐运使马大人马六合抓了几个抗税不缴的刁民回衙了。小弟心下嘀咕：这些刁民也实在可恶，既想做生意又抗税不缴，天下哪有这种道理？

一会儿，打着行牌抬着一面大筛锣的衙役走过后，是一顶八人合抬的红杆绿呢大轿。大轿后面，押着五六个蓬头垢面的人。他们形容枯槁，衣冠不整，好像走了很长的路，有的赤着脚，有的掉了一只鞋子，全缚了双手，一个个用麻绳牵着。见此状况，小弟一害怕就犯了病，想起去年和父亲一起被拘的日子，不禁浑身战栗。这时，有人说那头一个被缚的，就是当今四川第一大财东高敬寅高三爷。小弟听到这话，当然不信。心想我三叔既然是第一大财东，怎能缴不起几个税钱？周围人笑我太痴，说我真是书呆子。人家七嘴八舌告诉我，马六爷做了盐运使后，伙同抚台、藩台、臬台、巡警、道台以及州县官吏，几年来将盐税翻了两倍多。眼下，正是年底前行盐旺季，马六爷大嘴一张，出了新规，所有盐场，必须到马家银号借贷，利息高得出奇。不借贷者别行盐。这些银两，全是他近几年收下的赃银贿银。高三爷当然知根知底，自己手中不缺银子，硬是扛着不借。高三爷带头抗贷，有些不识相的也跟着起哄，这一下惹恼了盐运使。这马六爷可不好惹，他大权在握，心比蛇蝎还毒。一计不成，再来一计。在批发税、出场税、河运税、治河税、抚兵税、团练税、提学费、人丁费等十几种税捐之外，又加征一道转场税。高三爷是什么人，平素对马六爷眼角都不瞧他。什么转场税，巧立名目都不会，批发税和出场税本就是一家子嘛，早已包含其中了，这是三重叠收啊！

又有人说了，你们只知其一不知其二。就是高三爷将转场税缴了，还会有什么到场税、过场税出来。盐运使这叫一箭双雕、一石二鸟，他这是明着下套，在为洋人讨要小竹山……

听周围人这么一说，我忽然明白了，怪不得马赛花提醒我，让三叔当心点儿，在小竹山上别坚持了。小弟心疼三叔，这牢狱之灾可不是他能忍受的啊！小弟正在暗自着急，忽然一阵乱哄哄的吵嚷声传来，原来，是那些盐工、船工、背夫、挑夫、纤夫们前来挡驾请愿了。十几家盐场查封后，这些人当下断了生活来源。他们大约有一二百人，喊嚷着冲了过来，在盐法道门前黑压压跪了一片，挡住了盐运使回衙的轿子。

马六合动怒了，从轿子里跳下来，对着人们吼叫道："你们要造反吗？我是朝廷命官，谁敢拦轿，格杀勿论！"

人们并没有被他的威势吓倒，反而愈聚愈多，声声哀求着。有的嚷："大老爷，您就开开恩吧！盐场一查封我们吃什么呀？"有的喊："大老爷，您就开开恩吧！我们产盐的省份竟然没盐吃呀……"

穿着三品孔雀补服的马六合在人们面前焦急地踱着步子，衙门近在咫尺而不能回舆，这太让他丢脸了。马六合个头不高，身体滚圆，仿佛一只滚来滚去的碌碡。他与众不同的是腮帮子的那一团刺猬一样乱七八糟的虬髯，说黄不黄，说红不红，每当发狠时皆能根根颤抖。现在他的钢鬃胡须已经颤抖了。只见他将手一挥，衙门里蹿出来一队拿着红黑水火棍的衙役，一边断喝，一边见人就打。大门前顿时一片鬼哭狼嚎，赤手空拳的人们很快被驱散了。

三叔和几个被缚的人蹲坐在地上，由衙役们看守着，不许任何人靠近。当广场上跪地请愿的人们跑开时，看守的圈子被惊慌失措的人群冲开了。小弟知道三叔从自贡一路押解而来，一定又累又饿，连忙买了四五个包子，趁衙役不备给他送了过去。我叫道："三叔！你饿了吧，快吃包子！"

三叔麻木的脸上显出凄惨的表情，问："你是谁呀？"

我这回嘴乖了，说："我是凤雏，你的侄子凤雏。我大嫂现在当家，让我看你来了！"

三叔确实饿了，用拴着的双手抓起一个包子塞进嘴里，一边颤巍巍说："你大嫂当家了就好。这生意往后是没法做了……"

我问："三叔，我二哥凤池呢？他怎不来救你？"

三叔一边艰难地咽下包子，一边说："别提那狗日的了！他和马家大公子穿连裆裤，整天在窑子院鬼混哩！"

三叔刚说到这里，衙役们赶了过来，一顿棍棒，将三叔和我打翻在地，包子滚出去一直掉进了水沟。

小弟被打得头破血流，赶紧抱住头就往外跑。三叔被拽起来拖进盐运使大门，他回头向我喊道："快去找你三婶，让她使银子救人……"

3

对于三叔突然遭遇的灾难，小叔子高凤雏的第三封信是这样写的：

……小弟和卢大哥急急忙忙赶到三叔家，看门的老人家有些耳背，问了半天才支吾说金夫人没在。小弟问金夫人去了哪里，他含混着不愿说清。小弟心急火燎，一闪身闯了进去。大厅里没人，听到西边花厅有搓牌的声音，扑进去一看，原来是四个女人在打麻将，几个丫鬟站立在她们后面边看边说笑。我扫视一眼，没见到三婶。心想这三位姨太太也真够清闲的。我哭溜着腔问道："婶婶！我三婶哪儿去了？"

"你三婶？"那最年轻的浓妆艳抹的四姨太抬眼看了看我，讥笑道："你三婶是谁呀？"

我说："就是高凤池的娘！我是她的侄子，有急事找她。我三叔让盐运使抓进大牢了！"

牌桌上的洗牌声似乎停顿了一下，接着又哗哗响起来，四姨太漫不经心地说："那还不简单，花银子呗！"

我说："我就是为这事儿找俺三婶的！"

四姨太将嘴一撇："你三婶死了！"

小弟退出来，在一处廊檐下，有两个老妈子一边做针线一边晒太阳，一问，方知今日小竹山庄园首期工程完工，三婶由几个丫鬟陪着，高高兴兴看园子去了。

小弟和卢大哥带着磨好的刀具，雇了两匹快马，飞也似的赶往小竹山。

小竹山位于金堂县西南方，离成都不远，属龙泉山的余脉。这里是成都平原东北隅的尽头，于平畴沃野中忽见青峰叠起，臂手相连。但这些山皆不算高，亦无险峻，如平静湖面涌动的一串浪花，如万里晴空飘来的几朵彩云。正是深秋季节，这蜀地与北土不同，看那山色，绿莹莹碧汪汪中夹着几株火红的丹枫，托着几捧金黄的橘丛，如同墨玉翠屏镶上了珍珠玛瑙。这里是千里沱江的源头，但见河渠纵横，水网密布，阡陌连畴，一畦畦休耕的稻田里注了水，镜面般映着天光，一方方水塘中菱藕叶黄芦花飞雪。再看山坳里那三三两两散落的竹篱茅舍，或门前开池，或屋后飞瀑，真个是天府之国的水上花园。小竹山拔于高冈之上，更是这群山的翘楚，诸峰的君子。小弟虽不是风水先生，也不懂什么堪舆的要诀，看了这种形势，也不禁大为惊叹。小竹山地势高爽，阶梯形台地由南往北渐次升高，几座狮头秀峰姿势各异，憨态可掬，或立、或卧、或扑，错错落落呈半环形展开，整体如一把优雅别致的太师椅。山巅上树木稀疏的地方，亭台楼阁已具雏形。山后跌跌宕宕分出两条水流，东曰竹溪，西曰木溪，弯弯曲曲，在平台的下方交汇后蜿蜒向东南流去，最终注入沱江。小竹山负阴抱阳，背风临水，坎为室巽为门，四面众山朝拱，好一派山环水聚的龙居之势！

竹溪上横卧一座汉白玉单孔拱洞石桥，桥面盘曲若虹，拱洞恰如一轮圆月，在水中映出妩媚的倒影。桥头立一道石牌坊，柱子上龙蟠螭护，匾额上刻着“万里桥”三个大字，落款是“柘溪老人黄自元题”。这个黄自元老先生可不简单，他于同治年间殿试高中榜眼，后来做过陕西道监察御史，如今是誉满天下的大书法家，其书法著作《黄自元间架结构帖》流传甚广，被誉为研究中国书法结构的开山之作。小弟在家时天天临习，所以记得。我曾听父亲说，黄老先生中年后居家不出，潜心研究书法。他的家乡湖南安化，也称柘溪，是陕西商人常年收购湖茶的地方，我们行销的“泾砖”名茶，其原料即来自此地。看那“万里桥”三字，欧风柳骨，飘逸潇洒，笔法遒劲沉着，小弟心想：一座小小石桥，何言万里？大约是指距离家乡有万里之遥吧？我不禁想起当年诗圣杜甫居蜀时思念京城长安留下的名句：“瞿塘峡口曲江头，万里风烟接素秋。”这应该是客居异乡的游子挥之不去的乡愁吧！

跨过石桥，便是即将竣工的花园式庄园了。花园的大门，开在一方半月形水池的后面，水池上片石砌岸，弯月处垂柳依依。大门三间，坐于青石台阶之上，房上筒瓦卷棚，迎面两根红漆明柱。门开中庭，上悬一匾，蓝底金字，两个斗大的篆书，曰“溪园”，是当今江南大才子吴稚晖的手笔。两根明柱上挂着一副乌木雕刻的楹联，行楷书体，写的是“善水润泽千山绿，德泉流照万壑明”。旁有一行小字是“醴泉宋伯鲁谨题”。门庭粉墙花窗，水磨青砖墙裙，素净而淡雅。左右的围墙尽是圆头花墙，随山势逶迤起伏，直达山根，宛若长龙。那规模，那气派，在这川中，实属罕见。

看大门的家人小弟认识，名叫李万全，原本是咱家的马夫。大哥上京会试那年曾服侍过大哥，戊戌年抄家时逃到四川。多年不见，见了心热鼻酸，似有说不完的话。他还是那么爱说爱笑，幽默风趣。我看房间的桌案上有毛笔墨盒账册，问是谁在这儿记账。他的黑脸泛出红晕，说是他在记账。原来，他跟随大哥在京的三年里，大哥每天教他读书识字，现在已是三叔这里的半个管家了。溪园开建后的所有用工用料全都由他造册登记，足足记了十大本。我翻阅账册，随意问了问椽子檩条原木砖瓦几种材料，他竟能一口报出总共进了多少，用了多少，剩余多少，放在哪里。小弟十分惊讶，从马夫到学会记账，真正是“壮而好学，如日中之光”。他听说你现在当了高家掌门人，非常高兴，说忙完这里的活儿就尽快回去，听您驱使。看到一直站在旁边的卢大哥急不可待的样子，他说：“你们快去送刀吧，吴师傅在山腰的宴山亭装栏板哩!”

这时，小弟方从呆痴中回过神来，纠正说：“我是来找三婶的。三叔让盐运使抓进大牢了，让她赶快使银子救人。”

李万全咧开大嘴骂了一声：“这倒霉事真会凑份子！上午，成都洋教堂来了一帮人，打头的是个洋教士，质问太太这花园怎还没停工，难道要对抗官府吗？人五人六，指指戳戳，烈蹶得像头老叫驴。太太的脾气你是知道的，那是点火就炸。几句话说崩了，那帮二毛子一拥而上，不但动手打了太太，还掀墙揭栏板，简直疯狗一样。工匠们看不过去，抄起家伙扑上去护住太太，硬是将这帮狗杂毛轰跑了!”

我连忙问：“太太没伤着吧，如今在哪里?”

李万全说：“太太在东院的大厅里歇着，你快去给她消消气吧!”

下了大门台阶，是一座影壁似的石堆藤垂的假山，绕过去可以看到园内的大致布局。这个新建的园林总体分为两大群落，右边是住宅区，左边和后边的小竹山则是花园，中间隔着一道狭长弯曲的池塘。

池塘左岸，依傍曲折的水浒，是一条向北延伸的石板路，路两侧除了竹篱茅舍或亭台楼阁外，随处植有翠竹，一方方，一田田，一畦畦，一弯弯，有高有矮，有粗有细，有野生的，有栽种的，几乎囊括了我所知道的所有竹类。那种竹节像肚子一样圆鼓鼓的是罗汉竹，那种叶片细长有着细密条纹的是凤尾竹，那种竹竿青紫的是紫竹，那种矮秆大叶子的是箬竹，另外还有龟背竹、四季竹、苦竹、方竹、葱竹、淡竹、毛竹等。竹林和竹林之间，又有奇花异草的花坛将其隔开。

大约走出两三箭之地，到了池塘的中腰，水面上卧着一道折带雕栏贴水石桥，连通了东西两岸。池塘东岸的庭院没有院墙，但见树影婆娑，殿宇连甍，水边有一个飞檐翘角的月洞门，看来那就是庄园的入口了。门上嵌着一块黑底绿字的石匾，写的是“溪堂山庄”，两边联句云：“山高昼枕石床稳，泉落夜窗烟树深。”俱是宋伯鲁的题名。宋伯鲁是陕西名士，大哥在京时与之过从甚密，一道参与戊戌变法，去职后回到家乡，一心钟情书画，如今已是誉满三秦的大家手笔了。

小弟和卢大哥走到桥头，就该分手了。不知为什么，这个桥头我似曾相识，好像梦中游历过一般。发了一会儿呆，看不到卢大哥的身影了，小弟这才赶快步入山庄。脚下是一条方砖铺就的东西通道，抬眼望去，路的尽头有一座合抱庭，坐东向西，直对月洞门。南北两边的殿阁均以这条道路为轴线对称展开，庄严规整，相向而建。屋宇刚刚竣工，尚有工匠在客厅的廊檐给楠木雕花窗格涂刷清水桐油。问了问，有人说三婶在上院大殿内让丫鬟捶腿，又有人说这会儿由丫鬟陪着出了山庄后门，到山腰的佛堂烧香去了。

遵照指点，我抬脚就走。山庄依山势而建，北高南低，绕过客厅，绕过大殿，在厢房外的角门和游廊间穿梭。庭院中，栽植有名木佳卉，又点缀以山石水泉，犹如进入蓬莱仙岛一般。山庄既以“溪堂”命名，当然最奇的要属变幻莫测的溪泉了。每个庭院皆由或宽或窄或明或暗或深或浅的石渠相连，淙淙处水流石上，呜咽处泉入罅穴；继而左见一池，右见一桥，或石井雕栏，或画舫水榭，真个是“平地倏然见山溪”。忽闻水声渐大，哗哗作响，循声看去，只见一股泉水从石罅涌出，如银菊怒放，如雪浪朵朵；清澈的水流，沿着小渠，或绕阶而行，或穿廊而过，或盘缠于竹根之下，或与前方支脉合于一处，观其行踪，曲曲折折，神出鬼没，妙不可言。又见晶帘垂挂于巨壁之上，漱石泻玉，激浪如雪，飞沫四溅。下面汪成一方绿潭，碧若翡翠，亮似银镜，其中白石点点，一群鲜红的金鱼摇头摆尾在水中游动，追啜落花，可爱至极。

我急于寻找三婶，没工夫观赏这人间美景，在一个丫鬟的指引下匆匆出了后门。这个丫鬟一手提着大漆竹皮棉芯保温茶具盒，一手挎着盖了纱巾的竹篮。她走得不快，身子有点儿笨拙。我闪身过去，谁知她竟叫出我的名字。我十分诧异，像被人揪住了耳朵，回头问她：“你怎知道我？”她嘻嘻笑道：“真是贵人多忘事，你看看我是谁？”我仔细看了看，哎呀！原来是咱家过去的丫鬟小红。我赶快帮她提了茶具盒。小红告诉我，戊戌年抄家后，李万全独自一人逃跑了，她和一帮家奴被官府拉到街市上公开拍卖。一个老木匠买了她，她以为这下完了，该给人做小妾了。她哭哭啼啼跟着老木匠，一路上只想寻短见。谁知走进家门一看，却是李万全在等她。原来，她早就和李万全相好了，按照事先的约定，当晚就成了亲。后来不敢在陕西停留，逃到四川，一起投奔了三叔。

小红要去宴山亭给三婶送茶，正好一路同行。小红告诉我，三婶本来在佛堂焚香，焚香完毕，对她说今天若没有吴师傅他们出手相助，就要当众出丑了，因此，命她下山提了茶水点心，专门去犒劳众工匠。

宴山亭是一个歇山复檐式两层楼阁，坐落在山腰一块被削平的石坝上，旁依巨石，崖悬老松，站在这里可以鸟瞰溪园全景。

我和小红拾阶而上，未至坝顶，已有人在讥讽我的迟缓了。听得出来，这人是卢大哥。果然，他远远冲我喊道："三少爷，要是等你给太太送信，还不到猴年马月了！"

我加快脚步，气喘吁吁登上坝顶。这里除了吴一刀师傅，还有他的几个徒弟。看见我大口喘气，三婶对我说："事情我都知道了，也该让你三叔受受罪，要不他还会往家娶女人。这样吧，谢过吴师傅，咱娘儿俩一道下山，看看这老东西去！"

大家随三婶从雕刻精细龙凤呈祥的垂花门进入大厅，但见大厅四壁皆是透通玲珑木板的槅窗。槅窗上部，是双钱如意莲花宝相嚓吻的盘长通连窗棂；槅窗的中下部，则是最为繁缛而精妙的透雕杰作，或六合同春，或三星高照，或鱼跃龙门，或万福万寿。不管山水人物，还是翎毛花卉，皆玲珑剔透，巧夺天工。图案高古而不落俗套，刀法圆熟而巧中藏巧。我不禁惊叹吴师傅和弟子们手艺的高超，说他是天下花雕"第一刀"并不过分。

我尚在端详，三婶已让小红在摆满刀具的长方形大案上揭开竹篮，里面是灶房刚做出来的各色油炸酥饺；又打开保温茶盒，取出茶杯。三婶亲自把盏，给吴师傅斟上茶，双手捧给他。

吴师傅接过茶杯，感激地说："夫人，你太客气了！我受高老爷之请，来到你家，就是你家的奴仆，何言一个'谢'字？如今高老爷有难，吴某就是肝脑涂地，也要救老爷出来。夫人，你说怎么办吧？"说着，吴师傅将茶一饮而尽，双眼盯着三婶，等她发话。

三婶气昂昂道："这还不好办，咱有的是钱，拿银子砸呗！我不信官府的门拿钱砸不开，你没听说，'有钱能使鬼推磨'？"

吴师傅将茶杯还给三婶："根据今天上午的事，我看没那么简单。我听说，洋教堂给了官府许多贿赂，这回老爷入狱，是官府为了帮教堂吃掉小竹山！"

三婶忽然慌乱起来："老天爷呀！这话我早听说了，没想到教堂会勾结官府背后给人捅刀子！老爷是多么刚强的人，绝不会松口。

这回他可要死在监狱了……”

吴师傅说：“夫人，别难过。常言道‘官逼民反’。最近，听说大足县百姓在余栋臣领导下已揭竿而起了，他们反对官府和洋人勾结起来欺压百姓。我看，咱迟早也要走上这条路……”

卢大哥素来胆小，担心道：“那可是犯了杀头之罪呀!”

话音未落，出去倒茶渣的小红突然喊道：“哎呀，不好了！快看，官府带兵进了大门了!”

众人一起冲出大厅，站在石坝上向下望去，果然看到一队头戴红缨帽的官兵长蛇一样蠕动在万里桥的两端。那“蛇”的头已伸进园区的大门，为首的官员下了马，指手画脚，他的部下已拘捕了看门人李万全，正在向官员禀报什么。

看到这副情景，小红大惊失色道：“哎呀，坏了，官府抓人来了！万全抄家时逃跑了，至今没有解禁，这回可算完了!”说完，两腿一软，瘫倒在地，再也无法扶起。

卢大哥也感到两腿发软，对三婶说：“三婶，我看今天官府要下手了，这是‘来者不善，善者不来’。三婶您千金之躯，还是赶快躲了吧!”

三婶说：“你三叔被下了大狱，我就是这里的主人，躲得过吗?”接着，用指尖将垂下来的鬓发向耳朵后拢了拢，决然道，“走！跟我下去，看他们到底想干啥!”

带兵来抓人的是金堂县知县马仲奎。他比一年前消瘦多了，山羊胡须愈见稀疏，白净的面皮毫无血色，仿佛是一具纸糊的僵尸。他虽然不再是二品大员了，但有气无力的声音依然透射着森森的威仪。他的士兵一进门便分作两路，四处搜查，土匪一般摔摔打打翻东倒西，下午刚刚摆放整齐的花盆花架跌滚破碎了一地，像遭受风暴袭击了一样。他身后站着两个上午来闹事的洋教中国信徒，一望而知是为教堂来出气的。看到金夫人和工匠们围拢上来，马仲奎将皮鞭攥在手里，指着众人说："你们都给我听好了，还有谁没到场赶快传去！本知县要查明，今天上午有谁在这里行凶打人，赶快站出来，免得本官动手！"

吴师傅上前一步说："老爷，您既然要查明打人凶手，我指出两个人，要不要先把他们抓起来？"

马仲奎冷冷地看了吴师傅一眼，有点儿茫然无措。他身后的一个刑名师爷趋步上前，在他耳边嘀咕了两句，只见他将皮鞭一指，喝令道："把他给我捆起来！"

工匠们大吃一惊，纷纷上前护住师傅，嚷道："不许胡乱抓人！"

"不许抓？"马仲奎冷笑着，"有理到大堂上说去！"说着，催促兵丁道："捆，他是首犯，给我捆起来！"

如狼似虎的兵丁扑过去抓人的当儿，那两个藏在马仲奎身后的闹事者趁机跳出来，向人堆里指指点点，几乎将所有的人都点遍了。不大工夫，便抓捕了十多个工匠。

小弟和卢大哥简直吓坏了，紧紧拉着手，只怕被连累上。

被拘捕的工匠哪里肯服，喊嚷着、申辩着、抗议着，这时，三婶站出来说："马大人，他们都是我请来的工匠师傅。要问行凶打人的人，就是你身后的这两个，还有好几个教堂的人。你不能不分青红皂白随便抓人！"

马仲奎捋了捋山羊胡子，阴阳怪气地调侃道："哎呀，金夫人！好久不见了呀，你年轻漂亮多了！今天的事，还得劳您大驾到县衙走一趟！"

三婶一下子愣住了："我，我怎么了……"

马仲奎慢条斯理说："你是当事人，这还用得着我指出来吗……"

马仲奎一招手，有兵丁拿来几块雕栏木板捧给他，马仲奎看了看，尖着嗓子道："看看这是什么吧！你们犯了欺君杀头之罪，还想抵赖吗?”

三婶一下子慌了神:“欺君杀头之罪?大老爷,您可不能冤枉好人啊!”

“冤枉好人?”马仲奎阴险地干笑着,将手中的雕花木板往地上一掼,斥问道,“这是什么?‘万寿无疆’!这种图案你们也敢擅用吗?这不是僭越、造反,是什么?带走!”

卢大哥素来有点儿神经质,听到不随心的话,就想往外蹦。我一把没拉住,他蹿出去,拾起木板对马二爷笑道:“知县大人,我总算弄明白了,您比当年的秦桧秦宰相高明多了!他连发十二道金牌,那多费事?您将这小小的雕花木板,不过一盆万年青,几个通联‘寿’字,说成是‘万寿无疆’。这种图案随处可见,捏造罪名也有些太离谱了吧?”

马仲奎被问得张口结舌,大呼道:“反了,反了!”随之命令将面前这个胆敢戏弄朝廷命官的人也抓起来。

被推到大门口的吴师傅挣脱了官兵的拘押,冲向马仲奎喊道:“老爷,你不能凭一个图案就给人定罪!这是我雕刻的,与他人没有关系……”

马仲奎哪管这些,从卫士手里接过马缰,喝令道:“把这个园子给我封了,其他人员一律撵走!”

兵丁们正要驱赶留下来的工匠,苏醒过来的小红被几个同伴搀扶着走到近前。看到丈夫李万全要被带走,扑上去拦住马头哀求道:“大老爷,救命呀!你将我家夫君带走我怎活呀……”接着,双膝跪倒在地,一边哭泣一边磕头。

马仲奎看到一个女流之辈竟敢拦住他的马头,心中十分窝火。一怒之下,抬脚将她踢翻在地,又随手举起皮鞭,狠狠抽打在小红的头上脸上。谁知倒地的小红已身怀有孕,这一番踢打,立即就小产了。只见身下一摊血水,小红瘫软在地,人事不省。

被缚的李万全一看急眼了，挣脱绳索，猛扑过来，抓住小红，一边摇晃一边呼叫。小红却双眼紧闭，昏死了一般。

马知县是一个禁戒颇多的人，最忌讳看到女人的污血，认为这是大不吉利的事情。他发了狠，命令左右，重打李万全四十大棒。

留在场地上的人们和被缚的人听到这话，无不感到震惊，呼啦一下前后跪了一地，齐声请求大老爷法外开恩，饶了李万全，赶快抢救小红的生命。

马仲奎的瘦脸阴沉得可怕，他瞅了瞅左右衙役，黑眼珠子几乎被白眼珠淹没了。打手们平日作威作福惯了，得到号令，一个个狗仗人势，立即发起威来。棍棒轮番下去，直打得李万全皮开肉绽哭喊不已，一会儿便奄奄一息了。

这时，只见吴师傅和卢虫儿从跪着的地面上一跃而起，大喊着冲过去用身子挡住棍棒。他们的双手被反绑在背后，一下子便摔倒了，无情的棍棒雨点儿般落在他们的身上。

工匠们看官府硬下死手，不管是被缚的还是未缚的，全都激怒起来，有的挣脱绳索，有的扑上去抢夺棍棒兵器，有的赶快搀扶师傅救助难友，于是，双方扭打在一起，场子上顿时阵脚大乱。

马仲奎做过刑部大员，经历过不少险恶，见此状况，立即命令守在门外包围园子的洋枪队进来，向空中放出排枪。一时枪声大作，硝烟弥漫，群鸟惊飞，场子上搏斗的双方刹那间平静下来。马仲奎骑上马举着腰刀高喊道："本官在此，我命令，将所有乱民全部逮捕，一个不许放走！"

听到这话，工匠们、用人们、丫鬟们莫不胆战心惊，不等士兵过来抓人，拔脚就向后园逃跑。小弟也夹在人群中，一边跑一边招呼三婶。谁知三婶一双小脚，怎么也跑不快。我去拉她时，枪声再次响起，人群中不少人应声而倒。陡然，我只觉肩膀猛地一震，一阵发麻，顿时血流如注。我渐渐落后了，没一点儿力气，两腿像拴了沉重的石头。我让三婶快跑，三婶扭头对我说：“凤雏，三婶对不住你。快跑，咱就是死了，骨头也要埋到渭南去!”我脚下一闪就栽倒了，急忙对三婶喊：“别管我，你快跑!”三婶刚跑到折带桥头，又是一阵枪响，眼见她脊背中了一弹，她呀的一声，一个趔趄掉进水里……

小弟醒来的时候，只见周围到处都是大火，空气中有一股刺鼻的焦煳味。原来，小弟受伤昏死后，被抬到溪堂的大殿中。大殿的椽檩正在燃烧，瓦块哗哗地往下掉。左右看看，身旁胡乱堆着不少尸体。我想，这是狠心的马二爷在血腥屠杀后要毁尸灭迹了。我搬开尸体，有李万全的，有小红的，另外还有七八具其他人的。最后，我在尸体下方找到了三婶的遗体。我知道大殿最终会垮下来掩埋掉这些死尸的，只是那时就难以辨认了。想到三婶最后的交代，我强忍剧痛，将三婶的尸体移到了东北角，将李万全和小红移向了东南角。这时，小弟只觉得口渴难耐，刚刚爬到门外的水渠边抓了一把清凉的溪水时，大殿垮塌了下来……

第十八章　中流砥柱

1

柳碧云的这身打扮，谁也看不出她是女儿身。一袭长袍，外罩马褂，锦裤缎鞋，头上扣一顶苏绣碎花缂丝小帽，脑后拖着长长的乌黑发亮的辫子，肩头挎一个鼠灰色小包袱，一看就是个出远门的富家公子。她是与哥哥韩铁锤、二婶胡夫人一起乘英国火轮船从上海出发，走长江水路，在汉口分手的。哥哥陪同二婶下船要回陕西，她将只身一人前往成都。分手时，哥哥和二婶看她形单影只，路程还有一千多里，过三峡，走重庆，然后才能到达成都，都十分担心。谁知下船雇好包车后，回头看时，不见了她的踪影，出现在船舷旁的她已经换上了这身装束。哥哥和二婶一时没认出来，心里好不抱怨：这女子真够无情的，也不在轮船上道声别。直到她喊了他们，这才恍然大悟。

柳碧云来到成都，路过慕名已久的督院街，想给小叔子捎点儿东西。谁知这里一片狼藉。所有衙署不久前像是遭受过大火，满目残垣断壁，椽檩焦黑，瓦砾遍地。一问，说是卢虫儿领导的川北民众大起义所为。卢虫儿率领一帮船工、盐工和无业游民起义后，得到川西北农牧民的群起响应，已聚集了七八万人的义军队伍，与余栋臣领导的川南大起义连为一起，成烈火燎原之势，横扫三十多个州县。他们所到之处，杀贪官，捉污吏，劫监狱，烧衙署，焚毁洋教堂，驱逐洋教士，开仓放粮放盐，把个天府之国，搅成了一锅粥。柳碧云听罢大为震惊，心想一个多月没和小叔子通信，没想到卢虫儿竟闯下如此大祸，将四川搞成这个乱样子。

督院街的街口有一株古槐，苍翠葱郁，亭亭如盖，只是它的半边被火燎过，像患了小儿麻痹症。古槐下是一座砖砌的高台，周围人山人海熙熙攘攘，一会儿便有一棒锣响从那儿爆出。走近一问，原来是总督府在拍卖犯罪人家的奴仆和妻妾。奴仆已有人先后领走，估计价格不高；接着，两个年龄稍长、相貌平平、穿戴讲究的女人也被人领走了；唯独一个被称作四姨太的，年轻貌美，皮肤白嫩，水蛇腰身，她用一方手帕遮住脸只是啼哭，出价尚且不知，暂时没有买家。头上挂着几粒汗珠的刑名师爷有些不耐烦了，将袍子的一角提起来掖在裤腰上，不时跨出一条腿，侧身上去将她的手拉下，让众人看清她的容颜，一边喊道："谁要，谁要啊？就剩下这一个堂客了，我再杀杀价，不要三百二十两，只要三百两了！三百两啊！走一走，看一看，再不出手就失算，别人抢走你可别眼馋……"有个背篓客冲他喊道："师爷，价还是太高了嘛！一口猪才三两银子，好家伙，她就要三百两？这个堂客好细嫩，干不得活还得老子养活她，不合算……"刑名师爷啐那人一口："你个龟儿子真是不识货，你和你的老母猪睡觉去吧！不过，可要当心，别让猪猡把你裤裆那小玩意儿一口吞掉了……"刑名师爷酸溜溜的调侃惹得台下一片哄笑，那个背篓客红着脸走了。刑名师爷似乎得到笑声的鼓励，狎劲十足，动作和语言都变得肆无忌惮："你看这堂客的屁股，啊——大如簸箕肥如盆，能生小子和千金。再看这一对奶头，啊——吊吊冬瓜不开花，一边养个胖娃娃……"

柳碧云站在人群后面，听到刑名师爷不堪入耳的叫卖声，心中骂，这哪是拍卖呀，这是在作践女人。不禁为那可怜的女人叫屈了。正要走开，心里却想道："这是哪个大户人家的四姨太，不妨问问。"

有人告诉她，这是川中第一富户高敬寅老爷的四姨太。并且说，金堂县知县马仲奎受了洋教堂的贿赂，烧了小竹山，抓走一帮工匠，卢大王卢虫儿就在其中。第三天夜里县衙便失火了，原来是从牢房溜出去的卢虫儿放的火。他杀了马仲奎，砸开牢门，放走了所有囚犯。接着，他又带人潜入成都府，烧了多个衙署和教堂，杀了盐运使马六合，抓了巡抚王同春，劫走了高老爷。四川总督刘道宗没能及时制止并平息南北两股暴动势力，朝廷几经考虑，派出办事得力的农工商部一品尚书李文鼎作为钦差大臣，入川全权处理当前乱局。李文鼎乃一介书生，对用兵打仗可谓一窍不通。刘道宗是湘军统帅曾国藩的同乡，在镇压太平军的征战中战功赫赫。他为人狡诈，刚愎自用，倚老卖老，有意要看钦差大人的笑话，只拨给他老弱兵一千名，团勇一千名，火枪火炮一概没有。朝廷亟待四川的捷报，李文鼎不得不仓促出战。结果，在灌县被卢大王打得大败。刘道宗趁机出来收拾残局，派兵抓了高家的人，查封了高家的宅府和全部资产。目前，高老爷和他的公子高凤池都押在大牢里……

柳碧云听罢，失悔不迭，又是急，又是气，又是恨，她后悔不该将卢虫儿派到四川来。没想到他成事不足，败事有余，闯下天大的乱子。这些事与自己脱不了干系，现在唯一要紧的是，赶快救人，不管是谁，只要是高府的人，不惜一切代价，尽快将他们解救出来。

柳碧云再看槐树下的高台，已有一个鹤发鸡皮的老者上去，伸出瘦骨嶙峋的干手，淫狎地摸着四姨太娇嫩的下巴，嘿嘿笑着，嘴里流出的涎水哩哩啦啦掉在了一尺多长的白胡须上。四姨太哭喊着，却被刑名师爷拉着胳膊无法躲开。师爷最后一遍报出成交价格："三百两银子，三百两！还有新的出价没有……三百两，三百两哪！要是没有，我就该敲锣了……"

"三百二十两！"

突然，人丛中冒出一个脆生生的声音。人们回头看去，是一个少年公子。这就是女扮男装的柳碧云。

高台上的师爷和老者都惊呆了，老者睁开昏聩的双眼，咳嗽气喘地问："你，你要这个老女人做你的奶娘……"

师爷虽然感到惊诧，对老者的无礼还是大为不满，嚷嚷道："你还可以再出价嘛！"

老者枯皱下垂的腮肉颤抖着，吃力地掂量了半晌方说："我出三百五十两……"

"四百两!"台下那公子不假思索报出了新的价格。

台上的老者像嗓子眼塞了稻草,不吭声了,从树根下捡起拐杖,垂头丧气地走下台阶。师爷一连大声问还有没有新的报价,见台下鸦雀无声,于是,大筛锣重重地敲响了一下。

柳碧云带着满腹狐疑的四姨太乘车来到陕西会馆,这里距高府仅隔了一箭之地。下车时,四姨太看到熟悉的高府红漆大门,上面加贴着的官府黄纸封条赫然在目,不由得百感交集,抽泣起来。柳碧云安慰着她,然后开了二楼一个有内外间的大套房,让四姨太洗漱休息。四姨太是聪明人,一来到陕西会馆心下便安稳了几分,悄悄问:"公子,贱妾不明白,偌大个成都,你哪里不住,偏偏下榻陕西会馆?贱妾不敢动问,你是哪里人氏,叫我如何服侍?"柳碧云摘下帽子,披散开一头秀发,叫了声"婶婶",说:"我是高家的长房长媳,姓柳,从上海二婶那里来的。"四姨太一把抱住柳碧云哭道:"你真是咱高家的救星啊!我早听你三叔和凤池说了,你出家当过尼姑,受了不少苦哇……"

女人往往就是这样,心中最隐秘最柔软的地方一旦被触及,那道感情的闸门就会骤然打开,伤心的泪水像潮水一样倾泻而下。这时,两个从未谋面的女人因勾起对自己苦难往事的回忆,抱在一起痛哭了一回。随后,柳碧云抬起头擦着眼泪说:"婶婶,你知道我三叔和二弟在哪里?我马上救他们出来!"四姨太说:"不行!他们都被刘总督抓去了。刘总督那老东西是'麻辣牛筋',软硬不吃。要救人,快去找李钦差,迟了李钦差就被刘总督押回北京了……"

2

柳碧云叩了好长时间门环,先是轻叩,后是重敲,手指都拍疼了,大门仍紧闭不开。这里既无岗哨，也无值守，冷冷清清的门前有几只麻雀在啄食夜来马粪中的秕谷。中国的官场就是如此，不得意时，往往倒在当街无人问，以致诚心诚意的柳碧云疑心钦差大人是否打道回京了。

今天，柳碧云一身富家少妇的打扮，绿缎银花掐丝绲边镶角的大襟长衫，纂髻油头，粉脸上轻施胭脂，没有戴过多的首饰，既温文尔雅，又端庄大方。手里挎着一个黑漆红边的提盒，里面放着几样精心挑选的时令点心。来的时候，街上纷纷传言说，慈禧老佛爷已发来懿旨，将李钦差罢免了。她有点儿打抱不平，胜败乃兵家常事，哪有一仗而定乾坤的？毋庸置疑，背后放暗箭的是刘总督，他告了御状。

这是一座川西风格的小四合院，粉墙青瓦，檐角高翘，两扇黑漆门板紧紧从里面关闭着。钦差李文鼎廉洁奉公，不事张扬，本次入川，没有前呼后拥的扈从，没有鸣锣开道的仪仗，但来到地方，作为朝廷命官，不管怎么说，四川总督也应派兵护卫才对，这是礼仪上的定制，可见隔阂之深。

久久不见开门，柳碧云正要离去，大门吱呀一声打开了一扇，一个头发花白仆人模样的人将头伸了出来。他眼睛肿胀得胡桃一样，显然刚刚哭过，他问："你找谁？"柳碧云说："贱妾是李大人在陕西的熟人，今天特来看他。"那人说："你等等！"将头收了回去，大门重又掩上。

等了许久，仍不见里面有什么动静。柳碧云性子急，正要推门而入，忽听里面传来重物倒在木楼板上的钝响，接着，那个仆人大叫："快来人啊！"柳碧云顾不得多想，抬脚闯了进去，循声跑上了二楼。

二楼大厅的门大开着，站在门口，只见那个花白头发的仆人跪在地面，怀里抱着李大人，一边哭一边焦急地唤他醒来。原来，钦差大人悬梁自缢了。也许是天公怜悯，命不该绝，只因刚才仆人上楼请示，才被及时发现并解救下来。

柳碧云见状，即刻丢了提盒，双膝跪地扑了过去，哭喊道："李大人，你不能啊！你是万民敬仰的清官，我们的衣食父母，百姓离不开你啊……"

老人家看有了帮手，叫她合力将主人抬上床榻，抚胸的抚胸，捶背的捶背，一会儿，钦差大人长嘘一声，苏醒过来。

李文鼎之所以自寻短见，果如传言所说的那样，是接到了慈禧太后将其撤职罢免，并责令火速回京的懿电。回想当初金銮殿御座上慈禧和光绪期待的目光以及临行前殷殷的嘱托，李文鼎觉得无颜回京面圣。

慈禧老佛爷和光绪帝委派李文鼎作为钦差大臣到四川来，全权处理内乱，是经过深思熟虑的。李文鼎自担任农工商部尚书以来，力求革新，将戊戌变法中的一套实业救国方略在自己治下全面推开，办工厂，开矿山，兴商业，治河道，扩大屯田规模，引进棉花烤烟玉米大豆新品种，派员出国考察，聘请外国技术专家，一番事业干得轰轰烈烈。很短的时间内，不仅为四处向洋人举债的朝廷增加了收入，而且，稳定了自太平天国运动以来国内的政治经济形势，深得慈禧老佛爷和光绪帝的赏识。大清朝中兴希望又见起色。李文鼎年富力强，从政经验丰富，因此将平息川乱的千斤重担交付与他。不过，国家大病初愈，难为他的是，没有给他一兵一卒，亦无一枪一弹，仅让他依靠自己的政治智慧，尽快将四川稳定下来。临行前，光绪帝赐给他一柄尚方宝剑，慈禧老佛爷赐给他一幅书法条幅，写的是“栋梁之材堪大用”。

可是，四川总督刘道宗并不欢迎他。刘道宗本希望奉旨钦差带来大批军队军火，好一举剿灭民众的暴乱，没料到仅带来一张嘴皮子，不但要吃要喝，还要对他发号施令。他老大的不高兴，因此，不但不合作，反而处处作梗。李文鼎肩负重任，不与他计较，趁卢虫儿窜出灌县打粮之机，带领仅有的两千名老弱杂牌军，出奇兵火速攻克了县城。灌县是卢虫儿的老巢，他岂能放弃，很快调集了分散在川西北的全部人马，约有七八万之众围攻灌县。本来，要是刘道宗出手相援的话，里应外合，中心开花，正是全歼卢虫儿的绝佳机会。谁知刘总督见死不救，坐失良机。钦差大臣在内坚守不住，带着残兵败将突围出来，险些丢了性命……

看到钦差大人气脉渐渐平复，柳碧云悄悄取出提盒里的吃食放在桌上，然后一声不响退出客厅，掩上门离开了。

第二天，柳碧云再次见到李文鼎的时候，他虽然脖子上还有一道绳子勒过的明显紫痕，但脸上的气色好多了。李文鼎躺在一张竹躺椅上翻阅近日的《邸报》，看她进屋，正要起身迎接，柳碧云示意他快快躺下。李文鼎看上去还是那么文绉绉的，细皮嫩肉，脸上挂着和善的笑容，不过，他的那口浙江余姚口音的娘娘腔还是让柳碧云忍俊不禁。一个两榜进士的大男人，一个闻名江南的大才子，说话嗲声嗲气，总让人感到有些不可思议。他热情地招呼客人坐下，让仆人献上茶来。

李文鼎说："请恕本人的愚笨。听说你是我的熟人，昨天你走后，我想了好半天，百思不得其解——你到底是谁，挺面善的。"

柳碧云笑道："您当然记不起来，大人见到贱妾的时候，那时，贱妾不是这个样子……是个光头。"说着，伸出右手，做了一个化缘布施的手势。

"哎呀，我想起来了！"恍悟后的李文鼎快活得像个孩子，"你是迎匾法会诵经台上的妙空小师父，新科状元高凤阙的结发贤妻！"

柳碧云默默点了点头，想到自己的身世，强忍泪珠，没让掉下来。

"现在怎么样了，听说和好了？"李文鼎将手中的刊物合上，"我到天津视察过他的厂子，高凤阙真是一位奇才，中国缺少的就是这样的实业家。我现在丢了官，如果不杀头的话，我就去找他，做他的助手。"接着，李文鼎感慨起来："我这次来四川，不但寸功未立，而且坏了朝廷的声誉。遗憾呀，遗憾！我真不甘心，会败在一个揭竿而起的草莽英雄的手下。我倒有个想法，临行前，以普通百姓的身份，去见见这个卢虫儿，看看他是否有三头六臂。"

"大人，贱妾正是为此请命而来。"柳碧云说，"您是朝廷命官，不应该屈就于他；贱妾是他过去的主人，贱妾去找他，如果说得他回心转意，率众投诚，正可以报答您的恩德。"

李文鼎站起来，在屋子里踱着步子，沉吟道："不可，不可！卢虫儿已非当初，如今是独霸一方的反王。你去，只怕凶多吉少。"

柳碧云说："不怕！古人文天祥诗云'人生自古谁无死，留取丹心照汗青'。贱妾就是为此捐出微躯，也是值得的。况且，贱妾了解卢虫儿，相信他不会翻脸不认人。"

在柳碧云的一再坚持下，李文鼎终于同意了，他感激道："此一去如能成功，你就是李某和四川千百万民众的大恩人了。请受李某代表川人向你一拜……"

3

近日，四川总督刘道宗得到可靠情报，说是盘踞在灌县的卢虫儿部发生了内讧，他手下的"八王十六协"原本是川西北一带的游牧民，已离他而去了；他的本部人马，原编有两个协，其中一个头目也带着自己的人马另立山头去了，县城内十分空虚。刘道宗听罢，捋着胡须哈哈大笑道："真是天助我也！擒贼先擒王，只要活捉了卢虫儿，他的这支乱民武装就该土崩瓦解了。那样，就是给夹着尾巴滚蛋的钦差大臣屁股上又踢了一脚！"于是，命副将常仁理点齐守卫成都的 一万三千人马，带上火枪重炮，浩浩荡荡向灌县杀来。

灌县位于成都府西北方岷江上游的都江堰近旁，因都江堰的修筑可灌溉成都平原数万亩良田而得名。灌县在古代是用来驻军守卫都江堰的，县城不大，地势险要，居高临下，将都江堰一览无余。卢虫儿带领义军占领灌县后，看这里进可攻，退可守，易于扼制成都，是一块理想的战略要地，便将这里作为据点。大败钦差大臣李文鼎后，他盟下的其他八大王看到并没有捞到什么油水，而家乡土匪成灾，需要回乡捍卫，因此，都暂先回去了；不过商定，只要一声号令，还可再行聚义。卢虫儿自己号称"大秦王"，将王府设在城内的秦堰楼上，手下编制有两个协，大约万余人。灌县地面狭窄，这么多人挤在一起，给养很难保证。过去靠抢夺，现在不行了，上次抢来的粮食分给了八大王，自己没留多少，两个协常为争夺粮食而大打出手。他从来只想当猴子，没想称大王，一切行动，皆决于占卜或抓阄。他将两个纸团放在一只大老碗里，让毛三文和苟四钱两人来抓，看谁出外打粮。毛三文是军师，苟四钱是将军，结果恰恰让苟四钱抓上了，他说这是两人合伙捉弄他，带人出门时，声言永不回府。

卢虫儿素来胆小，之所以造反是出于义愤的一勇之举。那天，他在溪园被马仲奎抓走，与雕花大师吴一刀拴在一根绳头上。他瘦小机灵，一路有几次逃跑机会都放弃了，为的是照料他崇拜的吴师傅。他从小失去双亲，没享受过父爱，自从见到吴师傅，打心眼里敬重这位老人。在金堂县大牢，他们受尽了酷刑。吴师傅上了年纪，没过多久便被折磨得气息奄奄了。他含泪对吴师傅说："师傅，你一定要挺住，出狱后，我还要做你的徒弟哩！"吴师傅说："我怕是不能活着出去了。"卢虫儿说："你一定要挺住，我会救你出去！"吴师傅说："只要有你这句话，我现在就收下你这个徒弟。"于是，他当即跪倒行了拜师礼。

卢虫儿从小流浪，除了学会吹烟吹火的绝技外，还有一套脱骨解索的本领。过去生活混不下去时，也曾做过偷鸡摸狗的事，在同伙中，被称为"赛时迁"。这天夜里，突然电闪雷鸣，大雨倾盆，他几乎不费吹灰之力就溜了出去。他没离开衙署，潜入到偏院知县马仲奎的住所，一阵吹烟，一阵吹火，把个马知县吓得瘫在床上直打哆嗦。马仲奎在溪园见到小红的污血时，就预感到有什么灾祸，忙问："你是谁？"卢虫儿说："我是钟馗。你既然谐音用了我的名字，就该光明正大，为民除奸，你却身在刑部，知法犯法！快快说来，你都干了哪些勾当，我好恕你罪过。若有半点儿虚假，我立即命雷公电母将你劈死！"马仲奎筛糠一样，爬起来连连磕头，将自己怎样陷害高凤阙，怎样掳掠高家资产，怎样和洋教堂勾结，怎样接受洋人贿赂，怎样逼迫妻子同洋人睡觉，妻子不同意而两人分居，等等，一一供了出来。听到夫妻分居之事，卢虫儿忍不住笑出声来，马仲奎一下子警觉了，恼羞成怒，大呼道："好小子，你是卢虫儿，险些骗了本官！"马仲奎自知作恶多端，迟早有人找他算账，每晚睡觉，枕头下总是压着一把匕首。他一撅屁股抽出匕首，借助电光，跳下床向对方猛刺过去。卢虫儿慌忙躲避，险些被刺中。他连忙将一口火焰吹去，霎时，马仲奎的眉毛和山羊胡须被烧焦了，他痛苦地捂住脸跌倒在地，挣扎着还想起来。卢虫儿捡起匕首，在脖子上轻轻一抹，没想到他那么耀武扬威不可一世的人，脖子竟不经割，只一下便狗一样瘫死在那里。这时，滚滚的雷声渐渐远去，雨住了，天快要大亮了，卢虫儿不敢停留，在室内的纱帐上吹了一把火，立即跳了出来。县衙逼仄，一会儿风生火起，偏院和衙署很快燃烧起来，雨后潮湿的屋瓦在火中噼啪爆响，如同鞭炮奏鸣。趁着狱卒们慌乱救火的当儿，卢虫儿砸开牢门，救出了吴师傅和狱中的其他人，然后，又一把火烧了监狱。几处大火愈烧愈旺，最终连在一起，映红了整个县城。

四川总督刘道宗亲率大军讨伐叛逆，对外宣称统兵五万，趁黑夜开到玉垒山下，临蒲阳河扎下营盘。为了虚张声势，令每个营帐另外多扎两顶帐篷，夜间倍加防范，双人双岗，营外安放鹿角铁蒺藜，以防敌兵偷袭。

卢虫儿在王府接到敌情报告，长嘘一声“这回完了”，便跌坐在虎皮太师椅上，再也起不来了。他后悔不该让苟四钱外出打粮而分散了兵力。现在城里仅剩下五千多名义士，这些人从未受过军事训练，大多是生活无着的盐工船工和无业游民，没什么纪律，不少人是想捞一把就回家的。

当初，卢虫儿带领义军攻下灌县，将吴师傅安顿在王府，亲自为他调养，每日问医问药端茶喂饭，孝顺得像亲儿子一样。刚刚过上安稳日子，现在突然看到山下官兵火把闪耀，延续十里以外，慌得没了主意。在城墙上巡哨回来，已是五更天了，他把军师毛三文传到座前，紧急商议对策。卢虫儿说：“今晚月黑风高，正是偷营放火的时机。趁官军立脚未稳，本王率一支人马前去劫营如何？”毛三文眼尖，看到贴着他腿的案儿上的铜座子灯檠微微颤抖，伸腿过去踢了一脚：“你这腿是怎么了，怕是要逃跑吧？”卢虫儿本来就缺乏信心，一经说破，羞愧难当，一拍桌子道：“胡说，本王怎能不战而逃？要不，你去劫营如何？”毛三文说：“官军那么大的阵势，只怕进得去出不来，你想让我飞蛾扑火？”毛三文大个子，本是一位私塾教书先生，只因与东家的姨太太有染，被当场捉住送交官府，问了个“奸人妻妾”之罪。卢虫儿劫狱时跟随出来，因有些歪才，尊为军师。两个人亲兄弟一般，热络惯了，恨不能吃同食，寝同衾。正在扯锯，忽然中军来报，说是城中一半义军随老百姓逃跑了。卢虫儿气冲冲站起来，骂道：“他娘的，全是乌龟王八蛋！军师，不行咱也走吧，总比在这里等死好！”于是，两人约定，卢虫儿出西门，过闸口桥，上安澜桥；毛三文出北门，直接通过安澜桥——安澜桥是鱼嘴上的一座铁索桥，横跨内江和外江，桥面又窄又长，只能次第通过，天亮在玉垒山对面的山下会合。商定完毕，两人分头集合队伍去了。

卢虫儿去找吴师傅，只见他和两个弟子早已收拾停当。卢虫儿大吃一惊，以为他们要离开自己，嘱咐他们跟随大队快快出城。

卢虫儿带领本部人马连夜撤出西门，来到离堆整顿队伍。离堆，即当年开凿内江堆放并分离石料的地方，如今是内外江之间的一片三角形开阔地带。卢虫儿的队伍中有老有小，夹带着不少流离失所的难民，因此行动缓慢。这时天色大亮，幸好官军没有追杀。他在衣衫褴褛的人群中找来找去，始终没见到吴师傅，也没见他的徒弟，心中好生纳闷。这时，城头上忽然鼓角齐鸣，已换上了官军旗号。卢虫儿后悔不迭，捶胸大哭，舍命要冲进城去寻找吴师傅，被众人拦住。他只好命部下就地扎营，一面派人到毛三文那里去找。毛三文来了，问他要不要命了？告诉他，军事上从没有将营寨扎到敌军鼻子底下的。两江前后阻隔，这不是找死吗？卢虫儿说，要走你走吧，吴师傅还在县城，我不能不等他！就这样，卢虫儿的营盘硬是扎在了进不能进、退不能退的死亡地带上。

刘总督不战而拿下乱军盘踞的县城，这在军事上是一次重大的胜利。捷报传回成都，再传到北京，紫禁城养心殿里的老佛爷终于舒了口气。旋即发来懿旨，令他乘胜追击，务必一举歼灭这股乱匪，并将原钦差大臣李文鼎押解回京。

打了胜仗，刘道宗颇为得意，站在城头向下望去，只见离堆上尽是杂七杂八小儿尿布一样的帐篷，遂口占一绝：

离堆帐篷呈杂色，

泥鳅亦想变龙蛇。

看他尿布做旗旌，

可笑钦差胸无墨！

正在这时，副将常仁理来到身边，刘道宗说：“卢虫儿狗屁不通，不过一个戏子，你看，将这些破破烂烂的帐篷扎在离堆，有碍观瞻。我只要发起一个冲锋，他就彻底完蛋了！”常仁理说：“大人，你说错了。兵书上说，背水布阵，置之死地而后生也。万万不可轻敌。”刘道宗气咻咻道：“何谓轻敌？太后催逼甚急，我岂能按兵不动？”

第三天头上，刘道宗再也等不下去了。自己兵力倍于敌方，离堆地面不大，若取合围之势，火器恐误伤自己人性命，于是发下号令：午饭过后，倾全部兵力，用大刀长矛，将乱匪聚而歼之。

刘道宗留下两千人守卫县城，其余士卒全部投入离堆的战斗。进攻命令下达，只听鼓声大作，号角齐鸣，在一阵排山倒海的喊杀声中，官兵从两处闸桥抢过内江，卢虫儿的营垒很快被截为三段。义军士卒看已无后路可逃，只好奋勇抵挡，双方短兵相接，展开肉搏。卢虫儿寻师心切，发了疯一样，甩掉上衣，赤膊上阵，将一根三节棍使得神出鬼没。他双眼血红，奋不顾身，三节棍单手撒开时，如飞龙盖顶；双手在握时，旋如风轮。只见一根三节棍乒乒乓乓忽左忽右，忽上忽下，轻触者伤，重击者亡，杀开一条血路。离堆这边的激战，吸引了外江岸上准备拔营逃跑的毛三文，看到大王如此英勇，也带领人马从安澜桥上冲下来帮忙。两军合在一处，力量大增，官军一时很难取胜。

双方正在酣战，忽然县城城头上众人齐声呐喊，交战双方不知怎么回事，抬头看时，只见又换上了义军旗号。原来是苟四钱到绵阳、德阳一带打粮回来了。这一次收获不小，既抢了粮食财物，又得了烟土和不少妇女。苟四钱听说县城被占，死拼硬打往里猛冲，答应谁第一个冲进去就让他第一个挑选抢来的女人。守卫的官兵人数不多，哪里抵挡得住，只好弃城而逃。

刘道宗和常仁理正在桥上督战，忽然见官兵仓皇跑出城来，一问，方知被义军抄了后路了。眼下不知义军来了多少，不待鸣锣收兵，两个主将仓皇上马，率先逃跑了。

4

柳碧云一来到灌县，她出众的容貌，不同于本地山民富家少妇的打扮，说话时暴露无遗的外地口音，被街上巡逻的“色魔将军”毛三文碰了个正着。他目光几乎飞起来，当即生擒活拿，给柳碧云嘴里塞上手绢，头上蒙一块脏兮兮的黑布，推推搡搡捆绑回府，不管她如何申辩，一定要和她当晚成亲。

这个“色魔将军”的称呼，并非妄加，亦无菲薄，确有一段令人啼笑皆非的来历。

在义军中，协统苟四钱的仗义是尽人皆知的。攻城前，他发下号令：头目们谁奋勇当先冲进城去，战后就优先挑选掳来的妇女。旗下的三个正标领、六个副标领疯了一般，光着膀子，手舞大刀，在前冲锋陷阵。两名副标领在战斗中牺牲了，剩下七个头目，恰好妇女现有八人，便将她们全部唤来，分成两行，按照立功大小，点名依次挑选。标领们知道，苟将军最喜欢那个身材娇俏、长相俊美，别号“虞美人”的年轻妓女，因此，挑来选去反将虞美人留下了，均带着自己满意的女人回帐去了。这一晚，苟协的士卒们过年一般，耍媳妇闹房，喝酒吃肉，猜拳行令，抽大烟打麻将，热闹得如同炸了营。如此哄闹的喜庆场面，王府和毛协的人很快知道了。毛三文问卢虫儿要不要去祝贺一番？卢虫儿为一直找不到吴师傅而苦恼着，说：“要去你去吧，别忘了带上我的贺礼。”毛三文拿着鸡毛当令箭，一处处向标领们祝贺。当他看到苟四钱在一个标领那里喝得东倒西歪烂醉如泥时，蓦然心生一计，何不诈入他的府邸，将他的新娘子虞美人抢来与自己成婚？抢媳妇，这在川西的某些地方，倒是一种风俗。

毛三文色胆包天，派了两个下属留在帐外监视苟四钱的动静，自己带着四个手脚麻利的壮汉闯入苟府，谎称苟四钱让新娘子去陪酒，硬是将虞美人抢到了自己府中。后半夜，当毛三文脱光衣服刚刚溜进新娘子的被窝，苟四钱带着部下杀了进来。毛协人手本来就少，且因输理在先，自觉手软，一会儿便被打得落花流水。毛三文尚未成就好事，被对方摁在被窝里绑了。后来卢虫儿前去说情，苟协方才放人。军师毛三文感到憋气，要远走高飞，卢虫儿劝他留下，答应赏他一个如花似玉的花媳妇。

新婚洞房中的柳碧云头发披散，双手被反剪着，衣服被扒得只剩下一条短裤和裹肚，嘴里依然塞着手绢。她欲喊无声，欲搏无力，蜷曲在合欢帐里。外面的婚庆宴席已经结束，毛三文喝了许多酒，却没有大醉，摇摇晃晃踏进新房。他关上房门，甩掉上衣，撩开帐幔，笑嘻嘻道：“啊呀，娘子！你简直美极了，比月中嫦娥还要美十分！你看你，头发黑油油，脸上粉嘟嘟，指尖细溜溜，连脚丫子都白得让人想吞一口……”

柳碧云依然大喊着不让他靠近，不过，嘴被堵着，声音十分含混。毛三文似乎逮住了一句，她说是卢虫儿的妹妹。毛三文高兴地拍手叫道：“你是卢大王的妹妹？啊呀，这就对了！怪不得卢大王说要许配我一个花媳妇，原来是你呀！好，好！咱两个那就是天生的一对，地配的一双，快快成就好事吧！”说着，就要往上扑。

柳碧云急了，飞起一脚踢在毛三文的肚子上。这一脚也够狠的，毛三文疼得捂着肚子直叫，哀号道：“哎呀呀，好我的小亲亲哩！你要是再往下偏一点儿，命根子就没了，那你就别给咱生儿育女了……”

毛三文缓了缓，脱下长裤，踢掉鞋子，铆足劲，跳上床去。毛三文个子高大，巨人一般，柳碧云再踢的时候，他趁机抓住了她的双脚，将柳碧云倒提起来，像秋千一样在空中抡着，然后将双腿搂抱在怀里，在她的脚上乱吻。柳碧云好腰功，那是自小练就的本领。趁毛三文将她的双腿渐渐分开之际，猛地一个卷龙冲顶，用头狠狠撞在了毛三文的眉头上。毛三文受到致命的一击，松开手，两个人同时跌落在床。

毛三文被撞得头晕目眩，眼冒金星，过了许久，方才缓过神来，惋惜地说：“看你如花似玉，却是一个烈女。好了，好了，咱俩缘分浅，你去找大王吧！”

毛三文诡计多端，说是放柳碧云去见大王，却将她关进了大殿后面山崖下一孔黑暗的窑洞里。他要用折磨的办法，迫使柳碧云就范。

眼看两天过去了，关在窑洞里的柳碧云心急如焚。这是一孔狭小的石窑，唯一的出口被铁门锁死了。柳碧云长吁短叹，责怪自己粗心，落在这个色魔的手里，求生不得，求死不能。有生以来，她还是第一次遭受这样的厄运。角落的另一面，也有一孔窑洞，里面似乎也关着一个人。下午，吝啬的阳光从崖壁上溜下来时，那人便依在铁栅栏门里晒太阳。那是一个穿着官家内衣的男人，头发很长，脸色暗绿，仿佛关了好长一段时间。他可能已经绝望了，眼睛死灰一般，很快瞟一眼这边，并不和人搭话。每天有两顿饭送来，柳碧云这边，倒是精心制作的，三样菜，一碗白米饭；而那个囚徒那里，仅有一点儿焦黑的锅巴。那人不知为什么，常常是送进去的锅巴又原封不动拿了出来。送饭的是一个十五六岁的细伢子，粗糙的赤脚和黑黢的皮肤一看就知道出自贫苦农家。他眼馋地看着女囚徒一口口将饭菜送进嘴里，不住地咂着嘴巴。柳碧云知道他没吃饱，或者饭菜很差，动动筷子，便让给他吃。两天里，毛三文偶尔来过两回，得胜似的笑笑又走了。第三天小伙子送来晚饭，柳碧云索性将饭菜分作两份，一份给隔壁送去，一份全让给了小伙子。隔壁的人站在栅栏门里向她表示感谢，柳碧云说：“你是巡抚王同春吧？一定要吃饭，不吃怎么坚持得住？”她又问小伙子叫什么名字，小伙子说：“我叫二娃子。”她问：“你会不会骑马？”二娃子说：“会，不过当官的人才有马骑，才好吃好喝。”柳碧云说：“对！你只要帮大姐送一件东西，我马上可以让你骑马；你只要干得好，就能做官。”于是，柳碧云将自己头上的银簪交给二娃子，让他亲手交给大王。

看到打有柳碧云名字的银簪，卢虫儿不禁大吃一惊。当得知自己旧日的主人现在遭到毛三文百般侮辱并扣留不放时，他勃然大怒，旋即带人闯入毛府，解救了柳碧云，并将毛三文捆了起来。

当晚，卢虫儿给柳碧云派了两个丫鬟，服侍她沐浴更衣，吃饭歇息。他知道，主人千里迢迢来找他，除了奉劝他放弃造反，不会有其他事情。

第二天上午，砖墙剥蚀的秦王府城头上，突然吹响了十支长管牛角号。这种阵列式号角呜呜吹响时，威严庄重，声震云天。义军将士们知道，这是大王在召集重要的军事会议了。

议事大厅的虎皮太师椅王位上，大秦王卢虫儿沉着脸，早早坐在那里。他的下首，坐着一位衣衫整洁相貌出众的年轻妇人。认得的人知道，那就是被毛三文拘押过的大王的师妹柳碧云。副标以上的十几个头领很快到齐了，集体向大王请安后，默默分坐在两排雁行式太师椅上，等待大王发话。

看到大家坐定了，卢虫儿开门见山地说："今天本王要严明军纪，杀一个人，这个人倒是本王最亲近的人，但本王不能姑息纵容他。否则，难以服众!"说着，一扬手道，"给我把犯人带上来!"

两个士卒押着被五花大绑的毛三文走上大殿，毛三文嘴里不断喊嚷着："大王，冤枉啊！你不能为了一个女人，斩了你的军师啊……"

卢虫儿将桌子一拍，怒道："胡说！本王问你，大败总督刘道宗的那一晚，你带人抢夺苟协统的女人，无故伤了我多少兄弟？多亏本王及时赶到，否则将发生一场火并。你难道不知罪吗？还有，这次我的主人前来看我，你明明知道她的身份，反而将她扣住不放，不让她前来见我，险些误了我的大事。你说，本王能饶恕你吗?"

被摁倒在地的毛三文涕泪交流，分辩道："大王，我这样做，完全是为了你，为了全体义军的弟兄呀……"

"胡说!"卢虫儿道，"人证俱在，还敢狡辩!"

"大王!"毛三文哭诉说："我知道，你师妹她绝不是寻常人家之人。她到咱们军中来，绝不是为投奔你而来的……"

卢虫儿问：“你怎么知道？”

“从她的人样，从她的穿戴，从她对巡抚王同春的态度，我一眼就看出，她是官府派来的奸细，是来策反的！”毛三文声嘶力竭对座椅上的头领们煽动说，“弟兄们，想一想，我们首举义旗，奋战到今天容易吗？有多少兄弟战死在官军的刀枪之下，有多少兄弟被官军抓住活活杀死！官府烧了我们的房子，杀了我们的家人，我们和官府有不共戴天之仇！可是，现在这个女人要让我们的大王向官府投诚，要将我们这支队伍送到官府的屠刀之下，大家说，我们能答应吗？”

头领们听到这话，犹如晴天霹雳，一个个面面相觑，大为震惊，纷纷问道：“大王，这是真的吗？”

卢虫儿作难了。师妹柳碧云的来意他当然知道，只是还没有细谈。现在，毛三文在大家面前公开将他一军，弄得他手足无措。

彻悟的头领们觉得自己被这个女人涮了，一刹那，齐刷刷扑向柳碧云，拔出刀剑架在她的脖子上，强逼她说出实话。

卢虫儿暴怒了，高喊道：“反了，还不给我退下?!”

将领们没有理会大王的喝令，迫不及待追问柳碧云事实真相：“快说，这是真的吗？”

柳碧云看了看架在脖子上的诸多利刃，刀光闪闪，寒气逼人。剑拔弩张的将领们个个怒目圆睁，恨不能将她生吞了。但是，自己前来就是为了说服他们，这是不能隐瞒的，于是平静地说道：“这是真的！”

大厅里一下子炸了锅，愤怒的将领们有的咆哮，有的谴责，有的痛哭，有的举刀要和柳碧云拼命。

柳碧云闪身夺过一把向她砍来的腰刀，猛地扎在桌子上，对将领们施礼说：“大哥们，贱妾这里有一言相告，说的对了，可以参考；说的不对，小妇人当即自刎于这里以谢罪大家！”

将领们看了看大王，卢虫儿说：“你说吧！”

柳碧云从容地整理了一下衣衫，说道：“大哥们，大家想想，我们为什么要造反？不就是要反对官府以及洋教对我们的欺压吗？现在，衙署烧了，贪官杀了，洋教堂烧了，我们的仇已经报了，下来该干什么？不就是安居乐业嘛。可是，大家现在是有家不能归，有亲不能投，有业不能操。这样何时才是个尽头啊？”

大厅里鸦雀无声，将领们默默思考着，末了，有人问：“你说怎么办？”

柳碧云坚定地说：“放下刀枪，归顺朝廷！”

大厅里又嚷嚷开了：“我们是乱民，几次大败官军，烧了衙署，杀了贪官，朝廷能容得下我们吗？”

柳碧云说：“贪官杀得好！为民除害，为朝廷除奸，这是大快人心的事情。现在，奉旨钦差李文鼎大人特意让我告诉大家，只要放下刀枪，不再造反，不管是谁，一律既往不咎！”

大厅里又一次炸了锅，将领们热情议论着，欢呼着，嬉笑着，感慨着，有人竟痛哭失声。

被捆绑着的毛三文忽然喊道：“大王，不能听她的，她口说无凭！”

卢虫儿正在为难，柳碧云说：“大王，师妹有一事相求！”

卢虫儿问：“什么事？”

柳碧云说：“在归顺朝廷之际，师妹请求饶了毛将军的死罪，让他立即修书一封，派人给李大人送去，求得钦差大人对大家的恩赦。”

人们纷纷赞成道：“对呀，这是好办法！”

卢虫儿想了想，对下传令说：“好吧！既然师妹为毛将军求情，本王只好免了他的死罪。”接着又道，“毛三文，还不快快向你的救命恩人叩头谢恩！”

在大家的一片哄笑和催逼声中，毛三文红着脸，走到柳碧云面前，跪下去，很不情愿地磕了三个响头。

正在哄闹，传令兵忽然在门外大声禀报：“吴一刀师傅驾到！”

人们的目光向门口望去，伤势已基本痊愈的吴一刀师傅在一位年轻公子的搀扶下缓缓走进大厅。柳碧云一眼认出，那年轻公子正是她入川后一直没有见到的小叔子高凤雏。

卢虫儿赶快离座，扑上前接住师傅，跪倒在地哭诉道：“师傅，徒儿想你想得好苦哇！”

吴师傅从高凤雏手里接过一封文书，对卢虫儿朗声笑道：“徒儿，过去我和你在一起，心里不踏实啊！现在好了，这不，你的老东家柳夫人刚从钦差大人那里出来，我又去给你们把赦免令讨来了。这一下，你们就完全放心了！”

卢虫儿将赦令接在手里，让军师毛三文看过，当即预备香案，供奉赦令；并命城头上击鼓鸣号，以最隆重的仪式将巡抚王同春请来。一会儿，在缭绕的香烟中，呜呜的号声中，大厅里将领们跪满一地。只见柳碧云、吴一刀、高凤雏和卢虫儿共同陪伴着被解禁的巡抚王同春，缓缓走进大厅。柳碧云从香案上郑重捧起赦令，递给王同春，他清了清嗓子，用沙哑的声音一字字宣读起来……

第十九章　轩然大波

1

“给‘第一商帮’的乾隆御匾浇上秽物，什么东西最好？当然是女人的屎尿。对！那样的话，俺老马家的晦气就该消解了！”马老夫人倚在祠堂的雕花格子门框上，看着下人忙碌地布置供桌灵位祭品，心里一直这样盘算。

马家上下一片孝白，媳妇、姬妾、儿孙、奴仆、用人、亲友都戴了重孝，合族上下被一种凝重的气氛笼罩着。人们低头进进出出，干着自己该干的事情，即便偶尔需要交代什么，也屏息敛气，不敢高声。祠堂夹在“道员第”和“少宰第”两宅大院中间，大门内外的经幡白绸挽幛布置得遮天蔽日，给本就悲怆的气氛又增添了几分异样的隆重和肃穆。人群中，唯独年高寿长的老太婆没有披麻戴孝，她手脚灵便地晃来晃去，大声地指东说西，仿佛冰天雪地里落下一只哇哇叫着的乌鸦。她一发狠，那只深陷的独眼便放射出贼亮贼亮的亮光，如机关中发射的利箭，如暗道中噬人的蛇蝎，与另一只瞎了的干瘪而老是流泪不止的肉穴形成鲜明的对比，吓得丫鬟仆人们默不作声，只是低头干活，不敢抬头盯视。

灵堂是为二爷马仲奎、六爷马六合备办的。他们在四川任上被乱民杀了，朝廷发来讣闻和抚恤。收到讣闻，八爷马霸朝立即带领一队士卒出发去了汉中，以便迎接扶柩而归的长兄马伯牙、大侄子马生金和二嫂一行。两位哥哥死难的名声很不好听，马霸朝要以他们死后的哀荣为马家挽回一点儿面子。八爷马霸朝去后，已升任马府总管的老孟泰为太夫人出了个主意，请渭南县有名的风水先生侯希庐来看看风水，到底什么地方冲撞了神灵，致使马府竟遭受如此大难。

侯希庐是个堪舆的老行家，老孟泰亲自用一顶轿子将他迎来，耗了两天时间将马家一门九府的宅邸前前后后齐齐筛查一遍，旮旯拐角、井台灶台、烧炕的炕洞，统统没有放过，均没看出什么毛病。临行对太夫人说："贵府的府邸那是多少阴阳八卦的大家筹划的，七八年过去了，依然规整如初，龙旺脉伏，我没看出有什么邪道。只是在大爷'道员第'后院的柴房上空，看到有一些异象，百鸟鸣之而不去，祥云绕之而不散，夜间更有紫微之气。这本为吉兆，奇怪就在这里，吉兆在前者人畜平安无灾无难大可不必忧虑；在后者则不然，是否据了他人不当之物？圣人有云'非礼勿视，非礼勿听，非礼勿言，非礼勿动'。本人眼拙，一时不知是什么东西。不过，也有一法可消灾弭祸，只要泼洒一些秽物即可。"

太夫人一直住在长门马伯牙的府邸，闻听怪异出在自己后院，未免惊诧不已。风水先生走后，孟泰带着老太婆到后院的柴房查看。扒开柴堆，原来是"第一商帮"的乾隆御匾在几块砖头上靠墙支着。当初高家因高凤阙案第二次被官府抄家时，老孟泰趁机将御匾卸下来献给了马府。他知道，马家大爷马伯牙早就觊觎这块金匾了，只因远在上海的汇丰银行大买办许正义向他打过招呼，要将它送到英国伦敦大英博物馆去。不过，将中国前朝圣皇的手泽献给洋人，这毕竟是鸡鸣狗盗的宵小行为，岂能在光天化日之下行事，便一直放在后院柴房等待时机，直到许大买办失势，一连发信多次，如秤砣掉在棉花里，没有回音。

看到乾隆御匾，老孟泰先自吃了一惊。这是自己投靠马府的进见礼物，没想到今日冷落如此，尘封网结倒是小事，倘若真是它给马府带来灾祸，那可是自己有口难辩的罪过了。卖主求荣，仰人鼻息，这是人生最难堪的。老孟泰诚惶诚恐，竟忘记幽灵一样悄无声息跟在身后的老太婆，猛回头，正好被她的那只独眼盯着，芒刺在背一般，不禁打了个寒战。

老太婆虽是独眼，却像锥子一样尖锐敏捷，看人时，不但纤毫毕见，还能从对方表情些微的变化看到骨缝里去。老太婆的记忆力更是惊人的好，多少年前的区区小事皆能一一道来，丝毫不爽。老太婆一把揪住老孟泰的辫子，发狠道："当初你从御匾后面抓了一泡臭牛粪，端端正正献给老二，我就龌龊这通御匾，说是不祥之兆，现在灵验了吧?"

老孟泰如剔了骨头一般站立不稳。令他恐惧的不仅是老太婆的话语，还有她的那只独眼，他只觉得灵魂已然出窍，自己变成一只马路上被车轮碾死且被太阳晒成肉干的癞蛤蟆，一时双膝发软浑身战栗动弹不得了。他赶紧跪下说："奴才该死，奴才该死!"头磕得鸡啄米一样。

老太婆用剥食过葱蒜的手指使劲拧了一把他的老脸，咧开樱红的嘴唇笑道："看把你吓的，我不过和你耍笑耍笑!"说着，独自到墙角的茅厕后面不知干什么去了。

老孟泰揉了揉被拧得有些发疼的脸颊，手指上有一股很冲的葱蒜气味，忽然，他嗅到了其中似乎有一丝令人窒息的只有新鲜尸体才有的异味，恐惧得半天说不出话来。

灵堂布置快要结束的这天，一连忙碌了几日的人们显然有些倦怠了，脚步不再轻盈，动作渐次迟缓，得空儿便停下来歇息。这些天，专门侍奉太夫人的贴身丫鬟金瓶和银瓶也都忙手忙脚的，对主人看管得松了，老太婆像放出笼子的鸡仔，撒欢似的这里瞅瞅，那里摸摸，不过，很快就回来了。另两个专事打扫卫生的粗手丫鬟粉蝶和粉香提醒她们跟紧些，以免闹出乱子，反遭到银瓶的抢白，说什么太奶奶不是小鸡，不见得就被黄鼠狼叼了去！如此一说，大家都有些松懈，任她随便去跑。下午，大管家孟泰拿来大爷和八爷刚刚拍来的电报，说灵柩已到了西安，明天就能回府。因金丝楠木棺椁较大，应事先将两个停灵的位置腾开，于是，他赶忙指挥大家重新摆置供桌。挪一回，摆一回，挪来挪去，折腾了老半天。当一切摆放完毕，稍微松口气时，粉蝶忽然说："哎呀，怎半晌没见太奶奶呢？"人们这一下慌了，赶快四处去找，但找遍了九座宅院的所有房间，所有井口，所有茅厕，所有炕洞，均没见到太夫人的影子。这可不得了，整个马府如同炸了窝的蜂群，穿着孝衣的人们四处乱窜，还是一无所获。最后，是老孟泰多了个心眼，说："快到茅厕后面的粪池看看，别是把老人家溜下去了！"

一经提醒，人们疯了一样就往隔壁的后院跑，在粪池边一看，果不其然，太夫人早溺死在粪水中了。

当初，马家这样的大户人家，虽然大都在外做官经商，但仍拥有大批田亩。为了积攒肥料，将茅厕后面的粪池修得又大又深，条石铺底，青砖甃壁，除了农夫淘粪，很少有人光顾。下午，老太太闲来无事，忽然想到何不趁着大家忙碌之际，神不知鬼不觉，从茅坑淘些粪水出来，浇到御匾之上，也好一泄失去两个儿子的愤懑。溷厕之地，本就肮脏无比，不知两边怎么又结了冰，光溜溜的。老太婆心中焦急，搅动粪勺的手狠了些，以为还是年轻时做丫鬟给花草施肥。没料到毕竟老了，心手不一，脚下哧溜一滑，闪身掉了下去。人们都在隔壁祠堂忙着，院中无人，任她怎样呼喊，可怜富贵之身，反被粪污溺死。

人们七手八脚将老太婆打捞上来，恶臭熏天，难以近人。头上、脸上、眼睛、鼻孔和嘴巴里的粪便，倒还好办，擦一擦也就含混过去，只是这沾满屎尿的衣服无法脱下。冬冷寒天，她胳膊腿冻成了硬棍，衣服粘连着骨肉，稍有动作，嘎巴脆响，怎么脱衣，怎么洗澡，怎么换上寿衣，怎么入得殓去？真正难为了一群媳妇和丫鬟们……

2

不等扶柩而归的队列站定，马霸朝扔掉马鞭，第一个冲进祠堂的大门。

一进门，咕咚一声双膝跪倒，不管泥里水里，痛哭着向母亲的灵棺扑去。嘴里大喊道："老母亲呀，您老人家怎么就走了呀？我二哥六哥都回来了，您也不等一下……才十来天工夫呀，您老得不明不白呀……"

鞭炮和铳子炮沉闷地鸣响着，唢呐和扁鼓演奏出哀天恸地的迎魂曲。接着哭进祠堂的是大爷马伯牙、二婶董夫人以及马生金等人。马伯牙的正妻裘夫人整日在后堂吃斋念佛，很少露面，家中的大事小事全交由二姨太孙姨娘主管。遇到马家有什么大事，不得不出面时，裘夫人才偶尔露一露脸。现在，裘夫人连同长房的其他太太站在了大门口，各房在家的妻妾们、儿孙们、丫鬟们、仆人们在老孟泰的带领下，依次跪在她们身后，均手持燃香，迎接二爷六爷的灵柩回府。

三十二个彪形大汉分为十六杠抬着两具沉重的金丝楠木灵柩走进祠堂大厅，按照傧相先生的指点，将棺木分别停放在太夫人灵柩的两侧。正要安排迎灵祭奠大礼，只见在太夫人棺椁前哭得死去活来的八爷马霸朝，忽然将头在母亲的棺板上猛磕，一会儿便磕出血来。傧相和满地跪着的孝子一看慌了，急忙扑上去拉他，反被他一扬胳膊甩跌在地。马霸朝满面鲜血，头上的孝布胸前的孝衣全染红了，如沙场上浑身是血的伤兵。家里的人哪见过这种鲜血淋漓的场景，一个个惊呆了，吓得不知如何是好。马霸朝一边哭一边将大哥大嫂和孙姨娘扯到灵前，向他们每人磕了三个响头，跪泣道："大哥，大嫂，二姨嫂，你们一定要为母亲做主啊！母亲一把屎一把尿把我们兄弟拉扯大，不容易啊！我实在不能相信，她老人家这么快就走了！两位嫂嫂，你们在家主事，你们说实话，母亲她老人家得的什么病，请的哪里的先生，开的什么药方，在哪里抓的药，谁给煎的，谁给喂的，药渣倒在什么地方？这些，我必须查证清楚，否则，别怪我翻脸不认人……"说着，又将头磕向棺木，幸亏被人拦住。

裘夫人紫面凤目，神色严峻，听说女儿马赛花跟高家疯癫了的老三高凤雏私奔了，她承受不住这个巨大的打击，心像猫抓了一样，哪有心思操心这些，稍一侧身，将二姨太让了出来。孙姨娘知道八爷是出了名的"霸王"，说到做到，什么手段都使得出来，平素一意孤行惯了，任何事只要他插手，非搅个天翻地覆不可。不过，孙姨娘毕竟是个有心计的人，能以小搏大，反客为主，她早和老孟泰商量好了对策。事发当时，即给马府所有家眷、用人和那天在场的亲友下了话，谁要是将老太太的真实死因透露出去，谁就是马家不共戴天的仇人，将全族共诛之，全族共讨之。因为，老太太淹死在粪池的名声太不好听，等于自毁家门，等于没有善终，传出去不仅会让人耻笑，还会败坏马家的威名。于是，早有打算的孙姨娘以帕掩泪，潸然哭道："八弟，你说的太对了！我们姊妹不管谁先谁后过了门，母亲待我们如同亲娘一般，她老人家把咱九龙马家的个个媳妇一直当女儿看。手心手背都是肉，从不厚此薄彼。你说，她老人家离世，我们能不难过吗？呜呜……"

马霸朝性子暴烈，尽管孙姨娘巧嘴八哥将话说得温暖妥帖，他反而嫌絮叨，催促道："快说什么病吧，啰唆个鸟！"

孙姨娘像是被猛然折断了脖子的乌眼鸡，瞪着眼说不出话来，嘴唇哆嗦着，哽咽说："其实，咱娘不是得病老的，是，是……"

"看怎么样，我猜得不错吧？快说，到底怎么回事？"马霸朝一拳擂在拱桌上，香炉烛台险些被震翻下来。

"咱娘，咱娘是……"能言善辩的孙姨娘在大庭广众之中，众目睽睽之下，竟一时语塞。毕竟撒谎不是件容易的事。

正在这时，陡然，在一片跪着的女眷后面，一个年轻的女声禀告道："八爷，我该死，你打死我吧！"

说话的是丫鬟银瓶。她跪泣道："那天，所有人都在祠堂忙着，太奶奶饿了，要吃红豆面条。灶房做好了，我给太奶奶喂饭。太奶奶爱说笑，突然，一个豆子卡住气管，我掏不会掏，拍不会拍，赶快到祠堂喊人。等大家过去，太奶奶就、就咽了气了！呜呜……"

"你他妈还哭，有功是不是！"马霸朝大步跨了过去，一脚将银瓶踢翻在地，接着，抡起巴掌，疯了一样左右开弓，直打得银瓶满嘴是血，牙齿掉了好几颗。在众人的极力拦阻下，马霸朝方才罢手。

其实，找一个丫鬟出来顶罪，是孙姨娘早就谋划好的万全之策。

那天事发后，孙姨娘一边让丫鬟用热水给太夫人的遗体洗浴，一边立即封了祠堂大门，不让所有人出去，宣布了对走漏风声的人的最严酷的族规。晚上，她和大管家孟泰先生将老太太的四个丫鬟叫在一起，命令她们必须从中选出一人来承担太夫人死亡的责任，否则，四个丫鬟都别想活命。丫鬟们只是抱头痛哭，谁也不敢出来领罪，自知只要是自己没留意摔了磕了碰了饿了撑了噎了最终死了太夫人，不是被活活扒皮，也得打个半死。孙姨娘假惺惺陪着丫鬟哭了一回，发狠说："你们是下人，是专门伺候太夫人的，你们不领罪难道让奶奶、姨奶奶替你们领罪吗？世事哪有颠倒过来的？"接着又说，"谁要是承担了，我和大管家尽量保护她少受些委屈，还可以多发一年身钱。"最后，当四双同病相怜的泪眼从默默相望到狼一样死命相对时，心高气傲的银瓶开口了。她愤愤地说："我来领罪吧！就说我喂饭把太奶奶噎死了。我不管是死是活是伤是残都不要告诉我娘。我的两份身钱一定要交到她手上，让她老人家放心，女儿去了好地方……"

祭奠仪式草草收场。夜里，凶神恶煞的马霸朝对丫鬟银瓶仍不依不饶。两位哥哥特别是二哥马仲奎的凶死，使权重一方的九龙马家失去了依托。扶柩路过西安时，没见省府的大小官员出来接灵或者路祭，今天的祭奠仪式明明是发了讣告的，也不见他们派一只狗过来。官场冷暖，形同冰炭，马霸朝愈觉气不顺。他没有送别前来吊唁的亲友，也没有在灵堂值守，而是将打得半死的银瓶姑娘拖到自家花厅，命令军士在外面守着，不许任何人进来，关上大门，要慢慢拷问出事实真相。银瓶被脱掉外衣外裤，几乎赤裸着身体，用皮绳拴住双手，悬空吊在二梁上。马霸朝将皮鞭蘸了水，一顿猛抽猛打，直打得银瓶皮开肉绽，鲜血顺着她白嫩的细腿和脚尖，滴流到了方砖地上。

马霸朝打了一阵，胳膊有些酸困，跌坐在椅子上喘着粗气。从汉中一路护持灵柩回到渭南，上千里路程，多是险山栈道，灵柩又笨又重，多亏所带的军士们齐心协力，才几次从毁坏的栈道上艰难通过，其间险象环生，有四五个士卒跌坏了腿。马霸朝不相信母亲是银瓶喂饭时噎死的，他怀疑是孙姨娘使用了什么手段。其实，正如他所预料的那样，自从孙姨娘到了马家，凭着聪明伶俐，渐渐取代大嫂，执掌了马家的内务大权。她收买人心，安插亲信，九府中到处都有她的耳目。她的目的十分明确，她娘家的一门生意败落了，只有借助马家的官势和财力，才能将孙家的生意扶植起来。太夫人经多见广，对她的所作所为很不满意，最终更换了管家，收留老孟泰来对付她，谁知老孟泰很快便被她收买了。那天，风水先生走后，老孟泰立即将查看柴房以及太夫人去了茅厕后面的情况详细告知了孙姨娘。孙姨娘什么人，早就摸透了老太太的心思，当晚便派出身边的蹇才和得宝两个家人，暗中给粪池两边泼洒了许多粪水。滴水成冰的冬冷寒天，只等着有好戏看了。孙姨娘面如桃花，心似蛇蝎，惯使两面手法，老太太毕竟年老智衰，最终被她算计了。

马霸朝歇了歇，用皮鞭指着气息奄奄的银瓶姑娘："银瓶，本该将你活活打死，我可怜你是个卑贱丫鬟，你何必替他人受过？你老实说，是你将太奶奶噎死的，还是有人下了毒？"

半昏半死的银瓶缓缓睁开眼睛，有气无力道："八爷，你给我喝口水，我给你说实话……"

马霸朝从木桶取出给皮鞭浇水的马瓢，舀了半瓢水，趁银瓶将嘴张开之际，照着脸泼了过去。银瓶伸出舌头，贪婪地舔吮着从脸颊和头发上滴落到唇边的水珠，哀求道："八爷，你放我下来好不好？我的胳膊快要断了……"

马霸朝说："你说实话，我就放你下来；再不老实交代，马上送你上西天！"

银瓶费尽力气，艰难向上挣扎了一下，让喉咙憋着的气息顺畅了些，说："八爷，你看我长得像谁？"

马霸朝骂道："你他妈问这个干啥？"

银瓶感伤道："我给你说个知己话……在马家一门九府里，就咱们两个是亲亲的兄妹俩，我应该叫你哥哥才对！"

马霸朝发怒了，吼道："这就是你要说的实话？你个臭丫鬟，下贱胚子，我打死你!”

银瓶说：“我问你，你的生年为何和九爷离不到十个月？其实，咱们两个都是大奶奶裘夫人生下的。大伯下四川做生意的时候，太爷睡了大伯母……”

性格暴躁的马霸朝一听就炸了，将皮鞭抡了上去，发狠道：“你再敢胡说，我扒了你的皮!”

银瓶挨了两皮鞭，忍痛道：“哥哥，等我说完，你打死我我也不后悔……你还记得你小时候差点儿将一个丫鬟日弄到井里吗？她为何突然不见了？那就是我的养母。太夫人嫌伯母生下我丢人，月子里打发她将我抱走了……”

马霸朝再要挥动皮鞭，已浑身瘫软毫无力气了。不是因为一天来没有用过一点儿膳食，也不是因为他攒不出一点儿劲来，而是他一颗铁石心肠无意间被摇撼了。难道是自己的老父老而不尊，难道是自己的生母裘夫人狐媚动人？为什么裘夫人总是躲在内宅不愿见人？为什么大哥马伯牙对自己总是不冷不热？啊！原来他们早就知道其中的奥秘了，而自己却一直蒙在鼓里。他应该感谢面前这个即将死去的丫鬟，不，应该感谢这个亲妹妹。是她，只有她才肯将自己身世的秘密告诉他。

想到这里，将信将疑的马霸朝慌忙丢掉皮鞭，将二梁上的皮绳一刀割断，将倒下的银瓶抱在怀里，仔细端详着她。那眉眼，那脸庞，那鼻子和嘴唇，无一不和自己一模一样。他信服了，这话应该是真的，应该是千真万确的事实。我的天！罪孽呀罪孽！自己一生好勇斗狠，横行无忌，没想到竟是这般身份，今后再也无法做人了！他还想极力否定这一切，如果不是真的就好了，如果是银瓶的梦呓就好了。他拼命摇晃着银瓶，呼唤道：“银瓶，你醒醒，你不要骗我……”

好长时间，满身是伤的银瓶方才睁开眼睛，望着马霸朝，吃力地说：“哥哥，我早就不想活在这个人世了。谢谢你，结束了我的生命……”不等说完，已闭上了眼睛。

3

庭院里传来一阵杂沓的脚步声，花厅虚掩的格子门被砰然推开。马霸朝回头看时，原来是长兄马伯牙、大嫂裘夫人、二姨太孙姨娘、大管家老孟泰以及众多家眷子侄冲破门岗，拥进了花厅。大家看到八爷怀抱着遍体鳞伤已死去的丫鬟银瓶姑娘潸然流泪，不禁惊诧不已。马霸朝也被突如其来的人群吓了一跳，他仍旧没有从自己孽障身世的打击中回转过来，恍若做梦一般。

一向甘居人后总是默不作声的裘夫人转过身，威严地对众人说："没什么好看的！孙姨娘和孟先生留下，其余人都先出去！"

后半夜刺骨的寒风吹得人们瑟瑟发抖，格子门上的窗纸哗哗响着，仿佛为这个兴旺家族的深重罪孽唱着丧歌。人们虽然对裘夫人的命令莫名其妙，对她不与孙姨娘商量就擅自发号施令感到困惑，但是，她毋庸置疑的长房长媳的身份和少有的威严还是令人们折服了，大家渐渐退出了大门。裘夫人掩好花厅的格子门，也不谦让，随丈夫在太师椅上坐下，喝问马霸朝："银瓶姑娘是你打死的？"

马霸朝放下怀抱的渐次僵硬的尸体，刚要站起来为自己辩解，裘夫人怒道："孽种，给我跪下！"

马霸朝看了看紫面凤目的裘夫人，一个从不露面的女人竟有如此威仪，他一下子被镇住了，只好屈膝跪下。其实，马霸朝不是为仅仅打死一个丫鬟的罪责而跪，也不是屈服于面前女人的压力，而是为自己的身世而跪，有生以来头一次为自己的生身母亲而跪。当他得知自己的身世后，不知为什么，很想大哭一场，很想跪在自己生母面前大哭一场。是要和生母相认吗？不是。他是为自己的身份而耻辱，为永远无法在人前抬头而痛惜。他痛恨那个被称作父亲的人，恨不能将他的尸骨挖出来鞭挞三百铁鞭；他同时憎恨面前这个女人，虽然她给了自己生命，但同时将永恒的耻辱注入了自己的血液。性格暴虐的把总将军，此刻不知自己该说什么，该做什么。总之，作为人，作为有生命有灵魂的动物，既然乌鸦有反哺之恩，羔羊有跪乳之礼，那么，马霸朝在自己的意识深处已做出决定，向这个生母第一次，也是最后一次叩头后，将永远离开她，离开这个看似豪华实则罪孽的渊薮。

马霸朝跪在方砖地上，向生母咚咚咚磕了三个响头，满面羞怒地站起来，双眼恶狠狠地瞪着裘夫人。当他们母子四目相对时，马霸朝一眼就看出了母亲眼里那份爱怜和歉意，难道这是祈求饶恕吗？不，这是不能饶恕的。这种爱怜和歉意更令他羞怒，令他难以为人，他悲泣地问："你，为什么要生、生——我……"

作为母亲，裘夫人半是心疼半是责备道："对！我就是生——你——的气！银瓶——她，她是多么好的姑娘，你为何不能将她当一家人看待，而要打死她……"

"我痛恨你们，痛恨这个家庭，痛恨世界上所有的人！"马霸朝疯了一样咆哮着，"我有罪孽，天大的罪孽呀！让天上的雷电劈死我吧！让地狱的烈火烧死我吧！我要毁灭整个世界！哈哈……"

马霸朝浑浑噩噩冲出了花厅，沉重的脚步消失在庭院的尽头。不明就里的孙姨娘和老孟泰正要叫住马霸朝，裘夫人悲戚戚掩着泪道："别叫他，让他去吧……"

孙姨娘和老孟泰讪讪地走回花厅，恭立一旁望着威严地坐在太师椅上的马府两位主人，胆战心惊，只怕东窗事发。

马伯牙一身孝服，孝衣孝帽衬托得他的黑脸像刷了漆，本就倒立的吊梢眉拧成了疙瘩，眉梢上直爹的几根长寿眉凶狠地抖着，似有好多话要说。但他仍旧一言不发，只是冷眼斜睨着两个狼狈为奸的贱人。

裘夫人问："孙姨娘，谁让银瓶出来顶的罪，是你指使的吧？"

孙姨娘自知罪责难逃，赶紧跪下说："大主家，这事不能怪我，是银瓶姑娘自愿顶罪的！"

裘夫人站起来道：“她出来自愿顶罪，你就同意了吗？我问你，她在替谁顶罪？”

孙姨娘做贼心虚，战战兢兢回答不出。一旁的老孟泰连忙说：“确实，是银瓶姑娘自愿的……”

“你也给我跪下！”裘夫人怒不可遏，斥责道，“你这个卖主求荣的东西，若不是看你年长，早将你送交官府绳之以法了！你以为你做的事机密，没人知道？哼，骗鬼去吧！”

孙姨娘和老孟泰情知不妙，连忙磕头为自己开脱：“大主家，太夫人不幸身亡，这实在与我们无关呀……”

“真是贼不打自招！”裘夫人冷笑道，“我还没问太夫人的死因呢，你们就急了？怎么，要不要将踅才和得宝叫来，让他们做证？”

孙姨娘和老孟泰这一下全泄了气，跪跌在地啼哭着，追悔着，苦苦求饶。

“唉！家门不幸呀！”马伯牙终于叹息着站了起来，“我马家弟兄，一个个争强好胜，要将这‘九龙马家’的名号叫响天下。我的高堂老母，她老人家经受了多大的苦难，才看到兴旺发达的今天。谁知我有眼无珠，将你们两个作为我最亲近的人。可，你们两个竟是乱臣贼子……”

裘夫人激愤地围着两个跪跌在地的罪人转了一圈：“现在，银瓶姑娘死了，金瓶姑娘自愿为太夫人殉葬而上吊自缢了，粉蝶、粉香两个丫鬟逃跑了，踅才和得宝被看管着，你们说，你们怎么办吧？是送交官府审讯治罪，还是保持名声自我隐退，你们看着办吧……”

4

马家以太夫人死难之日为服数，“头七”“三七”“五七”……合奠了多个祭期。闲下来的时候，大爷马伯牙一手托了白铜红玛瑙坠子水烟袋，坐在过去太夫人常坐的青石圆鼓门墩上，跷着二郎腿，一边咕咕地抽水烟，一边骂着马家的不肖子孙九爷马救时和女儿马赛花。马赛花是自己的女儿，如今跟高家三公子私奔了，不知去向，他骂得特别难听。骂着骂着，连自己也捎带骂了进去。如果遇着老九的媳妇过来，丫鬟劝他小声点儿，他反而会声音更大，鼓着腮帮子喊："我就是让她听见捎话哩！我九龙马家，就是这小的不成器，老母亲把你抓了一整，不如养活一条狗嘛……"

马伯牙骂得也有道理。为了丁母忧，在京城军机处行走的三门"章京第"马叔礼曾向朝廷请假，朝廷以近来京津地区不太安宁为由，没有批准；不过，军机处发来唁电，这应该是太夫人去世后收到的最高规格的吊唁函了。四门"按察使第"两江按察使马季周请准了假，回到家里，省府的同人曾来拜望过，大轿小轿在门前停了一长溜，算是给马家挣足了面子。在新疆和田直隶州任知州的五门"知州第"马舞阳与七门"州判第"和田州判马旗开，均因边境上不断发生摩擦而未能准假回来，不过发来的椎心泣血的悼文，马家大哥常常拿出来读得眼泪汪汪。自祭灵那天晚上以来，八门"把总第"的西安北门绿营七品把总马霸朝就消失得无影无踪了，害得媳妇和女儿四处寻他不着，整日哭哭啼啼，找到已重新当家的裘夫人，追问到底为了什么。二弟马仲奎死了，六弟马六合死了，两房的妻妾全成了寡妇。老太太生前的两个贴身丫鬟金瓶和银瓶，均以殉葬的身份得以厚葬。唯独已不在大清国驻日本大使馆任职的老九马救时无法送达太夫人去世的讣告，他是无根萍，居无定所，来去无踪。有人说他经商去了，有人说他在天津码头上混日子，也有人说他在京津一带替日本人搜集情报，总之，幽灵一样不着边际。

马伯牙抽着水烟，把一口浓痰吐在门前的青石台阶下面。台阶下草丛中觅食的鸡群中，两只母鸡奔跑过去，争着啄食那浓痰。一只白母鸡，一只黑母鸡，是孙姨娘今年春天饲养的，都已经产蛋了。孙姨娘在时，每每把鸡蛋攒下，只要他晚上歇在孙姨娘房里，早上，她便亲自下厨给他打好荷包蛋端来。如今伊人已去，唯余空楼，天物犹存，人在何处？想到温柔体贴泼辣能干的孙姨娘，马伯牙不禁鼻酸泪流。

后来，马伯牙探听到，掌管十余年家政的孙姨娘被休弃后，娘家兄弟不愿收留她。嫁出去的女，泼出去的水，娘家岂是栖身之地？最终，投靠了死了妻子的老孟泰。马伯牙哀痛说：“可惜一朵鲜花插在牛粪上了！”孙姨娘虽被逐出家门，毕竟是马伯牙的二姨太，多年钻在一个被窝，马家大爷时时惦念她的好处，反觉得自己意气用事，有些冷酷无情。这天，他正在念叨孙姨娘，看她养的母鸡争啄浓痰，忽然有家人从外面回来禀报说刚刚从孟店得到消息，老孟泰和孙姨娘在家被孟家的两个儿子杀死在脚地了。

当初，孟泰带着两个儿子，盗掘了高家主人埋在后院石榴树下的三千两银子，盖了两院大房，开了两号茶庄，本指望生意将儿子拴住，从此走上正路。谁知两个儿子压根儿瞧不上本小利微的茶庄生意，总想着一夜暴富，腰缠万贯。他们将生意交与别人打理，整日待在大烟馆或窑子院鬼混。茶庄本来是不赔只赚的挣钱生意，他们两个反倒赔了钱，欠下房租，被封了门面。不到半年，两院子青堂瓦舍也踢踏了，又住回了破破烂烂的老屋。结果，母亲被活活气死。别人谑称父亲“老白毛”，他们也这样叫他。一屁股烂账债主来逼，儿子将袖子一甩：“找老白毛要去，那生意是他让开的！”

老孟泰当年在高府当差时，明里工钱，暗里赏银，还能供一些钱出来给儿子挥霍。后来到了马府，就大不如前了，现在又被马府净身出户，当即断了财源。两个儿子骂骂咧咧，时不时打得他几天不敢出来见人。毕竟，老孟泰在大户人家当过管家，生意行当还算熟悉，借了几个钱摆地摊卖干果。不久，孙姨娘来了，两个儿子向他们下了狠话，每天不管刮风下雨，摆摊的钱不管多少，必须向他们交账，否则，便将他们赶出去。这天，天上下着坚硬的冰雹，老孟泰患了伤风，没能出去摆摊。孙姨娘烧水做饭，伺候他盼望快些病好。出门打水时，听说南山广货街的脚夫将柿饼挑到了孟店，商量去趸些货回来。由于钱不在手上，好不容易挨到天黑，两个后生回来吃饭。她先向老大要钱，老大瞪着眼问她怎不当婊子挣钱去。向老二要钱，老二说：“你在我家吃住，不交钱反而要钱，谁欠你的了？”孙姨娘气不过，从长筒袜掏出一张十两银子的银票，说：“我有的是钱，今后谁也别欠谁的！”两个儿子见钱眼开，争着去抢那张银票。病恹恹的老孟泰下床拉架，两个逆子下午正好输了钱，本就气不顺，说他拉偏架，向着外人，骂了许多难听的话。四个人遂扭在一起。最终，为了那张银票，老孟泰和孙姨娘被穷凶极恶的逆子残杀致死，每人身上均捅了十多刀。

官府追缉凶犯，尸体无人料理，还是马伯牙念及当日与孙姨娘的情分，赏了两具薄木棺材，派人将他们在乱坟岗草草埋了。

第二十章　载誉归来

1

高凤雏和马赛花突然消失得无影无踪，这让急于回陕的柳碧云十分无奈。望着窗外漫天的飞雪，柳碧云暗自抱怨：这个小叔子也太傻了，你和马家大姑娘私奔，瞒着马家人倒也罢了，为何连自家人也瞒着？你们究竟到哪里去了？你习惯于锦衣玉食，此番出去，会谋生吗？你们有本钱做生意吗？离开家庭，真不知你们该怎样过活……

出发回陕的日子不能往后再推。一连三天，派出去寻找的人均回来说没有下落，柳碧云心急火燎，只好给留在四川做了高家生意大掌柜的卢虫儿和师爷毛三文交代，若见到他们，一定要多加关照。

临行这天，忽见如诗如画的锦官城上空，大雪初霁，红日高照。陕西会馆和高府门前，以及这条被命名为陕西街的两端，商会临时用鲜花和翠柏搭建了四个高大宏丽的彩门。由于柳碧云冒死说动“九大反王”归降朝廷，从而一举平息了川中内乱，此后，她又将金堂县小竹山捐赠给官府，将所属的万亩良田分配给当地佃户和无地农民。她的义举被广为传颂，一时间，能一睹“陕西侠女”的风采，成为人们争先恐后的幸事。从早上起，陕西街便被各地赶来的民众拥堵得水泄不通。

为了不致扰民，护送柳碧云回陕的卫队由荀四钱带领，等候在府城的西门外。队伍中，除了三叔高敬寅、四姨太和二弟高凤池外，还有雕花大师吴一刀和他的几位徒弟，有不久前才找回来的戏班的十多个伶人以及武师、丫鬟和仆人等。上午刚刚用过早膳，高府的大门外，忽然传来一阵喧天的笙鼓之声。原来是陕西商会、四川商会和多个外省在川商会的头面人物，在陕西会馆聚齐了，由卢虫儿和毛三文等人陪同着，一起走出大门，过府为柳碧云送行来了。

他们将手中的红绸给柳碧云和高敬寅披在肩头，又给回陕的人每人送上一大捧鲜花。简短的祝颂仪式过后，卢虫儿一把抓过马缰，亲自在前面为女主人牵马；毛三文则牵了三叔高敬寅的马，四姨太坐在一顶四人抬的轿子里，高凤池等二十多人骑马跟在后面，丫鬟仆人护卫左右，由众商会的领袖一直送到街口的彩门下。

这是一支令人瞩目的队列。旗旌在前引导，笙鼓吹奏跟进。仪仗后面，卢虫儿紧紧牵着主人的坐骑，带领队伍徐徐向府城西门行进。蜀人素以热情好客闻名，沿街两边，到处都是自发前来送行的人们。他们喜笑颜开，不分男女老少，老远便向马上的人挥手致意，将怀里抱着的吃的喝的塞到队列的马背上、轿子里的人或者随行仆人的手里，叮嘱“一路小心些吧!”像送别亲友一样。枣红马上的柳碧云从未受到过如此热烈的拥戴和欢送，不由得眼圈发热，泪珠儿在眼眶打转。她想，自己不过一个还俗的尼姑，能有今日，还不是托了高家的福，还不是众人帮衬的结果！卢虫儿是自己派他到四川来清账的，他是一勇之夫，在贪官污吏的逼迫下不得已造了反。自己应该对他负责，因此，有责任劝说他回归正道，向官府投诚。否则，他能得到善终吗?现在，捐献出高家在金堂的所有土地，不过是替他赎罪而已。三叔、二弟和高家的人被官府抓捕后，心高气傲的三叔，已将四川视为伤心之地了。三婶在这里殒身了，二姨太、三姨太被拍卖了，她们至今下落不明。如果不是自己从拍卖场上抢下四姨太，三叔身边最终连个知己的亲人都没有。三叔对二弟高凤池是彻底失望了，因此，对自己这种敢作敢为救人于水火的行为倍加赞赏，这才同意将四川的所有财产全部交还高氏家族，离开伤心之地，与四姨太同回家乡养老，以求落叶归根。只因卢虫儿给蜀中造成重大动乱，只因三叔回陕后高家无力照料这些土地，所以经三叔同意，将所有土地全部捐献出来。这本是为自己留条退路，如今受到各方推崇，这倒使柳碧云有些受宠若惊了。

未至西门，远远望见门楼下的道路旁，停放了十多顶蓝的、绿的、红的各色大轿，还夹着两辆西洋四轮铁毂敞篷马车。官府和洋人在一起，准没有什么好事。果然，唯一供人出入的城门被头戴红缨帽子的士卒戒严了。见到官府，卢虫儿便心中慌乱。他个子瘦小，前面被人墙挡着，不知究竟发生了什么，由不得抓耳挠腮，像个东张西望不安分的猢狲。他想，难道官府今天要拦道抓人吗？这个刘总督总是出尔反尔，背信弃义。当初，自己带领秦王府的人马首先归顺了朝廷，投诚仪式上，刚刚在文书上签了字，刘总督忽然将脸一沉，喝令左右将他拿下。多亏柳碧云上前力争，钦差李文鼎出来作保，同意说服其他八大王全部归降，将功赎罪，这才放了他。不过刘总督此人乖戾悖谬，惯于横生枝节，今日可能又要生出什么事端。想到这里，卢虫儿不禁抬头向主人说："东家，要当心些！官兵官府可能是冲着我来的。不如让我躲了，免得给你带来麻烦！"

"不用，我自有办法！"柳碧云说。

其实，不用卢虫儿提醒，骑在高头大马上的女东家早就看出了端倪。前日，向李钦差辞行时，钦差大人欲言又止，似乎有什么隐衷。柳碧云反复追问，方才说："刘总督一定要向你索取十万两银子，作为对焚烧洋教堂的赔偿。我说，他们捐出了小竹山和那么多土地，难道还不够吗？刘总督说远远不够，洋人整天催逼，还奏报了老佛爷。他说，你们可以一拍屁股走人，这擦屁股的糗事还不得地方上来干？"听到这话，柳碧云说："十万两就十万两吧！只要大人您不受为难。"李文鼎说："不行！什么十万两？我估计，最多五万两也就够了。这个数肯定是他捏造的，里面有名堂！"柳碧云知道，李大人毕竟是外来钦差，如果一意孤行的刘总督和他打起别扭，他也毫无办法。

因此，柳碧云不得不早做准备。

卢虫儿牵着马，胳膊如抽筋了一般，浑身好不自在。真是冤家路窄，又要和刘总督照面了。他后悔当初谈判签约时，没有挣脱护卫的束缚扑上去手刃了这个凶狠歹毒的家伙；他后悔今天送行时不该走在前面给主人带来羞辱和麻烦。卢虫儿走着走着，脚步趔趔趄趄只想撒腿就跑。不过，他很快镇静下来。如今做了高家在四川生意总号的大掌柜，不能再像过去那个草莽英雄了。走在队列前面为主人牵马坠镫这是多么荣耀的事情，不能再像过去戏台上那个逗人一笑的白眼窝小丑了。如此想来，卢虫儿虽然相貌丑陋，却走得雄赳赳气昂昂，走出了威武走出了派头。

当一步步接近警戒线时，突然，一队士卒跑过来拦住队列，不许再前进一步。从朝服看，为首的是一位七品把总。他站在道边，咋咋呼呼问："谁是叛匪卢虫儿？赶快站出来，免得老子动手！"说着，冲进队列就要抓人。

卢虫儿反抗着，眼疾手快的武师跳下马，奋勇上前抵挡，仆人们也一哄而上，一霎时双方剑拔弩张，撕扯在一起。

"都给我住手！"

柳碧云威严地喊了一声。她翻身下马，走上前问把总道："将军！我们这里没有'叛匪'，都是顺民。卢虫儿早就归顺了朝廷，你称他'叛匪'，这有违朝廷的谕旨吧？"

把总问："你是谁？"

柳碧云道："我是谁并不重要，重要的是，你不能抓人！"

"你们这不是反了吗？给我上！"

傲气十足的把总正要使横，他身后有士卒传话说："总督大人有令，让高家的主人到前边说话！"

一顶蓝呢大轿停在警戒线内不远的地方，柳碧云出列时，身旁的武师被挡在队列之中。她环顾左右，只身一人从容走了过去。

看到柳碧云在士卒陪同下缓缓走来，总督刘道宗钻出轿子，嘿嘿干笑道："夫人别来无恙？不是我要抓卢虫儿，是洋人要抓他。他烧了人家那么多教堂，这笔账还没结清哩！嘿嘿……”

柳碧云打千道：“劳烦总督大人费心，既然是洋人开了口，咱们一起见洋人好了！”

刘道宗急忙拦住她：“别，别急嘛！洋人要多少，不能就给多少，对吧？钦差大人正和他们交涉，不过，我可以给你透露一下，至少十二万两。你算算，多少教堂……”

柳碧云哂笑道：“这个数多了吧……”

刘道宗赶紧说：“不多，不多，不能再往下杀了！你要是同意，咱们这就过去……”

对于洋人的要价，柳碧云已摸清了底细，她鄙夷刘总督这样的贪官污吏，当面揭露道：“总督大人，这里面大概有不少是奉献给您的吧？您到底要多少，应该有个实话吧！”

说着，柳碧云甩开刘道宗，头也不回向远处钦差的金顶大轿走去。

李钦差和洋人在路边的交涉似乎还没结束，一旁不远的地方，许多前来为柳碧云送行的地方官员围拢在那里低声交谈着。看到柳碧云过来，李文鼎老远招呼道：“好了，好了，你来了就好了！这事该见分晓了。”

柳碧云分别向李钦差和洋教士施过礼。洋教士有三个，其中一个是主管四川各地基督教堂的英国主教，中国名字叫李约翰。他个子瘦高，两颊狭长，像一只细腿长翼的洋蚂蚱。他两只晶亮的黄眼睛山猫一样注视着柳碧云，用怪腔怪调的中文说：“呀！密斯柳，你真漂亮！我知道你会处理好发生在这里的不幸事件的。因为，我在卡里先生和高凤仪小姐的婚礼上见过你，他们是我的好朋友！”

柳碧云开玩笑说：“既然是好朋友，还要什么赔偿呀？中国有句老话，叫作‘君子取于义，小人取于利’。我们都做君子好啦！”

李约翰立即涨红了脸：“不行，不行，我们的损失太大了，我没法交代……”

李钦差和柳碧云看到这个英国佬如此憨急，不禁笑出声来。李文鼎对李约翰说："本官在你们二人当面，做个和事佬吧！你所说的十二万是个虚数，原来的十万也要价过高。这样吧，给你五万，足够了！"

李约翰反复掂量着："五万，这个……"这时，恰好刘道宗过来了，李约翰快人快语，道："总督大人，我的五万要到手了。你需要多少，自己说吧……"

2

柳碧云和三叔高敬寅一行，用一百多匹骡马驮了在四川经营盐井、钱庄、当铺和茶叶获得的大笔钱财，在二百多名壮士的护送下，离开成都，沿着巴蜀古道，缓缓向陕西进发。一路上，她一直惦记着小叔子高凤雏，每到一地，便派人出去打听，还是如石沉大海，始终没有任何线索。为了祈求他们过上好日子，佑护高家的生意兴旺发达且回家的路途平安无事，每遇投宿，周围凡有庙宇，柳碧云皆亲自去焚香祷告，凡见到穷人，都广加施舍。所过州县，可谓善事做遍，赞声一片。

行了将近二十日，这天来到子午道上距西安最近的一个驿站——江口镇，剩下来的路程，快马一天也就到了。江口镇位于秦岭南麓，三条溪流在这里交汇，形成了一块不大的平原。这天，天气晴朗，万里无云，柳碧云看这里地势开阔，虽然镇子不大，却也有二三十户人家，正好可以休整一下。便传令所有人员都住了下来。

柳碧云住在一家卖茶水的老婆婆家里。老婆婆无儿无女，新近死了丈夫，早晚焚香诵经，正好与柳碧云为同道中人。柳碧云住了一日，问老婆婆这江口镇上有什么善事可做。老婆婆说眼下要做的善事有两宗，她皆无力。第一宗是这两年山里旱涝不均，有许多山民遭灾绝收，到镇子上来乞讨，她早就想设粥棚放舍了；第二宗是后山的山神庙垮塌了半边，需要一大笔钱予以修茸。柳碧云说："这两宗事我都可以帮你办到。此外，你还有什么心愿?"老太婆双手合十道："阿弥陀佛！我一看你就是个大善人，这话也就只能给你说了。"老婆婆告诉柳碧云，后山的山神庙里最近来了一对年轻夫妻，像是富家子弟，女的可能身怀有孕，他们一定是逃出来的，所以才流落到这里。那年轻公子痴痴呆呆的，每日到镇上乞讨，讨着什么是什么。或稀粥，或糠菜饼，或半个玉米棒子，他竟舍不得吃，拿回去给他怀孕的娘子。她上山送了两回饭，想让他们到家中来住，自己老来无后，可收为儿子儿媳，但他们执意不肯。柳碧云不由得一惊，莫非这一对小夫妻，就是私奔了的小叔子高凤雏和马赛花吗？遂详细询问了他们的相貌穿戴，并问了那公子是否常常吹着一支紫箫。当听到老婆婆说得毫无二致时，便用双手打了个光聚佛顶庇护万众的手印，道："阿弥陀佛！善哉善哉！老妈妈，那个公子，多半是我家小叔子，那个媳妇，是我们仇家的姑娘。他们私奔出来，只怕被人看见不得安生，所以总避着人。这样吧，我就认你做干娘吧！我不但要了却你的两宗善事，还要多留些银两。你将这前后的房子重新盖了，将他们接下山住在后院；今后你也不要做茶水生意了，广置了田产，只一心做个庄户人家怎样?"老婆婆一听，高兴得嘴都合不拢了，就要给女菩萨下跪，柳碧云急忙扶住。

第二日，柳碧云在镇子上设了三个粥棚，支了六口大锅，买了上好的大米熬粥施舍。从早到晚，太阳都快落山了，每个粥棚都熬了十几锅，连镇子上的人家大都不生火做饭了，还没见住在山神庙的公子下来。柳碧云心中一急，不禁暗自伤感，难道小叔子病了，还是遭遇了什么不测？正在着急，忽然从后山梁上下来一个戴着旧草帽的人。那人将草帽的破帽檐拉得很低，几乎遮住了半边脸，脸上似乎涂抹了香灰，黑不溜秋的看不清五官。不过，他的身材，特别是夹在腋下的那支紫箫，柳碧云一望便知，这无疑是自家的小叔子高凤雏了。她急忙在村口的粥棚下站了，拿起勺把，等他过来。

来人确实是高凤雏。当初，马赛花鼓动胆小怕事的高凤雏一起私奔后，没敢在成都停留，别的地方内乱不已，便想，不如在来路的汉中扎下根来。谁知一到汉中，偏巧遇到带部队去汉中接灵的八爷马霸朝，险些被他抓住。

他俩漏网之鱼一般没命逃奔，这才脱离了虎口。谁知停下来一看，身上所带的十几两安家的纹银全丢光了。这时马赛花已怀了孕，不能再走长路了。他们身无长物，听说江口是个大镇，那里好讨饭，便拼死拼活一步步挨到这里，在山神庙中暂先住下。昨晚，凤雏听说镇子上有大户人家过往，将所有房子全号下了。他想，会不会是自己的嫂娘柳碧云呢？仔细一问，果然是她。凤雏将这个消息告诉了马赛花。马赛花怕他撇下自己偷偷走了，所以不放他出来。直到太阳压了山顶，两个人饿得肚子里饿狼啃食肝肠一般，这才让凤雏用香灰涂了脸，叮嘱他快去快回，绝不许和嫂娘相认，否则就碰死在山神庙里。

长袍上到处都是破洞的高凤雏一手拉低了帽檐，一手伸出个破碗，挤到灶台前恭敬地乞求打粥。柳碧云看见他落魄成这个样子，不由得想扑上去抱住他痛哭。但是，柳碧云不能这样，他有怀孕的妻子，他有自己的人格和尊严，否则不会用香灰涂了脸，也不会拉低了帽檐。柳碧云强忍眼泪，想给他挖一些稠的，但是不巧，锅里除了一些烤煳了的锅巴外，木勺触到了几粒沉在锅底的沙子。柳碧云抱歉道："客官，您来迟了。能不能稍等片刻，我重新给您熬上一些？"

高凤雏一听，看也没看，夹着破碗就往回走，任凭后面的人怎样唤他，连头也没回一下。

山南的冬季虽然不冷，但凌厉的寒风依然挠得人麻辣辣地生疼。柳碧云带着丫鬟随从，提了鸡鸭米面菜蔬供果香蜡纸表之类，紧紧跟在高凤雏后面。眼看快到山神庙了，只见高凤雏猛然站住，向这边的人群看了看，将破草帽和长袍脱下来挂在路边的一棵小树上，又向来人方向看了看，快步离开，随后进了山神庙。

柳碧云带人走到小树旁，摘下长袍，眼泪扑簌簌滚落下来。这件旧长袍，是她还俗后，第一次和小叔子到西安着手创办银号时，碰了钉子，灰心丧气地住在客栈里，她亲自为他补缀过的。在四川派他和二娃子一起给钦差李文鼎送信，也是穿的这件长袍。谁知那次分别，再没见到小叔子，后来才知道他和马赛花私奔了。说起来，小叔子走到今天这一步，实在与自己有关，是自己忙于川中劝降事务，对小叔子关心得太少了。看到草帽和长袍挂在树上，柳碧云当然知道其中的含义。这是小叔子告诉她，就此止步吧，别让人搅扰了他和妻子平静的生活。

柳碧云回过头，对众人说："丫鬟小花小草留下，其他人先回去吧！"

缓缓推开山神庙虚掩的大门，门上掉下来的灰尘落了柳碧云一头。大殿的半边房被雨水淋塌了，为了遮风挡雨，用一排玉米秆在墙根子胡乱竖着。神台上塑了三尊神像，正中坐着的长胡子文官像是这里的山神，两边站立着两尊横眉怒目的铠甲护法武将。神台下的供桌沾满了泥巴，被擦拭过的一角放着凤雏下午讨饭拿着的那只黑釉子破碗。柳碧云轻轻唤了两声凤雏的名字，竟无人答应，倒惊得瓦楞下的鸟雀在漏着天光的顶梁下乱飞。柳碧云知道他们躲了，就在屋内，那意思当然是沦落至此无脸见人，便不再呼叫。她抓了一把玉米秆，清理了一下供桌，让两个丫鬟将小树旁的物品全部拿来，然后令她们在山门下等着，遂点上香烛跪下来，显然说给那空灵中凝神谛听的情侣：

> 山神帝君在上，弟子高柳碧云今日只为我家小叔子高凤雏和媳妇马赛花一事祈愿祷告，祝他们居此圣地，庇佑平安，早得贵子。为辅元亨道，善果早利贞，弟子已将卖茶水的老太太认作干妈了！布给足够的银两，近日即可将房院重新修缮，并广置田产，届时可成为我家小叔子的安身之地。待新房落成之日，将重建庙宇，再塑金身……

3

拔营起程已近中午。柳碧云率领大队人马，从江口出发走出三四十里，便是子午大道上的东西南北交通要衢广货街。道旁，有五六个山外人打扮的壮汉在席棚下用餐，他们的马匹汗湿淋淋地在木槽边甩着尾巴嚼食草料。这些汉子像是有什么急事，只见其中一人横骑在条凳的一头，一只脚在里，一只脚在外，趔斜着身子，端着一只大碗，催促大家快吃。柳碧云骑马走在队列的第二位，跟在二娃子后面。当那人回头时，她突然发现，啊！这不是哥哥韩铁锤吗？他为何到这里来了……

韩铁锤也是猛回头第一眼便看见了骑在高头大马上的妹妹，他撇下老碗，一抬脚跳到席棚外，冲着队伍高声大喊："云儿！我来接你来了。朝廷封你三品诰命淑人了！奉旨太监在西安等着宣旨呢，巡抚大人命你快快回去！"

韩铁锤是戏台上唱大净的角色，本来就粗喉咙大嗓门，加之他憋足了气想炫耀一番让路边的人听见，声音便像震耳欲聋的惊雷。这一嗓子确实非同寻常，只见路边的人和队列中的人，都纷纷扭头去看枣红马上的柳碧云，仿佛她是从天而降在面前的太阳。柳碧云也几乎被这声惊雷炸蒙了，身子不由自主摇晃了一下。柳碧云在促成卢虫儿等川中反王归顺朝廷时，钦差李文鼎曾提到要向朝廷为她报功，没想到这么快就获批下来，而且品位之高是她没有料到的。她想，真是这样，日后，唯有竭忠尽智为国出力为民办事，抛却身家性命于不顾了。

如果说中国民众怕官，这话可能只说对了一半；因为中国民众更热爱的是清官好官，视他们为自己的衣食父母。正因如此，韩铁锤拉住妹妹马缰的一瞬间，忽然发现周围的人群跪倒了一大片，他们一边向女东家祝贺，一边高呼："圣皇万岁！圣母皇太后万岁，万万岁！"

柳碧云止不住热泪盈眶，她第一次感到了抛洒幸福眼泪的痛快淋漓，第一次被一种舍生取义的豪情所激荡。柳碧云跳下马，向周围人群一边施礼一边道："谢谢各位父老兄弟！大家快快起来吧！奴家今后定当继续为国家出力，不辜负皇上皇太后的隆恩……"

柳碧云向哥哥韩铁锤介绍了三叔和自己的随行人员，哥哥也介绍了他的护从。其中有一位身材匀称、眉目清秀的名叫江千里的中年男子，哥哥说：

"这就是去年我在少华山见过的二头目，咱们的救命恩人!"原来，江千里是从日本留学归来的举人，是高凤阙加入兴中会的介绍人，作为陕西哥老会的首领，他已将少华山矮脚虎这支土匪武装初步改造过来。近日，马霸朝离家后也上了山，而且带了一帮新网罗的乌合之众。由于马霸朝的把总身份，随时可能勾结官军剿灭来之不易的这支队伍。为了保存实力，江千里遂带着一些骨干下山了，散落在千乘镇一带另谋生路，以待时机。他本是以看望老朋友高凤阙家人的名义来到高府的，被急于用人的韩铁锤留了下来。

听罢哥哥的介绍，柳碧云喜不自胜，一眼便相中了这位江先生，若能留下不走，倒是适才适选的大管家。这时，护卫队头领苟四钱进言道："大东家，你既然得知封了三品诰命淑人，这广货街便是吉祥之地，何不唱上三天三夜大戏，好好庆贺一番?"大家一听，都拍手赞成。江千里修正说："我看这样，毕竟人在旅途，唱戏不宜太多，今天一晚也就够了。明天一早，东家和韩哥哥乘快马先行，戏班子紧紧跟着，到了西安，好给那些京城来的官员唱堂会。"

江千里这么一说，各方面都照顾到了，倒是个万全之策，事情也就定了下来。

第二天一大早，柳碧云稍稍恢复了一些体力，二娃子牵马过来，踩着上马石正要上马，突然，苟四钱慌慌张张跑来禀报说："东家，不好了!昨夜看戏晚了，奴才失职，半夜，二公子高凤池带着戏班子小旦豌豆花私自出走了，还带走了两驮子金银!"

柳碧云一听，顿觉头晕目眩，差点儿从上马石上栽下来，多亏被随行的丫鬟扶住。她定了定神问："知道向哪个方向走了?"苟四钱说："向东，往柞水方向去了!"柳碧云踩着马镫，飞身上马："既然带着两驮子金银，他走不快。我去追他，问个究竟!"

众人正要拦她，只见女东家双腿一夹，打马飞奔而去。

柳碧云十分懊悔，觉得二弟高凤池不辞而别，自己有着不可推卸的责任，实在对不住三叔他老人家。高家素来人丁稀少，支脉不旺。三叔和三婶金夫人自从有了凤池，此后再没生育，后来虽有几房姨太太，仅生下两个千金，于是，将凤池夜明珠一样护着，打不得，骂不得，说不得，从小娇惯坏了。正所谓“逆子出于富豪家”，凤池自恃才高，孤傲不群，三叔常年身在四川，鞭长莫及。由于父子久不见面，感情自然疏远了。高凤池十六岁便首开纪录，去妓院嫖娼，气得金夫人曾上过吊，吓得他发誓说今后再也不踏进妓院一步。可是，经不住马家大公子马生金的勾引，两人游手好闲，臭味相投，常常一起眠花宿柳，有时同狎一妓，或同宠一女，毛病根深蒂固。这次在四川，眼看着马家人陷害父亲，他竟觉得应该让老爷子吃吃苦头，杀杀他的傲气。直到马家下了狠手，在小竹山逼死母亲，他才有些悔悟。三叔和他被营救出狱后，多重打击下，三叔心灰意冷，没有和他商量，将四川的财产毫无保留全部交还家族管理，他对此大为不满，自此仇隙愈深。虽然三婶留有遗言，要求死后将骨殖迁回故土，三叔也做好扶柩归里的准备，但他心存异志，找出种种借口推辞掉了。三婶的灵柩只好暂时浮厝在原处。三叔心里明白，没了母亲，这个逆子迟早要变心，现在果然应验了。

枣红马的四只雪蹄在山中的碎石路上掠地而飞，山影、树丛、小桥、竹篱、茅舍皆颠倒了似的挟风带哨呼啸而来，又从身旁一闪而过。柳碧云心急火燎，催马扬鞭，风驰电掣一般。有时为了截取一条捷径，不是踏开河湾的薄冰，飞珠溅玉在浅滩疾驰，就是穿过黑影幢幢的松林，走出一段惊心动魄的险境。坐骑已经出汗，她的面颊脖颈，汗水不知被冷风抹干了几回。在刚刚闯过的白桦林中，有两只大黄狗曾向她扑来，被她提鞭甩在后面。现在想来，那拖着的扫帚尾巴，怎么是狗，分明是狼，不禁惊得毛发倒竖。

追过营盘镇，在乾祐河的一座石桥上，终于看见了在此歇脚的高凤池和豌豆花。豌豆花本姓阮，人生得小巧玲珑，活泼可爱，是旦角的顶梁柱。由于她整天乐呵呵的，无忧无虑，蹦蹦跳跳，见了男人就上心；川人口音“阮”“豌”不分，便叫她“豌豆花”了。高凤池来到四川，对戏班的每个旦角都一一试探过，大家看他太不检点，不过表面应承一下，没有真上贼船的，唯独情窦初开的豌豆花经不住勾引，尽管两人相差十多岁，早已以身相许了。

火红的太阳不知何时跃上了山顶，没有完全封冻的河面闪动着粼粼波光。仓皇出逃的男女显然一路上没填肚子了，只见倚在桥栏上的豌豆花双手捧着一个生红薯，委屈地大口吞咽着。她的脸蛋冻得红扑扑的，像挂了霜的柿子，愈显得稚气而可怜。一匹驮骡因没有草料而使性子卧倒了，高凤池正拽着尾巴踢它起来。

柳碧云跳下马笑问："二弟，你要走，怎连个招呼也不打呀？"

高凤池没吭声，依然气恼地狠踢那匹骡子的屁股。豌豆花看见主人来了，像做了错事的孩子，站在一旁，垂眉不语。

那驮骡似乎对高凤池粗暴的举动十分不满，仰头嘶鸣着，顺势拉下许多屎尿。柳碧云嗔怪道："驮这么重的行李，你还踢它？来，两边抬一抬。"

两箱行李很重，全是金银珠宝，这是高凤池早就瞄好了的。他显出一副无奈的样子，和大嫂从两边抬起箱子，黑骒骡喷了个响鼻，前腿一屈，猛地站了起来。

看到骒骡站起来了，高凤池牵着骡子反身要走，柳碧云问："你要去哪里？"

高凤池没好气地说："你管好你的商业王国吧，不要管我！"

柳碧云说："大嫂知道你心里有气。万事开头难嘛，咱们一下子有了这么多人手，没把你照顾好。"

高凤池终于得到发泄的机会，冷笑道："你还知道照顾我？你现在是商业帝国的女王了，是三品诰命淑人了！可是你想没想过，你的地位是从哪里来的，是谁给你创造了这么多财富？是你的那个高凤阙吗？他在哪里？是你的那个半疯半癫的小叔子高凤雏吗？他和人私奔了！你的一切，都是我们三门给的，可是你怎样对待我的？高家的重要职务，你可以交给外人，交给你的娘家哥哥，一个没有文化的戏子。可我呢？你给我的职务呢？财产呢？待遇呢？——没有。一文钱的财产也没有。你可以为你的小叔子挥金如土，一掷千金，可你和谁商量过？这是谁给你的权力？我看到了另一个像你公公一样独断专行的高家当家人。高家过去的悲剧，又由你重新上演了……”

柳碧云为倚在石栏杆上的豌豆花整理着头巾，她眼中含泪，默默等待高家的浪荡公子发泄完毕。她知道，要将整个家族拢在一起，各种意见，哪怕是骂你的话都要听得进去。为了劝这个浪子回头，她认为没有必要和他争执，只要他回去，一切矛盾和误会都好解决。前进路上没有过不去的火焰山。于是，她丢开豌豆花，上前牵住高凤池的马缰：“我确实有考虑不周的地方，请你原谅。今后如何管理这个家业，我还要征求大家的意见嘛！”

“够了，我不是三岁小孩了！”高凤池气急败坏道，“你为何要把四姨太买下来，不就是想博得我家老爷子的欢心吗？你这个没有男人的女人可以用各种见不得人的手段将老爷子俘虏过去，可想要把我拴在你的战马上，让我为你卖命做你的奴隶，我告诉你，办不到，一千一万个办不到……”

柳碧云再也听不下去了，啐道：“你真是个无耻之徒！你的心灵太肮脏了！你如果需要，我可以将所有财产全部给你，但是，你即便拥有万贯财产，还是个无赖！”

“哈哈……”高凤池挖苦道，“生意不成仁义在，骂人就不对了吧？你这个三品诰命淑人，不过一个戏子，本老爷不想伺候你……”

高凤池得意地拍了拍坐骑的脖颈，正要翻身上马，身后传来一声严厉的断喝：“将两匹驮骡给我放下！要走你自己走，没人拦你！”

原来是三叔高敬寅和韩铁锤带领一帮人马赶来了。

高凤池吃了一惊，关键时候，父亲总是他无法躲避的克星，一把悬在头顶的尚方宝剑，他自知无法与之抗衡，便回过头叫了一声：“父亲！”

高敬寅愤怒道：“畜生！我不是你的父亲，也没有你这个儿子！”接着命令柳碧云道，“大姐娃，将驮骡牵了，咱们往回走，还要赶路呢！”

听到命令，韩铁锤带来的护卫，奔过去牵了两匹骡子的缰绳，跟在已转身往回走的高敬寅后面，渐渐走远了。豌豆花本来心里就不踏实，看了看手中的生红薯，张开嘴啃了最后一口，咕咚一声丢进河里，撇下高凤池，骑上白马追赶大队去了。空荡荡的桥面上，冷风凄厉，黄叶飘零，高凤池拉着马，跌坐在桥墩上，捂住脸绝望地哭泣着。

4

光绪二十五年（1899）腊月头上，陕西省渭南县千乘镇富商柳碧云率领的庞大金银驮队历经二十多天的跋涉，终于回到了镇上。此刻的高府门前，已不是年初的破败景象了，墙头上彩旗招展，街道上锣鼓喧天。舞龙舞狮的队伍早已拉开场子，欢快地跳着、舞着、扭着、唱着。高府的大门、仪门和三堂的每个门头，皆描龙画凤，张灯结彩，粉饰一新。高府三堂的丫鬟、仆人、厨工、马夫、花匠、老妈子均已重新雇用，他们在街道两边备了长条桌案，铺上红喜字压花桌布，将各式油炸食品和鲜果干果摆放在上面，供看热闹的乡亲们饥了渴了随时食用。

好一个和煦天气。晴空万里，暖阳当头，久违了的家乡特有的渭河平原清新湿润的空气每吸一口，都沁人心脾，舒畅万分。最早一批从南方飞回的小燕子呢喃着撒欢似的在人们头顶表演凌空剪翅的绝技，爱热闹的喜鹊落在枝头不知疲倦地问你一路可好。在离镇二里的地方，柳碧云早早下了马，满面春风地走在队列前面。虽然路过西安时已接受了朝廷封赏的“三品诰命淑人”封号，但她并没有设置相应的仪仗。她穿着一件石青镂金牡丹团花软缎窄腰袄，外套一领银灰色貂皮长褂，头上绾着双凤朝阳云冠髻，簪着金丝翡翠嵌珠钗，下着水红石榴洋皱裙，一边向道路两边的乡亲们打招呼，一边徐徐向高府的方向走去。

街口的彩门下，欢腾的人群掀起的一股股热浪在这里形成了高潮。鞭炮从门楣上方燃爆着垂瀑而下，两边，十几门铳子炮齐齐吐焰发威。彩门里，组成方阵的数百个英武彪悍的关中汉子敲响了数百面锣鼓。他们一律着红衣红裤红头巾，像一片熊熊燃烧的火焰，整齐划一的动作尽显男子汉的勇猛和潇洒。鼓槌翻飞时，其势如红海涌浪；齐声呐喊时，其威如惊雷震天。正当方阵如千军万马震得地动山摇，忽然从队列后面腾空飞出两条金鳞长龙，它们或屈曲翻滚，或交叉叠跃。接着，又有四只狮子腾跃而出，或翻或滚，或站或蹲，一会儿从高桌跃下，一会儿从火圈跳出，一会儿腾接飞旋空中的绣球，末了，它们摇头摆尾来到主人面前不住打躬作揖。在人群的一片叫好声中，柳碧云大度地拿出红包，封了赏钱。这多年不见的高家主人封赏的场景看得人笑语喧腾，掌声雷动。柳碧云被热情的人群簇拥着，正要离去，突然，不知从何处跳出一个瘸了一条腿的老叫花子，也学着狮子的样子，向柳碧云打躬作揖。这个老者看上去七十多岁，须发皆白，面如紫铜，虽是冬冷寒天，仍穿着一件单薄的旧长袍，上面套着一件开了线的破马褂。他的衣着虽然寒碜，眉宇间却透着一股浩然之气。这突如其来的一幕，如夜间的一道闪电，如黎明的一声震雷，看得人目瞪口呆，手足无措。只见他作揖完毕，一手拄着拐杖，一手举着一个货郎鼓，一边摇着，一边扯着沙哑的嗓子唱道：

世上无人识珍宝，
反将性命贴赔了！
一把牛粪落荒去，
钦差大臣丢纱帽。

世上无人识珍宝，
空在民间穷未了！
慧眼识得金镶玉，
白银万两不算少……

柳碧云身旁的随从看这个叫花子疯疯癫癫，态度狂傲，什么“珍宝”，什么“白银万两”，简直胡言乱语，遂一拥上前，要将他轰开。柳碧云连忙制止道：“放开，不得无礼！”接着，上前施礼道：“老人家，你说的什么‘珍宝’，贱妾似乎没有听明白！”老者脱下破烂的马褂道：“奇缘，奇缘！你倒是第一个向我打探这件珍宝的人，好，你仔细看看吧！”柳碧云接过布褂，连忙吩咐左右道：“快！老人家衣服单薄，快将皮袄给他披上！”江千里急忙脱下自己的皮袄，给老人披上。谁知他挣脱下来，一把夺过马褂，变色说：“不行，不行！要拿皮袄换我的马褂，我吃大亏了！它本值万两白银，没有万两白银，看都别看！”

柳碧云哪里知道，这个瘸腿老人，就是当年她父亲柳雪斋在裁缝铺做长袍而与高府少东家高敬轩结缘的那位裁缝。公公高敬轩因高凤阙变法失败受牵连入狱，杨夫人探监时，带着自己的娘家小侄女在旁把风，高父交代了藏在乾隆御匾后面的高家一百三十八号生意名录。回家后，小侄女无意间将这话透露给了小伙伴牛娃子。牛娃子猴精一般，正是这老裁缝的孙子。牛娃子也是出于少年好奇，当晚爬上仪门的柱子，将纸包内的名录换下，包了一包稀牛粪；谁知老孟泰立功心切，不分青红皂白，未及打开便献给了马家二爷马仲奎，落了个自讨没趣。牛娃子不识字，觉得这块有字的白绢闲着无用，撕了怪可惜，不如丢给爷爷随便为人家做衣服衬布，扔在裁缝铺也就遗忘了。后来这事被钦差大臣马仲奎查访出一些蛛丝马迹，拷问中，打死了牛娃子和他的父亲，打断了老裁缝的一条腿，但终究没有得到它。现在，老裁缝无依无靠，觉得自己来日无多，不如物归原主，也算了却了一桩心愿。听说高家新主人远道从四川回来，遂向高家主人献宝。

周围人群哪知道这些，莫不嗔怪老人疯癫了。一件穷人身上的破烂马褂，汗渍渍脏兮兮臭烘烘，拿到当铺随即会被扔出门去，一开口要价万银，这不是痴心妄想吗？正要轰赶老人走开，柳碧云早就善心开启，顿生悲悯，接过一件皮袄给老人披上，说：“老人家，我知道你的好意。这样吧，我刚到，还没进门，你能否随我一道回府，家里的东西，你看上什么拿什么，想吃什么我让人给你做什么，你就是我的老人一样。你如果不嫌弃的话，我这就拜你为父吧！”说着，一撩前襟，便要下跪。

老人大笑着慌忙扶住道：“不敢当！能有你这样的女儿，真是八辈子也修不来的缘分啊！你先将这马褂拿去，待我闲下来，再到府上，当堂收下你这个干闺女……”说着，一瘸一拐钻进人群，一会儿便消失了。

按照高府的惯例，每年腊月二十三，分布在全国的商号掌柜，都要回到高家，齐聚一堂，向大东家汇报一年的经营状况，并解缴利银。东家则根据各商号、钱庄、盐场、当铺、货栈的业务进展，对掌柜或继续聘用，或予以调整，并将重大的决议、规划或规定发布下去，这种“年会”制度坚持了上百年，已经成为定制。

柳碧云回到家稍稍安定下来，将人员重新分工后，三叔便提醒她，应尽快用电报或信函发出召开年会的通知了，这对于抄家后高家的重整旗鼓十分重要，再拖时间就来不及了。初次当家的柳碧云除了知道自己经手的几家生意外，其他皆一无所知。问了几个曾在高府当差的老家人，都说总号名录是在抄家时丢失的，不过，马仲奎也没能得到。柳碧云急得团团转，真想掘地三尺，将家中的每一寸土地齐齐用筛子过一遍。

眼看到了腊月初五，再要发不出函电，就无法补救了。柳碧云束手无策，眼睛熬红了，嗓子喑哑了，人整整瘦下去了一圈。年底前各大商会的邀请函纷至沓来，这天一大早，她让三叔带着四姨太坐轿车到西安出席陕西商会的戏剧晚会去了，自己一个人关在屋子里发急。她坐一阵子，躺一阵子，愣一阵子，祷告一阵子，急得将头发揪下来抓得满把皆是。正坐卧不宁，丫鬟小花推开门慌慌张张说：“东家，不好了！那个高凤池叫花子一样回来了，在门外大声骂你呢！骂的话可难听了！”

柳碧云心里想道：“真是冤家路窄，早来一步，看三叔不打断他的腿。也罢，我正好没处发火，找不着气布袋呢！”遂气冲冲走了出去。

高凤池的样子太凄惨了。柳碧云没想到短短十来天，这个高家的贵公子简直换了个人。他衣衫褴褛，膝盖和两肘均露在外面，长袍显然夜晚当被褥用过，上面糊满污渍和泥巴。他披头散发，往日白皙的皮肤变得黑黢黢的，脚上穿着两只讨来的不同颜色的单鞋，脚指头露在外面。高凤池坐在门外一块上马石上，手中拉着一根打狗棍，当着满街的人，声嘶力竭地叫骂着。他没注意大嫂已站在身旁，一扭头，瞪着失神的双眼，一下子变成了哑巴。

柳碧云本想狠狠将这个不争气的败家子大骂一通，但一看到他落魄到这步田地，满腔怒火顷刻烟消云散了："你回来了，怎不进屋？"

"这不是我的家！"高凤池愤懑地说。显然，他仍在生父亲的气，乾祐河石桥上的那次分手，等于将他净身出户了，所以心存怨恨："我永远也不回去……"

柳碧云眼瞅着眼下高府大院这个唯一的兄弟，红着眼圈说："二弟，你回来吧！今天三叔没在，这事大嫂我做主了。他回来，我替你赔不是。"一边说着，一边令丫鬟仆人赶快拿些衣服和吃食来。

一会儿，衣服和吃食拿来了，高凤池从腰带上解下一个口袋，将食物尽皆倒了进去。柳碧云惊诧地问："二弟，你怎么还要走？"高凤池说："对，我要走！啥时候老爷子回来了，我再来腌臜他！"说着，在一堆锦衣华服中，将一件开了线的旧马褂提起来套在身上，拄着打狗棍，转身就要离去。

柳碧云一直看他走到街口，冷不丁想起，这个马褂不是回来那天，那个要认作干爹的老者送的吗？不是说是什么"珍宝"吗？哎呀！这些天忙得焦头烂额，将这件事竟抛到脑后了！想到这里，柳碧云顾不得自己的高贵身份，撒腿就去追赶。毕竟高凤池没有吃过几顿饱饭，大脚女人的好处就在脚下，很快就追上了。谁知高凤池以为大嫂要抓他回去，一闪身躲了过去。柳碧云一把没抓着，刺啦一下，倒将开了线的后背撕下一块。拿在手中一看，哎呀！里面的白衬布竟是高家商号名录，于是大步流星追了过去……叫花子毕竟跑不过从后面追来的一双大脚，尽管是女人的。

第三篇 路在何方

第二十一章　茶乡风云

1

柳碧云带着四五个随从，骑马离开安化县城，向四十里外的龙堂镇走去。山道崎岖，溪流纵横，柳碧云扬鞭催镫，走马在前，又时而停下来等待落在后面的人员。哥哥韩铁锤和护卫苟四钱自打出门就一直在争执，她催促他们快走；叮嘱丫鬟小花、小草当心脚下的山路，别连人带马滚到溪涧去了。正是仲春天气，资江的山坳里，阳光明媚，暖意融融，金灿灿的油菜花开得漫坡漫沟皆是，忙碌穿梭的蜜蜂不时撞到人们的脸上来。与灿烂的油菜花相映生辉的是，高低错落的山峁上，如痴如醉的云雾中，一垄垄修剪整齐的茶树层层叠叠萦绕盘旋，像碧绿飘拂的翠带，像腾空欲飞的蟠龙。远处帆影，近处波光，看得柳碧云心情大悦，十几天来茶叶收购不利的烦恼为之一扫而光。

今年春节一过，按照惯例，柳碧云带领一百多名部下，长驱一千五百余里，从陕西来到湖南安化收购茶叶。这条茶路是历代陕西商人踏出来的，从明朝中叶算起，已有四五百年的历史了。茶叶在当地一般收购三茬，即春茶、夏茶和秋茶，三茬中又以春茶为主。茶农将新茶杀青后，出售给陕西坐镇收购的商家。陕西商人将半干的茶叶用长条竹筐装好，在柘溪码头上船，入洞庭，过岳阳，沿长江水路到达汉口；然后，进入汉江水道，逆流而上，从老河口进入丹江，直达龙驹寨（今丹凤县）下船。龙驹寨是丹江上游最大的水旱码头，有几十家过载行，或用骆驼，或用骡马驮运，向北翻越秦岭黑龙口，经豁口镇，过渭河，直接送到泾阳县各商家开设的制茶作坊进行加工。安化茶叶在柘溪装船，往往是上百条木船组成庞大的船队，出发时，宽阔的江面上，千桨张举，百帆竞发；到达龙驹寨改走旱路，又是数千峰骆驼或上万匹骡马浩浩荡荡结伴而行，其壮观的景象令人叹为观止。泾阳是陕西的制茶中心。制茶技师打开细篾竹骨的竹筐，检查茶叶一路上是否因受潮而霉变，是否因挤压而破损，精选后，用泾阳当地的井水将茶叶泼湿，发酵，揉搓，炒干，趁热压制成型。这就是享誉中外、行销数百年的“泾砖”。“泾砖”最早称“附茶”，是明朝中叶的产物。那时，朝廷实行“食盐开中”政策，陕西商人将“盐引”所规定的“正茶”交到陕北边关的驻军手中，除换取“盐引”，还可销售“正茶”以外附在其数额上的部分茶叶，即所谓的“附茶”。后来，“附茶”又称“茯茶”或“茯苓茶”，这与制作茶砖的泾阳地下水有关。关中平原是一块内陆盆地，百万年前曾是一个狭长的沉降浅海，泾阳位于它的北部边缘。这里井水咸卤苦涩，制成的茶砖因化学作用，在其中心会奇异地生出一朵朵酵母菌丝蕾金花，形如难得一见的茯苓子实体，故有此美名。因此，为边贸商人贸易之首选，销路一直看好，在恰克图和乌鲁木齐往往一抢而空，交易数额巨大，成为陕西商人经营的重要商品之一。

在安化，柳碧云依据旧日做法，将人员派往各镇设点收购，但十多天来很少有茶农交售，而马伯牙的收购点却收得满满当当。一打听，原来早在春节前，马伯牙便以陕西茶叶商会总长的名义在茶区另立规章了。他与岳父裘十公一起来到安化，串通当地的把头、裘十公的侄子裘黑鞑，打着“奉旨运茶”的旗号向茶农约法三章。要求凡所交售的新茶，必须交与竖有“裘”字旗号的收购点，不得向其他商行交售。交售后，由收购点当即扣除三成保障金，茶农不得拒交。对于违反规定私自将茶叶交售给其他商行者，一切不良后果由自己负责。

此举一出，茶区哗然。然而，茶农们知道，裘黑鞑手下的狗腿子很多，号称“八大金刚”，对那些抗命不遵者，会打上门去找他们的麻烦，难保有性命之虞；因此，议论几天也就风平浪静了。裘黑鞑原来只在柘溪码头为患，在马伯牙和裘十公的纵容下，又将黑手伸进茶叶收购了。他们翁婿勾结，臭味相投，其目的无非是要垄断茶叶收购，打压其他商家，并以此将裘黑鞑扶为安化茶区的霸主，妄图永远占据垄断地位。茶农们辛辛苦苦种茶护茶采茶，一年最大的希望在于春季头茶的收入，为了支撑到这一天，许多家庭早就揭不开锅了。新的收购价低得可怜，交售后，不但要扣除保障金，还要向官府缴纳多种苛捐杂税，一算账实际落不下几个钱。茶农们自知势单力薄，无法与豪强抗衡，为了活命度日，只好忍气吞声，含泪将新茶交到他们手上。

柳碧云要拜访的是当地一位乡贤，在中国，又是妇孺皆知大名鼎鼎的人物，他就是当朝书法大家黄自元老先生。柳碧云交好他，并非要请教书法的门径或乞求一幅墨宝，而是向他征询一个主意。她已造访过一次，黄老夫人说丈夫到长沙湘水校经堂讲学去了，估计今日回家，所以前来登门。

转过一处山坳，柳碧云左等右等，好久不见哥哥和苟四钱跟上。她知道肯定是他们又为什么小事唇枪舌剑争论不休了。哥哥个子大，头大，嗓门大，是陕西楞娃；苟四钱个子小，人瘦，机灵，是四川猴精。自从子午道上他们相见后，这两人就成了一对离不开拆不散的生死冤家，凡事都要争个你高我低。他们一个说黑，一个说白；一个说东，一个说西，直到面红耳赤互相对骂。令人费解的是，第二天他们又和好如初，重新寻找新的话茬子开战。他们争斗时，柳碧云不能偏袒任何一方，否则会惹得对方愀然作色盛怒不已。她常常觉得好笑，人们对此不屑一顾，有评语曰：“公鸡争斗遍体伤，狗噙骨头抬斜杠。”

这对斗鸡终于牵着马满面怒气喋喋不休争吵着过来了，跟在后面的两个丫鬟只是不住地笑。哥哥本来脸黑，一斗嘴就成了紫茄子，他怒冲冲道：“找什么黄自元？我看，无论找张自元、马自元、驴自元都屁不顶。要我办这事，简单，干脆！一刀下去，将黑鞑子捅死不就一了百了了！”苟四钱嘴角吊着唾沫花子，用尖细的四川话说：“你是吹大不管，打了撂远。杀猪刀街上有的是，谁也没把你手绑着，怎不见你去寻仇?”韩铁锤说：“时机没到，时机一到，全部报销!”苟四钱说：“啥子时间才能到嘛，我看你，没这个胆!”韩铁锤指着他的鼻子骂：“你他妈小看人！你是孬种胆小鬼小姨子生下的，别把我看扁了……”

两个人还要争吵下去，柳碧云制止道：“好了，好了！再争下去，黄花菜都凉了!”

黄老先生的庄院坐落在镇西的一道土冈上。冈上茂林修竹，浓荫蔽天，林子边歪斜着两株玉兰，花开正艳，满树银花，远远就闻到它的清香。冈下有一方半亩大的池塘，绿水盈盈，白鹅数点，偶尔传来一两声高亢的鹅鸣，此情此景大有晋人王羲之清雅高迈的遗风。今日先生家中似乎有客，林子里隐约拴着十几匹高头骏马。阳光穿过树荫，那银辔雕鞍的反光清晰可鉴。四五个仆人正从鹅池边提水上来，拌料喂马。看那阵势，绝非一般来客。

韩铁锤和苟四钱的嘴皮官司至此方歇，他们大约看出黄老先生这里已有人捷足先登了，满脸愕然，张开的嘴巴忘了闭上。须臾，他们为要不要跟进门去同堂拜谒又展开了口水战。韩铁锤丧气地说：“回吧，回吧！肯定是冤家路窄，咱们能来，马大牙和裘老皮就不能来?”苟四钱反对说：“你是诸葛亮，能掐会算？没进门怎知道是马大牙和裘老皮?”韩铁锤冷笑说：“你真是撅着屁股看天，有眼无珠！在这穷乡僻壤，谁能有这么好的坐骑？县太爷吗？他的官帽还不抵叫花子的讨饭碗……”

两人正在抬杠，黄老先生送客出来。抬眼望去，还真让韩铁锤猜对了，送出来的客人正是马伯牙和裘十公。矮胖子马伯牙诺诺着，口里含混一个“谢”字。瘦高个裘十公是当地人，仿佛是黄老先生的旧相识，说话恣意多了：“黄老先生是当今名士，但安化的这张皮你别想扒掉！常言道‘美不美，故乡水；亲不亲，故乡人’！万不可屁股坐到那个小娘儿们的怀里，哈哈……”

林子里解马拴马的当儿，柳碧云和两个仇家正好撞了个满怀，双方冷冷对视了一阵，谁也没说一句话。最终，裘十公鼻子一哼，和马伯牙跳上马，在仆从的簇拥下扬长而去。

这是三间兼做书房和会客室的大厅，陈设古香古色，朴素大方，尽显优雅宁静的书香气息。中堂是一幅郑板桥画的墨竹；上悬一匾，是黄老先生自题的“淡泊明志”四个大字；两边楹联写着“茶笋尽禅味，松杉真法音”，旁有一行小字“柘溪澹叟录东坡居士诗联”。“澹叟”是黄老先生的晚号，显然，这个“号”正是从诸葛亮“淡泊明志”的庭训中来的。大厅东边是高与墙齐的酸枝木书柜，西边的窗下摆着一张铺了白毡的大书案，上面文房四宝皆备，是先生挥毫作书的地方。

柳碧云递上名帖介绍了随行人员，双方在正厅的八仙桌旁分宾主坐定，黄老先生令书童献上茶来。黄老先生中等身材，生着一副长面孔，大耳，大眼，隆鼻，花白的长胡须，是典型湖南人的相貌。先生年近七旬，身板硬朗，声如洪钟，是个没有虚套的实在人。他的神态似乎因刚刚接待过来者的敌对方而略显尴尬，虽极力想扮出笑容，那脸上的表情却比哭还难看。柳碧云呵呵笑着，指着堂上的对联说：“东坡居士的这副诗联，将‘禅茶一味’的妙谛恰切道了出来。看来黄老前辈对禅茶是很有研究了？”黄自元捋了一下长髯，略微镇静下来，谦虚道：“不敢，不敢！老朽对此无所谓研究，不过人老了，更需要一种精神支撑，对这禅与茶愈加喜爱罢了。”柳碧云兴奋道：“好啊！晚辈亦推崇禅茶之道，希望老前辈不吝赐教！”黄自元呷了一口茶，一边细细品味，一边感慨道：“客气了！老朽以为，所谓禅茶精神，主要是提倡一个‘和’字，心平则气和，神宁则体和，仁爱则家和，民安则国和。可让客官见笑的是，如今我们这里很不和谐呀！不瞒你说，刚才那几位客人想让我为他们‘奉旨运茶’写几句赞语，被我拒绝了！”柳碧云听罢，离座打千说：“黄老先生高风亮节，不为名利所动，在我们陕西，早已传为佳话了。当年您作为陕西道监察御史，仗义执言，拉下了多少贪官，您所书写的《正气歌》，至今仍被奉为做人做官的金科玉律！”听到这话，黄老先生双目炯炯，欣慰地看了看在座的人，激昂道：“我知道你们的来意，是为裘黑鞑来的吧？对此人，老夫早就恨不能食其肉寝其皮了！他横行霸道，为患乡里，狗彘不如！不过，目前还没有一个万全之策！”柳碧云思索了一下，进言道：“晚辈这次来请教黄老先生，并非只为我家商号收茶叶而来，倒是为安化的黎民百姓请命而来，向老先生征询一个主意。”黄自元略加思忖，用双手的指尖果断将长髯从两边豁开——这是他泼墨挥毫前成竹在胸的习惯动作——朗声道：“请夫人明言，有何良策？”柳碧云说：“晚辈以为，裘黑鞑之所以横行无忌，主要是没人出来制衡他。茶农们若以个人的力量与其对抗，无异于以卵击石；但是，如能联合起来，结成一个类似茶农公会的团体，力量就大得多。裘黑鞑就是有三头六臂，也不怕他！”黄老先生站起来拍手说：“好主意，好主意！”转念又道，“只是初创时期，一定很难，这个……诸如经费、人员、地点……”柳碧云随之也站起身来：“经费我们可以承担，初创的骨干人员，黄老先生是本地人，各方面熟悉一些，能不能拟个名单？”

听说要拟名单，黄自元犹豫了，他对裘黑鞑的凶残手段心存惧悸，唯恐一招不慎，引火烧身，沉吟半晌，推辞道：“谢谢夫人抬举！只是……只是老朽本人并没有务茶，一心只在这经史子集上，来往的也多是一帮懦弱书生……这个名单嘛，劳烦夫人另请高明吧！哈哈……”

黄老先生苦涩地笑着，柳碧云不好强求，将带来的礼物献上，千恩万谢回去了。

2

自踏出黄老先生的门槛，韩铁锤和苟四钱两只按捺不住的斗鸡，嘴巴就不曾停歇，而且愈斗愈勇，愈斗愈烈，大有血战到底的气概。

韩铁锤自鸣得意道：“怎么样，我说让回没错吧？文人就这糗势，嘴上慷慨激昂，看见老鼠发慌。让他前去进攻，个个丢了刀枪！”苟四钱讥诮道：

“你既然早知道空跑一趟，干脆就别来，躺在床上睡大觉，那多好啊！要不，再给你找个小妞陪着？”骑在马上的韩铁锤追上去捶了他一拳：“去你娘的！我是舍命陪君子……你他妈哪像个君子——蔫驴，一头骟了的蔫驴……”

两个人斗嘴斗得很开心，丫鬟小花、小草被逗得咯咯直笑。远远走在前面的柳碧云因出师不利，心里正烦，本想催他们走快，谁知扭头一看，两只斗鸡正斗得乐不可支，眼睛放光，嘴巴歪斜，亢奋得满脸通红，像滴着血的猪肝。柳碧云心中气恼：真是扶不上墙的稀泥！便双腿一夹，打马飞奔而去。

白龙马在山道上如星疾驰，柳碧云两耳灌风，衣带随风摆动，披散的头发飘拂着，如从天降至这山间的霹雳女神。她不知是懊恨，是无奈，还是焦躁，心中似有烈火燃烧，那是一种如飓风如雷暴一样可以毁灭一切的烈火。她觉得自已浑身有无尽的勇气和力量要来改变这个世界，而且必须改变这个世界。不是吗？目前的僵局必须打破，被踩在脚下、处于水深火热之中的茶农必须拯救，为非作歹欺压百姓的恶霸豪强必须惩治。要实现这个目标，想来想去，唯有自己提议的“抱团结社”这条路可走。这是一条光明之路，一条制胜之路。但是，在这条道路上自己却孤立无援，束手无策。是就此向这帮黑恶势力屈膝投降低头妥协而祈求一点儿怜悯吗？是就此垂头丧气自认倒霉打道回府而从此不再涉足茶叶行业吗？不能！绝不能！如果那样的话，自己今后还怎样执掌高家门户？怎样实现接受三品诰命淑人封号时的铮铮誓言……

柳碧云一边思索，一边听任白龙马在山道上颠簸。也不知跑了多久，只见一道溪涧横在面前。山路到了这里，如同一条入水痛饮的长龙，一头扎进清澈的溪流，直到对面远处的河湾方逶迤上岸。来到河边，柳碧云这才感到有些累了，她跳下马，放开缰绳，让白龙马在缀满野花的青草地上啃嚼。她掏出手巾和木梳，蹲在一块石头上用双手捧起溪水洗脸，然后梳理乌发。多么清爽惬意的感觉呀！她许久没有如此畅快地与大自然亲近了。末了，她一再捧起河水，又依依将它从指尖洒下，欣赏那晶莹无骨的体态，感触那珍珠抚指的滑爽。洒着，洒着，忽然河面上漂来许多细嫩的黑茶叶片。它们悠悠荡荡，漂漂浮浮，两三联袂，四五串珠；逢静沙平流，徐徐如水上落花；遇乱石险涡，急急如釜底游鱼。柳碧云郑重捞起一片放在掌心来看，啊！这不是已杀青的上好的头茬春茶吗？是谁如此大意，该不是晾晒架上的竹筛被大风吹落？该不是坝场上装好的竹笼滚到了河里……

柳碧云抬头向对岸望去，河湾的半山腰，恰有一处场坝。透过稀疏的竹林，看到场坝的崖畔上，有一对中年男女正在争吵。因为隔着溪流，听不大清楚。只见那蓝布缠头的男子提着竹筐，气恼地将茶叶一把把掏出来抛向河中。那满身补丁的农妇，无疑是他的妻子，拽着笼襻，哭喊着死命不让他向河里抛。他们大约八九岁的孩子被吓坏了，站在一旁只是啼哭。他们的争吵显然惊动了家人，一会儿，一个年轻山妹子搀扶着一个老妈妈来了，她们共同解劝那男子。男子依然不听，又提了另一筐茶叶往河里倾倒。看看解劝不下，那三个女人忽然齐齐向那男子跪下，那男子转过身，咆哮着，柳碧云听到，他似乎在喊："我今后不种茶还不行吗？我出去讨饭去，总比窝在家受欺负强！"说着，继续将茶叶往河里倒。这时，只见他的妻子，就是那个衣服上满是补丁的农妇，猛然站起身，冲向崖畔，咕咚一声，纵身跳进了河里。

高岸下的河湾，水面绿得发蓝，水沫迅速漂移着，那往往是水深流急的标志。那个农妇一跳下去便被河水吞没了，只见一团暗暗的衣服在水面上浮动。岸上的人慌了手脚，大声呼救着，哭喊着，乱成了一团。那男子沿弯曲的山道跑下来，与落水的地点却离得好远。

柳碧云将这一切看得仔细，听到呼救，急忙骑马涉水去救。谁知马到中流，当河水漫上肚皮时，就再也不走了。柳碧云陷在河心，进不能进，退不能退，正在焦急，忽然哥哥和苟四钱从后面赶到了。哥哥水性一般，苟四钱个子虽小，却是水中蛟龙。他从小在岷江边上长大，每逢洪水季节，都下河捞财救人，将这沙溪，看作平地一般。只见他翻身下马，一边跑一边脱掉外面罩着的长袍，踢掉两只鞋子，跳进河中向那漂浮的暗影游去。由于外衣在身，游得十分吃力。眼见那落水妇女随溪流就要进入河口下面的险滩，苟四钱急了，忽然一个猛子潜入水中，再露头时，他的外衣已经扔掉；又一个猛子，游到了妇人身边，伸手托起妇人的后脖，用另一只手划水，如鸭子浮水一般，很快将妇人拖到了柳碧云身边。柳碧云急忙和两个丫鬟将妇人抬到岸上，放在一块大石头上施救。幸亏抢救及时，妇人渐渐苏醒了，又是一阵啼哭。柳碧云解劝着，给她换上干净衣服，扶上马，迎着已涉水过河的她的丈夫，将她送回家中。

原来，这个河湾叫黄沙溪，散散落落住着二十几户人家，均以种茶为生。前天，裘黑鞑派出“八大金刚”的老八——外号“鸡哽哽”的，下乡催交茶叶。他命令各家各户，必须三天内将所收春茶全部交到镇子上去，如果交迟了，不但价格要降低两成，保障费还要往上再翻。

鸡哽哽本姓姬，是龙塘镇的一个街痞无赖，被裘黑鞑收在旗下当差。他生得头小脖子长，嗓音尖细，只是那满是鸡皮疙瘩的脖颈上的喉结挺大，说话时上下游移，脖子时而一伸一伸的，如同公鸡打鸣，于是便有了这个诨号。他带着两个爪牙来到黄沙溪，敲着锣在村子里上颠下跑，转了两个来回，锣槌敲断了两只，竟无人搭理，唯有一群孩子，跟在屁股后面，一边拍手，一边嘻嘻哈哈唱着儿歌：

鸡哽哽，会打鸣，
尻子生个大毛虫。
拿手拔，拔不下，
一下拔得血拉拉……

鸡哽哽臊得面红耳烧，后面的尾巴又甩不掉，无奈，只好来到村子乡约黄老四的场坝歇脚。黄老四是黄自元的侄子，是一个老实巴交的农民。他早年死了父亲，是能干的母亲凭借种茶将他拉扯大的。他今年三十岁了，性格耿直，吃苦耐劳，不善言语，依靠一家人的努力，将茶园扩大到十来亩，因多出寻常人家近乎一倍而被推为乡约。看到黄老四在凉棚下的一层层木架旁晾晒新茶，鸡哽哽问道：“黄老四，你他娘的这么多好茶，也不带个头去交售？”黄老四是个直杠头，说话直来直去，从不会拐弯，顶撞他道：“交售，交给谁呀？价钱本来就低，再加上狗屁保障费，这要是交了，还不连裤子都没得穿的？老子不交，老子扛得起！等上十天半月，啥时候价钱上去了，不收保障费了，老子再交！”鸡哽哽发怒道：“放屁！你小子敢扛，扛得过裘老爷的刀刃子吗？”黄老四说：“头割了碗大个疤，老子就扛着！要不，你来将老子的新茶没收了？”鸡哽哽暴怒了，当下命令爪牙将黄老四绑了带走，多亏黄老四的母亲、妻子、妹妹、儿子一起跑出来跪下求情，鸡哽哽这才放开黄老四，扬言三天后若交不上茶，第四天别想活命。

那个跳河被救起的农妇，正是黄老四的妻子。

黄老四的家坐落在场坝后面的山根下，三间贯通大瓦房，前面连接着两间茅屋。母亲、妹妹和儿子住在东间，他和妻子住在西间，当庭一个大火塘。两间茅屋里养着一头黄牛和一窝猪崽。凉棚是用茅草和竹笆搭建的，在场坝边上。

坐在火塘边木杌上的柳碧云，一边用一根木棒拨火，一边静心聆听黄老四讲述茶乡近来的变故，末了道：“黄大哥，你将茶叶倒进河里，想一走了之，可家人怎么办，他们要吃要喝！躲，终究不是个办法。”黄老四叹息道：“裘黑鞑人多势众，官府也怕他三分，咱除了躲，还能有什么办法？”柳碧云说：“你是黄沙溪的乡约，民众的主心骨，没听乡亲们怎么说，有什么办法？”黄老四说：“乡亲们说了，办法有的是，不过，难哪！”顿了顿道，“要是能把多个乡联络在一起，都扛着不交，他裘黑鞑就是有天大的本事，也治不了众人。可，咱这山里，土地本来就少，种了茶种不了粮。经了一冬，各家各户米缸早就空了，眼巴巴等钱买米呀！”柳碧云看了看坐在火塘对面默不作声的韩铁锤和苟四钱，对黄老四说：“你看这样好不好，我们派人到村上来，把钱先借给你们，只要能扛得住，咱等夏茶下来，两道茶一起收！”

“这，这是真的……”黄老四从未遇到过这等好事，一时惊诧得说不出话来。

听说可以先拿钱，后交茶，黄家的人一个个惊喜万分。坐在门槛上为客人制作“擂茶”的黄老四的妹妹五妹子，也屏息侧耳听着屋里的谈话，她愈听愈高兴，一不留神，木杵竟砸在了脚脖子上。黄老四的妻子已经大好了，不过仍有些眩晕，她挣扎着要下床给客人做饭，被小花、小草挡住。她又从床边抄起一根荆条，抽打连通外屋猪圈内不断伺机进入内屋的母猪，以防饥饿的不懂礼仪的家伙对客人不恭。那老母猪顽强不屈地向通道进攻，每挨一下打，便发出刺耳的尖叫，仿佛是对客人最积极热诚的问候。黄婆婆因为裤子烂了半边，客人进门前就抢先坐在连锅炕上没敢下来，这会儿已将光屁股偷偷挪到烂席片的炕沿了，她一边用旱烟锅敲着柱子，一边张开缺了门牙的嘴巴唱着顺口而来的山歌：

女菩萨是观世音，
救苦救难为穷人。
先给银子后收茶，
咱的家里米满盆……

黄婆婆年轻时是这百里茶乡有名的民歌手，如今虽然老了，仍然满肚子唱词。不过，她刚唱到这里，声音却戛然而止了。黄老四的儿子茶豆知道，那一定是炕沿的竹席篾子扎了婆婆的光屁股。每每这个时候，他的任务是赶快过去，或拔或挑，帮婆婆脱离痛苦。他几次倔强地站起来要去帮婆婆，都被他的父亲粗暴地压制在身边的木杌上……

3

柳碧云不知为什么，忽然喜欢上了五妹子为她制作的擂茶。这种茶是将一把鲜嫩的茶叶用开水烫过，将一些浸泡好的大米、花生、芝麻、黄豆、核桃仁等共同投入一个大瓷臼内，用檀香木杵子慢慢捣成糊状，然后在锅内加水烧开，调上盐和糖，盛入碗内，便是“擂茶”。这种茶色白味香，营养丰富，入口咸甜皆备，喝过之后，浑身温热，更有一股太和之气沁肝润腑，直入丹田，令人神清气爽，心旷神怡。这种茶是茶乡安化人的独特创造，将茶的精神、茶的药效发挥到了极致。柳碧云在短短半个月内，已经喝过两次，这是她第三次饮擂茶了。

柳碧云骑在白龙马上，由丫鬟小花、小草陪着，同到黄沙溪去。自从第一次离开黄老四家，十多天来，她将带来的一百多名人员，每两人或三人一组，全部分派下去，到各个乡为茶农发放贷款，仅留两个丫鬟跟随在身边。反霸斗争的形势发展很快，这是她始料未及的。如春回大地那样，看似坚硬的冰，一夜之间便化为乌有了；又如烈火燎原那样，看似渺小的星星之火，倏忽之间已烧得漫天通红了。在短短的时间内，安化的所有乡村，已经很少有人将春茶交到竖有“裘”字旗号的收购点了，“门前冷落车马稀”的滋味令马伯牙惊慌不已，生怕发生什么祸变。这是因为，在五妹子未婚夫水牛的带领和号召下，各乡都恢复了当年预防太平军进攻时的乡勇团练组织，裘黑鞑派往乡下催交茶叶和破坏放贷的人，常常被赶了回去。毕竟，茶农人多，他们人少。昨天，黄老四派人捎话给女东家，说已经备齐了八九种擂茶原料，请她前去喝茶，以便商议要不要趁热打铁，干脆和恶霸明着干，让各乡咱们联络过的人，敲锣打鼓将春茶送到高家的收购点上。为此，柳碧云不得不赶快到沙溪去，与黄老四商议下一步的行动。

白龙马踏着碎步一路小跑，像流水一样欢快，像浮云一样平稳。小鸟在枝头等她，蝴蝶在头顶热舞，柳碧云的心情愉快极了。想到那个美丽而宁静的河湾黄沙溪，柳碧云的心头便充满了一股浓浓的亲情，随之，眼前便浮现出第一次喝擂茶的景况来。在初到黄老四家的那天晚上，按照柳碧云的布置，主人和他的妹妹，很快找来本村和外村十多个亲友，其中有五妹子的未婚夫水牛，以及水牛的朋友坝塘等人。柳碧云向大家讲了自己的想法，怎样联合起来，怎样提前贷款给茶农，然后结为一个整体，共同抗拒恶霸的欺压。大家沉默了一阵，接着七嘴八舌议论开了。虽然有人忧虑，有人担心，最终还是达成了一致。大家表示，要想求得生存，只有团结起来，共同斗争。不过，为了稳妥起见，最好采取“亲串亲，邻串邻”的办法，到各乡去暗中联络。大家早就对恶霸裘黑鞑恨之入骨了，在这春荒的节骨眼上，有了大东家的支持，斗争一定会发展起来。大家热情很高，你一言我一语，一直商议到鸡叫三遍的黎明时分。这时，恰恰五妹子将擂茶熬好了，屋子里弥漫着煮茶的香味。她给每人斟了一碗热气腾腾的擂茶，大家手捧热茶，心情激昂，如同出征前的将军，争相发出决战到底的誓言……

第二次喝擂茶是三天以后，柳碧云亲自出马，为黄沙溪的乡亲们送上贷款。乡亲们的生活太苦焦了，不少人家早已断炊了，能喝一碗擂茶，那几乎是连做梦都想不到的好事。贷款发放工作一直持续到深夜，柳碧云让五妹子多打些擂茶招待大家。火塘边，喝过擂茶的乡亲们谁也不愿离去，有人说起昨天鸡哽哽来闹事，看上去凶神恶煞耀武扬威，谁知他们是吹大的猪尿泡经不起打，一交手便败下阵去，被乡勇追得满河滩乱窜。

欢天喜地拿到贷款的乡亲们似乎有说不完的知心话，一聊又是大半夜。空心灯草的灯芯燃尽了，有人早搓好一截棉线重新给它换上；灯碗里没油了，有人出门解手回屋时就将自家的油瓶子提来；火塘里没柴了，有人将自家劈好的柴火抱来放在旁边。平素冷漠的人们在一夜之间骤然变了，变得热情好客和蔼可亲了，就连对待猪猡的态度也大为改观，变得开明多了。老母猪带着它的小崽子趁机溜进屋里来，在人们的腿脚上亲昵地蹭着。人们并不赶它，时不时抱小猪在膝头逗玩。老母猪不乐意了，凶得过来要叼，人们呵呵笑着放开，骂声“这家伙还知道护子呢”……

黄沙溪的村口生长着十几株高大的古柏，苍郁的树冠是这个山村最醒目的标志。柳碧云骑马未到树下，已隐隐听到村子里咚咚的锣鼓声了。牵马走下山坡，只见村中心的坝场上，一队队穿了鲜艳服装的年轻姑娘，在五妹子的带领下，踏着欢快的锣鼓点，一遍遍排练采茶舞。另一边，穿着白衣蓝裤、头上扎着蓝布包巾的青壮年汉子在水牛的带领下，起劲地敲练着花鼓。他们十分投入地练习着，招惹得村里的大人小孩围在圈子外面观看，谁也不忍离去。队列里的人们看到大东家来了，笑着向她递个眼神，脚步更加欢快了。

背着手站在人群后面的黄老四早早瞥见了大东家，迎上前接过马缰，交给村里的细伢子让到池塘去饮水，一边说："几个村的茶农都准备好了，嚷嚷着一定要明天去交茶哩！你看，大家热情高得很哇！"柳碧云望了望群众投来的期待而诚挚的目光，微笑道："不如再等等吧！有些地方的贷款还没发放下去，乡勇刚组织起来，训练还很不够。如果遇到恶霸破坏，咱们该怎么应对？我看，还是商量一下，要保证群众的安全，做到万无一失才好！"黄老四说："江心行船，你快他慢。咱们敲锣打鼓向镇子上一送，对那些起不来的，也是个促进嘛……"柳碧云还要说什么，已被排练歌舞的青年男女跑过来包围在中心，大家言欢语笑，手舞足蹈，问这问那。忽然，有人提议，让五妹子和水牛对一段山歌给大东家听听。话音刚落，这对热恋中的青年男女被无数双手推到了前面，要想脱逃是万万不行了。

五妹子是黄自元最小的侄女，可怜生下来便死了父亲，家中生活贫困，一直由黄自元夫妇将她养大，当作亲生一般，教她吟诗作画。如今十七岁了，每逢采茶季节，便回到乡下帮助母亲。哥哥黄老四对她更是疼爱有加。五妹子天生丽质，她鹅蛋脸形，浓眉大眼，身材姣美，出落得芙蓉花儿一般。她生就一副百灵鸟般的甜润歌喉，有了文化涵养，人又聪明，加上山歌能手黄妈妈的调教，在安化，早已是闻名百里的歌手了。人们将她推出来唱歌，她羞得满脸通红，微笑着站定了，清了一下嗓子，开口唱道：

哎，要问人生什么贵，
东家的情意值千金！
送钱上门自古无，
有谁可怜咱穷人哎……

五妹子歌喉婉转，歌声动人，乐得姑娘们齐声唱和着。曲调刚刚落尾，被人们推到前面的水牛整了整衣襟，接口唱道：

哎，陕西有个渭南县，
出了个东家菩萨心！
她为茶乡送钱来，
她和穷人心连心哎……

五妹子和水牛各自唱了两段赞颂东家的歌儿，人们又缠住他俩，非让他俩唱唱谈情说爱的不可。被逼无奈，他们只好唱了。哄笑声中，黄老四对柳碧云说：“五妹子将擂茶已经捣好了，这回，有了钱，作料可是大大的不同了。除了大米、花生、芝麻、大豆、核桃这些外，又新增了糯米、小米、百合和银杏仁，算了算，加上茶，满共十样子哩！”

正说着话，五妹子嘻嘻笑着钻出欢乐的人海。她的脸红得像一朵盛开的山茶花，眼睛放射着动人的光彩。她只顾躲避人群，恰好碰见在一旁等她的大东家和哥哥黄老四，急忙用手腕掩住通红的脸颊，不好意思道：“我得赶快回去下河挑水，给东家烧擂茶！”说着，将大辫子往后一甩，扭着青春的腰身跑掉了。

坝场上有人继续唱着山歌，忽然，一阵欢闹声中，小茶豆引着奶奶上场了。黄婆婆过去和儿媳只有一条补丁摞补丁的裤子，谁出门谁穿。现在，穿着刚刚缝好的新衣新裤，她再也坐不住了，跑出门要光鲜一番。想到这些变化都是大东家带给的，激动的心情按捺不住，出口就是一首热情洋溢的赞歌：

山上有树山不光，
家里有米心不慌。
穷人请来财神爷，
今后的日子赛蜜糖……

人们拍着巴掌一致叫好，感叹许久没听老歌手亮嗓子了，喧嚷着要求再来一曲。黄婆婆正在兴头上，接口唱道：

河里有水好行船，
手里有布好裁剪。
咱和东家一般样，
明天就能穿绸缎……

黄婆婆唱得很动情，唱词既热辣又风趣，她那沙哑的嗓音虽有几分苍凉，却更能撩人心思，自然博得一片掌声。

是回家歇晌做饭的时候了，欢乐的人流离开坝场，带着服装道具敲敲打打向自己家中的方向走去。唱完山歌的黄婆婆满面春风，缺少营养的瘦脸上泛着红晕。她将小茶豆甩在后面，风风火火跑过来，对儿子和柳碧云说：“咱一道走吧！五妹子回去烧茶，早该好了。大东家这回要好好品尝咱十全十美的擂茶，皇上怕也没喝过！”

柳碧云爽朗地笑着：“好啊！十全十美，这是最好的擂茶了！”

几个人正要举步，忽见黄老四的妻子拿着一只女人鞋慌手慌脚跑来，失声变调说：“不好了，快下河看看！五妹子被一条船劫走了，只捡到她的一只鞋……”

黄老四慌忙将鞋子接在手里一看，果然是妹妹脚上的大红鞋。他来不及多问，说声“不好”，拔腿就向河边跑去。

第二十二章　茶乡风云（续）

1

众人随黄老四跑到河边，只见空荡荡的青石板码头上，一只木桶打满了水，另一只木桶滚落在石板下的草丛中，竹扁担扔在一旁。石板上满是凌乱的泥水脚印，这分明是刚刚搏斗过的痕迹。向河湾两边望去，半下午的河面上寂寥无人，连一只小小的钓鱼船都没有。河岸上乱石危崖，山重影复。刺目的阳光下，缥缈的岚气升腾流溢，变形变状，如千军万马，如海市蜃楼，雾蒙蒙遮掩了峡口。对岸的浅水中，几只长腿的鹭鸶缩着头一动不动伫立着，仿佛是几块固化了的雪白的石头。黄老四急了，将鞋子往腋下一夹，双手拘成喇叭状，向下游大声呼喊妹妹的名字，大家也都齐声呐喊起来。喊声在河面上飘荡，在山谷间回旋，将对面水中栖息的白鹭惊飞起来，宽大的翅膀扇动着河面上浮动的气流，发出空洞的吱吱的声响。

溪谷间依然空荡荡的，既看不到船只，也听不到回答。这沙溪是资江的一条支流，由于山高水险，平时船只很少，仅在农忙季节有一些农家运输船游鱼一样上下穿梭，要不就是几只零星的钓鱼船死气沉沉泊在水中。茶豆娘所说的那种乌篷船，在这里并不多见。

黄老四失望地跌坐在石板上哭泣着，黄婆婆和茶豆娘领着茶豆赶到了，见状也都大声号啕起来。柳碧云心情沉重，眼圈湿红，感到十分为难。沿河去找人吧，身边除了两个丫鬟再没有得力的人手；上前解劝吧，谁家遇到这种事会不痛心？一会儿，水牛、坝塘等一帮青年闻讯赶来了，他们身上的花鼓服还没来得及脱下，纷纷拥到岸边，七嘴八舌询问着、猜测着、咒骂着，左右张望一阵，默默地对着空寂的河面发愣。突然，有人拾起竹扁担时，发现铁钩的链子眼里塞着一张字条，打开来看，上面歪斜着十个粗犷的字迹："拿钱别平安，平安别拿钱。"

黄老四将字条一把夺在手中，看完后大声骂道："无耻！他妈的这是裘黑子干的，我找他拼命去！"

要去拼命的黄老四被人奋力拦住，柳碧云接过字条扫了一眼，又被迫不及待的水牛接了去。水牛是沙溪下游沙坪坝村人，如今管理着附近五个村的乡勇，手下有百八十人。这是群众自我保护的乡村团练组织。每有土匪滋扰，便将村里的青壮年男子集合起来，白天站岗，夜里巡逻，或分散行动，或连片协防。只有在某一地区出现暴乱时，为防止祸及自身，才真正进行团练。水牛二十岁出头，像土坷垃一样忠厚老实，热心公益，任劳任怨，深孚众望。只是擀面杖当箫吹，缺心眼。他看了看字条，红彤彤的大脸盘骤然灰白了。思索了一下，神秘地和几个人耳语了一番，然后对黄老四低声说："四哥，我看这事不简单，咱得回去好好商量一下！"黄老四反对说："这有什么商量的，我去向裘黑子要人，他不给，我就碰死在他门上！"水牛偷偷瞟一眼站在旁边的女东家，附在黄老四耳边说："按这字条上的意思，德兴昌的钱是不敢要了……"黄老四是实诚人，知道孰好孰坏，怒冲冲地道："我拿我的钱，和他裘黑子屁不相干，他管得着？"水牛想把话挑明，碍着大东家柳碧云的面子，脸上像被蜂蜇了一样难看，咧嘴支吾着，将黄老四拉向一边。正要说什么，忽然头顶上一棒锣响，他的魂都吓飞了，抬头一看，是鸡哽哽站在坡岸上，一边哈哈笑着，一边吆喝道："哎！各位老表，快去交春茶吧！裘老爷格外开恩，三天内所交茶叶，免收保障费，仅以三天为限。三天过后，保障费翻番……"

黄老四正在气头上，看到鸡哽哽，如同见到仇人，抄起扁担奔上去就要动手，仿佛是他将妹妹劫走了。大家也一哄而上，鸡哽哽见状，一边和两个爪牙惊慌地向后倒退，一边用锣槌指着众人："你们要干什么，翻天了？你们要清楚，裘老爷不是好惹的！本老爷……也不是吃素的！"

黄老四的扁担被水牛夺了下来，坝塘冲上去将拳头在鸡哽哽眼前晃着说："准是你这小子通的消息，要不，五妹子怎会被人劫走？老子宰了你！"

鸡哽哽狡黠地笑了笑，将坝塘的拳头拉下说："小伙子，你就是将我剁成肉泥，扔下河喂了王八，也救不了五妹子！她是被裘老爷请去的，你们要……"陡然，他的舌头像是被咬着了，原来，他看见了站在人丛里的柳碧云。

柳碧云走上前打千道："姬老爷，您说五妹子在裘老爷手上，不会出意外吗？"

鸡哽哽的眼睛上下翻了翻，嬉皮笑脸道："哦，你就是德兴昌的大东家？哎呀，真是如花似玉一个大美人啊！久仰，久仰！"继而反问道，"意外？什么意思？"

柳碧云说："五妹子在家里好好的，为什么要被劫持到裘老爷那里？"

鸡哽哽干笑着："这个嘛，小人不懂，您倒要问问自己！"

"问我自己？"柳碧云怒道，"你们横行乡里，欺压百姓，随意绑架人质，这不是为非作歹是什么？真是一伙不法之徒！"

鸡哽哽故作惊讶道："哎呀！您别动怒好不好？您是大地方来的人，我们这是小地方。小地方就得有小地方的规矩！"说着，一变脸道，"水牛，你的乡勇怎么处置？"

水牛是个实心眼儿，任你怎么戳也戳不下个窟窿，经鸡哽哽一诈，急忙脱下花鼓服，塞给柳碧云，对鸡哽哽哀求说："姬老爷，都是我年轻不懂事，对您多有得罪！从现在起，我马上解散乡勇，求您在裘老爷面前多说好话，千万不要伤害五妹子啊！"说着，竟咧开大嘴哭了起来。

站在旁边的坝塘看不下去了，从柳碧云手里拿过服装，塞给水牛道："你真没出息！你就是把他屙下的吃了，他能放了五妹子？"

水牛遭到抢白，有些气恼，将衣服摔在地面道：“大家听我说，从现在起，所有的乡勇，全部解散。咱们往后，好好种地，不要听信任何人的鼓捣……”

水牛态度的骤然改变，让大家惊愕不已。正手足无措，只见黄婆婆走上前，捡起水牛扔掉的服装，郑重叠在一起。她的眼眶里满含泪水，捧着服装，双手颤抖，一扭头，将服装塞给柳碧云，哭泣着向家中跑去。

柳碧云震惊了，她深知大家的难处，释然道：“这样吧，花鼓服就留在大家手里，作为纪念吧！我借给大家的那一点儿银子，算是春荒年月对乡亲们的一点儿接济，也就不再收回了。我这就去找裘老爷，让他高抬贵手，放了五妹子！”

柳碧云令丫鬟过去牵马，这当儿，远远听到黄老四的喊声，只见他端着一碗热腾腾的擂茶走来，双手捧着，单膝跪地哭请道：“大东家，我们对不起您，请您别见怪！我们不会马上交茶的。裘黑子心狠手辣，你去解救五妹子，可要当心啊！”

柳碧云流着泪，将擂茶喝下一口，又转给小花、小草她们喝。正要告别，从村子另一头跑来三个骑马的人，待走近一看，原来是坝塘带着两个乡勇，他们是来保护柳碧云上路的。大家互道珍重，依依不舍地分手了。

2

裘黑鞑的纳妾典礼不算盛大，却很隆重。这是他娶的第五房姨太太了。那天，他将五妹子劫持到手，本打算给黄沙溪人一个警告，以打破柳碧云的进攻套路；但是，一看到花骨朵一样鲜嫩水灵的五妹子，他便欲火大炽，魂不守舍。到口的美味丢掉了岂不可惜，于是，决定纳五妹子为第五房小妾。这天晚上，虽然从安化县到资阳州的大小官员均未邀请，当地有头有脸的人物也没几人光临，仅他手下的一帮弟兄和裘府上下的族属以及马伯牙、裘十公带来的收购茶叶的人员，也够热闹红火的了。

裘府坐落在柘溪镇风景秀丽的半山腰上，占地百十来亩。这是一座浩大的庄园，里面真山真水，花草树木、楼台水榭应有尽有，更有一百多位仆人、丫鬟以及打手伺候护卫着他，整天过着花天酒地的糜烂生活。从下午起，裘府上下便张灯结彩鼓乐喧天了，正堂、客厅、门厅、走廊和洞房，均被布置一新。宴会从傍晚时分开始，在前院的大客厅里，宴席整整摆了四十多桌，后来，廊檐下和庭院里也摆上了酒桌。即便这样，来客仍接二连三，络绎不绝，收到的礼品将两间花厅塞得满满当当。晚宴斗酒正酣，门厅的仆人忽然大声向后唱报："陕西渭南县德兴昌大东家、三品诰命淑人高柳碧云驾到——"如晴天闪爆的一个霹雳，在座的食客们闻之无不惊诧，纷纷停杯止箸，将高高低低的目光投向门厅。

四只两人抬的红漆礼品盒被仆人引导着走在前面，接着，便是明珠一样靓丽的闻名商界的奇女子柳碧云了，她在两名护卫的陪同下款款走进门厅。对这位德兴昌的女东家，许多人过去只是耳有所闻，如今，能亲眼看见她的芳容，聆听她的燕语莺声，那是多么幸运的乐事啊！

今晚，柳碧云并没有刻意打扮，因为漂亮女人是用不着矫揉造作的。她仍是一身绲边绿缎银花掐丝大襟长衫，黑油油的乌发在脑后盘成一个纂髻，粉脸上薄施胭脂，眉梢上轻画浅黛。她没有戴过多的首饰，仅戴着一支丹凤朝阳金丝挂珠簪。她衣着典雅秀丽，步履婷婷袅袅，神态端庄大方。她的突然出现，如皓月中走出的仙子，如绿叶中绽放的鲜花，整个厅堂为之骚动，整个庭院为之而鲜亮。看到如此一个丽人，接到礼单的记账先生几乎傻了，老半天才回过神来，用近于赞叹的语调宣读着礼品名录："苏缎两匹、贡缎两匹、湘缎两匹、杭缎两匹。"接着，从客厅后面一道道传下话来，请德兴昌大东家到正堂晋见。

穿过客厅猜拳行令的酒桌，迎着马伯牙和裘十公醋意的目光，柳碧云带着两名护卫和八名仆人被接引到正堂外的台阶下等着。这是一座五开间的大殿，门外戒备森严。一会儿，从里面传下话来，请德兴昌大东家一人进见，所有随从在外等候。柳碧云从容步入大厅，旋即，裘府一大帮仆人拥上来，死拉活拽，将韩铁锤、苟四钱等人拉去吃酒席。大厅内，只见两盏高悬的白炽西洋汽灯放射着刺目的光芒，将大殿内照耀得如同白昼。迎面看去，一个汉白玉栏杆的两层须弥台座高居中央，柳碧云不禁咋舌，这简直与宫廷的金阶无异了。真是“天高皇帝远”，在这荒僻小县，竟敢如此僭越。台座上安置着一张铺有虎皮的镶玉嵌珠盘龙床；台阶下，八字样排开两溜十几把太师椅。整个室内的装饰和陈设，都极尽豪奢，许多贵重的中外稀世珍宝，在这里比比皆是，如西周青铜鼎、唐代三彩马、南海珊瑚架、西洋大座种、玻璃水晶夜光球、黄花梨木观音造像、宋代汝窑青花大樽、和田玉雕十八罗汉等，其规格品相，堪比皇宫。

大殿内有十几个丫鬟和仆人伺奉在左右，裘黑鞑坐在龙床上，正玩弄着一只白鹦鹉。看见柳碧云进来，裘黑鞑将手一伸，那鹦鹉扑棱着雪亮的翅膀，很不礼貌地对客人狂叫起来：“你是谁，你是谁？报上名来……”

裘黑鞑傲慢地站起来将鹦鹉放还架上，得意地拍拍手，干笑着走下台阶，示意客人在太师椅上就座，随即招手让仆人献茶。裘黑鞑的面相比他的实际年龄大多了，看上去有四十多岁。他方面大耳，双目炯炯，黑漆漆一脸横肉，亮闪闪满面油光，恰如灶君爷爷的坐下黑马。他左脸颊上有一道明显的刀疤，虽装模作样满脸堆笑，那偶尔颤抖的疤痕，还是令人不寒而栗。他身材不高，挺着大肚皮，举手投足皆有一股彪悍粗犷的匪气。他开门见山道：“夫人此来，是为五妹子的事吧？如果为了她，就免开尊口！”

柳碧云正是为五妹子而来。离开黄沙溪，柳碧云先去了黄自元老先生那里。黄老先生已知道五妹子被劫的事，而且告诉她，裘黑鞑两天后就要纳五妹子为妾了。黄老先生又急又气，写好一份声讨的檄文，历数裘黑鞑的十大罪状，冒着杀头的危险，正要去裘府登门讨伐。柳碧云被黄老先生的义勇精神感动得热泪盈眶，她说：“您老人家单枪匹马很难取胜，不如咱们双管齐下，里应外合，就是冒死也要将五妹子解救出来。”

现在，好不容易闯进裘府，面对恶魔，柳碧云强压怒火，微微打了个千，手捧檄文，不紧不慢地说："本夫人的来意，让老爷言中了。不错，我正是为五妹子而来！你在黄沙溪将她强掳到这里，霸占为妾，可谓大逆不道，不仁不义。这篇声讨的檄文，列出你的十大罪状，不知老爷愿闻否？"

裘黑鞑将檄文接在手里，看也没看就撕得粉碎，愤怒道："'十大罪状'？荒唐！哼，在我府上，岂敢无礼？！"

柳碧云冷笑道："在你府上好啊！有茶喝，有酒席吃。吃饱喝足了好让全府上下评评理，看这十大罪状是否恰如其分？"

"你好大胆！"裘黑鞑一怒之下将一把太师椅踢翻了，发狠说，"你要知道，你在我手心里捏着，我可以让你生，也可以让你死！"

柳碧云霍然起身说："本夫人敢闯你这龙潭虎穴，早将生死置之度外了！"

"好啊，好！真不愧女中豪杰！"裘黑鞑奸笑着，陡然，猛地将巴掌拍在一张大理石面的茶几上，碎裂的大理石跌落在地，立即，早就守候在帐幕周围的十多名武师冲过来，一时刀光剑影，将柳碧云包围其中。

镇定自若的柳碧云毫无惧色，厉声道："我是朝廷命妇，你若敢动我一根指头，就是大逆不道，犯上作乱！"

裘黑鞑坐回床上，指着柳碧云说："在我府上，我就是天王老子，什么朝廷命妇？再大的官员，只要敢冒犯我，就叫他人头落地！你要知道，你的末日到了！我看你长得如花似玉，比那些山妹子强十分。怎么样，陪本老爷上床睡睡觉也不虚此一行，啊！哈哈……"

"无耻！"柳碧云怒喝道，"你一向欺行霸市，横行一方，对抗官府，拒交税款；如今又强占民女，可谓作恶多端，罪行累累，十恶不赦！安化县和资阳府衙要将你立案定罪。你出去看看吧，州府县衙已派兵包围了你的府邸，要铲除你这个恶霸。你死到临头，还不快放下屠刀！"

"嗯——"听到这话，裘黑鞑吃惊不小，一时难辨真假，眼珠子左右转着，恰巧裘府师爷跑来禀报说："官兵已将大门封锁了，州府老爷请大老爷出去说话哩。"

裘黑鞑气得哇哇怪叫，唾骂道："亏你还是师爷呢，官府不就是为钱嘛，将银子给我向外抬！"师爷应诺着退了出去，大厅里安静下来。裘黑鞑示意打手退下，对柳碧云赔笑道，"夫人果真好手段，官府是任谁也请不动的，不知你用了多少银子？"

柳碧云道："官府惩治不法，这是他们的职责，何须要用银两？你还是束手就擒吧！"

"哈哈！"裘黑鞑笑道，"夫人，你应该知道吧，在这资水沿岸，在这安化茶乡，本老爷是数一数二的富豪。青帮洪帮对我那是唯命是从。你将官府叫来，可谓竹篮打水一场空啊！哈哈！他们就是将我抓去，不但请吃请喝，两天后还要用八抬大轿送回来，你何必煞费苦心呢？我看你虽为女流之辈，倒是一把能征善战的好手。比起我叔叔裘十公和马伯牙那些老朽来，倒是强了十倍百倍。怎么样，要是与我合作，我保证将安化的茶叶全部给你！"

"全部给我？"柳碧云哂笑道，"那我不是与你同流合污为虎作伥了吗？本夫人虽身在商界，却极力推崇一个'义'字，所有得利，只在义中取，不向他处求。"

裘黑鞑反唇相讥道："这么说，你不像个唯利是图的商人，倒是乐善好施的慈善家！夫人，外面正在请客，本老爷没工夫和你磨牙。不过，凡是女人，本老爷来者不拒。天堂有路你不走，地狱无门自来投！谁让你自投罗网，那么本老爷对不起了！"说着，大喝一声"来人呀"，正要将柳碧云拿下，有仆人跑来禀报说德兴昌进献的几匹绸缎被他们的人在大厅打开了，上面写满老爷的十大罪状，惹得吃酒的人上去围观，客厅已经大乱了。裘黑鞑一拳将来人打倒在地，骂他是软蛋，遂令身边的武师过去将那些人抓起来。武师们刚刚应声而去，忽听大殿外传来一个老人悲怆的哭声。柳碧云知道是黄自元老先生亲自讨伐上门了，正要出外迎接，忽然被一群打手拦住，不管三七二十一，拖到了大殿后面。

柳碧云被蒙着眼睛，高一脚低一脚不知走了多远，然后被关进山脚下一个黑暗的石洞内。进入石洞，铁门哗的一声锁上了。柳碧云伸手四处摸索，黑暗中，听到有人在轻声唤她：“东家姐姐，你怎么来了?”借助洞口透进来的一线幽微的月光，柳碧云定睛一看，哎呀，是穿着新娘盛装的五妹子。原来，五妹子被劫持以后，只要见到裘黑鞑，便又抓又咬，不让恶霸近身。穷凶极恶的裘黑鞑将她打得遍体鳞伤，为防止逃跑，一直关在这里，只待晚上同房后，不怕她不服服帖帖。五妹子见到亲人，两人止不住抱头痛哭。柳碧云说：“姐姐我是专为救你而来的，在黄老先生那里听到裘黑鞑要纳你为妾，我连同你的家人先去告了官，又派自己人乔装成菜贩子豆腐贩子肉贩子混进来摸清了道路，买通了洞口的丫鬟，只等今晚将你营救出去……”

裘黑鞑陪着知州知县一直吃酒到后半夜。墙头草一样的官府，历来奉行两边倒的策略，得了银子，立即成为裘黑鞑的俘虏了，士卒们也被邀进府里来吃酒席。数百兵丁一拥而入，吵吵嚷嚷争先恐后，只怕捉不上筷子。这一下，裘府上下乱成了一锅粥。随同柳碧云打入裘府的韩铁锤、苟四钱以及送礼的八个家人，都是武功过人的高手，他们因展开绸缎上书写的声讨裘黑鞑的“十大罪状”而被拘押在后面的花厅里。听到三更梆响，正是约定动手的时候了。

韩铁锤和苟四钱率先钻出后窗，将门外两个看守反绑了，口里塞上他们的臭袜子，关进花厅内，然后直扑后山的石洞去救主人和五妹子。洞口的两个丫鬟是买通了的，所有裘府的消息，都是她们提供的。将铁锁砸开，身材矮小的苟四钱很快换上了五妹子的新娘盛装。五妹子泪光闪闪，要给苟四钱磕头。苟四钱笑道：“东家早在四川时就知道我的为人了，我别的本事没有，专喜欢偷鸡摸狗，没想到今天摸到裘黑鞑的裤裆去了。”柳碧云叮嘱他多加小心，能脱身尽早脱身。苟四钱对众人说：“你们尽管保护主人和五妹子走吧，我只要进了洞房，对付恶霸自有办法。”事不宜迟，就这样，大家匆匆分手了。

花轿很快来接新娘，顶着盖头的苟四钱故意寻死觅活假戏真做了一番。进入洞房，没过多久，醉意半酣的裘黑鞑东倒西歪被仆人搀扶着回来了。一进房门，便斥退丫鬟仆人，伸手去揭新娘头上的盖头。苟四钱左躲右闪，尽量拖延时间，因为还没听到墙外炮响，说明主人尚未走出大门。眼看满身酒气的裘黑鞑又扑了过来，他躲闪不及，只好伸出双手捂住盖头死活不让揭。裘黑鞑抱住他跌倒在床边，忽然发现“新娘”的手变得又粗又大，还以为自己眼花了，急忙问道：“哎呀娘……子，你的手怎……么搞的？昨日还细……皮嫩肉的，今……日怎么如……此粗大？”

苟四钱摸了摸裘黑鞑的额头，柔声道：“夫君，你喝醉了吧？”

裘黑鞑一把抓住“她”的手：“狗……才喝醉了呢！我……没……喝醉！”

苟四钱将腰身一拧，撒着娇哭泣道：“我常听人说‘情人眼里出西施，仇人眼里出狗屎’。官人刚才不知和哪个贱货睡过觉了，不喜欢为妾了，所以看我不顺眼了，手也大了，皮也粗了！既是这样，干脆放为妾回去便是了……”

“不，不！”打着酒嗝的裘黑鞑连忙解劝，“本丈夫不过和你开……句玩笑，何……必当真？”说着，伸手在“新娘”的脸蛋上摸了一把，又连忙将手缩了回来，惊异道：“哎呀，你怎么长了胡……子，还这么扎……手？莫非你……你是男人……”

苟四钱哭哭啼啼道：“哪个野鬼才是男人呢！你真是男女不分，青红不辨，把为妾的头发梢子当胡子了！你信不信，为妾的裤裆里也长着胡子，你是摸下头还是摸上头呀？”

“上……头！”醉眼蒙眬的裘黑鞑为了证明自己脑袋没有发昏，再次伸手去摸，却被苟四钱一口咬住了手指，疼得直喊，“哎呀！你……怎么咬……人呢？”

不等苟四钱开口，门外隐约有哧哧的笑声，原来是两个看门的丫鬟在暗自发笑。她们当然知道其中的内情，偷听了这么多私房话，竟忍俊不禁。裘黑鞑交欢不成，恼羞成怒，开门令她们进来跪下，责问窃笑什么。两个丫鬟战战兢兢，你看看我，我看看你，几次欲言又止。其中一个怕日后事发，吞吞吐吐道：“老爷，他是男……男人……”

这一下惹恼了“新娘子”，只见苟四钱哇地哭跌在地，号啕道：“郎君哪！你看到了吧，你将为妾娶进门就腻歪了，说我手大倒还罢了，又说我长了胡子，所以她们也糟践我！真是上梁不正下梁斜，有什么样的主子，就有什么样的奴才！你干脆和她们上床去吧，我受不了，我不活了！呜呜……”

“新娘子”哭着要往柜角上碰，幸而被郎君拦住，裘黑鞑即令丫鬟“滚出去”。两个丫鬟看看事情闹到这一步，已无法收拾，连忙退了出去。

“新娘子”闹了一会儿，酒气熏天的裘黑鞑愈加急切，只想快点儿交欢。他猛不丁从后面将“新娘子”抱住，压在床边说：“娘……子，快……点儿上床吧，为夫急……死了！”

苟四钱挣脱出来，娇滴滴道：“郎君要奴家上床，必须有个盟誓才好。否则，今天拉着奴家上床，明天又拉一个更年轻的上床，那还不把奴家冷落了……”

急不可耐的裘黑鞑听到这话，沉醉中不觉心里一动，暗想，只要开了苞，哪管“她”是死是活，便朗然答应说：“哎……呀！没想到你……是个重情重义的女子！好，好好，我……这就发誓！”

裘黑鞑跪下来刚刚发了两句誓言，苟四钱一巴掌打在他的肥脸上：“不行，不够狠，你要是三心二意敷衍了事，奴家这就碰死给你看！”

裘黑鞑捂着脸，正要发作，只因骨酥筋软，跪在那里，难以起身。有生以来都是他随意欺凌女性，从没有哪个女人敢这样对他。怒气冲冲正要站起，苟四钱忽然搂住他的肩膀，柔情蜜意道：“老爷，不要怪罪为妾。为妾这都是爱你，所以才着了急。咱们还是快快上床吧！”

裘黑鞑听到这个“女人”邀他上床，怒气一下子烟消云散了。他虽然有众多女人，但这温馨的话语还是第一次听到，遂三下五除二很快脱光了上衣。在脱掉靴子时，忽然发现依在床边的“新娘”有男人一样的大脚，半醉半酣的他忽然酒醒了，心想莫非他果真是趁乱混进来的什么男人，今晚要夺我性命？想到这里，不禁为自己的鲁莽惊出一身冷汗。为了弄清对方到底是谁，故意从靴筒里掉出一把明晃晃的匕首，试探对方是否要拾。

看到匕首落地，苟四钱不由得愣住了。在行使调包计上花轿时，他没带任何武器，只怕身藏武器被查出来反坏了大事。他深知，自己身材瘦小，虽满身武功，要制服裘黑鞑这头公牛并非易事，他多么希望有一把利刃啊！现在，利刃就在脚下，是拾还是不拾？他犹豫了。为了不露破绽，应欲擒故纵，另寻机会才对。

酒醒后的裘黑鞑似乎已发现此五妹子非彼五妹子，由于没揭掉“她”神秘的盖头，一时还难辨真伪。现在匕首在握，他拿定主意，要强逼“新娘”露出真相。裘黑鞑嘿嘿笑着，左脸颊上的刀疤微微颤抖了一下，这往往是他发起猛烈反扑的标志。只见他将匕首在手中熟练地把玩着，一会儿在指尖上飞旋，一会儿抛起来准确接在手心，接着，啪的一声甩了出去，不偏不倚，直挺挺扎在“新娘”左耳边的柜面板上，骄矜道：“这是德意志的一位传教士赠给我的，吹毛利刃，锋利无比。谁要是想谋害我，我在十步之外，说扎他的左眼，绝不会扎在右眼上！”

苟四钱故意装出一副害怕的样子，蹲在地上抱住头说：“哎呀，郎君，为妾最怕血腥，腿都吓软了，快快收起来吧！”

裘黑鞑走了过去，从柜板上拔下匕首，在空中一挥，突然逼向“新娘”的咽喉，厉声问：“你到底是谁，揭开盖头让我看看！”

苟四钱被压迫在地，已无计可施了。在这千钧一发的紧急关头，忽然有家人推开门进来禀报说：“哎呀！老爷不好了，咱们中计了！德兴昌的人劫了五妹子，要冲出大门，被截住了，双方正打斗呢。这个五妹子是假的！”

原来，这裘府看似好进，其实难出，每道角门都有人把守盘问。柳碧云带了五妹子，自然难以逃过盘查，只好绕道而行。看到裘府的家丁几十人排成人墙堵在门口，急忙从礼品盒下拿出武器就往外冲。裘府的人哪肯放过，双方刀枪相见，正在门厅激战。

裘黑鞑听罢大叫一声，就要挥匕首向脚下的人刺去，不意苟四钱倏地钻入他的裆下，抓住其双踝，一个起身，倒挂金钟般将裘黑鞑撂了个四脚朝天。报信的仆人正要过来搀扶，被苟四钱顺势撸倒在地，二人跌了个叠罗汉。苟四钱本可以趁机逃出门去，但是一想，主人已被包围，自己不能引更多的家丁过去。此刻，何不将裘黑鞑劫为人质，命他放主人一条生路?!

想到这里，苟四钱突然跳到裘黑鞑身后，趁他坐起之机，将其右手折向后背。裘黑鞑疼痛难忍，匕首被夺下来，苟四钱顺势将锋刃逼在他的脖子上。裘黑鞑虽然失势，却不是无能之辈，往日在这百里资江能独霸一方，是出了名的狠手。他左手抓住刀柄，拼命向外拉开，又猛不丁身子向后栽倒，大喊“来人”，已将匕首闪开。谁知这苟四钱更是搏斗的行家，早在四川造反时，闯入官府捉拿贪官，往往是只身前往，手到擒来。面对裘黑鞑的猛烈反抗，他紧紧抓住匕首不放。一会儿，裘黑鞑的脖子被割出血来，弄得满身鲜血，只好服软了。

苟四钱从后面架着裘黑鞑，如同拽着一头死猪，裘府的武师们围拢上来几次试图靠近，均被他喝退了。他拽着裘黑鞑一步步向门厅方向走去，当站在客厅台阶上看到在里三层外三层的包围中，女东家和随从们大多负伤力竭时，大喝道：“快快放我家主人出去！我只数三下，要是再不让开，我就下手了!”

接着，在裘府上下惶恐万状的惊悚中，在空气死一般的窒息中，苟四钱像一尊天神，威严地喊出了惊天动地的序数……

裘黑鞑似乎已奄奄一息了，在无数家丁的注目下，他有气无力地摆了摆手，铁箍一样的圈子顿时裂开了一条缝。苟四钱看到，女东家柳碧云和韩铁锤护卫着五妹子，后面跟着八个家人；他们虽已负伤，仍向这边看着，不忍撇下苟四钱。苟四钱大喊：“快走，不要管我!”他们方鱼贯走出裘府大门。当女东家和门外的坝塘合兵一处，回头看他时，数把利剑从身后刺来，直穿他的腹腔。苟四钱扑倒在地，再也没能起来……

3

在安化茶乡，这将是一个被载入史册的别开生面的婚礼——新郎新娘隔河对唱山歌，然后新郎带着迎亲队伍，渡过河来，用彩船将新娘迎娶回家。

人们知道，这是五妹子领导的茶农公会彻底斗倒恶霸裘黑鞑后，为了欢庆胜利，在一群姑娘小伙子的热情操办下，为民歌手五妹子和水牛特别设计的婚礼形式。

从裘府被营救回家的五妹子心情无法平静，她吃不下喝不下，只要一合眼，裘府大门内那场生死搏斗的场景就浮现出来。女东家柳碧云和韩铁锤等人均负伤了，她最不能忘怀的，是那个救她脱离虎口的英雄苟四钱。他们素昧平生，可苟四钱却表现得如此英勇和义无反顾。他的尸体还留在裘府，她恨不能插翅将他背回来，好给英雄一个告慰。这当儿，忽然听说他的尸体被钉在柘溪后山的一棵大树上，裘府派人看着，一直要等到被老鹰叼完。听到这话，她的心碎了，从床上爬起来，决心亲自去给他收个全尸。未婚夫水牛来看她，摇头将她的意见否定了。她流着泪正要扑出门去，坝塘来了。坝塘说："你放心吧，我就是豁出命去，也要将他抢回来，埋到咱们的茶山上，让他永远和咱们在一起。"坝塘果真做到了。这件事又一次教育了五妹子。她看到，恶霸没什么可怕，他就是只老虎，也有钻进笼子的时候。给英雄下葬那天，没有完全伤愈的大东家柳碧云和其他弟兄们来了，五妹子向她请求，亲自到茶区各乡去，发动茶农，将抗交行动进行到底。大东家说："好哇，我们正打算和裘黑鞑明着干，咱们是正义的，为什么总躲着他？"于是，在大东家的支持下，五妹子和坝塘一起，走东串西，说服茶农接受贷款，拒绝向裘黑鞑交茶，成立团练组织，实现茶农自保。后来，看着茶农力量起来了，又当即成立了各乡茶农公会，黄自元老先生被推举为会长，茶农们纷纷敲锣打鼓将茶叶公开交售到德兴昌收购点，立马拿到了自己应得的报酬。

茶农的胜利鼓舞了资江上的船帮兄弟，他们也挺起反霸的脊梁；就这样，裘黑鞑苦心经营了十几年的封建把头王国终于土崩瓦解了。五妹子和水牛的婚礼，正是在这种情况下举办的。

这天上午，一轮艳阳悬挂在沙溪对面的茶山顶上，将两岸的沟沟坎坎照耀得亮堂堂的。那些看热闹听山歌的人们，早早从十里八乡赶来，挤满了黄沙溪的坝场与河对岸的山梁。他们有步行来的，有撑船来的，大大小小的船只泊满了并不宽阔的沙溪河面；还有许多资江来的乌篷船，这倒十分罕见。

黄沙溪村的中心坝场上，五妹子请来帮唱的姑娘们早就聚在这里了，她们悄悄商议用什么词儿才能难倒新郎，怎样暗藏机杼，怎样借题发挥，怎样语带双关，说到投机处，不禁笑出声来，惹得周围的人也看着她们笑。在黄老四家门前的坝场上，亲友们送来的彩礼摆满了十几张芦席，最引人注目的当然是德兴昌大东家送来的彩礼了。人们观看着、抚摸着、说笑着，一会儿，五妹子的家人，将一碗碗热腾腾的擂茶递到了他们手上。

在人们的期盼中，河对岸忽然传来响亮的铳子炮响，接着，唢呐齐鸣，锣鼓声声。新郎水牛穿着簇新的白衣服和蓝裤子，头上缠着鲜红的包头巾，站在迎亲队列的前面，准备迎接新娘的挑战。听到对岸炮响，黄沙溪村的姑娘小伙子乐得一起奔到岸边，以铳子炮和锣鼓回应后，姑娘们拉开了挑战的架势。

一身新娘打扮的五妹子在一群姑娘的簇拥下来到岸边，整整齐齐站好后，黄沙溪人亮开嗓子，用歌声诘问对方：

茶树生长在何方，
谁家茶树美名扬？
茶树它是何人传，
至今年代有多长？

沙坪坝的小伙子们个个喜气洋洋，他们早就按捺不住了，在水牛的带领下，高声回唱道：

茶树长在半山上，
五妹子的茶树美名扬。
茶树本是神农传，
五千年历史世无双！

黄沙溪的姑娘一听对方回答得这么干脆，商议应该给新郎出点儿难题，难倒他们，看他们的笑话，那才叫开心，随即唱出一个谜语：

一个猪猡没有腿，
满河上下跑得美。
只要你敢靠近它，
伸出巴掌扇你嘴！

姑娘们以为这一下准难倒了对方，正在得意，没想到沙坪坝的小伙子们早就猜出来了，他们嘻嘻哈哈唱道：

这个猪猡不用猜，
我们将它划过来。
如果嫌慢长双翅，
抱个娃儿更可爱！

黄沙溪的姑娘们明显受到了戏弄，一个个气歪歪要用最难听的话来还击，贤淑的五妹子拦住大家，用她那百灵鸟般的甜美嗓音唱道：

天上下雨瓦沟里流，
说话办事要留后路。
姑娘爱的是有情郎，
无情的人儿莫开口！

五妹子的歌声引来两岸一片热烈的欢呼和鼓掌。接着，她继续唱道：

什么茶叶它最香？
什么道路万里长？

什么人儿坐船来？

什么船儿接新娘？

新娘的这些问题，自然是向新郎发问了，沙坪坝的小伙子们连忙将水牛推上前，他有些不好意思，红着脸，清了清嗓子，朗声唱道：

五妹子采茶茶最香，

爱情的道路万里长。

新郎我就要划船来，

五彩的船儿接新娘！

两岸人群齐声叫好，新娘害羞了，捂着脸急忙躲回家中，这无疑是一个信号，准许新郎过河接人。水牛早就等不及了，带着迎亲队伍，拿着各种花红彩礼，驾船渡过河来。这边的人看娶亲的队伍吹着唢呐、敲着锣鼓下了船，不等渡船靠岸，一帮小伙子赶忙关了房门，以便讨要新郎送上的红包，双方着实热闹了一番。

迎亲队伍上岸后，坝塘急忙指挥迎亲的七八条渡船向码头靠拢。从这里到沙坪坝，往下还有十多里水路，要经过两处险滩，他必须给水手们交代明白，更要紧紧跟上在前领路的新郎的那只不大的彩船。无意间，他请一条碍事的乌篷船让开一些，谁知那船上的人并不乐意。他们一个个冷眉冷眼，十分面生。其他乌篷船还有六七条，看上去都很面生。坝塘心里骂，你们该不是贼船吧？贼船才不懂规矩呢！

不大工夫，新郎终于用一条红绸牵着新娘缓缓走下坝场，扶她到彩船上坐定，待大家都上了渡船，只听坝塘一声呼哨，水牛兴冲冲荡起双桨，唱着歌儿离开了码头。

迎亲船队离开码头驶出不远，新郎新娘的彩船便被那些乌篷船与后面的大船隔开了。这些乌篷船不知是有意还是无意，在河面上一字儿排开，似进不进，似退不退，慢慢腾腾挡住了狭窄的水道。

彩船离开黄沙溪，很快就遇到了险滩，这里波浪滔天，水流湍急，彩船上下颠簸，吓得五妹子双手紧紧抓住船帮，一阵阵大呼小叫。出了险滩，水牛刚刚将船稳住，迎面被三条横在河心的乌篷船挡住了去路。水牛抬头一看，当中船上站着五六个人，为首的正是失势的裘黑鞑。水牛情知不妙，左冲右突，皆被大船拦住。

水牛一看着了急，问："你们要干什么？"

裘黑鞑双手叉腰，嘿嘿笑道："水牛小子，你要是识时务的话，将五妹子交出来。要不然，今天把你淹死在江心喂鱼去！"

水牛见对方人多势众，自己的船队在后面尚远。好汉不吃眼前亏，立即抱拳求情说："裘老爷，我没有得罪您，请放我和五妹子一条生路吧！"

裘黑鞑说："你没得罪我，可你没问五妹子，她得罪我没有？"

水牛还要哀求，五妹子将他扯在身后："裘黑鞑，你为非作歹这么多年，早该受到正法！今天怎么着，还要较量吗？好啊，我倒要看看你有什么本事！"

裘黑鞑大笑着，一挥手，他船上的那五六个打手，立即举起崭新的泛着蓝光的西洋火枪，一齐将枪口瞄准过来。水牛吓得双腿一软，跪跌在船头，哭求道："裘老爷，饶命吧！你到底为了什么呀？"

裘黑鞑冷笑道："为什么？你当然知道，五妹子害得我倾家荡产，无立锥之地，我要她拿命来还……"

水牛一下子傻眼了，待刚刚立起，对面的枪声响了。

水牛应声栽入水中，鲜血立即染红了彩船旁的水面，呛人的硝烟在两船间飘散开来，彩船上孤零零仅剩下五妹子一人了。裘黑鞑大笑着："五妹子，跟我走吧！我落到如今这步田地，完全是为了你！"

五妹子双手握桨，一面划船去救中弹落水的水牛，一面做好搏斗的准备。裘黑鞑的打手们几次从船上抛来锚钩，均被五妹子用木桨打落了。裘黑鞑急了，命令船上的打手跳下河去，将五妹子生擒活拿。打手们放下火枪，咕咚咕咚跳入水中。这时，上游险滩里忽然箭一样射来一条单人小船，来人正是坝塘。当他看到乌篷船故意将渡船隔在后面时，料到他们不怀好意。看看彩船已经走远，急忙跳上一条农家小船跟了过来。这时，那几个打手已抓到五妹子的船帮上了，正要将她拖向大船，坝塘大喝一声："住手!"接着，举起木桨，乒乒乓乓打去，将一个个打手打落水中。乌篷船上的裘黑鞑急忙举枪瞄准，谁知连发两枪，没有打中。他正要命令身后的两条乌篷船上前帮忙，这时，只见十几条大船从下游驶到了身后，船头上站着的，正是德兴昌大东家柳碧云。原来，这几天柳碧云一直在柘溪码头监督装船。一百多条大船装满茶叶，只等扬帆起程，忽听船老大说裘黑鞑将十几条乌篷船带往黄沙溪去了。她连声说"不好!"知道裘黑鞑不甘心失败，一定是去破坏五妹子婚礼的，便从资江前来接应，救起受了重伤的水牛，将其送到五妹子的彩船旁。

裘黑鞑身旁的两条乌篷船看看势头不好，立即掉头逃跑了。那几个打手尚在水中挣扎，此刻已自顾不暇，只好游向岸边仓皇逃命去了。裘黑鞑的船立即被堵在中心，他自知恶贯满盈，难逃一死，随着一阵仰天大笑，拔出匕首，自杀在乌篷船头……

第二十三章　抚台说书

1

血红的晚霞在苍茫的泾河上空落下去的时候，马伯牙手里拿着一根柳树枝，站在高高的岸边，望着曲折蜿蜒的河水发呆。在泾阳这个陕西最大的制茶中心，马家旗下的加工作坊有十几家，这种规模无论在泾阳县，还是在全陕西，都是首屈一指的。往年，在这春末夏初，几乎每天都有成群结队的骆驼或骡马从商州龙驹寨将下了船的安化茶叶送到他的作坊来。那时，身为盛泰隆的大东家，他感到最惬意的，是查看了一整天货物后，于傍晚时分，对着一轮夕阳，来到河边，折一根树枝，等待那群卸了茶筐最后一批走出作坊的骆驼或骡马，看它们怎样争先恐后急不可耐地从身边驰过，下河去饮水。骆驼似乎很有组织性，它们鱼贯而行，一个个昂首阔步，撂开粗大的四蹄，缓颠稳跑，那急而不躁的神态，大有绅士之风。最拥挤和混乱的是骡马群，尤其是那些年岁不大的公马公骡，既缺少经验又急于争先，常常互相踢咬，反阻挡了道路。每遇这种情况，他便会扬起树枝，照准那寻衅的骡或马的后臀，重重地抽打一下，喝声："还不快跑?"然后哈哈笑着，看它醒悟了似的惊跑着奔下河去。接着，他会丢了树枝，接过身后伙计递来的水烟袋，吸上几口，和赶牲口的马夫聊起一路的状况。他的精明在于，能从牲口的粪便中，辨别出是不是送的自家货；因为他给的价钱高，牲口吃的是细料。

今天，他虽然拿着树枝，却没了往日的雅兴。这次在湖南安化的收购大战中，他败给了初出茅庐的柳碧云，心中一直郁郁寡欢。回来路过洞庭湖，不知怎的，一气之下竟患上了“气蒙眼”，由于头昏眼花，差点儿跌落水中。想起这次败北，应该归咎于岳父裘十公。他本来只经营粮食，不经营茶叶。为了插手茶叶生意，出了个“垄断收购”的孬点子，结果不但所收茶叶比往年少了大半，而且还搭上了妻弟裘黑鞑的性命。马伯牙万分懊悔，望着满河滩饮水的牲口，他一声声长吁短叹，那里已没有为自己送货的牲畜了。

傍晚总是短而又短的。马伯牙回到总店的时候，店里已亮出幽幽的灯光，无事可做的伙计们早早将木板门上好，仅留下两扇活门虚掩着。他推门进去，伙计立即端来一铜盆热水，让他洗手洗脸。正在擦手，忽然一匹驮着四只茶筐的大黑骡子撞开门闯了进来。这无疑是一匹掉了队的骡子，从竹筐上的标志看，是高家德兴昌的。在茶叶加工区，这种走错门送错货的事情时有发生，如果是热心诚实的店家，一般会打发伙计牵着牲口送上门去；对于不爱管闲事又图省心的店家，也就赶出门外罢了。店里的伙计有七八个，此刻还没有散去，惊喜地围住这头牲口，品头论足，仿佛欣赏一件宝物。马伯牙愚里藏奸，阴沉着脸，伙计们的惊喜无疑是对自己的嘲弄。他伸头看了看门外，黑漆漆空无一人，即刻关了门说：“将货卸下，把骡子拉到后院杀了，今晚下酒!”伙计们全都愣住了。他们知道，大东家平日虽有些偏私，但如此伤天害理，实在令人惊异。

近来，马伯牙旗下的作坊大都处于半停产状态了，店铺冷冷清清，伙计们三心二意，有的甚至改换门庭，投入他人商号去了。他怕自己经营多年的制茶王国一旦崩溃，将愧对祖宗子孙，因此，心情愈加烦躁。马伯牙不断更换着住址，但是，不管住在泾阳哪个店里，无论白天或黑夜，他总能听到街道上叮当作响的驼铃或萧萧的骡马嘶鸣。这是他最怕听到的。每当听到，他的心灵都在发颤。那声音如尖刀，似利箭，直穿心房，刺得他血流不止，于是，他会发疯般将屋子里的所有茶具砸个粉碎。

马伯牙在二楼的房间里来回踱着步子，不时望一眼后院临时支起的锅灶闪烁着的通红的火光。后半夜，骡子肉煮好了，他从窗子上对下面的伙计说把骡子的两只眼睛挖来给他吃。他听说这是治疗气蒙眼最有效的良方。两只黑溜溜的大眼珠子在白瓷碗里盛着端上来放在桌上，他满满斟了一杯酒，正要动筷子，忽然发现那白瓷碗里盛着的东西，越看越像妻弟裘黑鞑那对大眼珠子。说来也怪，那眼珠子还一眨一眨的，不知是怪罪还是怨愤，只听裘黑鞑怒冲冲地说："姐夫，是你害了我！你还我命来……"马伯牙吓得心惊肉跳，怎敢再吃，急忙丢了筷子，一阵干呕，竟咳出血来。就这样，他再也不愿在店里住了，连夜起程，回到渭南家中。

躺在病榻上的马伯牙有气无力地目送一溜一串前来探望的家眷出了门，忽然发现他最宠爱的五姨太身子有些笨拙，过门槛险些绊倒。他疑心她是否有喜了，正要叫住她，被身旁的大婆子拉了一把。大婆子裘夫人逼走二姨太孙姨娘后，重新掌了权，将这个深宅大院治理得井井有条，唯独管不住儿子马生金。她气愤地说："你是吃了萤火虫心里明白，五妖精早就和你儿子有染了，那是怀了你儿子的孽种！"听到这话，马伯牙几乎昏厥过去。掐指一算，今年从春至夏，自己一直在外忙碌，很少回家；偶尔回来，也是来去匆匆，确实不曾在五姨太的房中歇息。情知儿子酿下大祸，裘夫人哭泣说："金儿越来越不像话了！你不在家，他和五姨太那妖精眉来眼去，如今到了明目张胆不知羞耻的地步了！真是大逆不道，太夫人丧期未过，这不是造孽吗？呜呜……他媳妇那是什么人？又强又悍，两次捉奸，将他们光溜溜堵在床上，大闹了一场，戴着重孝回娘家去了。如今倒好，五妖精扛着个大肚子出出进进，不知她是给马家生儿子呀，还是生孙子呀？为了遮丑，我请来好几个高明的先生，用了多少堕胎药，都没将那孽种打下去。现在有啥办法？我想，唯有把五妖精休弃了，给她不管在哪儿置一院房产，让她自己一个人过去，总之眼不见心不烦呗！呜呜……"

马伯牙气呼呼地就要下床，被夫人拦住，即令仆人将儿子唤来。一会儿，马生金大摇大摆来了，刚挑开帘子进门，马伯牙拧身从箱盖上操起一支水烟袋砸了过去，不偏不倚，正好砸着儿子的额头，顿时鲜血直流。裘夫人慌了，奔过去抱住儿子的头对丈夫哭喊道：“你怎敢下这样的毒手？咱女儿赛花出走了，我就剩这一个儿子，他要是有个好歹，你我就无后了……”马伯牙斥责道：“都是你将他娇惯坏了，闯下如此大祸，还要护短？”遂令儿子跪下。马生金咕咚跪倒叩头说：“爹呀！您老了，老牛还想吃嫩草呢？您不行，干不动了，我正能干哩！五姨太那么年轻，就将五姨太让给我吧！那个蛮子女人我就是不爱，你可怜可怜我吧……”马伯牙没等听完，当即背过气去。

裘十公是第二天来到女儿家的。听到仆人禀报，裘夫人似乎早有准备，急忙搀扶丈夫起身。马伯牙连忙爬起，整理衣帽，和夫人一块儿将岳丈迎接到客厅叙话。

见到父亲，裘夫人不由得落下泪来，将五姨太怎样狐媚，怎样勾引儿子，以及儿子的小家庭怎样不和述说了一遍，不等说完已泣不成声了：“父亲大人呀，您看我家出了这样的孽障，我可怎么活呀！”裘十公用黑黢黢的手指捋着白苍苍的长髯，嘿嘿笑道：“这有什么大惊小怪的，不要说脏唐汉臭，大户人家这种事……”说到此，裘十公忽然打住不说了，他想到了女儿同样不光彩的过去，便调转话头说：“你们不该娇惯了儿子！”马伯牙发狠道：“我这就将这个不肖的东西打出门去，免得给我丢脸！”裘十公反对道：“不必，不必！我就这一个外孙，还派他有大用场呢！”马伯牙不知岳父葫芦里卖的什么药，看他的眼睛白多黑少，知道正在发狠，吓得不敢吭声。这时裘夫人说话了，问：“父亲，您老人家经的世事多了，最有主见，您说，现在家里出了这么大乱子，到底怎么办呀？”裘十公放下拐杖，不动声色从腰间掏出一个小纸包，放在桌子上：“这是我特意抓来的一服打胎药，你们可以给五姨太试试。”马伯牙素知岳父的手段，抓过来放在鼻子下一闻，不禁大惊失色：“这是砒霜?!”裘十公冷笑道：“对！要治五姨太的病，除了砒霜，别无良药。我不信天下有办不到的事情！这件事用不着兴师动众，只要给她暗中服了，在你府上，外人岂能知晓，不就一了百了了？”说完这话，黑太岁裘十公的黑脸上挂着一丝傲慢的讪笑，仿佛在讥诮女婿的无能。

裘夫人接过纸包，看了看默不作声的丈夫，裘十公淡淡地对她说：“你拿下去看着办吧，我们还有要事相商。”

裘夫人下去后，裘十公站起来对女婿说：“我看你好像泄了气的猪尿泡，一蹶不振了？胜败乃兵家常事嘛！古人云：‘失之东隅，收之桑榆。’安化茶叶的失利，并非不是一件好事。”马伯牙糊涂了，茶叶上的惨败怎么会是好事？转念一想，这不过是倨傲自负的岳父在给他自己开脱罢了，只好以苦笑作答。裘十公不满地问：“你听说没有，最近山东、河南、河北以及京津一带的义和团闹腾得很凶，洋人的许多教堂、领事馆被他们一把火烧了。朝廷拿他们毫无办法。先是派兵征剿，现在又改为安抚，纵容他们去打洋人。一番事，两番做。这叫什么？这叫‘自寻其乱’——中国的大乱迫在眉睫了……”马伯牙听罢，还是如堕五里雾中，不知岳父此番话是何意图：“天下大乱与我们有何关系？”裘十公道：“亏你还是生意人呢？——大生意来了！”马伯牙问：“什么大生意……您说的是粮食吗？”裘十公一拍手道：“对了，对了！现在正是收购夏粮的大好季节，山东、陕西遭了旱灾，咱们要倾囊而出，到河南、湖北、安徽、江苏、浙江去抢购粮食。这可是现兑现呀，只要倒个手就是白花花的银子，不比你那茶叶挣钱来得快？”马伯牙这才明白过来，附和道：“哎呀，要是再使一点儿小手段，来个囤积居奇，压价不卖，那可赚老鼻子了！哈哈……”

裘十公呷了一口丫鬟新沏的热茶，将一根茶叶棒咬在牙齿尖上嚼着：“我还有一招，可将你的对手——那个还俗的小尼姑置于死地！”马伯牙一听，立时来了精神，近半年来的晦气似乎一下子烟消云散了。他亲自给岳父添上茶，梗着脖子等待下文。裘十公有板有眼道：“凡有动乱，朝廷的税收必然受阻。税收受阻，必然滥发宝钞。这东西，一级级压下来，必然落在商会头上。我看这个小尼姑和她公公一样，都是冤大头。别人不干的事，她干；别人不吃的亏，她吃。好啊！咱们要尽快提议补选陕西商会总长一职……”听到这里，马伯牙终于明白过来：“您是说，咱们做个顺水人情，让她担任了商会总长，然后，驴一样驮上行李。那时，自然有人用鞭子抽她，打她，将她的资金全部掏空，直到看着她活活累死！哈哈，这个计策妙极了！这是‘促猴子上树’，对吧……”裘十公冷笑着，正想补充两句，一着急，竟被茶水呛着了。茶水从鼻子嘴巴喷出来，喷了女婿一脸，裘十公喘了半天方说：“不，这还不够！还要在她屁股底下再烧一把火……”

2

近两日，高府上下沉浸在一片欢乐喜庆的氛围中。离家五年之久的大公子高凤阙从天津捎来书信，说他马上要回家一趟。

接到书信，最高兴的当然要数妻子柳碧云了。她是高家的掌门人，并在前不久当选陕西商会总长，但遗憾的是，丈夫高凤阙至今也没有在家人面前公开承认她作为妻子的合法身份。这次丈夫归来，不仅是一次真正意义上的夫妻团聚，更是她多年坚守的胜利。想到那个噩梦一样的新婚之夜，柳碧云的心不由得紧缩了。作为新娘，在洞房花烛夜被休弃，那是多么羞耻、多么悲惨的遭际呀！她为此用自己青春的生命抗争过，投河，削发为尼，藏身紫云山，与世隔绝，再也不愿回到这个人世上。最终，是深明大义的公公用生命将她从深山唤回的。她怎能忘却公公和婆婆到感业寺请她回家的情景呢？那天上午，远道而来的两位老人登上戒坛，苦口婆心奉劝她回家，但是，为了一纸复婚书，她竟固执地拒绝了他们，从而使那次告别成为与两位老人的永诀。现在想起来，那是多么轻率、多么幼稚的行为啊！她常常为此追悔不已。为了报答两位老人的知遇之恩，她除了决心继承他们的遗志重振家业外，还在每天寅时即起，为他们诵一遍《大悲咒》，祝愿他们的灵魂在天堂安息。

柳碧云不知丈夫是什么时候对休妻行为开始反悔的。五年来他们仅有过两次接触。一次是丈夫高中状元后的那场迎匾法会。那天，她被高贵的命妇们打昏后拖进臊气难闻的马厩，夜里他偷偷来找她，本是要警告她，不要胡言乱语，妄想他们是什么夫妻关系。马厩内遍是尿溺的湿地上，一边是令人仰慕的状元郎，一边是遭人欺侮的小尼姑，悬殊的身份没有阻遏她对丈夫的痴情，硬是用沾着马粪的嘴巴亲吻得他的小白脸满脸粪污。另一次是在上海虹桥小阁楼上的不期而遇。戊戌变法的失败，海外逃亡的颠沛流离，尤其是炸弹爆炸后的毁容，才使这位高傲的男人回心转意，承认了自己的妻子身份。啊！男人们，你们的心里能装下整个世界，为什么有时竟容不下自己的妻子……

想到此，柳碧云的眼圈湿润了。这是当年柳碧云和高凤阙结婚时的那间厦屋，经历过戊戌年的两次抄家，原有旧物已毁坏遗失殆尽了，这次重新入住，一切陈设仍按原来的样子购买布置。高府的房子虽然很多，但是，她唯独对这间屋子情有独钟。柳碧云对着西洋水银玻璃镜子仔细打扮自己，五年来的人世沧桑，五年来的风雨历程，已化为两道浅浅的鱼尾纹爬上眼角。岁月留痕，那是无须用脂粉抹去的。

木板门被轻轻敲响了两下，大管家江千里在外禀报："夫人，吴一刀师傅让我请示您，渭河大桥合龙十多天了，石板雕栏已安装完毕，请您择个吉日剪彩!"

"好，你进来吧!"柳碧云匆忙收拾掉摊在桌子上的梳妆用品，兴冲冲问，"陕西会馆呢，门头彩绘完了?"

江千里早料到东家会问及此事，一大早便去两个工地检查过了。新会馆是用三千两银子购买的本镇破产布商的祠堂。至于重新开建渭河大桥，两头的道路是用手中持有的马家银号的股份换取的。两项工程虽花了不少银两，却了却了公公生前的心愿，柳碧云反觉得心安了不少。江千里刚从工地回来，身上带着一股清新的田野气息，听到主人问他，兴致盎然道："夫人，油漆彩绘再有两天也就完工了，两项工程要是放在同一天剪彩，那可是'双喜临门'呀!"

柳碧云让大管家在桌旁坐下："我家公公在世时，一心一意要修建渭河大桥，合龙日期正好选在我和凤阙举办婚礼的那天。他老人家意趣高远，图的就是‘双喜临门’。现在，大桥完工在即，正好巧遇‘双喜临门’，这样就可以告慰他老人家的在天之灵了。只是，还有一件旧物没有讨回，你看，是不是还有点儿美中不足？”

“什么旧物？”江千里问。

“就是那块乾隆御匾。”柳碧云抬头看了看大管家。

“你是说‘第一商帮’那块御匾？”

“对！这是咱陕西商人的荣耀。”柳碧云说，“同治年间，原来的陕西会馆和高家老宅在战火中焚毁了，只抢救下那块乾隆御匾。高家三堂修复以后，再也没能力修复陕西会馆了。战乱之后，百废待举，一时又筹不上钱来，我家公公与众商家商议，将我家三堂兼作商会临时开会议事的地方，所以御匾悬挂在仪门之上。现在新会馆落成了，这块御匾应该讨回来挂上去！”

“夫人……”江千里斟酌道，“这块御匾在下听说藏在马府后院的柴房里，在下也曾去探听过他们的口气。马大牙说这是他花重金从老孟泰手里买下的，没有五万两银子看也别看一眼！”

“五万两银子?!”柳碧云怒道，“简直是讹诈！现在老孟泰死了，这事死无对证，完全由他胡说！”

江千里进言说：“我看这事若请官府出面协调，兴许是一个办法。你想想，前两天，陕西巡抚端方大老爷拿着户部摊派下来的一百万两宝钞，让您在新成立的商会内把它消化了。您二话没说，将一百万两的银票给了他，让他好向户部交差。还有，此前陕西藩司找您，说市场上流通的铜钱紧缺得很，为了新铸铜钱，要将秦丰官钱局死在库里多年的一百二十万两宝钞兑换成现银，您硬是将咱库里的银子腾空了。您给官府帮了这么大的忙，咱们的银库里已空无一文，我不信他们连这点儿忙都不帮？”

柳碧云思索了一下：“你说的很对，只怕远水解不了近渴。这样吧，你今天就到西安去一趟，请官府出面协调乾隆御匾的事。不过，衙门毕竟是衙门，衙门深似海嘛，不要抱太大希望。顺便从慕容先生那儿，给我弄十万两银票来!”

“夫人!”江千里恍悟道，“那块御匾，您真的要花钱买吗?”

柳碧云斩钉截铁道：“如果官府靠不住的话，我只好将乾隆御匾买回来!”

“夫人!”江千里喟叹道，“您，您还是考虑考虑咱们的财力吧！常言道‘有钢用在刀刃上’，下来要花钱的地方很多，都是大笔的银子啊！粮食、棉花、蚕丝、皮货收购，哪一宗不用百万两啊!”

柳碧云说：“凤阙不是要回来吗?我想，他一定是回来归还那笔贷款利息的，最少可以救救急。”

江千里还要说什么，眼眶里噙着泪水，话到嘴边却不说了。柳碧云当然不知，丈夫高凤阙这次回渭南，正是要与陕西哥老会首领江千里联络筹集一笔武装暴动经费。陕西哥老会是孙中山兴中会领导下的秘密武装组织，是武装反清最有力的支持者和参与者。眼下，江千里以高府总管的身份隐蔽下来，暗中领导着整个西北地区的反清斗争。他看了看聪明而固执的主人，咬咬牙，恭敬地退了出去。

3

柳碧云赤裸裸地躺在床上，一个黑衣人突然闯进屋子。他一言不发，一把甩掉长袍，飞快趴到柳碧云光洁的玉体上，不管三七二十一就要行事。柳碧云扳开他的头颅，一看不是高凤阙，是一个戴着面具的陌生男人，她拼命反抗着，猛地大叫一声——惊醒了，原来是一场梦。

黑漆漆的窗外雨声淅沥，梦醒后的柳碧云吓得出了一身冷汗。外屋传来丫鬟小花、小草熟睡的微鼾，她只觉一阵阵心惊肉跳，不由得为自己的思夫之情羞得满脸发烧。

一连三天柳碧云都在等待丈夫，但始终不见他如期归来。满怀热情的女东家不禁胡思乱想：丈夫或是过黄河溺水而亡了？或是被少华山土匪头目马霸朝劫持了？总之是遭遇不测罹受磨难确实难以回家了。

正在心烦意乱，花格子窗外忽然传来丈夫高凤阙那浑厚而带有磁性的声音："云儿，开门吧！我是凤阙。"

柳碧云欣喜若狂，急忙披衣下床，奔向外屋。她一边开门一边叫醒丫鬟："快去打热水来，相公回来了！"

身材高大的高凤阙带着雨夜的寒气和冰冷的雨点子站到了妻子面前。柳碧云接过雨伞，赶紧为他脱下淋湿了的长袍。丫鬟将外屋的清油灯点着了，她们揉着睡意蒙眬的眼睛，打着哈欠，抬头打量这位被家人描述成世界上数一数二的美男子时，不禁愕然了。戴着墨镜的大公子在摘下礼帽的瞬间，他的手臂、他的脸和脖子上那明显不过的烧伤疤痕露了出来。虽然油灯的光线有些昏暗，但那疤痕的严重程度已足够令人触目惊心的了。他留着西洋文明头，仿佛唯有这浓黑茂密的头发可以证明他昔日的风采。听到妻子令丫鬟去打热水，早已树立了平等意识的革命者立即制止道："不用打热水了！我在客栈洗过澡了，只要有干毛巾就行。"转身对丫鬟说："你们到上房去睡吧！"

愣怔的丫鬟还没有从惊愕中回过神来，女主人听到丈夫的吩咐，遂说："那好，不用打热水了。你们去吧！"

两个丫鬟解脱似的低头出去了，像两只快步奔出樊笼的鸡仔。屋子里安静下来，柳碧云轻轻划上门闩，温柔地递上毛巾："你把墨镜摘下来吧！"

高凤阙似乎不习惯在人面前露出自己可怕的面孔，他转过身擦了把脸，又将墨镜戴上："还是戴上的好，我已经习惯了。"

高凤阙抱歉地笑了笑，又迅疾收敛了笑容，速度之快，令人惊异，以致直眼相望的妻子怀疑他是否笑过。

"在我面前还有什么不便的，我是你的妻子。"她说。

高凤阙垂头丧气地在床边坐下，接着摘掉了墨镜。面貌丑陋且狰狞可怕的革命者只是声声叹息。原来，按上级指示，他已和西北地区反清斗争领导人江千里见过面了。他们在日本留学时就是一对好朋友，用不着遮遮掩掩。

从江千里那里，他知道了妻子不遗余力维护腐朽政权的种种行为，简直气愤极了。他们的人生目的大不相同，如冰炭一样不能相容。本欲和她断绝关系，永远不再回家，但这个决定受到了江千里的批评。江千里让他在家稍候两天，然后将款子给他，这样，他才勉强答应回家一趟。

看到丈夫一脸的不高兴，柳碧云有些莫名其妙，嗫嚅着问："你怎么了，是受凉了吧？"说着，便要伸手到丈夫的头上去摸。

高凤阙愠怒地拨开她的胳膊站了起来："你干的好事！为何要接受陕西巡抚的一百万两宝钞？为何要接受藩司的一百二十万两死钱？就为了那个'商会总长'的虚名吗？就为了那个'三品诰命淑人'的头衔吗？还有……"

柳碧云被这劈头盖脸的风暴打蒙了，一时竟无言以对，她哭泣道："我这样做，完全是为了咱高家啊……三叔这样责备我，没想到你也这样怨恨我……我还怎么活呀……"

"好啊！"高凤阙愤愤道，"既然你认为我怨恨你，我回来还有什么意义？你好自为之，我走了！"说着，就去衣帽架上拿衣服。

柳碧云拦住他，流着泪道："我错了还不行吗？咱们还有其他收入，你的工厂不是还要交利银吗？"

高凤阙愣住了："什么？原来你等着我回来给你交利银……你呀，你呀！我当时要从汇丰银行借款，你硬把咱家的银子塞给我。我说，我的厂子是……是孙先生的兵工厂，只……只赔不赚的——没想到你……你还指望利银呢，早点儿死了这份心吧，我还等着钱用呢……"

柳碧云傻眼了："原来你们不守商业道德，是一群……无赖！"

"啊，你竟敢中伤我们?!"高凤阙急了，"我们是革命者，是抛头颅洒热血、连家庭都可以不要的革命者，还要什么小小的利银？哈哈，可笑！"

柳碧云惊诧了："什么，你们连家庭都不要？"

高凤阙气昂昂道："对，不要家庭！"

柳碧云将撑开的雨伞合上递给他："好，不要家庭的人，请你出去吧！"

高凤阙接过雨伞，取下衣物，正要离去，柳碧云忽然扑上去抱住他："对不起！相公，我们不要谈论这些大事好不好？我们只说说咱的小家庭行吗……我是女人，我想要个孩子……”

高凤阙十分懊丧，轻蔑地看着她：“你等我回来，就是为了和你上床……”说着，推开妻子，正要转身出门，板门忽然敲响了。柳碧云抹掉眼泪，急忙将门打开。丫鬟小花、小草用托盘端着两碗热气腾腾的元宵进来了，将碗匙放在桌上，一边说：“这是大总管吩咐送来的，请老爷奶奶趁热吃了吧！”

望着两只碗里晶光溜圆的元宵，高凤阙不吭声了。盘子里的汤匙，一只放在碗里，一只放在碗外，他知道，这是上级用暗语下达的命令，要他必须留在家与妻子同房，否则，将有暴露组织的危险。于是，他无可奈何地放下雨伞和衣物，坐下来默默吃了一个元宵，然后上床和衣睡了。

柳碧云吹熄灯，摸索着脱掉衣服，上床拉被子给两人盖上。窗外的雨似乎停了，她悄悄拉掉丈夫的衣裤，好大一会儿，又小心翼翼地用两只浑圆的富有弹性的奶子在丈夫的光身上蹭着，但是没有得到僵尸一样的男人的任何响应。其实，高凤阙何尝不想与妻子亲热一番呢？年轻夫妻男欢女爱，这是人之常情。但是他不能。目前，腐朽没落的封建朝廷对反清势力的搜查十分严密，只要抓住，就被处以极刑，他随时可能牺牲性命，因此，他不想给妻子留下任何牵挂。一会儿，他便故意发出均匀的鼾声，见此情形，柳碧云终于放弃努力了。

第二天早上，当柳碧云醒来时，身旁已空无一人。她慌忙披衣起身。桌子上的盘子下压着一张字条，她急匆匆拿在手中来看，上面写的是：“对不起，我走了。”

4

渭河大桥和陕西会馆落成剪彩的这天，陕西巡抚端方率领着下属藩台、臬台、学台、道台、西安府台、同州府台、渭南县台等一大批地方官员早早赶来祝贺，他们昨晚下榻在渭南县衙，今天自然捷足先登，各种蓝的、红的、绿的轿子将千乘镇的高家门前塞了个水泄不通。如此一来，那些晚到的各行业商会、帮会、行会以及学会、寺院、道观的头面人物们的轿子或马匹，只好另寻地方落脚了。来到高府，只见里里外外布置一新，大门口，柳碧云穿着三品诰命淑人朝服，三叔高敬寅穿着四品道员朝服，两人站在大门口的台阶上迎接来客。大管家江千里胳膊因伤用绷带在胸前吊着，仍满脸含笑忙碌地招呼客人到不同的客厅就座休息。

所有来宾中，职位最高的要数二品大员陕西巡抚端方了。端方是个不苟言笑的实在人，今天能将各衙署的头头脑脑一鞭子全都吆来捧场，只因欠着柳碧云的两笔人情。一是柳碧云接受了他塞给的一百万两毫无用处的大清宝钞，加之藩司官钱局的一百二十万两宝钞，总共二百二十万两，全压在柳碧云手上，至今一两也没摊派下去。这种东西，是户部衙门强加到各省头上的，无法进入流通，又不予以回购，只能死在手里，等于是朝廷明火执仗打劫地方。二是他没能说服马伯牙交出乾隆御匾。这个老东西是死顽固，一口咬定他曾花了五万两银子，还说他将许多生意让给了柳碧云，实在不能再吃亏了。

端方大老爷一进门就连连向柳碧云道歉，反闹得好像柳碧云欠了他的人情。抚台大人是个急性子，在客厅刚刚坐定，不待端上茶杯，当着一大群下属官员的面，即令随行的师爷拿出个长方形蓝布口袋，让柳碧云猜猜看，里面是什么东西。穿着蓝缎团龙蟒袍的柳碧云偷眼看了看左右的官员，厅堂里一片哄笑。有人用手向她比画弹三弦，有人用手比画敲扁鼓。她一下子蒙了，难道官居二品的端大老爷今天要说鼓书？这怎么能行，还不折煞人也！柳碧云脸涨红了，头上镶着红蓝宝石的镂花金座几乎滑脱下来，她急忙扶了一把，又用白皙的手臂掩着笑口。她不敢直说，大庭广众面前，那样不是羞辱抚台大人吗？待师爷将布袋打开，果真是一把三弦，一只扁鼓，一副牙板。柳碧云惊诧了：“大人，您这是……”端方摸了摸唇边的短髭，笑道：“今天你这里来了几十位商总，他们都是腰缠万贯的大商家啊，要将宝钞分配下去，本官做一回说书人，用鼓书将这大清宝钞的来龙去脉述说一遍，不信他们不给面子！”柳碧云感动了，眼圈一红：“大人，不必了！要是无人认购，贱妾愿意将它永远拿着。为君分忧，此时不为，更待何时……”

商会的新会馆坐落在马伯牙府邸的后面，由于是祠堂改建，占地不是很大。前些年，九龙马家扩建宅院时，硬是将后墙向外放出，占据了街道的一半。

这是一座高大精致的长方形影壁，墙壁很厚。下面条石台基，上砌水磨青砖，壁面镶嵌着镂空砖雕百鸟朝凤图案，四角蝙蝠环护，四边卷草连纹，顶上覆以筒瓦，做成庑殿式样，正脊两端两个鸱尾高翘，整个影壁看上去既庄重又典雅。多少年来，镇子上的人都感到奇怪，影墙不过是遮挡路人的视线罢了，屏风也就一木板而已。这个影壁如此之厚，简直像一具棺材。

客人们齐集到会馆外面，黑压压围拢在影壁的月台前，大约有四五百人，一个个翘首而立，满心欢喜地等待巡抚大人和商会总长的出现。剪彩仪式由商会副总长兼木业商会总长田小欢主持。这位平素不修边幅的男子，今天收拾得格外整齐。他圆头圆脑，笑盈盈站上月台，对大家宣布道：“诸位来宾，今天咱们的剪彩仪式开始前，先请陕西巡抚端大人为大家说一段京韵大鼓，内容是大清宝钞怎么诞生的。目的很简单，二百多万两宝钞在新任商会柳总长这里放着，希望各位商总听过之后，能够踊跃认购。大家都是财力雄厚的大商家，不要为宝钞的事让巡抚大人和商会总长为难。”

台下窃窃私语声中，巡抚端方带着师爷已走向前台。大家报以热烈的掌声。只见他向大家一抱拳，什么话也没说，支好鼓架，师爷在凳子上坐了，嘭嘭弹起三弦。一段过门之后，端方按节奏敲了几下扁鼓，手中牙板响时，开口用饱满的京腔京韵唱道：

咸丰皇帝坐龙廷，文武大臣拜圣明。山呼万岁垂手立，吾皇金口询国情。（白）自朕践祚大统，南方“长毛”祸乱，北方水旱频仍；外有列强环伺，日夜妄图犯境。这内忧外患怎么都加于朕一人之身无始无终哪？现在朝廷财力虚空，捉襟见肘，眼看各位爱卿的俸禄就要暂停，这还怎么购买洋枪洋炮恢复河山一统哪？（哭唱）圣皇在龙床动了真情，金阶下一片唏嘘声。全朝上下皆悲戚，哭一声可怜我大清！这时站出来一个人，他是工部兼户部尚书肃顺王大臣。肃顺开口来奏本，说可发行宝钞筹资金。海外将这叫国债，咱们可亦步亦趋学洋人。只要开动印钞机，万千银钱来滚滚。群臣一听高了兴，都说这个主意能救大清国基稳。抬头再看我圣皇，龙睛凤目在沉吟。忽然一手拍龙案，怒斥肃顺是佞臣：朕爱民如子思日夜，怎能陷朕不仁不义做昏君。将肃顺给我推出去，斩首示众在宫门。群臣跪下来求情，皇上他金口玉言恩情深。此事莫要再提起，此事不可再议论……

端方是举人出身，琴棋书画无一不精，他最喜爱的是流传于河北、京津和东北一带的大鼓书，不但能编能弹，还能登台演唱，是京城著名的金乐班的后台和教习。今天，他先将宝钞这种纸币怎样被咸丰皇帝否定的情形演说了一遍，接着，说到咸丰三年（1853），洪秀全领导的太平天国起义席卷了江南大部，捻军、小刀会、红巾军，广西云南一带的苗、回、彝等少数民族也相继起义；英、法等列强蠢蠢欲动，不断进犯我沿海重要港口，第二次鸦片战争一触即发。咸丰皇帝日夜焦虑，直至累得咯血，昏倒在龙床上，这才勉强同意试发行大清宝钞。端方演说到这里，忧国忧君之情油然而生，不觉声泪俱下，泣不成声，台上台下哀痛的哭声连成了一片……

唱词已尽，琴弦依旧，动人心魄。人们为大清的国运不昌而痛哭，人们为自己生在这垂垂末世而痛哭。主持人田小欢擦了擦眼泪说：“国家兴亡，匹夫有责！既然商会柳总长将宝钞认领下来了，本人虽财力绵薄，但为了国家，为了皇上，愿意认购——五万两！”

看有人开了头，站在台上的巡抚和商总稍稍松了口气，脸上露出喜悦之色。巡抚的一番苦心总算没有落空。端方用期待的目光向台下望去，不少人都低了头，生怕被巡抚点名。这时，站在人群后面的粮行商总裘十公不知和别人争执什么，只见他面红耳赤，将手中的拐杖不住地在地面上戳着。端方大声问他："裘老前辈，您有什么高见，到台上来说嘛！"裘十公气鼓鼓地说："他田小欢是副商总，拔根汗毛比我们腿粗，认购那么点儿，那是寒碜人！"田小欢说："我要是认购十万，你呢？"裘十公举起拐杖："我只认购我的这根拐杖！"台下一片哄笑，有责怪的，有取笑的，就是没人自告奋勇。端方正想点名，忽然从街口传来一阵鞭炮声。硝烟散去，只见马伯牙率领家人，抬着披了红绸的乾隆御匾，献匾来了。巡抚一看高了兴，道："啊呀，马商总必定是深明大义之人啊！"

其实，马伯牙今日交出御匾，并非出于自愿，而是因为少华山匪首马霸朝比武输给江千里的结果。原来，马霸朝上山后，少华山土匪发生了内讧。矮脚虎因不满马霸朝的专横跋扈，偷偷将一笔钱财封存起来，带着母亲和一帮弟兄下了山。他们无处安身，来找做了高府总管的江千里。柳碧云知道后，并不计较他砍掉公公一条胳膊的仇隙，给他在西安开了一家镖局，为商家护送财物，生意很是不错。考虑到矮脚虎的母亲李银铃对公公有恩，柳碧云将她留下，又将韩妈妈接来，两个老人住在一起，亲姊妹一般。近日，马霸朝听说矮脚虎临走藏了一批银两，满山搜寻，结果在马踏泉山洞里发现了。数量不小，足足有三千两银子。马霸朝带来的人员很杂，新老之间发生了斗殴。于是他心生一计，要将这笔银子存入马家银号，想日后好有个接济。他给马伯牙捎了封信，让他亲自上山接收。这事早有藏在马府的内线向江千里通了消息，他不禁大吃一惊，心想：回陕筹钱的高凤阙在潼关县城正等着这笔钱呢，反被马霸朝得了，这怎么能行？当初，江千里下山时，矮脚虎手里有两千两银子，大部分是高家所交老爷子的赎金；江千里下山时，又将一千两哥老会的经费留了下来。现在，绝不能落在马霸朝手里。江千里风风火火上了山，正与马霸朝理论，谁知马伯牙也跟脚来了。马伯牙见到江千里，并不感到惊讶，他早就听说这位大总管的身份了。他嘿嘿笑道：“我还等你送上五万两银子，没想到你到这儿讨银子来了！”江千里说：“五万两太少了吧！要是商总们知道乾隆御匾在你手上而不交还，你的名声难道不值五万两？”马伯牙不吭声了。马霸朝是粗人，不耐烦地说：“五万两也罢，三千两也罢，捆成一疙瘩，咱俩比拳脚，谁赢了是谁的！”比武在潜龙寺大殿外的空地上拉开场子。马霸朝压根没把对手放在眼里，看江千里像个文弱书生，个子不高，身体消瘦，吃不住他几拳就会趴下。殊不知，这位不动声色的归国书生，本是陕西红拳大师“鹞子高三”的弟子，从小练就一身钢筋铁骨，腿功甚是厉害，有“神腿”之誉。所谓：“手是两扇门，全凭脚打人。”他谨奉师命，为了救国救民，东渡扶桑求学，曾担任中山先生的警卫。在日本，他又将柔道和相扑融入红拳，刚柔相济，出神入化。他回到陕西，是受了中山先生的委托，暗中组织武装力量来了。在少华山，他将原有弟兄全都发展为哥老会会员。后来，马霸朝也上了山，为保存实力，他只好将骨干带下山隐蔽起来，以便联络陕西各地会众，筹集钱款，为武装暴动做准备。

江千里精神抖擞，做了个双手关门立在当庭。他没有率先出手，暂先让过几招。马霸朝看对方只是躲闪，以为胆怯，一下子来了胆子，大展拳脚，往前猛踢猛打。奇怪的是，他眼睁睁向对手的软肋一脚踢去，谁知却踢空了，对方一个闪身，反将自己甩出圈外。人们嘿嘿笑着，说他输了，马霸朝哪里肯服，跳回来猛地向对手扑去。这回江千里出手了，只脚下一绊，将把总老爷脆生生跌了个狗吃屎。马霸朝恼羞成怒，爬起来哇哇叫着，紫黑的面庞沾着不少沙土，像个大花脸，那副虬髯抖动着，睁眼看着对方，不敢轻易动手。他知道遇到高手了，不能莽撞贸然。就在他愣神之际，江千里双手在他眼前一晃，马霸朝正要接招，只见江千里飞起一脚，正中把总的腮帮子。转身又是一脚，踢在把总的后脑勺上，马霸朝哎呀一声，趴在了白灰线外，一时难以起身。江千里急忙过去，将他搀扶起来，口中连连说：“失礼，失礼！”

接下来，江千里带人马搬运银子的路途并不顺利。走到山腰，马霸朝忽然向他后背开了一枪，多亏他躲闪及时，子弹只射中了右臂。

看到马伯牙送来乾隆御匾，众商总齐声喝彩起来。早有一帮商家，赶紧到后面井房将辘轳上的牛皮绳卸下，当即出来挂匾。柳碧云看了看身旁的巡抚，两人都十分高兴。对于柳碧云来说，早就盼望完璧归赵了，现在意外得到御匾，自然喜出望外。端方随即下令道："先挂匾吧，随后再来认购。"

御匾很重，被牛皮绳在上面吊着，绳子的一头从檐前的大槐树枝杈上掏出去，被众人拽着。为了一齐用力，又将绳头从影壁的正脊上甩出去，这样，下面的人在梯子上推举着，外面的人拉着绳索。刚刚将御匾升到门额上固定好，牛皮绳忽然将正脊上的一只鸱吻碰落下来跌在地上摔碎了。人们正在为精美的鸱吻惋惜，梯子上的工匠爬上墙头看怎么才能修补。接着就是那人的一声惊叫："哎呀，不得了！这影壁里怎么全是银子？"

这一声惊叫非同小可，周围的人几乎都听到了。有年轻力壮的急忙夺了梯子，往墙头攀爬；有的则上了槐树，更有搭了人梯扒上墙的。端方看人们乱糟糟急于哄抢这意外的财宝，赶忙宣布道："大家都回去！今天发现的这些银子，是大清国国运昌盛的吉兆啊！感谢老天有眼，这银子，应该上缴国库……"

巡抚端方正在感激涕零，谁知下面早炸了锅，一个个争先恐后，只管向影壁拥来。个子高大的裘十公本来站在人群后面，这时推倒了前面好几个人，挤到影壁下。他忽然从手杖里拔出一把尖刀，在墙壁的花砖上寻找缝隙。一会儿，他撬下一块花砖，银元宝骨碌碌滚落出来，他撩起衣襟，拾了几锭就往外走。马伯牙一看着急了，命令他的家人赶快拿工具来挖墙。尽管端方和柳碧云一再制止，早被汹涌的人群挤到了墙角。不一会儿，砖墙便倒塌了，有人被掉落的砖块砸中，有人被压在了下面。裘十公是第二次带着女婿家的仆人来抢夺银元宝时被砸断一条腿的。他当时并不知痛，是在回家的路上栽倒了……

第二十四章　兵不厌诈

1

二婶胡夫人一走进高府大门，便吊丧般痛哭起来。大门外，韩铁锤和仆人们忙着从马车上往下卸行李，二婶由白牡丹搀扶着，一步步走向内院。经过仪门时，二婶忽然一头撞向高高的须弥石础，头上磕出血来，当即昏厥在地。

闻听远道而归的二婶要寻短见，高府的人顿时慌了手脚。最早赶来的丫鬟仆人老妈子们，有的慌忙救人，有的去寻医找药，有的赶紧禀报主人。须臾，大媳妇柳碧云、大管家江千里、三叔高敬寅以及韩妈妈李妈妈都来了。众人七手八脚将二婶抬到知更堂客厅，有人早备下一张竹床，二婶被安置在上面，几个老妈子喝开人群，为她针刺救治。

二婶是两个月前由韩铁锤、白牡丹和几名丫鬟仆人陪同着，千里迢迢到甘肃戈壁滩一道泉去寻找二叔的。虽早在上海就发信联系，但一直没有回音，于是，二婶才下决心冒险走一趟的。

二婶头上裹着绷带，面容憔悴，双目紧闭，灰白的嘴唇满是燎泡，长途跋涉使她消瘦多了，一副疲惫不堪的样子。她没有穿富家贵妇的绫罗绸缎，仅一身普通妇道人家的蓝灰布衫，一双穿着细布白袜的小脚在鞋口里肿得老高，这一趟肯定吃苦不少。看到二婶这个样子，风尘仆仆的陪同人员都没敢离去，静静地守候在一旁，等她苏醒。

扎在二婶人中上的纳鞋底子头号大针拔掉后，只见她长嘘一声清醒过来，哭诉道："我的命怎这么苦哇？他二叔那老鬼，横竖不肯回来。他整天坐在门口的沙梁上拉着板胡，唱着秦腔，说一道泉这地方挺好的呀！有买买提陪着，养的有羊，种的有菜，十天半月还有人从这儿路过。要是离开了，这些东西丢给谁呀？逼得紧了，他说，等他啥时候发了大财就回家。我说，在这鬼地方，恐怕到死也挣不下几两银子，还想发大财呢……"

二婶的人中仍渗着黑血，脸上因抢救时手重了点儿，被掐得青一块紫一块的，世故的老妈子说这是患了急热症，让丫鬟到后院撅些薄荷叶子和金银花给二婶冲水喝。这时，韩铁锤从墙角一堆行李中拽出一个布口袋解开，倒出几个歪歪扭扭的绿花皮南瓜："这是二叔让捎回来送给大家的。是他和买买提种的，下了雪要吃一冬。别看长相不好，越歪越甜哩……"

看到南瓜，二婶那张仿佛挨了打的花脸上溢出一层苦笑："你二叔那傻老汉真是傻透了，还让把这南瓜捎到上海，让大姑娘和洋女婿尝鲜哩！真是'自家的娃娃不知丑'……"接着，擦了擦眼泪对柳碧云说，"大姐娃，我路上已经思量好了，孤身一人还是回上海好，免得在这里让你们操心。这样吧，知儿堂那院房子，你看着合几个钱，我这把老骨头，怕是一走永远也回不来了……"

二婶说着，又在哀哀垂泪。这时，泥菩萨一样默默坐在太师椅上的三叔开口了："你净想好事哩，做梦去吧，大姐娃手里一两银子也没了！"花脸的二婶一脸茫然："从四川带回来那么多银子，才几天，怎会就光了？"三叔冷眼看了看众人，韩铁锤和韩妈妈等人立即知趣地离开了，于是，三叔将柳碧云怎样买下别人家祠堂做陕西会馆，怎样用银号的马家股份换了渭河大桥两头的地皮，怎样将一百二十万两银票送给藩司，又怎样将一百万两库银全部给了巡抚端方，"她是屎壳郎跌进尿缸里，把受罪还当漂洋过海哩！"

二婶一听又哭泣起来："大姐娃呀！你就是个石头心，也该可怜可怜你二叔呀，把这些钱拿出个零头给他，他还会待在那鬼地方吗？我一辈子守活寡，何时才是尽头啊……”

柳碧云的脸在发烧，仿佛被烙铁烙着。二婶的话多么令人难为情啊！自从在高家掌权以来，为了生意，她放开手脚在外面猛冲猛打，什么样的风浪没有经过，什么样的人没有见过？今天，面对苦苦哀求的二婶，她的心乱了。是自己错了吗？是自己看重那个三品诰命淑人的头衔吗？不，她不是那种斤斤计较个人得失的人，她想的是大清国。目前，内忧外患，国将不国，凡是有良知的人怎能不为之忧心如焚啊！高家从祖上就是陕西商帮的领袖，一言一行一直被商界奉作楷模。如果都像马伯牙和裘十公那样处心积虑损人利己，作为商人还有什么气节？这回，自己就是小觑他们那种卑鄙龌龊的行为才反其道而行之。至于高家今后的生意，只要自己当着这个家，办法总会有的。想到这里，柳碧云扑通跪在二婶脚下，哭着说：“二婶，你不要走好不好？忙完这阵子，我亲自到一道泉去，将二叔接回来，行吗？”

不等二婶开口，三叔一声冷笑，几乎将茶水从嘴里喷出来：“等……等你去一道泉，猴……年马月吧，还是别许这个空愿好！”

柳碧云被激怒了：“三叔，这有什么难的？请你将这个家管起来，我明天就出发！”

高敬寅急忙摆手道：“哎，哎，你想扔下这个烂摊子让别人擦屁股呀？”他放下茶杯，将脸一沉：“前两天凤池回来了一趟，要在潼关开一家当铺，正缺钱哩！我就这么一个儿子，不能看着他流浪不管。你赶快给我弄十万两银子，两天后给我！”

对高凤池回家的事，柳碧云已经听说了。其实，这是裘十公为乞讨度日的高凤池出的计谋，让他以开当铺的名义，说服父亲向管家婆柳碧云要银子，给了一次，再要二次；如果不给，就有了分家的口实。柳碧云对他的动机虽不甚了了，但按照惯例，各类业务应该纳入高家的统一管理体系，而且高家在潼关已有三家当铺，现在突然提出要自己开，她当然不能同意：“三叔，咱们在潼关有当铺，二弟还要再开，这不合适吧！”

“怎不合适？”高敬寅不耐烦了，“你将那么多银子一抬手就打了水漂，你二弟要自己干，就那么一点儿银子，你作为长嫂，应该支持帮扶才对。你这样扛住不给，你说，高家的合伙生意还合得下去？干脆，将我四川的股份给我，我回四川呀！”

高敬寅一边说着，一边用目光睃着胡夫人，想得到她的支持。胡夫人知道二公子是个败家精，给钱再多也不够他折腾的，闭着眼没理会。高敬寅丢了脸，吵声更大了。

高敬寅正在吵嚷，仆人在门外禀报道：“四品道员、盛泰隆大东家马伯牙在外求见！”接着递上了烫金的名帖。高敬寅问：“他来干什么？”仆人回：“他说特来认购二十万两宝钞。”高敬寅几乎不相信自己的耳朵，这个仇家今天变及时雨了？他看了看一旁默不作声的柳碧云和江千里，道：“快快有请马家大老爷！”

听说马家掌门人要来，胡夫人慌忙让江千里将竹床移到中堂隔墙的后面。她的心怦怦乱跳，暗想如果马伯牙真的送来二十万两银票，她卖房的事就有着落了。

柳碧云和三叔在客厅门外接待久不登门的稀客，马伯牙和高敬寅都是商界耆老，多年不见，免不了寒暄一番。马伯牙老相多了，虽六十五六的年纪，头发和胡须皆已花白。他矮矮胖胖的，腆着圆滚滚的肚皮，短胳膊短腿，虽行动尚且轻巧，但那短小的四肢每一个动作总因不够到位而颇为滑稽。他穿一身肥大的石青色苏缎提花长袍，秃了顶的圆脑袋上戴着一顶玄缎小帽，让人担心随时会掉下来被踩着。马氏家族的鹰钩鼻子在他是最为气派的，鼻隆如弓，鼻梁油亮亮闪着瓷光。他的眼睛细小而晶亮，一瞥一睥，皆透射着精明和强悍，在生意方面是从来不会看走眼的。他的长方形马脸因多皱而愈显苍老，松弛下垂的腮肉像是挂着一层风干了的蛇蜕。马伯牙黑黢黢的脸上从一进门就堆满笑意，将两颗大门牙白花花地露在外面，那样子十分古怪。

三叔与马伯牙在八仙桌两旁分宾主坐定，柳碧云和江千里坐在侧位作陪。丫鬟献茶已毕，马伯牙装得文绉绉的，咬文嚼字道：“鄙人在会馆落成那天，忙于礼献乾隆御匾，因此没顾上认购宝钞，不知这宝钞派销完了没有？贵府做了表率，这种以国家社稷为念的精神可钦可敬。今天马某也想认购一点儿，不知道可还有否？”

三叔巴不得有人前来认购，恨不得给来人磕头，急忙奉承说：“马道员是著名的富商大户，有老佛爷的体己钱做后盾，这次可要多认购一些了！”

马伯牙夹睐着细小的老鼠眼，从高家三爷的口里听到了希望，急忙伸出两根指头：“二十万两……”

高敬寅惊异地看了看大侄媳，心想这个数字真不少呢！柳碧云会意地点了点头，三叔拉着马伯牙的手感激道：“好吧！你算是第一个摊销宝钞的商家，难得啊！”接着骂道，“那个木业商总田小欢，简直是他妈的骗子！说认购十万两，可会后就兔子一样逃脱了。口是心非，人心不古呀！还是我们这些老家伙实在！”

马伯牙点着头，从衣襟内掏出一张叠得四棱见线的蚕黄色绵纸银票交给高敬寅，高敬寅打开来看了看，关防、银两数目、印鉴、编号、密字、时日均准确无误，然后交到柳碧云手上。柳碧云验过银票，随之让三叔拿着，说声“稍等”，和大管家从后门出去，到账房承兑宝钞去了。

高敬寅唯恐马伯牙失悔，都知道这宝钞是“死钞”“烂钞”，压在手上毫无用处，谁拿谁倒霉。今天，马伯牙如此大度，不计前嫌，他真有点儿感激涕零了。马伯牙能送来银票，前嫌自然冰释，于是，将柳碧云的不是细细数落了一遍。马伯牙听后，正中下怀，遂说：“三哥，如果这些宝钞实在摊派不出去，可否让给小弟。不过，我不能照原价给你。你想想，你们在官府那里得了多少好处，人家对你们高接高送，两块铁烧红打在一起，这不就是‘官商’了吗？往后谁吃了豹子胆敢和你们碰啊？我可就沾不上这个光喽，所以要打折扣。咱们商量个比率怎样？反正在你手里也是白占着银子！”

高敬寅大瞪着双眼，丈二和尚摸不着头脑，他不知这个精明的老对手葫芦里究竟卖的是什么药。其实，马伯牙要做的是一笔大生意。几个月前，马家四爷、两江按察使马季周已请好假回家丁母忧，忽然长江和淞沪一带海防吃紧，英法的炮舰不断在沿海沿江袭扰，于是又留任不走了。一天，已经失势的许正义来找他，说有一桩秘密的生意可做。许正义告诉他朝廷在内地发行了大宗的数以亿计的宝钞，如果以半价将这些无用的东西收购起来，然后可在汇丰银行以八折或全价兑换成银钱。这些东西只要到了英国人手中，朝廷不得不认账，而且还要加上利息。这样，就从经济上扼住了朝廷，至少令它言听计从。最近，英法的炮舰从东南沿海移师天津，南方的形势不再紧张，马季周终于准假回家了。他一回家，便撺掇长兄马伯牙，让他从近在咫尺的高府手中，将陕西的宝钞全部抓过来。事成了，这可是对半的利润呀！

高敬寅翻来覆去也想不明白马伯牙要这些宝钞有何用途，总之，这些东西在自己手里千年万年都是累赘，倒不如折价卖给马伯牙。

高敬寅与马伯牙仍在讨价还价，两个生意场上的能手谁也不肯让步。心理价格的差距在逐步缩小，渐渐接近到六折，这时，柳碧云和江千里带着二十万两宝钞正好走进客厅后门。坐在竹床上的二婶连忙向他们摆手，生怕搅扰了客厅里几近成交的谈判。柳碧云听了听，三叔的出价是六折，马伯牙咬死到五折五，为此，双方已不顾情面大声吵嚷了。柳碧云小声问管家：“他们谈的是什么呀？”江千里附在东家耳边，道出了他所了解的马季周此番回家的另一个目的。柳碧云一听就火了：“洋人要灭我大清朝，没想到他们竟敢助纣为虐！”花脸的二婶正要拦挡，柳碧云已甩开她，庄严地走进客厅。

柳碧云肃然地出现在客厅里，已达成价格协议的三叔和马伯牙皆喜出望外。三叔正要告诉她变卖所有宝钞的喜讯，只见柳碧云从桌上拿起那张银票，对马伯牙说：“马老前辈，对不起！你要认购的二十万两宝钞，我不能给你……”

2

柳碧云将二百二十万两宝钞打成一个包袱，由丫鬟小花背着；虽然这种东西毫无用处，其名声在民间臭不可闻，但她还是让丫鬟小草寸步不离紧紧跟在后面看护着，另有韩铁锤作为保镖。他们一行四人，乘马拉轿车急急赶往西安。身在西安的银号大掌柜慕容先生捎话说，秦丰官钱局得了咱家的银子后，已购买了铜锭，铸造出市场紧缺的铜钱“光绪通宝”，今天下午在钟楼向各家银号发行。官钱局总监是臬司的刑名师爷杜秉正提拔上去的，高家老爷子对他有恩，他答应帮忙，这是向银号掌柜们摊销宝钞的绝佳机会，千万不要错过。

马拉轿车在渭河南岸通往西安的官道上颠簸着。正是麦收季节，太阳火辣辣地闪耀着光刺，四下望去，无论南面的台塬地带，还是渭河岸边大块大块的农田里，到处一片空旷和荒芜，寂寥的大地上连一个人影也没有。从去年冬季到现在，老天没降下一滴雨水，路边的榆树槐树都枯死了。扑面而来的带着沙尘的热风吹得人喘不过气来，大地像着了火，轿车席篷下四个人的前胸后背都被汗水湿透了。天空没见一只鸟雀飞过，有饿死的乌鸦在路边散发着腐烂的臭气，倒是便宜了那些绿头的苍蝇，将自己的后代无休止地繁殖在那些死尸身上，白花花的蛹蛆是这灾年里最寻常的花朵。

从秦岭谷口向北注入渭河的溪流很多，大多已经干涸，炙热的阳光下，裸露的河床如僵死的龙蛇，死巴巴十分难看，只有遥远的一抹蓝色山影隐隐吐露着一点儿生气。桥梁早在同治年间的战乱中便毁坏殆尽了，二三十年来从未修复，那原有的桥墩仅剩下一堆堆荒草和乱石，依稀追忆着昔日盛世的残梦。铁毂木轮马车不时要下河滩涉水而过，好在蚯蚓般的浅浅细流不再是什么阻隔，这应该是灾荒带给这个世界唯一的好处了。轿车绕过了几条河床，发现有工匠顶着烈日在原来的桥口用原木搭建便桥。柳碧云好生奇怪，心里想道：“几十年了，怎么今天想起搭便桥？这不是把钱撒了胡椒面儿吗？如果见到巡抚端方，一定要问个明白。”

韩铁锤坐在车辕上，不时跳下去帮助搬动陷进石窝子里的车轮，弄得满身泥水。他将鞋子脱下来在手里提着，衣襟敞开，裤腿高吊，像一个拦路抢劫的强盗。他一边赤脚在后面追赶马车，一边骂道：“他娘的！这端方真不是东西，干好事不会挑日子。要是早个十天半月，咱也不用下河滩了……”

西安钟楼耸立在这座千年古城的中心，雄踞于东西南北四条大街的交会处。它建于明代初年，乾隆年间曾翻修过，是西安的标志性建筑。其基座为两丈多高的四方形砖砌台墀。楼体为木质结构，重檐复屋，四角攒顶，斗拱装饰，工艺精巧。它的黄色金顶和碧绿的琉璃瓦相映生辉，给古城增添了不少光彩。二楼悬挂有一口唐代铸造的景云大钟，每天清晨叩响，声音袅袅，闻于天外。

一楼的殿堂长宽各为五间，内庭十分宽敞。官钱局凡向银号发行新铸钱币，首发仪式皆选择在这里。这是根据五行学说，钟者金也，钱者亦金也，钟楼占据中央戊己土位，故土能生金，金又生金，取金金相连财源茂盛之意。仪式结束时，还请银号老总们将样本麻钱抛撒给钟楼下看热闹的人群，以仿效唐明皇“金钱会”之盛举。这样，西安二百多家银号的掌柜们也乐得个一掷千金的挥洒。

慕容先生是个很有心计的人，早早说服了总监杜秉正，同意发行铜钱时，按照一比一的比例，让老总们认购宝钞。为了稳住这些老总们，慕容先生还从西秦饭庄叫了二十桌酒菜，摆好在大厅里，专等老总们的到来。

下午时分，西洋座钟敲了三下，一大群老总们带着账房先生或者小伙计陆续登上了钟楼台墀。廊檐下，早就摆好了一溜十几个木箱，里面全是黄澄澄的新铸麻钱样本。老总们喜滋滋挤向钱箱，抓一把亮晶晶的铜钱，然后仔细地观赏着，掂量它的轻重，查看它的成色，鉴赏它的工艺，默默计算着兑换的数量。西安是西北地区的首府，自然是官办制钱中心，铜钱流通量十分庞大，老百姓的生活中，须臾不可或缺。近几年，由于官钱局库银早已告罄，大约四五年没有向市场投放如此足分量的制钱了，以致市面上出现了原始的以货易货的奇怪现象。今天，大多数银号的掌柜们是铆足劲要多兑换一些回去的。

不大工夫，穿着六品鹭鸶朝服的杜总监到了，他向老总们一一抱拳，在一片迎候声中，众人随他进入了大厅。看到一桌桌丰盛的宴席，老总们满脸惊喜："今天杜总监是出血了，新官上任三把火呀……"

杜秉正在主席台上站定，和蔼地向下望了望。他的黑脸上堆着笑容，不过，久在臬司供职，习惯于死绷着脸，脸上的笑肌因退化而僵死了，笑起来很不自然，那样子像被一把尖刀将脸划开了，难看而可怕。

待大家稍稍坐定，杜秉正讲话了。他先讲述了这次官钱局怎样用一百二十万两大清宝钞从德兴昌大东家那里挖走了人家的全部库银，巡抚端方又怎样从人家那里兑换了一百万两大清宝钞，接着说："这两笔大清宝钞，本来是摊销给各个商家的，诸位自然包含在内；因急于用钱，不得已才从德兴昌预支了银两。现在，事情业已办成，黄灿灿的铜钱摆在大家面前，希望各位老总不要客气，按照兑换铜钱的数量，一比一认购大清宝钞。为了酬谢大家，德兴昌银号大掌柜慕容先生备办了这些酒席，大家吃饱喝足，别忘了主家的恩义……"

不等杜总监讲完，大厅里便炸锅了。有人抱怨，有人吵嚷，一位袍子上套着红马褂的壮年男子怒冲冲道："大清宝钞是什么？它有一个动听的雅号，叫'天花'——天子之印花嘛！如同天花病毒一样，轻者满脸麻子，重者呜呼哀哉！现在兔死狐悲，你们出来做好人，看谁做替死鬼……"

穿红马褂的壮年男子讲到这里，不少人已纷纷离席。哄闹中，有人大声喊住大家，此人是田小欢。他在紫云山发了财，新近开了两家银号，大家对他并不熟悉。他滑头滑脑，很有些小聪明，腻着声道："我这里有个办法。既然大家来了，总不能白跑一趟，不如先将铜钱兑换了。杜总监不是对大清宝钞情有独钟嘛，现在手里有了钱，将它套回去不是两全其美吗？"

田小欢的建议立即得到老总们的一致叫好，杜秉正哪受过这种侮辱，脸红得能滴血。在臬司养成的拍桌子骂人的毛病陡然爆发出来，大骂道："田小欢，你他妈的还是商会副总，出的就是这个馊主意？你小子等着，有几个臭钱烧包什么？老子明天将你的门封了！"

田小欢是财界新贵，正春风得意，一把掀翻一张酒桌："老子明天在店里等着，你不来是王八!”

杜秉正遇到田小欢，如铜盆碰见铁扫帚，谁也不让谁。他也将桌子掀翻了，杯盘碗盏破碎的声音十分刺耳，厅堂里顿时大乱。当人们正要逃离的时候，门外的公人报告：“三品诰命淑人、德兴昌大东家高柳碧云到——”

混乱的场面顷刻安静下来，只见慕容先生在前引导，两名丫鬟跟在女主人两旁，韩铁锤背着个蓝布包袱在后面紧紧相随。他们款款走上台阶，拘谨地出现在大门外面。偏西的太阳从钟楼一角将金色的光线斜射过来，洒在他们身上。阳光下，他们金闪闪如沐佛光，幽暗的大厅因之亮堂了许多。

这是一个凝固了的瞬间，几百双眼睛霎时齐刷刷投向这位陕西商界领袖人物的身上。杜总监立即步下主席台，走上前欢迎远道而来的贵客。这时，人们忽然明白过来似的，像躲避天花病毒那样纷纷离座而逃。慌乱的人流，争先恐后蜂拥着破门而出，如开了闸的洪水，毫不客气地将柳碧云一行冲了个歪歪斜斜。这时，钟楼下久等不见撒钱的人们也冲上台墀，到廊檐下去抢那铜钱，更有胆大的饥民，冲进大厅抓食那求之不得的美餐。他们一拥而上，大包大揽，连吃带拿，大快朵颐。一时间，钟楼上下如蚁穴蜂巢一般，争抢者上的上，下的下；笑的笑，哭的哭；争抢的，打斗的，没了个王法。

当人们散尽以后，柳碧云忽然发现台阶下的角落里倒卧着一个被踩伤的人，扶起来一看，不仅大吃一惊，原来是没穿朝服的巡抚端方。柳碧云问：“大人，你怎么在这里?”端方龇牙咧嘴忍着疼痛说：“我是来劝捐的!”柳碧云问：“这回又要捐什么呀?”端方看了看柳碧云的随从，不加掩饰道：“荣禄荣中堂大人捎来密令，慈禧老佛爷和光绪皇帝将西狩西安，要本官早做准备。你想想，造行宫、修道路，这可是一笔不小的开销啊!”柳碧云这才明白，一路上那些木质便桥，原来是为了接驾之用。

获知慈禧老佛爷和光绪皇帝不久要来西安，捐输之事义不容辞。柳碧云遂说：“大人，贱妾家里已无分文，不如将这大清宝钞拿出来捐了!”端方连忙摆手拒绝，这时，只见站在一旁的韩铁锤惊慌失措说：“哎呀，不好了！宝钞的包袱是我背着的吧？怎么……不见了?”

柳碧云再看哥哥和两个丫鬟，他们的脊背后面均光溜溜的，不见了那个蓝布包袱。

3

柳碧云回到家，一躺就是三天三夜。三天来，她既没有吃也没有喝，只是反复责备自己：明知哥哥是个粗心人，为什么要将包袱交给他？虽说大清宝钞是没用的东西，但是，它毕竟占压了自己二百二十万两银子哪！好在发觉宝钞丢失的时候，端方大老爷在场，事情的原委他已知晓，当即下令陕西通往上海的各个关口严加盘查，绝不能让这批银钞落到洋人手里。

丫鬟小花、小草一趟趟将饭菜端来又原封不动端走，眼睛哭得肿得像胡桃一样。这期间，三叔曾来看过柳碧云一回，什么话也没说就走了。二婶还是那句老话，说这银两糟蹋得太可惜，要是拨给你二叔一个零头，他也就回家了。大管家江千里毕竟有些见识，对主人说："这宝钞丢得太蹊跷了，一般的盗贼没这个本事，看样子是知根知底的人雇请了高手。所以，羊丢了还在圈里找，我已经派人密切注意三叔和马大牙的动向了。相信会有结果的。"

第三天下午，躺在床上的柳碧云刚合上眼，蒙眬中，忽然看见童年记忆中那个早已陌生的父亲站在门前乞讨。父亲还是一身打了补丁的灰布长袍，头发和胡须都很长，但并不邋遢。他胳膊上挎着一个讨饭的布袋，样子十分可怜，看到她出来送客，急忙躲到大石狮子后面。柳碧云发现石狮子后面有人，转过去看时，正好和父亲打了个照面。父亲面色清癯，双目如星，胡子抖动着对她说："云儿，我看你来了！我不能直接和你相见，看到你，已慰终生之憾矣！"说完，将装着讨到的两个黑面馍馍的布袋塞给她，转身就走。柳碧云一心要留父亲过如今的好日子，拿着布袋，哭喊着追赶父亲，竟从梦中惊醒过来……

柳碧云是被韩妈妈和白牡丹唤醒的。嫂嫂白牡丹哭诉说："云儿，快打发人去找你哥吧！他灰头土脸出了门，三天没回家了，说不定死到外面了！"

柳碧云揉了揉眼睛，遗憾刚才梦中没能快走一步追上父亲，父亲交给的那个布袋也不知去向。她昏昏沉沉支棱起半个身子，问嫂嫂："咱三原的老屋回去看了没？"嫂嫂说："没有。"柳碧云立即令拉马套车，和嫂嫂一同赶往三原老家。

这是柳碧云祖上遗留下来的一座深宅大院。柳碧云七岁那年，父亲因躲避文字狱，将她托付给邻居韩妈妈。后来，总不见父亲归省，她和韩妈妈一家人便搬了过来。柳碧云在这里一直长到十七岁出嫁，方才离开。前几个月，她将独居的韩妈妈接到高府，这所房子就一直空着，大门上挂了把铁将军。

来到门前，心急如焚的白牡丹抢先跳下马车。看到大门上的铁锁没了，情知是丈夫开的门，肯定在家躲着。

大门从里面闩死了，任凭将门环拍得山响，里面也没人应承。柳碧云一看着了急，连忙从邻居家借来一架木梯。慌手慌脚的嫂嫂飞快爬上墙头，翻跌在院内，忍着痛打开院门。大家跑进堂屋，只见韩铁锤平躺在一条长凳上，肚子上压着那个从小练功的大石锁，已昏死多时了。

韩铁锤是陪妹妹从西安回家的当晚出走的。银钞丢失后，性情刚直的韩铁锤蔫得像腌过的黄瓜，再也抬不起头来。他悔恨万分，恨不能寻个地缝钻进去。自己从小以"棒槌红"闻名遐迩，带戏班子走南闯北，江洋大盗也曾见过，鸡鸣狗盗也曾交过，而这次却将包袱丢失得莫名其妙。韩铁锤痛骂自己，一辈子打雁，竟让大雁啄了眼。现在细细想来，包袱应该是在钟楼大厅的门口丢失的。当时，他和柳碧云刚刚在门口站定，大厅里的人忽然向外拥来，他们躲避不及，当即被冲散了。这时，他的第一个念头是赶快保护妹妹。当他分开人流，向妹妹跨出一步时，忽然又有一帮饥民从后面拥来。他们一窝蜂乱糟糟横冲直撞，混乱中，韩铁锤冷不丁被人从后面推了个趔趄，只觉头上一道黑影掠过，想必就是那个时候失窃的。那盗贼可能以为包袱里有大笔银票吧，殊不知是百无一用的大清宝钞。可无论如何，那毕竟是妹妹用高家的全部积蓄买下的，为此，高家的人已向妹妹逼宫了。现在自己不但没有为妹妹排忧解难，反而给他们的纷争火上浇油。这样一来，自己还有什么脸面赖在高府而让人说三道四戳脊梁骨呢？人贵有自知之明，自己在高府的生活难道不该结束而另觅归宿吗……

韩铁锤是个脾气古怪的人，既有自己的活法，也有自己的死法。他在长凳上整整躺了三天，意识似乎被那沉重的石锁砸碎了，游离出他的躯体，一丝孤魂，渺渺如缕，幽灵般在空中飘荡。他忽然触摸到一个光溜溜圆滚滚的东西，这是什么？是白牡丹的肥臀还是她撩人的奶子？白牡丹是娇媚的，稍稍有些刁悍。舞台上花旦的碎步踢动着前后裙裾，那种绕场的潇洒令人倾倒。但最叫好的，还是她连续空翻后的那个亮相，喘息甫定，娇态毕现，将女性的妩媚，女性的俊美，女性的柔婉，女性的甜润，表演得淋漓尽致，台下自然会爆出一片山呼海啸的掌声。她的肌肤光滑而细腻，不管冬夏，她总爱光着身子偷偷溜进自己的被窝，惩罚式地请求做爱。世界上最可怜的女人呀！幼小时给人家做童养媳，被打坏了腰子肾脏，结婚多年不能生育，于是便以爱的惩罚表示忏悔……他忽然感觉肚子好痛，肠子流了出来，昏死在少华山上。高家老爷子被他从马踏泉放走了，矮脚虎让他自裁，他二话没说，夺过身旁一个土匪的尖刀，毫不犹豫地刺进了自己的小腹……他确实是死掉了，灵魂鸟儿一样飞越万水千山，最终又回到魂牵梦萦的故乡，回到少年时代常常玩耍的河边。哦，多么柔软的沙滩呀！他赤脚奔跑在前面，跛着脚喊着脚疼的妹妹被马鞭草和长虫草绊倒了，索性坐在地上将早上母亲给她缠好的裹脚布放开。这时，他往往会俯下身用嘴吹着妹妹那疼痛的脚指头，直到不疼为止。他还会用树皮削一支柳哨，衔在嘴里学鸟叫。那是一种黄嘴翠羽的水鸟鸣叫：“快快回家，快快回家！你听到了吗，你听到了吗？”妹妹将柳哨夺在手里，脸憋得通红却吹不出响声，于是，天地一片混沌……

韩铁锤在昏迷中完全失去了知觉。当死神一步步向他逼近时，柳碧云和白牡丹赶到了，将他从死亡线上抢救回来。

4

江千里很快查清了宝钞被盗的来龙去脉。起初，马伯牙收购宝钞的举措就是马季周的唆使。碰壁后，马季周又指令马生金物色一个窃贼，潜入高府，相机盗取。马生金的烟馆里，经常出入一个外号叫“王大绺”的人，年龄不过二十来岁，身体消瘦，面黄如表，是关中东府有名的神偷。别看他貌不惊人，其手艺在窃贼中却是数一数二的。凡是他看中的东西，无不手到擒来。雇请之后，他曾两次潜入高府，无奈江千里把守严密，均无从下手。这时从高凤池口中，忽然得知柳碧云要携带宝钞外出派销，他欣喜若狂，立即尾随而去，终于得手。现在，马四爷将宝钞打作两包，准备分两次送往上海。第一批人马已经出发三日了。他们没走潼关，而是东渡黄河，绕道风陵渡，经山西转往上海。

柳碧云听完汇报，不禁大为光火。她又急又气，气的是，堂堂朝廷三品命官，为了一己私利，竟做出如此伤天害理的事情；急的是，巡抚端方手下无人，恰恰放松了黄河各个渡口，让他们有空子可钻。柳碧云将头发拢了拢，就要出门。江千里问她：“东家，哪里去？”柳碧云说：“去找马季周，将赃物追回来！”江千里笑道：“东家，自古道‘捉贼捉赃’。咱们仅有一点儿线索，没有充分证据，讨伐上门，会反受其辱！”柳碧云说：“证据在他们手上，不上门讨要，哪有证据……”

柳碧云正要出门，忽然听见窗外咕咚一声，像是有人跌倒了。不用问，必定是三叔。这几天，三叔整日坐卧不安，几乎每天都要到知更堂这边来走走，以便探听些消息。目前，儿子高凤池借用马生金的银子开了当铺，他生怕柳碧云捅出娄子，得罪了马府。

柳碧云出门一看，果不其然，真是三叔，便急忙将他搀扶起来：“三叔，你老人家来了，怎不进屋呀？”

高敬寅羞愧得满脸通红，刚才正在听墙根，忽然柳碧云要出门，因躲闪不及而跌倒了。他惊异于江千里的办事能力，这么快就查出了真相，但又怕事情闹大反累及儿子，吭哧了半天才结巴道：“还……是不要惊动马府吧！咱们是商人，马四爷是官家，得……罪不起！”

柳碧云反对道：“马四爷吃里爬外，为臣不忠，就是要敲敲他！”

两江按察使马季周是一个十足的猾吏。他中举后，屡考进士不第，在同州府做了个刀笔小吏，后来捐了个道员。这时，恰逢太平天国运动后期，江南十室九空，遂被补缺为两江监察御史，升任按察使，成为三品高官。由于他混迹讼庭日久，对刑狱中的种种黑幕，诸如包揽词讼、贿赂公堂、敲诈勒索、制造冤狱、草菅人命之类的勾当无不熟谙，常常乐此不疲。他这次丁忧回家，得知上海英国人急于收购大清宝钞，而且价格一路看涨，便策划了攫取高府宝钞的阴谋。到手后，他深知官府会设卡严查，决定将宝钞分两批绕开潼关送出省外，均由得力心腹携带，并由武师保护。一旦到了风陵渡，属于山西地面，陕西官府就鞭长莫及了。

这是第一批人员出发后的第四天下午，急于等待山西回电的马季周来到大哥马伯牙府上，一进门正好碰见大哥。马伯牙也是急不可耐，正要去找他。按照行程，派出去的人员早过了风陵渡，该是在山西运城发出回电的时候了；不知何故，电报一直没有收到。马伯牙心里敲着小鼓，过门槛时几乎绊倒。近来，马伯牙有些精神恍惚，晚上总是噩梦不断。五姨太被大婆子毒死后，他的府邸常常闹鬼。夜间屋顶上飞沙走石，吓得他不敢出门。他不知这是否是不祥之兆，到华山玉泉院求签问卜，得了个下下签，道是：“穷途末路，祸不单行。”因此，对宝钞是福是祸早已成惊弓之鸟了。他拉了四弟，到客厅坐下，分析送钞途中可能遇到的风险。他们听说高家丢失宝钞时当即向巡抚报了案，如今没见任何风吹草动，不知是案情没有进展，还是端方大老爷深藏不露。正在商议，忽然仆人拿着一封名帖在门外禀报：“高家掌门人、三品诰命淑人高柳碧云在外求见!”也许是做贼心虚吧，听到这话，不啻晴天霹雳，马家两位老爷均闻之色变：“她来干什么?”仆人回禀：“她说有要事相商!”两位老爷甚为惊疑，唯恐被她查出什么破绽，同声道：“不见，让她走!”就在马家老爷拒客不见的时候，柳碧云和江千里已笑吟吟站在客厅堂口了。

柳碧云道：“大爷、四爷，你们都在啊！晚辈登门拜见，要说的事，与贵府关系重大。若二老不想听，晚辈这就回去!”

两位老爷心中惶恐，只怕有什么不测。马季周从太师椅上站起来，他的毫无血色的长脸出现在客厅门里，门框窗格的阴影投射在他的脸上，斑斑驳驳使他看起来像是一头怪兽。他迟疑了一下，嘴角一撇，蹦出一个简单的字：“请!”

柳碧云洒脱地走进大门，坐在客厅侧位的茶几旁，江千里坐在她的下首。马季周没有落座，也没让丫鬟献茶，在客厅傲慢地踱着步子，冷笑道：“三品诰命淑人此来，想必是抓住了本官的什么把柄；如果诬陷本官，可是要坐牢的!”

柳碧云轻蔑地看了看他：“这么说，你是自己承认有什么把柄了?”

马季周顿觉失言，不可一世的官架子随即倒了半边，这才命丫鬟献茶，并在桌边坐下：“三品诰命淑人有何见教请明言吧，本官洗耳恭听!”

丫鬟献上香茗，柳碧云推了推茶杯：“晚辈的府中丢失了大宗宝钞，听说有人要将它送往上海，交给洋人。老爷是两江按察使，朝廷命官，想必见高识远，故特来讨教。您看，这事是公了好还是私了好?”

“荒唐!”马季周冷笑道，“听淑人的口气，好像是本官或者我们马府盗取了你的宝钞？还说什么公了私了，简直是无稽之谈！这显然是讹诈本官！堂堂三品诰命淑人，请你拿出证据来。没有证据，玩弄这种把戏，太低劣了吧!”

马伯牙也站起来，振振有词道：“商总，你我都是生意场上的人！红口白牙，凭空诬人清白，这种讹诈，还是收场了吧!”

柳碧云哂笑道：“两位前辈口口声声说晚辈前来讹诈，要我拿出证据。这还不容易？到了巡抚端方的大堂上，证人、证据、证言，一应俱全。那时，晚辈就是想撤案怕都来不及了！今番此来，是看在多年交往的分上，奉劝两位前辈不要执迷不悟，一意孤行，不见棺材不落泪，到头来落得个人财两空！”

“胡说！什么人财两空？”马四爷勃然大怒，“小小年纪，别以为做了个什么商总，什么三品诰命淑人就不知天高地厚了！这是在我们马府，不是你指手画脚的地方！”

柳碧云哑然失笑道：“看来您是不听忠告了，那就自食其果吧！”说着，站起身和江千里就要往外走。

马季周阻拦道：“慢！你把话说清楚，什么叫自食其果？”

柳碧云被对方的骄横激怒了，义正词严道：“什么叫自食其果，这不是明摆着吗？作为朝廷命官和堂堂商家，在国家危难之际，不是和朝廷同心同德，和衷共济，而是千方百计损公肥私，坑害国家，不惜干起鼠窃狗盗的勾当。请问，你们的良心在哪里？你们的公义在何方？这可是犯了里通外国、欺君罔上之罪。它的后果，我想，按察使大人最清楚不过了。打开窗子说亮话吧，晚辈不过是不愿看到我商界同人再遭抄没屠戮，所以冒昧前来奉劝的。你们听与不听，自己斟酌着看吧！”柳碧云说着，站起来道，“告辞！”

“哟嗬！你想走，没那么容易吧！”马季周走过去将门堵住，“你个小女子好嘴快，将我们污蔑了一通就想溜啊，没那么容易！今天，没你们的长辈来道歉谢罪，你们别想跨出马府一步！”接着大喝一声：“来呀，将这两个乳臭未干的小儿给我关到地窖里去！”

听到喝令，马府的仆役们一拥而上，就要将柳碧云和江千里拿下。柳碧云高喊道：“我是朝廷命妇，你们私自拘押，罪上加罪！”

仆役们被喝住了，一个个呆若木鸡，正在等待主人发话，门房仆人忽然高兴地擎着一封电报，在庭院里边跑边喊：“老爷，电报来了，山西运城来的电报！”

马季周和马伯牙一听，不禁喜形于色，将手一挥，带着仆役走出客厅，随即将前后门全上了锁。柳碧云失声笑道："好啊，电报来得正是时候！你们别高兴得太早了！"

走出客厅的马季周首先接过电报译稿，这是押送银钞的心腹们从运城发来的，上面仅有四个字，那是事先约好的暗语："一切安好！"马季周看罢深深松了口气，将它交给大哥。马伯牙看似狡诈，有时却是一个糊涂蛋，高兴了一阵，旋即却皱起了眉头："既然一切安好，为何电报迟发了一天？难道这其中有诈……"马季周的笑容顿时僵在脸上："不会吧……"马伯牙倒吸一口凉气："怎么不会？高家的人找上门来，说不定这是巡抚的奸计呢！"马季周说："要搞清这事也好办！我办案的时候，有一个绝招，就是偷录案犯的口供。他们暗中说的话，是不会有假的。"说着，两个人悄悄来到客厅门外，蹲踞在格子门下的地面上，伸长耳朵，偷听里面说了些什么。

柳碧云听到门外有窸窸窣窣的响声，知道是两位老爷在窃听。大凡做贼的人，没有一个心里是踏实的，他们即便得到真实的消息，也唯恐有假，杯弓蛇影，步步惊心，这是必然的。今天，马伯牙、马季周就是这样。殊不知，夏季黄河上游因雪融而涨水耽误一天的行程恰好被他们忽略了。柳碧云听到门外的响声，即刻拿定了主意。自古道"兵不厌诈"，何不借此机会，诈他们一诈，便连忙给江千里递了个眼色。

江千里领会了主人的意思，故意说给窗外的人听："巡抚端方大老爷真是神机妙算啊！他怎么就知道要走风陵渡，亲自在那里布阵。这回可有好戏看了……"

柳碧云道："他用的是连环计，发个假电报，让他们上钩，再将余下部分全部截获！"

江千里故作惊奇地问："哎呀！这回马家完了，不知道要给他们两位老爷定什么罪？"

柳碧云叹息道："这还用问吗？里通外国，欺君罔上，满门抄斩啊！"

"满门抄斩？"江千里高声道，"那可真是因小失大，太不值得了……"

两人刚刚议论到这里，客厅门哗的一声被撞开了，马季周和马伯牙痛哭流涕滚进门槛，跪倒在柳碧云脚下，哀求道：“三吕诰命淑人大人呀，你快救救小人吧！都怪小人一时糊涂，犯下了这等大罪。小人该死，小人该死！小人不敢隐瞒，这就交出余下的一百二十万两宝钞，请大人在巡抚面前多多美言几句，留小人一条性命吧！”说着，自掴起自己耳光。

柳碧云看他们狼狈不堪的样子，心里只觉得好笑，忍俊不禁道：“好吧！只要你们悬崖勒马，痛改前非，本淑人可保你们生命无虞！”

在一迭声的谢恩中，马季周命师爷交还了窃取的大清宝钞，柳碧云打开蓝花布包袱看了看：“好吧！本淑人先将它收起来。你们立即拍电报给上海，命令你们的人将那一百万两宝钞，原封不动赶快送回来！”

马季周和马伯牙一时没听明白，意会之后，恍然大悟：“哎呀，我们上当了！让这小女子凭空诈了个满盘皆输……”

第二十五章　胎死腹中

1

马生金的妻子贵芬在前带路，马生金和许正义以及两名丫鬟，尾巴一样紧紧跟着，穿行在西安满城槐荫馥郁的街道上。满城位于西安府城内的东北隅，是在明代秦王府的旧址上扩建的，故称王城，俗称皇城，是西安的军事要地。其中除了设有将军府、驻军营房和八旗校场外，还居住着满族官员的家眷。贵芬是满族姑娘，父亲是西安将军府的驻防将军，她从小在这里长大，俨然是个当朝格格，大人小孩无不认识她。一路上远远有人向她打招呼，她淡淡地回应着，那姿态，那声调，好不傲慢，真个比钦差大臣还要骄矜。

贵芬本就生得人高马大，穿着花盆底鞋，头戴镰刀形头饰，上面插着鲜花，铁塔一般在前摆动着腰身；两个身材不高的男人被她的高大比没了，愈显猥琐矮小。后面两名同样穿着花盆底鞋的满族丫鬟，倒是个子高挑，有模有样。他们一行，女人趾高气扬，男人獐头鼠目，似乎有点儿怪诞；不过，在当今阴盛阳衰的朝政下，人们对这种状况早已习以为常见怪不怪了。

贵芬带着丈夫和许正义要去拜访的是巡抚端方的夫人。两年来，英国人开办的汇丰银行西安办事处在当地银钱业界的抵制下，一直难有起色，仅仅承接一些对上海的零星汇兑业务。目前，汇丰银行的分行已扩展到全国十几个城市，西北唯一的西安办事处也升格为分行，业务自然要大力拓展，因此，总部重新起用了失势的大买办许正义，希望借助他的经验和能力将西北的各项业务尽快开展起来。许正义自从在上海败给了初出茅庐的陕西商界传奇人物柳碧云，一心要报此一箭之仇。他是怀着急切的复仇心理来到陕西的，为了不惊动地方官员，为了悄悄置对手于死地，他甚至辞去了朝廷赏赐的二品顶戴花翎。

端方的妻子年龄在三十岁上下，贵芬和她都是满洲正白旗人，拜了干姊妹，称她为姐姐。端方虽身为巡抚，住室却异常简陋，是三间兵营平房改造的套房，左为卧室，右为书房，中间连通着会客室。会客室简单摆了一张八仙桌和几把太师椅，正墙上悬挂着自题的“清正廉洁”四个楷书大字。椅子上没有椅褡，铺着夫人用碎布拼接的“回”字花纹坐垫。客人的造访显然使女主人有些错愕。她从来没有背着丈夫在家单独接待过生人，虽然贵芬提前打过招呼，她的惊慌仍难以掩饰，以致奉茶时将茶杯弄翻了，茶水失礼地溅到了客人身上。

许正义淡淡笑了笑，用深陷的小眼睛瞟了瞟举止失措的端方夫人，他将黑色的公文皮包依然夹在腋下，做出一副拘谨虔诚的样子。他知道，在生人面前，特别是在官夫人面前，要想将事情办成，切莫胡言乱语，最好三缄其口。

果然，在贵芬和马生金将他介绍给端方夫人后，夫人的戒备心渐渐打消了，问道：“听说你们汇丰银行在上海很大哩！不知今日你有什么事，要帮什么忙？”

许正义老奸巨猾，惯于乔装，无论什么样的人他只需一眼便能看穿其心思。他忖度巡抚夫人久在深闺，足不出户，生怕说多了吓着了不谙世事的女主人，便装得若无其事，轻描淡写地说：“小人到府上来，本不敢惊动夫人，只是汇丰银行西安分行有一点儿孝心，多年来积累了一些利银，现在分给夫人和其他贵妇们。请不要拒绝，小意思，请予笑纳！”

端方夫人跟随巡抚多年，大约听说了不少官场和社会上的一些诈术，确立了无功不受禄的做人原则。听说对方平白无故送银子，先自胆怯了，连忙摆手说："不要，不要！我们家使不着银子！"

马生金在旁被逗乐了："姐姐，凭什么不要银子？白给呀！他们在我们的地盘上做生意赚钱，酬谢大家是应该的。这叫土行孙给土地爷上供，自家拿自家的！"贵芬也劝说了许多话，端方夫人硬是不受。

一会儿，住在满城的其他贵妇们相约而来了，这是贵芬早就通知了的。她们一进门便吵嚷着英国汇丰银行还不如西安的破钱庄，钱庄每年还在钟楼上撒铜钱呢，英国银行怎么是铁公鸡一毛不拔？许正义连忙献上存折，口称："这回拔毛，这回拔毛！"贵妇们打开来看，每个存折上面均有银圆券一百元，折合十两银子。七八名贵妇人老大不高兴地拿着存折，等许正义签名完毕，临走时，咧着嘴寒碜汇丰银行老鼠尾巴榨不出油。

端方夫人仍是坚持不要存折，使贵芬很没有面子。许正义无奈，只好将存折留在桌上，然后几个人做贼般逃了出来。出门时，贵芬的花盆底鞋磕住门槛，高大的身躯差点儿绊倒在门外的方砖地上。

当晚，端方夫人在家一直惴惴不安等待丈夫，谁知端方回来得很晚。见到丈夫，她便迫不及待将白天的事一五一十告诉了他。端方一听勃然大怒，质问她为什么要收人贿赂？夫人说："我没要，是他自己留下的。"端方斥责道："我为官一向清正廉洁，你今天算是将我的名声毁了！"夫人哭求说："明天给他还了还不行吗？"端方叹息道："瓜田李下，遭人猜忌；满身是嘴，脱不了干系！"说着，拿了存折在手，正要将它撕掉，看到上面的签名是"许正义"三个字，心中不禁大惊，问了夫人此人相貌特征，说："这个人到陕西来，必然大有文章！我明天就将存折给他还了，拒不受贿，看他怎说！"

第二日，端方大老爷传令，在陕西巡抚衙门后堂接见许正义。许正义得到传唤，正中下怀，赶紧随公人来见抚台。进入后堂，端方早就等在那里，许正义递上名帖，端方看也没看向桌子上一扔，严肃道："先生有何见教，可以当面直说，何必私闯内宅？请先将你昨日的存折收回，否则，恕本官不予接待！"

许正义尴尬着，自从步入江湖以来，还没有见过像端方这样不贪财的循吏。他连忙将存折装入袖筒，也不客套，实打实说道：“鄙人受汇丰银行总部之托，来西安主持分行事务，听说巡抚大人要筹集一笔款项，数额不小。本行想帮这个忙，只怕大人不许，故而前去打听。现在既然见到金面，不妨直说了吧！不管大人需要多少，本行均愿以无息贷款的方式借给。这个……不知抚台大人意下如何？”

端方是戊戌变法中的维新派人士，对外国的政治经济金融外交以及科学技术颇有研究。听到此话，不禁大笑起来：“无息贷款，常常是一种政治贷款，背后潜藏着更大的商业利益。不知先生此举是何意图？”

许正义赶紧掩饰说：“本人来到陕西，看到连年灾荒，颗粒无收，财政异常拮据；而抚台大人又是如此清廉的官员，故而想交个朋友，别无他图！”

端方冷笑道：“不会如此简单吧！还附带有什么条件，会不会是什么铁路呀，矿山呀，水运呀，税收呀，你不妨照实说来！”

不等抚台说完，许正义哑然而笑：“鄙人办事，从来不会要挟于人，而是雪中送炭。如果说有什么条件的话，只请大人下一道一纸空文的文书，莫如这样写——今后陕西的各种财政和商业结算及支付，可用汇丰银圆券和中国白银并行不悖。”

端方一听就看透了对方的狼子野心：“哈哈，你的胃口不小啊！要在陕西发行银圆券，并借官方之手强制流通，以便用你们的银圆券取代我国流通了千年的白银？”

许正义矫饰说：“抚台大人误会了！如果有所担心，可在公文上作以限定，规定出在陕西发行银圆券的额度。”

端方一抬手说：“先生请回吧！限定发行额度，那只不过是障眼法，从来都是骗人的花招。印钞机在你们的手里，谁能控制得了？好了！向你们借款，无异于饮鸩止渴。你看错人了，本官不是吴国的太宰伯嚭！”

2

由陕西钱业商会发起成立的秦丰银行筹备会议不欢而散，其中一个重要原因是主要发起人之一、筹备局副董事长田小欢没有到会，而且有传闻说他正在变卖银号资产，以筹集更多资金入股汇丰银行。自己队伍内部出了叛徒，这种巨大的裂痕是无法弥补的，以致热诚真挚的董事长柳碧云心情十分懊恼，不等会议开完，甩下两个丫鬟，独自一人到渭河岸边消愁去了。

这是她熟悉的西安西北郊，生命的幻境中那块隐秘而伤痛的地方！这里有公公和婆婆最后的背影，这里有慧寂师太亲切和善的笑容，这里埋藏着她含泪的青春年华，这里的那场大火是她终生难忘的噩梦……她不知感业寺的大殿如今启用了没有，自己捐资兴建的僧房可否竣工，妙能、妙可离开高府以后，在这里的生活是否舒心、安宁……

柳碧云的心情是复杂而矛盾的，每当重回祝发之地，她都仿佛要经历一次天火和地火熊熊燃烧的炼狱。

感业寺新建的山门耸立在河边的高坡上，山门下，一群孩子每人勾着一条腿做“莲花搭子”游戏，他们一边跳一边拍手唱道：

清水清，女妖精。
清水洪，大毛虫。
清水蓝，翻了船。
北方出了个新皇上，
南方出了个大总统……

心情烦躁的柳碧云听到这话，不觉心头一惊，急忙问孩子：“这是谁教给你们的，怎敢胡唱？”有个大点儿的孩子嬉笑着说：“现在都这么唱，没有人教。紫禁城里有个皇上我们知道，总统是什么意思？”柳碧云也不知总统是何方神仙，“想必是什么大官吧！”她说。

妙能、妙可已做了感业寺的掌院师太，带领着十几个小尼姑在大殿做下午课。大殿里清音袅袅，钟磬声声，柳碧云不便打搅，到后面慧寂师太的灵塔前祭拜了一番，流下了许多眼泪，接着转往后庄寻找田寡妇去了。

踏着青草萋萋的沙田渠埂，穿过枝条低垂的浓浓柳荫，田寡妇的庄园坐落在一片白杨林的深处。看门的麻子大叔是早就相识的，见到柳碧云，脸上的每个麻子都咧嘴笑着：“啊呀！贵人，贵人！好久不见你了，听说你发了大财了！今天来得正好，小欢也来了，正在上房和大姑姐说话哩！”看门人正要仰头向后院通报，柳碧云说：“不必了！”径自向堂屋走去。

看到柳碧云出现在二门里，坐在堂屋的田小欢脸色骤然变成了绿菜帮子，他压根没料到柳碧云会寻到这里来，赶紧迎出门去，赔着笑脸说：“柳商总，我知道你会来，在这里恭候多时了！”

柳碧云没有理会他，巧言令色，言不由衷，她对这种假话反感透了，只对田大姐问声好，随之进了堂屋。

田小欢自知理亏，亲自给柳碧云将茶斟上：“商总，你来得正好，我有大事要禀报给你哩！”

柳碧云冷冷地看了看满脸堆笑的田小欢：“什么大事先放在一边，我问你，为什么出尔反尔，背叛当初的诺言？”

田小欢的笑容泥巴一样干在脸上，哭腔悲调地说：“啊呀！不是我背叛大家，是巡抚端方大老爷背叛了大家！他是我们秦丰银行筹备局聘请的名誉主席，可他向汇丰银行低头了。你可能还蒙在鼓里，他借了人家一千万两白银的银圆券。‘吃人家的嘴软，拿人家的手短。’所以呀，一股脑儿答应了人家的所有条件！”

听到这话，柳碧云只觉得耳畔轰的一声巨响，顿觉头晕目眩，如遭五雷轰顶一般，瘫软在太师椅上。最令人担心和不愿看到的事情终于发生了，而且来得如此突然。

田寡妇见状，慌忙拉住她的手，将茶杯递给她，轻声说："云儿，万事皆有机缘，不可强求。这也许是你们的机缘未到吧!"

柳碧云放下茶杯，她不愿在变节者面前表现出丝毫的软弱，缓缓道："我不相信这是真的，端方大人绝不会背叛我们!"

田小欢无声地笑了，从长袍衣襟里掏出一份用绸帕包着的汇丰银行招股说明书，打开后郑重地递到柳碧云手上。

柳碧云接过招股说明书仔细看着，果然，在前言部分，将陕西官方批准的条件大吹大擂炫耀了一番，什么同意从即日起，以银圆券作为财政和商业的支付结算手段；什么双方将精诚以待，情同手足，今后在多个项目上加强有成效的合作；什么已核准首次发行银圆券额度三千万元，并在陕西有限招股；末了，甚至还说什么将参照汇丰银行有限股份责任公司的组建程式创办陕西商业银行等。

柳碧云看罢，不由得满腔愤怒，心想，没料到巡抚大人将我们彻底出卖给汇丰银行了！但是，即便如此，她仍不相信这是真的。柳碧云将说明书放在桌上用手压住，抬头直瞪瞪地望着田小欢："你老实告诉我，招股书怎么来的?"

田小欢爱自我吹嘘是出了名的，常说他放屁都是香的。见柳碧云问他，便有鼻子有眼道："这份招股说明书弄到手可不容易呢！是我从马大牙钱庄伙计那儿逮住的风声，随后请马大牙吃了羊肉泡，马大牙才同意引荐的。马大牙有皇银股本和汇丰银行做靠山，两眼望天，压根没把咱秦丰的人往眼里搁。知道吧，这招股书是汇丰银行私下照顾关系户的，根本不在社会上露面。据我所知，目前仅给了马大牙一份，还有一份，就是给我田小欢的。人家是'有限招股'，'有限'，懂吧？一万两银子一份，总共一百份，所以我要赶快将所有银号变卖了，腾出钱来。这不，正动员姐姐在我名下凑一份。机缘难逢，过了这个村就没这个店了……"

田小欢口若悬河，满脸飞红，嘴角上的唾沫如花怒放，好像他这一下就是天下第一财神了。尽管姐姐一再给他使眼色，他仍然得意忘形，摆出一副捷足先登的骄人姿态。柳碧云后悔自己没有识人的眼力，与这样的人为伍，反而贻误了自己的事业。现在既然已走到这一步，只好分道扬镳了，遂说："祝你好运！不过，秦丰这边的职务应该发个声明辞掉了吧？"

田小欢正在兴头上，随口说："什么辞不辞呀，秦丰这边我看是兔子尾巴长不了，你不如也快点儿改弦易辙吧！"

柳碧云本来就有火，听到这话，心中的怒火再也无法抑制了，站起来对他吼道："你要投降就投降去吧，我就是死，也要和秦丰死在一块儿！"

柳碧云说出这话的时候，她自己也搞不明白，为什么眼睛里充满了泪水。

3

柳碧云万万没有料到，稍稍平静几天后，汇丰银行西安分行突然使出狠招，用高出市场一倍的天价，大量收购白银。他们的目的，无非是一箭双雕，在大量推行其纸币的同时，一举打垮陕西本土金融业，将即将成立的秦丰银行扼死腹中。顷刻之间，西安金融市场便发生了强烈地震，但见房倒屋塌，鸡飞狗跳，人心惶惶，秩序大乱。

这场金融风暴突如其来，势头凶猛，每天各个钱庄门前等待兑换白银的顾客排起了长龙。他们拿到银两后，又急忙赶到北大街汇丰银行西安分行，再兑换成汇丰的纸币。有不信任纸币者，汇丰还可向他们搭配多年来收集的西安各个钱庄的庄票银票。如此恶性循环，西安本地金融业的库银，便被迅疾挖掘一空了。为了应对危机，以求自保，按照钱业商会应急处置办法，慕容先生已让德兴昌旗下的几家钱庄，不再通存通兑，只兑换自家开出的银票庄票。柳碧云还连发电报，令上海的张尚国和四川的卢虫儿立即派人押解大批白银回陕。由于远水解不了近渴，为了安抚急不可耐的顾客，只好以商铺、房产、货物为抵押，待现银到达后，立即予以兑换。而此时，西安二百多家银号和钱庄中，已有一百多家中小庄号倒闭了。风暴很快刮到了各州县，并波及到邻近的河南、山西、甘肃、四川以及西宁和银川等地。

这天早上，天空淅淅沥沥下起了小雨，一夜秋风，街道上落下无数黄叶，到处一片狼藉。急于兑换现银的人们，在寒风中等待了一夜，个个如落汤鸡一般。德兴昌银号北院门总店门前，另外出现了一群异样的队伍，大约有七八十人。他们不是来兑换银两的储户，而是倒闭破产了的中小银钱业的掌柜、东家或股东。他们此来，是为了请求钱业商会总长柳碧云做出决定，或者到巡抚衙门请愿，或者到汇丰银行要求赔偿损失。

柳碧云开门以后，看到寒风中冻得瑟瑟发抖的人们，顿时慌了手脚。这些人有男有女，有老有少，既有秦丰银行筹备局的董事大佬，也有仅仅存了几两银子等待坐地生息的小股东。人们议论纷纷，互相诉说着自己遭受的损失和种种不幸，一个个义愤填膺，怒不可遏。柳碧云看了看大家，流泪说："各位商总，各位股东，大家快快进来暖和暖和吧！这次汇丰银行向咱们开刀，完全是强盗行为，是可耻的经济掠夺！它在咱中国的地盘上做生意，应该遵守规矩！怪只怪碧云无能，没有提前做好防范。现在，咱们还是商量一个万全之策吧！"

柳碧云话音刚落，人群中响起一片反对之声。抢先发话的是王银匠。他本来有些结巴，一着急，不但结巴得更厉害，眼睛也挤成了一条缝："不……行！现……在还有屁万……全之策？刀架在脖……子上，死……路一条！咱死，它……也别好……过了！"一位山西票号的掌柜说："事到如今，不斗是死，斗也是死，咱和它拼了！"人们七嘴八舌响应着，立即就要出发。此时，慕容先生赶来了。慕容先生担任秦丰银行筹备局执行董事，是陕西金融界公认的金融专家。听到大家的议论，他满是赘肉的圆嘴唇嘬了嘬，鸡屁股一样没有吭声。他满脸惊慌地看了看众人，对女东家耳语了一声，叫到后面去，似乎有什么机密要说。

众目睽睽之下，岂能如此堂而皇之地离开，那不驳了大家的面子？柳碧云觉得很难为情，但毕竟事出紧急，只好向大家做了个稍等的手势，转身进了店内。

看到东家进店，慕容先生瞟了瞟门外的人群，悄悄说："东家，他们闹叫他们闹去，你千万不能去！"柳碧云问："为何我不能去？"慕容说："汇丰银行要怎么着，是人家的事情，咱管得着吗？这在国际上叫商业竞争。"柳碧云说："商业竞争也要讲个公平。他们滥发钞票，炒作银价，这不是竞争，这是胡作非为！"慕容说："现在没工夫给你说清，总之一点，汇丰银行是英国人的银行。现在，以英法为首的八国联军已打进北京，慈禧老佛爷和光绪皇帝逃跑了，中国眼看就要灭亡，和英国人对抗可不是闹着玩的！他们早估计到咱们会闹事，人家雇用了二三十个打手做护卫，还有洋枪队在楼顶埋伏着。你去，要吃大亏的！"柳碧云眼圈湿红了："谁说中国要灭亡？今天，我就是要出这个头，和他们对着干！"慕容急了，堵住门说："谁去谁送死！"柳碧云一把推开他道："不要拦我，今天我就是死了，也死得值得！"

柳碧云急忙奔出银号，这时，请愿的队伍已经出发，黑压压乱糟糟经西华门向通济坊走去。雨渐渐停了，天空仍黑沉沉压得很低，好像随时会掉下来砸在人们头上。沿途的街道上挤满了各式各样的人群，其中有许多是兑换不到银两的储户以及流浪街头乞讨度日的饥民，他们也纷纷加入进来。队伍在迅速扩充壮大，很快增加到千人以上。

柳碧云疾步追上队伍，慕容先生一看，绣花针纳鞋底——顶不过去，也跟在后面来了。汇丰银行坐落在北大街通济坊口，是一排四层高的青砖水泥建筑。远远望去，像一具灰色的棺材。楼顶上那面英国米字旗，被雨水淋湿了，无精打采地缠绕在旗杆上，如同一柄没有打开的遮阳伞。队伍到达汇丰银行门前时，但见那些护卫们早已在大门外台阶上一字排开，一个个双手叉腰，横眉怒目，做好了大打出手的准备。他们一律身穿黑色府绸衫，下着黑色灯笼裤，腰扎红板带。颇为特殊的是，他们每人手里提着一根西洋白漆大棒，药杵不像药杵，棒槌不像棒槌，配上那身衣服，不伦不类，甚为怪异。

请愿的人群来到汇丰门前，渐渐向门前的台阶靠近，不断高呼着口号：“赔偿我们的损失！”“立即停止炒作白银！”“收回银圆券！”“要求许正义出来予以答复！”……

面对愤怒的人群，护卫中走出一个肥胖高大的中年男子。他左脸颊上长着一颗蚕豆大小的黑痣，上面生着一撮黄毛，像是卫队长。他赶快将营业大厅外的铁栅栏门拉上，然后恶狠狠反复向人群吆喝着：“你们来干什么？想抢劫？还不赶快解散，这是英国人的领地，谁要是胆敢靠近一步，就是犯法！英国人的法律是无情的，懂吗？中国人谁也救不了你们……”

这个肥猪一样的卫队长一遍又一遍号叫着，声音尖厉而刺耳，人们恨不能扑上去将他脸颊上那撮毫毛薅下来堵住他的嘴巴。双方久久对峙着，就是不见许正义出来。站在湿漉漉地面上的人群渐渐失去了耐心，从长条台阶的各处向上一寸寸进逼，一步，两步……终于，双方在最后一个台阶旁开始了争夺和扭打。只见大棒在人们头顶上挥舞着，人群中有哭的，有喊的，有咒骂的，亦有将砖头瓦块抡上台阶的。霎时，一场混战在台阶上下展开。这时，紧闭的大门打开了一条缝，一个秃脑袋、留着浓重八字胡的人从里面探出半个身子，对人群道：“我是许正义，你们退下台阶，选出三个代表上来说话！”说完，又抽身回去，将门掩上了。

人群中很快推举出三个代表：一个是柳碧云，她是大东家，金融业的首领；一个是慕容先生，他是金融家，懂行；一个是王银匠，他是小股东，虽然结巴却不缺心眼。三人陆续站上台阶，被卫队长引进门，踏上楼梯，直接进了许正义的办公室。

许正义坐在临街背窗的一张大写字台后面，看到他们进屋，并没有起身相迎，只是扬了扬手，示意他们在写字台前方的圈椅上就座。许正义的秃脑袋比一年前在上海时更加荒凉了，几乎寸草不生，光溜溜如吹胀了气的猪尿泡，雪亮而透明，与两大撇浓重粗黑的英国式八字胡相比，强烈反差所形成的面孔如同鬼魅，既狰狞又恐怖。他的一双贼亮的小眼睛在皱纹密布的沟壑中盯着三人坐下，然后似笑非笑地眨了眨，挖苦道：“哎呀，难得！柳商总，你还是这么迷人和漂亮！不过你的丈夫怎么像个魔鬼？在上海我差点儿没被他的尊容吓死！哎哟！鲜花插在牛粪上，真可惜！不知你们同处一室的时候，你会做何感想？”

柳碧云瞅了他一眼，反唇相讥道：“总经理先生，你应该问问你的夫人，她和你同处一室时，做何感想？”

许正义落了个自讨没趣，羞怒道：“你要知道，中国已经完蛋了！你们的所谓秦丰银行没戏了！你在我的办公室，就是在英国的土地上，说话别放肆！我问你，为何要组织外面这一大帮暴徒，私闯银行重地？我完全可以依照大不列颠帝国的法律，将你逮捕！”

听到这话，柳碧云被激怒了，站起身来：“我要告诉你，中国是不会灭亡的！即便我们的秦丰银行现在成立不了，但我们中国，我们陕西迟早会组建自己的银行的。你要知道，你们的银行是在中国的土地上，不管你还是不是中国人，你的一言一行首先要遵守中国的法律。可是你滥发钞票，炒作白银，制造通货膨胀，妄图搞垮我们陕西的金融业，搞垮我们的地方经济。你的这种做法，难道不是犯罪？我们上门讨伐，师出有名，是要给你一个警告。你若执迷不悟，继续一意孤行，为非作歹，大清朝的法律是同样可以治你的罪的！”

“哈哈！”许正义自负地笑了，“治我的罪？可惜呀可惜，在现在的中国，还没有一个人敢像你这样对我说这句话，上至皇上，下到巡抚，哪一个不把我当财神爷供奉着！你是聪明人，我劝你还是擦亮眼睛，让你那帮叫花子赶快退回去，咱们两个，啊……”许正义说到这里，暧昧地笑了笑：“还有好事要谈哩！”

柳碧云义正词严道：“我们既然来了，就不打算离开。你必须给一个明确答复，声明从今往后，第一，不再炒作白银；第二，公布纸币发行额度；第三，对破产的钱庄，给予补偿。除了这三个条件，我们之间，没有什么好谈的！”

一旁，慕容先生将两只手插在双腿之间，拘谨得像个等待考试的学生。

王银匠急了，瘸着腿站起来道："对……对！这三条必……须……"他越是着急，越结巴得厉害，挤着眼将话在牙齿上咬碎了，只说出了半截。

许正义失声笑了："哈哈！慕容先生是金融专家，你们提出的三项条件，让他说说，我会答应吗？"

慕容的脸涨红了，将嘴噘了噘，看了看柳碧云，低下头，仍旧一言不发。

许正义得意了："怎么样？——不可能嘛！你们是白日做梦！"

柳碧云似乎明白了什么。最近，山西票号的大掌柜曾告诉她，慕容可能又要变节了。她听后不以为然，心想可能是他们当年的心结没有解除吧，现在，他的表现实在令她生疑。

室内的谈判陷入僵局，双方谁也不肯让步。窗外传来请愿人群的口号声，王银匠义愤地站起来向柳碧云说："走……走！不谈了！不信他猫不……吃糨糊！"

柳碧云站起来最后望了一眼写字台后面的许正义，只见他仰在靠背椅上，舒服地跷着二郎腿，拉开抽屉，拿出一把小巧的银梳子，大大咧咧梳理他的胡须。柳碧云怒道："总经理先生，你要为你今天的话语负责！"说完，转身就往外走。

"站住！"许正义的声调有些轻佻，"你看看这个，一定会感兴趣的！"

许正义将一份表格扔在桌上，示意慕容给柳碧云送过去。慕容恭敬地递过表格，柳碧云接在手中看了看，是一份招股说明书。这种东西她在田小欢那儿已经看过，格式内容一模一样。这时，许正义不阴不阳道："柳商总，这是特别照顾你的。大英帝国的汇丰银行是什么？是大海上的铁甲兵舰；你们那钱庄是什么？是小船。连小船也不是，是大海上漂浮的泡沫。咱们中国人有句俗话，'识时务者为俊杰'。虽然你在上海咬了我一口，但本人不计前嫌，希望你能加入股份。依你的财力能力，不但能发大财，而且永无后顾之忧，何必搞什么秦丰银行呢？"

柳碧云轻蔑道："你想收买我？"

许正义假惺惺地笑了："话不要说得那么难听嘛！要是换了别人，趴在我的脚下，向我摇尾乞怜我还不给呢！"接着，他转过脸问慕容："我的大金融家，你说对吗？”

慕容连连点头称是，柳碧云正要将表格还给他，许正义呵呵笑道：“柳商总，你的慕容先生已经是我的副总经理了，你不会感到惊奇吧？”

柳碧云怒道：“感谢你给了他一个好前程！不过，我是不会出卖自己的良心的！”说完，将表格撕了个粉碎，一把扔在了桌面上。

柳碧云和王银匠正要出门，只听见许正义拍了两下巴掌，早就守候在门外的打手们蜂拥而入，将两人扭住了胳膊。柳碧云大喊：“放开我！你们要干什么？”

许正义站起来道：“我要你看看和我对抗，有什么样的下场！”说着，他哗地推开窗户，与此同时，埋伏在楼顶的洋枪队向着人群开火了，楼下顿时一片惊呼惨叫，人们慌忙四散奔逃，被枪弹射中的人，倒在了血泊之中。

听到枪声，柳碧云挣脱了束缚，冲向许正义，抡起胳膊，狠狠扇了他一记耳光：“你这恶魔，你是刽子手！”

陕西巡抚端方带领标兵赶到的时候，正好听到枪响。看到示威请愿的人群向外逃去，立即下令上前抓捕。

头顶上西洋的火器毕竟厉害，中弹者亡，碰之者伤，赤手空拳的人们谁个不怕？地面上又有绿营兵在抓人，人群很快作鸟兽散；只是几个被枪弹打死的人再也无法爬起来了，他们的尸体横卧在泥水中，像垃圾破布一样难看。

端方大老爷听说楼上还押着两个闹事的头目，喝令将他们押下来，声称一定要严加惩治，以儆效尤。

巡抚的蓝呢大轿抬到汇丰银行门口，打开轿帘，他看到首先押出来的竟然是衣衫破烂的柳碧云，一向沉静的端方大老爷不禁惊讶地叫出声来。

4

柳碧云从西安回到千乘镇的当天，收到了从四川发来的卢虫儿被正法的电报，总督刘道宗最终还是没有放过他。柳碧云接到电报，当即哭昏过去。夜半醒来，独自对着一轮圆月，朦胧中她又想起了卢大哥。她总觉得自己对不起他。在这个世界上，如果说有人真正爱着自己，柳碧云想，应该就是这位相貌奇丑的男人。当年在戏台上，因为给打瞌睡的小云儿拽了拽衣角，误挨了韩家哥哥一铜锤，终生落下咯血的病症。自己在感业寺出家当了尼姑，那天，淫心荡漾的马霸朝派他去抓人，他宁愿自伤而放了云儿。后来，他在四川造反当了秦王，又是他不顾与毛三文反目，从黑暗的洞窟中营救了自己。卢大哥对云儿爱在心里，要不，他怎能听从云儿的一声召唤归顺朝廷呢……

柳碧云是卖掉西安的三家钱庄平了所有债务回到千乘镇的。物价飞涨如脱缰的野马，完全失去了控制。吃的，穿的，用的，早上一个价，下午可能已涨过了十倍。这当儿，唯独房屋和地价在跌，街上到处都是卖儿鬻女或插草标自卖自身的人们。

端方大老爷曾到店里找过柳碧云，道歉不该向汇丰借贷；但是，不向汇丰借款谁能拿得出来呢？何况，刚刚将二百多万两的大清宝钞押给高府，难道还能厚着脸皮再从柳碧云手中借钱吗？端方说他之所以背叛自己，最终决定从汇丰借钱，是因为早在八国联军进攻大沽炮台时，便接到上京勤王的谕旨。他紧赶慢赶，京城已在七月二十日陷落。他是七月二十三日在宣化见到太后和皇上的，他们降旨令他火速返回西安准备接驾。为了继续抢修行宫并筹措太后一行的花销用度，他只好向汇丰低了头。

这场在陕西金融史上被称作“八月风潮”的金融风暴来势凶猛，短短一个多月，筹备中的秦丰银行便泡沫一样破灭了，所有参与的商家也几乎倒闭殆尽,即便像马伯牙、田小欢和慕容这样的人也没有高兴起来。因为迫于战事，许正义生怕刚刚攫取的白银被抢劫或扣留内地，很快就从西安撤离了，他们入股汇丰的愿望成了泡影，存入的银钱仅仅作为存款。在物价飞涨之际，存款天天贬值，那情景，比破产强不了多少。

幸灾乐祸的唯有裘十公，他的粮食堆满了所有仓库和粮行，售价比进价高出了数百倍，但他仍然坚守不出，等待继续涨价。他日夜看守着粮仓，担心有朝一日粮食被成群的饥民哄抢一光。作为囤积居奇者，那种度日如年的担心和恐惧，可能是另一番滋味吧！

柳碧云昏昏沉沉被丫鬟从恍惚中叫醒，三叔和四姨太已坐在了返回四川的轿车里。四姨太看她披头散发扑向车帮，拉着她的手哭道："云儿，不是姨娘心狠，我实在是离不开四川啊！谢谢你救了我，我一生都忘不了你的恩情！"三叔扬起已然满是白发的头颅，强忍眼泪说："落叶归根是人之常情，可我现在却要离开家乡。这一去，可能永远也回不来了。四川需要人，我不能不去。对凤池我彻底心灰意冷了，念及他是你的弟弟，有空儿去看看他……"

汇丰西安银行是在一个月黑风高的夜晚毁于一场大火的，许正义没有被烧死，听说他提前卷着库银逃跑了。蹊跷的是，他路过潼关时，遭到了土匪的抢劫。混战中，许正义跌下马车被车轮轧死了。后来知道，抢劫的人是矮脚虎和马霸朝。银车没有抢成，土匪的大刀抵不过洋枪，被拿着洋枪的护卫们打退了。

光绪二十六年（1900）闰八月十四这天，在西安大差市街口处决了三名罪犯，他们是：放火焚烧汇丰西安银行的王银匠，在潼关抢劫汇丰银车的矮脚虎和同案犯马霸朝。天空刮着冷飕飕的白毛风，街道上飞沙走石，临刑前，三个死囚原以为不会有人来为他们送上一碗断头酒。就在刽子手举起鬼头大刀的时候，一位提篮的民妇打扮的女子来到了刑场，篮子里恰好放着三碗水酒——此人是柳碧云。看到虽是民妇打扮却身份高贵的柳碧云，他们三人同时向她跪了下来。王银匠端着酒碗流泪说："我……佩服你……是……女中豪杰！"矮脚虎哭着说："我佩服你以德报怨！"马霸朝端着酒碗只是干号，不知说什么好，最后说了句："我死了给你守桥——渭河大桥！"

三只黑碗同时摔碎在地面上，鲜血喷溅上去，但是，围观的人们还是蜂拥着将这些碎片抢拾回去，据说能够辟邪，因为，那是血的誓言啊……

第二十六章　渭南惊驾

1

慈禧老佛爷的记忆力真是好得惊人，两宫西狩途经渭南县千乘镇时，坐在黄呢轿车里，撩开窗帘望着满地跪倒的陕西官员，她一眼便认出了身着三品诰命淑人服饰的柳碧云，连忙谕令：“停辇！快让那个唱铁镜公主的云儿过来！”

柳碧云被两个丫鬟搀扶起来，快步走向御辇，口称“圣母皇太后万岁万万岁”，欲行三拜九叩大礼，被慈禧老佛爷止住：“免了吧，快过来让我瞧瞧！本宫从风陵渡上船，心中就念叨你这个丫头哩！”

短短两句温馨的话语，说得柳碧云心里热乎乎的，顿时泪流满面。此刻，慈禧老佛爷已将千金之躯移向车辕，掏出一方白绢手帕，为她拭去脸上的泪痕，慈爱地笑道：“去年钦差李文鼎从四川给你报功，初次看到你的名字，本宫颇为诧异，询问满朝大臣，这个柳碧云是不是给我庆贺六十大寿唱铁镜公主的那个？当时呀，荣中堂不在，其他人竟无从知晓。待看到你的籍贯，本宫才确信无疑。哎哟！你真是为大清朝出了力了……哈哈，快别哭了！本宫看见你就打心眼里喜欢，咱们两个有缘分。”

慈禧拉着柳碧云的手，似有说不完的知心话。光绪皇帝和孝定皇后以及瑾妃等人见此状况，也纷纷拉开窗帘，偷眼瞧着这位似曾相识的丽人。

说话间，穿戴整齐的高府仆人已将大笼的热包子抬到了路边，放在早就备好的条桌上。丫鬟小花、小草各自用红漆托盘托着一个青花瓷碟，给里面放进两个包子，分别端到太后和皇帝车驾前，待他们净过手，由大总管李莲英验看过了，奉上前供二圣品尝。太后和皇上早晨从华县出发，县衙地方狭小，早餐刚刚端上桌，县衙门外突然拥来大批衣衫褴褛的灾民。他们远远望着，既恭敬，又钦羡，太后立即起身将盘中的食物送给一位抱孩子的妇女，还在孩子的小脸蛋上摸了一把。太后看他们满脸菜色，止不住流下泪来，即刻传谕："赈济陕西灾民，拨帑银四十万两，并免去关中各地当年额赋税。"看到太后爱民如子，皇上、皇后和瑾妃也将食物分给了县衙门前的灾民。从出发到现在，经过三四十里的颠簸，他们早就饥肠辘辘了。瞧着热气腾腾的包子，焉能不馋？也不用避讳众人，用象牙筷子夹住白生生的包子就往嘴里送去，津津有味地大嚼起来。

向太后一行拿出刚出笼的热包子，是渭南知县景道蕴昨晚安排的紧急事项。太后一行是闰八月二十六日渡过黄河的，巡抚端方到潼关码头接驾，为做到万无一失，随身带了沿途州县的所有职官，然后根据具体行程，再令他们随时返回做具体安排。昨天高府得到通知，说是太后一行从此路过，到县衙驻跸，只令他们献上几笼包子，以供打尖之用。不过这时天色已晚，集市早已散尽，要买肉买菜，只好到附近农家，临时收集了十几筐农人们度饥荒的老南瓜。此外，三叔前几天回四川时，家中杀猪宰羊，恰好还剩下十几斤大油。面对仅此两样少得不能再少的辅料，厨师有些不敢下手，只怕弄得不好，老佛爷不高兴说个"否"字，大祸就要临头了。柳碧云久久不见动静，来到厨房查看，说："你们赶快和面发面做吧，两样就两样，一切有我承担。陕西遭受年馑，有这两样已经不错了！"

太后确实饿极了，众目睽睽之下，直吃得满嘴流油，鼓着腮帮子连连说好。接着一扬手，让下人将包子给后面的王公大臣送去。太后一路上备受艰辛，即便在山西，心中也不踏实，只怕洋鬼子派一支奇兵突破娘子关拦住西去的道路。一路惊魂，因此很难有什么胃口。入了潼关，到了陕西地面，一颗悬着的心总算落了地，因此，这包子吃得特别香甜。

太后平素是十分精细的人，不过今天吃得急了些，两个包子下肚，竟没有品尝出是什么馅的。城府极深的老太婆不禁为自己一时的造次哑然失笑了，还想再吃一个以便弄明白到底是什么山珍海味做的，然而这时已打着饱嗝吃不下了。为了掩饰自己，她笑问光绪、皇后和瑾妃："你们只管吃，知道是什么馅的吗?"皇上和后妃在宫中只知世界上有什么鱼翅燕窝熊掌驼蹄之类，并不知这包子内是何仙物，又不便胡乱猜测，一个个瞪大了眼睛，如木偶一般。太后招手叫来柳碧云，让她告诉了他们。南瓜猪油竟能做出如此美味，太后也甚为惊奇。太后在默祷中，忽有一丝感念，今天在此吃到的香甜，莫非是大清朝转危为安的吉兆？京城失陷后，已命全权和谈大臣庆亲王奕劻和李鸿章与洋人谈判，结果虽没有出炉，但她相信以我中华之地大物博，赔偿洋鬼子几个钱也就将他们打发了。她抬头看了看天色，掐指一算，正是九月初一上午巳时，心中默记着这个苍天昭示的吉日良辰。

太后一高兴麻烦也就接踵而至了。她从御辇上下来，坐在一个绣墩上歇息。天空似有几点雨星，立即，头顶上华盖伞仗，身两旁太监护持，那种威仪除非在中国，否则是难得一见的。她的精神头很足，忽然想起了一件旧物，便亲切地对柳碧云说："光绪二十年（1894）你进京为本宫祝寿，我赏了你一件心爱之物，那是本宫生命之所系。今日巡幸至此，本宫想看看它……"

太后说的是她赐给柳碧云的那柄咸丰七年（1857）御制的玉如意，那是她被咸丰帝晋封为懿贵妃时的信物。她之所以对它情有独钟，是因为彼时的咸丰帝对她十分宠幸。春风几度，云雨巫山，当年便怀了龙胎。可此后，为何又将它赏赐给宫外之人而义无反顾呢？是因为生下的皇子——后来的同治皇帝十九岁便早夭了。她不愿看到玉如意而想到那个不争气的儿子并为此伤情。一柄玉如意，几多伤心泪。那里面隐藏的，是多少宫廷斗争的明枪暗箭和血雨腥风啊！咸丰帝驾崩后，留下孤儿寡母，为了维护儿子和自己的地位，她带着年幼的皇儿，冒死发动了"祺祥政变"，毅然从热河回到京城，处死了四个顾命王大臣。那是一场你死我活惊心动魄的残酷斗争！那柄心爱的玉如意，应该是她成功登上政治舞台的历史见证！那个死去的寄托着她的一腔热血和美好期望的皇儿，怎么说也是娘的心头肉啊……

听太后如此一说，在旁的李大总管早就窥出了圣意，不等太后颁下懿旨，便将拢在肩头的拂尘向前一指道："太后老佛爷驾幸千乘镇，接驾——"

这道谕令非同小可，让接驾的人手忙脚乱惊恐不已。首先是渭南知县景道蕴，他原打算在县衙接驾，虽粗略做了些准备，总比千乘镇措手不及要强。另一个是柳碧云，她惶悚的不是房子和膳食，而是那柄玉如意。在三叔离开前，二婶已去了上海，两所院落都闲置下来，连同长门多余的房子，均可供太后及扈从们驻跸。御膳要用的菜蔬虽没多少现成的，然而可立即派人到少华山下去采买，那里依山傍水，灾情不算严重。然而，最难的是那柄玉如意，早在新婚之夜已被扔进炭火毁为数段了，如果太后真个要看却拿不出来，岂不犯了欺君罔上的杀头之罪……

2

进入高府，太后依次看了三堂的门额，似乎对知非堂的"知非"二字颇有感触，反复玩味道："这'知非'二字很有意思。古人有'年五十，而知四十九年之非'的说法。知非者，知昨日之过也。咱们途经山西时，本宫已下了'罪己诏'。看来，卜居知非堂，乃是天意！"

慈禧半开玩笑的一句话，直说得大小臣工感叹唏嘘，有的还眼泪汪汪，劝解太后不必过于自责。慈禧略加沉吟，便要光绪、皇后和瑾妃陪她一起住知非堂，以便静思默念，而知昨日之非。

午膳过后，太后本该休息片刻，谁知她毫无倦意，再次向柳碧云谈起高府大门上悬挂的那块她亲题的"状元及第"匾额。她说："这块匾额本宫记得，是光绪二十一年（1895），为乙未科头名状元高凤阙题赠的，还认他做了干儿子哩！可是他辜负了本宫的一片厚意。”

太后本是金口玉言，听到如此评说，慌得柳碧云急忙匍匐在地，叩头说：“请太后老佛爷恕罪！高凤阙是小人的丈夫，小人愿替他向老佛爷谢罪！”

“哈哈，起来吧！”慈禧若无其事道，“都已经是过去的事了，本宫不过睹物思人，念及他的才华，才这么说。他也是年轻气盛，参与了不成体统的‘百日维新’，后来他的罪责，被本宫赦免了。他和康梁不同，听说他立志走实业救国的道路，这就对了！”说到这里，慈禧转身向大厅里的几个大臣瞧了瞧，看到恭立在侧的相国荣禄，问道：“荣中堂，你从京城追到太原行在所的时候，我记得你说过，洋人打进津门，将李鸿章的天津机器局和高凤阙的化工厂一把火全烧光了。是吧？”荣禄恭敬地上前回话：“是的，太后！”

听到这话，柳碧云的心像针扎一样骤然紧缩了，身子有些微微颤抖。她不敢追问丈夫是死是活，更不敢探问他去了何方，只怕问出破绽来。太后似乎察觉到她的些微变化，瞅了她一眼。柳碧云即刻警觉了。

接下来，慈禧问柳碧云：“‘第一商帮’的乾隆御匾怎没看到？那是一块名气很大的圣匾哩！”柳碧云回：“那块御匾悬挂在前街陕西商会门楣上，是全省商民顶礼膜拜的圣物哩！不过现在街上围观的人很多，只怕……”听到太后要上街看乾隆御匾，一路上带兵为太后护驾的甘肃布政使岑春煊俯身请命道：“太后，卑职这就出去派人静街怎样？”岑春煊从山西大同护驾至此，自恃功高，得势的猫儿欢似虎，说话唐突了些。慈禧将脸一沉，不满道：“不必！陕西民风淳朴，老百姓从没见过皇上和本宫，他们围观怕什么，那是欢迎！本宫也最喜欢老百姓，他们都是我大清的子民。要是静街，不是大煞风景嘛……”

柳碧云陪同慈禧一行拜谒乾隆御匾时，陆续有京中和谈代表及全国各地官府的紧急电报发往行在，由军机处不断报来。慈禧拿了电报稿，急忙返回知非堂处理政务去了。临行，告诉柳碧云让其将玉如意收好，随时听宣给她送去，她十分想看那个宝贝哩！

太后的懿旨无疑宣告了柳碧云的死刑，她失魂落魄回到高府，凭借自己对大清朝的忠贞，最后一次履行着东道主的义务。她先后查看了各位王公大臣的住房，又查看了门房、厨房和马厩。她急切地要在自己所剩不多的时间里见到大管家江千里，向他交代一件极其重要的事情。奇怪的是，竟没见到他的影子。问了仆人，也说不知。她心急如焚，只好留话给门房，让他回来后立即找她。

江千里是晚饭后到上房来见她的。他风尘仆仆，面带疲惫，好像有什么大事瞒着她。见到他这副样子，柳碧云不禁吃了一惊。

看到大管家进来，柳碧云给丫鬟小花、小草使了个眼色，她们会意地坐到外屋门口去了，并警觉地注视着往来的行人。

少顷，江千里恭谨地问："东家，你找我，有事?"

柳碧云给管家倒了杯茶，机密地说："对！我找你有什么事，你应该知道。"

江千里默默点了点头："我知道。"

"这就好！"柳碧云从窗口看了看外面的动静，压低声音说，"你的身份已经暴露了，我只怕马大牙向太后告密，你还是快点儿离开吧！"

"我不能走！"江千里恳切地说，"现在，处境最危险的是东家您呀！您想想，如果太后要看她心爱的玉如意，您又拿不出来，不是有杀头的危险吗?"

"危险是有一些，但总不至于杀头吧！"柳碧云说，"可你就不同了！太后已向各省总督和巡抚发出谕电，只要抓住反清人士，不管在哪里，不管罪状轻重，无须审判，立即就地正法。她说住进知非堂，这才明白一个道理：过去，对义和团，有人指责她包庇纵容，其实是她爱民如子，心慈手软，所以没有斩尽杀绝！"柳碧云说完这句话，双腿一软，瘫在床边，再也无力站起来了。她的这句话，不仅是说给江千里听的，也是说给自己的。她挂念着千里之外那个专门制造炸弹，要炸掉大清朝江山的丈夫。他的厂子被洋人烧了，那些炸弹还能不被官府察觉吗……

江千里许久没有吭声，他知道东家有着怎样的隐忧。然而，他不能告诉她，正是他将受伤后被北洋大臣追查而逃回陕西的高凤阙藏匿在少华山才回来晚了。

原来，洋人进攻天津时，对遇到的中方企业，特别是制造类企业，一律予以破坏或焚毁。他们不允许半殖民地的中国有制造业，中国永远成为廉价原料供应地才符合他们的利益。在攻打化工厂时，遇到了高凤阙率领的护厂队的顽强抵抗。洋鬼子仗着人多，兵分两路，前后夹击，推倒后门外的水上护栏，从货运码头首先攻入厂区。战斗打得十分惨烈，护厂的人员很快便伤亡殆尽了。这时，厂房的门窗陡然蹿出了火苗。高凤阙担心车间地下仓库暗藏的炸药和炸弹会发生连环爆炸，那样一来，不但工厂的秘密暴露无遗，而且今后再要恢复生产就难上加难了。目前，中山先生领导的革命者正需要他制造的炸弹啊！在此紧急关头，他顾不得蜂拥到面前的洋鬼子，连忙带着所剩无几的人员折回到车间灭火。谁知走近一看，纵火的原来是臭名昭著的汉奸马救时。他是趁着混乱摸进车间的。这个马家九爷，投靠日本后，这次又充当了八国联军的向导。高凤阙一看就气炸了，扔掉墨镜，迎着马救时冒烟的枪口扑了上去，和他扭打在一起。高凤阙勇猛得像头雄狮，硬是将这个无耻的败类活活掐死了，不过他也受了重伤。当满身是血的高凤阙从血泊中摇摇晃晃站起来时，大批的洋鬼子已拥上来将他包围了。他面对无数支顶着脑袋的枪口，大声用德语和日语呵斥着，质问他们为什么要非法进入自己的工厂。洋鬼子看他的样子既可怕又可笑，正要抓他去见德国统帅瓦德西，这时库房的炸药和炸弹全部爆炸了。洋鬼子有被炸死的，有负伤逃跑的，高凤阙被爆炸的气浪掀进了海河，总算捡回了一条命。接着，李鸿章回京主持谈判，将化工厂秘密制造炸弹一案交给北洋大臣、新任直隶总督袁世凯调查。负伤逃亡的高凤阙遂成为追捕的对象。

两个人都因为紧张而沉默着。为了说服东家赶快离开，江千里索性将肚里的话全部掏出来："东家，您既然知道了我的身份，在下也就不瞒您了。我已布置好了人马，随时准备起义。在起义之前，我不想看到您做无谓的牺牲。"

柳碧云对此虽早有心理准备，听了这句话，还是十分愕然。她愣愣地望着眼前这位文质彬彬的书生，半天竟说不出话来。自从在南山子午道上首次见到他，自己就被他身上那种刚毅、果敢、睿智的气质吸引住了。他和丈夫高凤阙一样，都有一种大无畏的自我牺牲精神，然而，他处处表现得更加成熟和稳健。柳碧云至今才明白，这正是一个革命的领导者应具有的素质。他说话声音不高，却令人心服口服；他办事不慌不忙，既井井有条，又效率极高；他还有一个不为众人所知的才干，即武功超群。他从国外学成归来，从不在人面前提及这些事情或卖弄才华。他至今一直单身，却从不对女色表现出兴趣或谄媚。他在高府虽然时间不长，却赢得了上下一致的好感。柳碧云认为，世界上只有像他这样的男人才真正称得上是男子汉，虽然他看上去有些文弱。

想到这里，柳碧云知道，他已决定的事是无法阻拦了，但有一点必须告诉他：自己是朝廷封赏的三品诰命淑人，君君臣臣、父父子子的观念是融化在血液里的，她不愿看到他们在高府的大墙内犯上作乱，以免落得个乱臣贼子的恶名让后人唾骂。于是冷静道："我已做好了赴死的准备，就是被太后杀了，是我罪有应得，我绝不会背叛朝廷。你的事我要叮咛一句，要举事，不许在我的府上！"

江千里正要说什么，坐在门口"翻交交"的丫鬟小花忽然咳嗽了一声，这是告诉主人有人来了。柳碧云让大管家坐着别动，自己快步迎了出来。走到上房门口一看，原来是岑春煊带着两个卫兵，由马伯牙领着，急急忙忙走进庭院。一望而知，是来抓人。他们提前动手了。

"柳商总！"马伯牙在台阶下一抱拳道，"鄙府有一个戏子跑了，没法给太后演戏。岑大人担心他跑出来勾结乱党，所以一定要找到他。我们那里已搜查过了，岑大人要到贵府看看。请行个方便吧！"

柳碧云诘责道："马老前辈，你说的话，晚辈怎么听不明白呀！既然是你们府上的戏子，怎么会跑到我这里来？又说他勾结乱党，好像我这里成了乱党的巢穴？照你这么一说，太后和皇上的圣驾在我这里还能安稳吗？"

柳碧云三言两语将马伯牙的伪装剥得一干二净，马伯牙顿时恼羞成怒：“柳商总！你既然把话说到这个份儿上，我不妨明说了吧！你千方百计将太后和皇上接驾到你这里，可是，你的府上却藏着一个乱党的头目。你说，你到底是何目的，是不是他的同谋？”

柳碧云正要说什么，只见岑春煊一挥手，从大门外跑进来十几个士卒，抢进屋里翻箱倒柜搜寻了一阵，没找到什么，又退出来分作两路，到其他房间搜寻去了。岑春煊站在台阶上，一手按着腰刀，恶狠狠地瞪着柳碧云：“请问，贵府的大管家呢？”

柳碧云道：“接驾的事千头万绪，上百口人要吃要喝。他呀，下午买菜回来，这会儿，可能又去买粮食了！”

岑春煊拔出雪亮的腰刀：“你胡说！刚才有人看见他还在你这里！”

柳碧云将手一扬：“请大人进屋再去搜查一遍吧！”

“你把他放走了！”岑春煊说。

柳碧云正要反驳，这时，从墙头和大门外，随风飘来太监们紧急的传谕声：“太后老佛爷有旨，宣三品诰命淑人柳碧云带玉如意觐见——”

3

阴晦的天空飘起冰冷的雨点子，奉命勤王的各路兵马不断集结到千乘镇来，苍茫的暮霭中，大街小巷随处都能碰到一队队操着外地口音牵马寻找住处的军卒。柳碧云来不及换上朝服，用蓝花布包袱将装着二百二十万两宝钞的木盒子包了，疾步向知非堂走去。

柳碧云来到前堂客厅，刚刚受命出来的王公大臣们尚未散去，看她进来，一个个满脸怒容，鼻子嘴巴都是歪的。不知是嫌下午的饭菜不好，还是因行在驻地出现了未经查证的匪首而怪罪于她。这种骤然的变化真可谓冷暖两重天。柳碧云没工夫搭理他们，表情肃穆，神色凝重，缓步穿过客厅，向后面的堂屋走去。

此刻，在终将见到太后之际，柳碧云反而没有了当初的惴惴不安。如一个赴死殉节的英雄，如一个拯救灵魂的圣徒，她横下一条心，一步步从容地走向刑场。有什么法子呢？玉如意早已碎裂难寻了，江千里身份的被举报又使她雪上加霜，她此番必死无疑了。临终前，为了最后表示对大清朝的忠诚，她决定将自己用生命保存下来的大清宝钞全部捐献出来。至于太后要杀要剐，就随她去吧。

扣在屋顶瓦楞上的灰色云块吞噬了高耸的甍脊，黑黢黢的墙面上，窗户和大门透射出猩红的血光。柳碧云从来没有像今天这样感觉到知非堂的这座上房，如同一只张开血盆大口的怪兽。庭院里和走廊上，布满手握刀枪的岗哨。尽管凄风阵阵，苦雨层层，他们仍一动不动伫立着，如同凝固了的石雕。柳碧云在太监女腔女调的“见驾”声中，迈步走进堂屋。

“下跪者可是柳碧云？”

柳碧云叩头请安后，太后坐在八仙桌旁冷冰冰地问道。

“是小人！”柳碧云不敢抬头。

“你好大的胆子！”慈禧突然将桌子一拍，怒冲冲道，“你家里竟然暗藏着乱党的头目，为何不禀报本宫？难道你要和他一起算计本宫吗？”

听到这话，匍匐在地的柳碧云即刻大汗淋漓了，口中连连解释道：“请太后恕罪！小人的管家江千里，原来在少华山当过几天土匪。后来，在朝廷的感召下，他改邪归正了！他不是乱党头目……”

“你敢为他狡辩？”太后喝问道，“你们家里，除了他，还有谁是乱党分子？”

柳碧云慌忙回答：“小人确实不知！”

“你是不想交代！”太后冷笑着，“传证人！”

随着太后一声召唤，柳碧云这才抬起头来。她看到，屋内只有太后和两名太监，其中一个是大总管李莲英，光绪皇帝没在场，可能已经歇息了吧。须臾，岑春煊带士卒押着一个身材不高的青年男子从中堂后面进来，身后跟着马伯牙。这名男子是马家戏班的小生，因为勾引豌豆花，常到高府来。他们叩头请安后，太后道：“下跪者报上名来！”

马伯牙和那小生均报了自己的名字，原来那小生外号叫“娃娃鱼”，是汉中人，十七八岁，因生得乖巧机灵，细皮嫩肉，从小在戏班演娃娃戏出了名，人称“娃娃鱼”。

太后问：“娃娃鱼，你说高府大管家江千里是哥老会首领，有何证据？”

娃娃鱼回：“是他说服小人加入反清的哥老会，所以小人知道他是首领。”

太后的木瓜脸上飘过一层阴云，修长的凤目闪出一道凶光。她最厌恶的字眼就是“反清”二字，遂耐着性子又问：“你知道在高府里面，还有谁是哥老会成员？”

娃娃鱼卑怯地盯了柳碧云好大一会儿，他毕竟是一个刚长大的孩子，照实说道：“哥老会组织十分严密，小人刚刚加入，所以不能乱猜。”

“好吧！”太后看了看岑春煊，“岑藩台！你有办法让他开口吗？”

“是！”岑春煊走上前，令两个卫兵将娃娃鱼双手反剪，向门外拖去。娃娃鱼一看事态不妙，连忙哭喊道：“太后，饶命啊！其他人我确实不知道哇……”

门外传来皮鞭抽打在人体上响亮而刺耳的声响，娃娃鱼撕心裂肺地哭喊着，柳碧云不忍心再听下去，垂泪道：“太后！请您高抬贵手饶了他吧！小人府上的仆人小人了解，再不会有哥老会成员。小人愿以性命担保！”

“什么？你以性命担保？本宫的安全你担保得了吗？”慈禧声色俱厉，“你既然敢于担保，为什么家里出了个哥老会的匪首？这又做何解释呢？”

柳碧云无话可说了。她缩着肩膀，浑身颤抖，哭跪在那儿，如同一只掉进开水锅里的青蛙。

门外，娃娃鱼的哭喊声渐渐小了下去，慈禧侧耳听了听，气咻咻叹了口气。李莲英连忙给她递上一支白铜水烟袋，恭敬地点上火，慈禧缓缓抽了两口，烟雾从她长鼻梁的鼻孔里喷出来，她斜着眼瞟了瞟柳碧云：“玉如意带来了？”

“回太后，”柳碧云从地面抬起头，“小人该死！那柄玉如意，小人在新婚之夜，投入火炭，已经……已经裂毁无存了！”

“啊?!”慈禧震怒地站起来，将白铜水烟袋重重地砸在桌面上，“你真是胆大妄为！那柄玉如意是本宫的心爱之物，你知道吗？它陪着本宫经历了多少凄风苦雨，饱受了多少磨难？它就是本宫的生命之所系，它就是本宫对死去的皇儿的思念。你……你竟敢将它毁于一旦？你眼睛里还有没有本宫，还有没有我大清皇朝……来人呀！”慈禧已经顾不得体面了，高喊道：“将柳碧云三品诰命淑人名分除去，拉出去立即正法！”

听到太后的谕令，已经歇息了的光绪皇帝以及在前厅值守的荣禄、端方等人一起拥进上房，跪地请太后圣安，劝慰太后稍息雷霆之怒。

慈禧仍不依不饶地嘟囔着，在他们跪倒的砖地上快速踱着步子。面对慈禧的刁钻和蛮横，室内的人莫不胆战心惊，不管悚立的，跪地的，全都噤若寒蝉。此刻，人们注意到，一直陪伴耳际的娃娃鱼的哭喊不知何时悄无声息了。只见岑春煊进来禀报道：“太后，他……死了！”

慈禧将眼睛一翻：“他怎么就死了?”

岑春煊有些歉疚：“他，他原来不经打。”

“死就死了吧！”慈禧稍稍平静了一下，让皇帝和官员们起来。她忽然看到地面上仍然下跪的柳碧云面前的蓝花布包袱，问道：“那包袱里是什么?”

柳碧云跪地打开包袱：“是小人向太后捐献的二百二十万两大清宝钞。”

“大清宝钞?”慈禧不解，“捐献这东西有什么用？那是户部给各省下发的。”

李莲英窥视着慈禧的眼色，将木盒子连同里面的宝钞一起捧给太后，慈禧翻着一沓沓整齐的宝钞：“怎么这么多?”

端方上前一步说：“这些都是户部摊派给陕西的，还有官钱局多年的积压。由于陕西连年旱灾，所有行业生意萧条，柳商总就，就全部认购了……”

慈禧仍然余怒未息：“认购就认购呗，现在捐给我，分明是要羞辱本宫！这还得了？你们说，怎么处理……怎么处理……”

慈禧尖厉地高叫着，将宝钞掏出来，甩得满地都是。慈禧还要发作，这时，突然从镇子的远处，传来一声惊天动地的巨响。接着，枪声大作，喊杀阵阵，室内的人全都吓呆了。慈禧正要问怎么回事，只见渭南知县景道蕴惊慌失措跑进来禀报说：“太后，不好了！哥老会在镇子上暴乱了！外面车驾已经备好，卑职保护您快跑吧！”

屋内顿时乱作一团，不少官员乱纷纷跑来请旨，他们显然是从梦中惊醒的。一会儿，皇后和瑾妃也衣冠不整地哭跑进来，一屁股跌坐在地，浑身筛糠一样，战战兢兢，再也无法站立起来。慈禧毕竟干练老辣，镇静道：“慌什么，枪声远着哪！渭南县衙就不用去了，连夜赶赴西安！”

室内的人得到旨意，陆续退出门去，慈禧在李莲英的搀扶下，临出门，对岑春煊说：“既然是哥老会作乱，将柳碧云绑在本宫的车驾后面，让她为本宫做人质……”

4

柳碧云被拴在慈禧的御辇后面，跟着车驾，连夜向西安方向进发。多亏她从小与哥哥争相比练武功，又天生一双大脚，奔跑起来，如同一头年轻的牝马，即便被石头绊倒过两回，幸而没有被卷入铁毂轮下成为关中道上屈死的冤鬼。

两宫车驾仪仗连夜赶路，到达临潼县城，正是群鸡咯咯乱啼的黎明时分，早有县衙官员跪在道旁接驾。惊魂甫定的太后老佛爷一路上再没遇到什么匪贼，后半夜倒安稳地小睡了一会儿。她在车厢内坐起来揉了揉眼睛，撩开窗帘，首先看到的是缚着绳子、衣裙汗湿、赤着脚、头发散乱的柳碧云。她不禁吃了一惊，恍惚记起昨晚的事来，不由得心头一软叫道：“快快给云儿把绳索解开！本宫做梦她被车驾在地上拖死了，没想到她还活着！”

说话时，李莲英已解开了柳碧云手上的绳索，她正要跪地叩头谢恩，慈禧在车辕上一把拉过柳碧云，抱住她的头流泪道：“云儿呀，咱娘儿俩真是有缘分。我不知怎的，看见你就打心眼里喜欢。你的忠心娘知道了！二百二十万两大清宝钞，够买三四条铁甲舰船哩，那是常人所不能为的！我大清人人若有你这般忠孝，何愁江山不兴，洋鬼子还能打破京城吗……”

说到“常人所不能为”，勾起了太后的一番心事，不由得哭泣起来，凭谁也劝解不下。作为一个女人，作为病弱国家独当一面的女人，失夫之痛，失子之痛，失京之痛，以及被洋人追檄声讨的恐惧，国人千夫所指的骂名，乱党时刻刺杀的危险，这些常人难以忍受的苦厄，怎么全都让她遇上了？看到蓬头垢面跣足而立的柳碧云，她的忍辱负重与自己如出一辙，她此刻的形象难道不是自己千里逃亡狼狈不堪的写照吗？于是，一向坚强的、在人前从不落泪的太后一时触动了心灵深处最痛的心弦，竟以泪掩面难以自已了。

太后恸哭不已，皇帝和群臣也都跪倒在地陪着一起哭天抹泪。“渔阳鼙鼓动地来，惊破霓裳羽衣曲。”一千一百多年前历史上惊人相似的一幕今天在这里又重新上演了。黎明前的熹微中，背负亡国之辱的中国君臣们真正感到了丧权辱国的切肤之痛。

大家痛痛快快哭了一回，太后渐渐收住泪眼，李莲英赶紧提醒道：“柳碧云谢圣母皇太后认女之恩吧！”

柳碧云听到后，立即跪倒在车驾旁，口称：“谢圣母皇太后隆恩！女儿柳碧云祝圣母皇太后万寿无疆！”

光绪、皇后、瑾妃和群臣们见此状况，一起上前向太后母女祝贺，慈禧下谕说：“吾儿柳碧云听旨！恢复你三品诰命淑人之衔，从今往后，你就随时伴驾，做本宫的护卫女官！”柳碧云谢恩之后，慈禧喜笑颜开说：“临潼华清池即在眼前，那里有唐明皇和杨贵妃沐浴的龙汤，今天你就陪着为娘洗浴一番，咱们好喜气洋洋进西安！”

太后如此一说，昨晚因遭遇暴乱而笼罩在人们心头的阴霾立即烟消云散了。队伍内，人人跃跃欲试，个个摩拳擦掌，要在这千年名池内洗去一路的烦恼和尘埃。这时，天空渐渐明朗起来，一轮红日钻出云层，将微雨过后的骊山照耀得青翠欲滴。华清池的亭台楼阁历历在目，仿佛在招手迎接这些远道而来的贵客。

突然，从来路的官道上疾驰而来三匹快马，他们穿着公人服装，一看而知是紧急报信的公差。三匹快马走近了，原来是渭南知县景道蕴带着两名衙役。下马后，景道蕴跪禀道："太后，作乱的匪贼全部包围在陕西会馆院墙里面，他们负隅顽抗，死不投降。请太后下旨，如何处置？"

太后看了看骊山上飘动的白云，将嘴一撇："那还不好办，放火烧呗！要让所有作乱的匪贼知道，为难本宫，不会有好下场！"

景道蕴正要站起来，又请示说："那块乾隆御匾怎么办？它是先朝圣物呀！"

慈禧不假思索说："烧呗！为当今计，已顾不得那么多了……"

江千里原本布置周密的武装起义，因内部倒戈而归于失败了。他从少华山调集来五十多人，连同在高府和马府发展的二十多名哥老会会员，一共七八十人。大家聚齐后，拿起早就存放在陕西商会会馆的洋枪，俨然是一支很有战斗力的武装了。他们的任务是"打草惊蛇"，只要将慈禧一行赶出千乘镇就立即退出战斗，然后与拦路截击的队伍合兵一处，从而一举完成活捉慈禧和光绪的伟大起义目标。但是，担任截击任务的少华山新头目秃子李叛变了，他不但没有下山，反而将留在山上养伤的高凤阙捆绑起来，准备向慈禧投诚邀功。秃子李是马霸朝的部下，本是一个兵痞。马霸朝在西安被巡抚处决后，他担任了少华山的头目。长期以来，他曾和哥老会的弟兄发生过多次摩擦，但这一次态度十分坚决。江千里也是事出紧急，才重用了他。这样一来，本不打算恋战的起义队伍变成了孤军作战，很快被超出自己十几倍的各路官军钳制住了。这场战斗打得十分惨烈，伤亡在迅速扩大，最终仅剩下十几个人，在江千里带领下边打边退，被包围在会馆之内。

一束束火把从会馆门脸的窗口和墙外扔了进去，一会儿，从里向外射击的枪声停歇了，只听见里面的人在高唱哥老会会歌，并呼喊着反清口号。当烈焰和浓烟完全吞没房顶时，里面便只有噼噼啪啪的火焰燃烧的声音了。麇集在远处的层层官军，眼看着会馆的殿堂在燃烧，在倒塌，那块被视为圣物的乾隆御匾在燃烧中跌落下来，从此便灰飞烟灭了……

第二十七章　奔向南方

1

受了重伤的高凤阙被秃子李捆绑在一驾牛拉木轮大车上，由十几个弟兄看押着，离开少华山，吱吱扭扭走上官道，吆喝着向西安方向赶去。他要将这位暗藏的反清会党要员解往省城，亲自交到太后老佛爷手上。大笔的赏银自不必说，再封个一官半职不就撞大运了？他最眼红的莫过于马霸朝那把总职位，手上带着一杆子绿营士兵，任你敲诈勒索，耀武扬威，欺男霸女，为所欲为，老百姓屁也不敢放一个。银子搞到手了，女人也玩弄过了，岂不比山寨苦守寂寞痛快？不过这高凤阙发着高烧，他严重毁容，相貌丑陋，看上去三分像人，七分像鬼。秃子李单怕高凤阙死在路上交不了差，辜负了自己的一片苦心，于是给他身上盖了块烂席片。在有限的条件下，如此待遇，也算是对他最大的恩典了。

走到省城东稍门外便遇上戒严，秃子李好说歹说，费了很多口舌硬是不被放行。他心里骂："他娘的，大清朝的屁股眼子真难舔！赏银没拿到，反要老子掏腰包？怪不得山上的道士算你寿命不长了！"无奈，只好掏出一锭脏兮兮的银子。差役们嫌少，口说："你们人多。"正在抱怨，驾的一声，秃子李已打着牛车闯关过去。这老黄牛真通人性，给差役脚下屙下大摊稀牛粪，秃子李心想，总之是牛屙的不是我屙的让它臭着去。

秃子李从小家穷，头上生了癞癣，母亲抱住他的头用蒜瓣子蘸了黄土往头皮上抹，疼得他眼泪汪汪在母亲大腿上咬了一口。后来父亲带他到西安八仙宫，内有座药王殿，专门向穷人施舍；求来一种宫内自制的黑药膏，很灵验。那道长也姓李，名字忘了，认作干爹，总算生出了一些稀疏的头发。医学上叫“斑秃”，伙伴们叫“猪毛夹豆渣”。为了遮丑，不管冬夏他头上总扣着一顶旧礼帽，那是他的命根。

从东稍门进西安，必然要经过八仙宫，这是一座著名的道观，传说是唐代落第书生吕洞宾被钟离权点化的长安酒肆所在。远远望去，只见街道上人山人海，七八顶蓝呢大轿停放在山门前，一大群衙役拿着水火棍不让人们靠近。一打听，原来是前几天慈禧太后和光绪皇帝从这儿路过时，在观里的西花园住了一晚。慈禧笃信佛道，虔诚许下心愿，今天专门派出大臣和新任陕西巡抚岑春煊封赏来了。恩赐住持道长李宗阳“玉冠紫袍真人”称号，并赐银千两重修山门，还同时送来两块御匾，慈禧亲题“洞天云籍”，光绪亲题“宝箓仙传”。

秃子李闯不过去，对衙役说他进城要见太后。衙役鼻子一哼：“太后是你见的吗？”秃子李不服：“太后怎不能见？”衙役说：“算你今天有运气，能见到岑抚台，就烧了高香了！”

大约等了一顿饭工夫，李道长送官员们出来。李道长中等个子，六十岁左右，留着花白的山羊胡须，身材清瘦，不过精神很好。只见他满面春风，头戴玉冠，身穿紫袍，那大约就是慈禧赐给的，很是神气。秃子李突然眼前一亮，李道长不就是自己的干爹吗？他想，自己乃山寨草寇，要见抚台，恐不大容易，何不让李道长引荐呢？这样想着，拨开人群，猛地冲了上去，用汗湿的脏手拉着李道长华丽的袍子下跪道：“干爹呀！儿子今天看你来了，恭喜恭喜呀！”李道长一愣：“你是谁，有什么事情？”秃子李说：“你忘了？你给我看过病，儿子有要事禀报抚台大人！”李道长救治过的病人很多，只要从街上走过，总有人猛不丁向他磕头，因此已见怪不怪了。他指着身旁的岑春煊说：“这就是抚台大人，你给他磕头吧……”

岑春煊坐轿子在前面走着，仪仗开道，筛锣鸣响，好不威风。秃子李一行牵着牛车，夹在看热闹的人群里，紧紧跟在后面。他们直到西大街临时抚署门前才停了下来。慈禧和光绪住进北院门陕西抚院以后，岑抚台便搬出来在这里办公了。秃子李等人被带进府衙，一番讯问，才知报官的是名气很大的状元郎高凤阙，也就是那个漂亮女人如今做了太后护卫女官的柳碧云的丈夫。岑春煊年龄不大，三十来岁，外表贤良，内藏奸狡。他脑子一转，生出一个计谋来，只要将高凤阙扣留在自己刚刚买来的宅院里，至少可以达到两个目的：第一，如果查明高凤阙是乱党要员，那么自己就给朝廷立下首功一件；第二，高凤阙在自己家里，如果用他作钓饵，就能钓柳碧云上钩。此计一箭双雕，妙不可言。自从在千乘镇见到那个风姿绰约的女人，不知怎的，自己的魂就被她勾走了。

岑春煊是广西人，父亲曾做过云贵总督，从小生长在官宦之家，本是个不甚读书的纨绔子弟。高凤阙的名声，对他来说可谓如雷贯耳了。那年高凤阙在京殿试中状元时，他在桂林乡试，因请妻弟代笔，才中了个举人。后来得到经慈禧御批的高凤阙的三篇策论，至今仍是他官场应答的范本。前两年岑春煊赴甘肃任藩台，妻子刘氏因不习惯那里干燥的气候，仍留在山水甲天下的故乡桂林。他这次一接任陕西巡抚，便在西安保吉巷购置了一处大户人家的宅院，准备日后将夫人接来。现在正好空着，可将高凤阙安置在里面，从而做成好事。

岑春煊从小目睹父亲做事，生杀予夺，毫不留情，动辄杀戮千人。既然最终要将高凤阙交出来审判，这功劳不容他人分享，那么留下这十几名草寇，只能对自己不利。想到在千乘镇那一夜，遇到这帮草寇暴乱，半夜里吓得屁滚尿流，匆忙护驾狼狈逃回。于是不分青红皂白，将这十几人全部绑了，一道签令，便将他们的人头割下来挂在钟楼下的台墀旁，罪名是“乱党会匪”。可怜秃子李黄粱美梦没有做成，生生献上了自己和十几个弟兄的性命。

最近以来，在西安城，柳碧云算是最风光的女人了。自从当了太后的护卫女官，每逢太后外出巡幸，她便轻服窄袖，佩挂腰刀，或骑马在侧，或同辇而行。太后若不出门时，她便有一个别样的任务，即押着四驾牛拉木桶水车，到西安城南三十里的少陵原下九龙潭去汲泉水。只因西安城内井水咸卤，太后和王公大臣们饮用不惯，而九龙潭泉水清澈甘冽，久负盛名，女皇武则天有《游九龙潭》诗以赞之，自然成为御用的佳品。

这天下午，柳碧云刚刚押着牛车走进南门瓮城，碰到了早就等候在这里的岑春煊。岑抚台一拱手说："柳侍卫，能否下马一谈呀？本官有一件事情想问问你。"柳碧云对岑春煊没有什么好感，千乘镇为搜查乱党闹得很不愉快。不过，他是护驾有功的新贵，不能驳了他的面子，便令牛车停下，到瓮城的关帝庙喝杯茶歇息。

二人进入客厅，小道童献上茶来。岑春煊问："柳侍卫，您认不认识一个叫高什么阙的人？"柳碧云一听自己的丈夫有了下落，连忙问："是高凤阙吧？他是贱妾的丈夫。岑大人，您知道他的下落吗？"岑春煊嘿嘿笑了，站起来卖关子要走："本官公务在身，今天见到你，不过随便问问，听说他伤势很重。"听到这话，柳碧云更加着急，追了上去："他伤势要紧吗？岑大人，快带我去看看！"岑春煊是钓鱼的老手，他知道，就这样将柳碧云带入家去，她是不会就范的。一定要将她的胃口吊起来，吊得高高的，让她跪倒在自己的脚下。那时候，一个百依百顺的美人就到手了。于是，他道貌岸然地说："不行！他是乱党要员……"说着，径直出了关帝庙，乘轿子走了。

回到住处，柳碧云急得在屋子里团团转，心绪陷入极度的混乱之中。岑抚台云三雾四的话语，到底想告诉自己什么呢？化工厂爆炸后凤阙受了伤，看起来不轻，但是，眼下他到底在哪里呢？难道落到了岑抚台手上？既然在他手上为何不向太后禀报？莫非岑抚台暗中加入了兴中会？不可能吧。看他在千乘镇搜寻江千里的那副卖力样子，看他后来打死娃娃鱼那种狠毒的劲头，他绝不是兴中会成员。如果是的话，也该对自己人说句实话。不管怎么说，他是想帮自己，但出于谨慎，不便将话说明罢了。南门瓮城人来人往，眼目繁杂，不是说话的地方，应该另寻地方才对……

柳碧云总算将乱麻一样的思路理出了个头绪，此时此刻，她多么急切地想再次见到岑抚台呀！

一夜辗转反侧，柳碧云怎么也睡不着，她盼望天明再去拉水。早上起来一看，又是大红日头，御膳房说昨天的四大桶山泉早已用完了，仅剩一壶够太后早上喝的。

柳碧云押着牛车回来经过南门瓮城，岑抚台果真在关帝庙门口拉条长凳坐着，督促士兵在检查过往行人。不知怎的，当柳碧云看到他那深陷的眼睛时，一阵害怕，突然改变了主意。他的眸子幽暗如洞，仿佛隐藏着很深的阴谋。不等岑春煊站起来，柳碧云打马走掉了。

柳碧云真正进入岑春煊的宅院是三天后的一个下午。她急切想见到自己的丈夫，是死是活，总得见上一面，总得看个究竟。至于岑春煊，防着点儿就是了。

岑春煊在前带路，柳碧云紧紧跟着，七拐八拐，来到一个幽深的走廊，而且愈走愈深。柳碧云蓦然醒悟过来，这哪是去见丈夫呀，分明是想强暴于我。这种情况下，是别想见到丈夫的，即便见了丈夫，丈夫距死期也就不远了。这样想着，她停下脚步，要往回走。这时，她的身前身后，忽然跳出来五六个壮汉，每人手里都拿着明晃晃的腰刀，就要上前捉她。柳碧云本能地拔出刀来，大喊道：“岑春煊，你眼睛放亮点儿！我是太后的护卫女官，你敢动我一根指头，我要你的好看！”

壮汉们被镇住了，岑春煊走过来：“你不见你的丈夫了？”

柳碧云愤恚道：“让他们走开！我告诉你，没有我丈夫的书信，我不会再来这里！”

岑春煊犹豫了一下，令家奴将道路让开。柳碧云立即大踏步走了出去。

岑春煊再也没能向柳碧云送上什么书信，因为，高凤阙在一个黑夜里逃走了。

2

原陕西巡抚端方被褫夺官职实在冤枉，竟然是因奉献地方风味美食“钱钱肉”见罪于太后。本该立即推出斩首，只恐名声不大好听，留下一条活命，暂时在军机处行走，当了一名传递公文的小跑腿——传差。

端方在宣化府奉旨赶回西安抢修行宫，因工期太紧，便雇请了大批民工，令他们昼夜不停，吃喝全在工地。一日，他到工地视察，发现从西府凤翔一带来的民工，常常为争食一种叫作钱钱肉的腊肉制品吵嚷不休。这种肉端上来只浅浅一碟，一人夹不到一筷头就没了。端方感到奇怪，对厨师说：“你们也太小气了，钱钱肉既然好吃，来一大盆多好?”在场的人听罢，皆掩口而笑。端方是满洲人，当然听不懂他们暗中说了些什么。厨师给他尝了一片留着自己吃的钱钱肉，果真好味道。这片肉如铜板大小，颜色绛红，肉质鲜嫩，咀嚼筋道，其味入口浅淡绵长，清香四溢。最令人称奇的是，每个肉片中心均有一个方不方圆不圆的小洞，那种刀工，绝非人力所为。整个形状酷似麻钱，顾名思义，叫钱钱肉恰如其分。端方品尝后连连说好，但仍不知这东西到底来自何物。厨师看他实在，告诉他，这就是腊制的公驴的“驴圣”，即生殖器。端方这才明白，物以稀为贵，怪不得只有小小的一碟儿呢。

慈禧住进抚署的第二天，对端方说：“小端方呀！你知道太后我胃口不好，在京的时候，那些山珍海味猴头燕窝我都吃腻了。好不容易到民间来，咱就讲个入乡随俗吧！这西安是十三朝古都，周秦汉唐传下来的好东西不少，也就不用像宫中那么破费了。陕西正在遭灾，你就拣那百姓爱吃的小吃给我弄来一两样，也好开开胃口！”

听太后这么一说，端方立即想到了钱钱肉。那东西要说开胃口，应当最好不过，色味香俱佳，瘦而不柴，筋而不疲，软硬可口，余味悠悠。

果然，慈禧一下子便吃了整整一盘钱钱肉，第二日还要再吃。大总管李莲英没劝住，看她吃完，太后抹抹嘴巴高兴道：“端方呀，好孩子！你真有孝心，本宫想提拔你，可这眼下正在逃难，还不知能不能回京呢！这样吧，你记住，今后你就是提拔到哪个部院，别忘了让陕西每年给宫中进贡一千斤钱钱肉！”

端方一听就蒙了。我的亲爷爷，一千斤？有那么多的东西吗？要是将全中国的公驴全杀光了，也攒不下一千斤。遂禀报说：“太后，不行！这东西是缺物。”慈禧有些不大高兴：“什么东西这么金贵？天下者，本宫之天下也。臣民者，本宫之臣民也。本宫爱吃，岂能没有？取来，我看看！”

太后下旨，岂能不遵？于是，厨子将一只未切成小片的原物用食盘装好，上面盖着洁白纱巾，端上来放在太后面前。太后盛盛一颗搜奇探胜之心，满满一番惊喜玩味之怀，用手轻轻揭开纱巾，“哎呀！这是何方怪物？”仔细看那硕大而几乎鲜活起来的东西，不禁瞠目结舌：“这是，这是……这是你要羞辱本宫，欺负我是一个寡妇嘛……哇……哇……”

太后一边哭一边呕吐不止，端方能有好日子过吗？

这天上午，端方在军机处当值，电报机嘀嘀嗒嗒响过之后，译电御史拿着电报稿站起来对他说：“赶快！北洋大臣袁世凯急电，有重要事项禀报太后。快快送去！”

端方接过电报稿一看，原来是如下内容：

北洋大臣直隶总督袁世凯跪奏：现已查明，被洋人烧毁之天津化工厂，乃孙文兴中会逆党秘密制造炸弹之所也。其总经理兼技师高凤阙受伤后逃回陕西，请旨查处。即日。

看过电报，端方急忙从西厅的军机处出来，向东花园“小方壶”跑去，太后下榻在那边的平房内。跑着跑着，不由得想起做了太后护卫女官的柳碧云。心想这一下她完了，不是被凌迟处死，也得打入天牢，谁让她是高凤阙的妻子呢？但是话说回来，这个女人毕竟在自己最困难的时候帮助过自己，自己至今一直欠着她的人情，而且是一份很大的人情哩！端方是个实在人，欠着别人的人情，仿佛吃东西没消化，总搁在那儿滞得难受。他想，柳碧云就住在太后的后边，这会儿时间还早，最好她还没有出去，如果在梳头或洗漱就好了。给她打个招呼，让她快跑。抬头看了看太阳，已经到头顶了，他立即笑骂自己，真是急昏了头了，伺候在太后身边，哪有嗜睡不起的道理？端方虽这样想着，还是不由自主绕到柳碧云窗前，轻轻敲了敲。里边没有回声，他遗憾道："可怜的女人呀，你的杀身之祸来了，不是我端方不救你，实在是你命苦啊！"

转过花园，走进太后临时处理公务的朝堂，这是一排房子尽头的一间连接卧室的大客厅。小太监引入后，抬头一看，柳碧云正站在太后下首，她们可能刚刚拉过什么家常话，脸上都洋溢着动人的光彩。太后稍稍平静下来，问："有电报？"端方跪答："加急电报！"太后问："哪里来的？"端方没有回答，只是将电报呈上。

太后的凤目在电报稿上飞快浏览完毕，脸上顿时颜色大变。她将电报稿贴在膝头，沉着脸一言不发，暗暗瞅了瞅跪在脚下的端方。他眼中的那份慌乱，还是被太后轻易察觉出来了，咄咄逼人的目光剥得他体无完肤。太后叹了口气说："本宫历来主张，一个人在一个地方不能为官久了。久了，必然囿于人情而疏于律例。再好的官员也是这样。端方——"端方回答："小臣在！"太后说："你本是个人才，只是历练还不够。给你一个机会，到河南任布政使去吧！"

端方正要谢恩出去，新任巡抚岑春煊进来请命，太后有意让死啃书本的书生跟着官油子学一手，说："端方，你等一等。"接着将电报稿交给岑春煊，让他当着柳碧云的面看完，然后注视着他的眼睛："本宫的意思，让你怎么办，你明白吗？"

岑春煊眼珠子转了转，瞥见护卫女官柳碧云端庄地站在太后的一侧，立即领会了老佛爷的意图。那无疑是将前两天自己的做法翻个版过来，以柳碧云为钓饵，钓高凤阙上钩，于是叩头说："小臣明白！"

3

当一个人决定向代表国家最高权力的统治者效忠时，所表现出的那种毫无保留殚精竭虑的精神往往是令人咋舌的。柳碧云就是这样。她要以自己对慈禧的最大热忱、最大忠诚，来洗刷丈夫高凤阙的一切罪过。

自从两宫西狩来到西安，尾随其后的山东、河南、河北和京津一带的难民以及陕西的饥民大约聚集了十万之众。他们拖儿带女来到古都，一下子塞满了这座府城的大街小巷。一路上长途跋涉，大多衣不蔽体，贫病交加，早已病弱不堪了。商家的店铺门前，每天早晨开门都能见到倒毙不起的饿殍。这天下午，柳碧云押着水车路过钟楼旁的开元寺门口，忽然看到一大群难民围着一乘轿子，将里边的人拉出来殴打。一打听，原来有认识这个人的，说他是相国荣禄。老佛爷命他担任西狩期间的总管大臣，因他的老婆刘氏在宫中时常陪伴太后左右，没想到奔赴行在的途中得病死了。太后十分悲痛，念及旧情，赐她为“福晋”，即王妃名号，并赏赐荣禄黄马褂、双眼花翎、紫貂加太子太保衔，转文华殿大学士。这一大堆殊誉不能说与他老婆无关。没想到刚刚设棚吊祭过后，他不知尽职尽责想方设法救济灾民，却暗中到开元寺狎妓来了。你说，百姓焉能不气？

柳碧云听说后，急忙分开人群过去，一看确是中堂大人。她将动手打人的人赶快劝开，让轿子走了。然后站上牛车，对四下围拢过来的人高声说：“各位父老乡亲！小人是咱陕西的商户，现在是太后老佛爷的护卫女官。今天回去，一定将咱百姓的意愿转禀太后，太后一定会按民意下旨的。本来，早就该设粥厂放舍了。大家知道，太后老佛爷千里迢迢而来，两手空空呀！咱陕西的商家，上个月刚刚被汇丰银行洗劫一空了。不过，大家放心，办法总会有的。现在正从各地向西安调集钱粮，我想，近两天就会开设粥厂了！只希望各位父老乡亲你们回去好好看看，自己吃饭的家什准备好了没有！咱西安到处是秦砖汉瓦，别随便拾个瓦片子来打饭，那可不行啊，那上面盛不了多少饭……”

当柳碧云说到近两天就会开设粥厂时，灾民们已情不自禁欢呼万岁了；当她幽默风趣地说到让他们回去准备吃饭的家什，更是一个个高兴得痛哭流涕。人们跪倒在地围住牛车，不住磕头谢恩，口称救苦救难的观世音娘娘显身西安了……

柳碧云未经请示太后，竟敢如此大胆，其实她是做了充分准备的。前几天，哥哥韩铁锤跑来找她，说上海押解的十万两白银到了，问她是否赎回北院门的钱庄。柳碧云说：“现在国难当头，要钱庄有什么用？太后和皇上逃难来到西安，手里没有分文。我准备将五万两捐给太后，五万两买成粮食，在西安四城门和钟楼设立粥厂，救济难民要紧！”哥哥问：“咱家里也难得很，一点儿都不留了？”柳碧云说：“你唱《赵氏孤儿》，该知道‘毁家纾难’是什么。古今多少英雄都是这么做的，咱难道不能这样吗？”哥哥临行说：“裘十公那老家伙囤积居奇，攫取暴利，将粮食价格抬高了五百倍。现在救济国难，还在十倍以上。那么高的粮价，五万两银子也买不了多少！”柳碧云说：“好办！我明天去找他，让他平价开仓！”

柳碧云向太后请假回到三原来见裘十公，没想到碰了个软钉子。这位黑太岁近来明显胖了，那是黑心钱吃的，连脸上的肉都黑得放光，仿佛抹了一层猪油。他腿部的骨折明显痊愈了，不过还拄着拐杖。柳碧云送上礼品后说明来意，裘十公朗声笑了：“柳商总！你如今依靠太后，名声大得很哪！不过我是生意人，只知道低进高出。你让我平价粜出，就是他官府也未必敢向我下这道命令！你是晚辈，又是女人，难听话我就不必说了。既然你求我，买五万两银子的平价粮食，我可以答应你，不过，我有个条件。你既然拴在太后的御辇后面，能光脚跑四十里。我也想看看，你拴在我的马尾巴后面，跑马场上，光着脚能不能跑上三圈？哈哈……”

柳碧云说："裘老前辈，你这是要羞辱晚辈？我在太后的御辇后面，那是将鞋子跑丢了，况且又是晚上。跑马场是公众瞩目的地方，光天化日之下，将我拴在你的马后，与马赛跑，我成什么了？"

裘十公哈哈大笑着："请回吧，柳商总！我不过是看看你的决心。没有对太后誓死效忠的决心，还是免开尊口吧！"

随同柳碧云一起来的韩铁锤和白牡丹听到这话，气得要上去拼命，柳碧云制止道："裘老前辈，您不是戏言吧？"

裘十公双眼一瞪，白多黑少，如同魔鬼："我年近八旬，何出戏言？只要你跟着我的马跑上三圈，我送你五百担粮食！"

"咱们立个文书吧！"柳碧云挣脱了哥嫂的阻拦。

"不用！"裘十公将拐杖向地上一戳，"我裘某人从来一言九鼎！"

一个年轻的富家贵妇，拴在马后，光着脚与马赛跑，这在大兴缠足之风而且将女人禁锢在家，令女人足不出户的内地来说，无异于一个爆炸性新闻。比赛那天，三原跑马场上人山人海，万头攒动，人们莫不为这个不知天高地厚的风流女子捏一把汗。韩妈妈、李妈妈更是哭着连棺板老衣都带到现场了。

柳碧云双手被拴在一匹乌骓马的尾巴后面，这是一匹暴躁的烈马，似乎对缚着它的尾巴根子很不情愿，萧萧嘶鸣着，不住飞起两只后蹄子踢人，头一下便踢在了柳碧云的腹部。柳碧云忍着剧痛，流着眼泪褪掉了鞋袜。裘十公走来，生怕拴着的绳子半路上解脱了，令钉马掌的匠人给马尾巴骨钉进一个四寸长的大铁钉，将烈马痛得几乎要蹦上天去。裘十公在几个仆人的搀扶下爬上马鞍，刚刚抓住缰绳，烈马已飞奔起来。烈马由于受了伤，跑得比流星还快。柳碧云跟在后面，一点儿不敢怠慢，撒开两只光脚，死命地追赶着。头一圈还算好，没有倒下或被马蹄子踢着踩着。看热闹的人群本来就对黑太岁囤粮不卖、抬高市价的行为不满，对他今天给马尾巴钉钉子的劣行更是恨之入骨，一起为柳碧云呐喊助威：

大脚婆，大脚婆，
大脚一伸到黄河。
黄河浪，两丈高，
大脚一伸往过飙。
飙得高，飙得美，
气死他个黑太岁……

听到这排山倒海的呐喊声，柳碧云心头一热，流下感激的泪来。心里想道："亲爱的父老乡亲，有了你们的支持和理解，我柳碧云今天就是死在马蹄下也心甘情愿！"

第二圈开始了，裘十公回头偷偷看了看身后的柳碧云，见她并没有倒地被拖在地面上，立即拿出了早就想好的毒招，用安装在马靴上的马刺轮番狠踢马的肚皮。乌骓马怎受得了这种惨无人道的折磨，不但奔跑得更加迅猛，而且不时左右拐行，跑出蜿蜒的路线来。柳碧云跟在马后，三甩两甩，一下子就跌倒了。幸亏她腿脚灵便，身怀绝技，仅仅拖地两三丈便一个飞身挺立起来。裘十公一看此计可行，第三圈开始后，更加狠命地用马刺踢打着，马的肚皮很快流下了鲜血。热乎乎的带着腥味的马血飘洒得柳碧云满身满脸都是。人们正在诅咒这个魔鬼般的黑太岁，谁知裘十公由于用力过猛，转弯时，自己从马背上跌了下来。这匹乌骓马本是灵畜，它自然知道痛苦来自何方，张开嘴就要撕咬倒地的仇人。柳碧云赶紧拽住它尾巴上的绳索，硬是将它拖开了。

裘十公瘫在地面，半天爬不起来。柳碧云用牙齿咬开绳索，赶紧上前搀扶，裘十公嘿嘿笑着说："柳商总，你赢了，五百担粮食我送给你！"

4

西安太白庙雄踞于西城门外的一片高冈之上，这里茂林修竹，殿阁高耸，一条从南山引来的渠水环绕而过。渠水北面的坡塄下，亦有一座俗称铁塔寺的千年古刹，两者上下相望，连为一体，蔚为壮观。太白庙是西安人逢旱灾年份求神祈雨的神庙，前后两座大殿，分别供奉着四海龙王和太白金星。太白金星是西方星君，道场在西安西南的太白山。民谚云“长安自古西风雨”，所以立祠西门外，据说十分灵验。寺庙周围有十几株唐代古槐，树干需三四人合抱，中心已然空洞，几乎可以藏进两个壮汉，但那树冠，仍蓊郁苍翠，浓荫蔽天，给这块灵异之地笼罩上一种神秘的色彩。

自从两宫西狩来到陕西，为久旱无雨的关中大地也曾带来几片云霓，飘下几滴雨星，但杯水车薪，无济于事，潼关以西依然是赤地千里。如今寒露已过，犁铧仍插不进干硬板结的田里，勉强播下的麦种，半个月左右便化为灰粉了。太后和皇帝紫气东来，必然给陕西带来福瑞，在当地官员的再三恳请下，太后动了恻隐之心，于是沐浴斋戒三日，这天上午，来到太白庙降香祈雨。

从北院门到西门外的太白庙路程不远，慈禧让柳碧云与她同辇而行。慈禧问：“云儿，赐你为一品诰命夫人，这在陕西，再没有哪个女人有这般荣耀了！”柳碧云本就在车厢里跪着，望了望太后深不可测的目光，立即叩头道：“谢太后隆恩！云儿将竭忠尽智，终生报效太后！”慈禧瞥了她一眼，面前这位护卫女官比千乘镇初次见面时消瘦多了。她不但隔三岔五要到九龙潭押车取水，还在西安设立了七八个粥厂舍粥，另在城墙根搭建了几里长的暖棚供灾民居住。天气越来越冷了，她想得实在周到。眼下，她在西安的口碑比自己要强多了，这也许是今天自己亲自祈雨的另一个隐衷吧。自从岑春煊以柳碧云为钓饵抓捕高凤阙以来，始终没见到这个乱党要员的影子。太后认为，受了重伤的炸弹专家绝不会离开西安。这次升格柳碧云为一品诰命夫人，就是要麻痹高凤阙的神经，给他造成一种朝廷尚未追捕的假象。自接到袁世凯的那封电报后，不管柳碧云走到哪里，都有大批的暗哨紧紧跟着，布下了天罗地网，料他高凤阙插翅难逃。慈禧这样想着，不动声色道：“起来吧，咱娘儿俩一起出门，别来那么多礼节……”

天空依然无云，挂在钟楼金顶上的太阳似乎比往日更加红艳，只是街道上忽然刮起了冷飕飕的凉风，那刺骨的寒意，似乎有点儿异样。御辇随仪仗沿西大街一路西行，途经桥梓口时，忽然速度慢了下来，只见石桥上下站满熙熙攘攘看热闹的人群。见此状况，柳碧云立即跳下车，手握腰刀，一边扶辇而行，一边机警地四下瞭望着。从道旁七嘴八舌的议论中，柳碧云得知，原来是抚台岑春煊明天要开刀问斩两名罪犯，今天缚着他们游街，此刻正跪在桥下向御辇叩头谢罪呢。柳碧云向桥下望去，发现跪着的竟然是马伯牙和裘十公。前几天，她曾从总管大臣荣禄口中得知，马伯牙因偿还不了连本带息的皇银股本，且出言不逊，顶撞太后，说什么太后放高利贷有违大清律条，惹得太后一怒之下要将其杀之。裘十公倒是罪有应得，赌输后虽然送给柳碧云五百担粮食，但他仍不肯平价售粮，被论以“发国难财”之罪而予以斩首。

看到两位前辈跪在地上不断叩头，口中连连喊着冤枉，柳碧云心想：他们虽是自己的世代仇家，但毕竟是名震一方的耆老巨贾；经过此次教训，他们一定会悔过自新的，便连忙向慈禧跪禀道：“太后，云儿有一言想恳启懿旨！”太后放下轿帘，身子缩进车内：“有什么话，你说吧！”柳碧云说：“马伯牙和裘十公罪有应得，但今天圣驾前去祈雨，本是求神灵佑的圣事，不如免去他们的死罪，让他们将功补过怎样？”慈禧在轿内听说，也为自己一时的动怒感到失悔，便说：“准奏！”大总管李莲英立即传下懿旨，并令两个被赦免的罪犯上来谢恩。马伯牙和裘十公谢过太后，再谢柳碧云时，竟惊愕得说不出话来……

太后从太白庙拈香祷告出来，忽见天空阴云四合，仿佛四海龙王现于天上，只听雷声滚滚，由远而近，刹那间一场大雨便应声而至了。冷风吹落的树叶，连同铜钱大的雨点子打在瓦楞和庙前的方砖地上，发出噼噼啪啪的响声。陪同而来的王公大臣和地方官员看到祈雨成功，也不顾暴雨浇身，纷纷奔到庙前广场上，连同尾随到这里的灾民们，疯癫了一般狂呼着，蹦跳着，哭泣着，有的脱掉了上衣和鞋袜，在泥水里翻滚着。此时此刻，太后被深深地感动了，她满含热泪，望着檐口如注的水流，双手合十，口中默祷：“苍天哪，你真是有灵呀！请保佑我大清江山万年永固吧……”

太后刚刚默祷到这里，忽然一个霹雳从天而降，照着她的头顶直劈下来。数道电光灼灼闪耀，阵阵滚雷山崩地裂，仿佛雷神在伸手抓她。太后当即被吓得跌倒在台阶上，魂飞魄散，脸色蜡黄，惊颤说：“这是怎么回事？苍天哪，你难道要灭我大清吗……”

天空在一刹那变得漆黑如墨，倾盆大雨犹如天河倒泻。一会儿，一道白光山呼海啸般由远而近，猛扑过来，房顶和地面上一阵阵轰鸣般的响声混沌成一片，原来是狂怒的冰雹挟着千钧之力震撼着大地。广场上的人们被这突如其来的灾变吓得胆战心惊，一下子全跑光了。水流成河的地面上，核桃大的冰雹瞬间堆积了厚厚的一层，白花花仿佛沙场上杂乱的尸骨。

太后是一个永不服输的坚强女人，当大雨稍稍停歇，她便走出大殿，要看看这神灵的朕兆到底是什么。当她望着满地白骨般的冰雹哈哈大笑时，忽然从庙宇后的高崖下响起阵阵枪声，接着传来“有刺客”的喊声。听到枪声和喊声，躲在广场大树下避雨的士卒们，慌忙拉响枪栓，个个落汤鸡一样，仓促奔过广场。这时，广场上早已空荡荡的了，只有几个官员出来劝太后快快回銮。柳碧云拔出腰刀，紧紧护卫着太后，警惕地注视着周围的动静。慈禧镇静地听了听铁塔寺方向的枪声，鼻子一哼嘲笑道：“看把你们吓成什么样了？几个毛贼，不足为患！”

慈禧说完，正要转身进庙，忽然从两旁古槐的空洞里，同时跳下四个穿着黑色斗篷头戴面罩的刺客。他们人人手持明晃晃的钢刀，直向慈禧扑来。场上的卫兵所剩无几，而且把守在四周，距离较远。情急中，柳碧云拔刀横挡在慈禧身前，连连截住猛扑过来的黑衣人。激战中，柳碧云渐渐与其中一个最凶猛的黑衣人打斗在一起，啪啪啪一下子就是十几个回合。柳碧云招招发狠，刀刀要命，但她发现，这个刺客只是抵挡，似乎并不想伤害她，而是急于奔向太后。一会儿，铁塔寺方向的枪声渐渐稀疏，四个刺客一看取胜无望，匆忙向各个方向分别逃去。

雨声渐渐小了，无边的浓雾幕布一样包围了周遭的一切。柳碧云死命追赶着与她交手的刺客，她忽然发现，这位刺客无论是身材、动作，还是声气，都有点儿像自己的丈夫。她追着追着，忽然咒骂起了自己："荒唐！真是想丈夫想疯了！"正当她欲返回时，那刺客忽然脚下一歪自己摔倒了，她急忙奔过去举刀就砍。那刺客奋力抵挡着，刀尖稍微一挺，将他的斗篷划破了。他仓皇逃窜时，一方白丝手绢从划破处遗落下来。柳碧云拾在手中一看，正是自己绣制的鸳鸯牡丹戏水图。果真是他！柳碧云心想一定要追上他看个究竟。

黑衣人跛脚向西南方向逃去，那里是古代大唐西市的所在地，如今没有人烟，累累荒丘，盈盈池水，树木葱茏，鸟兽出没，倒是一个天然的藏身之地。柳碧云这样想着，为了不使那人跌跤，故意拉开一小段距离。

雨点不知不觉停歇下来，风儿也悄悄地止住了，整个天地依然陷入混沌的一片。水池边上有青蛙在叫，树叶上不时落下冰冷的雨滴。在一棵大树下，柳碧云终于追上了那个黑衣刺客。她用刀尖指着他的后背，大喊道："你是谁，转过来！"

那人丢下手中的钢刀，慢慢转过身来，用一只手摘下脸上的面罩，瞬间，那丑陋的相貌露了出来，啊！果真是高凤阙。

"是你?!"柳碧云将腰刀收进刀鞘，正要冲上去拥抱丈夫，高凤阙怒斥道："滚开！你这个封建统治者的走狗！"

柳碧云愣住了："我，我完全是为了你呀！我在为你赎罪，你知道吗?"

"谁要你来赎罪?"高凤阙说，"你是为了你，为了维护封建统治者的腐朽统治！你走开，我永远不要再见到你！"

"不！为了你，我受的苦还少吗?"柳碧云委屈地哭了，"我是你的妻子，可我出家当过尼姑；高家被抄家以后，公公婆婆死了，二婶三叔闹分家，为了这个家，我命都豁出去了。可你为这个家做了什么?我这样做，还不是为了你今后有个好的落脚地方……"

高凤阙沉默了一会儿，静静地面对着妻子的哭泣，决绝道："让我走吧！我是革命者，四海为家。"

柳碧云从地面拾起钢刀：“你是革命者，我就不能是革命者？你想想，现在四下都是官兵，知道我放了你，我还能有命活吗？我早就下定决心了，今后永远也不离开你！”

高凤阙接过钢刀：“不行！我要到很远的南方去，参加孙文先生组织的暴动。”

柳碧云在他残缺不全的嘴唇上亲了一口：“正好，我可以给你们筹款。你不是还欠着我的军火费吗……”

天空又落下缥缥缈缈的雨丝，从树林外面，传来岑春煊清晰的指挥军卒向这边包抄的命令声。柳碧云拉着高凤阙的手，悄悄离开了那棵大树，消失在无边无际的雨雾中。

后记

数千驼峰出大漠，百余茶船下洞庭，这是怎样一幅震撼人心的商品流通壮丽画卷啊！

很难想象，这种恢宏壮阔的物流行为发生在中国封建社会中后期那个交通并不发达的年代。即便今天，在现代化的立体交通网络条件下，每当想起那些栉风沐雨、不畏艰险、长途跋涉的货运大军，仍令人肃然起敬。

是的，这气壮山河的物流奇迹，首先是由陕西商人创造的。

陕西被誉为中国历史上物资流通领域的“第一商帮”，它肇始于汉唐，兴盛于明清，不仅开拓出人类交往史上著名的“丝绸之路”，以及遍布西南、西北的“茶马古道”，而且为两千余年中国封建社会的商品供应、经济繁荣、边防巩固、各民族融和发展做出了不可磨灭的贡献，并促进了中国近代资本主义的萌芽。陕西商人有着胸怀天下、开拓进取、重义轻利、诚实守信、坚韧不拔的价值取向和精神追求，即“陕商精神”。这是一笔十分宝贵的精神财富和文化遗产。在今天这个“大众创业、万众创新”的时代，这种精神文化遗产无疑具有巨大的激励和借鉴作用。

提起陕商和“陕商精神”，我们自然想到它的代表人物——陕西省泾阳县安吴堡的秦商女杰周莹。她在中国封建社会最黑暗的年代，于废墟中建立起一个庞大的商业帝国，于乱世中为陕商撑起一片纯净的天空。她不但是一位商业奇才，而且心系家国，仗义疏财，关爱黎民，济危扶困，支持革命，大兴文化，她的故事流传久远，一百多年过去了，直到今天仍有口皆碑。

也许因为我出生在一个大商人的家庭吧，也许因为我在政府部门从事物资流通领域的研究工作吧，我不但从小就听说过“安吴商妇”的许多传说，而且经过对各路商道的现状，流通手段、规模及其历史和遗迹的考察，更感觉到了周莹身上所体现的“陕商精神”和人格魅力的伟大，于是，便产生了一种强烈的难以抑制的写作冲动。

彼得·盖伊说：“在一个伟大的小说家手上，完美的虚构可能创造出真正的历史。”（《历史学家的三堂小说课》）为了塑造好一代陕商女杰，我虚构了“柳碧云”这个人物形象，她不但撷取了人物原型周莹的许多性格特点，还化入了韩城党家村“节孝碑”主人公寡妇的身影，并参阅了司马迁《史记·货殖列传》中关于秦代著名商家巴清寡妇的事迹。为了还原清代末年那个真实的历史背景，加强其典型意义，我又将乙未科考、戊戌变法、反洋教起义、八国联军入京、两宫西狩、辛亥革命等重大历史事件以及陕西特有的状元文化、戏剧文化、寺院文化等元素融汇进来，为主人公营造了一个复杂、险恶、具有历史质感的生存空间。

《红楼梦》有句“生于末世运偏消”的箴言（见该书《金陵十二钗图册判词》），深刻揭示了当一个社会走向没落阶段时，被裹挟着的人们不可逆转的悲剧命运。作品中的柳碧云如同真实的周莹一样，在封建社会走向消亡的时代，她的一切努力和成就都不可避免地化为泡影，留下了一声沉重的历史叹息，而走向革命，应该是中国历史和人民的必然选择。